〔日〕陈舜臣 著
刘小霞 译

たいへいてんごく

太平天国兴亡录

红旗出版社

红旗出版社
RED FLAG PRESS
推动进步的力量

图书在版编目（CIP）数据

太平天国兴亡录 /（日）陈舜臣著；刘小霞译.
—北京：红旗出版社，2017.7
ISBN 978-7-5051-4106-3
Ⅰ.①太… Ⅱ.①陈… ②刘… Ⅲ.①长篇历史小说
-日本-现代 Ⅳ.①I313.45
中国版本图书馆 CIP 数据核字(2017)第 053328 号
北京市版权局著作权合同登记号：图字 01-2017-1409 号

书　　名	太平天国兴亡录		
著　　者	（日）陈舜臣		
译　　者	刘小霞		
出 品 人	高海浩	责任编辑	赵智熙
总 监 制	李仁国	封面设计	杨祎姝
出版发行	红旗出版社	地　　址	北京市沙滩北街 2 号
邮政编码	100727	编 辑 部	010-57274504
E-mail	hongqi1608@126.com		
发 行 部	010-57270296		
印　　刷	北京慧美印刷有限公司		
开　　本	787 毫米 ×1092 毫米　1/16		
字　　数	340 千字	印张	28
版　　次	2017 年 9 月北京第 1 版　2017 年 9 月北京第 1 次印刷		
ISBN 978-7-5051-4106-3		定价	69.00 元

欢迎品牌畅销图书项目合作 联系电话：010-57274627
凡购本书，如有缺页、倒页、脱页，本社发行部负责调换。

【目　录】

长崎夜谈

一轮圆月映在水中，水波又把月影揉碎。微波荡漾，光和水仿佛在嬉闹。

“就在这儿分手吧。请上船。”一个年轻的小伙子说道。

“实在太感谢了！”连理文说得很慢，他的日语还不熟练。

跟他并肩站着的小伙子提着灯笼，灯光照在岸边的一艘小船上。“照顾不周，还请包涵。”小伙子微微低头行了个礼。

“正助，你这么年轻，就有这样的成就，真了不起！”

“连先生，你的日语进步多了，说起客套话来也进步多了。”

“哈哈哈……是吗？”

“毕竟你来日本还不到一年呢。”

“那咱们就再见了。”连理文说完上了船。

远处的海面上，依稀可见唐船[1]的黑影。船夫静静地摇着桨，小船在不知不觉中离了岸。站在岸上送行的小伙子把灯笼举过头顶，灯光清晰地映照出他长长的脸，上头还残留着少年的影子。他叫大久保正助，虚岁刚刚二十。

唐船一靠近，小船上的连理文就摘下包裹着的头巾，辫子松弛地垂落在他背上。唐船似乎早就知道他要到来，从甲板上垂下一条绳梯。就这样，连理文在萨摩的坊津海面坐上了开往长崎的唐船。

这是一八四九年的事。日本的年号是嘉永二年。这一年，从清国开往长

[1] 当时日本称中国开往日本的船为唐船。

崎的贸易船有八艘，其中第七号船在天草失事了。连理文在萨摩海面搭乘的是第四号船。在德川幕府闭关锁国的时代，从清国开往日本的交易船必须持有证明，即所谓的“信牌”。第四号船的信牌上写着“李亦圣”，船主是钮心园，但实际上船主是厦门金顺总号的老板连维材。七年前鸦片战争结束后，清国被迫接受了《南京条约》，五口通商，而在那之前，就像当时的日本只把长崎作为对外窗口一样，清国只有广州是贸易港。之后，金顺记主要在香港和上海拓展业务，总店形同虚设。连维材的四儿子理文原来在上海，去年他主动要求去琉球。

“哦？想去一年看看？也好。”连维材答应得爽快。

其实，理文想去一个陌生的地方忘掉一切。他结婚才一年多，妻子突然病逝了，他的内心创伤极深。琉球的工作很艰巨，而这正是理文所渴求的。

萨摩的岛津藩早就把琉球置于自己统治之下，并通过琉球和清国交易。所谓的“交易”，即琉球作为清国的附属，接受清国的册封，并向清国朝贡。当然，这是得到幕府承认的。原则上，和清国及荷兰的交易只能在长崎进行，而且必须通过幕府的垄断机构——长崎会所。但在日本各藩中，只岛津搞对外贸易，拥有从清国进口的“唐物”。文化七年（1810 年），岛津迫使幕府准许其在长崎出售唐物。起初，在货物品种上有限制，但岛津硬是扩大了品种。岛津之所以如此具有威慑力，是因为手中有一张王牌——“这是为了帮助琉球，如果不这么做，琉球就会脱离日本。”对此，幕府不得不让步。

总之，岛津充分利用参加长崎会所的特权，不，应当说，是最大限度地利用了这一特权，起初只是买卖琉球的朝贡贸易品，后来也偷偷从事其他对外贸易。倘若其他藩私藏唐物被发现，幕府立刻就会怀疑其走私，这有可能导致其倾家荡产。但岛津藩只要一说“这是琉球的朝贡贸易品”就万事大吉了。可以说，这是岛津藩最完美的护身符，由此，既保证了贸易品来源之合法，又可以拿到合法市场——长崎会所上出售。

当然，走私贸易不会有正式记载，但琉球搞朝贡以外的贸易，圈里人心知肚明。唐船在琉球停靠，出售唐物，购买被称为“俵物”的海产品。不过和长崎不同的是，在琉球交易不需要那个麻烦的信牌。后来，唐船扩大范围，甚至出现在了萨摩的海面上。由于和岛津贸易有利可图，很多持正式信牌的唐船在开往长崎前，都会先在萨摩海面或近海各岛处理一部分货物。有的唐船进入长崎时几乎是一艘空船。

岛津藩的走私对象主要就是金顺记。连理文去琉球也是为这事儿。另外，他还担负同萨摩谈判的重任。岛津藩琉球馆的大久保利世，就是对方的负责人之一。理文和他的儿子正助成了好朋友。

按惯例，四号船会在坊津卸下和岛津交易的货物，然后开往长崎。连理文有事要去长崎，于是决定乘坐这艘船。为他送行的青年正助后来成了大名鼎鼎的大久保利通[1]，而当时，正助在岛津藩记录所担任见习文书。

四号船甲板上锣鼓喧天。为庆祝安全抵达，举行这种热闹的仪式已成为惯例。唐船先在港外下碇，等候长崎衙门处理。不一会儿，岸边划出几十只小船，给唐船拴上缆绳，将其引如港内。入港后，唐船再次下碇，锣鼓再次响起。等锣鼓声停，长崎衙门的检查官和通事们便登上唐船。他们把写着禁令的木牌挂在桅杆上。禁令是以日文写成的，由通事译成汉语，念给船上的人听，主要是关于天主教的事。

念完禁令就是办入境手续，即检查信牌、货物单和花名册。连理文是在萨摩海面上船的，但花名册上写着他是从清国上船的。货物单是开船之前就做好的，去掉了给萨摩的货物，这就需要事先和岛津当局商谈交易数量——这也是连理文的工作之一。

出示证件之后，就是那个有名的“踩圣像”考验，通过者才可上岸，但上岸后不能在街上随便走动。荷兰人在出岛，中国人在唐人坊。其实，元禄以前，中国人和日本人在长崎是杂居的，这或许是因为中国人不太信天主教，幕府比较放心。不过，这直接导致了私人间的秘密交易。再加上康熙帝对耶稣会采取宽容政策的消息传到日本，幕府提高了警惕，开始关注中国人和天主教的关系。

唐人坊建于元禄二年（1689 年），位于长崎十善寺御药园地（幕府的药草园），面积为九千三百七十三坪[2]，比荷兰人居住的出岛（不足四千坪）宽敞多了。荷兰人把出岛称作“远东监狱”，因为他们一步也不能离开；中

[1] 明治维新的重要人物。

[2] 1 坪约合 3.3 平方米（用于台湾地区）。

国人若要参拜寺院，在官吏陪同下，还是可以走出唐人坊的。

虽然外国人被圈在一个地方，但他们可以叫妓女进去，以解在异国的寂寞。长崎丸山的妓女分为“挣荷兰钱的”和“挣唐人钱的”。海上航行艰苦劳累，要说有什么愉快的事，那就是玩弄玩弄妓女了。“踩圣象”一结束，商人和水手都露出了喜悦的神色。经常往来这条航线的人大多有各自相好的女人，有些船主甚至还有“长崎老婆”。

连理文兴致勃勃地朝唐人坊走去。他是初次到长崎，自然没有相好的女人，令他激动的是他知道哥哥哲文比自己早一步到了唐人坊。连哲文比连理文大两岁，他已脱离家业，专心从事绘画。半年前，他从宁波乘坐以“郑朗伯”的名义领取信牌的第一号唐船来到长崎。原则上，商人、船主和水手只能在长崎留居数月，然后乘原船返回。但有的中国人是受长崎地方长官的非正式邀请而来的，他们可以长期居住，比如某些医生、画家、文人和僧侣。据说哲文是因为听了同行画家的介绍才产生了来日本的念头。他毕竟是艺术家，喜欢四方云游。他曾一度待在苏州，但就连近在上海的理文也很难见到他。

“已经三年没见面啦。”在去往长崎的船上，理文扳指一算感叹起来。他上就要三十岁了。一想到年龄，脑中就会浮现亡妻的面容。妻子面孔修长，身材苗条，到死都没失掉孩子气。对，她长得很像正助。在前往唐人坊的路上，理文终于发现了自己对正助怀有好感的原因。在鹿儿岛，他和正助的朋友也有来往，他们类型各不相同，比如一个叫西乡吉之助（西乡隆盛）的青年，身材魁梧，性情稳重。理文虽觉得他是个有为青年，但总觉得不如正助亲切。跟正助分别时，理文曾把魏源的《海国图志》送给他。正助翻看了几页，低声道：“我想让吉之助也看看。”《海国图志》是鸦片战争后不久，魏源根据林则徐提供的资料所写成的。在书中，魏源叙述了世界形势，并主张中国必须推进近代化。确实应该让西乡吉之助这样的青年读读这本书，不过理文只想到了要送给大久保，而没想到西乡。

唐人坊亦称“唐人馆”，中国人也称其为“华馆”，境内称为“馆内”，直到现在日本还留着“馆内街”的地名。华馆四周围着七尺[1]多高的砖墙，

---

[1] 中国 1 尺约为 33 厘米。日本江户时代 1 尺等于 18.89 厘米，7 尺等于 1.3223 米。日本明治维新时代 1 尺等于 30.3 厘米，7 尺等于 2.121 米。

墙外掘出六尺深、六尺宽的壕沟。华馆的大门被称为“一门”，里面有官吏值班室和交易所，跨进“二门”才是被称为“唐人本部屋”的居住区。

已有三艘唐船进入长崎，馆内居住着有四五百名中国人。二门旁站着二十来名同胞，大概是来接人的。理文以为哥哥会在里面，但看了一眼发现没有，正准备往前走，忽然听到有人叫他。

“喂！在这儿！在这儿……理文，你发什么呆呀！”

理文顺着声音再次看向二门旁。“啊，三哥！”他惊诧地睁大了眼睛。

从人群中走出来的正是哲文。理文刚才没有认出他是有原因的——哲文发型变了。清代的中国人都是剃去前半个脑袋上的头发，将后半个脑袋上的头发梳成辫子，像理文这样在日本待了近一年的人，大多会用头巾遮住脑袋。而哲文却蓄了满头黑发。理文不觉从侧面瞅了瞅，哥哥脑后已没了辫子。

“你脑袋怎么啦？”

梳辫子是满族风俗。满族统治中国后，将自己的风俗强加给汉族。这种强制非常彻底，即所谓的“留头不留发，留发不留头”。理文自然对哥哥感到讶异。

“当和尚不就没事了！”哲文笑了。

满族信佛，尊敬僧侣，准许和尚剃发。因此，清初不少大汉民族主义者为抵抗这种奇异的风俗，便出家当了和尚。不过哲文剪掉辫子后又开始蓄发，整个脑袋长着三厘米长短的头发。他似乎还有点担心，边走边不时摸摸脑袋。

“你真出家了？”理文追问道。

“当然。这不是真和尚头的声音吗！”哲文用拳头敲了敲脑袋，不辨真假地笑道。

“那……找人起法号了吗？”

“法号？嗯，有，九曲。”

“哈哈哈！”理文也笑了。

哪里会有这么奇怪的法号！哲文的雅号是九曲山人。福建武夷山中有处九曲名胜，大儒朱熹曾作《九曲歌》。连家兄弟幼时常跟随父亲去武夷山临溪寺玩，还背过《九曲歌》。

“不说这个了。”哲文把手放在理文肩上，“走吧，你也累了，屋里备了酒菜。”

理文感受到了从哥哥手心里透出的温暖。

屋子里，一张红漆圆桌，三把椅子，兄弟俩相对坐下。哲文背后有一张山水大屏风，理文一看就知道是哥哥画的。他虽不会画画，但有着表现美的愿望，纵使不知道如何表现，但一看哥哥的作品，就深深地产生了一种奇妙的共鸣："这正是我心中所想啊……"

三年没见，自然有满腹的话要说，但千头万绪，反而不知从何说起了。理文本想问问父母的情况，但一想哲文在来日本之前都没见过父母，而自己一年前见过父母，要问也应该是哥哥问自己。

"咱俩谁的日本话说得好？"理文还未开口，哲文先说道。

"哎呀，这怎么说呢？"

"要不，现在我们只说日语。我在日本待了半年，你待了一年。"

"长一倍。"

"不过，待得长不一定就说得好，总之比比吧。找个女子给我们当裁判。"

"女的？"

哲文并未回答，回头用日语道："袖若，你过来。"

屏风后走出一个年轻女人。

"这是我弟弟理文。怎么样，很像我吧？"

这个叫袖若的女人坐下来，笑道："到底是兄弟，一眼就能看出来。"

哲文告诉理文，袖若是引田屋的妓女。理文在日本待的时间长，对日本妓女的情况有所了解。在萨摩时他便听说了长崎妓女和清国商人殉情的故事。那是很久以前的事了，但人们依然津津乐道。还有一个故事，说的是文人船主江艺阁和妓女袖扇生了一个孩子。理文一说这事，哲文佩服道："了解的不少呀，这事也传到萨摩了？"

"江艺阁是名人，萨摩和长崎会所又有联系，自然知道一些。"理文道。

有些人在本国默默无闻，但在日本众所周知。画家伊孚九和文人江艺阁便如此。据说赖山阳[1]想见江艺阁，特意来到长崎来，结果唐船未到，二人没见上面，但也传为了佳话。当时，赖山阳叫来跟江艺阁相好过的妓女袖笑，

[1] 日本江户后期的历史学家、儒学家、诗人，著有《日本政记》《日本外史》等。

还做了几首戏诗。不过，袖笑和袖扇并非同一人。引田屋的妓女大多以“袖”为名。引田屋又名花月楼，长崎的中国人称其为“养花山馆”。

袖若弹起了三味线。

在日本待了一年的理文已经习惯了这样的气氛。萨摩人的习惯是跪在榻榻米上的，这令他苦不堪言，而在唐馆坐的是椅子，他觉得舒服多了。他凝视着袖若的手，那拿着拨子的手白到令他头晕目眩。他只看手，因为看袖若的脸使他感到痛苦。

哲文曾爱过一个叫清琴的女人，但她同诗人龚自珍殉情了。那是八年前的事。袖若的脸乍看没什么，但越看越像清琴。“莫非……”一想到哥哥的情感遭遇，理文就难过起来。他的妻子也去世了，因而很理解哥哥的心情。

袖若弹着三味线，用清脆的嗓音唱着小曲，这期间，酒菜已经上齐。一个半老汉子跟在仆役后面走进来道：“今天的菜是特别做的，最近我也会做几样拿手菜啦！”他是唐馆的厨师。唐船上的厨子、杂役，一上岸就变成了唐馆里的厨子、杂役。

酒一上来，话匣子就打开了。袖若或许是意识到了自己的工作，一直说个不停。她说到了比自己大二三十岁的袖扇和袖笑的传闻，也说了从前辈妓女和鸨母那儿听来的旧事。“从前和现在可不一样啊！”在长崎，不管谈什么，似乎都要以此为开场白。

长崎作为交易窗口，但如今，贸易已经衰落了。一百六十年前，唐人坊建成时，这里常住着五千唐人，最多时甚至过万，十分热闹。现在超过五百人的时候都很少，秋季唐船一走，就只剩几十人了。这主要是因为贸易发生了变化，这一点连妓女都知道。

在长崎黄金时代，日本主要出口铜。清国铸铜钱，但国产的铜不够用，所以从日本大量进口。铸币是政府的事，采购原料自然也是国家行为。进口商经政府特别许可，有了“办铜官商”这样威严的名字。他们一般都和本国官僚有着密切联系，是所谓的“御用商人”，与周围小商人之流大不相同。日本出口铜的代表是兼营铜山的泉屋，这是住友家的店号。元禄时代可说是出口铜的高峰时期，当时每年运走的铜有时超过七百万斤[1]，而现在呢？最

[1] 中国（除台湾）1 斤等于 500 克，日本 1 斤等于 600 克。

多也就五六十万斤。当时清国的铜价猛降，由于购买鸦片，白银大量外流，因此银价上涨，铜价下跌。在很长一段时间内，一两银只能换八百文铜钱。

如今，一两银能换二千文铜钱，铜对商人的吸引力也就减弱了，于是以干鲍鱼、干海参和鱼翅为代表的海产品，即“俵物”代替铜成了对清出口的主要商品。但俵物毕竟不能完全替代铜。贸易减少是不可避免的，长崎经济也就衰退了。酒楼和妓院之类的地方对市面行情最是敏感，妓女懂点经济知识并不奇怪。

袖若按自己的理解，说了一通长崎的今昔盛衰。

“你知道的事情真不少。”哲文半开玩笑道。

“说得真好。”理文也夸道。

袖若的话单刀直入，简单明了。“这都是从大人物那儿听来的。”她说道，“不知好日子什么时候能再来呀。客人们都在发牢骚，说是萨摩搞的鬼，什么事都不好办了，真的……”

“萨摩？”理文不觉顺嘴说了句。

“咦？听起来令弟的日本话带点萨摩口音呢。”

“没有，我朋友中有萨摩人。”理文慌忙回应道。

俄而，袖若起身离开。她是当红妓女，还要去另一位客人那儿。

管弦旋律一消失，房间突然安静起来，不过这氛围倒是很亲切。房里只有兄弟二人。哲文大概是考虑到，兄弟俩毕竟阔别三年，重逢时有女人和歌声，气氛会更融洽，因而才这样安排的吧。桌上的菜没怎么动。

“吃点吧，不吃厨子会不高兴的。”哲文拿起筷子。

“是呀，他还特意跑来打招呼。”理文将匙子插进鲍鱼汤里。

“萨摩的名声不佳呀。”

“在长崎似乎确实如此。”

“太霸道了。跟我们家的金顺记一样。”哲文虽不问家业，但对父亲的性格和那反映父亲性格的金顺记的本质一清二楚。

“不是霸不霸道的问题。”理文是金顺记里的人，他带着辩解的口吻道。

“那倒是。光是霸道怎么行！你说，萨摩这样下去能行吗？”

“哥哥是画家，对这种事也有兴趣？”

“当然。对女人、对世上的事，我都有兴趣。若对什么都没兴趣，就画不了画啦。如果不比一般人更有兴趣，就画不出真正的好画。至少我这么认为。”

“我觉得萨摩可以的，长崎也就发发牢骚，谁也不敢公开反对萨摩。”

萨摩进行走私贸易，这是众所周知的。他们不仅在琉球和萨摩海面上收购唐物，还在日本各地采购俵物。幕府采取垄断政策控制对外贸易，拿俵物来说，日本百姓甚至禁止食用所谓的俵物“三品”——海参、干鲍鱼和鱼翅。讽刺的是，岛津藩却在北海道和北陆一带偷偷收购俵物，有时甚至装作外国船只。他们把这些俵物运到琉球，主要卖给金顺记的唐船。所以，落到长崎会所的俵物数量少，质量也差。而没有信牌的船经过琉球时，就先把运送的俵物廉价上市了，要是特意运到长崎就不划算，因而来长崎的唐船也减少了。

“这么说，日本要变了，可能还很重大，如果萨摩有能人的话。”哲文道。

“有！”理文立即道，“萨摩只缺财力，不过，现在似乎也有了。”

“那恐怕也是靠我们金顺记吧。”

“不，没有金顺记，也会有别人和岛津做生意的。”

“这就是时代的潮流吧。”

“对。”理文使劲儿点点头。他想起了大久保正助和西乡吉之助。

掌灯了，屋子里洋溢着更加亲切的气氛。哲文随手斟上绍兴酒，一口喝干，道：“不仅日本，我们国家也要变啊！”

“十年前的鸦片战争起不就变了吗？过去广州一口通商，现在五口了。”

“那只是表面，今后连内部……嗯，五脏六腑都要变。”

“是吗？”

“来日本前，我去了趟广西。”哲文换了话题。

理文第一次听说此事。算算时间，应该是半年前，当时他正奔走于琉球与萨摩之间。父亲虽常对其指示工作，但并未谈及家中情况，而哲文在外漂泊，四处游走是常态，自然也不会有人特意告诉理文他的行踪。

“桂林吗？”

桂林作为广西著名的风景胜地，有着“桂林山水甲天下”之美誉，和庐山、黄山一样，这也是画家有生之年必去之地。哲文去桂林，一点儿也不稀奇。

“桂林是顺便去的。”

“顺便？那你去什么地方了？”

“桂平。”

“桂平，好像听说过，在桂林附近吗？”

“离得很远呢！”

“风景好吗？”

“有个西山……其实是因为西玲在那儿，我是受父亲之托去请安的。”

“原来如此。”理文点了点头。

西玲这个名字，在连家是要避讳的，在母亲面前更是不能提，因为她和父亲有着特殊的关系。连维材能够创建金顺记这样的大店铺时，得益于白头夷富罗斯的资金援助。

所谓“白头夷”，是指巴斯人，他们很多至今仍住在孟买一带，在印度金融界拥有庞大的势力。他们本是住在波斯的拜火教徒，因拒绝改奉回教逃到国外。他们是天才的金融家，在十九世纪的世界经济舞台上曾非常活跃。广州也有不少巴斯人。富罗斯同中国女人生了个女儿，就是西玲。他死后，连维材抚养起了恩人的女儿，但不知何时起，他们有了非同寻常的关系。西玲个性强烈，不闹点事儿出来就不安心。然而鸦片战争期间，她失去了挚爱的异父弟弟，又遭到了英国兵的凌辱，就此变了个人似的。

连维材尽量让西玲和连家保持距离，因此连家兄弟很少见到西玲。尽管西玲和父亲有着微妙的关系，连家四兄弟私心里却都对她抱有好感。在四兄弟少年时期，西玲简直像夜空中一颗明亮的星星。她比长兄统文只大了四岁，美貌而豪爽，似乎永远在跃动。连家兄弟没有姐妹，这样的西玲正是他们的憧憬对象。

“西玲很精神，快四十了，还是那么漂亮。”不等弟弟发问，哲文就汇报道，他似乎很了解弟弟的心思。

“听说她当了尼姑，真的吗？”

“没有，只是住进了尼姑庵，是带发的尼姑，听说是靠庵主的关系去的。”

“还好，只是寄身在尼姑庵。”理文松了口气。

“桂平这地方，实在偏僻得很。”

“是吗？”

“不过，这偏僻的地方说不定会成为改变世道的根据地。只要到那儿去看一看，你就会产生这样的想法。”

“什么根据地？”

“改变世道……也可以说是改变国家吧。说不定会发生惊天动地的大事。”

“那儿究竟发生了什么？”

“有个叫拜上帝会的组织。”

“拜上帝会？”理文觉得在什么地方听说过。

据说上帝是天上的神，既然称为“拜上帝会”，想必是个宗教团体。“上帝”这个词在中国古籍里也常出现。就当时人的感觉来说，这个词有些道教的味道。可是，据说拜上帝会和道教毫无关系。会里的人公开声称，庙宇里供奉的带胡子的神像不过是木偶，甚至到处都有他们捣毁神像的传言。有人简单地说拜上帝会就是天主教，但也有人说摆出一副了解内情的样子，说他们只是把天主教改头换面用以赚钱而已。这些是理文在上海听说的。

鸦片战争后，外国传教士明显活跃起来。他们传教热情很高，可惜信教的人并未快速增长。有些品行不端者为了与外国人做生意才当了基督教徒。当时中国人对洋人十分反感，那些接近传教士的人，大多都会遭到白眼。理文在上海时常与知识分子讨论基督教的问题，他认为基督教要想掌控中国人的心是很难的。不过他也深知基督教势力强大，金顺记同洋人接触多，关于基督教，他自然比寻常人知道得多些。英国、美国、法国以及荷兰，都信奉基督教。来日本之前，他稍稍调查了下日本的情况，知道日本也常发生“切支丹殉教”[1]的事。姑且不说这些，总之他对基督教在中国的前途是持否定态度的，最主要的原因在于，一个无可争辩的事实是从事不光彩的鸦片贸易的洋人都是基督徒。

“拜上帝会可不一样。”一个青年为了和连家做生意，从广州跑来上海时曾这样告诉理文。那是理文第一次听说“拜上帝会”。

理文问有何不同，对方回答：“他们都是中国人，和外国人没一点关系。”

“果真如此，或许会成为一股力量。”理文曾经这样认为。不过他虽关注过拜上帝会，但毕竟身在上海，离广东远，无法更深入地了解。去琉球前，

[1] 切支丹是基督教的日本译名。

他顺便去了香港和广州。当时他听说，有个奇怪的宗教团体头目被当局逮捕，关进了打牢，据说那个团体信奉的是基督教等外国宗教。“咦？会不会是上次广州来的那个青年说的那个什么会呀？”他以前不够上心，早把名称忘了。

从香港到广州，理文接触的人都不曾注意过这个宗教团体，自然也弄不清状况。有人只说：“反正是在乡下瞎搞乱搞，谁知道呢！”于是理文觉得这个拜上帝会恐怕成不了气候。然而此时他却从哥哥 口中听到了不一样的评价。哲文是艺术家，不是实业家，但他思维极其敏锐，瞬间判断事物的能力比谁都强。

“这个拜上帝会，去年不是被当局搜捕了吗？”

“嗯，有这事。一个叫冯云山的人被抓了，不过很快就被释放了。”

“哦，果然是同一件事。”

“你听说过？”

“嗯，在广州听说过。是我去琉球之前。五月左右吧。”

“冯云山被释放，其实还和西玲有关。”

“和西玲有关？”

“怪吧？一个尼姑竟然去帮助基督教的人。不过这才是真正的西玲啊。”

哲文说，创立拜上帝会的中心人物是洪秀全和冯云山，根据地是桂平县紫荆山一带，山脚有个村子叫金田村。在当地的保守士绅来看，他们的活动确实是胡作非为。他们否定偶像并付诸实践，在象州甘王庙当着官吏的面毁了神像，还在庙壁上写了痛骂庙中神灵的诗。

桂平县有个乡绅叫王作新。他在当地组织了团练——类似于日本的“自警团”。他们声称由自己来保卫家乡，但费用要当地的士绅来出，这个组织因此不知不觉具有了士绅私人军队的性质。王作新指使手下以“蛊惑乡民，结盟拜会，践踏社稷神明”为名逮捕了冯云山。但拜上帝会也是有组织的，成员曾亚孙、卢六很快把冯云山抢了回来。这是道光二十七年（1847 年）十一月二十一日的事。

王作新把此事上告到桂平县，诉状上说拜上帝会成员已达数千人之多。冯云山也向桂平县呈递了状子，反驳道：“教人敬天，反被人诬控。广东之礼拜堂悬挂两广大宪奏章，并有皇上之御批……”

鸦片战争后缔结的条约中都有允许基督教传教自由这一项，皇帝虽不满意，也不得不予以承认。广东的礼拜堂两侧都挂着公文，并由两广总督向百姓解释。皇帝批准的公文，谁也不得破坏。这对礼拜堂来说，真是最好的护身符。

桂平知县王烈感到不好办。王作新诉状中提到“拜上帝妖书”，但这是皇上批准的。在这和平宁静的乡村小题大作，王烈很不高兴，于是打回了王作新的诉状，批驳道：证据不足，不作切实调查，不得轻率从事。王作新不甘心，再次动员团练抓了冯云山和卢六，送到了巡检司。两人被关进大牢，但乡间衙门也不敢擅做主张。洪秀全为了营救冯云山去了广州。冯云山被扣上了“意图谋反”的罪名，事情弄大了，地方衙门是解决不了的，到两广总督所在的广州去，通过上层进行营救或许还有些用。

“是西玲让洪秀全这么做的，还有到广州后怎样接近上层，西玲也都详细地交待了。”哲文道。

“她这个人还是老样子，不做点什么总不安心。”

“有段时间好像老实了一点，但最近常传出她和拜上帝会有关的消息。”

“父亲不放心，所以才让哥哥去的吧？”

“不错。行了，这事不说了。理文，去外面走走吧？”哲文提议道。

“好。”理文也正想呼吸一下外面的空气。兄弟俩这一点倒是相通的。

说是“外面”，当然还是在唐人坊之内。夜空中云层密布，街旁的窗子里漏出点点灯光，寂寞而荒凉。最初唐人本部屋有二十栋建筑，可容五千人。人数过万时，每间屋子都挤得满满的。后来，有些因陈旧损坏而不能使用的就拆除了，基本上没建过新的。现在只有七栋了，而实际使用着的不过五栋。坊内的空地很宽阔，使人不由得产生衰落和荒芜之感。

“有点寂寞吧？”理文道。

哲文笑道：“今天四号船来了还稍微热闹点了。”

微风轻拂。农历六月已经是盛夏了。云缝中微微透出一点月光。

哲文停下脚步环顾四周，突然道：“一个人也没有。”

“是呀，上了岸，都在屋子里舒舒服服地躺下了吧。”

“有些话想在没人的地方跟你说。”

“在哥哥的屋子里不能说吗？”

“那儿虽宽敞，可同一个屋顶下有几十个人。难保没有政府密探，或者为了买卖方便而去告密的家伙。”

“政府？”

“双方的政府。幕府和清政府都想了解各种情况。他们想了解什么，咱们管不着，但咱们有些事可不能让他们知道。”

“哥哥是觉得有人在监督你？”

“是啊。糟糕的是剪了辫子。”哲文又用手摸了摸脑袋。尽管对外说是出家，但剪辫子这件事本身就被当局视为危险的信号。哲文似乎有点后悔，但他这个人一旦打定主意就会一条道走到黑。他再次朝四周看了看，然后问道：“你乘四号船直接回上海吗？”

“我还没决定，也许直接回去，也许在萨摩下船，经琉球去福州。我还需要仔细考虑一下。”

“怎么样都行，总之，你一回国就去广西。这不是我的意思，是父亲的意思。”

“去广西？是跟拜上帝会有关吗？”

“刚才在房里说了，拜上帝会或许会改变世道，父亲对此深信不疑。”

“你这么确信？”

“我确信。”

“这么一个基督教组织，能夺取天下……”理文说到这里，也朝四周看了看。

“能不能夺取天下还不敢说。不过，我确信一定会震撼天下，改变世道。”

“哥哥来日本前见过父亲吗？”

“没有，是温章跑来苏州告诉我父亲的意思的，他还叮嘱说他是原封不动地口授父亲的话。”

温章是协助连老爷子创建金顺记的大掌柜温翰的儿子，今年不到五十，但已继承其亡父的地位，担任金顺记的大掌柜。这人绝对可信，他说是口传父亲的话，就一定千真万确。

“广西是中国的边境之地，从这样的地方开始撼动天下？几千人在偏僻的乡村不算少，但从全国来看，就……”理文歪着脑袋，感到怀疑。

“萨摩也远离日本的中心，是最南端的边境……看来父亲是希望这些边境力量能改变这两个国家啊！”

“会有怎样的变化呢？”

“不管怎样变化，父亲认为总归要比现在好。”

“是呀！”在理文看来，父亲在本质上是个旧事物的破坏者。

“刚才我在屋子里说去桂平西玲那儿是请安问好的，其实不是，我是按照父亲的意思，向西玲传达今后的方针的。”

“今后的方针？”

“对。冯云山已经被释放，应该暂时冷静一下。今后情况会更复杂，西玲一个人应付不了。把你派去和拜上帝会保持密切联系，让她暂时别和他们接触。”

“要我和拜上帝会保持密切联系？”

“没错，所以你必须去广西。虽然不急于一时，但也不能太慢了。”

“萨摩的工作怎么办？”

“萨摩和琉球的工作我来接管。我剪掉辫子，其实就是这个目的。再休息几天，就得交接工作了。”

“父亲还是和过去一样！”

不满和满足两种情绪在理文心中交替着。他不满的是自己就像棋子，被父亲随意驱使，明明自己已经是二十九岁的成人了。但他这次能够承担重大任务，他对此倒是很满意。拜上帝会能不能夺取天下姑且不论，起码父亲预计它会震撼整个中国。父亲要他和这样一个组织保持“密切联系”，恐怕既指经济上的资助，也指为这个组织出谋划策。理文暗想，父亲最初可能是想把这工作交给哥哥的，但一想到任务太重就改变了主意担。虽然萨摩和琉球的工作也很艰巨，但已经由他踏出了一条路，和岛津的负责人谈判，应该还不至于难住画家哥哥。

远处传来女人娇滴滴的说话声，夹着三味线的琴声。风不知何时停了。理文浑感到浑身都在冒汗，不只是因为风停了，还因为接到新任务情绪激动。

“哥哥也要把广西的工作交接给我啊。”

“父亲如今应该在厦门，你可以到那儿去问他。至于广西当地的情况，西玲很清楚。对了，来日本前在宁波听温章说父亲似乎有点担心。”

“担心什么？”

“首先是父亲的莫逆之交、人称‘天下大侠’的王举志先生已经不在了，因此父亲和各地帮会组织的联系比以前弱了。”

“是吗？父亲是要把各个帮会组织和拜上帝会拉到一起吧。”

“其次，洪秀全为营救冯云山去了广州后，一直没回紫荆山。冯云山也跟着去了广州。尽管这两件事并不相干，但父亲担心两巨头都不在会出问题。”

“想来当地的大地主和当权派早就盯上他们了，说不定会趁着两巨头不在把他们搞垮。”

“有这方面的担心，不过留在紫荆山的头目中也有能干之人。有个叫杨秀清的干得很出色。父亲担心的或许是这些留下的人太出色，以至于一个系统变成两个系统……总之，广西那边的工作是非常艰巨的。”

哲文正低声说着话，突然被一个尖细的女人的声音压住了：“谁？是哲文先生吗？刚才我回到您那儿去了。”袖若在打着灯笼的侍女陪伴下朝他们走来，灯光照在她脚下，她的脚步有些摇晃。

哲文匆忙在理文耳边道：“我再跟你说几句。拜上帝会一开始就不是一般的宗教团体，他们早就决心要造反，起码上面的头头是这样打算的。换言之，你也要去造反。你要有思想准备。”

“明白了。没有什么可怕的。”

“好！好！”哲文边说边从弟弟身边走开，迎着袖若道，“你真快呀！”

“到各个屋子里去只是尽尽人情。却被他们灌了不少酒。”

“再上我屋里坐坐吧，再喝点儿，反正时间还早。”哲文回头对弟弟说道，“回屋去，咱们痛痛快快地喝几杯。”

那一点微亮的月光，又被云层遮盖了。

四十天长梦

已是秋末冬初，但桂平西山还是一片浓绿。山里润湿的岩石上，到处都有风雅之士刻的文字。连理文在一块刻着“碧云天”字样的岩石前停下脚步。这三个大字旁边，还刻着一行较小的字：“道光壬寅秋日景山李少莲书”。壬寅是道光二十二年（1842 年）。“七年前，就那年呀！”理文自言自语。

那一年正值鸦片战争，英军打到长江，阴历七月二十四，在英舰威里士厘号上，清国被迫缔结屈辱的《南京条约》。签约前两个半月，和理文父亲十分要好的江南提督陈化成在吴淞战死。同一个秋天，一个风流雅士却在广西山中悠闲自在地大书什么“碧云天”！理文轻轻摇摇头，又慢慢迈开了脚步。他从广州溯珠江而上，刚刚抵达桂平。珠江水系在这一带称作浔江。来迎接他的人让他坐上肩舆，把他领到龙华寺。放下行李，理文便让寺里的小和尚带自己去洗石庵。龙华寺与洗石庵上下相邻，步行不过十分钟。整洁而雅致的洗石庵是尼姑庵，单独建在山脚下。洗石庵里，西玲早就在等着理文了。

带路的小和尚告诉理文，现在的桂平县位于黔江和郁江合流的浔江边。但宋代前，县城就在这西山里。洗石庵是唐末建造的尼庵。“从这儿往左一拐，就是洗石庵的大门。”小和尚指着山道岔口。

遮住左边视线的岩壁，在这里突然断开，因此往左一拐，眼前便是另外一派风光。理文不禁“啊”地感叹起来。

西玲站在洗石庵门前，戴着头巾，身穿僧衣，虽相隔很远，但理文一眼就认出是她。“上次见面还是在那一年。”理文心想。七年前，西玲曾寄身上海的书店“斯文堂”，并在那儿生下一个蓝眼睛的女儿。当时理文在上海，他去过那家书店。恰逢英军攻陷宁波——理文想起了“碧云天”三个字。门上悬着块匾额，写着“洗石庵”。两边柱上挂着长长的对联，字是雕刻的，涂着金粉：

楼阁耸奇观天外云峰撑台石

山门凝爽气池中烟水隔红尘

西玲把右手高举到头边，唇边挂着亲切的微笑。

“看来很精神，太好了。”理文顿感轻松，但哥哥说过西玲太精神就会出麻烦。

“你来得正好。”西玲首先打招呼。

“您看起来精神不错。”理文在庵门前的石阶下仰视着西玲。

“理文成大人啦！在日本见到哲文了吗？”

“见到了。他在日本很好。我准备暂住在龙华寺。一切就有劳您了。”

“你父亲已跟我联系了。”西玲转过身，迈开步子。

理文跟在她后面走进庵内。同样是寺院，比起肃穆庄严的龙华寺，尼姑庵更精巧整洁一些，气氛也轻松多了。理文进了一间可眺望远景的房间，跟西玲面对面坐下。越过西玲斜斜的肩，可以看到西山葱郁的树，那浓绿的荫影好似一直映照到西玲身上。理文有点局促。

“跟我说说拜上帝会吧，越详细越好。我到这儿来就是为了这个。”

“急什么。你先说说日本，那是个什么样的国家？”西玲泛蓝的眼睛炯炯有神。她一向好奇心强烈，不仅想知道新奇的事物，还要亲自投身进去。她已快四十岁了，性格却没变。

“洪秀全这个人，感觉很敏锐，甚至到了可怕的地步。”

聊了很多日本的情况后，西玲才说拜上帝会的事。她从创始人洪秀全说起。这一带大多把“拜”字略去，简称“上帝会”。

洪秀全不是广西当地人，而是广东花县人，出生于离花县县城不远的福源水，后来全家迁居到县城外，被称为“客家”。“客”即非土著。因战乱或其他原因离开故乡、迁居当地的外乡人，被称为“客”。他们不是宾客，而是不速之客。对插户进来的人，土著都怀有警惕心，并加以歧视。拿耕地来说，土著人不要的荒地才会给客家人，较好的工作都是世居在此的本地人做的，客家人只能做条件差的工作。不过，不论什么，能找到工作就是幸运的，客家人不能不做。

因为境遇不利，客家人都非常勤奋。当时中国妇女一般都要缠足，从小用布紧紧裹着脚，妨碍脚的发育，成人后走起路来就摇摇晃晃的。但客家人很少有缠足的。妇女也必须要劳动，缠足会夺去身体的活动能力，他们当然不会做这种浪费劳动力的傻事。

客家人自尊心很强。他们的祖先究竟因何迁移，已经是几百上千年前的事了，谁也说不清楚。客家人主要从北往南迁。大概是那些抵抗分子在改朝换代或战乱时，因拒绝投降而逃亡出来的吧。他们的祖先大多是不屈服的硬骨头。明亡清兴时，据说抵抗最顽强的就是客家人。他们不屈、勤奋，却遭到歧视和防备。

当然，混血儿西玲对客家人没有丝毫偏见。“我在广州见过些了解洪先生儿时情况的人，听他们谈了许多。据说他儿时爱生气，做任何游戏都要当孩子王。”听语气便知西玲对洪秀全怀有好感。

“据说他科考多次落榜。这是真的吗？”理文问，这是在长崎听哥哥说的。

洪家虽是自耕农，却只有几亩薄地，生活很困苦。洪秀全小时放过牛，七岁那年，他总算上了村塾，读四书五经。他学习好，看来会有大出息，可家里越来越穷，连村塾的学费也拿不出。幸好他成绩突出，村塾免了学费，加上亲戚帮助，他上到十六岁，得以参加广州府试。可惜落榜了。

洪秀全出生于嘉庆十八年十二月十日（1814 年 1 月 1 日），按阴历算，他出生二十来天就两岁了，十六岁那年，应是一八二八年，其实周岁不过十四。他从十八岁起开始当村塾教师，独立生活。道光十六年（1836 年），二十四岁的洪秀全再次参加府试，然而再次落榜。

虽然没有考中，但他在广州经历了两件十分有意义的事。

第一，他旁听了广州大儒朱次琦在六榕寺的公开课。朱次琦是广东南海人，隐居南海九江乡，人称九江先生，中过进士，在山西当过知县。洪秀全第二次去广州时，朱次琦刚满三十，还是个朝气蓬勃的青年学者。他注重实践躬行，在青年学生中颇有声望。洪秀全听了朱次琦讲“三世之说”，受到极大的震动。“三世”源于《春秋》，《春秋》把自己和父亲之世定为“所见世”，祖父之世为“所闻世”，曾、高祖之世为“所传闻世”。但清代公羊学派则解释为“衰乱世”、“升平世”和“太平世”。尚古主义儒家认为，古代最好，之后世道日渐变坏。因此他们主张尽可能将变坏的世道带回到美好的古代。但朱次琦认为，时代是由衰乱进入升平，再到达太平的。过去时代是坏的，以后会逐渐变好。他所要研究的，便是怎样才能按历史的必然进入日益变好的时代。洪秀全在村塾学的是陈旧发霉的尚古主义，因而为朱先生的社会进化论学说而震惊。据说洪秀全后来非常感慨：“我感到就好像以前贴在眼上的鳞片突然被揭去了。”他意识到自己的思想是多么的闭塞。“我禁闭在黑暗的屋子里，认为这就是世界。打开门，明亮广阔的世界就展现在我面前，但以前我并不知道。”

第二件事，是他在街头听到了基督教传教士的说教。一个洋人叽里咕噜地说些什么，一个中国人把它译成中国话：“诸位睁开眼睛好好看看，你们在礼拜着什么，你们对一切都在礼拜啊！我们只拜上帝耶和华。大家都相信耶稣基督，礼拜上帝吧！其他都是邪魔外道。寺庙中所有的不过是木头、铜块。那里会有灵魂吗？没有！你们都是无知的，你们的眼睛被蒙住了。”

洪秀全并不了解教义，唯有“你们的眼睛被蒙住了”这话深深打动了他。他刚刚听过朱次琦的三世说，深感必须睁眼看一看世界。大概是洪秀全脸上流露出真挚的表情，担任翻译的中国传教士递给他一本书：“请务必读读这本书！”书封上印着“劝世良言”四个汉字，旁边还有一行洋文，他不认得。洪秀全摸了摸腰包，准备付款。

“不必不必，这是赠给您的。凡认真听我们讲话的人，我们都会无偿奉赠，请您一定要读一读。”中国传教士十分热情。

“不过洪先生好几年都没读那本书，塞在架子上，摸都没摸过。”西玲说。

“为什么？”

“这个你得去问洪先生。”

“是吗？”

“因为我也不清楚，向不知道的人打听，当然还是不知道啰。哈哈……”

七年前理文在上海见到西玲时，觉得西玲情绪上有些阴影，而现在这阴影好像消失了。她的笑声爽朗清脆，没有阴翳。她的话语也没有丝毫的矫揉造作。

“这一带出了点乱子，你要小心点儿。马上就要天下大乱啦！”理文去金田村见洪秀全时，西玲嘱咐他。

广西治安极其糟糕，广东虽也不太好，但毕竟是两广总督府的所在，官兵可以控制局势。也许正因如此，偏僻的广西形势日益恶化。西玲还再三叮嘱他，不要为了抄近道而走那些偏僻的小路。

“搞得好像全国的坏蛋都跑到广西来了似的！”理文开玩笑道。

“那些偏僻小道上拦路打劫，可不一定都是坏蛋。”

“拦路打劫还不是坏蛋？”

“这么说吧，或许他们家里有饿得哇哇大哭的孩子。很多人，不，几乎所有人都是善良的劳动者。可是没地方可干活儿，被逼得走投无路啊！”

“这真糟糕！”理文耸了耸肩。

去年（1848年）以来，整个广西接二连三发生了不少事。去年四月（阳历），广东天地会秦兴晚伙同广西宾州黄启珍在武宣叛乱，九月才被镇压；同在四月，镇安府天地会黄维业和黄天宋造反，杀了知事沈毓寅；十二月，广东张亚祥在广西宾州抵抗官兵，打死游击（校级军官）邓宗恒，桂平孙家祥、横州谢江殿、钦州李自昌、灵山苏三相和贵县徐亚云等有名的帮会首领都参与了此事。今年一月，横州马成龙、马成虎等人攻打了贵县怀西等地；四月，“大头羊”张钊、“大鲤鱼”田芳和“卷嘴狗”侯志等广东艇匪抢掠了广西梧州；五月，张亚祥集团又袭击了南宁府、柳州府和桂林府，他们以红布裹头，高举“替天行道”的大旗。六月，就在这动荡时期，洪秀全和冯云山回到了桂平。冯云山获释后在广东花县找到了洪秀全，于是两人一起回来了。

连理文到桂平后本想立刻见洪秀全，但通过西玲得到的答复是：“目前十分繁忙，将抽空会见，届时知会洗石庵。”直到第六天晌午，上帝会派人来到洗石庵，口头传了话：黄昏时到金田村，请连先生单独来，不得带随从，三界祖庙前有人迎接，此人会说：黎塘桥坏了，真麻烦！请连先生回：木头桥易坏，下次造座石桥吧。此人便会把先生领到教主那儿。理文这才获准见洪秀全。是不是摆架子呀？他心里想。“既已派了人来，何不直接领我过去！”理文感到上帝会不免有些做作。

从西山到金田村不到三十公里，要过两次渡。桂平县城虽人口稠密，但有些乡间小道十分偏僻，西玲自然担心理文："你这个样子会被人认为是有钱人。"

"不会吧。"理文穿着一身普通的衣服。要步行三十公里，他轻装打扮，没带任何行李。

"要是碰上拦路打劫的，你一定要老老实实把钱带给他们，别反抗。不管对方是怎样的脓包，反抗是十分危险的。一个拦路打劫的人背后，必然是一伙人。"西玲把要注意的事仔细跟理文说了。

"我知道了。我可没那个勇气去反抗。您放心吧。"

理文按时从洗石庵出发，穿过西山浓密的树林，眼前很快出现了浔江宽阔的江流。算上理文，一共有八个过渡的客人。船还没开，理文大体可以看出乘客的身份。两个商人，一个柳州人，一个象州人，都是木材商，各带了两名随从。在这动荡时代，尤其是多事之地，随从其实就是保镖。虽说同行是冤家，但在这种时候，同行的人越多就越放心。从谈话看，这两个商人是在途中认识的，他们在贵县合伙，等于把各自的保镖由两人增加到了四人。

另一个乘客是个三十岁左右的女人。这女人没有缠足，像客家人，但没有客家口音。据说她嫁在贵县一户农家，娘家在五峒山古程村。这次回娘家，恰好遇上这一行六人，因为要走的路线差不多，就结伴同行了。其他六人并不知她的名字，都称她"阿嫂"。这是对年岁稍大的妇女的一般称呼。

"阿嫂，古程可是偏僻这呀。在鹏化川最上游吧？"一个保镖跟她搭话。

"是个老山沟。"她没好气地回答。

"阿嫂，你生在老山沟里，长得还挺俊俏哩。"另一个保镖开玩笑道。

"少说废话！"这女人性格很倔强。

"你这人真不客气呀！"

"对你们这种人客气什么！"

"啊哟，吼得这么大声！"

"吼！什么屁话！你这小子！"女人倒竖柳眉。

确如保镖所说，她虽生在山沟里，却长着副俊俏的瓜子脸儿，肤色稍黑，两道又黑又长的眉毛十分显眼。这眉毛因发怒斜吊起来，确实有柳眉的感觉。

"得啦！得啦！我说阿嫂，不要这么生气嘛！咱们走到一起也是缘分呀！”商人插嘴调解道。

人们或许会觉得，在群盗出没的广西，就带两三个保镖，一旦遇上几十上百的强盗，还不是只能举手投降吗？非也。强盗的世界看似无秩，其实也有隶属关系，一般笼统称之为“会党”。跟主要的会党打好招呼，途中就很安全。所谓“招呼”，自然是指钱，或说“通行税”。作为证明，会党会派出他们的保镖，会党的强盗自然就不会袭击行人了。自然，他们也能分得部分通行税，得了钱还阻挠行人可就不仁不义了。若不打招呼，即便有几十上百的护卫，也很难说绝对安全。而且，护卫人数多了，反而会使会党系统产生敌对情绪。因此，镖客可说是活护照，他们的脸就是缴纳通行税的证书。他们在天地会这个秘密组织中属下层，所以有人极其粗暴。这几位木材商的镖客，品行就不太好，为了消遣旅途之无聊，竟调戏起有夫之妇。四名镖客中只有一人似乎比较老实，看起来四十开外，他严厉地责备道：“别太不像话了，否则我就要告诉大哥。”他这么一说，其他三个镖客都缩了缩脑袋。看来那大哥是个很有权威的人物。

“咱可什么都没说，说她长得俊俏，那是夸她呀。”

“就是嘛，阿嫂爱生气。”

“搞不懂她生什么气。”

三个镖客噘着嘴巴，一人一句嘟囔着。

“不明白？那是脑袋坏了！你们脑袋里都装的大粪！”阿嫂在一旁喋喋不休。

“喂喂！渡船上不准吵架！”正在摇橹的船夫忍不住大声喊道。

在小渡船上吵架是很危险的，按理要保持安静。这船夫既能在浔江上干摆渡的营生，当然和会党也有些关系。他一发话，女人和镖客自然都不说话了。船一靠岸，众人登陆，女人和镖客又吵起来。男人们对付不了女人。理文作为第三者，也觉得女人说话太过分，镖客们虽说了调戏之语，到底没有逾矩。

“给你赔个礼总行了吧！”镖客们终于认输了。

女人却更来劲，说的话也粗暴：“道个歉就算完了！你们这些粪蛋脑袋瓜子想干什么呀？怎么不跪在老娘脚下好好想想！”

听到女人这样说话，镖客们心头也起了火。“你胡说什么？你也不想想，这样的世道，你能从贵县平安走到这里，是沾谁的光！想清楚就不会这么胡说八道了！老实点！你可是一个人在上路！”一个年轻的镖客唾沫飞溅。两个木材商在旁不知如何是好。

女人也不示弱，大声道：“谁想跟你们这些粪蛋脑袋瓜子一块儿行路！你什么意思？是说保护我了吗？我看你不要自作多情了！”

“算了，这种女人不用理她！”

“我还不想跟你们一块儿走哩！我跟这位大哥一块儿走，你们快滚吧！”女人朝理文看了看。

“好哇，求之不得！跟你一起走真他妈恶心！”最老实的年长镖客“呸”地吐了口唾沫。

“得啦！走吧走吧！”镖客们催促着两个商人快步走开了。女人站在那儿不动。理文虽然想走，却也未动。两个商人还不时回头看看，镖客们连头也没回。六个人很快转了一个弯，连个影子也看不见了。

“啊！这下子可清静了！大哥，我们一块儿走吧。”女人对理文说道。理文很为难：这可太任性了！像刚才那样七八个人一起倒还可以，一男一女结伴同行，从伦理上来说是有问题的。

“你的意思是，要我把你送到古程？”

“那我怎么好意思呀，到金田村就行了。我在那儿有亲戚。”

“好吧。”事已如此，两人只得结伴，若有人问起来，解释一下应该都能理解的。那个摆渡的船夫也可以为他作证。

“大哥，有大嫂吗？”

“有。”理文极力想记起亡妻，可是她好像跟这种场面闹别扭似的，不愿在他的脑子里露面。女人的声音和刚才吵架时完全不一样，变得娇滴滴的。

“双亲都在古程吗？”理文尽量用庄重、礼貌的语气。

“我这次出来就不回去了……再也不想见他了。”

理文不知怎么回答才好。

“我们走吧。”女人催促道。

他们朝北走去。这里水网密布，土地肥沃，如果治安良好，是个很好的地方。“地种得真好啊！”不知道该说什么，理文便望着眼前广阔的田地道。当时租税很重，很多农民都丢下土地逃亡去了，有的庄稼种好了，到了收获时节被往往土匪割走。看到这样精心耕作的田地，确实令人感动。

“这一带是上帝会的势力范围。”

“哦，是吗？”理文点了点头。

女人的意思是，是上帝会这个强有力的组织保护着这里的百姓。要抵抗土匪就必须有足够的实力。除了上帝会，其他各种组织也都武装起来了，就连地主们也建立了“团练”。

前面有片树林。这一带多樟树，木材商人到桂平就是为了采购樟木。到了樟树林前，女人停下脚步，大声笑起来。因为笑得太突然，理文还以为她是什么病发作了，但他很快就觉察到不是。

林子里跑出二十来条汉子，把理文团团围住。“啊呀！强盗啊！”女人大声笑着。

只有理文被包围。一切都明白了。女人是这伙强盗派来的诱饵。理文伸手从怀里掏出钱包，递给一个汉子道：“八块洋银。我只带了这么多，绝对没有撒谎，不信可以把我脱光搜查。”

那汉子既不伸手接钱，也不开口说话。

“八块洋银？你以为我们就为了这几块钱？”背后传来女人的声音。

“那你们想要什么？”理文回头问道。

“要你的人！”

“我？”

“厦门金顺记的少爷，可以卖很多钱吧！我想连维材不会舍不得这点钱的。”女人开心地笑起来。

理文两个手腕被人抓住，一块布状的东西从背后蒙上他的眼睛，那布上发出桂花的香气。

理文的蒙眼布被摘下了。女人就在他眼前，背靠着板墙，坐在一个菜墩子似的低矮台子上，两腿伸在前面。理文一直被绳子绑着。不过，这种马马虎虎的绑法，并不十分难受。而且他被绑时，偷偷把两只胳膊伸在前面，一开始就留下了缝隙。当然，他得装作很难受的样子。

“你觉得你老爹会出多少钱？”女人问。

“啊呀，这谁知道，或许一个铜板也不拿。”居然能如此沉着地应答，理文自己都感到意外。对方若是为了钱，自己暂时就不会有生命危险，况且父亲对帮会十分熟悉，尽管不了解这女人是哪帮哪派，可以肯定的是，她必然同某个会党有联系。一层一层追寻下去，一定会和已去世的王举志有关系。王举志这名字在社会里有着神秘的影响，连维材和他肝胆相照。

“这女人一定不太了解情况！”理文心想。若了解情况，绝对不会把连维材的儿子当作勒索的人质。连维材与会党的关系虽隐秘，但也必定有人知道。假如父亲接受对方的赎金要求，定会探问对方属于哪个系统。帮会里等级序列极其严格，究竟谁绑架了自己，上层又是谁，父亲一探听就知道了。这女人连父亲与会党的关系都不知道，想必只是个很下层的小人物。理文想到这里，一点也不觉得可怕。他觉得这女人很快就会意识到自己的错误，并向他赔礼道歉。

“一个子儿都不出，那你可就没命了。”

“那也没有办法，人反正总要死的。”

“好胆量呀！”

“哪有，我胆小得很，只是想得比较通透而已。这算是我的长处吧。”理文抬头望了望上方。黑乎乎的屋梁上布满了蜘蛛网。外面传来微弱而缓慢的声音，理文很快就猜到那是什么了。左右两边墙壁上没有窗户。正面墙壁上一人高的地方，开了一个小小的方孔。方孔太小，窗户都算不上，但屋里很明亮，想来背后的墙上有窗户。

“好啦，就住这儿安静地等你老爹的答复吧。”女人站起身来。

理文把投向屋梁上的目光转向右边看去。

“眼睛转来转去看什么？任你怎么转，也不会知道这是什么地方的。”女人俯视着理文。理文和刚才女人所坐的地方正好相对。他们都把背靠在后面的墙上，不同的是理文直接坐在地上，而不是那菜墩子似的小台。

“虽不知是什么地方，不过可以大体估算出方位。”

“估算？”

“离刚才那个樟树林子不远，相距六百三十八步。”

“哟，数数了！”

“没别的事可干。”

“在这儿也没别的事可做，你打算数什么呢？”

“做什么，我还得好好想想。”

“反正时间有的是。”女人从正面墙壁左角上的门走了出去。

理文听到关门和上闩的声音。不知过了多久，凭他的感觉，想来已有两刻多钟，或许更短。这是个好时机。他一直把两只胳膊撑开着，只要胳膊一缩，绳子就松开些了。自从被带进这屋子，理文担心女人会重新捆绑，但敌人没这样做。理文放松肩膀，尽量缩紧身子。绳子留下的空隙很大，身子摇晃几下，右手就能活动了，很快绳子解开。刚才背靠的墙壁上果然有窗户，没有格子，可容一人出入。理文把女人坐过的菜墩子木台竖靠在墙上，从窗口逃出去了。

到底是小喽啰！理文心想。那捆绳子的是个外行，且这周围竟连个岗哨也不放。果如理文所料，屋旁是一条河，那单调的声音便是摇橹声。敌人之大意，简直叫他吃惊。而更让他吃惊的是，河边正好系着一只船，船上放着桨。一切就绪。这一带他虽第一次来，但事先已仔细查看过地图，早就把地理情况记在脑里。从河宽来看，这应该就是思盘江。

理文操舟的技术十分熟练。“嗨！太蠢了！”到了对岸，也许是紧张情绪消失了，他差点放声大笑。

渡过思盘江，一直往北走就行了。金田村离此还有十来里地。不，渡过思盘江就已到金田村境内了，只是村中心尚在十里外。庙宇一般都坐落在村中心，理文半路上遇到个上了年纪的农夫，慎重起见，他又向农夫打听了一下。不出所料，三界祖庙建在民房聚集的地方。周围民房过于破旧，石砌的庙宇显得格外壮观，一眼便可辨认。已是黄昏，庙前还没人影。理文站在庙门前深吸一口气。

门柱上有一副对联：

心妙阔从天引到一渠清水
道真闲似鹤放开九陌红尘

理文正在琢磨意思，背后突然有人说道：“黎塘桥坏了，真糟糕！”理文吃了一惊。这声音像极了刚才那女人。理文回头一看，果真是她！他慌忙说出暗语：“木头桥……容易坏……”

“太失礼了，请见谅。事关重大，虽是连老先生的公子，但究竟是怎样的人，还是要经一番证实的。”洪秀全说罢，一动不动地注视着连理文。

理文感觉自己的嘴唇在抽搐，但他马上盖上一层微笑。从浔江渡头开始，一切都是戏。女人、商人、镖客，都是演员。

“你是从对面墙壁窗眼里看到的吧？”理文问。

洪秀全嘴巴撇成八字形，板着脸点点头。理文好像是在回敬洪秀全，也凝视着他的脸，那张不可思议的脸，精悍的表情同某种神经质奇妙地交杂在一起，使人觉得他不可捉摸。

理文脸上露出了真正的微笑。“验人可不应单方面进行，我也想验验呢。毕竟谈的是大事，应慎重又慎重。”

“要验我吗？”洪秀全道。他仍不改刚才那副表情。

“对。”

“你要怎么做？”

“我就问几个问题。”

“请！”

“我听说过您做梦的事。想问那个梦。想听您亲口说说那个梦。”

洪秀全闭上眼睛。屋子空旷，现在只剩连理文和洪秀全。刚才那些奇妙的客串演员无影无踪。

“是的，那个梦。”理文重复了一遍。

经历了朱次琦讲学和传教士说教后，洪秀全第三次参加府试，却仍旧落榜了。他到广州应试时身体已不适，得知落第的消息后，病情更加严重，高烧不退，路也走不动。广州离花县不远，洪秀全病状又极异常，大夫说他怕是性命难保了。洪家于是派人到广州，将昏迷不醒的洪秀全装进轿子抬回了花县，反正是死，不如死在家里。除父母外，洪秀全还有两个哥哥、一个姐姐和一个妹妹。姐姐辛英和妹妹宣娇昼夜服侍。洪秀全阴历二月在广州发病，后来太平天国把二月二日定为“报爷节”。在太平天国术语中，“爷”就是耶和华，他们将此次发病视为上帝给予洪秀全光荣使命的开端。三月初一，子时，据说洪秀全梦里上了天，上帝告诉他，妖魔迷惑世人，命他同妖魔斗争，将其驱逐。

“那我就仔细说说吧。”洪秀全道，“我朦朦胧胧感觉到有很多人跟我打招呼，我想他们是从另一个世界来接我的。于是，我把爹娘、哥嫂和妻子叫到床前，道了不孝之罪，然后跟他们告别。不一会儿，天使来了，我坐上轿子，从东方大道升了天。天门两边有众多美丽的女子夹道迎我。我走进天堂，那里金碧辉煌，跟凡俗世界完全不一样。”洪秀全闭着眼睛，平淡地说着，没有抑扬顿挫，或许他已经沉浸在了梦里的情景中，“接着来了许多身穿龙袍、头戴尖帽的人，多得数不清，他们剖开了我的肚子。”

“肚子？”

“对，他们给我换了五脏六腑。然后天母来了，她说：‘我的孩子，你在下界弄脏了身体，母亲要给你在天河里洗干净，然后去见天父。’于是，天母给我洗净身子，把我带到天父上主皇上帝面前。”

“天父上主皇上帝是什么样子的呢？”

“头上戴着高冠，金黄色的胡须垂至腹前，身穿黑色龙袍，两手在膝间，端坐在那里。我跪在天父上主皇上帝面前，他悲伤地对我道：‘地上的人没一个不是我生养的，我给所有人食物、衣服和幸福，天地万物都是我创造的。可是，他们都失去了本性，没有人敬畏我。他们为妖魔所惑，把我给予的东西奉献给妖魔，就好像妖魔在养活他们似的。他们不知自己被妖魔所控制和加害。我对此感到痛恨，也感到怜悯。”

“天父这么说的？”

“是的，一字不差，就是这么说的。别的能忘，这可忘不了。”

“之后呢？”

“天父上主皇上帝给了我一颗金玺和一把云中雪剑，要我用它们斩妖除魔。‘要和天使齐心协力，在三十三天各处战斗，把跟随妖魔的兄弟姐妹全部捉住，带回天上。对妖魔头头、妖魔子孙绝不能手软，要把他们全部铲除。’天父从高处给我指出妖魔惑人为害的真相，还教给我作战的方法。天父身旁还有个中年男人，他有时对作战方法提出建议，不知为何，我竟称他天兄。”

“他是耶稣基督吧？”

“是的。不过当时我还不知道，天上竟有我的父兄。”

“那你的梦是怎么醒来的呢？”

“天父要我到下界去。我想待在天堂，天父生气了，他说：‘你不去下界，下界的人怎能从妖魔迷惑中觉醒，升到天堂来呢？在下界把该做的事做完后，再升天和大家一起享受安乐不好吗？’天父和天兄把我送回凡界。分别时，天父写了‘天王大道君王全’七个字，要我在名字中取一个‘全’字。”

“原来如此。”

洪秀全这一辈，名字中都有个“仁”字，他的两个哥哥是仁发、仁达，族兄弟有仁政、仁玕。洪秀全名叫仁坤。另外，他还根据五行学说起了个别名叫火秀，梦到天父在天堂中对他说的那些话以后，他就自称秀全。

“梦到这里就醒了。父母和哥哥一直待在我床边。我跟他们说天父命朕为天子，统治天下万国人民。”

“大家都大吃一惊吧！”

“朕”这字在春秋战国时用于一般人的第一人称，和“我”同义。直到秦始皇禁止皇帝以外的人使用这个字。儿子从梦中醒来，竟自称“朕”，父母当然大为惊慌。要是被外人听到，会被扣上大逆不道的罪名。

“是大吃了一惊，他们认为我是恶鬼附身，还把巫师请来，闹了场笑话。”洪秀全脸上这才露出一丝笑容。

理文把全部神经都集中在两眼上，目不转睛地盯着洪秀全。

“这人的精神到底正不正常呀？会不会像十二年前他父亲所担心的那样，神经有点错乱？”理文心想，但他怎么看也看不出洪秀全脸上有一丝不正常的痕迹，“这人恐怕真的升了天，见了天父和天兄。”

“在这以前，你读过《劝世良言》吗？”

“随便翻了翻，不能说读过。”

“只是随便翻了翻？”

“是的。真正读它，是在六年后。当时我整理书架，发现了这本满是灰尘的书。读后大吃一惊，天父在我梦中所说的话，竟和这书中的内容完全一样。我这才知天父是耶和华，天兄是耶稣基督。”

“是六年之后呀……”理文小声自言自语。洪秀全说他没读过，不过有可能他随便翻翻之际，已将书中内容刻进潜意识中，只是他自己未曾察觉罢了。当然，理文并没有将自己的想法说出来。

《劝世良言》是基督教的入门读物，作者梁发是一名华侨，在马六甲当排字工。他是英国传教士威廉·密隆的弟子，密隆则是被逐出天主教会的新教徒。理文为了见洪秀全，在广州弄到了这本书并看了一遍。他把书中的内容跟刚才洪秀全的话对比了一下，发现洪秀全的梦，道教味道比基督教更浓厚——金玺和宝剑完全是道教的东西。天父、天兄能勉强跟基督教联系起来，这也许是《劝世良言》所留下的残影吧。

“六年，相隔这么长时间最恰当。若只做那个梦而不读那本书，我恐怕就不会确信那是天父的命令。若只读那书，不做这四十天长梦，我想我也就不会信奉基督教。”

发烧发了四十天！理文心想，这四十天，一定会产生种种幻想。偶然梦见一老一少，使他确信那就是耶和华和基督。

这时，房门打开，进来个年轻人。

“我不是吩咐过，在我谈话时，不准任何人进来！”洪秀全斥责那年轻人。

“接到紧急消息！”年轻人跪在那儿。

“紧急消息？”

“花县的消息，已平安分娩。”

“啊！已经出生了！”洪秀全从椅上站起。

“是男孩。”

“是吗？”他那张一直毫无变化的脸，这时依稀有了笑容。

这一年的十月初九，阳历十一月二十三日，妻子赖氏在花县生了个男孩，取名天贵。

林、左会谈

当三十六岁的洪秀在金田村听到儿子出生而全面露笑容时，六十五岁的林则徐在湖南长沙为人生迟暮而叹息。

已经秋深，很快就要入冬了。“霜侵病树怜秋叶。”林则徐的脑海中不断浮现着离开昆明时所作的这句诗。按律诗的规则须有“对句”，林则徐为“秋叶”所选的对句是“夕晖”——夕阳西沉，林则徐这样看自己的人生。

八年前，朝廷追究鸦片战争的责任，将他降职发配到新疆。因为暂时还要监督东河修复工程，他是一年多以后才去的新疆。三年后，他在天山南北路开垦事业上做出了成绩，重新被任命为陕西巡抚。一年后，他被任命为云贵总督，到昆明上任，汉回两族在那里矛盾不断。两年多的时间，林则徐基本解决了民族间的矛盾。在政治上，他还算顺利；但就个人而言，在昆明的时候不能不说是暗淡的。他失去了妻子淑卿，自己也疾病缠身。他多次向朝廷请求隐退，但都没有得到许可。道光皇帝本打算等边疆问题解决了就让他回北京任枢相（军机大臣），但后来得知林则徐的状况，总算准许他辞官还乡。

林则徐打算回到故乡福建侯官。他谪迁新疆时，夫人一直在家里，而他到云南赴任时，夫人坚决要跟他一起去。家人一再劝阻，说昆明偏僻，但她心意已决。她深知自己时日不多，希望能和丈夫一起度过余生；若待在福建，恐怕再也见不到丈夫了。林则徐是从西安经成都去昆明的，他得知妻子的情况后回信说：“来吧，不过不要急，慢慢来。”他理解妻子的心情。淑卿到昆明后一年多，于去年十月十五日离世。她临终时站在床前的亲人，除了林则徐，还有三个儿子，汝舟、聪彝和拱枢，她因此感到知足。

妻子的离世，坚定了林则徐还乡的决心。封建官僚信奉“身命献于君国”的原则。当积劳成疾不得不辞官时，就剩下一副骸骨了，因此辞呈中往往会说“乞骸骨”或“乞身”。林则徐在离开昆明所写的诗中，便有“乞身泪满老臣衣”之句。夫人去世的次年九月，林则徐带着儿子，扶着夫人的棺柩，踏上了归途。到长沙一带后他们稍微加快了行程，因为妻子的周年忌就要到了，他想找个繁华的地方做场法事。从云南到贵州这一路，长沙是最大的城市，而且这里朋友也多。从昆明出发时就预定十月十五日到长沙，总算赶上了。

为了不给别人添麻烦，到长沙后，他们仍尽量住宿在船上。法事也是在船上举行的。林夫人的灵前点上香，船中弥漫着香火气。

“不会让你等太久的。”林则徐扶着妻子的棺柩心中默念。

他已是迟暮之年，体力日益衰退，不过仍有些余力，他觉得应当留下些什么，因此决定把自己从政三十年的经验和见解留给后人做参考，为此，他需要更详细地了解国家状况。有个人能为他提供信息。到长沙除了做法事，另一个目的就是会见此人——湖南湘阴县人，左宗棠。

舆地兵法家研究的是天下地势、气象、产业、人情、政情和文化，以及怎样才能富国强兵。林则徐是讲求实际的政治家，他对此类人物向来感兴趣。“道义之类，不用说教也可明白。我希望有人能教我些不懂的事，毕竟所剩时间不多了啊。”他成了一个惜时之人。

林则徐年轻时就讨厌空谈，他向来亲近重视实际问题的公羊学派。已故好友龚自珍就是公羊派的人，他去世对林则徐来说是莫大的损失。魏源也属这一派，林则徐曾把自己在广州收集的资料交给他。魏源科举及第，中进士，现已为官，但当上知事后就没学习研究学问了，林则徐觉得那官当得没意思。魏源也在和林则徐的通信中倾诉，说自己因没时间研究舆地兵法而苦恼。因此，首屈一指的舆地兵法家就要推湖南左宗棠了。

林则徐任江苏巡抚时，两江总督陶澍就常说起左宗棠。那是十年前，当时左宗棠才二十五六岁。陶澍也是湖南人。他常说：“左宗棠虽年轻，却是个杰出的兵法家，很快就会有所作为。”说完又补充了一句，“不过他是个怪人。”

林则徐重新被起用后，重用了两个人——张亮基和胡林翼。胡林翼是陶澍的女婿，也是湖南人。道光二十年（1840 年）任江南乡试副考官时，胡林翼因犯了点小错而被降职。次年他的父亲去世，他回乡后四年闭门不仕。林则徐通过陶澍得知胡林翼之才，担任云贵总督后就把胡林翼叫到了云南，作为自己的得力助手。

“季高比我有才多了，世上总有些不平呀！”胡曾向林这样感叹。

季高即左宗棠的别号。

“陶公常跟我谈起这人，说他为人怪异，到底是什么样的人物？”

“怎么说呢，是有点怪僻吧，不过确是有才之人。此人自视甚高，不易相处，但在舆地兵法方面，目前无人能及。”胡林翼皱了皱眉。

“他会到云南来吗？给他和你一样的待遇，他会来吗？”

“我写封信吧。他一定会很高兴的。”

胡林翼与左宗棠同龄，因为陶澍的关系，两人也成了姻亲。不过，胡林翼是进士，左宗棠只是举人。三十八岁未中进士，其实不能说晚，但左宗棠认为自己才华无双，却被善于应付科考之人抛在身后，心里自然不平。这是左宗棠的弱点。进士和非进士有很大的差别。林则徐愿意以胡林翼同等待遇起用左宗棠，得此知遇之恩，按理说左宗棠应该高兴，但他却拒绝了，理由是陶家尚有诉讼要处理，他离不开湖南。这并非借口，胡林翼知道他所说的诉讼问题。因此，林则徐未能起用左宗棠。

此次林则徐返乡，胡林翼事先和左宗棠取得了联系。送行时他告诉林则徐：“左宗棠说想在长沙亲自拜见大人。”

长沙是湖南省的省会，驻有一省文武官员，当中有不少和林则徐有交情。加上林则徐被视为鸦片战争的英雄，所以一到长沙，就有很多人要来见他。湖南巡抚刚刚更换，原江宁布政使冯德馨八月才到任。六年前他曾在贵州当过官，因此和林则徐有许多共同话题，二人虽初次见面，却谈得很投机。

“这可受不了，一个一个接见，会影响您的身体。让他们一起来吧。”冯德馨望着求见者的名帖提议道。

“也只能如此了。”林则徐笑道。

“好的，我来安排。”冯德馨让一般问候者在指定时间集体来见，第一天是湖南省的高级官员，第二天是军界人物，至于亲戚故交外的求见者一概谢绝。

“做此安排着实是为了您的身体考虑。”

长沙虽说是大城市，文武要员、知名人士倒也不太多，这种会见方式很快就在各方人士中传开了。第二天，一众高级官员——巡抚、布政使、按察使、知府等行政官员，粮道和盐道等经济官员，提督、总兵等武官，约三十人前来拜见。林则徐在船上接待了他们。

“唔……怎么没有……”林则徐浏览了来访者的名单，并未看到左宗棠的名字。左宗棠虽无官职，但作为舆地兵法学家是天下闻名的，而当地名士都在名单上，唯独不见他。

“啊？大人说什么？”送名单来的官吏见林则徐怀疑的表情问道。

“没有左宗棠先生的名字。”

“通知到了，但没接到他的答复。反正……”官吏没说下去。

“无妨。”林则徐淡淡地回了一句。他早就听说左宗棠是个怪人。官吏含糊未说的话，他已经猜到了。

林则徐的船不大，只能容下三十来个人，大家挤在一起，促膝接肘而坐，倒有一种亲切之感。当时高级官员的调动相当频繁。十年前，林则徐是湖广总督，驻地虽在武昌，但他管辖湖北、湖南，多次来过长沙。当时文武高级官员现在几乎全部都更换了，只二三人他记得曾见过。

因是问候性的拜见，林则徐言语并未太严肃，只谈了些云贵现状和对长沙的回忆。

“跟十年前相比，大人觉得现在长沙怎么样？”

“大人是不是觉得冷清多了？”

“昨天才到长沙，还没上过岸，这问题可答不了。”林则徐笑着摇摇头。大家也都笑起来。他确实还未踏上这片土地，但从船上看码头的时间还是有的。他的直观感觉是，跟十年前相比，确实大大冷清了，只是他不想谈此种伤感的话题。不过，他倒是愿意谈谈怎样使长沙恢复繁荣。大家哄笑后，感到有些无趣。

这时，林家仆人走进来道：“老爷，有客来。”

“哦？”林则徐朝冯德馨望了望。

来访者一事都交给巡抚冯德馨处理了，他将计划外的来客都谢绝了，码头也已布下护卫。

“奇怪，都来了呀……”冯德馨侧着脑袋感到纳闷儿。

“抚台的护卫做什么了？”林则徐问。按照事先的安排，不速之客是会被赶回去的。

“护卫要小人跟老爷回禀一下。”仆人说罢，从怀中掏出一个红纸帖。帖上用墨笔写了“湖南举人左宗棠”几个大字。

帖子递给林则徐时，在座的人也都看到了上面的字，于是议论纷纷：“哦，是左宗棠……”“这时候跑来，还真会挑时候。”

“你看怎么办好？”林则徐苦笑地问冯德馨，毕竟拜访一事都由他处理，自己不便发表见解。林则徐是为左宗棠才来长沙的，他自然希望见到左宗棠，但左宗棠的方式好像故意要刺激大家的神经。

“念及陶公的关系，总不能把他赶回去啊。再说我们已打扰多时，该回去了。少穆大人，接下来要做什么，您自己看着办便是。”冯德馨说完站起来，其他人自然也跟着站起来。

“戏剧性的来访。”

“您瞧那红帖子！用墨笔写大字，好让大家看见。”

“那是显摆显摆嘛！”客人们窃窃私语，林则徐都听到了，也许他们就是故意让林则徐听到的，那语气就像在忠告：“林公，可不能上了这骗子的当啊！”林则徐恨不得把耳朵塞起来，但行不通，他只得闭上眼睛。“有才华之人，性格上总有些缺点吧！”林则徐想到这里，忽听得“扑通”一声，接着一阵叫喊。

“出什么事了？”

“有人掉河里了！”

“谁呀？”

“左宗棠！”

“又是他！”

林则徐睁开眼睛。

有人立马跳进河里，有人从岸上抛下绳子，不一会儿，左宗棠被拉上来了。

“不用拉！我会水！”左宗棠拼命摇晃着冒在水面上的脑袋大声喊道。船和岸之间搭了几块跳板，左宗棠想上船，卫兵不准，双方在跳板上起了争执，左宗棠失去平衡便掉进河里了。

左宗棠推开两边救他的人，自己挣扎着划到跳板边并爬了上去。林则徐走出船舱时，左宗棠正岔开两腿站在跳板上。这就是他们的初次见面，尽管两人都知道对方是谁。

“是林宫保吗？”左宗棠先开口。

朝廷曾赐林则徐“太子太保”，看起来好像太子的教官，但其实就是个称号而已，和实际工作毫无关系。不过这是皇室内衔，深受尊重，甚至使人觉得地位比巡抚、总督还要高。

“是季高先生吗？”林则徐微笑着点点头。

“幸会！”左宗棠两脚使劲儿踩在跳板上，行拱手礼。

“请上船吧！”林则徐伸出右手。

“惭愧！那我就……”左宗棠挺着胸膛上了船，衣服还滴着水。

“请先更衣吧，否则会着凉的，身体要保重！”

“多谢！”

“汝舟，”林则徐回头看看儿子，“把我的衣服先借给季高先生。”

“是。这边请！”林汝舟把左宗棠领进船舱。

“那我们就失陪了，诸位意下如何？”冯德馨环顾全体访客，大家默默点点头。左宗棠紧绷着脸，嘴唇撇成“八”字，目送他们下了船。

“在衣服干透之前，你就别回去了。”左宗棠换了衣服，林则徐道。

“今晚怕是回不去了！”左宗棠用手巾擦着湿辫子。他上船时已快黄昏。

“不到明天恐怕干不了。”

“我打发仆人去跟家人说一声。”

“好，否则府上会担心的，今晚我们就畅快一叙吧。”

“要畅快地谈，码头有点儿煞风景，把船开到幽静处，您看如何？”

“甚好。这儿你熟，去哪里，把地址告诉船夫。”

“去可以看到银盆岭的地方吧。”左宗棠道。

这一段湘江有两个江中岛。南边较长的叫水陆洲，北边较短的叫傅家洲，傅家洲西边登船，就可看到银盆岭。水面为夕雾笼罩，宵船上已放开桌子，摆上酒肴。林左彻夜畅谈，林家三个儿子则在一旁倾听。

“到明早时间甚是充裕，我们从大的原则问题谈起吧，自然，旁枝末节的小问题也难免会触及，您看如何？”

“我同意。”

“大人觉得，我国最值得警惕的是哪个国家？被迫开埠已快八年，我刚才用的手巾就是英国造的。这些东西已进入生活的每个角落。我们应当了解外国啊。若能听大人谈谈同外国人打交道的经验，将不胜荣幸。”

“俄国，我敢肯定，它将成为中国的忧患。”这个问题林则徐反复考虑过，他立即明确地说道。

左宗棠双手放在膝上，正襟危坐。他大概觉得谈论如此重大的问题，坐姿不可随便。“这倒真是意外，林大人在鸦片战争时曾同英国打过种种交道，人们都知您吃了很大苦头，而您却说忧患是俄国……”左宗棠把手放到了桌上。

“我跟英国人打过交道，了解英国的目标。”林则徐平静地说道，“后来我被贬新疆，听到俄国跳动的脉搏，闻到他们的气味，因此看出了俄国的目标。”

“两国有何不同？”左宗棠不觉探出身子。

“英国是商业国家。他们的军事力量是为了维护商业利益。只要懂得商人的心理，就可同他们周旋。英国占了印度，也是为了维护商业利益。依我看，它现在有点应付不了了。印度没有其他物产可以卖给我们，英国就把印度的鸦片硬塞给我们。英国是背上了一个大包袱，想来正在考虑改变策略。”

“改变策略？”

“若把我们像印度那样吞下去，就会消化不良。日后英国想得到的将不是土地，而是据点，就像香港。还有租界。买卖人可不需要那么广阔的土地。”

“小块土地不是更容易叫人家拿走吗？对我们来说，一寸土地都不能放弃。这不是反而要更加警惕吗？”

“季高先生！”林则徐两眼凝视着左宗棠，接着转过头看了看三个儿子。他一直很轻松，这时突然露出了严肃的面容。沉默时间虽短，但令人窒息。过了一会儿，林则徐才开口：“我同外国打交道，学到很多东西，我自认比一般人更了解外国，因此也感到可怕。这事必须大声疾呼，但在目前立场，我还做不到，我只希望有志气的人知道。这是很悲痛的啊！”

“悲痛？”

“外国太先进了！”

“若只是这些，我也懂得。鸦片战争败了，就因为对方太先进。”

“差距太大！简直叫人绝望。”

“那我们就努力吧！”

“需要时间。”林则徐轻轻摇了摇头，“这要看我们如何努力……照目前这样下去，恐怕要几百年。”

“几百年？太长了！”左宗棠惊呼。

“我是说照目前这样下去。”

“那该怎么办？”

“若能把人改造好，赶上外国，时间可能会短些。”

“改造人？”

“现在的人不行。成人一半抽鸦片，大多卑躬屈膝，这不成！”

“是呀。”

“俄国叫人担心！我们跟它有很长的边境线相接。俄国是个农业国，搞农业必然要土地，他们对土地非常贪婪。俄国土地都在寒冷地带，冬季也没有不冻港。俄国出于本能，必然南下。我国就在它南边。危哉！危哉！”

“好像我在唱独角戏啊，今日本打算恭听您的高论呢！”林则徐苦笑。

“我想谈的问题没有大人那么宏大。”左宗棠跟平时有点不一样。

“我所谈的问题不是宏大，是不着边际。我想听你能谈谈具体一点的问题。季高先生，你认为目前我国最值得注意的是什么问题？”林则徐拿起酒杯，架起腿，这是一种便于谈话的气氛。

“我觉得与其说值得注意，不如说是值得担忧。匪贼横行啊，广西最为严重，尤其拜上帝会，最值得注意。”

“拜上帝会我倒是常听说，是信耶稣教的吧？”

“嗯。连神仙菩萨都成外国造的了，前所未闻的稀罕事呢！”

“是呀。不过，如来老佛也生在印度。”

“如来老佛嘛，总还算是邻近地方的。耶稣可是西洋的啊！”

“你收集了不少有关拜上帝会的资料吧？”

“尽可能收集了。我觉得这个组织最为重要。”

“能不能说给我听听？不能说尽的，我希望你能抄份资料给我。”

“可以，我尽可能详细地向您汇报，以后再呈上资料。待我都准备好了请大人过目。”左宗棠越说越起劲儿。

从他不参加集体拜访，结果闹出刚才那戏剧性的场面，林则徐看出，这人有强烈的表现欲，说不定刚才掉河里也是事先策划好的，目的是引人注意。自我表现欲强的人，自己谈话要比听别人说话显得更得意。左宗棠高谈阔论时，比先前精神多了。他确实擅长说话，大概是在看到胡林翼的信后，早就考虑好今天该说什么话。他先谈洪秀全。

“他是广东花县客家人。”左宗棠未做多余解释。他知道林则徐了解什么，不了解什么。谈话的人主动配合，与听话的人便很合拍。左宗棠简单谈了洪秀全做梦的事。其实，连维材早已详细向林则徐讲述了这个最近突出的事件。左宗棠好像事先也觉察到这点。

“据说梦中天兄就是耶稣，天父就是耶和华。林大人，您怎么看？”

“听说他在六年后才发现梦中人是耶稣和耶和华。据说做梦前，他曾随便翻阅过《劝世良言》。或许是受这书的影响才做了那样的怪梦吧。连续四十天高烧，大概能把藏在脑子里每个角落的事都翻出来了。”

“林大人相信洪秀全吗？”

“相信？我还没有见过他哩！”

“我是说梦。他真的做过这样的梦吗？我觉得可疑。我认为他是想利用耶稣教。依我看，他根本没做梦，梦是编的，他在做戏。”左宗棠语气激烈。

“哦？做戏？”林则徐看了他一眼。要说做戏，眼前这位想来也是好手。

“意在网罗人心。大人不这么看吗？”

“这是有可能的，若说他有什么企图，利用耶稣教可是个聪明的办法。”

“林大人也这么认为？”左宗棠面露喜色，“利用已有的宗教，尤其历史上有过贡献的宗教，确实要比制造新的迷信方便得多。”

“是，耶稣教确有大贡献。”林则徐想起鸦片战争时在广州拼命研究西洋的情景。基督教可说是西洋的基础，他也曾通读过《劝世良言》，“洋人生性野蛮凶猛，因此要用耶稣教教导他们，使他们变得仁慈”，这是当时林则徐的读后感。作为官吏，林则徐是儒家的信奉者。作为个人，他则是虔诚的佛教徒。为祈祷妻子冥福，最近每天，他都在静心抄写经卷。他并非没有信仰，不过，虽读过《劝世良言》，但他内心并未有宗教的兴奋。根据长期体验，林则徐深知从同一本书中获得的感受因人而异，常常他觉得毫无意义的书，他所敬重的学者却为之感动得几乎流泪。《劝世良言》虽未感动林则徐，但并非不能感动洪秀全。但左宗棠坚信洪秀全在做戏。

“洋人几乎全信耶稣教。洪秀全之所以要利用耶稣教，也许是打算把洋人拉到自己一边来。到目前为止，虽未发现他同洋人勾结，但将来就很难说了。”

“嗯，我想听你能谈谈洪秀全网罗人心的事。”林则徐带着催促的口吻。

“好。”左宗棠似乎觉察出自己对“洪秀全在演戏”的看法过于坚持，便顺从地点了点头。“洪秀全读了那本书深深感动，并按书中的方法举行了洗礼。接着，他取掉村塾里供奉的孔子像和牌位。做出这种事，后果会怎样，他自然知道。”在私塾里，要祭祀孔子。村塾是村里办的，洪秀全不过是受雇教师，他熟读四书五经，多次参加乡试，当然知道这样会惹怒士绅。

“他这么傲，就是为了引人注意。”左宗棠断言。

林则徐心里感到有趣。想引人注意的不正是左宗棠自己吗！洪秀全他还没见过，但他受一种诱惑的驱使，想把洪秀全和眼前的左宗棠重合在一起。

“他那村塾教师的位置保不住了吧？”林则徐问。

“那当然。反正他早已打算专心传教，区区村塾教师职务，他不会可惜。”

“传教工作不简单吧。在西洋那是有传统的，在我国却要从头做起。而且一提起外国的东西，很多人肯定会警惕的。”

“我认为宗教是种时髦的东西。”左宗棠简单陈述了他的独特看法。

林则徐一方面听着拜上帝会的情况，同时鉴定着左宗棠。他觉得左宗棠遇事爱下结论，相当武断专横，但善于判断，足以成为有才干的官僚。他心想：这要看用他的人如何了。是我的话，可以充分掌握住他。可是……林则徐感到凄凉。他已没机会来用人了，只能期待能掌握左宗棠的人出现。

“哈哈！时髦！”林则徐笑了起来。

左宗棠正期待他的笑。林则徐善于察言观色，这一点他早就明白。

“是的，和所有时髦东西一样。时髦的东西在时髦前，无人光顾，一旦时髦起来，人们便争先恐后。宗教亦然，开创时很不容易，一旦时髦起来，便极其顺利，顺利到超乎想象。要使它时髦，只等待不行，必须要进行筹划。洪秀全是做戏的能手，在这点上，我觉得他干得很漂亮。”

“他又做了什么戏？”

“具体的我虽指不出，但我深信他一定会这么干。”左宗棠再次断言。

林则徐认为，左宗棠是很了解洪秀全的，因为他们在性格上很相像。

“他还有同伙，最初他有两个信徒，可说是拜上帝会的核心。最近他的父母和兄弟姐妹也都成了信徒。但是光靠自己身边的人，不能产生足以使拜上帝会时髦起来的力量，洪秀全和同伙们很快分赴各地开展宣传活动。”

“一个受人聘用的教师，居然能筹出那么多旅费！”

“他们一直到处做行商小贩。洪秀全一面当教师，一面贩卖笔墨。他竟也在行，旅费就是这么筹起来的。拜上帝会不知何时已拥有了相当大的力量。”

林则徐装作不了解，但为了把谈话进行下去，他也不时插一两句：“他们的活动不在广东花县，而在广西桂平……”

“怪就怪在这儿！”左宗棠拍了下桌子，但他自己似乎并未意识到。

“怎么个奇怪？”

“他们没把花县当作根据地，大概是因花县靠近广州。广州有总督、巡抚、提督、将军等许多政府要员，也有不少军队。这地方对他们不合适，因为他们最终的目的是造反。”

“哦？意图这么明显？”

“只能这么认为。他们特意辛苦奔忙，肯定有什么目的。”左宗棠是个现实主义者，在他看来，世上绝没有无私的宗教活动。

“为什么选择桂平？若只因它离广州远，那不是还有很多其他地方吗？”

“桂平这地方客家多，尽管彼此住得很远，但客家间还是有种团结意识，容易发展工作。另外还有亲戚。贵县赐谷村就有洪秀全的表兄王盛均，他最初就是去投靠表兄的。”

“他那两个同伙也跟着去了？”

“没有，是洪秀全和冯云山去的，洪仁玕比洪秀全小九岁，大概家人反对他出远门吧。洪秀全也只在贵县待了三个月，表演了一番拿手好戏后，又回了花县，距今已快五年。”

“他演了什么戏？”林则徐一边回想左宗棠坠河的情景一边问。

“离赐谷村不远有座奇怪的六乌庙，供着一对男女。这对男女生前野合，无知百姓却把他们当作神明膜拜。洪秀全因而写诗斥责了这座庙。”

“若是邪神淫祠，我认为还是应当斥责的。”

“不错。不过洪秀全十分狡猾。他大概事先做了调查，知道这庙的神坛已被白蚁啃食得要坏了。他写诗公开斥责那两个妖魔应当诛灭，当地人纷纷议论。不久坛底就掉下来了。啊呀，如此一来人们就传开了，说洪秀全有通神力量。他所干的大多是这等事。”左宗棠紧皱眉头，露出一副十分厌恶和鄙视的样子。

六乌庙里祭祀的那对男女，类似于欢喜佛。这里包含着原始的、代代相传的对性的坦率歌颂。在儒教伦理道德极严格的时代，这“淫祠”能保存下来确实罕见。不过广西有许多少数民族，在各自的宗教问题上，不知不觉已形成一个“不干涉”的规约。具有儒教修养的人本就对这淫乱的男女反感，所以对洪秀全抨击六乌庙这事，他们虽觉得“不敬神”、“要遭报应”，但大多没说出口，还有部分人暗暗喝彩。左宗棠认为，洪秀全早已预料到自己会遭一般谴责，但不会遭到致命围攻。

据说洪秀全在那儿逗留了三个月，发展了一百来名信徒，但这不是因为洪秀全的宗教思想有什么吸引人的地方。王盛均的外甥被关进监牢，经洪秀全周全而被释放了。村里文盲多，官吏常利用乡民的无知胡作非为。有些事本不算什么，但往往也要被关进监牢或遭些罚款。洪秀全就专干这种帮助别人的事，不少人就因为获释或免除罚款而成了信徒。当然，那“通神的力量”也对争取信徒起了些作用。

“洪秀全大概明白他还缺乏网罗人心的能力，据说回乡后拼命学习耶稣，还写了许多文章。拜上帝会里的人都有他写的文章。说来也真愚蠢，他们竟把这东西像四书五经那样加以崇拜、认真阅读。什么《原道救世歌》、《原道醒世训》，还有《原道觉世训》，以后我把这些东西拿给大人看看。”

其实林则徐早就得到了“原道三部曲”，连维材特意给他送去的，但出于礼貌，他表示了感谢：“那就多谢了，它们一定很有参考价值。”

“另外还有篇《百正歌》，不长，我带来了。”左宗棠从怀里取出一张折叠着的纸递给林则徐，纸上密密麻麻写满了蝇头小字。

"哦，是这个吗？"其实这篇《百正歌》林则徐也已有了。

文章开头写道："百正歌，歌百正，真正食天禄，真正畏天命……"虽不长，但据"正"字用了百次。林则徐试图数过，但觉得无聊，中途便停下了。

"啰里啰嗦一大堆，不像文章。写这等'妙文'，还想通过乡试，实在天真！"左宗棠虽通过乡试，中了举人，但还未中进士。不过，过于自信的左宗棠，把自己未中进士归罪于考官的不明。

"意思还挺通的。"林则徐浏览着《百正歌》。

"只是意思通，勉强算篇文章，但缺乏格调。"

"哦？"林则徐并不这么认为。他认为这是篇有个性的好文章，但他不想触犯左宗棠好下断言的癖好。

"总而言之，他要打破迷信，崇拜耶和华，去邪归正，改恶从善，互相化怨恨为亲爱。建造天下一家的大同世界。"

"除了崇拜耶和华，这些内容我也非常赞成。"

"恐怕谁都这么认为。不过，在应当打破的迷信当中，把儒教也加进去了，他主张应当把孔子神像和牌位砸碎。"

"这是个问题呀！"

"是个大问题！"左宗棠加重语气。

"诚然！"林则徐点了点头。林则徐一向认为拜上帝会中存在很大的问题。不过那并非指排孔运动，而是民族主义主张。清是满族政权。拜上帝会称满族为"鞑妖"。鞑靼本是汉族对塞外民族的称呼。对坏人称呼上加"妖"字，乃拜上帝会独特的用法，他们把鞑妖和迷信都当作打倒的对象。在中国人中占绝大多数的汉族，当然对满族政权不满。这种民族主义思想可能给这种不满点上一把火，从而把现行的体制烧毁。林则徐身在体制内，他害怕，但作为中国人，他认为中国要苏醒，必须要改造人，拜上帝会也许正在进行这项工作，要想消除中国人的卑屈感，必要大声疾呼打倒鞑妖。林则徐对洪秀全领导的运动既不安，又抱期望。

"洪秀全在广东炮制妙文，冯云山在广西收罗人心，两人分头活动。冯云山认为桂平地利比贵县好，所以把根据地移到了桂平。他俩分别近三年，一直埋头活动。前年七月，洪秀全才去桂平同冯云山会面。"左宗棠继续解释。洪、冯二人分别在他们擅长的方面为拜上帝会的发展而努力。冯云山收罗和组织信徒，而洪秀全的任务则是把宗教思想系统化，并加以理论解释。

当时各地都有造反组织，但大多是天地会会党，没有一个在思想上武装起来的团体，他们大多带有浓厚的强盗性质，只因没饭吃才结伙掠夺。有思想的团体一旦组织起来将会怎样？会不会是个能改造人的集体呢？说不定他们就是足以肩负中国未来的人啊！林则徐曾这样想过。

“这是拜上帝会头目名单。”左宗棠从怀中掏出一张纸，上列以下人名：

洪秀全，广东花县人
冯云山，广东花县人
杨秀清，广西桂平县人
萧朝贵，广西武宣县人
韦昌辉，广西桂平县人
石达开，广西贵县人
秦日纲，广西贵县人
胡以晃，广西平南县人
卢　六，广西桂平县人

“卢六已死在狱中。”左宗棠道。

他们继续交谈着，不觉东方既白。

从上帝会到天地会

林则徐在湖南逗留期间，这里发生了一件大事。

冯德馨拜访林则徐后回到官邸时，接到了一个惊人的报告：新宁县城被教党占领，知县万鼎恩被杀。新宁县在湖南西南，面临夫夷水，紧挨广西。虽只是边境地带，但县城被占、知县被杀，不能不说是件惊天动地的大事。

按当时的说法，教党就是指白莲教徒。传说白莲教是南宋初期由茅子元创立的，本是个信仰阿弥陀净土的平民宗教团体，明末又信奉了末世下凡普度众生的弥勒菩萨。其教徒多是下层贫民，教义中又带有诸多革命因素，曾多次暴动。历代统治者皆对其进行镇压，但它总能幸存下来，这足以说明其牢固。

十九世纪初期，白莲教大规模的叛乱遭到镇压。但此后一些与宗教无关的造反组织举事时亦自称白莲教。袭击新宁县的造反组织虽自称教党，其实是天地会的派系，首领是李沅发。他们占领新宁县城一个半月，湖南官军出动时弃城往西去了。

这样的暴动必然引起连锁反应。没有土地和工作，在饥饿线上挣扎的人们唯一的希望便是官府和大地主仓库里的米。反正要饿死，不如拼死一搏！那些原本犹豫不定的人，听到其他地方传来造反的消息，也鼓起勇气决心干一场。

官军既已开赴新宁，其他地方警备变得薄弱。广西全州县和灵川县等近湘地区相继发生叛乱。他们都是天地会下属，但自称白莲教。

李沅发放弃新宁，向西移动，这并不是败逃。他们在湖南广西交界的大绢峒打败湖南提督英俊，守备熊钊战死，官军损失惨重。李沅发的造反军人数一说数千，一说数万，想必不少人是途中加入的。只要跟着部队，总能填饱肚子。造反军从新宁撤退时，把府库中的粮食物资尽数搬走。对造反军来说，人就是战斗力，他们欢迎新人。造反军进入广西，经兴安、灵川、永福，到达怀远。为养活膨胀的部队，他们沿途洗劫了地主富豪的宅院。团练在李沅发大军面前无能为力。他们进入广西，为的是扩军，夺取粮食、武器，待壮大后再回湖南。

北京朝廷命武昌湖广总督裕泰南下湖南督军。命令是阴历十二月二十一日（1850 年 2 月 2 日）发出的。实际上，北京朝廷现已处于更为严重的局面，皇帝病情日益恶化。

林则徐已经离开长沙，抵达江西的省会南昌。他要回故乡福建，但因身体不适，在南昌的百花洲休养，并决定在那里过年。

广西陷入了混乱之中。

官军准备全力打击造反军，而这是同时也是暴动的好机会，除了白莲教以外，其他造反者蜂拥而起。一群艇匪突然进攻广西永安，首领是天地会罗大纲。阴历正月十五，他们攻占长寿墟后风驰而去。艇匪比陆地上的造反军敏捷得多。

在长寿墟失陷前一天，即道光三十年正月十四日，道光帝在圆明园慎德堂驾崩。

继雍正帝后，皇帝康健期间不立储君，而是不拘长幼顺序，选有才能的皇子为继承人，但结果并不公布。皇帝选好储君，将名字密封盒中，放在乾清宫宝座上方的“正大光明”匾额后，称作“缄藏”。清朝制定这种家法，从积极意义上说，是希望皇子们为获父皇承认而竞相学好。过早决定继承人，便会出现捧场帮闲之人，易产生派系。

道光帝临终时，把主要大臣召到床前，当他们的面宣布了储君的名字。果如大家所料，继承人是四子奕詝。道光帝子嗣不济，前三子早夭，奕詝实际上就是长子。他生于道光十一年，虚岁二十，实则不过十八岁零七个月。阴历正月二十七日，奕詝即位，道光帝驾崩十三天。清朝的制度是一帝一年号。用道光年号的皇帝，死后仍被称作道光帝。这和日本明治后的制度相同。不过，日本天皇一旦驾崩，马上就换年号，而清朝当年仍会袭用原年号到第二年。儒教主张父亲去世后，后人要像生前那样侍奉，不得马上改变父亲遗制。奕詝一即位，发诏书，宣布第二年为咸丰元年，这就是咸丰帝。

从北京到广州，政府的紧急联系也需二十天左右。皇帝驾崩的消息到达广西，最快也要阴历二月初。这时进入广西，扩大了势力的李沅发已掉转方向，准备按预定计划打回湖南。广西官军在同造反军作战中，失去了满族高级军官参将玛隆阿，此时正一筹莫展。北京将英俊革职，遗缺由向荣接任。随后，冯德馨又因“剿匪不力”而去职。林则徐回福建才知道，曾在长沙欢迎他的湖南军政长官，都被革了职。

统治阶层认为不好的消息，对造反者来说未必是坏消息。“老鞑妖头目死啦！”听到道光帝死去的消息，洪秀全高兴。称满族上层为“鞑妖”，早已成为上帝会的术语。连理文就在一旁。

“现在鞑妖头目是年轻人，我们绝不能疏忽大意！”洪秀全补充。

“李沅发将会是怎样的下场？”连理文问。

上帝会以耶稣教为结社理想和信念，它跟信仰阿弥陀净土和期待弥勒下凡的白莲教一向划清界限。不过，连理文在桂平逗留期间，亲身感到，上帝会在造反问题上，是同情李沅发的。一般会员都这样，但洪秀全看法更苛刻些。

“他不成。军纪松弛，虽是白莲教旗号，但军队却没有信仰。”

“把广西参将都打死了，势头还是很大呀！”

“得势时可以。可失了势将会怎样？恐怕只有崩溃。李沅发是否在设法保住目前这股势头呢？看来他好像根本没想出计策。”

“既然决心造反，想必还是有计策的，也许只因我们对军中情况不了解吧。”

“不，他军中的情况，我们很了解。我们派了人。”

“哦？”当时，李沅发部分造反军在离桂平不远的修仁一带，造反军想扩大兵员，当然来者不拒。上帝会探子要想进去了解内情非常简单。其实不派侦察员反倒奇怪。洪秀全已把观察力强的人派进了造反军，所以能不断接到报告。

“那是个可信的人。他说李沅发连阿弥陀净土、弥勒菩萨是怎么一回事都不知道。军中当然也不会举行任何宗教信仰仪式。这种集团靠什么来维持好不容易争得的势头呢？”洪秀全言外之意，上帝会是依靠坚定信仰结合起来的，势头会永远保持下去。

“要把大集团里的人心统一起来是很难的。信仰会有这么大力量吗？即使具有一样的信仰，也有人信得深，有人信得浅。”理文十分坦率。他的话里包含着一种担心：洪秀全是否过于夸大信仰的作用了？

“所谓大集团，你认为该是多少人？”洪秀全面露笑容。

“您这么问，我还真答不上来。”连理文只说了半截话。

“我认为是百万，不，是以百万为单位，大集团应是这样的。”

“百万！”要打天下，需要这么大的兵团。连理文早就从西玲那儿详细听说了他们的情况，他已觉察出他们正在筹划如何在全国范围内改造社会。

“理文先生，”这一句叫得郑重其事，“有许多事我想跟你谈谈。我们在那座山上边走边谈。最近我派人去叫你。”洪秀全指着眼前的紫荆山。

三天后，有人到洗石庵向理文口头传了洪秀全的话，叫他一起去爬山。究竟要谈什么呢？约定的地点在古林社的一户农家，紫荆山脚。紫荆山山道虽窄，山却很深。

“据说老人们常走这条道，大概以前这道不会如此荒凉吧。”洪秀全道。

狭窄的山道弯弯曲曲，视野有限，走了好一会儿也没碰上个人。

“打什么时候起变得萧条的呢？”

“最近七八年吧。听说近两三年更加严重了。”

“主要受上海的影响吧。”

以广州为中心向长江流域运输物资，有好几条渠道，紫荆山不过是其中很小的一条。现在各渠道都衰落了。鸦片战争后缔结了《南京条约》，五口通商，上海已成为长江流域物资供给的基地。

“不仅是这个问题。人们越来越穷，已经没有购买货物的余力了。”

“为什么？”

“无事可做啊，前不久杨秀清还夸耀紫荆山是座宝山。”

杨秀清是上帝会的领导人之一，生在紫荆山。他五岁丧父，九岁丧母，由伯父抚养，在极度贫穷中长大，却一直夸耀紫荆山是座宝山。山里有许多适宜烧炭的坚硬树木，树越硬烧得越好。杨秀清和伯父以烧炭为生。他少年时，山里常有脚夫、商人路过，百姓靠给他们做向导挣点脚力钱。

山里有山贼，自称“绿林英雄”，其实并不怎么英雄。山贼往往同山中村民串通，他们不会抢雇用山里村民做向导的客人，这倒有点绿林英雄的“义气”。通过这种关系成立了一个组织，据说杨秀清长大后自己也当过脚夫，后来当上了这组织的联络人，后来又做了头领。这组织因他的力量日益巩固。

山里主要产业是烧炭，还产蓝靛。蓝靛是衣料染料，由于质量好，一时很畅销。另外还产竹笋、蘑菇，以及一种名叫沙姜的生姜及中药材花粉。猎户们常捕获到一种名为黄猄的动物，跟鹿相似但没有角。山上有貉，也有可飞快攀登陡坡的石羊。山中有大平水、大广水、花雷水、小江水等溪流。溪流里的狗鱼（鲵鱼）因味美而博得好评。居民虽不富裕，但也能生活下去，而且还有余裕心情夸称自己居住的山是宝山。

然而，现在不是了。这几年，紫荆山衰落了。脚夫和商人渐渐不走这条道了，由于进口了英国铁制品，木炭卖不掉了。北回归线穿过桂平，这里属热带。烧炭夫烧出的炭不供取暖，而是用作打铁的燃料。自从农具及其他铁制品由英国工厂运来中国，中国铁匠就失业了。就价格来说，中国铁制品无法同产业革命后的英国铁制品竞争。铁匠失业就等于烧炭行业者失业。而曼彻斯特量产的棉纺织物运到广州、上海后，小纺织业者也断了销路，蓝靛卖不掉了。宝山里有宝，但却白白搁置着。

“走了这么远，一个人也没碰到！”理文道。

话音刚落，前方拐弯处便出现一个汉子。

“你看，你说了紫荆山坏话，山神出来了。”洪秀全笑道。

是杨秀清，理文跟他见过面。土生土长的杨秀清，肤色微黑，目光锐利。他一看到两人，露出一口洁白的牙齿笑了笑。但理文觉得他眼里并无笑意。

“秀全兄，那件事已跟连公子说了吗？”杨秀清问。

看来今天登山的事及要谈的话，他早已知道。

“没有，还没说呢，我这就准备说。”洪秀全答。

“那就我来说吧。”

理文曾多次和杨秀清一起参加会议，亲眼看过同样的场面。杨秀清遇事总那么积极。即使别人的事，只要他自己办得到，都会主动去干。但也不像是有强烈的自我展示欲。他虽遇事都要插嘴插手，奇怪的是这并不给人以“爱出风头”的印象。只要他一介入，事情办起来就很顺利。因而人们碰上为难的事，反倒希望他能出手相助。洪秀全有话要跟理文说，一般都是这样约他出来散步，瞅准时间才开口。而杨秀清根本就不要前奏，开门见山便谈主要问题。

“我们信任你。”杨秀清道，“尤其秀全兄更是绝对信任你，所以想拜托你一件事。”他在贫穷环境中长大，没读过书，是文盲，却很有口才，有时甚至能说出些很难表达的绕弯子话，大概是因为他见闻广，有着非凡的记忆力吧。

“什么事？”

“想请你到那个女人那里去。”

“哪个女人？”

“李新妹。”

李新妹就是在渡船上演戏、诱拐并考验连理文的那个女人。她虽投靠了上帝会，但严格说，还不是上帝会会员，而是个独立的首领。华南地区的妇女大多勇敢，不少无缠足习惯的客家女更是精通剑术。东南沿海一带，海盗盛行，女头目颇多。而天地会中，也有像苏三娘、邱二嫂这样杰出的女头目。李新妹也是其一。她母亲原是天地会的女头目，部下有八百到一千人，李新妹继承了母亲的“遗产”。连理文在金田村听说现在她手下已有两千人，可见是个女中豪杰。她今年不到三十，为如何管理这庞大的组织煞费苦心。她听说上帝会管理得好，便跑到这里参观学习，并同洪秀全、冯云山有过联系。在广州时，她也曾作为一个外国传教士的用人混入教会。那个传教士向她说教，想拉她信教。“那次我已动了一半心。”她后来说。而到金田村“进修”后，她终于信了教。但她另有组织，只是客席会员。

“你这么一说，我倒想起来了，最近没见到新妹呀！”理文道。

李新妹常到洗石庵西玲那儿玩，但年后便好久未见她了。

“她回自己部下那儿去准备造反了。”杨秀清像谈普通工作似的说道。

“造反？”连理文不觉反问一句，但杨秀清好像根本没注意他的反应。

“我们想让你到李新妹那儿去，她学习了上帝会的经验，大概要把学到的东西用于造反。我们希望你去亲眼看看，究竟哪些地方好，哪些地方不好。将来我们举事也可以作为参考。她派人来联系过，希望我们派个文书之类的人去。我们决定派你去。”

“广西女盗李新妹，以二千余人劫迁江之北泗。”

史书记载，此事发生在道光三十年三月中旬，迁江在柳州、南宁之间的宾阳县东北，清水江流入红水河的入口处（红水河从此处开始称黔江），在桂平西约一百二三十公里。

“啊，你来啦！也行，你能写文章。”

李新妹已按上帝会的方式改组了母亲留给她的组织。连理文到根据地的第三天，给桂平上帝会送去了报告：李新妹袭用上帝会组织形式，但思想信仰工作没有起色；耶稣教虽受到鼓励，但缺乏传教人才；李新妹更需要的是宣传教义、热心从事改变宗教信仰活动的人，而非我这样的文书。

上帝会还处于极秘密状态，但已决定要把会员自己的全部财产上缴。财物放在“圣库”，衣食花费均由圣库开支。新妹模仿着建立了“天库”。那些一开始就跟随她的人，本就是无业游民，无房无产，他们靠分享缴获品生活，到现在也没什么东西可以缴纳给天库的。参加上帝会的人多少还有些家产，圣库自然顺利得多。当然，参加上帝会的人动机各不相同，有的出于信仰，有的则是走投无路。拿那些走投无路的人来说，他们缴不起租税，眼看全部财产要被没收，倒不如变卖后拿来做入会的代价，以换取像人一样的生活。

李新妹的错误在于，她的党徒是以“流寇”闻名的，他们并不把这里看作可以永久生活的地方，因此没人参加“天库”，这就势必要采取强制手段，甚至拿刀架在仅有一间破草房的农民脖子上，逼其缴纳财物。这等于抢劫，声誉日益下降，没有人主动来参加了。李新妹觉得这样下去不行，不如快点造反，于是决定提前暴动。

“武器收集得怎么样？”她跟李群商量道。

李群是她堂兄，掌管天库。“差得远呢！”李群摇头，“不过有办法。”

“什么办法？”

“不要进攻大城镇，打小地方，把缴获品换成武器，然后再干大城镇。”

“什么地方下手好？”

“最好是可以把缴获品立即处理掉的地方，我觉得北泗可以。那儿靠河，可以立即上船。”

“北泗南边河里确实有官库。不过，那里有官兵呀！”

“听说北泗官兵最近要开到北边去。李沅发还在桂林南边呢。”

“这我听说过。据说提督们挨了儿皇帝训斥，十分焦急，不干掉李沅发，他们太丢面子了。连北泗看官库的军队也要调动吗？”

“这是可靠消息，不会错。”

“好，就这么决定！”不愧是一党头目，李新妹决断迅速。

“北泗官兵一调动，第三天就进攻北泗。”

军队出发三天，北泗有事，不可能马上返回。文武高官有的受斥责，有的被革职，起因都是李沅发占了新宁。不灭李沅发，大清帝国威严扫尽。政府明知地方上有小股造反军，却不能把有限的武力分散。无论如何也必须集中全力来对付拥有数万人的李沅发。时机对李新妹有利。最初，她计划攻打拥有五万人的宾阳，但人数和武器都不足，因此采纳李群的建议，改攻北泗官库。

果如所料，北泗官军大部分已向北移动，只留有八十名士兵。不过广西已动员团练去加强那里的警备力量。听到这个消息，李新妹冷冷道：“团练没什么。这些家伙会为保护官府仓库卖命吗？要是保护他们自己的村子，可能还会卖点力气吧。”

她说对了。当她进攻时，团练带头跑了。不是败逃，而是溜号。他们熟悉地理，知道该怎么逃。那些从桂林派驻在这儿的官兵，扔下武器，四处逃窜，最后都投降了李新妹。八十名官兵大多是年老病弱，都不中用。

“这不像是打仗呀！”连理文也参加了这次进攻。

确实不像打仗。黄昏夕暮，新妹军远远把北泗官库围住，以枪声为号，四面八方齐声呐喊。新妹的部队有些武器，但没使用的机会。

指挥冲锋队的一个小伙子在旁开玩笑：“我们靠喊的，今后要练习练习怎么喊了。剑术和洋枪起不了多大作用！”

“不会永远这样。这次骄傲，以后定要吃苦头！”李新妹道。

掠夺了官库，李新妹决定率队尽快撤退。两千人的队伍，不能像李沅发那样横冲直撞，只能采取游击战术。队伍分成五队，走不同路线，在约定地点集合。物资比预想的要多，李新妹十分高兴。

“下次可以攻打宾阳了。真痛快！”李新妹道。

“打宾阳要多少人？”李群问。

“我想要一万，起码也得要五千吧。把这些东西处理掉，可以筹措这么多军费吗？”李新妹用下巴指了指从官库里搬出来的、堆积如山的物资。

“五千没问题。”

李群决定把物资当晚装上船，运到来宾，卖给天地会。理文则尽可能详细地检点登账，除两千袋米谷外，还有大量食油、灯油和布匹。预先备的船已装不下了，李群急忙向“艇匪”借了三只船。他一向管天库，干起来很得法，加之他曾干过运输，搬运物资也很在行。当然，天地会的横向联系也极其方便。

“运这么多货，我还是第一次啊！”李群很高兴。

连理文把账册一式写了两份，一份交给李新妹。她接过这账册时，两个面颊鼓了起来，不太明亮的灯光摇曳着，照出这奇妙的表情。她有种说不出的艳丽，理文自然感觉得到。她现在满怀希望，不仅面颊鼓着，内心大概也鼓鼓的呢！五千！五千兵若攻下宾阳，部队人数定能破万。有了万人部队，就不必东奔西跑地打游击，而是可以像李沅发那样横行天下了。清军很快就会被各地造反军拖得精疲力竭，到时想征讨造反军也办不到了。

“群雄割据的时代就会到来！”她曾向连理文预言。

她有没有夺取天下的想法？理文一直有这样的疑问。从情况看，她似乎还没想得那么深。夺天下是创业者的思想，她是第二代，不要坐吃山空已是最大的期望了吧。理文给自己的疑问做了这样的解答。理文入神地凝视着新妹的面颊，她那鼓起的面颊不知何时又恢复了原状。

“你看什么？”

“你的脸鼓起来了！”

“啊呀！”新妹把手放到右颊上，一笑嫣然。

“我大概是随便鼓了鼓吧。你觉得奇怪吗？”

“不是奇怪。你很漂亮。”

“别开玩笑了！”新妹晃了晃胸膛，摆出男子汉气概。

理文看她这副样子，反生怜悯。

“不知为什么，我总觉得这些一旦进了天库，就不是自己的东西了。”

“就是嘛！要是以前的话，大家当场就分了。”

“天库真的有那么多好处吗？”

“反正大姐那么说的，不会有错吧。”抬东西者的对话，也传进库中李新妹和连理文的耳朵里。部下称呼她为“大姐”，这和天地会男首领被称为“大哥”是一样的。

“理文，你也到船上去吧。”大姐说道。

“啊，我？和天库的人一起？”

“是呀。在来宾要处理货物，那儿得要有个会写的人呀。”

“我要藏起来，不能露面。”李新妹从椅子上站起身来。

船队顺红水河而下。包括一些比竹筏子稍好点的破船，共有十只，有的还是从“艇匪”那儿借来的。在河网密布的广西活动，李新妹集团中自然也有类似水军的部队。他们都是船夫。因为不是专门的“艇匪”，只有五十来人，加上天库的三十多人分乘到各船上，每船人数便很少。天库方面的人也听船夫调遣，干各种杂活儿。开船时一片混乱，到处都出现纠纷，不过最后还是靠行家把事顺利解决了。看来逃跑的团练不会叫他们的同伙再返回来了。他们也许跑到衙门报告了。但官吏手中没军队，也毫无办法。造反军把官吏看作是自己最直接的压迫者，往往一有事，首先就放火烧衙门，杀官吏。一听造反军来的消息，官吏也都要带着家人逃走。李新妹通过侦察，早知北泗一带没有官军。不过，他们还是小心谨慎，没有多点火把。

连理文和李群同船。这船只供天库主人乘坐，所以在破船队中还显得较好些。李群称自己的船为“盐船”。盐船是装运政府专卖盐的船，它原是政府、官商所有，内河船，吃水浅。

“岸上火把越来越小！”连理文站在甲板上说道。

“离得越远，看起来越小，这不是很简单吗？”李群用他干哑的嗓子接道。这人根本不理解别人的情绪，接着他又以一种鄙视的语气补充道：“马上就要消失啦！那个火把，还有那……”后面的话没有听见。话声好像不是被风吹走，而是李群说到这里停住了。连理文心里一动，他对李群未说出的话有点担心，到底什么东西要和火把一起消失呢？

从迁江到来宾并不太远，约三十公里，不过船行得很慢。

夜深了。连理文打起盹儿来，他在半睡半醒中听到李群的声音。

“喂！走多远啦？”

“才二十来里吧，风向不顺呀。”

“什么时候才能到大湾呀！”

“这就要看风了……到了早上风向可能会变吧。”船夫用拖长的声调回答李群的话，风往往把人的话声刮走，他们拖长声调是为了能彼此听见，这大概是水上生活者的习惯。

“这可奇怪了！”理文在半睡半醒中纳闷儿起来。

货物预定要在来宾卖给天地会，可李群却在问船夫到大湾的时间。大湾在来宾前面，离迁江大约七十公里。是不是货物在来宾卖，船队到大湾才解散呢？大概买主在大湾吧！理文又打起盹儿来。不知过了多久，四周还是一片漆黑。

“哎哟！”他叫了一声，醒了过来。

有个人骑在他身上，他的双手已被两只脚踩住。黑暗中，不知对方是谁，但他左右有几个帮手。他们早就准备好了工具，连理文很快被绑了起来。

“好啦，把准备好的石头给他吊上！”一个人在理文头边说道。是李群的声音。

啊！原来如此！完啦！理文懊悔不迭。

原来李群要私吞这批货物，这船上的人想必都是李群的心腹，他们要背叛李新妹。他们大概认为，连理文是李新妹派来的耳目，拉这样的异己分子入伙想必不太可能，因此决定干脆把他干掉。

“扔下去！”又是李群的声音。

完了！理文脑海中浮现出的亡妻的面容是那样的清晰。他绝望了。但他没有死。为了把他沉到河底，背叛者用绳子在他腰间系了块大石头，正是这石头救了他的命。连理文不知道绑在自己身上的是什么绳子，但后来想想，应该是缆绳。在红水河这样多岩石的地方，若缆绳某一处总是接触岩石，自然会被磨坏。石头太沉，绳子被磨坏的地方承受不住，一下子断了，捆绑在全身的绳子突然松开了，看样子被磨坏的地方正好被打成了绳结。把理文扔进水中的那个家伙，一定认为石头很沉，所以很放心，也没有仔细检查缆绳。

理文是幸运的。妻子死后，他觉得自己是被幸运抛弃的人。但劫后余生，他坚信自己是幸运的。爬上岸来，理文一时也不知该怎么办。向西返回集合地报告吗？最后，他决定沿黔江回离得近些的桂平。把这事报告给上帝会，他们一定会和李新妹取得联系，这也许比他直接到上林还要快。而上帝会确实拥有收集真情报的能力和切实可靠的联络网。理文到桂平时，上帝会早已知道李群背叛，也已通知了李新妹。冯云山在这方面的能力非常杰出。

“李新妹怎么样？”理文问冯云山。

“好不容易有了两千人，但看来是不成了。”

“果然如此！”理文想起上船时李群说的那半句话。李群说除了火把外，还有别的东西也要消失，显然是指李新妹的部队了。

“在未牢固建立信仰的地方，突然建天库是不合适的。”冯云山道。

通过这次教训，理文也开始观察上帝会会不会因这种不合适而露出破绽。

“真的会瓦解吗？”理文再次感叹，新妹虽是个大头目，却很单纯。

“集团会瓦解，但人还在。他们可能去依附其他集团，为其他集团所吸收。现在一个巨人组织要吸收一切力量，即将采取行动。对这组织来说，其他集团的瓦解并不是可悲的。”

所谓的巨人组织，自然就是上帝会。

一个小伙子突然报告：“刚接到消息，据说在修仁打败了。”

修仁在柳州东约八十公里，李沅发正在那里。官军一向不利，士气又低。湖南广西的官军已损失了好几名高级军官，即使军官带头作战，士兵也不跟着冲。但是，这次北京下达了严厉命令，巡抚、提督等文武要员面临着被追究责任和革职的危险，官军也不得不拼命作战。另外，听说从长沙、桂林运来大量火器，人数众多。

“死了多少？”

“不多。李沅发向北逃了。”

“太好了……”冯云山笑了。

有机会吸收四散奔逃的造反军残兵，自然是好事一桩。

“不过李照恭被俘了。”

李照恭是造反军中的副司令。

“他会被妖人杀害的！”冯云山闭上眼睛，把手放在胸前。

李沅发向北逃跑，但最后并未逃脱。在修仁战败整整一月后，他只身逃到湖南新宁，隐藏在金紫峰山中，但被乡勇抓住。

向荣代替李沅发成了湖南提督，他宣布“乱已平定”。

这次叛乱，持续了大约半年时间。

从装疯到天父下凡

他的耳朵和眼睛里淌着白乎乎的脓水，原本锐利的目光变得黯淡无光，游移不定，不知在看着什么地方。他微张着嘴巴，“啊啊”地发出不成话语的声音。这声音有时很大，就像动物在咆哮。他像个醉汉一样走着，被路旁一颗小石子绊倒了。他慢慢爬起来再次迈步，却又撞到了一棵树上，一屁股跌坐在地上。

“看不见了吧？要不怎会撞到树上呢！”

“怎么突然变成这个样子！世事无常啊。”

“他哪里还能算人了，狗比他还强哩！”

“莫不是被什么东西附体了？”

“有可能，不过肯定不是神。”

“会不会是狐狸呀？”

“眼睛看不见，叫他也听不见，这人完啦！”

三个农夫坐在田埂上谈论着。

这个人，就是杨秀清。平时充满活力的他，不知怎么突然成了痴呆傻子。不，比傻子还糟。金田村有两个精神不正常的人，经常嘟嘟囔囔，说些莫名其妙的话，到处乱转悠，人们虽听不懂，但那总还算是人话。而杨秀清确如农夫所说，已不像个人了。他是在李沅发被官军击溃后不久才变成这样的。

阴历四月，这一带很热，形同废人的杨秀清浑身流汗，但他并不去拭擦。连理文从跌倒在地的杨秀清身旁走过。他曾想伸手扶他，但又改变了主意，觉得扶起来也是白搭。他向前走了两三步，回头看了看，小声道：“装得真像！”

装疯。

这事只有上帝会几个最高领导人知道。由于连维材提供了大量资金援助，加之彼此心灵相通，连理文已得到洪秀全的绝对信任，可以参加领导人高级会议。起义日期日益迫近，必须做好一切准备。要骗过官府的眼睛，就得伪装。

恰好这时广东信宜发生一案，一个名叫凌十八的上帝会会员受到知县宫步霄传讯，原因是对传教十分热心的凌十八到处散布："大乱即将来临，参加上帝会可免除危险！瘟疫即将扩散，加入上帝会，吞符可不生病！"他召集了数百民众集体礼拜。官府无法容忍，就以"煽动愚民"的罪名加以禁止。现在，上帝会也被牵连上了。这次传讯以凌十八为知县的"教诲"所感动并幡然悔悟而结束。凌十八不是高级领导，不知道上帝会的起义计划，当然不会供出什么。所以洪秀全他们并不担心。但是，政府对宗教结社十分敏感，上帝会受到传讯，这本身就说明它已经受到怀疑，它的处境存在着危险。

紫荆山秘密会议上，杨秀清道："必须让人觉得我们不会造反。"

"不会造反是什么意思？"

"比如说，秀全兄病重，或秀全兄和云山兄发生内讧，或可做出此等假象。"

"为了上帝会，我可以装病。"洪秀全道。

"这办法早已被人家使旧了，反而会使人怀疑。"连理文从旁插嘴。

"我反对内讧，即便假装也不行，会影响士气。我们依靠的就是信仰和士气！"冯云山语气很坚决。

"是呀，再说，他们两位也不会演这戏。"杨秀清笑道。

"你们两位不适合演，不如由秀清兄一人来演。"连理文道。

"那就由我来演吧！"不论什么任务，他都会主动出来承担，这就是杨秀清。

"演什么样的戏呢？"冯云山问道。

"大家都是蹩脚的演员，只好由我来演独角戏了。"杨秀清谈了自己的计划。他果然足智多谋。理文觉得，这个计划不是他临时想出来的，而是早就考虑好了的。杨秀清接着说道："由我扮病人。不过，若我只躺在被子里哼哼唧唧，那太没有戏了。我要扮个复杂的病人。秀全兄和云山兄为我的病奔忙，整天为我忧虑。这样人家就不认为我们要造反了。"

所谓复杂的病人，就是现在他所扮演的突发性痴呆症患者。他不躺在被子里，而是到处转悠，就是要给大伙儿都看看。这需要相当的表演才能。也许是被杨秀清逼真的表现所感染，洪秀全和冯云山也把“忧虑”演得很好。冯云山甚至在底下对连理文道：“他装得这么像，我还真担心万一恢复不了怎么办呀！”

要骗过当局，办法有很多，只要能让他们相信上帝会不造反就行。而现在这个办法，等于侧面说明上帝会若没了杨秀清，就丧失了活动能力。杨秀清提出这个计划，是因为他过于自信，而洪秀全和冯云山也承认了这一点，这就是个问题了。理文想起长崎那晚哥哥说的话——冯云山和洪秀全都不在紫荆山期间，是杨秀清维护着上帝会，因而连维材担心，“以前是单线领导，以后说不定要变成两条线啦！”理文到桂平后，听说了杨秀清如何防止上帝会崩溃的详情——他利用了当地自古相传的跳大神迷信。当地把这称作“降僮”，有人以此为业，最初是浑身剧烈颤动，颤动停止后成僵直状，即表示神灵已经附体。根据诚求者的愿望，职业降僮会口吐神言，有时托神话，有时托阴间亲友的话。洪、冯不在期间，当地豪绅早到处散布上帝会要完蛋了的谣言。在这关键时刻，杨秀清在集会上跳起了大神，向信徒们传达天父上主皇上帝耶和华的话。内容大体如下：

……我先命洪秀全降生，为天下万国真主，以拯救世人的陷溺。但世人不知敬拜天父，也不知真主在何处，依然违背我的意旨。我本想大降瘟疫，使天下人病死，但我不忍凡间人民全部病死，乃大发仁慈，特命杨秀清下凡，由他代世人赎罪……

太平天国建立后，仍把这种耶和华委托杨秀清传达的神谕称为“天父下凡”，并规定三月初三为“爷降节”，举行纪念活动。西玲说，“天父下凡”非常感人，有的信徒痛哭不止，看来杨秀清的演技确实精湛。细想一下，第一次“天父下凡”确实具有极其重要的意义，一方面它承认洪秀全是万国真主，另一方面又让杨秀清充当了代世人赎罪这个曾由基督扮演的角色。

理文当然知道问题的严重性——原本是单线领导，很有可能由此演变为双线领导。

“天父下凡”确是挽救组织的奇策。信徒们原本动摇的心又坚定起来。借此东风，杨秀清开始了营救冯云山的募捐活动，贫穷的烧炭夫们把仅有的钱凑在一起，筹措了几百两银子。为救冯云山，洪秀全去了广州。但杨秀清认为，这事在本地更容易解决。不知是上层工作起了作用，还是下层活动有了效果，总之冯云山最后获释了。

冯云山获释后不久，萧朝贵又跳了大神。这次附体的不是耶和华，而是上帝的儿子、洪秀全的天兄——耶稣基督。“天兄下凡”是九月初九，阳历十月五日，这一天便成为后来太平天国的“哥降节”。西玲觉得萧朝贵的“天兄下凡”没有“天父下凡”那么感人，“这一定是杨秀清劝他搞的，萧朝贵是死心眼儿的人，他想不出这种招儿。”萧朝贵是广西武宣县罗渌垌人，武宣是桂平邻县，同属紫荆山地区，萧朝贵的亡妻与杨秀清同族，因此，两人的关系早就很亲密。

“天父下凡”后不久，上帝会信徒们掀起了猛烈的破坏偶像运动。这次来得更为突然，似乎想告诉人们：即使洪秀全和冯云山不在，上帝会一样会行动。洪秀全与冯云山回紫荆山前，杨秀清又搞了第二次“天父下凡”，目的是“要遵守命令”。所谓命令，是不是耶和华的命令呢？洪秀全不在，谁都会把这种命令同杨秀清联系在一起。即使是耶和华下的令，那也是通过“天父下凡”，由杨秀清来传达的。

理文再次感到担心。

理文常到洗石庵去，他必须说服西玲离开桂平。昨天，他收到父亲从上海寄来的信，说若提出“带她一块儿去北京”，也许她会重新考虑。桂平即将发生一场暴风雨，连老爷子希望西玲能尽快转移到安全的地方去。但对西玲来说，正因为暴风雨即将来临，她才不愿意离开。理文尝试说服她，她便笑道：“马上就可以看到难得一见的事了。”

当然，理文知道西玲并非单纯的旁观者。鸦片战争时，她曾同鲍鹏等外国商馆买办有过交往，帮他们走私鸦片。同时，她又与钱江、何大庚这些悲愤慷慨的读书人有着深交。她时刻都在行动，但她并不知道自己究竟在追求什么。她被卷进鸦片战争的旋涡，经历过异乎寻常的事，但本质似乎并没有变。她是个企图在行动中追求生存意义的女人。她拼命活动，试图让天地会和上帝会挂上钩。钱江、何大庚等旧交一向同天地会有很深关系，通过这个渠道，她对天地会施加了很大影响。而因为连老爷子的缘故，她更是个不可忽视的人物。大概最初西玲只想活动活动，但慢慢发现工作的价值，然后才产生一种使命感吧。

“北京？”西玲两眼望着天花板。这地名好像确实起了作用。说不上什么原因，她早就向往北京。遇事说不上原因，似乎正是她的性格。

“您不是想去国都吗？”

“那里可以从幕后透视全国任何一个地方，可惜鸦片战争时我在广州。”

“那您去北京吗？从那里可以透视桂平呀！”

“可是……”西玲眼睛一会儿望着天花板，一会儿又看看理文的脸，沉默了一会儿。

“现在我正在做的工作，不能丢下不管呀。”

“非得由您来做不可吗？”

“啊？”西玲好像遭到了突然袭击，根本没预想到理文会问这样的问题。

“可是，我已经开始做了。”

“您做的是什么工作，我大体可猜想出来。我能不能替您来做呢？”

“理文……”西玲目不转睛，凝视着他的脸，轻轻摇了摇头，但这绝不意味着否定。

“大头羊、大鲤鱼我都认识，罗大纲我在广州见过。至于李新妹，不久前，我还在她那儿待过……”大头羊、大鲤鱼都是天地会头目的绰号，大头羊名叫张钊，大鲤鱼名叫田芳。

“是呀。”西玲似乎已经妥协了。她和天地会头目们建立的密切联系，毕竟还是靠连维材的关系，若由连维材的儿子来接替，当然会更为有利。

“我和您看法一致，我也认为单靠上帝会来打天下，力量还是不够，若能把天地会和上帝会撮合在一起……”

“对！就要撮合在一起！”西玲急不可待。

“既然想法一致，还是由我这个年轻人来做更方便些。您只能派人去联系，而我可以亲自出马。”西玲是闲不住的人，她总要找些工作来做，这地方确实即将发生千载难遇的事，但到北京也是难得的好机会。

“是啊，你年轻，真羡慕你！”

“那就去广州吧。从广州乘船去上海很方便，父亲在上海等您。您什么时候动身？”理文想尽快把这事了结，磨磨蹭蹭，等她再改变主意就麻烦了。

“走之前，我得把已经着手的工作跟你交代一下。”

“对，我随时都可以，现在也可以。”

“还是快点好。”西玲挺起身子，她好像也在担心自己会改变主意。

理文为了说服西玲才说出与她一致的看法，其实，他们对天地会的看法一向有分歧。西玲主张一分为二。上帝会戒律严，有种喘不过气来的感觉，但它组织牢固，团结力无比强大，把会员紧密联系起来的是信仰。相比之下，天地会有着江湖风气，不拘小节，作为一个组织，松弛散漫，往往一不满意就立即解散或参加其他帮派。天地会的原则是来者不拒，去者不追。上帝会纪律严是好的，但也有难以接近的一面。流民虽想参加，却因为要进行修养和戒律训练，终于敬而远之。它若想争取到大批足以打天下的民众还是有困难的。所以西玲认为，介于这两者之间才是恰到好处，最好是把两者糅合在一起。她正在为此努力。

理文则认为，中国的江湖侠义在王举志死后便全部堕落。他们没有远大志向，却带有浓厚的流寇习性。不过，他对天地会扩大规模的能力，也不能不表示佩服。要想打天下，还是需要人的。理文所考虑的，似乎是一个以上帝会为核心的反现行制度统一战线，糅合在一起的简单办法行不通，他期待天地会通过与上帝会合作而学习到严格的纪律，上帝会则减少宗教的排他性。

西玲走后，理文开始着手接替工作。他没按西玲的方式去做。他首先给天地会各组织排列了顺序，尽管他们已经堕落，但品质还是有所不同。对品质好的组织，应促进他们与上帝会共同作战。即使那些已经不可救药的组织，也要在上帝会起义前，争取让他们在各地发起骚动，掩护上帝会。上帝会也制定了基本方针。他们并不拒绝像李新妹这样向自己靠拢的人。不过，领导人中对这个问题意见还不统一。杨秀清认为，应当尽可能收容杂牌军，以壮大声势，而洪秀全却担心上帝会会受杂牌军的污染。

“我深知人数不足，但若在起义前就吸收不纯的势力，军队有变质的风险。先在军事上取得一些战果，他们自然会靠近我们。对起义后参加的势力，当然不可能给予很大的发言权，这样就可以保持我们军队的纯洁。”洪秀全在秘密会议上发言。

“起义前也可教育他们，瓦解他们，使他们参加到上帝会里来。”杨秀清道。

最后大家认为，起义前有许多事应当严格保密，还是不要吸收过杂势力为好，虽说不要积极开展工作，但也不要特别排除其他势力的参加。杨秀清好像有些不满。理文听到他在嘟嘟囔囔：“交给我来训练，肯定会很顺利。”

杨秀清是主张积极开展工作的，但他现在是“废人”，什么也不能做。

这会不会由我来代替杨秀清呢？理文想到这儿感到不太愉快。他还没有成熟到可以控制情感，因而难掩对杨秀清的厌恶。“罢了，反正我也不是为杨秀清做事的，我是为上帝会做事的。”

只要找到相关渠道，同天地会头目们取得联系并不困难。连理文认识王举志，这本身就是重要的渠道。不过，要按顺序活动的话，首先要接触李新妹。李新妹掠夺北泗的成果被李群私吞，现在她是个失意人，潜伏在广州。

连理文来到广州。

“啊呀！你是来看我的吗？”李新妹一来到理文面前，马上问道。

“怎么说呢，我是顺便来看你的。”

“我想也是，既然特意到这儿来，恐怕就不会只是看望看望。有什么事，干脆麻利地说吧！”李新妹语气中带有种自暴自弃的情绪。

“大姐现在若召集部下，能来多少人？”

“二三百人吧，不过算了，我对这社会厌烦透了，钱断人情断啊！这次我算看清楚了，也不想再做什么了。”李新妹话里竟带着哭声。

“是呀。”理文也不忍再说什么了。

李新妹似乎感到不好意思，重振精神道：“你在为上帝会招杂牌军吧？”

“是，不过，这完全是我个人的想法。”

“你一个人吗？我也是一个人，我参加上帝会，如果一个人可以的话。”

“一个人也可以。”

理文离开桂平时，洪秀全的两名部下黄盛爵和侯昌往与他同行。理文跟他俩编了个旅行理由，说是去广州金顺记有事，而他俩却很老实，他们告诉理文此行是去接洪秀全家眷的。起了义，造了国家的反，便是株九族的大罪，家属接到桂平反而安全。

连理文在广州滞留期间听到一个消息，数千匪贼包围了广州西北约一百二十公里的广宁县城，不过匪贼很快撤了围。传说是知县向匪贼献了两千五百两银子，双方才达成协议。这群匪贼越过省境，侵入广西境内，包围了贺县。当地虽有满族军官——副将伊凌的军队，但他根本不想迎战，可怜绝望的贺县知县鹤年自杀而死。同一时期，在桂平邻县贵县，千名天地会门徒洗劫了龙山墟。

两广局势日益动荡。连理文认为，形势越来越有利。他本想煽动天地会中一些恶劣的组织在各地暴动，掩护上帝会。现在看来没必要了。不过，既然来了，他还是决定通过李新妹去会见几个天地会头目。

第一个便是李永酬，那个逼使广宁知县拿银子“行贿”的匪贼头。他的党徒想再捞一笔横财，去了贺县，而他自己则回了广州。从知县那儿得来的银子，大部分都进了李永酬的腰包。好不容易得了笔大财，大概他是想在广州好好行乐一番吧。部下去冒险，领导自己却无耻地玩乐，天地会在堕落。

当然，李永酬不能在街上大摇大摆。他的秘密住所在广州城西南的华林寺附近。据说，天竺达摩老祖来中国时，最初就在华林寺驻足。关于达摩老祖来中国的年代，众说纷纭，甚至有人怀疑达摩是否实际存在，但当地人深信他是在梁武帝年间（520—526 年）来的。

连理文被蒙上眼睛，用轿子抬进了李永酬的住所。不过，理文对广州十分熟悉，他被领进房间后，从窗口看得到石塔，他知道，这是华林寺。还蒙眼睛，毫无意义！他在内心苦笑。在那屋子里，他等了半个时辰，出来个黑衣汉子。这汉子连礼也不行，说道：“请！”走廊上光线暗淡，房子是砖砌的，收拾得相当整齐。在一座涂绿色的门前，黑衣汉子停下脚步道：“若不结为兄弟，山主不会接见，先在此处行结盟仪式。”

绿门两旁贴着细长的红纸条，上有对联：

有一点忠心方可结拜

无半片义气莫来此地

装腔作势！理文心想。进门蒙眼睛也好，这装腔作势的对联也罢，都让人觉得不过是儿戏。不过，据父亲听王举志说，这一切最初都是为了自卫。《大清律例》以严刑禁止异姓结义。政府认为，异姓人士越过家族结为兄弟，不论目的如何，都有可能结成造反团体。禁律严厉，帮派自然也要十分谨慎。可是，这种谨慎现在完全成了形式。

绿色木门吱的一声打开，门里一片漆黑。随着开门声的消失，屋里突然起了火光。火光好似浮在半空，细看是两支蜡烛。

“往前走！”

随着一声喊叫，理文慢慢朝烛光走去。他每走一步，烛光就增添几支。当他走到中央两支蜡烛前时，屋里已烛光通明。屋子正面挂着关羽像，关羽捋着长髯，后有张飞、周仓站立，像两边有红纸对联，被裱成挂轴挂在那儿，字是泥金写的：

忠心义气

共同和合

关羽像前有红、黄、蓝各色旗帜，旗上写着各种文字。有些写的是“彪”字，理文倒还认得。可有的字却不是虎字旁加三撇，而是加一个“寿”字或“同”字。这些字恐怕字典里是找不到的，大概是天地会独有的。

“坐下！”

既来之，则安之。理文坐在一张冲着关羽像在左边的朱漆椅子上，对面也有一张朱漆椅子。

远处传来一声咳嗽。这不是一般的咳嗽，而是暗号。烛光一支接一支地灭掉，最后只剩下关羽像前的两支蜡烛。又是一声咳嗽，接着是一阵沉重的脚步声，来的正是李永酬。他不必要地使劲儿摆动着胳膊，坐在理文对面。理文摸了摸自己的椅子，是木头的，上面什么也没有，而对面椅子上却铺着黄色坐垫。这是一种不平等待遇。说是结义兄弟，大概对方是兄长，自己是小弟吧。场面布置威武森严，拜把子的仪式却极简单。不过是一遍遍地行拱手低头礼。

“每一拜请低三次头，拱手贴近额头。”黑衣汉子庄严说道，声音做作而不自然。连理文和李永酬站了起来，面对面，李永酬把下巴伸在前面，眼睛注视着理文头上。他长着张长马脸，虽烛光暗淡，看不太清楚，但脸色貌似很难看。据经验判断，李永酬应是个抽鸦片的烟鬼。理文这次来广州，深感紫荆山是另一个天地——那里没有抽鸦片的人。

起立后的时间相当长，好不容易才听到颤抖的声音喊道：“一拜认天为父！”当李永酬举起拱着的双手，正要低头行礼时，连理文赶忙模仿。接连低了三次头后，隔了一会儿，一种尽量拖长的含混声音喊道：“二拜认地为母！”他俩又同样拱手低头。接着，“三拜认日为兄”“四拜认月为嫂”“五拜五祖”“六拜大哥万云龙”“七拜陈近南先生”“八拜诸兄弟”动作完全一样。

八拜结束。

前四拜拜天地日月。关于五拜五祖，天地会里有种种说法。有人说，第五代教祖奠定了天地会基础，因此对他礼拜。若果真如此，为什么不拜始祖？天地会是秘密组织，没有文献记录。现在所谓有关天地会的文献，大多是根据被政府抓捕的天地会成员的供述而写的，没有多大可靠性。

就其起源来说，有起源于台湾、福建和少林寺三种说法。郑成功抗清，占据台湾，但他建立的政权不久后也归顺了清，一些不屑于归顺的人，结成秘密组织，继续反抗，这组织就是天地会。而少林寺曾是反清据点，后来被清军烧毁，据说有五位僧人九死一生逃了出来，所以也有人说是他们建立了天地会，因而有的场合不喊拜五祖，而喊拜五僧。但也有人认为“五祖”是五位始祖。至于万云龙和陈近南，大概是天地会初期的领导人，但事迹并无可靠详细记录。

每拜三低头，八拜二十四次低头后，结义仪式结束。

仍是那个装腔作势的声音喊道：“恭贺兄弟结义仪式到此结束！”

“好啦好啦，真够憋人的，喝酒喝酒，把女人叫来！鸦片烟也给我拿来！”李永酬急不可待，用他那沙哑的破嗓门儿喊道。理文一直以为自己的背后是墙壁。其实那只是嵌着的几块门板，说话间便被卸下来了。

外面还是正午。灿烂的阳光一下子射进这宽敞的房间，理文揉了揉眼睛。

接下来便是大吃大喝，一派喧嚣胡闹的场面。十来个浓妆艳抹的女人，不知何时已进了屋。连理文进来时，屋里还没有桌子，此时却已摆了三张，不一会儿酒菜也摆上了。

“请吧！”一个女人凑到理文身边，递给他一个酒杯，他刚接过酒杯，另一边一个女人就给他斟了酒。

“贤弟，尽兴享乐吧！”

理文并未看到他的人。李永酬躺在长椅上，人被桌子挡着，看不到身子。

“快喝呀！”一个浑身脂粉香气的女人催促理文，理文尝了口杯中酒，是烈性酒。鸦片烟的气味在屋里飘溢，连那脂粉香气也被浓厚的烟味冲淡了。

花的都是广宁县那两千五百两吧！理文心想。这里大吃大喝、胡乱挥霍的费用尽管取自广宁县官库，但归根结底，这还是老百姓的钱财啊！

椅子都被早来的女人占了，后来的女子就直接坐在地板上，有的干脆躺着，有的还支起一条腿。有个女人抱住理文的腿，娇声娇气道：“给我来杯酒！”她们都醉了。大概来这儿之前，便已在其他房间喝过酒了。女人们娇滴滴地嬉笑。

理文勉强喝了三杯，只听李永酬喊道：“贤弟，坐到我旁边来！”李永酬一脚踢开长椅旁的一个女人，那女人“哎哟”惨叫了一声。

“贤弟，你好像有点拘束呀！”

李永酬每叫理文一声贤弟，理文都要感到一阵恶心。

“不是拘束，我不太能喝酒。”

“不必拘束！”李永酬猛地坐起来，“这些酒菜都是你们紫荆山送来的！”

“紫荆山？是上帝会吗？”

“是呀。我们捅了广宁和贺县，都是紫荆山的人托我们干的。那当然不能白干啊，酬谢金足够开一百次这样的宴会。”

“哦……”理文不知说什么好。

“我说贤弟呀，你不要拘束！这些是你们紫荆山的酒呀！”李永酬一边用烟枪敲着银盘，一边说道。

肯定是杨秀清。除李永酬外，理文还见了好几个天地会头目。他发现这些“秘密”工作的活动方针和理文的考虑如出一辙：唆使品质恶劣的组织在各地暴动，并给他们钱财报偿，而对那些纪律好的，则劝其入伙，并叮嘱他们等到“十月以后”。之所以要“十月后”，是因为到那个时候，装疯的杨秀清就会奇迹般恢复正常。

理文一想到“奇迹般地恢复”，心里便不平静。杨秀清已通过“天父下凡”

在上帝会中获得了特殊地位，他大概还想通过这个“奇迹”来爬得更高。

他为什么要假装废人？这不仅是为了向政府表明上帝会不会造反，而是为了表明杨秀清就是基督！在“天父下凡”时，上帝耶和华就已宣告，为了不使世人病死，让杨秀清来代替世人赎罪，杨秀清现在成了痴呆，正是代世人在受疾病折磨。

连理文急忙返回桂平。洪秀全和冯云山不在紫荆山。上帝会为蒙骗当局，已把头目分散开了，连高级也不知道洪秀全和冯云山现在何处。不过，理文还是从萧朝贵那儿得知了消息——他俩潜伏在平南县花洲山人村，上帝会干部胡以晃的家在那儿。平南是桂平东邻，武宣和平南从东西两面夹着紫荊山，而花洲山人村则位于鹏化山中。

上帝会将头目分散后，向各地信徒发出密令：到金田村集合！

因无文字记载，这指令究竟何时发出，已无从查考。可能是七月底发出的，因为秘密不会向所有信徒同时发出，各地信徒若同时行动，定会引人注意，所以一定要错开时间。其实，上帝会当时并未受到政府多大注意。天地会抢劫绑架，强索贿赂，逼官自杀，政府正忙于剿伐，没有余暇顾及上帝会。况且上帝会不过捣毁寺庙偶像，烧毁孔子牌位，写些谴责孔子、释迦的诗文，仅此而已。地方士绅恼火他们侮辱孔子，但侮辱不等于造反。士绅们虽是实力派，拥有团练，但还不是官，也拿上帝会没辙。所以，天地会闹得越厉害，对上帝会越有利。即使政府发觉，上帝会信徒正向金田村集中，大概也会认为他们又在搞什么大规模捣毁活动吧。这当然是件麻烦事，但政府可没闲工夫去管。

杨秀清在幕后操纵着天地会，但几乎没人知道。

连理文觉得，自己想干的事，杨秀清代他做了，心里很不舒服。

信徒们陆续出现在金田村……

从金田村到鹏化山

天地会各个造反组织分分合合，为了战利品，即便同属天地会，各组织之间也会出现火并，严重的甚至向官府泄露对方机密。接到告密的官吏也时常感到迷糊，其他人更是不明所以。当然，有一个人很清楚，那就是装疯卖傻、流着口水、被小石子和大树绊得摔跤子的杨秀清。天地会里多饥饿的流民，他们到处抢劫，看起来是自发的，但其实后面有人操控。从李永酬酒后醉语中，连理文觉察到了这点。

在萧朝贵的指挥下，金田村民开始接受军事训练。当时民间军事训练非常普遍，尤其是在广西这样匪贼横行的地方，随时可能遭到袭击，地主和地方实力派组织团练，公开拥有私人武装，官府对此一向也是鼓励的。上帝会只毁偶像，从未抢劫，自然也有遭匪贼袭击的危险，他们开展军事训练以自卫也不足为怪。官府从不指责自卫性的防御练习。不过，金田村训练场（称作营盘）上进行的其实是进攻训练，只是外行人难以辨别而已。官府迫于形势，虽鼓励自卫，但不许民间组织拥有超过必要数量的武器。上帝会必须储备武器，且不能让官吏及密探发觉。

韦昌辉家养起了鹅、鸭，不是十几二十只，而是几百只。韦昌辉是上帝会高层中唯一有大量财产的人，大地主家养几百只鹅很正常。不过事实上，韦家早已成了武器制造厂。当时很多人家都有打铁场，制造一些农具之类的，大地主家有打铁场也很正常，但韦家场子里昼夜不停地制造着的是刀剑、长矛。大地主家都是家族同住，进出的人多，并不会引人怀疑，但日夜赶造，就有些不正常了。虽说是悄悄制造，但打铁难免会发出声音，于是韦家养了这些吵吵闹闹的鹅，派专人看管，把鹅弄得嘎嘎直叫，以掩盖打造武器的声音。

韦昌辉喜怒不形于色，即使面对恨之入骨的人，平常也会笑嘻嘻地打招呼，不过一旦记了谁的仇，就永远都不会消除了。

韦昌辉就是爱记仇。韦老爷子曾给儿子买了个监生资格。在官尊民卑的时代，平头百姓想方设法谋得一官半职。当时，捐纳政府规定的金额，政府就能给予适当做官资格，称为“捐官”。捐款的人虽获得官职，但并不赴任，好比你用钱买个工商部处长官衔，但不用去上班，只在自家大门上挂块“工商部处长”的牌子一样。韦家门上挂了“登仕郎”匾额。登仕郎是正九品，按军衔来说，相当于准尉，还不能算是军官，只比军士大点。不过韦老爷子买的“监生”是国子监（国立大学）学生的身份，韦昌辉可借此当上大官。但在他做官前，家门上便先挂了“登仕郎”的匾额，严格地说这是违法的。本来，准尉和军士那么点等级差别，大家并不在意。但这广阔的世上，总有人格外较真。同村有个人叫梁嘉，虽中了秀才，但乡试落第，他想做官未能如愿，所以对韦家门上那块“登仕郎”匾额特别恼火，于是唆使巡检王基以“冒官”罪逮捕了韦昌辉，害得韦家白白花了几百两银子。“等着瞧吧！”韦昌辉发誓要复仇。

洪秀全和冯云山以前来宣传拜上帝会时，韦昌辉没有立即入教。洪、冯二人的主要目标是下层人民，所以对韦昌辉也没做积极工作。后来冯云山在获释回紫荆山时，曾住在韦家，当时村里没有旅店，行人往往住在房屋较多的地主家里。正巧韦昌辉也获释不久，这才对上帝会发生兴趣。当他了解到上帝会主张打倒的“妖人”就是官吏士绅时，他立即道：“我要入会，我把一切都献给上帝会。”他就这么入了上帝会。

韦昌辉确实把自己的一切都献给了上帝会。他筹措的资金对起义起了巨大作用，比如大伙儿训练的伙食费，几乎全是韦昌辉自己出的。他不仅提供了制造武器的场所，还负担了材料、燃料和其他一切费用。作为大财主，韦昌辉本人所起的积极作用远远大过了他的钱。因为他参加了上帝会，以至于有人甚至认为，在金田村营盘里训练的人就是韦家的私人武装，这给上帝会提供了绝佳的掩护。

秘密制造的武器，被运到犀牛潭，这水潭就在营盘附近，在离水面稍高的地方有个从外面看不出来的大洞窟，这是隐藏武器最理想的地方。洪秀全、冯云山、杨秀清、萧朝贵与韦昌辉结成了异姓兄弟，加上邻近贵县的石达开和秦日纲，七人一同组成了上帝会的核心。他们一刻也没忘记官府对他们的关注，所以起义前夕，洪、冯二人决定悄悄离开金田，躲到平南县的山人村。

石达开年方二十，生在贵县。石达开不像杨秀清或萧朝贵那样贫苦，他出生在一个中等地主家庭，受过正规教育。他参加上帝会的动机同韦昌辉恰好相反，他从冯云山那儿听到上帝会教义，产生了共鸣。所以，他是在信教之后，遵循上帝会方针来领导造反的。

金田村不能一下子集中过多的人，石达开在贵县的白沙墟聚集了不少信徒。贵县境内的陇头山和天班山有银矿，相当老的银矿，只在银价高涨时，政府才下令开采。此时正值开采期，到处都有矿工工棚。大部分矿工是客家人。石达开也是客家人，他向矿工们宣传拜上帝会的教义，获得了千余名信徒。表面上看，那里好像一处工棚，但一般而言，有工棚处必有赌博，而这里没人赌博，却经常举行集体祈祷。

矿工们还是伐倒大树，在东西通道上建了门栅。这里经常冒出浓烟，比炊烟更浓更黑，那是熔矿炉。矿工建造熔矿炉，理所当然，然而石达开在那里铸造大炮，矿工信徒们干这种活儿很是熟练。他们在白沙墟待了三十多天后，小股分散离开，准备在金田重新集合。他们小心谨慎，极力不引起人们注目。天地会此时仍不断向各地进攻，这对他们的移动非常有利。

石达开与矿工们待在白沙墟期间，接连发生了以下事件：

张钊掠夺象州。

陈亚贵陷修仁，转向桂林方面。

潘大攻龙州，州同知王淑元死，都司不战而逃。

复义堂（天地会内各个集团很多自称为某某堂）的张亚珍等陷迁江。

卢亚相侵交剪坡。

广东各地也发生了许多类似事件。

不过，还是有人在注视着上帝会的动向。梁嘉拼命地在说服地方官员："不能认为他们没有暴行就疏忽大意。现在搞暴行的不过是乌合之众。历朝历代都有盗贼，上帝会可是想要破坏我们的伦理道德和正统秩序啊！这些家伙危险得多，现在他们还未成气候，不把它搞掉，将来可要留祸根啊！”

“可是，他们并没干坏事，不能抓呀！”桂平知县倪涛道。

“他们在捣毁神像！”王作新咬牙切齿。

“就在离我们不远的地方，有人正干着更坏的事。为这点小事调动官兵，说不定会挨上头训斥！”倪涛回道，“那些洗劫城镇、杀害官吏的天地会还在附近活动。朝廷严令要全力剿除，不把兵用去剿匪，而去对付捣毁神像的组织，说不定上头会斥责说这是本末倒置，在龙州杀害王淑元的大胜堂部已逃窜到附近。为什么要乱调兵！”

“上帝会同这些匪贼已勾结在一起，有人说在紫荆山看到匪贼头目。”

“真的？”

“我的密探说他确实看到了罗大纲。”

“罗大纲！”

“韦昌辉家里也很可疑，一定是窝藏了盗匪。”

“果真如此，那就是另外一回事了！”倪涛点头。

若他们窝藏匪贼，那官府便有派兵的借口。

“好吧，派巡检张镛去吧！”

张镛带了一百五十名士兵去搜查上帝会。情报马上传了出来。韦家的武器迅速被藏到犀牛潭，凡能招致怀疑的东西都收拾干净了。狐假虎威的张镛带领官兵，威风凛凛，大摇大摆地来到金田，却什么也没查出来。

“洪秀全和冯云山怎么不见了？”张镛盛气凌人。

“外出了。”

“现在在什么地方？”

“不知道。外出传教，四方云游。”

“一有消息，立即向衙门里报告。听清楚了吧！这两个家伙很有问题！”

三天后，在张镛家后院，人们发现了张镛的尸体。凡插手上帝会事务的人，这就是下场。从此，不管士绅怎么煽动，官吏再也不敢向上帝会伸手了。

“现在哪儿还顾得上这些，有消息说一队贼匪已窜到这里了。别处要干的事太多，要是能找到洪秀全……”倪涛摇了摇头。不要说搜查，官吏再也没有到过金田村或紫荆山。发现张镛尸体那天，连理文看到形同废人的杨秀清在紫荆山花雷水河边洗外衣。理文心想：“反正不就是件被泥巴和汗水弄得脏透了的外衣嘛。”后来他听说张镛被人打死，才感到怀疑：“难道那是在洗衣上的血迹！”

石达开和千余名矿工刚离开白沙墟，贵县就发生了“土来械斗”。

“土”是土著人，“来”是后来人，即客家人，广西称客家为“来人”，所谓“械斗”，是指手执武器打架。土来械斗不仅在广西，就是在广东、福建和台湾也是常见现象。土著人要维护既得权益，来人又设法要挤进去，时间久了，自然生出矛盾。这次贵县的土来械斗发生在阴历八月底，起因还是情感冲突，而不是实际利害。一个姓温的来人男子娶了一个土著女人为妾。

“这像什么话！来人竟把我们的女人当妾！”

若娶做正室，也许还不会闹大。土著人看不起来人，其实来人也不是才来的，好多家族几代前就在这儿定居了。有人自称祖先是北宋汴京失陷时南逃来的，若果真如此，那可有七百年历史了。但歧视思想根深蒂固，土来通婚情况很少，来人只与来人结亲，很多来人宁愿娶僮族（壮族）女人，也不同土著女人结婚。石达开是来人，他母亲姓熊，就是壮族。韦昌辉虽已汉化，但原也是壮族。梁嘉对他悬匾心存恼怒，也是这歧视思想在作怪。

对等结亲都不行，如今来人竟娶土著女为妾，土著人自然群情激愤，大喊大叫地闯进温家，见人就打。来人当然也不示弱。一场械斗，死了好几个人。官吏偏袒土著，土著人一向与官吏勾结。有人认为，这时期的“土来械斗”是僮族与客家间的争斗。但是，僮族与汉族官吏间关系一向不怎么密切，所以这恐怕还是先住的汉人与后来的汉人因感情上的对立而发生的纠纷。

来人们聚在一起就议论：

“咱们在这种地方住不下啦！连当官的也向着他们。”

“是啊，咱们已经走投无路，连活也活不下去啦！”

“还有地方能让咱们安心居住吗？”

“当然有喽，桂平就是。咱们很多客家人就住在桂平紫荆山。”

“山脚下的金田村也有咱客家的人。”

“那儿的拜上帝会里有咱们客家人。”

“它是咱客家人建立的。”

“大家到金田村去吧！”

洪秀全和冯云山最初就是在贵县传教，可是只有极少客家人入会，因此他们才转移到紫荆山。但现在，在上帝会信徒带领下，大批走投无路的贵县客家人正带着家当，车推扁挑，排着长队，一步步朝东北方行进。

“快滚吧！”

“再也不准回来了！”

“忍耐！忍耐！再忍耐一下！”客家头头们拼命地劝慰着伙伴。

文献记载说：“男妇老弱，弃田产逃走者三千余人。”他们到金田村时，千余名矿工几乎全部进了紫荆山。这次客家集体迁居有着械斗败逃这一公开理由，巧妙地掩盖了矿工们令人不解的行动。但这样大规模的行动不可能永远被掩盖。金田村营盘里的训练方式逐渐变得大胆起来，年轻人，包括女的，也要接受训练，营盘严格地分为“男营”和“女营”，夫妇也不能同住在一起。

金田村东有条紫水，集中了大平水、大广水、花雷水、小江水等各条溪流，最终注入思盘江。隔紫水与金田村相望的是新圩，王作新就是新圩村的大地主和团练指挥。王作新尊孔，两年前他逮捕了冯云山，对冯云山获释始终耿耿于怀，几乎每天都要坐轿子到桂平县城。倪涛一见他，内心里就嘀咕起来：又来了！可是，因为随时需要他帮忙协助，而且收了他不少的礼，又不能不听他那千篇一律的老调子。

“为什么不镇压上帝会？”

“找到了洪秀全或冯云山，我一定逮捕。”倪涛只好这样回答。

“真的？可别像上次那样啊！”

“这次不单纯是耶稣教的传教问题。”金田村上帝会营盘里的训练，早已超过了一般团练范围。尽管有着械斗失败的客家大迁移，但人数增加得毕竟太异乎寻常了，桂平当局早就密切注意着。

“张镛被害，肯定是他们干的。”

“嗯，有可能。”倪涛小声回道。张镛是被刺死的，显然是他杀。但知县向上司报告却说是事故死亡。若说是他杀，就必须要查出犯人，这又要增添一件麻烦事。麻烦够多了，知县不愿再增烦恼。

“连女人都在耍枪弄棒，这肯定是要造反嘛！”王作新道，他有点不耐烦。

“总之，关键要找到那两个人。”知县嘴上说，心里其实在祈求洪秀全和冯云山再也别回桂平了。即使造反，只要在桂平境外就可以了。

“冯云山肯定就在附近，不会太远，一定在能同金田村很快取得联络的地方。”王作新对冯云山比对洪秀全更怀有敌意，大概是洪秀全只在家钻研理论，而冯云山却到处捣毁神像和传教的缘故吧。恰好这时桂平换了知县，倪涛被调往平南，李孟群接任新知县。

倪涛这下松了口气。

中央政府知道桂平辖内有金田村和紫荆山，问题最多，所以这一次派来一个有朝气的知县。李孟群是河南光州人，道光二十七年中进士后，平步青云，很快便做了广西灵川县知事。李沅发进广西时，他曾带兵作战，有相当大的战果。作战有功，他得到了同知待遇，知县正七品，同知则是正五品。派一个“超级知县”到桂平，说明政府要认真了。倪涛自以为骗过了上司，其实上层另有情报渠道，他们知道张镛死于他杀，而且可能是上帝会干的。杀害官吏就是造反，上帝会也不得不采取相应措施来对付，一听到李孟群就任桂平知县的消息，上帝会觉得，要来的终于来了！

倪涛好像卸了个大包袱。可是，他调任还不到三天，王作新又跑来找他，他以为只是一般的庆祝，而王作新却好像连客套话都来不及说。

“今天我是为了件大事来的！”

“哦？你仍是桂平的人，我却已不是桂平的知县了呀！”

“我当然知道，你是平南县知县，平南县发生了一件大事！”

“大事？”

“鹏化山属平南县吧？”

“那当然喽。”

“鹏化山里有个山人村，你知道吗？”

“嗯。我刚到任，还没到县内各地去过，只知道名字。”

“山人村中有个胡以晃，我们了解到，洪秀全和冯云山就藏在他那儿。”

“啊？是他们俩？消息属实？”

“确实！这么大的事怎能搞错，完全查实了！刚才我已动员团练把他们围住了，请你赶快派兵！”

“不会有错吧？”倪涛又叮问了一句。

“逃不了了，你可以立一大功啦。”

“明白了！”知县站了起来，心里七上八下直扑腾。

洪、冯二人潜在山人村，上帝会仅有最高领导和负责联络的人知道。从山人村派出的联络员半路上同团练中人吵架，不小心走了嘴。一通严刑拷打，他终于吐了实话。山人村也得到了消息。李新妹正在村中。连理文希望她能来金田村指导女营，她从广州走水路，溯大同江而上，正走到鹏化山。

“我去通知金田村吧。”她自告奋勇。

“我们已被团团包围！”胡以晃有点儿泄气。

“我可以冲过去。没问题，我有信心。”她扮成外出卖艺的人，她变戏法比真的魔术师还高明。她主动靠近那些团练，给他们变戏法，团练们给的铜板太少，她骂了几句，就这样顺利突破了包围网。

金田村正在举行祈祷大会。营盘在一块较高的平地，平时很空旷，可上万群众集中到这里，一下子便挤得满满的。主持祈祷的是石达开。他用清亮的嗓子带大家唱了段《原道救世歌》，唱完，现场一片寂静。一个汉子歪歪晃晃地爬上高坛。

一阵喧嚣。

这人身裹破衣，正是杨秀清。他那积满污垢的脸上一片乌黑，唯有下巴黑得浅些——那是口水流过的地方。杨秀清弓着背，翻着白眼珠朝四周看了几眼，活像只大猩猩。站得近的人可以看到他的表情，他眼珠虽转着，但眼神发呆。

绝妙的表演！连理文站在最前，他对杨秀清做戏的技巧佩服得很。

四周远近，一万多群众都在注视着他，人们无意识发出的叹息之声，汇成一片喧嚣，接着是一阵紧张的寂静。杨秀清变“傻”不知不觉已快半年，这期间从贵县来了很多人，他们也曾听说杨秀清在精明强干时期的种种事迹。对当地人来说，往日聪明英俊的杨秀清至今犹在眼前。杨秀清爬到坛上，慢吞吞的好不容易，石达开跳下高坛，给他让了地方。他先是左右摇晃，接着前后摇晃，腰一直弓着，摇晃的速度却愈来愈快。人群中发出第二次呼声。杨秀清的样子十分异常。近半年，人们只看到慢吞吞的杨秀清，他们不敢相信眼前猛烈摇晃身子的竟是同一人，仿佛有股巨大力量在推动着他。杨秀清把两只胳膊伸到前面，胳膊看起来比身子抖动得更快更激烈。

第三次，呼声最大。

那股巨大的力量——人们深信，是天父耶和华的力量！杨秀清突然倒在坛上，脸朝下趴在那儿，两手合在一起，脸放在手上，一动不动。只不过几秒钟，他便刷地一下又站了起来，速度快极。若再晚几秒钟，只怕有人会认为他死了。他脸上已没有了黑污。是往日的杨秀清！虽仍裹着破衣，但容光焕发，人们简直不敢相信自己的眼睛。有人甚至悄悄用拳头去擦眼睛。杨秀清趴着时，用湿衣袖偷偷擦了脸，一种精巧的，十分精巧的表演技术。杨秀清双手举到肩上，“哇”的一声，在金田村待过的人都记得他这副样子。

“天父下凡啦！”有人喊起来。不过，喊声一消失，营盘突然鸦雀无声。

天父耶和华要借杨秀清之口向信徒们赐谕，片言只句也不能漏听！

“二天兄洪秀全、三天兄冯云山现被妖敌困在鹏化山山人村，尔等众信徒，立即去援救！发兵！目标鹏化山！”说罢，他仍一动不动站在那儿，过了一会儿，大梦初醒。“这儿是什么地方？我怎么跑这儿来了？”

太平天国文献记载：“时维十月初一日，天父大显神能，使东王复开金口，耳聪目明，心灵性敏。”

人群中，暴雨般的喊声。

“鹏化山！”

“到鹏化山去！”

“打进鹏化山！”

石达开早已派人把武器搬了出来，没人怀疑准备工作怎会这么快。石达开、萧朝贵、韦昌辉，一个接一个地拉开嗓门儿，大声喊道：“只要年轻的男人，女人留下！”

“贵县来的兄弟，除矿工队外，全部留下！金田村要防备妖敌进攻！”

“打仗啦！”

人们争着拿起武器，朝鹏化山进军。顺着河，金田村到山人村约有五十公里路程。行军途中，“打进鹏化山”的喊声此起彼落。山人村的团练和倪涛派来的几百官兵，一看到手执武器、蜂拥而来的金田村大军，没有交战便四散奔跑了。

洪、冯二人成功被救，凯旋回到了金田村。不过，这等于明确宣布上帝会要造反。他们只有前进，没有余地。

林则徐的忧国之心

“剪掉辫子，蓄起头发！”这是杨秀清的命令。

留辫子本是满族习俗，剪掉辫子，蓄起头发，就是表明要造反。上帝会狂热的信徒不必说，矿工也都毫不犹豫。此刻在金田村，留辫子反而奇怪。一个人剪掉辫子，立马会被官吏带走，可现在这么多人一齐剪，官吏反而不来了。金田村原有几个小属吏，早已不见踪影，他们大概害怕上帝会会用他们的脑袋祭旗吧。

金田村、紫荆山、山人村、鹏化山都成了上帝会的势力范围。在清军看来，金田村一带本就是上帝会势力范围，还好一点，而花洲一带以及鹏化山一直都是由平南县官府控制的，现在却被上帝会硬夺了过去，实在太丢面子。

“啊呀呀，这下糟了！本以为调到个轻松的地方来了，没想到啊！”倪涛刚刚松了口气，现在又开始哀叹起来。

广西当局下令，无论付出何种牺牲，都要夺回鹏化山！倪涛要求各地团练出兵，但各村团练迟迟不动。他们盘算着，若是自己的村子遭袭，年轻人也许还会拿起武器，为别人拼命，简直是傻瓜，何况外面早有传言，对那些同官府合作的人，上帝会是绝不轻饶的。

“父老乡亲将年轻人交给我们，非万不得已，不能让他们打仗。”团练首领道。

“现在只是花洲一带的事，但很快就会打进你们的村子。若不想自己的村子化为灰烬，现在就应消灭花洲匪贼。”倪涛声嘶力竭。他好不容易才说动花洲附近花良村和罗简村的团练，到底还是唇亡齿寒啊！

北京朝廷也开始考虑应对之法。地方的报告水分很大，杀敌十人，报告上就变成“毙敌百名”，甚至有不少报告还把败仗说成大捷。当然，有水分的报告终究会露馅儿，现在广西局势严重，北京朝廷无人不知。

“盗匪横行猖獗，请命两广总督徐广缙切实剿抚！”广西各府士绅李宜用、莫子升和何可员等人联名上书都察院。高官们彼此通气儿，徐广缙自然很快了解了情况，他立即向北京送去奏文：“广东韶州、廉州匪徒蔓延，军队不能长期待在广西，请派大员专事督剿。”意思是，他忙得腾不出手来。

“无人可派啊！”咸丰帝摆出一副皇帝威严，对军机大臣说道。他即位不久，为政勤勉。

“是啊。”

“谁可委任全权？说说你们看中的人。”

当时的军机大臣有穆彰阿、祁寯藻、赛尚阿、何汝霖和季芝昌五人。穆彰阿是满族，赛尚阿是蒙古族，其他三人是汉族。曾辅佐道光帝十五年的汉族军机大臣潘世恩，因年迈已于前年辞职；任职四年的汉族军机大臣陈孚恩也于当年五月因病辞职。这二人辞职都未递补，七名军机大臣于是减为五人。等道光帝去世、新皇即位之时，军机大臣又将有变动，对此人人心知肚明。侍奉过先帝的人，往往使新登基的皇帝感到棘手，新皇帝有自己的抱负，当然希望由亲信来帮他实现。也因此，军机大臣对辅佐工作毫无热情。事实上，这时的军机大臣四年后全部离开了军机处。

“季芝昌，你说。”咸丰帝催促。

五位军机大臣中，资格最老的是穆彰阿。他已任职二十三年，先帝对其很是信任，最近十三年来一直是首席军机大臣。季芝昌是居末席的军机大臣，前年刚入军机处。他是江苏江阴人，道光十二年（1832 年）中探花（进士第三名），虽居末席，实则他已六十岁。

“广西匪贼之乱，若不现在彻底歼灭，必会留下祸根。钦差大臣应是精明果断之人，臣以为只有在福建疗养的林则徐才能胜任。”

咸丰帝微微点了点头，心中暗道：“甚合朕意。”他所设想的亲信班子，便是让林则徐做首席。潘世恩辞职时就曾向咸丰帝建议起用林则徐，但穆彰阿反对：“臣闻林则徐病躯柔弱，不堪录用。”鸦片战争时，强硬派的林则徐同北京妥协派的穆彰阿发生过尖锐对立，这矛盾持续了十年仍未消除。

这年五月，咸丰帝曾传令给闽浙总督刘韵可，叫他了解林则徐的健康状况，“若能来京，令其立即前来。若病未痊愈，痊愈后再来”。刘韵可去福州见到林则徐后回报说：“林则徐一直多病，现在除疝气外，均逐渐好转，唯腿肿，不能跪拜。脸色略憔悴，但言语、精神看来尚健爽。臣已传达圣命，叫他一旦痊愈，立即上京。”

刘韵可大体传达了林则徐的意图。林则徐有意上京担当要职，但他不想马上去。这时他病情已彻底好转，所谓腿肿不能跪拜，不过是拒绝立即参见的借口。先帝去世不到半年，北京政局究竟怎样变化，他始终不放心。连维材已把京城情况详细告诉了他，政敌穆彰阿尚无下台征兆。连维材认为还是要再看看形势，他当然明白。所以前年九月，他借病辞去了云贵总督一职。

“看来还是要靠林则徐。穆彰阿，你意下如何？”咸丰帝先问了末席，再问首席。

“臣诚惶诚恐。臣听说林则徐正在原籍养病，这次派遣钦差，是要承担大任，若大臣多病，恐怕……”

“病是半年前的事，现已痊愈了。”

“若痊愈，他当立即进京，这是皇命。但至今未见动静，看来恐怕还没有彻底痊愈吧。”

“不，朕听说他已经痊愈，他只是小心谨慎。”皇帝对林则徐十分中意。

“喳！”穆彰阿跪伏在地，紧咬嘴唇。

“派急使去！”

就这样，起用林则徐的事便定了下来。

“起用前云贵总督林则徐为钦差大臣，迅赴广西，会同郑祖琛、向荣、张必禄，悉心剿抚”的消息阳历十月十七日发出，十五天后，十一月一日，林则徐在福建接到谕旨。虽说急使昼夜兼程，但早在两天前，林则徐便已知晓。连维材亲自带着消息到林家里告诉了他，所以在正式接旨的第二天，林则徐就向广西出发了，他早已做好准备。

出发头天晚上，林则徐与连维材对桌而坐，交杯对酌，互叙阔别之情。

“自大人第一次拿到钦差大臣关防，已过了十年啊！”

“十二年了。那时心情多畅快，年轻十二岁，真叫人羡慕！不过，我更羡慕当时那种畅快的心情！”林则徐把手中酒杯停在嘴边。

“这么说，您现在心情不畅快吗？”

“你应该最了解呀！”说罢，他把杯中酒送进嘴里，表情有点沮丧。

就上帝会和天地会的一些状况，两人讨论过多次。林则徐曾与王举志有过交往，他觉得天地会是因为失去了王举志这样的好领袖才沦为土匪的。如果天地会能出一位杰出的领导者，还是可以寄托希望的。而对上帝会，他总有些反感。或许是因为他的骨血中渗透着儒家教养。他觉得这样的组织即使能成为一大势力，也不可能扎根，终会枯死。威胁清朝的还是天地会，国家前途也将依靠天地会。林则徐食清之禄，但又身为汉人，内心矛盾，心情不畅。

与林则徐相反，连维材一直认为上帝会是值得注意的组织，他反复向林则徐说明自己的看法，可在关键点上，对方总不能理解。他为此焦急，却没有办法。

“我去广西亲眼看看，就会明白上帝会是否如你所说的那样比天地会还可靠。”

“去吧，不过不能在那里待长。适当时候，我也尽可能活动活动，好让您回到北京，可不要在广西跟他们打仗啊！”连维材摇了摇头。

“你对他们寄予那么大期望吗？”

“反正我觉得，在这糟糕的世上，他们要比那些连拳头也不敢举的家伙好得多。”

“他们会建立新社会吗？”

“建立新社会的能力是有的，问题是能聚集多大力量。坦率地说，我希望他们能建立他们自己的小天地。”

“国中之国？”

“是，这样，谁都可以进行比较，究竟哪方好。劣势的一方，为了生存就会努力，这就是竞争。没有竞争，不会有进步。”

“哈哈哈！你是商人，所以才这样说。对我们来说，国中之国是不能允许的。”

“这个我明白，不过，我不希望您去从事摧毁他们的工作。”

“身不由己啊，唉！不可能像当年跟英国人打仗那样啦！”

“总之，希望您不要勉强。”

“脸色那么难看吗？”林则徐摸摸自己的脸。

“不只是脸，您的整个身体都显露出疲惫之相，您要多多保重！”

林则徐从福州出发时，洪秀全和冯云山已从鹏化山脱险。同一时间，在北京翠花胡同耆英别宅里，耆英和穆彰阿正在密谈。

“为什么没阻止皇上？”耆英责备穆彰阿。

“军机大臣不止我一人，皇上问我前已问了其他大臣，我没有办法啊！”

“林则徐已把朝廷搞得乱七八糟，他可是危险人物。”

“这个我明白，在林则徐眼里，只有国家，没有朝廷。”

“既然明白，为什么不更卖点力气说服皇上啊？”

“在关键时候，我会卖力。不过，这次我改变了主意，没必要去争辩。”

“为什么？”

“林则徐是危险，但有才，这样的人，不能用到危险的地方去。上次同英国打仗时用了他，他采取强硬政策，差点把朝廷毁了。这次到广西剿匪，依我看，那儿并非危险之地。”

林则徐忧国之情至深。他所爱的是中国这个“国家”，而不是两百年前建立的“朝廷”。穆彰阿是满人，大清就是他的一切，没有大清，就没他这个人。相比之下，对林则徐这样的汉人来说，清不过是历代王朝之一，王朝兴灭不断，清即使亡了，还会有下一个王朝继承中国主权，他未必会同清王朝共命运。穆彰阿认为，假定有个非常手段，对中国前途很有好处，但会使大清朝覆灭，林则徐也会毫不犹豫地采取。

“怎么说不危险呢？”耆英问。

“广西匪贼是必须要打击的，愈重愈好，即使打过了，朝廷的根基也不会动摇。英国打仗就不一样，我们一手软，贼势就扩大，朝廷就危险。剿伐匪贼必要有果断勇敢的人物，像林则徐那样的人……”穆彰阿进一步说明。

“嗯，有道理！林则徐是毒药，以毒攻毒！”耆英点了点头。

天 罚

过去，洋人称中国人的辫子为“猪尾巴”，将其视为中国人的象征。但上帝会的人把辫子剪了。满头黑发的情景，二百年来中国从未有过。

新的中国人诞生了！

看到连理文发青的头皮和背后的辫子，李新妹开玩笑道：“你为什么不剪辫子呀？说来真怪，大家的头都是乌黑的，青头皮便显得突出了，这世界好像颠倒过来了！”

世界确实颠倒了。在“长毛”的天地里，人们意气风发，情绪高昂。他们摸着自己的脑袋，自言自语：“咱不是普通人！咱们是上帝挑选出来创造新世界的人！”他们感到自己负有一种使命，要创造一个从未有过的崭新世界。剪掉辫子虽是“奇形怪貌”，却反而进一步增强了他们团结的愿望。

“上帝耶和华与我们同在！”

“上帝洞察一切。为创立新天国而牺牲的人，将被召到上帝耶和华身边，这将是无上的光荣！”

“跟我们对立的人是妖敌妖魔！”

通过一遍遍反复灌输，现在他们觉得这满头黑发是被上帝选中的象征。

“理文，”李新妹换了话题，“你觉得上帝会能行吗？我身在其中，怕是看不清。”

“到底行不行，要看能在多大程度上解决我所想到的问题。”

“问题？”

“问题就是上帝会现在很顺利，但这恐怕是因为军队分散在金田和花洲，洪秀全在花洲，杨秀清在金田。”

“是呀，我也在考虑这个问题。领袖当然是洪秀全，按过去的顺序，下面该是冯云山、杨秀清、萧朝贵、韦昌辉、石达开。现在杨秀清的排名超过了冯云山。”按上帝会的说法，耶和华的长子是耶稣基督，洪秀全以下头部都是基督的弟弟，基督为天兄，洪秀全为次兄，冯云山为三兄，杨秀清是四兄，头目彼此间这么称呼。可是杨在洪、冯二人长期离开根据地期间，掌握了群众，实力已完全超过了冯云山。

“有分裂的危险，若是这样，便难办了。”连家父子都这么认为。

“也许有一天，杨秀清会取代洪秀全。洪秀全是书生，杨秀清干过烧炭夫、搬运工，他是个强者。何况洪秀全不是本地人，他借用了杨秀清的地盘。”其实李新妹还是看清了。

“紫荆山头目中，由于有萧朝贵，杨秀清显得更强了。”

“为了上帝会不致四分五裂，我有个办法，想跟你谈谈。”

“什么办法？”理文问。

“稍微削弱下杨秀清的力量。换句话说，就是给洪秀全增添点力量。”

“你能办到吗？”

“说媒拉纤我还是会的。”

“说媒拉纤？”

“是呀。萧朝贵死了老婆，是个鳏夫。洪秀全的妹妹宣娇还是独身。”

营盘的训练越来越火热。训练分男女两营，洪宣娇被推选为女营最高负责人，这并不只因她是首领的妹妹，也因为她本人确有实力。她从小习武。在不缠足的客家社会里，男人做的事女人也能干。宣娇喜欢剑术，进步特别快。当时，武术是街头技艺，客家人一向有着让女子掌握技艺的习惯，以备万一之时能靠它来维持生活。舞刀使枪、抡拳踢腿，宣娇是行家，她在训练场上手把手指导女兵，李新妹则常给宣娇充当助手。

萧朝贵若能和宣娇结婚，当然会增强他和洪秀全的关系。相应地，也就会冲淡和杨秀清的关系，这对实现上帝会的一元化领导，是条不错的妙计。

“不过，这种事若本人没有意思，那也毫无办法吧。”连理文笑道。

“依我看，他俩都有这个意思。不会有错的。”李新妹充满自信。她已过妙龄仍然独身，但对男女之事还是通晓的。

广西都林州的上帝会势力强大，领导者名叫赖九，现在上帝会公开造反，各地上帝会都必须做好应对官府镇压的准备。赖九先发制人，袭击了县衙门，赶跑官兵，率领会众进了紫荆山，都林上帝会倾巢迁移，足有数千之众。

兵力增加，添了活力，但粮食供应却出现了困难。萧朝贵在上帝会群众面前发表讲演："上帝，天父耶和华为考验我们弟妹的心肠，暂时限制了粮草，大家暂时忍耐一下，要经得住考验！"在这时刻，士气最重要。不管规模多大，若能打得一两次胜仗，一来可振奋士气，二来也能向天下明示，跟上帝会敌对的人要遭天罚。花良村和罗简村，现在成为洪秀全要打击的目标。

"天罚！"

"跟随妖魔对抗上帝会的人，一定要给他天罚！"

"让他懂得天父震怒的厉害！"

"天兄已下令烧毁这个村子！"

"让他们尝尝厉害！"

花良村村民看到敲着铜锣、猛扑上来的上帝会士兵，直接逃进了深山。

"烧掉陈家淮的家！"胡以晃下令。

陈家淮是花良村团练头头，并非官吏，不过是个相当于消防队长的地方实权派，胡以晃直到最近还把他当作邻村好友，跟他往来亲密。

"陈家淮跑了，太好了！"

为了让无辜村民们逃跑，上帝会延迟了进攻罗简村的时间。大军进村时，村里已空无一人。但村里的团练头头覃展成却带着五名年轻人，手持标枪挺在前面。他们低着脑袋，一边冲锋，一边向走进他家院子的士兵们吼道："逆贼！大逆不道！"

上帝会会众根本没预想到会发生战斗，慌忙避开。不过，覃展成并没有对准谁，看来他是准备求死的。会众慌乱了一阵儿，很快镇定下来，围攻六人。若是面对窝囊官兵，哪怕对面有几百人，只要六人拼死抵抗，也可搏出一线生机。可惜覃展成的对手信念坚定，不一会儿，他和五个年轻人全部被杀。

"以后再也不能一块儿喝酒了！"胡以晃和覃展成是酒友，他闻讯赶来，蹲在覃展成尸首旁，小声哀叹。花洲军结束了鹏化山复仇战，回到金田村。连理文跑到鹏化水岸边迎接洪秀全。

"终于回来啦！"这是洪秀全头一回在实战中指挥军队。

“还不能轻松，许多工作在等着您呢。”理文道。

“天地会首领们都来了吧？”

“还有您未曾料到的事呢！”理文点了点头。

“哦？未曾预料的事？”

“宣娇姑娘的婚礼。”

“啊！？”洪秀全确实吃了一惊，一时说不出话来，只咳嗽了一声。

“夫君是谁？”

“萧朝贵。”

洪秀全猛地转过身，背冲着连理文。这大概是不愿让理文看出他的表情。洪秀全在脑子里飞快地算计了一下力量对比关系，他立即明白这对自己并非不利。洪秀全慢慢转过身，摇了摇头道：“完全没想到！”他睁大眼睛，一副吃惊的表情，但眼里含着微笑。

举兵起义

流经汕头市东边的韩江，古时有个奇怪的名字——恶溪，从行政区划看属广东，但当时人们一直把这条江看作闽、粤边界线，行人来到架在这条江北的广济桥前，往往提醒自己终于到了边界，心情也因此庄重起来。

林则徐在过广济桥前，对汝舟道："回来时咱们还能过这座桥吗？"

"啊？"林汝舟觉得这话问得没头没脑，但他很快就明白了父亲的意思。

"到桂林后，也许会在湘江乘船，绕道长沙。"林则徐道。他奉命镇压广西叛乱，若把广西"匪贼"从南往北赶，必须要从桂林去湖南，可以考虑从长沙出武汉，顺长江而下。一旦打了胜仗，恐怕还要进京汇报，那样的话，也要走长江的路线。

"啊，是呀。"汝舟这才放了心。

"不管怎样，都不会从对面回来了。"林则徐紧皱着眉，好似在强忍疼痛。

"肚子痛吗？"汝舟问道。从离家时起，父亲便有些肠胃不适。

"无妨，只是不时咕噜咕噜地叫，倒也不怎么痛。"林则徐装出一副笑脸，但这并不能掩盖他脸上的痛苦。他在广济桥前下了轿子，参拜桥边的宁波寺。"广济桥边水，迢迢去更来。"烧完香，林则徐低声吟起了诗。前辈进士宋湘曾送他一本《丰湖续草》诗集，书中便有这首《广济桥晚眺》，这诗句他早已烂熟于心，可后面的两句现在却怎么也想不起来。

"脑子不行啦！"林则徐心里懊恼，他很担心自己能否完成平乱重任。他想安慰自己，但他已意识到自己的病并非一般的闹肚子。

"父亲，在潮州府休息一下吧，还是静养两三天为好。"

“不行，必须要快。现在是非常时期，一刻也不许耽搁！”林则徐靠在桥栏杆上，定神看了会儿韩江水。接连几个晴天，水面很平静。

“过桥吧！”林则徐回到轿前，脚步蹒跚，弯腰进轿，身子还在摇晃。

“动作迟钝了……真的不要紧吗？”汝舟心里很担心。

到了对岸，林则徐停下轿子，又走到外面。

“我想再看看闽地。”即将离开故土，伤感在所难免，不过依他的性格，平日里是不会把感伤情绪流露出来的。林则徐把手放在栏杆上，说道：“过去在韩公到这儿之前，人们一提起南方，便想到那遍地瘴疠，江河毒鱼……”这一天林则徐话特别多，汝舟担心父亲的身体，尽量避免跟他搭话，可林则徐却说个不停，没人吱声，他便一个人说。他害怕沉默。

韩公是指韩愈，他是唐代著名诗人，元和十四年（819 年），因向宪宗皇帝建议排佛，写了《论佛骨表》，被左迁潮州刺史。传说韩愈到潮州赴任后，治服了恶溪里的毒鱼，此后这江就用了他的姓，改为韩江。

这是个有名的传说，林汝舟当然知道。平时父亲是不会多说对方已知的事的，今日确实不一样。林汝舟有种不祥的预感，而且很快应验了。林则徐终于在普宁倒下了。

道光三十年十月十九日，林则徐在普宁停止了呼吸，享年六十六岁。临终时，他大呼“星斗南”三字，但谁也不知道这是何意。林则徐棺柩东归时，潮州府数千百姓穿着丧服相送，汝舟让灵车在广济桥中央停了好长时间。“父亲到底还是从这里回去了啊！”他对着棺柩小声说道。

民间盛传：“听说林则徐要带兵征讨，洪秀全等人被吓破了胆儿，正要准备解散逃跑，可一听林则徐死了，胆儿又壮了，势力也更大了。”陈康祺的《郎潜纪闻》和李元度的《林文忠公事略》等书中对此亦有记载。

不过，不论林则徐是死是活，上帝会造反已是箭在弦上不得不发。洪秀全统帅上帝会全部军队，下分中、前、后、左、右五军，分由主将统领，下设丞相、检点、侍卫、将军、总制和监军等职。男女老幼编入组织，没有文武官之分，但却严格区分了男营和女营。洪秀全善于哲学思索，实际工作则由冯云山完成。

“这是否有点太严了呀？”冯云山第一次拿出纪律方案让连理文看时，

连理文就歪着脑袋说道。人们整家入会，可夫妇却分居两营，只在星期天礼拜时才可远远见上一面。

“我们要干的是有史以来谁也没干过的事，怎么严都不过分。”冯云山表情柔和，所说的话却不温和，被强制分开的夫妇若偷偷在外相会，一旦被发现便立即“杀无赦”！

“从情理上来说，这是否有点儿……”理文一向认为，上帝会要具有灵活性。

“情理会破坏纪律。”

“这点我赞同，但即使用死刑来禁止，恐怕还会有人违反纪律。为什么要制定这样不合情理的纪律呢？”

“伟大的事业就要求这种不合情理。”

“但……”

“纪律虽严，但在实际执行时是可以放宽的。这是度的问题。不过，非常时刻要从严，所以制定的时候必须严。另外，须让大家知道这种状况不会持续太久，打倒满妖后就会结束。这样大家就会为了一起幸福地生活而拼命，尽快把妖人消灭掉。”冯云山仍和颜悦色。

上帝会要打倒清王朝，在这土地上建立起天父耶和华所赞扬的天国，这的确是前所未有的大事业。要完成这大事业，不能有丝毫的松懈，从这意义上说，严峻的纪律是必要的。

然而，当连理文来到杨秀清这里时，却看到另一种氛围。

“八个头目……都是大人物！”杨秀清突然说道。

天地会的大头目已来了八人，准备呼应上帝会同政府作战。但是，天地会群雄能受得了那么严苛的纪律吗？毕竟很多人就是不愿受约束才从顽固守旧的社会里挣脱出来的。理文想来想去，只得出个悲观的答案。

“他们没有信仰上帝啊！”理文道。

“只要能和我们共同行动，就会逐渐产生信仰，我要让他们产生信仰！”

杨秀清的自信确实不同凡响。但理文还是担心，杨秀清虽然善于操纵上帝会的善男信女，但他是否能打动那些不太善良的会党头目？

“姑且不说这个。他们会把财物全部上交圣库吗？”理文问，“在以抢劫为生的天地会中，这种制度行得通吗？李新妹试过，但彻底失败了。”

“他们可以空着手来。”杨秀清满不在乎。

只要把战利品藏起来，就可不必向圣库缴纳任何东西，衣食住还能得到保证。杨秀清觉得这个问题这么简单就能得到解决。但上帝会还有一条纪律，即私藏财物者杀无赦。空着手来也许是个简便的办法，但如果这些人的思想得不到改造，触犯纪律的事就会层出不穷。

“要想向他们脑子里灌输纪律，恐怕需要时间。”

“时间？现在等不了了。我们跟当官的已公开变成敌我关系，人家的军队排山倒海般地开来了，恨不得把我们打得粉碎。我们也必须马上扩军备战，绝不能磨磨蹭蹭。我煞费苦心，到处联系，终于有了成果。”杨秀清说罢，接着一口气说出八大头目的名字。他是文盲，但记忆力超群，就算是几十个人的名字，他也能一口气就说出来。

艇匪罗大纲

大头羊张钊

大鲤鱼田芳

卷嘴狗侯志

大只贝关巨

豆皮满王庸

广东清远黎东狗、单眼德

王举志去世后，天地会个派系都已经衰落，是以听了八大头目的名字，理文并未受到什么鼓舞，反觉得他们可能会给上帝会带来麻烦。

理文去营盘附近看了看。女营在山冈上训练，男营在不远的一处平地上进行散开练习。突然，远方传来马蹄声。靠近后，一个矮汉子从马上敏捷地跳下来，那马本就不高，可这汉子却还没有马高。

“啊呀，谭七！够你忙的吧？”连理文打招呼。

矮子谭七头上扎着块红布。他是洪秀全的警卫，个子虽矮，却很有力气，动作敏捷，性格也爽朗，跟理文很合得来。

“东跑西颠儿呗！”谭七笑道。他个子矮，相貌奇特，一张脸又窄又长，所以人称“马头七”。旁人虽很难看出他年纪究竟多大，但众人皆知他是上帝会里屈指可数的名骑手，也是洪秀全的同乡。

“现在骑马自由了吧！”

“哈哈哈！这可方便多了。”

从前为避官府耳目，骑马要谨慎。如今上帝会公开造反，鹏化山、紫荆山一带已是自家的势力范围，再无谨慎的必要。

“别得意忘形，跑得太远可是危险的。”连理文笑道。他跟谭七谈话总是很愉快。

“没什么，现在跑到大黄江一带也没问题了。”

浔江上游从平南至桂平的一段，称作大黄江（也名大湟江）。

“你到大黄江去了？”

“嗯，去了，跟头目们联系。”谭七毫不隐瞒，他跟理文无话不谈。

天地会群雄都聚集在大黄江上，罗大纲、张钊、田芳等人被称作“艇匪”，只要他们待在水上，官兵就束手无策。

“他们会来金田村吗？”连理文问。

“照理说，他们的部下会先拿礼品到这儿来，然后我们回访。”

“由你负责吗？”

“对，很顺利，我得赶快去汇报。”谭七说罢，飞身上马，朝三界庙洪秀全司令部的方向奔驰而去。

八大头目手下有一万多人，他们很可能会腐蚀上帝会。留给上帝会防备的时间并不多，八大头目此刻已向金田村派来了十六人代表团，这是种礼节性的拜访，作为回应，上帝会也向大黄江派了同样人数的回访团。

回访团另有目的。洪秀全一再说，要参加就必须遵守上帝会的规矩，回访团要去向天地会头目说明。回访团中有个叫白亚福的人，最为能说会道，这十六人本是同等级别，但说话的事主要由他负责，形式上，他就像团长。

听了说明，田芳等人直摇头。

“这太严了！”

“要说严，你们不也同样吗！入天地会时，要把刀搁在脖子上，那才叫人害怕哩！”白亚福回道。

“嗯，那倒也是。”

“不过，入会时并没有人被砍掉脑袋吧？”白亚福看了看大鲤鱼、大头羊。

天地会入会仪式确实可怕，刀对着脖子，令人毛骨悚然。不过，仪式上刀不会沾血。

“确是没人被杀。”

“意思是一样的嘛！”

“不能喝酒、抽鸦片，太憋人了。抽点鸦片，就这样吧？”大鲤鱼用食指做了个切喉管的姿势。

“嗯，是有这规矩。不过，拿我来说吧，酒也会喝上两口的，这个也来点儿。”白亚福右手拇指和小指翘起来，其他指头弯下去，做出抽鸦片的样子。

“是吗！这么说，你刚才喝了酒吧！”

“大喝了一通，可你们看，我脖子不还没断吗！”白亚福缩了缩脖子，做了个怪相。

清政府已正式采取了剿匪措施，林则徐要来广西的消息并未使上帝会动摇，却大大震动了天地会。两广一带，百姓视林则徐如神明，朝廷派他来，表明政府下了狠心，要认真了。官军得到增援，天地会迟早会被各个击破，头目们平时互相倾轧，现在这八人破天荒般在大黄江会聚，这本身就表明他们已意识到了危险。

“听说上帝会在加紧训练。”

“可是，他们不是咱天地会的组织呀。”

“现在不必谈这些了。”

“他们跟咱们不是一条路上的人。”

“有点不一样也可以嘛。咱们可以把他们同化过来！”

“他们人数多，恐怕是想同化咱们吧！”

“可以装作是受他们的同化，其实是去同化他们。”

“对。一旦打起仗，你瞧，还是咱们行。咱们的发言权一定会越来越大。”

八大头目决定参加上帝会，他们准备先从底下活动，进而篡夺领导权。其实上帝会早已觉察到这情况，所以一开始就采取了强有力的同化措施。八大头目带领他们手下一半的人马，开进金田村。半路上还发生了一点小纠纷。

“大纲，你的性格最像上帝会，一定能干得好。”大头羊张钊挑开话头。

“哦，我什么地方像？”罗大纲反问。

“以前跟你一块儿行动时，我杀了那老太婆，你不是发了一通脾气吗！”

“那是你不对！我现在想起来还生气！”

罗大纲曾和张钊合伙在广西东郊袭击沿江村镇，当时一户被抢人家中有一个老太婆，指着张钊骂道：“你这个杀千刀的土匪，迟早会遭报应的，叫你砍头示众，不得好死！”

“臭老婆子！”张钊手起刀落，将老太婆斜劈成两半。

当时罗大纲非常生气，他抢劫，但不杀人。“要跟我一起干，就得按我的方式办！”

“你什么意思？是你求我来帮忙的！”

“滚，我再也不愿看见你这个大羊脑袋了！”

一番争吵，两人散了伙。这是一年前的事，如今两人能在一起，还是因为其他头目的撮合，紧要关头，谁也不计较往事，偏偏大头羊是个没脑子的人，非要旧事重提。

八大头目进了村，立马目瞪口呆。营盘成了刑场。一个简单的绞首台，上面挂着黄色的绳锁，被拉上绞首台的正是白亚福。

萧朝贵悲痛道：“我们给了他多次反省的机会，但他却不知悔改。我们的忍耐是有限度的，他是个有毒的人。上帝会的兄弟都是罪孽深重之人，但他们知道自己有罪，所以一直在努力赎罪。罪恶能不能消除是另一个问题，愿意努力消除本身就值得赞扬，这正是上帝会的基本教义。不做这种努力的人，就不能接受上帝会的教义。他已不能算是我们的兄弟，为了不让他将毒传给别人，必须采取措施。这也是最后的办法。”萧朝贵说话的技艺虽不如杨秀清高明，但这一番话却也有感人的力量。

“他干了什么坏事？”罗大纲问。

“喝酒、抽鸦片，贪图私利。”萧朝贵好像早已料到他会问这个问题。

“私利？”

“回访团到你们大黄江去，你们送了他们很多礼品，按上帝会的规矩，这些财产必须交给圣库，这一点想必你们也清楚。可回来之后，其他十五个人都把礼品交给了圣库，唯独白亚福据为私有。他既然不能消除自身的罪恶，为了上帝会的兄弟，不得不杀他，我们感到很痛心。”

罗大纲感叹。

白亚福双眼被布蒙住，手被绑在后面，左右有人扶撑，勉强挪动着脚步。他浑身好像没有一丝气力。一片沉默中，绞刑开始。白亚福连喊一声的气力也没有，绞首架上好似吊着一个木偶。

白亚福之死给八大头目带来了极大的震动，他们终于知道，上帝会严格的纪律并非形式。一人极其感动，七人极其恐惧。

“喂！咱们不能跟这些家伙共事！”张钊哆嗦着嘴唇，于是，七个头目带着恐惧离开了金田村。只有罗大纲哆嗦着嘴道：“我愿入上帝会。”

所有的计划付水东流，杨秀清自然一脸不悦。白亚福一身毛病，若非口才出众，早就死了。杀他，杨秀清并无异议，但他反对在天地会入会前动手。可是，一碰到原则性的问题，洪秀全异常顽固。

“哎，又得重新奔走了！”杨秀清自言自语。

“不要太泄气。我去找苏三娘和邱二嫂，她们一定会答应。交给我吧。”李新妹在一旁道。苏三娘和邱二嫂是两广一带有实力的女头目。

“是吗？也许还是女英雄好些。”在此刻的杨秀清眼中，女人最重感情。一向标榜侠义的天地会，一涉及金钱财物，也不过如此。除了罗大纲，他们都只重利。

“我这就去！”七大头目离开不久，李新妹就离开了金田，她急不可待。

“敌人的力量要壮大了。”杨秀清道，“那些家伙因为害怕官军，要自保才想同我们联合，现在结盟不成，你说他们会怎么办？怎么才能保护他们自己？”

“这大概是逃跑吧？”理文想了想。

“逃是不可能的，官军如今大批开进广西，他们逃不掉，只会投降。他们会哀求政府饶命，然后帮着官军来打我们，只怕不久就要兵戎相见了。”他紧咬着下嘴唇。

“新妹不是说她会带人来吗！”

“不要抱过大希望。希望落空，失望会更大。哈哈哈！”杨秀清笑了。他是个现实主义者，他大概早就想过可能出现的种种局面，并在脑子里反复考虑对策，从他笑声中便可看出他并不绝望。

李新妹刚走，谭七就策马飞奔而来。他当然是去三界庙见洪秀全，但看到杨秀清站在营盘旁，他便放缓马蹄，大声喊道："钦差大臣死在潮州啦！"

"钦差大臣！林公吗？"连理文大声问。

但谭七好像没听到，早已驱马奔驰而去。没必要问，到广西来的钦差，只能是林则徐，从福建去广西，他一定要经过潮州。

"林公！"连理文仰天叹息。他对父亲这位好友无限尊敬。当初听说林则徐被派来广西，他的心情是很复杂的。他觉得自己或许会在林则徐和上帝会之间扮演某种重要的角色。他也期待着。然而现在，这种期待消失了。

北京的朝廷接到林则徐的讣告，加赐林则徐"文忠"谥号，同时命前两江总督李星沅继任。广西巡抚郑祖琛连同提督闵正凤一起被革职，前漕运总督周天爵继任广西巡抚。增援的两千湖南兵和三千贵州兵已进入广西境内。

不久，北京政府又接到了三千贵州兵首领、前云南提督张必禄在广西浔州病死的报告。

"真是病死的？"咸丰帝问军机大臣。穆彰阿此时已被解职，他的盟友、大学士耆英也被革职。雄心勃勃的新皇帝想组建自己的班子。

"是这样报告的。"蒙古族军机大臣赛尚阿答道。

"你们都信吗？以前很多报告是胡编的，浔州眼下正在激战！"皇帝怀疑张必禄是战死的。若果真如此，一定有一场败仗被掩盖了。按官僚的习惯，若打了胜仗，报告中定会说光荣殉职，说病死很可能只是为了掩盖败死。

"喳！"军机大臣们不知如何应答。

贵州军暂归镇远总兵周凤岐指挥，他进军桂平，先头部队已到达金田村前方的蔡村。不过，这支官军尚未最后决定进攻的目标。据密探报告，大黄江与金田村已互相派了访问团，官军判断，两支"贼军"已经联盟。

这一带都是敌人，官军举棋不定。不过，在上帝会看来，官军进驻蔡村就是把目标对准了金田，而且天地会很可能如杨秀清所预想的那样，官军一逼近，马上会投降，到时金田村就有两个敌人要对付。

上帝会已做好准备，金田村充满着悲壮的气氛。

大黄江的天地会头目早已打算好，官军一进攻就投降。可现在，对方进了蔡村。他们觉得官军的主攻目标可能是上帝会，因此决定暂时观望。金田村当然是总动员，客家人、银山矿工以及从平南、武宣、象州各地来的上帝会会员，连同紫荆山、金田村会众互相宣誓，齐心协力，一致杀敌。金田村就是最后的据点，圣库的存在让他们不必担心自己死后家属的生活。他们斗志昂扬，决心死战，不怕牺牲。战前，大家做了礼拜。

“在这次战斗中牺牲的勇士，将被上帝召去天国！”洪秀全说道。

“打倒妖贼！”

“保卫金田村！”

“光荣属于上帝会！”

人们一边叫喊，一边拿起了武器。

罗大纲激动落泪。以前在天地会到处抢劫，虽也拿着武器，但哪里有这般痛快！“死了也情愿！”他紧握钢刀，心中默念。

呐喊声震天动地。官军大部分是贵州兵，不熟地理，即便进了蔡村，仍有许多人不知金田在何方、艇匪在何处。官军士气不振，关于提督之死，军中流传着种种谣言，到处都在说提督是因咒骂上帝会，被刺客潜入军营刺死的。

“太可怕了！撕裂咱们的嘴，也不能骂上帝会！他们简直是疯子！”

“喂，你说人家疯子，这好吗？让他们听到了，看你怎么办！”

“啊呀！真可怕！”

士兵们小声谈论，他们要同上帝会作战，但士气就是提不起来。

道光三十年十一月二十九日（1850年1月1日），两军交锋，官军大败。除了眼前的官军，大黄江上的会党也被上帝会视为敌人。但是，天地会按兵不动，因此眼下要对付的只有官军。官军一直担心天地会的动向，所以一开始就举棋不定。拼死一战的上帝会这时出击自然大胜。上帝会几乎没有伤亡，官军死了三百。

副将伊克布坦见战况不利，拨马便逃，在蔡村江一座桥边马失前蹄，被上帝会会众一刀结果了性命。副将是从二品，仅次于总兵，其品级与文官中的巡抚及布政使相同。将官级的军官阵亡，可见这一仗败得够惨。蔡村先头部队全军覆没，周凤岐第二天率兵赶到，救出了一些残兵败将。官军撤到大后方。天地会对这次战斗抱旁观态度。虽然看到上帝会占了上风，但他们认为这只不过是暂时的，“穷鼠反咬猫”，但鼠归根结底还是鼠。

天地会群雄一离开金田村，就再也不想回去，而且他们认为，这是归顺政府的好机会。

“这样一来，咱们就容易说话了！”张钊道。同样是归顺，雪中送炭自然好过锦上添花，蔡村战败给头目们制造了一个高价出售自己的好机会。

犀牛潭旁有座山冈叫犀牛岭，这山冈可说是营盘的一部分，山冈坡道很缓，从冈上可看到很远的地方，在这里集中很多人举行仪式最便利。

蔡村大捷十天后，即道光三十年十二月初十（1851 年 1 月 11 日），洪秀全三十八岁生日这天，上帝会在这里举行了起义仪式，定国号“太平天国”。后来，太平天国制定了独特的历法，这一天被定为“天历太平天国纪前一年十二月九日”。

一面在黄地上用朱笔写着“天父、天兄天王太平天国”字样的长方形旗子，从大地底下一跃而起，冲上了天空。旗子是事先放在一个掘好的洞中的，洪秀全一念咒文，从四面拉动缚在旗杆上的绳子末端，旗子就飞起来了。这又是杨秀清的主意。

洪秀全念的咒文很难懂，唯有头两句“黄旗弯弯，跳过火山”能明白。

悬挂在犀牛岭上的旗子用石头支撑着，这种石头称作“旗杆石”，石头形如饭团，高约五十厘米。人们跪伏在那里，他们以为看到了奇迹，很多人把额头贴在地上，但有少数人还抬着头。抬头的人是上帝信仰最深的信徒，根据上帝会的教义，除耶和华外，不拜任何人或物。

礼拜仪式很快结束，杨秀清大声说道：“以明年为天历太平天国元年！”使用某王朝的年号，被称为“奉正朔”，这被当作是服从的证明。既然把现政权当作妖贼，要打倒它，当然要用新年号。

太平天国的中枢被称作“天朝”，洪秀全是“天王”，儿子洪天贵是“幼主”。在中国，皇帝是人间地位最高的人，皇帝之下是王，既然要打倒清朝皇帝，洪秀全为什么会用比皇帝低一级的王呢？太平天国遵基督教教义，只拜耶和华，上帝会称耶和华为天父或上帝。“帝”这个称号令人有同唯一的绝对的神并列之感，因而在太平天国中，要避讳“帝”字，洪秀全只好称“王”。从皇帝角度来看，皇太子应是基督。因此，必须要避皇太子的讳，称洪秀全的儿子为“幼主”。

洪秀全任命了天国五军主将：

中军主将　杨秀清

前军主将　萧朝贵

后军主将　冯云山

右军主将　韦昌辉

左军主将　石达开

任命宣布完毕，中军主将杨秀清代替洪秀全站在坛上。

“下面宣布军律五条，这是军队根本，极其简单明了，大家要铭记在心。”杨秀清喘了一口气，“第一条，遵守条命！”条命是上帝会术语，“条”是“天条”，指基督教教义。“命”当然指命令，意味着宗教以外的命令，这一条强调了宗教与军事、政治的一体化。

“第二条，男女有别！”

“第三条，秋毫无犯！”

太平军与腐败的清军不同。它不是匪贼，出征中也绝不许掠夺居民一草一木，犯抢劫或侮辱妇女暴行的要立即处以死刑。

“第四条，公心和傩，遵守约束人！”

公心是上帝会术语，意为不得拥有私财。和傩是广西方言，“和睦”之意。第一条“条命”是有关大原则的命令，这一条则有关小而具体的问题，是指下级军官在各种场合根据情况的判断所下的命令。

“第五条，同心同力，临阵不退！”

为了夺取天下，要不断打仗，不许懦弱和贪生怕死。五条军律由杨秀清宣布，这当然给每个太平军战士留下了深刻印象。在上帝的儿子们当中，按顺序长兄次兄当然是基督和洪秀全，三兄是冯云山，四兄才是杨秀清。凡上帝会会员，皆知此顺序。天王麾下五军，中军主将一职本该是冯云山，却由杨秀清占了，看来地位、实力已发生了变化。

杨秀清在起义仪式上发言之多，表明了他首席辅佐的身份。“我们必须尽快进军！”他继续说道。

周凤岐虽在大败后撤退，但从这十天的情况来看，他们好像是要断金田村的粮道。太平天国若按兵不动，只有自生自灭，所以必须尽快进军。

“先攻江口，两天后出发，各部队准备！”杨秀清说道。

转战江口

江口面临大黄江，时人习惯把大村落称作“墟”，故这里被唤作江口墟，人口大约是一万。金田村民要渡过大河才能到桂平去，因此买东西一般都到江口墟来。江口墟是个富饶的小镇，商人云集，繁华富庶的程度比起桂平和平南县城，甚至浔州府城，都有过之而无不及。江口墟街上，商店鳞次栉比，江岸上有巨大粮仓，粮仓隔壁则是当铺仓库，存放着各色物品。

这一切都归王作新所有。一提江口，上帝会会众便马上会想起仇敌王作新。逮捕冯云山、害死卢六、出兵鹏化山的，就是王作新。他对上帝会可谓恨之入骨，上帝会当然也憎恨王作新，将他视为天敌。当听到“攻打江口”的命令时，信徒们知道，这是要找王作新报仇。信徒中发出一片嘁嘁喳喳的议论声，接着，一阵“江口！江口！”的喊声响彻天际。

在江口自家粮店后房里，王作新拍着桌子，慷慨激昂地对倪涛说道：“上帝会那些家伙难道就那么可怕吗！他们不过是信奉外国妖神、愚昧无知的土农民和炭黑子，我们有朝廷做后盾，为什么不渡江！”

“不要这么说嘛，这又不是我决定的，这是将领们反复研究的结果。”倪涛劝慰道。官军决定从江口撤退，渡到大黄江对岸，这无疑是对上帝会做了退让。蔡村战败，让官军指挥官们变得谨慎。

“你们是打算丢下我们江口百姓不管吗？”王作新逼问。

“不是这个意思，贵州兵不熟地理，把他们暂且撤到对岸，让熟悉情况的府兵把守江口。”

“府兵！不就是土匪吗！”

“不能这么说。过去是土匪，现在招安了，这话要传到他们耳朵里，可是要出乱子的！这种时候出乱子可不行！”倪涛抓住话柄，反唇相讥。主力官军撤到南岸，江口一带由新归顺政府的天地会会党防守，他们就是一度想同上帝会结盟但又怕纪律严格的那七个集团。不久前他们还是土匪，归顺浔州府后便成了“府兵”。

“暂且就承认他们是府兵吧。”王作新吞吞吐吐。

“蔡村战败，有人觉得是因为贵州兵不熟地理，我也这么认为，相比之下，大头军对这一带了如指掌，他们若能在战前归顺，情况可能就不同了。”

“总之，我是希望官军能更加一把力。”

“不错，新任钦差大臣马上就要率大军赶到，打仗我是外行，不过听军官们说，将要对金田村采取大迂回包围作战，我看还是要从大处着眼啊！”

“可是……”王作新还是不满。倪涛的意思是，在大包围网中，即使有一两个村镇失守，以后也能收复，不必吹毛求疵。但在王作新看来，若是江口落在上帝会手里，即便能收复，他也不能让忍受！他深知上帝会多么痛恨自己，江口若被上帝会占领，自己就没命了，哪里还等得到官军收复江口！

“你能理解就好。我这就要回平南了。”倪涛站起身来。

“我也要去平南办点事，跟你一道走，怎么样？”王作新一脸假笑。

桂平县和平南县上面是浔州府，知府是刘继祖，同张钊等七大头目谈判的就是他。周凤岐指挥的贵州军已蒙受相当大的损失，必须补充兵力。刘继祖于是顺水推舟，同意天地会归顺。七大头目被编入官军，作为“府兵”，取其头目绰号，称“大头军”，防守江口。大黄江本就是他们的根据地，官军觉得得了帮手，但王作新压根儿就不相信他们。他的眼光还是很敏锐的。

“他们确实熟悉地理，所以逃得比谁都快！”去平南前，他在屋子里自言自语。他的预感很快成了现实。他之所以去平南，就是因为已预感到江口会遭袭击，他对上帝会十分了解，虽然嘴上骂对方愚昧无知，是土农民、炭黑子，但他对他们号召群众的巨大力量佩服得很。

官军布下阵势，上帝会不会觉察不到。一旦被包围，粮道必为所断，要反包围，先要确保粮食。在金田附近，江口粮食最多，不管从何处突围，突围前，为保证粮食，必须进攻江口，王作新如此判断，所以他逃到了平南。

阴历十二月十二日，两万太平军杀奔江口。

金田村的粮食快用完了，所以实际上，进攻江口可说是一次找饭吃的集体迁移，他们了解到天地会府兵也在江口，因此决定多动员些部队，女营也随军出征。天地会尽管曾各地袭击掠夺，但从未处于防守地位。平日里，只要官军一来，他们便商定个集合地点，分散逃跑。罗大纲深知会党弱点，他建议尽可能多的用部队进攻江口，若是兵太少，他们也许还会拼命守一下，但若是大军一拥而上，这帮府兵根本就不会防守。所以他认为，武器不够没关系，女营可以助威，要从人数上灭府兵的锐气。

果如罗大纲所说，两万大军一到江口，未及交手，大头军便跑到江上去了。他们大多是水贼，水上就是他们的世界，他们有活命的途径，不会死战。

“上帝会打过来啦！那么多人！”

“人山人海啊！”他们喊叫着，飞快地跳上船。

“这帮人捞不到一分钱好处，还这么卖命！”头目们疑惑。他们根本无法理解这些把全部财产交给圣库、把全部身心献给上帝的人。

人对不理解的事物往往有种恐惧。大头军全部逃走，太平军兵不血刃。

“搜查王作新，带到我这儿来！”洪秀全下令。比起现世问题，洪秀全更喜欢专心于教义和思索，他很少主动下令，而在江口，他却大声催促，但找不到王作新。

“他儿子王季元说他去平南了。”

“看来是真的。”

“据说确实是跟知县一块儿走的。有人亲眼看见了。”报告一个接一个送进来。洪秀全咬了咬嘴唇。“把他家属统统绑起来！立即把他家仓库和店里的东西全部拿走，放到圣库！”但凡重要的事，洪秀全一般都先跟杨秀清商量后再做决定，唯独这次，洪秀全独断了。

江口墟不远处的石头脚，有座陈公馆，被太平军当作大本营。这一带最大的房子是王作新的家，太平军为复仇已把它毁了，这第二大的房子便成了司令部。馆里的人自然早就随大头军躲到船上去了。

“我们没船呀！”冯云山道。太平军没有水军。他们的基干部队——农民、烧炭夫和矿工，都是山里的人，和水没多大缘分。天地会艇匪若能参加太平军，那将是改善太平军的一个好机会，杨秀清至今仍为此感到遗憾。

大军出发前，关于占领江口后的方针，头目间出现两种意见。一种是南进论，直接沿浔江而下，攻进广州，建立根据地。第二种是北进论，主张在江口收集物资，回头北上，进湖南，进攻长江一带。在陈公馆会议上，洪秀全、冯云山这些广东人反对攻打广州，而紫荆山中成长的杨秀清、萧朝贵却对南进恋恋不舍，他们简直把广州看作是一切的中心，南进论认为，巩固并保住这个中心，才能向四方伸展天国的势力。反对南进论的冯云山则认为，没有强大的水军，要从水路南下是不可能的。

连理文正在陈公馆一间屋子里看书，谭七跑来叫他："他们叫你去参加会议，说是想听听你的意见。"

"什么事？"连理文歪着脑袋，他大体已感觉到了。

"我们已经定了，此时征求先生意见，确实有点失礼。不过这样您就不必负任何责任，希望您能充分发表意见。"一进会议室，杨秀清便对他说道。

"我并不认为占领广州是不可能的。但要有个条件，那就是把一度离开我们的艇匪拉过来。不过，占领广州后，不可能从那里向四方扩展势力。"

"为什么？"年轻的石达开问道。石达开借口年纪轻不了解情况，并未表明态度，他正努力听取各方意见。

"岭南一带多山地，下山比上山要容易，易守难攻。但是，广州不是可以号令天下的地方，从历史上看，秦末，南越曾独立，但到汉朝就不得不称臣。汉武帝时，南越企图独立，立即被汉军消灭，南宋王朝也曾逃到那里，但在崖山灭亡了，它太偏南了。"

鸦片战争时，由于林则徐的倡议，民间曾建水勇，现在虽已解散，但武器仍流散在民间，一有机会，百姓就会拿起武器斗争。现在政府正为广东治安而苦恼，除广东人性格剽悍外，民间武器众多也是一个因素。在这种地方，搞破坏有利，要统治难。若太平军在此地建立政权，就必须考虑这个问题。

"把艇匪拉到我们这边，肯定也会混进来品质恶劣的分子。当地百姓会讨厌他们，民心将会动荡。那时，维持治安会付出很大力量。"理文谈了他的预想。

"一占领广州就把那些品质恶劣的艇匪清除出去，起码不让他们接近中枢。天国要建立一个干净正义的政府，这怎么样？"石达开问。

"清除也好，疏远也罢，反正他们不会老实的。"杨秀清代连理文回答。

从这语气，理文听出，原本主张南下的杨秀清，此刻决定北上了。

"连先生，谢谢你的意见。"洪秀全从椅子上站起来，点点头，"我们已决定北上，只是想由先生来向头目们说一说。"

"谈下一议题吧，我们要赶快决定北上的部署。"杨秀清道。

这时，谭七走进来。他虽不是头目，但可自由出入会议场所，各种情报都集中在他那儿。

"邱二嫂和苏三娘来了。"

"多少人？"杨秀清赶忙问。

"各约两千人。"

"四千人！"杨秀清深深点了点头

"应当早点来的。"苏三娘似乎对这种严肃紧张的气氛很满意。

"请你来果然没错，相比之下……"李新妹也很高兴。不过，她话到一半又停住了。

另一个女头目——邱二嫂，不仅提出种种条件，而且对太平军的生活很不适应。苏三娘和邱二嫂各自带来约两千名部下，分别部署在江口最左翼和最右翼。太平军早已面对大黄江布好阵势，这两支部队正好分别接在太平军两翼。太平军得了援军，没有加厚阵地，而是把阵地拉长。最左翼的苏三娘军，在石头脚东端。她部队中的三百女兵，按太平军规定，入了女营。苏三娘虽是女人，指挥的却全是男性的部队，这支部队是她的，只听她的命令。邱二嫂麾下则有五百女兵，但她不同意将她们编进女营，她担心这样会削弱自己的力量，太平军也决定承认这个特殊的例外。

连理文跟随李新妹来到苏、邱两军阵地，看了看情况。邱二嫂并不掩饰她的不满。"要打广州，简直疯了！船怎么办？罗大纲那点儿船够什么！大头羊和大鲤鱼的部队隐蔽在大黄江各个角落，一进江就会被他们咬住，你们看不见，我却看得清楚。"七大头目并未在江口被打败，他们不过从陆上转移到了江上，未损失一兵一卒。在连理文眼里，江口一带呈弧线的大黄江，悠然平静，但邱二嫂却好像把江中隐藏的会党看得一清二楚。

"大头羊善战，大鲤鱼善藏。"邱二嫂补充道。她虽瞒着年岁，但看来早已五十出头。她长着张扁平大脸，浑身肌肉发达，从她身上，理文感觉不到一点女人味。兵法说，要欺敌，先欺己，头目虽已决定北上，但对外却传达说要南下，便是新头目也不知实情，所以邱二嫂说南下是疯了，理文也不敢否定。在理文看来，三十五岁的苏三娘，倒还像个女人。她肤色微黑，一张圆脸却很是惹人喜欢。她个子虽和邱二嫂差不多，但看来并不像邱那般粗壮高大。苏三娘打心底里为能参加太平军而感到高兴，邱二嫂那里虽有女兵，但仍使人感到气氛阴沉。苏三娘这里全是男人，气氛反而明朗。

“灵山真是个好地方！若不发生那件事，我恐怕一辈子都要生活在灵山！”苏三娘谈起身世，夸耀起自己的故乡。

她是广东海边灵山县人，本是个普通的家庭主妇。

她丈夫是被人杀害的。她丈夫虽是天地会会员，但并未加入会党，没干过抢劫勾当，只是拥有些船只，经营运输行业。但因卷进行业竞争，在南宁被人下了毒手，凶手是同行的广西人。原本平凡的主妇，人生因而发生了一百八十度的转变。凶手的名姓住址容易查询，但苏三娘知道，即使向官府控告也是白搭，凶手与南宁府关系密切，不可能依靠官府。终于她想通了，靠官府不行，可以靠自己！

苏家经营运输，有许多年轻伙计，他们对对手的卑劣行径也十分愤慨。

“我要为当家的报仇，有没有人愿意跟着我干？”

店里几十个年轻伙计当然都愿跟她同去。他们是脚夫，常到各地搬运货物，为旅途安全，同各地头目都有交往。加上她亡夫本是天地会会员，众头目们皆愿施以援手，她当然不会拒绝这好意，于是带着各处借给她的数百人，在南宁近郊杀了凶手，毁了他家的房屋。自此，她受官府通缉，成了著名的匪贼。之后，她专门锄强扶弱、劫富济贫。她人品好、有威望。她要借来的人回去，有的人却反而要求留在她手下做事。

“当家的死了，我的第一次人生就结束了。现在这第二次人生，是白赚来的，我要不遗余力地用好了。”

太平军从金田村出击的第三天，钦差大臣李星沅到达柳州。次日，广西提督向荣到达桂平县城。李星沅是湖南人，在担当两江总督要职后，因病回故乡疗养。因为离广西近，比起从北京派人过来，派他过来能更快地到达起事地区。这年四月，李星沅曾去北京叩谒正月去世的道光皇帝，当时朝廷就曾要他担当要职，但他借口母亲年老多病固辞不就。林则徐因病未能去北京叩谒先帝梓宫，对比之下，朝廷就此判断，他引退的真正原因确是老母有病。此次要他担任的是非常时期的钦差大臣，他无论如何也不能辞退，但他本人确实身体欠佳。

到广西后，李星沅对上帝会有了个大概了解。尽管湖南是广西北邻，却也很少能接到正确情报。李星沅在给朝廷的奏折中说："桂平县金田村贼首韦政、洪秀泉等结尚弟会……"韦昌辉原名韦正，这里错写为"韦政"，还做了贼首。洪秀全的"全"也错写为"泉"，并在"韦政"之下，甚至连上帝会也错写为"尚弟会"。李星沅本来在故乡悠闲自在，硬是被拉到拼杀的战场，心情自然不悦。他说身体不好，实则是酒精中毒。平日里，上午他还仪表堂堂；一到下午便开始饮酒，情绪焦躁，失去了正常的判断能力。

"当官没意思，一失足便毁一生，人生无常啊！"

来广西后，这话几乎成了李星沅的口头禅。他的前辈郑祖琛因未能镇压匪乱而被革职，想到这儿，他就忍不住发牢骚。然而，外面已传说，郑祖琛或被流放新疆，以示惩戒。郑祖琛是嘉庆十年（1805 年）进士，官龄已有四十五年，七十多岁还要被流放沙漠，太残酷了。郑祖琛究竟要受什么处分，当然由朝廷决定，但相关材料需由李星沅提供，因此，他将在广西进行实际调查，再向北京报告，这也是钦差大臣的任务，虽是一项讨厌的任务。李星沅每遇厌烦，便要喝酒。他身体本就不好，来广西后，酒量更大。

"啊，可恶！可恶！可恶的工作！可恶的人！"他拿着酒杯，发着牢骚。

"可恶的人"是指广西提督向荣，他比李星沅稍小，行伍出身，一路升到提督，颇有些才华。但他不知军营外的生活，视野极其狭窄："我最了不起！""打仗我最内行！""管他什么钦差大臣，打仗的事还得听我的！"。

李星沅不想见他，于是待在柳州不往前走，通过书信和向荣联系。尽量少惹闲气，心情还能舒畅些。上帝会之强大超乎想象，这自然也使李星沅感到烦躁。要征讨上帝会在江口的两万大军，光靠当地官军还不够，他向两广总督借潮州兵，但遭到了回绝，于是他向北京申请贵州兵的支援。

向荣给李星沅写信，要他即日进攻。但李星沅运气实在太差，正当两千云南兵、八百福建志愿兵和当地征募的六百瑶族壮丁进驻浔州准备进攻时，天却下雨了。焦急烦躁的李星沅在给向荣的信中写道："……浔州平南之兵勇万余，相持数十日，日用十数万（两）。若再延误扫荡，何以抒宸念（解除皇帝的担忧），五中（肝肠）焦灼，如坐针毡。”

“慌什么！书呆子！”向荣冲着信大吼，接着转过脸，吐了口唾沫，“这种肝肠还是烧焦了好！我早说过，打仗的事交给我。”其实，向荣“五中”更为焦灼。他视察了大黄江南岸的阵地，大失所望。官兵们满脑都是迷信，以为敌人会邪术，所以毫无战意，胆战心惊。

一月十二日到达的两千云南兵，路上遇到土匪，打了个大败仗，残兵败将，向荣对他们也没抱多大指望。

这时，贵州总兵周凤岐跑来了。自蔡村吃了败仗后，他的脸一直阴沉沉的，今天不知为何却笑嘻嘻地说道：“终于把邱二嫂说服了，拧掉了敌人右翼！”

“太好了！明天进攻，恰好配合上了。”向荣喜笑颜开。

官军向太平军发起了内部攻势。

上帝会将领们凭信仰结合在一起的，不会有人上钩。但邱二嫂一直都心怀不满，终于决定归顺官军。

“东路军主力马上就出发，先遣部队现在大概已渡江了。”周凤岐报告道。

咸丰元年一月十八日（1851 年 2 月 18 日），向荣指挥下的六省部队分东西两路，东路军迂回到大黄江下游，渡江从背面袭击太平军。西路军则在太平军驻守地略偏上游处渡江，进行正面进攻。先打的是太平军右翼，那是邱二嫂的部队。

东路军渡江后，又分三个支队。陈公馆北面有座大山叫牛排岭，他们想越过这山岭，从山上向下进攻。尽管行动极其隐秘，但大军移动，加上百姓报信，太平军早已掌握了他们的行踪并迅速采取对策。他们在敌军必经之路——江口东面盘石村设了伏兵，村前埋了地雷。太平军里有大批矿工，挖坑道和埋地雷的专家是相当多的。

太平军佯败，诱敌深入。官军完全上了当，他们自以为是地突然袭击，当太平军小股部队慌忙逃跑时，他们还边追边喊：“莫跑！逃就打死你们！”一进雷区，地雷爆炸声与伏兵冲锋的号炮声，同时响起。地面炸裂，四面伏兵立时从“地下”冒了出来。

“糟啦！上当了！”清军这才清醒。

“冷静！冷静！沉住气！”军官声嘶力竭，但士兵已然惊恐，他们只想逃得更远些。清军大败，退到官塘。损失了十几名军官和三百多士兵，东路军溃灭。正五品守备王崇山（总兵王锦绣之子）战死。

西路军也上当了。因邱二嫂已归顺，清军便认为太平军做梦也不会料到他们的突然袭击，那一股诱敌部队败逃也被认为理所当然。其实太平军早已获悉情报，就在清军追击诱敌部队，准备一口气冲进大本营时，他们发现，前后两面竟都是严阵以待、猛冲过来的敌人。

“糟了！”西路军指挥官知府刘继祖用拳头猛敲自己脑袋。他一直以为邱二嫂的反水已让敌人乱了阵脚，根本未想到太平军在严阵以待。清军前后受敌，无处可逃，很多人跳进了大黄江。而这时，江上却不见大头军的船队，他们害怕船会被善用火药的太平军烧毁，早就离岸逃走了。

西路军伤亡五百人以上，官军大败。

两军在江口交战时，李星沅还在柳州不动窝，仍用书信对前线将军下命令，而且向北京报告：“我们取得了胜利，虽然我方遭受了损失……”李星沅与向荣虽性情不投，但在编造假报告上，利益是一致的。既已向上面报告说取得胜利，那就必须要对得上茬。向荣心急火燎，急于要找太平军报仇。李星沅身在柳州，但很了解向荣焦急的心情。他在给向荣的信上指示道：“以静待动！”一个不在现场的人反而能更好掌握现场情况。

官军惨败，太平军因此也有些轻敌的情绪。首脑们开始认为，应当由守转攻，于是频繁地调动军队，开始进攻清军阵地。另一方面，政府也已意识到敌人的强大，他们起初看不起这些土农民、烧炭夫，现在却也不敢放松警惕了。清军援军虽不多，但武器和辎重却不断得到补给，包括从广州海关紧急送来的三十万两军费及许多大炮。

阴历二月初三至初五，太平军发动了进攻，结果战败，尤其二月初五，太平军损失相当大。他们不知清军已补给了大炮。二月初六，清军发动进攻，太平军已相当疲劳。

“根据预定计划，我们应该北上，从目前形势看来，是时候放弃江口了，眼下应当考虑如何更好地撤退。”杨秀清道。

“不狠狠地再敲他一下，总觉得有遗憾，好像打败了似的。”石达开总有种要决一胜负的情绪。

“不能感情用事。”杨秀清软软地反驳。

江口战败约十天后，广西巡抚周天爵来到柳州。

“又来个可恶的家伙！”李星沅一清早就开始喝酒，否则就支撑不住。

周天爵已快八十了。他为人正直，于己无愧，但对别人很是粗暴，人们评价他“忠直有余”。在做漕运总督时，他因伪造关防（公印）而被降职，他索性借口有病辞职还家。这七年间，他一直赋闲在家。新皇登基后，经杜受田推荐，他重返政界，作为被革职的郑祖琛的后任，当了广西巡抚。

杜受田曾任协办大学士和工部尚书，更重要的是，他曾是新皇的老师。担任这职务不但要教皇帝读书写字，还要教他如何获得父皇的认可。清朝皇位由皇帝指名，和长幼顺序无关，咸丰帝能获得父亲认可，杜受田功不可没。

“我后面有帝师杜受田。我什么也不怕。”周天爵为人实在，里外如一，毫不遮掩，“李星沅这小子算什么！他中进士时，我已由知府升为按察使了。他善于钻营，青云直上，没什么了不起！”他虽未把这话说出口，脸上却已满是偏见。到任后，周天爵第一件工作便是调查郑祖琛。李星沅对郑一向同情，他想尽量把报告写得对郑有利，但报告却不是他一人能写的。

“情况很复杂，这个时期由谁来当广西巡抚，恐怕都无法阻止匪徒的出现。”听李星沅如此言语，周天爵变了脸色。

“哦？你的意思是，谁当巡抚都一样？笑话！我周天爵来当也一样吗？若是老夫，什么上帝会，没等它成气候就把它端掉了！居然说谁来当都一样，简直岂有此理！”

周天爵这么一说，李星沅也动了肝火。

“不过是个人拙见，莫非说说也不成？”

“不是不成，是不可说不成体统的话。”周天爵咬住李星沅不放。

李星沅怒不可遏，突然起了酒瘾：“我有点事。这问题以后再争论吧。失陪了。”他回到自己屋里，取出酒壶。白酒在碗里发出强烈的酒气。他闭上眼，咕嘟咕嘟喝起来，拿着碗的手却一直在抖。

“尽管比我年长，征讨广西匪贼的主帅是我呀，我是钦差，那老家伙不过是来辅助的，可是他竟敢用那种口气来说话！太不像话了，怪不得人们常说他残暴不仁！”李星沅一边喝酒，一边嘟嘟囔囔，自言自语。

一杯酒喝罢，手才停止颤抖。

正当他二人在柳州争吵时，江口前线的太平军已开始悄悄向西撤退。清军控制了牛排岭和南岸，大头军则在东边布下阵势。尽管有些小冲突，但双方并无大的战斗。不过，太平军阵营里，鼓声仍在响起，连绵不绝。

“叫咱们的大炮给揍了，想打打鼓壮壮声势吧。不管他们怎么打鼓，也敌不过咱们的大炮。”从云南来的总兵李能臣嘲笑道。

二月初八，深夜，鼓声仍未停。天亮，营里依然喧闹。

“打了一夜的鼓，恐怕他们自己也吵得睡不着觉吧。真够他们辛苦的！”第二天早上，向荣一边揉着眼睛，一边说道。

“情况有点儿怪！”

李能臣朝向荣房里瞅了瞅，小声说道：“什么怪？”

“一面旗子也看不到了！”

“什么！旗子？哪儿的旗子？”

“上帝会阵营里的。天亮时还看到有许多旗子。”

“糟啦！中计了！”向荣急忙穿好衣服，派出侦察队。

石头脚陈公馆已是座空房，太平军消失得无影无踪。清军过江，越过牛排岭，占领了江口墟。百姓从各自家里被拖出来。在近两个月的对峙中，清军觉得太平军是得到了百姓的支持，现在必须追究，他们把长老捆绑起来，用鞭子抽打。

“你们通匪！”向荣瞪着长老。

“绝无此事，他们手里拿着武器，我们是平民百姓，不听他们的不行呀！”长老把额头蹭在地上。

“若无通敌之心，怎能敲打一夜的鼓！”

“我们是被逼的呀！啊呀，直到你们来的前一刻，一个女头领还把刀放在我脖子上，说要不打鼓，就把我砍了！”

“什么！女头目？大概是苏三娘吧。”向荣下令在江口墟进行彻底搜查。可是，不要说女头目，就连一名小卒也没找到。

“犯通敌罪，把江口墟烧毁，以示儆戒！”向荣决定对百姓实行惩罚。

江口墟被烧毁了。当地的年轻人十分愤慨，很多人因此去追赶太平军，参加了起义。

琉球的通信

在冲绳岛的那霸，有个叫波上的地方。这地方就像是伸出在海上的一块岩石。这里有座护国寺。它本是佛教真言宗的寺庙，但长期没有住持。五年前，一个四十岁的异邦男子带着家眷来到了这里，他叫贝尔纳尔德・伯德海姆，是个传教士，生于匈牙利，跟英国女人伊丽莎白结了婚，现在是英国籍。除了他们夫妻，寺中还有伯德海姆从香港带来的一名中国厨师。他们还养了两头高大的洋狗。

伯德海姆来冲绳前曾在香港待过，中国话说得不错。连哲文常到寺庙来玩。他懂英语，因而成了伯德海姆很好的谈话对象。伯德海姆爱说话，语言上的天赋让他一年都不到，就能在街头用冲绳方言传教了。他又懂汉文，能读写，向琉球衙门呈递公文时，就用汉文书写，并在末尾写上“英臣伯德令亲笔”。

在方丈会客室里，连哲文瞅着伯德海姆，心里有点纳闷儿。伯德海姆跟客人在一起时，从没沉默超过十分钟，可今天他却一言不发。哲文看过“原道三部曲”，洪秀全写得很浅显，一般人都能看懂，伯德海姆自然也没问题，但他却花了很长时间来读。哲文原以为他会和平常一样，滔滔不绝高谈阔论，可他却根本不想开口。

“你觉得怎样？”

连哲文一催促，伯德海姆才勉强开口。

“难呀！太难了！”

“是文章难吗？”

“不，是内容。”

“我觉得写得很浅显呀。”

“我说难是说难以判断这是否真的是基督教！”

连哲文正想问他在哪点上感到怀疑，伯德海姆却变了话题：“我说，九曲先生，你能给我画张画吗？”伯德海姆想让连哲文为他自己写的传教书画插图，他早已提过这个要求。

“你指定画什么样的，我很愿意为你画。”

哲文是个画家，家业对他来说只是副业。他已剪掉辫子，这表明他暂时没有回国的意思。他在萨摩、琉球生活得很愉快。长崎有个画家曾说南国的风光入不了画，但哲文不这么认为。南国的色彩和轮廓虽过于清晰，但清晰有清晰的美，哲文喜爱琉球居民纯朴的人情更甚于其风景。大概这里是两属土地的缘故，对天主教的禁止不那么严厉。像伯德海姆这样的传教士，五年前就获准在这居住。在伯德海姆之前，还有一名叫霍尔卡德的法国传教士也曾短期居住过。但传教士虽热心，争取信徒方面却没取得多大成效。传教士一出去，后面肯定有人盯着，居民从伯德海姆手里拿到小册子，过后都要上缴到衙门，衙门再把小册子还给伯德海姆。

伯德海姆并没吸取教训，这几年一直重复地干着。小册子有用汉文写的，也有用日文写的。汉文册子从香港运来，日文册子是伯德海姆自己编写的。他希望这种小册子能引起人们的兴趣，于是想给它配上插图。伯德海姆对传教如此热心，对洪秀全等人的宗教活动却未表现出哲文所期待的反应。或许他的沉默，就是最大的反应吧。

“你是说，洪秀全他们在广西传的不是真正的基督教？你是不是认为只有欧洲人传的才是真正的基督教，是不是只有欧洲人才能传布基督教呢？”

伯德海姆转变的话题，又被哲文扭了回来，他露出一副为难的神情。

“我不是这意思，只是读了这些册子后，有点……总叫人感觉儒教色彩太浓了些。”传教士慎重地答道。

“儒学长时期是中国的正统学问，它已渗透到中国的语言中。所以只要用中国话来传教，就多少会有些儒学色彩。不过，我听说洪秀全他们在拆毁孔庙、烧毁孔子的牌位呢。”

“这消息可靠吗？”伯德海姆歪着脑袋，感到怀疑。关于拜上帝会，他也就是在香港听到些模模糊糊的传说，至于在琉球，就更难听到什么了。

“可靠。不会有错。这是理文传来的消息，理文现在广西。”

这时伯德海姆夫人端着茶走了进来。

连维材已经年过花甲之年，咸丰元年（1851 年），他虚岁六十三了。他到福建参加林则徐葬礼后，回到了上海，本打算带西玲去北京。但因为厦门有急事，他又只身由海路回到南方。连家在厦门城东郊的“鸿园”在鸦片战争中被烧，现已重建了一座规模相仿的建筑，只是把原来别墅最高处的“望潮山房”四字放在了鼓浪屿的新房上。鼓浪屿在厦门城西面，与厦门隔海相望，大部分时候，连维材都住在这里。

阴历四月，厦门已是夏天。连维材拆开从福州琉球馆转送来的哲文的信。能接到三儿子的信，老爷子最是高兴。他关心日本，希望了解日本的情况。哲文一直通过琉球、萨摩向父亲报告，信里还带有插画。

“日本发生了激烈的变化。”连维材一边看信，一边自言自语。接着他打开了砚盒，磨起墨来。他手一动，心才稍微平静些。

哲文在信中谈到了一些走在时代前头的人悲惨的命运。十多年前，日本发生了“蛮社之狱”，江户幕府镇压了渡边华山、高野长英等人。那是一八三九年，鸦片战争前夕。而在那之前的一八三六年，官吏大盐平八郎在大阪发动了贫民起义。幕府当局受到极大的震动，在对待西洋学术及知识分子问题上变得有点神经质。恰好有一个心胸狭窄又反西洋学术的家伙，名叫鸟居耀藏。他给渡边华山、高野长英、小关三英等当时著名的荷兰学家、进步知识分子扣上了莫须有的罪名，把他们逮捕了。小关三英自杀而死，渡边华山也在被捕后监禁期间自杀了。高野长英入狱的第五年，因牢房失火而暂时得到释放，他借机潜逃了。无论如何，他要活下去，因为有必须要做的事。

连维材十分理解高野长英那种“我不入地狱谁入地狱”的心情。四儿子理文在日本时，曾给他寄过有关高野长英潜逃的详细报告。连维材默默祈祷这位邻国先觉者平安无事。高野长英用药自毁容貌，但最后一切苦心白费了。这年十月，幕府官吏闯进了青山百人町，那是他的家。绝望之际，他自杀了，死时才四十七岁，正是大有作为的年纪。

高野长英自杀后，日本才开始明白需要像他这样掌握欧洲学问的人才。

外国船只和军舰不断靠近日本沿海，英国军舰玛利纳号两年前公然对东京港进行了测量。去年，开进长崎的荷兰商船提交了“风说书”，即告诉日本：美国想与日本通商。

幕府开始在海岸要地构筑炮台。据说韭山的代官、江户后期著名的炮术家——江川太郎左卫门已下令建造反射炉。利用反射炉可大规模炼铁。过去的大炮多是铜制的，现在可以用更强大的铁制炮来代替。这是国防上一项值得注目的措施。哲文在信上说，不仅幕府，就连萨摩和佐贺藩也计划建造反射炉。而且过去幕府的方针是限制制造枪炮，现在不仅准许制造，甚至还给予奖励。

“真是激烈啊！”连维材再次自言自语，不知不觉加快了磨墨的动作。

待放下手中的墨，他重新坐正姿势，接着翻了一页信纸。当时日本写信的纸大多是卷纸。哲文不像理文那样常给父亲写信，因此一次写很多。

连维材翻了一页，不觉微笑起来。下页信纸上有一半是画，画着个戴眼镜、目光有神的洋人肖像。这人长得瘦，但有种坚韧不拔的精神。肖像下面写着几行字：

他叫伯德海姆，一个十分顽固的英籍传教士，他在地面上挖洞，又用挖起来的土把洞填起来，然后再把填起来的地方挖开。他五年来一直不停地干着这个活儿。仔细看看他的脸。

以前理文的来信中也常提到伯德海姆。连维材曾经根据理文的描述，想象过他的容貌。但这和哲文所画的大不一样。连维材脑子里描绘的是一个更为精神抖擞、更为肥胖的人。

一八一六到一八六一年，英船拉伊拉号和阿尔赛斯特号访问了琉球。拉伊拉号船长叫巴基尔·霍尔，他就是后来曾在东京大学担任语言学教授的B. H. 张伯伦的父辈。张伯伦这名字就是用这位父辈的姓和名起的。霍尔写了本《大琉球岛航海探险记》，他们一行人好像很喜欢琉球，回国后，一些热心的高级船员组织了一个俱乐部，叫“琉球海军使节团”，并募集资金，准备向琉球派遣传教士。伯德海姆就是这个“使节团”派出的第一个传教士。他到琉球是一八四六年，距霍尔航海到琉球已过去了二十七年，琉球海军使节团这才完成夙愿。派遣传教士的愿望是实现了。可是，传教的工作却没什么进展。正如哲文所嘲笑的那样，伯德海姆的努力令人感到就好像是挖了一个洞又填上，填上了又再挖。

在伯德海姆肖像画的后面，哲文继续写道：

跟这个顽固的家伙还不得不长期交往下去。幸而出现了另一个人，跟这人交往将会获得更多的好处。最近我每天都去见他。他在这儿待的时间不会太长，我必须要抓紧时间同他交往。

这人就是中滨万次郎，他以“约翰万次郎”的名字闻名。他原是土佐渔民，因渔船遇险，在海上漂流，被美国捕鲸船救起，直接去了美国，在那里接受了学校教育。他十四岁遇险，在美国过了十年，日语几乎忘光了，偶尔回忆起来的也只是土佐方言，在琉球谁也听不懂。万次郎在美国学的是航海术和测量术。他之所以回日本，是因为觉得自己所学的东西也许会对祖国有用。一八五一年一月，载着他的美国船停靠琉球时让他下了船。凡到过外国的人，即使是在海上遇险的漂流民，回日本也要受怀疑。万次郎在琉球被扣留半年多，回国后，他在幕府当官，后来在学校中当教授。

对语言不通的万次郎来说，伯德海姆是个很好的谈话对象。但这两人性格不相投。对伯德海姆来说，一个会英语的日本人有点奇怪，而万次郎也对伯德海姆满脑宗教思想感到厌烦。碰巧这里有个会英语的连哲文。从年龄上来说，三十二岁的连哲文比四十岁的伯德海姆更使二十四岁的万次郎感到亲切。哲文常常全神贯注听万次郎说话，万次郎对他也怀有好感。哲文还有着万次郎所不了解的画家天地，万次郎从哲文那儿吸收了不少关于美术和清国的知识。而伯德海姆的世界，万次郎早就十分熟悉。

万次郎还有个谈话对象，名字叫板良敷朝忠。板良敷朝忠是琉球王府的翻译。他后来改姓为牧志，曾在琉球历史上起过相当重要的作用。他是琉球才子，曾被挑选去清国留学，目睹鸦片战争后的清国，很有感慨，因而决心学习英语。板良敷朝忠因在清国留过学，所以也会中国话。琉球王府委托他办理同伯德海姆的交涉，中滨万次郎登陆时，也是他去处理的。后来打开日本门户的美国将军佩里来琉球时，也是板良敷朝忠担任谈判。

连哲文与朝忠成为好朋友，可以说是必然的。朝忠与万次郎想了解清国的情况，哲文尽可能给他们详细介绍。哲文虽暂离清国，但他从理文的信中了解到很多祖国最近的信息。理文善写文章，虽身在太平军，还常给父亲写信，这也是理文的一项任务。连维材有时把理文的信转寄给哲文，有时理文也通过福州琉球馆直接给哲文去信。正当连维材在鼓浪屿望潮山房里读哲文自琉球寄来的信时，哲文在那霸住所里也接到了理文的信。

“哦，写的真不少，足有十多页啊！字还这么小，够我读的！”

理文信中详细报告了太平军江口撤退后的情况。

人们都说，即便有计划的撤退，也要比艰巨的进攻还要艰巨。这次太平军分散撤退，并非败逃。但若只看局部，与败逃无二。那些平日反感上帝会的人，此时一见太平军撤退，便更加确信是他们战败了。王谟乡的团练头领刘星旋早想借机立一大功，好出人头地。在太平军向江口进军时，他被大军气势震慑，未敢下手。现在太平军连日作战，看来吃了败仗，乱了阵脚，刘星旋认为，这是不可多得的好机会。他急忙召集团练，当时夜深天黑，但团练熟悉地理，他们捉住十几个掉队的太平军士兵，将他们绑在树上。

太平军战斗小组刚刚组织起来，灵活机动，很有生气，在撤退途中，经常要检查人数，保持联系。他们立即发觉有人失踪，并发现当地团练在活动。侦察队发现了被绑在树上的太平军士兵，另一支与团练发生过冲突的部队，通过被抓住的团练，了解了事情经过。

部下立即向杨秀清请示。

“进攻王谟乡，消灭团练，要向天下表示，凡助妖人与我为敌者，将会是怎样的下场！”太平军三千人包围了不足百户人家的王谟乡。太平军军官在村长家门前大声地喊道：“现在我们念名字，若不把念到名号的人交出来，我们就烧村，不问男女老幼统统杀光。现在在打仗，这绝不只是威胁！”

太平军中也有村子里的人，他们知道团练的名字。

“刘星旋、刘上珍……”他们念了十三个人的名字，并限定两分钟内答复。

熊熊火把，杀气腾腾，夜空通红。村子里一片慌乱，十三个团练的性命和全村数百乡亲的性命，二者必择其一。

最终，那十三个人被送了出来。这事很快传遍全国，杨秀清深知这件事带来的消极作用，但他还是决定要处死这些小小的村团练。在今后作战中，必定有胜有败，也有这种必须要后退的情况，处死团练就等于告诉人们，今后即便形势对太平军不利，附近居民也不能充当政府走狗。

连理文冷静报告了这次流血事件，他并未在行刑现场，但报告却写得细致生动，那场面好像就在眼前。“真有一手！能写得这么好，了不起！”哲文边看边赞叹。作为画家，哲文非常关心和努力如何再现某种情景，绘画和文章都是表现的手段，哲文很会判别文章的巧拙。

“这样的才能当商人太可惜了！理文应当成为像曹雪芹那样的人！”哲文叹了一口气。

太平军江口撤退后第三天，进入了紫荆山，到达了武宣县的东乡。这两天，阴历二月十二日，广西巡抚周天爵经浔州进入武宣县城。十四日，向荣也赶了过来。十七日，两军在武宣首次交战。太平军率先发起进攻并始终占优势，战斗中，向荣一度被包围，情况十分危急，周天爵麾下知府张敬修拼死才把他救出来。太平军知道对方大批援军将至，这才撤了围。清军由各地征集军队，没有统一的指挥，上层更是不和。李星沅和周天爵都无法进行领导。二月二十一日，李星沅、周天爵和向荣三人联名上奏。要求选派总统将军。意思是说，广西匪贼势力比预想的大，因此希望派来能掌握和指挥将军、具有绝对权威的最高负责人。其实，李星沅就是为此而被委以全权来广西的，他本人也在奏文上署名，那就意味着他已服输，承认自己不行了。

同一天，洪秀全在武宣县东岭附近正式举行即位仪式。连理文没有出席，大概他还被看作是外人。据说只有太平天国几位上层人物出席了仪式。第二天，大部分人才被告知：“昨天天王登基了！”谁也不知道仪式的具体情景。

理文去问杨秀清、冯云山等人，他们也只回答：“登基仪式是秘密举行的。决定不公布情况。”洪秀全在金田村就已自称天王，即位仪式不过是形式上的追认，现在需要的不仅是自称，而且要通过仪式向天下宣告，他是真正的天王。

“说不定根本就没什么仪式。有杨秀清那样善做戏的人，这么重大的仪式反而对外保密，这实在奇怪。”理文一直感到怀疑。他们本是农民，烧炭工人和落第书生的集团，对宫廷毫无了解，大概是不到十名最高层人物会聚在一起，一边喝茶，一边把仪式就办了吧。理文也曾问过年轻正直的石达开，大概他们已统一了口径，石达开的回答完全一样，只是神情有点慌张，就好像小孩儿在撒谎。

继二月十七日激战后，双方再无大规模战斗。太平军占据的是紫荆山西南山岳地带，东西约四十公里，控制村庄六七十座。这里离紫荆山不远，可说是太平军的故乡，粮食补给相当容易。清军虽与太平军对峙，但已无力包围，士气极低，所以采取了“坐战法”。他们构筑坚固的堡垒，准备依堡垒尽量打持久战，以逸待劳。

“贼军众多，官军兵力不足，望派援兵。”清政府不断接到这样的要求。二月二十二日，北京命广州副都统乌兰泰辅助广西军务。乌兰泰率一千满族兵奔赴广西，兵虽不多，但配备了小型火炮百门和步枪二百支。当时，从柳州到桂林一带，几乎无人驻守，只要太平军冲破武宣的清军阵地，便可入无人之境，长驱直入桂林。但是，太平军按兵不动，他们无从了解清军的兵力部署，也没能掌握清军内部将帅不和的情况。

连理文也不了解。他只是觉得时间一长，清军援兵会增多，因而对按兵不动感到不安。他给琉球的哲文写信就是在这个时期，信上写道：……连登基仪式也举行了，太平天国会更加坚决地战斗吧。既定方针是北上中原，所以需要更大的积极性。不过，毕竟要远离紫荆山，对太平军的勇士们来说，恐怕也有点儿不安吧……

哲文立即回信。理文这封信写得优美，哲文十分激动。不过哲文所回的，虽说是信，却一半是画。他想用文章和画来讲述自己身边发生的一些事。

六月初，信到达理文手里。

在交战区，日常生活照常进行。脚夫来往不断，不仅运来了粮食和布匹，还顺便捎来了书信，太平军不缺粮食，缺的是食盐和制造火药的硝石。但他们军纪严明，从那些无孔不入的脚夫、商人处买来的食盐、硝石，一定会付钱。

官军却不同。

哲文的信到达武宣时，太平军中发生了毒盐事件。周天爵收买了一些脚夫，把有毒食盐运送给太平军。可能是掺和方法不对，毒盐毒性并不大，只有几十个士兵吃了后拉肚子。在这前后，太平军打进清军中的密探也送来相关情报。此后，太平军只与可以信赖的脚夫做交易，捎来回信的脚夫则是上帝会会员。

战局终于要有变化了。在理文寄出信后，清军统帅、钦差大臣李星沅在武宣县城死去，死因当然和酒精中毒有关，但他浑身有病，很难说是否只有这一个原因。清军中流传他是自杀，很多人也这么认为。真相不明。若真是自杀，原因是什么？自杀的人，肯定是绝望了，那他又对什么绝望呢？不论真假，钦差大臣自杀的消息，当然鼓舞了太平军将士的士气。在这之前，北京已决定派大学士赛尚阿这个大人物去广西。赛尚阿是蒙古族，在七名大学士中是领头的文华殿大学士，又是兼户部尚书（财政部长）的军机大臣。要说大人物，恐怕没有比他更大的了。不过，派出这等大人物，就等于是承认广西叛乱已发展到极严重的地步。任何一个政权恐怕都想尽量蔑视叛乱势力。对太平军，北京也希望简单地把它当作“毛贼”来处理，起码表面上是希望这样。所以，朝廷公开宣布的是“命赛尚阿出巡湖南”。

从北京去广西，必经湖南。赛尚阿的任务是统帅广西军务，但却不提广西的名字。赛尚阿的随行要员有蒙古都统巴清德、满洲副都统达洪阿、天津总兵长瑞。这些要员都是满族或蒙古族，而前线的李星沅、周天爵、向荣等却都是汉族。朝廷不信任汉人。可是，满族将军参加进来，反将前线军队弄成一团糟。乌兰泰的千名满洲兵原是各地驻防的御林军，这位正红旗行伍出身的将军自然飞扬跋扈。道光六年（1826 年），张格尔获得浩罕（现乌兹别克斯坦浩罕，当时是回教国）援助，在新疆叛乱，乌兰泰从军并立下战功，升为正九品蓝翎长，这是他初次崭露头角。道光十五年（1835 年），他升为正六品护军校，算是个正式军官。鸦片战争时，他任正三品营总，已经是位将官了。

一八四三年的火药库爆炸事件，恐怕最好地说明了乌兰泰的性格。火药库爆炸，死了几名士兵，他是负责人之一，因而受到“革职留任”的处分。革了职，仍留在原岗位上工作，上面要给他立功赎罪的机会。他一向一帆风顺，青云直上，这次是阴沟里翻了船。于是，他咬牙奋斗，彻底调查火药库爆炸的原因，结果查明问题出在制造过程中，最终他改进了制造方法。由于对改进火药制造有贡献，他官复原职。但是，他之所以热衷于改进火药制造，是因为要证明过错不在他，而在制造人，以此说明对他的处分并不恰当。

从这插曲也可了解，他相信自己是绝对正确的，而且这种偏执心异常顽固，可说是一个自以为是到可怕的家伙。他到武宣上任后，很快就同向荣发生意见上的冲突，这恐怕也是必然的。驻防军副都统相当于绿旗营（汉族部队）总兵。都统与提督同级，就级别次序来说，提督向荣应是乌兰泰的上司，但乌兰泰并不买账。乌兰泰有种“御林军”的自尊心，而且溢于言表。向荣则认为乌兰泰这小子根本不了解广西情况，下车伊始，就喋喋不休，指指点点，心里老大地不高兴。

“随他的便！”向荣决定不理睬他。张格尔叛乱时，乌兰泰作为一名小卒从军，而向荣在同一战役中已是正四品都司，能统率一支军队。“我跟那家伙资格可不一样！”向荣在军中骂起了大街。清军首脑齐集在武宣县城，乌兰泰到后第九天，李星沅去世。又过四天，太平军进军象州。这意味着太平军从根据地紫荆山向外迈步了。

“贼军进入象州”的消息传来，总兵秦定三和周凤岐统率的贵州军也出动了。在品质低劣的官军中，它是士气最低的军队，之前在蔡村还叫太平天国打得落花流水。军中蔓延着太平军恐惧症。所以当太平军进攻象州庙旺时，贵州军一直在旁观。

“妖军无战意”，太平军遂乘势攻占象州古城、寺村，中坪、百丈，大乐墟等地，在独鳌山、马鞍山等处构筑阵地，接着又反过来进攻贵州军。贵州军遭太平军炮击退却。

四月二十九日，乌兰泰来到象州罗秀军营，收容并改编了这帮残兵败将。

这时，一场互相弹劾的比赛开始了。周天爵、向荣，乌兰泰三人向北京上书，弹劾秦定三、周凤岐消极怠工。接着，周天爵单独向北京送去了弹劾向荣的奏折。向荣把自己儿子向继雄带在军中，尽管军中有许多正式军官和幕僚，而他却把一切军务统统委交给儿子去处理。

周天爵弹劾的理由便是“因此失去军心”。向荣与乌兰泰同样是小卒出身，也都自以为是，自命不凡。大概正由于他们极其相似，反而互相排斥。向荣自以为是使他混淆了公私。至于乌兰泰，则向北京弹劾了他自己。他说：“关于匪徒窜入象州一事，我请求问罪。”

北京决定取消周天爵的总督衔和代理钦差大臣职务，“衔”不是实职，但意味着待遇。周天爵是广西巡抚而非总督，但他享有总督待遇。巡抚本职仍保留，只取消了衔，应该说处分并不严。向荣和秦定三则被拔去顶戴花翎。花翎是插在官帽上的孔雀羽毛，一种装饰品，立功者才准许插这种羽毛，现在不准插了。这处分相当于禁止佩戴勋章。关于弹劾自己的乌兰泰，因他刚到广西，跟其他将领相比，责任不大，朝廷决定不予问罪。

不过，在北京这些决定到达前，清军又吃了一次惨重败仗。

乌兰泰率领自己收编的贵州三镇军队，攻打独鳌山和马鞍山，遭激烈反击，千名清军溃败，随后又遭伏击，二百人阵亡。其中包含贵州参将（正三品官）马善宝、游击（从三品官）博勒果布和刘定泰等高级军官。北京对他“不予问罪”的通知却在这惨败后才到达广西，简直是个讽刺。

乌兰泰当然想挽回名誉，但这次不像火药库爆炸事件那样如愿以偿了。

清军全部意气消沉。

眼镜先生伯德令恐怕还是老样子。看了哥哥的来信，我忍不住笑了起来。我在琉球时，原则上还是禁止天主教的，伯德令先生一开始街头说教，官吏就跑来把人群赶散。尽管面前已没有听众，伯德令先生却更加放大嗓门儿，继续他那冗长的说教，我在屋子里都听得到他的声音。

伯德令先生是个好人。唯他这种自命不凡，我难以领受。提起自命不凡，清军中也有此等人物。乌兰泰是满人，据说他真认为，若没有自己，清国大梁就会折断。不过，自命不凡的人似乎只沉浸自我陶醉之中，对别人却视而不见。乌兰泰不太了解太平军，认为他们是一般流寇，乌合之众。上个月在独鳌山，挨了太平军狠狠一顿揍，他那自我陶醉也许会清醒些。

当然，自命不凡的家伙太平军这儿也有。到武宣后，太平军收了些本质上与金田村会员不同的人。这自命不凡者便在其中，此人姓焦，名亮。不过，“亮”这名字是仿诸葛亮取的，不是他本名。我当然没去考证，但他却好像透露什么重大事情似的，压低声音说道：“其实我原名单只一个‘大’字。我叫焦大。”

他认为自己是孔明再世。简直是个不可救药又自我陶醉的家伙，叫人没办法。他一开口就说个没完。这点上，倒很像伯德令先生。跟焦亮谈话时，也不由得总叫我想起他。但焦亮比伯德令先生投机冒险的心理要多得多，而且满身俗气。焦亮是湖南人。他自称跟洪秀全一样，是书生出身。而且同样多次科考名落孙山。他不隐讳地说出这事，这倒是他可爱之处。但他马上就自吹自擂道：“我是不会及第的，湖南考官都是乡巴佬，根本不懂文章气韵。”焦亮是天地会中人，但跟罗大纲、苏三娘等人性情却不太相投。

不过，罗大纲为人公正，他倒说焦亮在湖南会党中很有些名气。焦亮爱说话，很多是吹牛，但听来也很有趣。大概是这个原因，各地头目都爱听焦亮说话，这恐怕和我们爱看有趣小说的心情差不多。所谓很有名气，可能就是这个意思吧。

天王洪秀全和中军杨秀清等人准备从广西北上，进入湖南，认为那时必要借助湖南天地会的力量，那里没有上帝会，所以要比在广西时更需要天地会。关于对人的评价，往往会互相包庇，为了共存共荣，社会上常有些人互相吹捧。可是，虽同属天地会，对焦亮讨厌透了的罗大纲却承认焦亮很有名气，这大概是不会有错了。实心眼儿的罗大纲都这么说了，杨秀清等人也就信了。由于这原因，他们倒也把焦亮当客人加以款待。

焦亮却因此有点得意忘形了。他在大家面前说，若没他出谋划策，太平军是不行的。太平军运气好，碰上了他这样的大军师，否则很快就会死无葬身之地。

昨天，杨秀清把这个自命不凡的家伙叫去，问他从桂林去湖南的路。杨秀清当然想尽可能多地收集有关沿途天地会首领及他们的性格、势力范围的情报。焦亮一回来就豪爽地笑着跟大家汇报，说杨秀清要把中军主将位子让给他，由他来指挥太平军，还说他拒绝了，因为自己永远是诸葛孔明，不坐江山，甘当军师。太平军请他来，他就负责出主意，临阵指挥，不是他生平夙愿，云云。我不知道他跟杨秀清说了什么。不过，杨秀清这人我是十分了解的，他绝不会说让出主将之位这种话。

今天清早，焦亮就到洪秀全那儿去了。他临去时说："天王一再要求，希望见见我，听听我的意见，我决定去见见天王。"其实焦亮早就主动通过幕僚提出过会见的请求。我知道，焦亮也知道我知道，而他居然恬不知耻说出这种话。恐怕连伯德令先生也没他这般厚颜无耻呢。

焦亮回来后跟我说："啊呀！我们完全意气相投。天王要我当太平天国国主，我当然固辞了，他又要和我结拜兄弟，这我就不能完全拒绝了。我的名字已由'大'改为'亮'，由于我和天王间的关系，今后我决定改名为洪大全。'大'是我原来的名字，兄弟名字一般都共有一个字，我决定取天王名字中的一个'全'字。"

简直叫人目瞪口呆。

他本人却完全不以为耻，说不定还觉得美滋滋哩。

这种人需要有听众。他大概认为我是很好的听众吧。也许是我没露出讨厌的脸色，有时还附和两句，所以把我看成是好对付的吧。其实我对他这种嚼舌头早就领教够了。现在我感到没有世俗野心的伯德令先生反而容易交往，今后对焦亮我要表露些讨厌的脸色让他看看。我甚至觉得这样对他本人也有好处。据说有一句古话："友人、知己受之于天。"可是，这次确实受之不当。

哥哥信中所说的中滨万次郎，看来是个很有魅力的青年，得一良友，我为哥哥高兴。

连理文写到这里，放下了笔。

营盘四周，寂静无声。夜已深，无风且闷热。

脱离死地

咸丰元年阴历六月初四，钦差大臣赛尚阿威风凛凛地进入桂林城。

当时广西省会是桂林，巡抚也驻在这里。周天爵年迈顽固，在他眼里，李星沅不过是乳臭未干的黄毛小子。当然，他跟谁都会有冲突，这就是个爱吵架的老头儿。朝廷也意识到这次任命的失策，借口周天爵年迈，把他调回了北京，让顺天府尹邹鸣鹤去接替他。

在桂林迎接赛尚阿的正是邹鸣鹤，他本人也刚刚上任。

“江忠源还没有到吗？”钦差大臣问。

“没有。已有人来联系，说是因为募兵，要迟到数日。”巡抚回答。

“是吗……”钦差大臣一脸失望。

离京前，赛尚阿听取了各方意见，知道官军不能用，唯有依靠志愿军。可各地团练保卫乡土，根本不愿离乡远征。只有培养一支思想境界更高的部队，才能在作战中起作用。不过现在太晚了，各地匪贼横行，团练都在抵抗匪贼。

赛尚阿在寻找可依靠的力量。一个湖南官吏向他举荐了一人，名叫江忠源，字岷樵，道光十七年（1837 年）乡试及第，中举人，之后一直担当教职。道光二十七年（1847 年），天地会雷再浩在湖南新宁四处抢劫，江忠源率乡兵征讨，打进对方的根据地，活捉了头目。率领乡兵说来简单，若无极高威望，年轻人哪里会顺从。江忠源的部下并非随便拼凑起来的，而是他亲自调教出来的。他教书可不是教着玩儿的。

赛尚阿了解，去年咸丰帝登基时曾下令，要大臣们推荐有才之人，礼部侍郎曾国藩推荐的就是这位江忠源。他因活捉雷再浩有功，已被任命为知县，但因守父丧又回到了新宁。新宁虽属湖南，但靠近广西，这一带是匪贼巢穴，雷再浩被捕后，残党李沅发造反。匪贼多，与匪贼对抗的团练自然也厉害，有实战经验的团练比一般团练强大得多。既然官军不能用，那就只有建立新军队。赛尚阿原以为能在桂林见到江忠源，越是失望，越是表明他对江忠源期望之高。

“虽然江忠源还没有到，但本地还有不少像朱琦、龙启瑞那样致力于团练的名士。”邹鸣鹤是江苏人，并没有和湖南一争高低之意，但他是广西巡抚，还是想偏袒广西一点的。虽然钦差大人中意江忠源，但广西也不是没有人才，比如朱琦，进士出身，在中央担任过监察御史，后因病回乡；至于龙启瑞，他简直就是广西光辉的太阳，道光二十一年他中了状元，任过侍讲，在紫禁城供职，直到前几年还监督湖北学政，现在也因守父丧回到了故乡。

“哦，是状元呀！”赛尚阿早知道龙启瑞，他认为这么应和一句就算是给邹鸣鹤面子了。

“把刀拿来！”赛尚阿命令跟随，然后对邹鸣鹤庄严说道，“我们看一看遏必隆宝刀吧！”

“遏必隆刀？”邹鸣鹤脸色变了。

遏必隆是大清的建国元勋，他令人造了一口千锤百炼的名刀。宝刀的鞘和柄由纯银打造，上面镶宝石，削铁如泥，一直藏于皇帝内府。乾隆十三年(1748 年)，遏必隆嫡孙讷清任远征金川总统将军，接连打败仗。乾隆令人将这宝刀送往前线，下令“用其祖父遏必隆刀斩其不肖孙子”。可怜讷清被其祖父锻造的名刀砍去脑袋，全军因此战栗，奋勇打仗，终于平定了金川。把刀交给赛尚阿，表明皇帝不同寻常的决心。刀是权威的象征。有此刀在手，即便是邹鸣鹤这等高官，赛尚阿也可以立马将他斩杀。

邹鸣鹤急忙跪在当地，赛尚阿本人也面色苍白。

太平军一直在移动，它就像一个吸收器，各地上帝会会员——那些未能到金田村的人，当太平军经过时，纷纷踊跃加入。太平军虽已进军象州，但要北上，路还有点不对，头目们连忙铺开地图，反复研究作战计划。

“回桂平吧！”杨秀清决断。这是往回走，要重新寻找北上的路。不过，进军象州绝不是白跑路，除了熟悉地理，沿途还增加了兵力，太平军每移动一次，兵力都要增加。

终于，军队从象州返回武宣，循原来路线回到了紫荆山。

“我们是准备受包围才回来的。”冯云山向头目们解释。

“为什么明知要被包围还回来？”

“为了突破这种包围。”

“不明白。”

“会明白的。同样是突破包围，在熟悉的地方突围要容易得多。我们熟悉紫荆山乃至整个桂平，在这里一定会有突围北上的机会。”冯云山充满信心。

这信心来自他对实际情况的考察。连理文和李新妹担负了调查突围路线的任务。这条路线是穿过五洞山近道，由平南县思旺到官村，从这里北上，奔赴永安。从官村往北就是花洲山人村，那里是太平军十分熟悉的地方，那里没有清军，团练也没有。

“咱俩会被误会为夫妇吧？”李新妹道。他们单独活动，经常碰面，交换情报。

“不太像吧。”理文苦笑。

“这一带有许多妻子比丈夫年纪大的。”

“新妹也想当妻子吗？”

“我们生活的时代太糟。应当把这世道改造好些，你说对吧？我们正为此而经受这么多的劳苦，你说是这样吧？”新妹逼问似的说着，眼里闪着光辉。

理文不知怎么，竟由新妹的眼睛联想到父亲。是因为他们目光相似？还是由于他们都想为下一个时代创造个好世道呢？

新妹打扮成卖艺的，通过变戏法来吸引人，以此收集情报。山村人民淳朴，不会撒谎。一个老头儿磕着烟袋灰说道：“以前是热闹的，如今小伙子们都叫当官的带到远处去了，村里就冷清了。没了年轻人，就没有生气啦！这可怎么办哟！……”

理文化装成收购木材的商人，雇村民砍伐树木。他先付一部分定金，取货时再付余款。他让村民尽量砍靠近路边的树，说是“容易搬运”，其实是为了太平军从此北上时，若遭到清军追击，可在路上设置障碍。砍树便是为了收集制作障碍的材料。

“这是一点酒钱。把砍倒的树锯成两段。”这样一来，随时都可以用。

为了让人们误以为上帝会造反的风暴已经过去，两人还到处散布说上帝会的人已经过了象州，正从柳州奔赴桂林。

“他们还是要逃进紫荆山老巢，咱们追！”乌兰泰大声喊道。

江忠源率领的湖南志愿军比钦差大人迟了五天到达桂林，受钦差大人的命令，就跟在乌兰泰的部队后面听候差遣，但乌兰泰故意装作不知道。“哼！不过是农民军，顶个屁用！”乌兰泰优越感十足，他觉得有农民参加是对禁军的侮辱，因此他最担心的不是太平军，反而是江忠源。尽管塞尚阿告诉过乌兰泰，江忠源是他向皇上求来的，甚至亮出了遏必隆刀，但乌兰泰嘴上不说，心里并不打算起用这支军队。然而越是不理睬，反而越是放心不下。他脑子里总想着江忠源，连他自己也生起自己的气来。

乌兰泰在武宣县东乡咬住太平军的殿后部队，击溃了其中一部分。但太平军先头部队这时已到达了桂平新墟。

太平军故意把阵势摆得很长。

韦昌辉所指挥的一部分太平军企图渡过桂平思盘江，但被李孟群军队赶了回来，这种行动看起来多余，其实并非如此。杨秀清他们早就做好渡河作战会失败的思想准备。清军企图包围太平军，但兵力不多，要想用有限兵力来进行包围，就必须要尽量缩小包围圈。太平军看透了清军这一弱点，于是努力拉长战线，扩大对方的包围圈，包围圈大了，敌兵相对地也就变得薄弱了。

先头部队准备渡思盘江，殿后部队却还在东乡。太平军有意把队伍拉长，清军也不得不接招儿，两军在各地都有接触，但局部接触并未构成大规模交战。清军占优势也是必然，因为杨秀清早已指示太平军“不必战胜”。

乌兰泰在桂平新墟屡破太平军，但未获得决定性胜利，太平军的先头部队并不是主力。这总叫人感到他们好像是隔着层帘子在角力。太平军殿后部队在艰苦坚持，他们坚守了紫荆山中的双髻山阵地。清军从六月下旬就向这里发动进攻，提督向荣和都统巴清德的军队到七月十五日才攻下这个地方。

对太平军来说，这是最关键的时刻。杨秀清和冯云山等干部这时已制定好从桂平奔赴平南、永安的摆脱计划。但是，要想很好摆脱，就必须要把战线尽量拉长。若在摆脱前就全军崩溃，一切都将化为泡影。

形势十分危急。杨秀清与萧朝贵分别举行了“天父下凡”与“天兄下凡”仪式，向大家传达上帝耶和华和耶稣基督的谕旨。

“去私为公！同心同力同前进，诛杀清妖！”以前只是单纯宣布，这次却带有严厉斥责的语气。太平军在移动过程中扩大了队伍，目前情况下，有必要再次加强约束。耶和华谕旨中还有“莫愁莫怯，生死天定”的话，看来这时太平军已有了悲观情绪。

第二天，双髻山阵地被攻陷。清军动用了大批兵力，这正是太平军所期待的。清军拼命奋战。有遏必隆刀在此，若不能歼灭太平军，各级负责人都要受处罚。若镇压失败，就连钦差大人本人，说不定也会叫这刀砍去脑袋。

“这次清军有点不一样，打起来真有点费劲啊！”跟清军交过手的人都有这样的感觉。江忠源的湖南志愿军尤其强大，李孟群的“香勇”也十分厉害。香勇是从广东香山来的志愿军。太平军中多病人，兵力不足。在象州时，杨秀清曾派博白（广西东南角上一个县，靠近广东）出身的周锡能返乡，希望他说服博白的上帝会凌十八一派，他们同天地会联合，拥有不小的势力。在作风上，博白上帝会本就与金田村不同。他们受到了天地会相当严重的腐蚀，因而洪秀全极其讨厌这一伙异端。但现在太平军需要兵力，多一个也好。不过，周锡能还没有音信。据连理文从金顺记老主顾那儿获得的情报，凌十八已打进广东，正在信宜、罗定同清军作战。

在双髻山失守后的第四天，紫荆山太平军主力开始从茶山大本营南下。紫荆山接近北回归线，山里十分闷热。在这季节，伤员很难疗养，若不转移，准没活路。太平军要遏止悲观情绪的蔓延。出发时，洪秀全向全军发布诏令：“我们要放胆、欢喜、踊跃，同时要拥戴天父、天兄的纲常。绝不要慌张，万事皆由天父、天兄决定，万难皆是天父、天兄对我们的心的考验。大家应当以真草、坚草和耐草回报天父、天兄。伤员很多，我们要保护兄弟姐妹，应知，即便一个人未能被保护好，也会使天父、天兄受辱！”

在太平军中，“草”字用来代替“心”字，这是他们独特的术语。真草、坚草、耐草就是真心、坚心、耐心。

十万太平军就这样开始了大转移。

“听说洪秀全已坐船逃到广东去啦！”连理文在平南县思旺村、官村至花洲山人村一带散布流言。这一带，正是太平军摆脱清军的必经之处。

“我认识上帝会里一个女人。她告诉我上边的头目准备逃到广州，隐藏起来，谁也不会知道他们在哪儿。”李新妹也在其他地方干着同样的事。

出处不同的两种流言一旦吻合，那便有四倍、五倍的说服力。

“为什么只是头目去呢？”有人问。

“上帝会可有十万人呢，这么多人过河的话，马上就会被官军打垮。上一次他们想打广州，不是失败了嘛，最后又回到紫荆山。要到广州，只能少数人悄悄地去。”新妹皱着眉头。

“这么说，其他的人都被扔下不管了吗？可怜呀，他们会被官军杀死的。”

“听说其他人要去博白，分散着去。”

“对了，博白也有上帝会。分散着去的话，恐怕只有三分之一的人能到那儿吧。”

“那倒不会。我想绝大多数人会平安到达。”

“只要不追，也许能逃出去。嗯，官府军队恐怕也不会那么想打仗，对方逃了，就等于自己胜了。”一个在路旁锯树的白发老大爷说道，他似乎对官府军队并没有多大好感。

“听说有一个姓周的先去了博白，已经同那儿的上帝会取得了联系。我认识的那个女人跟这个姓周的是邻居，所以什么都知道。唉！真希望这个仗快点打完。我们这些卖艺的就可以安心地四处走动啦。”新妹叹了一口气。

“是呀。我儿子也被官军拉走了。我这一大把年纪还不得不来拉锯干活儿。不打仗就好啦。”

“你这么一说，我倒想起来，现在到处都是老人在干活儿呀！”

“不只我们家这样，这村子里已经没有青年人了。上帝会那些人快点走，我儿子就能回家了。”

“就是。”

“你以为偶尔还可以碰到一些年轻人吧，那是商人和当官的！”老爷子停下活，用手背擦拭额头和面颊上的汗水。

两军打的都是局部战斗，但也有特例。向荣与都统巴清德两支军队协同进攻太平军。提督与都统同级，都是从一品官。绿旗营提督与满族、蒙古族八旗营都统都相当于师长。向荣发动火攻，太平军大为震惊，准备逃走，但前面有巴清德军。清军本可趁势夹击，但由于太平军向巴清德军猛冲，巴清德军以为是太平军在朝自己放火，大军立时乱了阵脚。太平军在逃，巴清德军则在太平军前面逃。太平军获得了巴清德军遗弃的大量武器和粮食。不过即便如此，太平军也已无路可走了，他们只能前进，不能退缩。

七月下旬，靠近新墟的莫村遭清军进攻，一个名叫黄以镇的人临阵退缩。杨秀清传天父圣谕："黄以镇屡违军令，云中雪下罪难容！"云中雪是太平军术语，即剑的意思。黄以镇被杀。天父的命令，谁也不能反对。冯云山虽觉得这样太残酷，但他不仅不敢说出口，连表情也不敢流露出来。当人们意气消沉，对前途感到悲观绝望时，耶和华的圣谕以雷霆万钧般的力量震撼着人们的灵魂，使人们振奋。

现在太平军被围，生死存亡时刻，"天父下凡"实是个起死回生的办法。这点冯云山不能不承认，他并不反对处死黄以镇，而是对采用"天父下凡"的方式感到疑虑。

黄以镇被处死后，冯云山转身背冲着杨秀清，皱起了眉头。他觉得这种办法必须要尽快改正。天父下凡应当只在激励军队、鼓舞人心这等涉及大局的问题上才能运用。像处死某个特定人物这种基本问题，恐怕没必要借助耶和华的神谕。这么做太过了。

清军分前后两路，前军由乌兰泰率领，后军由向荣、巴清德指挥。向荣与巴清德集中攻打紫荆山门户——风门坳。清军的火炮在战斗中发挥了威力，韦昌辉的弟弟韦志先中炮阵亡。由于风门坳被清军占领，太平军通往紫荆山的道路已被堵住。

太平军可能全军覆没。

清军后路军夺取了风门坳，整顿队伍，准备一口气冲进金田。前路军在武靖江南岸的思盘设立了指挥部，布下夹击太平军的阵势。太平军虽准备了北逃的路，但必须要找到机会才能秘密逃脱，此时若在敌人面前公开走"密道"，恐怕在逃跑前就会全军覆没。

太平军一筹莫展。

可是，意想不到的事发生了。清军前路军丝毫没有出击的意思。

"又闹别扭啦！"向荣一脸鄙视。他想乘胜制敌于死命。他一心以为前路军会进攻惊恐万状的敌人，可却没有一点动静。后路军各指挥官歪着脑袋，迷惑不解，将士们也莫名其妙。

“到底怎么搞的？”有人突然感到疲惫不堪，一屁股坐在地上，再不愿起来了。

“哼！原来是……”向荣终于识破了乌兰泰葫芦里卖的是什么药。尽管晚了些，但他不会看错的。在思盘前路军指挥部里，乌兰泰撇着嘴巴，嘴角带着奇异的微笑。现在前路军若出击，太平军将全军崩溃。赛尚阿就会向北京报告，说向荣以破竹之势攻破匪军，夺取风门坳，并借势捣毁金田匪军老巢。首功算向荣的，前路军不过作为陪衬，沾了他人的光。

“不干！给别人当陪衬，绝不干！要立功，得靠自己！”乌兰泰心想。

有人这样写道：“诸帅忌向（荣）之泞功，不肯策应，终不能克。”不仅乌兰泰，他下面的将领达洪阿、开隆阿、李能臣、王锦绣等都带着同样情绪。

太平军处于生死关头，拼命加强防守，清军很快便失去了进攻时机。

赛尚阿是过来人，自然早就觉察出个中因果。“前途多难啊！”赛尚阿不高兴地噘着嘴巴，“他们既那样打算，咱也有自己的打算，走着瞧吧！”

清军将领一味担心别人建立功勋，彼此互相牵制。风门坳之战一周后，乌兰泰试探性地进攻新墟，向荣也进军紫荆山。

太平军要南下，必须渡过武靖江。他们开始拆除新墟的民房。民房一间一间地拆，装作秘密的样子，拆下的材料被编成木筏子，这工作也不是公开进行。但若从对岸注意观察，也可大体看出是在干什么。

“在编木筏子啊，是打算要渡江吧，一帮外行，我来领教领教他们的本领！”乌兰泰冷笑一声，一脸鄙视。他太过自信，过于轻敌。他觉得，若是自己秘密编木筏，自然要想些更好的办法，哪能这般只管钻头，不顾屁股。乌兰泰始终也没意识到对方这是故意做给他看的。

“密切注意江面！”乌兰泰提醒部下。

新墟的太平军终于恢复了生气。理文和新妹已经回来，沿途一切已准备就绪。大军计划八月十六日借月光转移。即便清军在八月十五的中秋宴会上喝得烂醉，他们也不会轻易放松侦察。他们不仅会看天空的月亮，还会向太平军阵营里瞅上几眼。所以太平军决定将一千精悍将士留到最后，不时出来活动，迷惑敌人。清军判断，太平军的意图是向南逃窜。所以他们对太平军向南的动作特别敏感，反而疏忽了北边。从新墟北上的道路都是山间小道，十万大军不可能一次通过，所以这条路线首先被清军排除在外。十六日，入夜，老人、儿童和伤员开始转移。接着，分驻在各村里的前军、左军将士，在萧朝贵、石达开等人率领下，悄悄走入了山间小道。一旦进山，不论怎样公开活动，对岸的清军也看不见，道路虽窄，但这一晚月光明亮，行军速度比预想的还快。大约一小时后，新墟一带的中军，在杨秀清指挥下，护着洪秀全北上。隔了三十分钟，韦昌辉的右军与冯云山的后军也迅速转移。

夜已深。一千名将士在新墟继续坚持了四个小时，清朝似乎并没有发觉。

太平军的计划成功。直到天亮，清军才发现情况不对。乌兰泰渡过武靖江，进入莫村、新墟大肆掠夺后，烧毁了所有民房。清方史料上记载，太平军夜间在桂平新墟一带放火逃跑，但这说法不合情理。太平军乃是秘密逃脱，若放火便会被清军发觉。新墟民房确实被烧光了，但那是清军干的。为泄愤，乌兰泰命部下大肆掠夺，放火后，朝古林北追击。这里道路狭窄，到处堆积着木材障碍，有些地方道路已被破坏，清军要先下到山谷，再登上山崖，行动缓慢。向荣命乌兰泰追击太平军后军，自己和巴清德则急行军赶往江口。向荣虽听说太平军已从古林北山道逃脱，但他根本不相信太平军真的要北上。

"他们遭到包围，所以要暂时避进北边山道，绕个大圈子后必然南下。"

武靖江流入黔江，在桂平县城绕一弧线向北流为大黄江，北流至江口，又绕一弧线，向东南方向流去，是为浔江。浔江向东流，经梧州市，入广东，则为西江，是广东第一大河。十万太平军若进入西江下游，向荣便会落个失职之罪，他必须要阻止这种情况发生。清军从江口入平南县，一路北上强行军至官村庙，这才稍微休息一下。通过居民的情报，太平军早已掌握了清军行踪，冯云山早就在此设下伏兵。时来运转，在即将同向荣交战前，天又忽然下起了雨，异常大的雨。清军弹药相当充足，但他们带的枪大多是造价低、样式旧的火石枪，淋了雨便不能使用。

清军优势丧失。

"天助我啊！"草丛中的冯云山小声说道。

"三元里时也是这样。"旁边的理文小声回道。

鸦片战争时，平英团与英军在广州城外交战，忽然雷声隆隆，大雨倾盆。英军那时用的是火石枪，遇雨无法引发火药，若不是知府从中妥协，三元里一战，英军定然全军覆没。

“湿透了吧！”冯云山从草丛中探出身子，伸手试了试雨势。

“清军休息不会太久，现在该来了！”连理文道。

“对，来啦！”冯云山跳出草丛，举起手，在头上连挥了几个圈。突然间，喊声大作，接着是一阵密集的枪声。太平军的枪也是旧式枪，且数量少，为了不让雨淋湿，他们事先已遮盖好，射击时还在上面打了伞。

“胜啦！”仅十分钟，连理文喊道。

“埋下伏兵时，胜败已经定了。”冯云山道。

“不，当老百姓来报告清军动向时，胜败就定了。”

“对！不抢百姓东西的军队，同放火烧房的军队不一样。”

“在老百姓中打仗，太平军是不会败的！”雨势更加猛烈，此刻已听不到枪声，大概一切都湿透了，现在是白刃战阶段，遭到突然袭击的一方当然处境极其不利。不一会儿，战报一个接一个地送到草丛司令部。

“斩了古州镇千总杨成贵！”传令兵报告。

“哦，是千总。”千总正六品，相当于连长。

“撤退！撤退！”向荣喊叫着，带着哭声。

武器弹药、粮食饭锅，遍地皆是。向荣收拾残兵，乱糟糟地逃进平南县城，从此称病不再露面。第二天，乌兰泰来到平南县龙门，声称“搜杀余匪”，停留了两天。尽管路上有障碍，但太平军毕竟携老带幼，清军若真要追，也并非追不上。大概乌兰泰是获悉了向荣大败的消息，不敢进兵了。

原来走在前头的老幼伤病集团，已被前军和左军追过去，落在中军后尾部，由罗大纲和苏三娘的部下保护。太平军进入藤县境内，由和平墟走小道到达了大黎村。

洪秀全宣布：“我们已脱险！”

打进永安

"这条河东边的山？"杨秀清手持一根木棒指着沙上新画的地图。

"是蝴蝶山。"一个年轻人答道。

"蝴蝶山东边呢？"

"有一条河，名平冲水。"

"北边呢？"

"六贺山。山势如此走向。"年轻人蹲在那儿，用棒子在沙上画了一条线。

"嗯，大体明白了。以文，你可以走了。"

"是。"名叫以文的年轻人还想说些什么，但他似乎又改变了主意，行了个礼，便走开了。

"完全吻合！"连理文道。

"这小伙子办事利落，将来会有用的。"杨秀清边说边挪脚，抹掉沙上的地图。

理文苦笑。北上的太平军分水陆两路，现已到永安州城前。罗大纲主动请缨。他在天地会时攻打过永安，对这一带的山川地形、风俗民情、实权人物的性格、动静以及团练的配置情况可以说是了如指掌。当时他采取流寇战术，来去如风，抢了便跑。罗大纲当场给杨秀清画了地形图，做了补充说明。之后，杨秀清又叫来另一个熟悉当地情况的人，在沙上画了同样的图。这是为了慎重，还是因为怀疑？连理文心里琢磨。

两人画的地图虽有纸沙之别，但完全吻合。杨秀清记忆力强，罗大纲所画之图他几乎当场便记在了脑子里，他知道这没有错。不过，连理文可能有点误解了。杨秀清不是怀疑罗大纲，他是想考验一下后来的那个人。杨秀清有个毛病，他往往拿自己很了解的事去问别人，以考察对方的态度与见识。

“这小伙子是藤县新参加的吗？”连理文问。

“是的。不过，他是上帝会会员，去过金田村。我在路上碰见过他。很奇怪，他并没有回避我，还跟我搭话。当时他大概是正要从金田回藤县，看来他好像不记得了，这也难怪！”杨秀清脸上现出一丝少有的感伤，但很快，感伤消失了。

连理文当然明白。当时，杨秀清浑身污垢，身披破衣，流着口水，在金田一带晃悠，一会儿被石子绊倒，一会儿撞在树上。谁看到他都露出讨厌的神色，有人甚至开口就骂他，很多人见到他就讨厌地避开。难得有人不骂他，反而跟他说两句亲切话，杨秀清当然不会忘记这个曾亲切对待过自己的人。

太平军脱离虎口，北上永安时，经过藤县。藤县有许多人参加了太平军，李以文便是其一。后来，他用了洪秀全名字中的“秀”字，改名秀成。此时他不过是个平常少年，太平军经过时，他烧了自家的房子，割断了一切退路，携母带弟参加太平军。他生于赤贫家庭，在舅舅村塾里一边干杂役，一边念书。他虽是农民出身，但容貌斯文，为人温和。太平军里会看书的人很少，像李以文这样的人显得很突出。

“他是个善于关心别人的人吧？”连理文谈出了自己的感想。

“说他关心别人，不如说他能理解别人的心情，他有领导之才。”

“是吗？”理文觉得杨秀清是在说他自己。

“但决断能力尚需培养。”杨秀清道。他最杰出的能力就是决断，要磨炼决断能力，关心别人就会成为一个障碍。

“要收罗人才呀！”

“不，人才太少。人才不只要收，还要培养。对了，我还有件事要拜托连先生。”

“什么事？”

“我想把一个孩子拜托给你。放在先生身边，让他为先生干点杂活儿就行了。先生见过大世面，常给他谈谈广州、上海的事和香港、日本的情况，这孩子会长进的。”

“是个有希望的孩子吗？”

“很有希望。”杨秀清点了点头，“还只有十四岁，需要锻炼。”

太平军虽号称十万，到永安时却只有一半。这支军队的特点就是非战斗人员多，清方记载，当时太平军总数三万七千人，能打仗的仅有五六千人。这种估计未免低了些。可靠点的观点认为，其总数有五万，士兵两万。即便是五万，也是个很大的数字。单是供给全体人员的食粮就是项重大工作。补给工作的重要性并不亚于作战。能从事这种工作的人并不多，太平军愈来愈需要人才，杨秀清也在努力，这关系到太平军的生死存亡。

杨秀清把十四岁的陈丕成托付给连理文，期待他在将来能发挥作用。陈丕成与李以文在藤县同村。不过，他和李以文不一样。李以文是在太平军经过村子时参军的，而他早就跟随其叔父陈承镕去了金田。他年纪虽小，却是金田时代的老资格，杨秀清很看重他。

“是个可爱的孩子！”这是理文对陈丕成最初的印象。后来，陈丕成改名陈玉成，文献上说他“貌甚秀美，绝无杀气”。杨秀清大概不期望他将来能当军人。

“请您多多指教！”陈丕成低头行礼。

恰好李新妹和苏三娘也来找连理文，她们眯缝着眼睛夸道：

“这孩子有出息！”

“理文，把这孩子给我吧！”

陈丕成满脸通红。

李新妹和苏三娘是为了和罗大纲见面。杨秀清虽把攻打永安城的任务交给了罗大纲，但天地会在太平军中仍被看作外人，这次任务等于是要考验他们，他们必须齐心合作。

不一会儿，罗大纲来了。陈丕成的第一件工作是给来客端茶。

“能跟何洪基的残部联系上吗？”罗大纲问。

“据说统统被杀了。不过，城内总还有潜藏下来的人吧。”李新妹答。

何洪基是在永安州境内起义的天地会头目，李新妹曾和他共事。何洪基几个月前被捕，被永安代理知州吴江所杀。吴江是湖北武汉人，由胥吏爬到代理知州，有着非科举出身的官吏的那种果断、狠毒。上任不久，他便严密检查户口，抓出造反分子，一番严刑拷打，终于抓住了何洪基。不待询问，吴江立即将何洪基斩首。他声言要“清乡”，所以窝藏匪徒的人也是死罪。

一个当铺老板向官府告密说邻家库房里藏有可疑之人，受到了褒奖。但第二天，这老板就在自家被杀。城中一定还有漏网之鱼，吴江于是清查得更加严厉。

“新妹，你只要到永安街上走一走，就会有人悄悄跟你说话的。”罗大纲道。

“啊？”新妹眉头抖动了一下。

“可是，这很危险呀！”苏三娘皱眉。

“我们都在过独木桥，不是早就考虑到危险了吗！”罗大纲双手端正，放在膝上。

“试试吧。”

“辛苦你了！”

“不过，你要是不打进来，我就无法做内应了啊！吴江正在大搞清乡，整个永安都胆战心惊，你要不能轰轰烈烈地打进来，那些藏起来的家伙是绝不会出来的。”

“我明白。一定会的。”罗大纲缓缓在右膝上拍了三下，他很有信心。

“不过……”

“不过什么？”

“既然进城，两个人总要比一个人好……现在进城一般都带家属，我也该带家属。”

“带家属？”苏三娘反问。

“带个孩子呗！”新妹朝陈丕成看了看。

太平军一逼近，附近的农家，尤其是地主，纷纷逃进城内。他们大概觉得，有城墙围着的永安城要比只有竹林围着的家安全。据文献记载，当时进城逃难的有四百余人，且都带着财务家当及粮食。仅数天，运进永安的大米就达七百余石。

政府派副将阿尔精阿防守永安。他自率一支军队驻守在永安城东南的秀水。但太平军之多出乎他的意料，他借口寡不敌众，也退进永安城，与吴江共同防守。地方团练虽在城外与太平军交战，但他们哪里是对手，团练头头苏保德所指挥的数百部队在永安城南门外的金带桥被太平军包围全歼。

一辆板车上装着一袋大米和锅瓢碗盏，李新妹在前面拉，陈丕成在后面推着，活像一对逃难母子。难民从四面八方汇集而来，新妹向周围的人了解了情况，编了段身世。不过，逃进城时，城门军队什么都没问。新妹完全像个农家妇女，陈丕成咧着嘴还不停叫喊着："娘！娘！"

进城后，走了一会儿，李新妹决定在路旁休息一下。

"丕成，戏演得不错呀！"

"我没有想做戏，这声音是自然发出的。不知怎么回事，我真感觉好像是跟娘亲在一起。"

"是吗？是吗？你真觉得我像你娘？"李新妹拍着他的肩头，接着又用破布片擦了擦自己的脸。天热加上紧张，她出了很多汗。她擦脸的目的也是为了好让人看清她本来的面貌。

"丕成，走吧，以后再慢慢休息，咱到城里各处转悠转悠。"

"人都叫吴江给杀掉了，不知还有没有认识我的人？"她心里虽担心，却也只能乐观些，起码暗杀当铺老板的人应当是天地会里的伙伴，这边至少还有一个人。

不过，实际情况比她想的顺利得多。走了不到十步，一个肩上挑木炭篓子的汉子从后面赶上来，正要超过她时跟她搭话："大姐，你来干什么呀？"

"城里活着的人还有多少？"她迫不及待。

"三十来个，都藏在天地会兄弟那儿。"

"我想见他们。"

"跟我来。"挑篓子的汉子刚才已稍微放慢了脚步，这时又突然加快了步伐，转过灰墙的拐角。李新妹紧跟着他，刚一转过墙角，只见前面那汉子打了个趔趄，一屁股跌倒在地，木炭篓子横倒下来，那汉子慌忙拣起散落在路上的木炭，装进篓子里。

"喂！大姐，求你件事，能把我这担货装在你车子上吗？我可不要你白帮忙啊！给你五根粗木炭做脚力钱。"

"嗨！你也太小气了。要上哪儿去呀？"李新妹问。

"关帝庙旁边，不太远。"

"关帝庙呀。我看给十根吧。"

"八根吧。到关帝庙这段路，车子我来拉。"

"你拉，好，八根成交！"

“啊，太好了！我不习惯挑担子，肩头痛得像火烧。拉车可轻松多了！”那汉子说罢，又压低声音道：“是给大哥报仇吗？”李新妹依稀记得何洪基手下几名骨干的面孔，但眼前这汉子她却没什么印象。

“是有这打算。咱们总算一起共过事，我现在同太平军搭上关系啦。”

“我们该干什么呢？”

“你吃过老鸦的肉吗？”李新妹突然问道。陈丕成不觉抬头望了望天空，接着又朝四周瞅了瞅，哪儿也没有老鸦的影子。

“我没吃过。不过，咱家的猫吃过又吐了出来，看来很不好吃吧。”那汉子道。

“狗怎么样？”

“狗也不会吃吧。不过，倒是把老鸦肉当玩意儿玩过。哈哈！我看行了吧？”

“我明白了。太平军一打进来就放火！向衙门、兵营、财主家放火！”

“什么时候？”

“今天晚上。说是攻打时要大放爆竹，和火药筒一起往里扔。”

“放爆竹，好主意。这城小，城墙低，放爆竹，城里所有地方都听得到。”

“那就请你快点去通知大伙儿吧。”

“先到关帝庙。”这汉子抬起两肩，他那拉车的手上好像充满了力量。

老鸦肉是天地会的黑话。若不是某种地位以上的人是不会懂的。当问老鸦肉时，若回答猫吃了吐出来，狗拿去玩，那定是同伙。李新妹为慎重起见，在谈任务前先考验了一下对方。

清代行政组织顺序是府、州、县。永安是州，在县之上。州城本应比县城大，但永安州在山里，其规模只相当于平原上的普通县城。只四百难民，城里便已十分拥挤了，关帝庙一带更是热闹。庙前广场成了露天市场，庙里则成了难民的临时收容所。

永安城倚仗山中险路，城墙不高，最高处也就只有五米。要向城里投掷火药筒，十分容易。太平军中的数千矿工知道造火药的方法，又弄得到材料。因此在北上途中，他们一直在制造火药筒。另外，太平军奔赴永安城途中，也进行着攻城准备，沿路村中所有杂货小店的线香、蜡烛和爆竹都被太平军买了下来。太平军公平付款，不拿老百姓一针一线，这是铁的纪律。

太平军要减少牺牲，就必须尽量减少敌人的抵抗，最好让敌人感到“打也白搭”，不战而逃。这需要里应外合。城内一起火，清军便会丧失斗志。不过内应的行动必须与城外保持一致，不能过早或过晚。因此，只靠火药筒还不够，它虽有威力，响声却不大。罗大纲说要轰轰烈烈地攻城，便是要把爆竹连同火药筒一起掷到城里去，爆竹响亮的声音是最简单明显的信号。

太平军开始造梯子。城墙虽低，人却跳不过去，必须靠梯子。罗大纲着手收集了一种奇怪的东西——棺材。这一带是木材产地，既有江河运输之便，又以优质木材闻名。最著名的木材集散地是柳州。俗话说，食在广州，娶在苏州，死在柳州。要图口福，应到食材丰富、名菜众多的广州；要讨老婆，应到美人窝苏州；要死，则应死在盛产优质棺材的柳州。这里原只向外运送木材，但最近也开始输出棺材了。一时造不出涂漆的棺材，但制造半成品总还可以，是以沿途都有棺材作坊。

这一带制造的是高级棺材，厚而结实。

“这是干什么？”

理文这么一问，罗大纲笑嘻嘻地答道：“马上还要加点工，你会明白的。”说是加工，其实也很简单。先在棺材两端旋两个圆眼，太平军里有木匠，这活儿干起来简单。把竹竿一端插进圆眼，反复试着用竹竿把棺材举起来。因为有圆眼，竹竿头固定在圆眼里，举起的棺材便不会脱落。

“明白了吗？”

“好办法！”连理文笑道。

永安城已遭太平军包围，城里清军肯定会以密集枪弹来对付企图爬越城墙的敌人，太平军用竹竿把棺材举到城墙上，厚实的棺材成了最好的盾牌。太平军登上梯子，爬到城墙时是最危险的，而棺材盾牌很好地保护了他们。

“登上城墙的士兵，收起登城的梯子，把它安放在城里一边。这样就不用往城下跳了，可以用棺材做盾牌，从容地从梯子上下到城内。”罗大纲解释道。棺材本就是装人的，恰好能遮挡一个士兵。把棺材竖立起来，取掉其下部，在内侧安上两个把手，人进入立着的棺材，两手抓住把手，直接能往前走。带这种棺材进攻的士兵并不多，但也足以让翻过城墙的其他士兵跟在他们后面，躲避枪林弹雨。

“这也有一种符咒作用，让士兵们感到不害怕，其实也没指望它在实战中能起多大作用。”罗大纲解释。天地会军队战斗力较弱，他们是匪贼出身，不如那些用信仰武装起来的上帝会军队坚定。但是，若念起一种符咒，说他们绝不会死，他们就会放心、勇敢地去作战。罗大纲经验老到，很懂他们的心理。实际上他主要还是期待着李新妹的内应工作，而不是这种棺材盾牌。

果然，由于李新妹的活动，太平军几乎没付出任何牺牲就拿下了永安城。

闰八月初一晚，太平军冲进永安城。爆竹声一响，不到五分钟，城里到处起火。夜间起火，火势显得格外大。熊熊大火让清军感到腹背受敌，恐慌万状。太平军虽听到了枪声，但稀稀落落，棺材盾牌基本上没有使用。不过，它在心理上所起的作用很大，能让天地会军队在前头作战，以前可是少有的。应当说棺材盾牌也取得了成功。吴江同阿尔精阿一起逃进了关帝庙，被太平军打死。实际统率军队的千总马荣升，一听到爆竹声就弃城而逃。

太平军终于第一次成为一城之主。拥有有城墙围绕的据点，这还是第一次。尽管城墙不高，但这种用砖砌成的墙看起来就叫人有种安全感。不过，由于占领了永安，也就等于把自己清晰地暴露在敌人面前。清军终究是要把这城池团团围住的。对此，太平军十分清楚。但是，这庞大的集团需要暂时在这块土地上待些时候。之前一直在匆忙地到处流动，洪秀全和杨秀清不禁怀疑，领导部门的命令是否能贯彻到最基层。

有必要重新整顿组织和改组机构了。尽管没有充分时间从容不迫地来做，但他们总还有一点较集中的时间。城墙虽不能给他们永远的安全，却能为太平军挤出点时间进行整顿，以保证天国能顺利发展下去。太平天国在这座永安城里建立了基本的骨架。就这点来说，占领永安在太平天国历史上也是一次极其重大的事件。太平军当然不会全部驻在城内，在城外重要据点分别部署了守卫部队，以防清军进攻。就在他们占领永安的第二天，乌兰泰很快就来到距城五公里的地方。江忠源也在其中。洪秀全暂时没有进城。他进城时必须具有某种重要意义。因此，领导人们一直是在城外讨论方针。水窦村、莫家村、卫龙村是太平军在永安城外的据点。总司令部设在卫龙村祖师庙里。庙里神像和牌位全部被拆除，供桌也被搬到庙外烧毁了，庙内只有桌椅。

“这次打得好，杀了妖官吴江和许多妖人，我们损失极小，都是大纲指挥有方。”洪秀全论功行赏，罗大纲拘谨地坐在他对面。

“妖军失了斗志，是由于城内有内应。我觉得新妹出力最大。”罗大纲不想独占功劳。

“不过……”洪秀全坐正了姿势，挺起腰板说道，“遗憾的是，赶走妖贼后，军纪有点紊乱。这一点今后要严加注意。”

“是！”罗大纲低下头。他感到自己的身子好像矮了一截。

“回城后，要严格管束士兵。”

“是！我去了。”罗大纲起身行礼，出了祖师庙。

“这么说可以吗？”洪秀全回头看了看杨秀清。

“行吧，毕竟是罗大纲嘛！”杨秀清答。天地会部队还残留着匪气。攻下永安后，不少人掠夺了财物。虽然罗大纲声嘶力竭地阻止，但似乎仍有不少人将财物偷偷塞进了腰包。要如何处理这件事，领导人间意见不一。

洪秀全一向主张严惩，“找出罪犯，立即斩首。不管怎样，一定要找出十名罪犯，而且要把罗大纲禁闭十天，关在木笼里示众。”他最重视军队的纯洁性，他认为强烈的信念是一切的基础。杨秀清则表示反对。洪秀全要斩十人，意思是就算真凶不足十人，也要凑足十人之数，哪怕滥杀无辜也没关系。

“若真是罪犯，斩首无碍，但不必拘泥十人之数，三个可以，三十人也未尝不可。”

“十人由罗大纲去挑选。即便不是真正罪犯，他也可以把军中品质最坏的人挑出来。这样可以净化太平军。”

“若强制非要挑出十个没有确凿证据的罪犯，罗大纲恐怕会离开太平军的。至于把罗大纲装在木笼里示众，更是不足取。他的部下会砸开木笼子造反的。此举不仅不能净化队伍，反而会引起大乱，我坚决反对。”杨秀清语气从未如此严厉。洪秀全沉默，他知道自己的想法通不过。杨秀清有“天父下凡”这张王牌。尽管洪秀全在军中是最高领袖，他也不能战胜这张王牌。

“连先生，你怎么想？”洪秀全问连理文。

“我的想法跟杨主将一样。首先应当表扬罗大纲的战功。若把攻城英雄监禁示众，恐怕会丧失军心。”关于掠夺和私藏战利品的问题，他们终于取得了一致意见：在进一步调查后，仅处死有确凿证据的人。不追究罗大纲的责任，但要他今后注意加强军纪。

闰八月初七，洪秀全进城。他向全军发布诏令：“凡杀妖、取城时所得一切金宝、绸帛、宝物等，不得私藏，尽归天朝圣库，违者议。”

博白有许多上帝会会员，但并没有多少人参加金田起义。博白离金田村远，不像贵县那样近，这可能是原因之一。另外，博白上帝会里有凌十八这样的领导人，不屑于依附金田村，自然也就没有金田村中那种清教徒式的纪律，这里天地会的侠义气很浓。但太平军还是想拉拢博白的上帝会势力。原则上，洪秀全不反对他们来参加，他只是没有杨秀清那般积极。

政府方面在博白附近同周锡能进行了接触。周锡能过去的一个私塾老师——钟一源受地方官委托，来劝周锡能反水。

“锡能，你真相信那些家伙能打天下吗？”钟一源捋着白胡子，问他过去的学生。

“民众都希望改变世道，只要得到他们的协助……”

钟一源不等他说完，就抢道：“你以为他们会协助吗？谨小慎微的农民只不过在观望。”

“也许是这样，不过……”

“想打下天下，要百万雄兵，你算算，金田村那些到处乱窜的家伙究竟收罗了多少人？在收罗来的人当中，能打仗的还不到一半吧。带着一大串谁也不要的老人、妇女、孩子，你真相信他们会拿下天下？”

“今后要拼命干呀，我就是来收集人的。”

“博白的人大多去广东了，即使全部都在这儿，也不过万人。你也知道，他们可不是什么太好的军队，好好考虑考虑吧！你也该娶妻生子了，将就着安定下来吧！”

“我也希望能安定下来，可是，这世道不能让我安定呀。老师，您说不是这样吗？既无可耕之地，也无工作可做，怎么活呀？问题出在这个世道！就拿我来说，若有个正经工作，生活安定，我也不喜欢去造反呀！”

“哦，你这话是真的吗？”

“真的又怎么说？”

“若有了正经工作，生活能稳定，你就洗手不干了？”

“当然，真心话。”

“没错？”

“老师，您太慎重了。没有错！”

“好，那我给你找个正经工作。”

“真的？”

“我是当教师的。教书育人，不撒谎是我的骄傲。我什么时候骗过人呀？”钟一源摇晃着脑袋，他那白胡子颤动着，有一种威严。

“是。没有！”周锡能不觉低下头来。

“你也不能撒谎啊！”

“是……不过，您说正经的工作不会是当私塾先生吧？我跟老师学习时，尽管比其他孩子稍微强点，但现在大半已忘了。当私塾先生，我没多大信心。”

“谁要你当私塾先生呀！我还是有眼光的。我知道你适合什么，不适合什么。我对你还是很了解的。”

“这么说，有适合我的工作？”

“是呀。给你戴六品的顶子！”

“啊！”周锡能圆睁双眼，吃惊地望着老师。

镶在官帽顶上的装饰品便是顶子，或称顶戴。它因官吏品位等级而异，有着详细规定，一品官是在帽子的镂花金顶上镶红宝石，六品官是在镂花金顶上镶水晶玉。

“当然不是马上就当六品官，但是顶子是许下了，你不久就可以正式为官。”钟一源是说，周锡能不是当六品官，而是有六品官的待遇。在清代，要捐很大一笔钱，或由于某种特别原因，才能给予这种待遇。获得这种待遇既无权限，也无俸禄，但被看作是很大的荣誉。难怪周锡能吃惊地圆睁着双眼，就连当地最高的实权人物也只是七品官，顶子是低一级的小蓝宝石。

“这可不是骗你！”钟一源望着周锡能，见他不说话，又接道：“我这辈子参加了多少次考试，都名落孙山。能戴上顶子是我一生的梦想，现在这梦想已不能实现了。相比之下，你是多么幸运啊！这也是因你参加了上帝会造反的缘故。我年轻时很少听说过造反。若早知如此，我也要去造一造反。”这可说是从这位老书生内心里迸发出来的悲鸣。

“继续造反下去，就不能戴上六品的顶子吧？”周锡能道，他当然不会这么无知。

“不过，要不打进造反组织里去，就立不了奇功。知道吗？要立奇功！”年迈的钟一源那被白胡子盖住一半的嘴唇，微微颤动。

周锡能咕咚一声咽下一口口水，探出身子问：“这可靠吗？”

“这还用说！”钟一源点了点头。周锡能已经动摇。他是金田村的老首领，符合一个内应的条件，他确实值六品的待遇。

周锡能被帽子的水晶玉弄得目眩眼花，他回到了太平军。他在太平军里的地位是军帅。按规定，军帅统帅一万三千一百二十五人，相当于师长。军帅下有五个师帅，一个师帅拥用二千六百二十五名部下。周锡能不仅接近中枢，而且就在中枢之中。他在太平军中的级别绝不是区区的六品。

“什么军帅，不过是画饼充饥，画上的大饼还不如实际的小饭团子！”他大概是对上帝会的信仰不深，对前途不够乐观。

十月初十，他回到永安，从博白带来了一百九十名年轻人。“因途中危险，我决定让博白的兄弟们穿上清军的服装。”他在出发前同永安秘密联络。其实，他们何止是身穿清军制服那么简单，这群人中，大部分都在清军里待过。

周锡能进入永安数天后，天国发布了封赏诏令。太平军里用“打江山”三字来表达夺取天下的意图。诏令规定，在打江山过程中，凡立功者，大者封丞相、检点、指挥、将军和侍卫，小者授军帅以下官职，官职世袭。

十天后，发布封王诏令。十月二十五日，五名最高首领被封为王：

左辅正军师、中军主将杨秀清为东王，节制诸王
右弼又正军师、前军主将萧朝贵为西王
前导副军师、后军主将冯云山为南王
后护又副军师、右军主将韦昌辉为北王
左军主将石达开为翼王

“打江山”一旦成功，东王将统治天下的东方，西王、南王、北王将分别统治西方、南方、北方，翼王将扶翼天朝。“封王”的消息使全军兴高采烈。值得注意的是，冯云山在序列上落后了。冯云山本该是二号人物，而现在却降为四号人物。毕竟杨秀清与萧朝贵分别拥有着“天父下凡”和“天兄下凡”的特权。所谓东王“节制诸王”，就是说其余各王都要听杨秀清的管制。实际上，杨秀清已超过了二号人物的地位。

这时，清军疫病流行，进攻速度稍缓。

周锡能开始了活动。

永安突围

虽然永安失守的消息尚未传到北京，但北京朝廷也不轻松。大臣们都感觉到上帝会有一种与以往的骚乱不同的可怕，年轻的咸丰皇帝将遏必隆宝刀授给钦差大臣赛尚阿，表明他有一种前所未有的危机感。

北京的老百姓们自然也知道南方发生了耶稣教叛乱，但他们总觉得那是离自己很遥远，他们关心“捻匪”在安徽的骚乱。相比之下，安徽离北京近多了。有人认为“捻”就是“结党”的意思。捻军和太平军有点不同，他们跟贩卖私盐的组织有关系，基本不带宗教色彩，更接近天地会的性质。海上也发生了多起造反事件，太平军占领永安两月前，山东半岛的海面上，政府海军兵船遭海盗袭击，副将战死。对于这些造反运动，北京老百姓的态度多半是：

“都欺侮到官府头上啦！”

“官府当然吃瘪啦，那些兵老爷有啥能耐啊。”

“得啦，让他们好好干吧！”

“让谁好好干呀？”

“谁都行。”

什么是爱国？连维材在北京街上边走边考虑这个问题。他已考虑了多次，想了好几年。太平军要建立新国家，官军要镇压，站在哪边才是真正的爱国？他朝着外城棉花头条胡同走去。他要去见林则徐的女婿沈葆桢。沈葆桢于四年前——道光二十七年（1847 年）中进士，现任武英殿纂修。他是林则徐二女儿普晴的丈夫，也是林则徐妹妹的儿子。那时候，即使无血缘关系，同姓也不能结婚；但只要不同姓，即便近亲也能结婚。

约会地点在招园。招园既不是饭庄，也不是旅馆，更不是谁家的别墅。招园主人是连维材，但平常这里都不住人。招园所在的棉花头条胡同，被认为是不吉利的地方。人们称这里是“燕市凶宅”，燕市当然指北京，据说若在这一带建宅，其主一定会没落。

明末有位女将军叫秦良玉，原是四川石硅宣抚使之妻，丈夫死后被推为少数民族首领，麾下勇猛善战。明朝对东北战局一筹莫展，便将秦良玉军当作很有力的支柱，她的部队军纪严厉，凡战场上随便退却、不从命令、抢夺居民财物者，都要被斩首。而这支部队在京期间驻扎在刑场一带，也就是棉花头条胡同。

传说这一带“孤魂无归，时出为祟”，谁也不愿在此居住，地价自然便宜。连维材买下这里，将大部分土地改为庭园，建造亭阁。若此地还有徘徊了二百余年的亡魂，他愿招请他们来此成佛，故而起了“招园”这个名字。连维材所招的不仅是亡魂，他一到北京，还常招京官们。

京官是相对地方官而言的，是指在北京的中央机构任职的人，大多是杰出之辈，但薪俸不多。地方官虽也领取同样薪俸，但灰色收入多。京官只靠薪俸生活，而在交际场中又难免要摆阔气，不少京官常会出现赤字。因而他们希望自己能被派到地方去，不论负多少债，一旦去了地方，马上就可全部偿还。由此看来，一开始就去当地方官岂不更好？但一般的观念认为，若无京官经历，将来便不可能有大成就。同样进士及第，成绩优良者常留在中央，担任有进修提高性质的官职；成绩中下者则被任命为正七品知县派往地方。

京官虽在赤字生活中挣扎，但前途无忧。由京官派往地方时，便可被任命为从四品知府或正四品道员，薪俸外的收入非常多。生意人自然都想巴结进士及第的京官。不过，连维材资助沈葆桢并不是为了赚钱，也不完全因为沈葆桢是林则徐的亲戚，而是因为看中他是国家栋梁。

武英殿在紫禁城内西南角，是国营的“图书出版社”，其主要任务是利用国家经费刊刻各种古籍善本，收集各种图书版本，加以校订，编成定本。此工作对沈葆桢而言是一种进修提高。也因此，他没有别的收入，但他迟早是要当上朝廷大官的，所以必须同各方要员保持友好关系，这是很费钱的。

连维材一方面资助沈葆桢，一方面又援助太平军。同时帮助统治阶级和反统治阶级，这显然是矛盾的，即便被人说成脚踏两只船，他也无可辩驳。不过，他有个不变的标准，那就是为老百姓谋幸福。连维材对中国现状感到失望，要改变现状，要改革，但他还不确定应当寄希望于统治阶级中能干的人才，还是寄希望于要推翻政府的“乱党”。为了解“乱党”的实际情况，他把儿子理文送进太平军，而他自己，则进京观察统治阶级的情况。

被请到招园来的除了沈葆桢，还有几位跟他同期的进士。那一期的状元叫张之万，已赴任河南做正考官，目前不在京。进士成绩优秀者，虽说一般会留在中央进修提高，但作为实习，往往也会被派去地方做科考的考官。张之万是状元，出去得早，而沈葆桢要等到来年才会被派到顺天做乡试考官。

安徽合肥人李鸿章也来到了招园。他和沈葆桢一样，在翰林院进修。当时担任编修官的，还有个编修叫何璩，是广东香山县人。和沈葆桢同姓的江苏吴江人沈桂芬，也曾出差去浙江当考官，最近刚回到北京。

不是同期进士的，只有一人受邀。他是道光十八年（1838 年）进士，比沈葆桢早九年及第，名叫曾国藩，是湖南省湘乡人，今年四十岁，已官至刑部左侍郎。

为什么要请一个非同期的人呢？其实这次聚会林则徐的长子林汝舟是应该来的，他和曾国藩是同期进士，但他在福建守丧，避讳出远门。连维材在上京途中路过福州时，林汝舟曾对他说：“我的同期中，曾国藩是最杰出的。您去北京时，定要见见他，我给您写封介绍信。”林汝舟当年以第六名的优秀成绩中进士，但在进修期间，跟随遭贬职的父亲去了新疆，以后便一直没有当官。他在北京翰林院待过两年，这期间他对同期的人做了观察，连维材要他从目前仍在京的同期人中推荐一名人才，他立即报了曾国藩的名字。招园聚会的名义是“听曾公谈时局”，所以曾国藩来参加是很自然的。

这一天的聚会变成了清末动乱时期政府要人的集会。

“好久未见玉泉兄了，他身体好吗？”曾国藩问李鸿章。

李鸿章的父亲李文安，字玉泉，是道光十八年进士。李文安与曾国藩、林汝舟虽是同期，但在一百九十四名同期进士中是第一百一十二名，未能进翰林院，历任刑部主事和郎中等职，主要在司法界活动。曾国藩则青云直上，因而尽管两人都在北京，却少有见面的机会。进士及第的名次虽不能说明一切，但确实有相当重要的分量，左右着一个人的一生。

太平军很自然地成了他们的话题。

“鹤人还在出事的桂平做同知，听说他打仗很勇敢。”

“他可不是一般的文官，很有胆量。”

“我欣赏他那种顽强的奋斗精神。”

鹤人是李孟群的字，也是他们的同期进士，他及第时名次很低，所以被派去地方做知县。知县是正七品，同知是正五品。在同期名列前茅的进士们还以从六品担任北京翰林院修撰期间，这位名次很低的李孟群却已获得了正五品同知的资格。官僚们对品位等级万分关注，每每谈及，连眼神都变了。

“非也，前些日子李孟群已是知府了。”曾国藩道。他是朝中大官，获取消息要比这些进修生快多了。

“啊？！”

知府是从四品，座中一片惊叹。只要能立战功，就能不看考试名次而被破格录取吗？看来乱世已至啊！

“时代在变。”

才子们有些已不觉跃跃欲试起来。连维材注意到李鸿章的眼睛闪闪发亮，姑且不说才能，就野心来说，李鸿章恐怕要比沈葆桢大得多。

“叫鹤人务必坚持追击，早日把匪徒消灭！”何璩道。他的故乡是广东，自然比谁都关心太平军。

“他们结党不久，内部关系恐怕还不牢固，可以考虑从内部瓦解他们。”李鸿章道。

“不错，已经这么在做了。”曾国藩道。

“哦。曾公，是您？”李鸿章眨巴着眼睛。

“我已推举了湖南的江忠源。此人以前在剿匪中立过功，有胆量，有智谋。至于如何从内部破坏敌人，我也已写信告诉他，江忠源现在已在钦差大臣的手下工作了。”曾国藩说道。

“这下可以放心了。”年轻的京官们望着前辈的脸，他们仿佛从曾国藩身上看到了十年后的自己。连维材从他们身上感受到了一种激情，一种因对国家忧虑而产生的激情，当然也夹杂着对仕途能够青云直上的憧憬。

江忠源已根据曾国藩的指示，进行着搅乱太平军的工作。对于永安城，清军暂时没有积极进攻，表面上看这是因为军中恶疫流行。所谓恶疫是指疟疾。疟疾确实猖獗，尤其是北路军中患者甚多，连向荣、巴清德这些将军也染上了疟疾。不过真正的原因，是收到了江忠源的信，信上写道：“非贼众我寡，乃贼强我弱。兵不从命，将不知兵，上下隔阂，将官不睦。”

清军对如何进攻永安一直悬而未决。乌兰泰主战，他认为对方不过是外行的农民兵，以前被他们溜了是运气，这次集中在城里，正好一网打尽。向荣则主张慎重。他比乌兰泰更了解太平军。

江忠源虽也主战，但他和乌兰泰的看法还不一样。他认为，若立即进攻，永安城也许能夺回来，但无法一举歼灭太平军，大多数敌人会弃城逃跑，清军还要追击，因此他认为：“当在确保能全歼敌人时发动总攻。”

“何时能确保？”乌兰泰反驳道，“城里有的是粮食！”

“等到敌人士气低落吧。”

“何时才能士气低落？说不定我们的士气先低落了。”

“当然不是干等着，我们要做点什么。”江忠源答道。他要采取破坏、搅乱的策略，诱使敌人阵营内的不满分子上钩，使敌人内部分裂。

“周锡能不是失败了吗？”乌兰泰道。

周锡能投靠了清军，进入永安后，他诱骗朋友朱锡琨、黄文安等人。但朱、黄没有听从。十月二十九日，获悉消息的杨秀清利用“天父下凡”，在百姓面前宣布耶和华的圣谕：“城中有反骨妖人，名叫周锡能，追随他的妖人还有朱八和陈五。”北王韦昌辉审讯了周锡能，并取得了朱锡琨和黄文安的证词。

人们纷纷议论：

“干了坏事，天父会知道的。”

“有万能的天父在，坏人休想得逞。”

次日，周锡能及其妻子蔡晚妹、儿子周理真，还有朱八、陈五等人被斩首。

乌兰泰引用周锡能的例子，意在说明搞破坏、搅乱工作并不容易。

“周锡能的失败是必然的。”江忠源道。

“在上帝会内进行活动，成功的可能性很小。”

“为什么？不在上帝会内进行活动，到哪儿去活动？”乌兰泰问道。

“上帝会里的人都有着坚定的信仰，挖墙脚太困难。但现在永安城中也不都是上帝会的呀，那个攻陷永安城的罗大纲，就是天地会的人。他借助在城内潜伏的天地会残党，里应外合，才把城攻下来。我们的活动目标当然要对准天地会。”

“对，还有罗大纲。”

“不行，贸然去找罗大纲太危险。”

“那跟谁去谈？跟女的？倒是有李新妹、苏三娘那些天地会的娘们儿。”

“不行，这两人也稍远了点。有个人还是比较容易攀得上的。他叫焦亮，湖南人。咱们跟他还有些联系。”

“焦亮？没有听说过。”乌兰泰从广州来，不了解湖南现状。

“他在湖南新宁还是有点名气的。”

“是吗，在新宁……”乌兰泰点了点头。

江忠源也是新宁人，四年前，他曾征讨天地会的雷再浩，自然知道天地会里的同乡。焦亮后来有过一些小动作，但或许是因为江忠源当知县时管控得严，不久便销声匿迹了。天地会的人以为他只是蛰伏一段时间，满怀信心地等他杀回来，结果不知何时他竟进了太平军。如今，这消息已被证实。关于焦亮的家庭状况和交往之人，江忠源也都做了详细的了解。他得到的消息是，焦亮打进上帝会内部，是想寻找机会把整个组织夺过来。但这不是轻易能办到的。他至今还没有钻进领导核心，只是到处吹牛，他心里也很焦躁。

既然焦亮心中焦躁，那就引他上钩，要搅乱太平会内部，这是个好机会。江忠源叫来谢六——他在广西各地跑买卖，是焦亮妻子的表哥，他和焦亮自小一起玩耍，可以说是焦亮为数不多的知心者之一。

“在永安城内网罗党羽，培养一支势力，起码在清军攻城时能做内应，至于封赏大可放心。”江忠源让谢六带去了这几句话勾引焦亮。不过口说无凭，焦亮当然不会相信。即使在高唱江湖义气的组织里，也要靠金钱说话。要网罗党羽，总得给他们饭吃，因此，江忠源决定先拿出八百两现银作为经费。

“目前有些困难啊。”连理文摇了摇头。

“不行吗？”焦亮用大拇指顶着额头。

“他们不会放人的。”

“每个人都少给一点也行，比如那边给十个，这边给二十个……看来还是不信任我的能力呀！”焦亮的大拇指开始抚摩着下巴。

“啊呀，这……”连理文笑了笑。他不明确地说出自己的意见，其实是在下逐客令。

最近焦亮常到连理文这儿来。他俩都被称为“先生”，是太平军的客人。不过，连理文同太平军最高领导有着密切的联系，而焦亮却未受到重视，只是偶尔起草个文稿，也不是什么重要文件。焦亮向来以诸葛孔明自居，当然心有不满。现在他到连理文这儿来是求理文为他办件事——“我想带点兵，你能不能帮我跟上头说说，让我指挥一部分军队？”

太平军已形成了严密的军事组织。同样是天地会首领，罗大纲和苏三娘都有自己的军队，焦亮却是单身一人跑进太平军的，现在还提出给他军队，这当然不可能。所以他才要求从各部队里分出些人，由他来组建一支自己指挥的军队。但这只是他的一厢情愿。焦亮是在武宣自己跑来参加的，可说对太平军毫无贡献。何况许多金田村时期的上帝会骨干，至今也没有一兵一卒。理文根本不想帮焦亮转达这无理的要求。

“你们会后悔的！”焦亮说完这句话便回去了。

不一会儿，苏三娘和李新妹来了。她俩现在是太平军中为数不多的女司令官。

“刚才看到了焦亮，他来做什么？”李新妹问道。她跟焦亮擦身而过。

“他说想带兵，让我跟上头说说。”

“这人就爱当头头，最近好像收了些徒弟，还请客呢。”

“我也听说了，他是不当头头就不甘心。”苏三娘皱着眉头。

“徒弟不止两三个，可能有十几个，好像主要是何洪基手下的人。”李新妹道。

太平军占领永安后，逃往各地的何洪基手下回到了城内，据说大概有一百五十人到两百人，他们大多数还没有正式参加太平军，焦亮想收罗部下，当然会看中这些人。

“听我那儿的年轻人说，最近焦亮请了三十个人，办了个宴会啥的。”苏三娘道。

“宴会？”连理文做了个缩脑袋姿势。战争期间，举办宴会实在难以想象。

“说是宴会，”苏三娘补充说道，“其实不过是请客吃饭。找个空场子，找人做点菜，这也不是办不到的。”

“是呀，材料可以弄到，只要能花钱。”

“这事我有点担心，钱肯定是焦亮出的，但他从哪儿来的钱呀？”李新妹接过话来。

“是呀。从武宣到这儿，他从未请过客。对，钱是问题！”苏三娘稍微放低了声音。

太平军不允许有个人财产，全都上缴圣库了。当然，对于客人来说，这个规定可以不遵守。例如，连理文虽在太平军担任财务管理工作，但他身上常有私房钱，为太平军购买物资时，往往也用他自己的钱。这事领导人都知道。然而，虽然焦亮也是客人，但谁都知道他没钱，把他当一般的太平会成员看待。

连理文也觉得这确实是个问题。

“不是抢来的，抢劫是绝不可能的。”

无论是太平军还是普通百姓，“抢劫者斩”这条规则都是适用的。既然不是抢的，那就是有人给的。究竟是谁给的呢？又为什么要给呢？

“焦亮值得怀疑。这事要不要跟东王说？”连理文心里拿不定主意。从周锡能事件可以看出，东王的“天父下凡”毫不容情。

“对了，最近有个跑单帮的商人来见过焦亮。”苏三娘想起了这件事。

“是有这事，听说是新宁人，他同乡。”连理文也想起来了。清军一时还不能封锁永安，太平军为加强补给，十分欢迎商人往来。对商人来说，照价付款的太平军也是可靠的买卖对象。

“新宁人！”李新妹好似想起了什么，“敌军中有支湖南志愿军，头头不就是新宁人吗？”

“是呀，江忠源是新宁人。”连理文接着压低声音说道，“焦亮确实可疑，暂时观察观察吧。我想还是不跟东王说好。”

“你说的对。”两个女人同时点点头，了解杨秀清秉性的人，都会认为连理文的话有道理。

连理文把屋子扫视了一遍，陈丕成不在，他出去办事还未回来。

永安城内的太平军不可能再增加兵力，而围城的清军却可得到增援。最初，清军还不能彻底封锁永安城此时兵力一增多，很快也就要行动了。太平军终究是要退出永安城，长久待在这里不可能生存下去。何时退出，太平军——不，也许应称作太平天国政府——的首脑们早就在考虑了。太平军曾多次出击，但都被清军击退回来。从城里出去作战，然后再回到城内，不管战果如何，在清军看来，敌人都是被“击退”的。

在周锡能被处死的两周后，即十一月十五日，太平军分三路打了出去，但都被向荣和长瑞率领的清军击退。十一月二十二日，太平军全军出击，被向荣与李孟群等人打回城中。同一天，乌兰泰进攻莫家村太平军阵地获胜。进入十二月后不久，罗大纲军的先锋队长黄满在战斗中被俘。十二月十七日，向荣恢复了广西提督官职。他虽指挥着军队，但因被追究战败责任，早已被剥夺了官职，现在官复原职，说明上头对事态朝有利方向发展表示了认可。十二月十八日，驻在阳朔县的赛尚阿动身来永安，二十六日到达永安州境内。

“大家要齐心协力，奋勉图功。不服命令者，将以皇上钦赐之遏必隆宝刀立斩不赦！”清军已决心对永安城发动总攻。赛尚阿原本在乌兰泰的速战论与向荣的慎重论间犹豫不定，这时也终于决定积极进攻。

“谁有意见？”赛尚阿问道。他看着清军头目，当目光转到江忠源脸上时，江忠源轻轻点点头，低下了脑袋。其实江忠源很有意见。若再围一月，太平军士气就会由于彻底封锁而大大低落。那时恐怕连脱逃的气力也没有了。

“现在焦亮的工作正碰到困难，若能继续彻底封锁下去，不满分子就会增多，工作就会好开展些。有了内应，就可把太平军在此歼灭。”江忠源心想，但他知道要阻止总攻是极为困难的。

“为什么永安还不夺回来？你们究竟在干什么？”在京大臣们不了解当地情况，只管一直火急地催促着。赛尚阿甚至多次梦见军机大臣们在乾清宫御座前说自己的坏话。

“由于多次出击，匪贼战斗力正在削弱。我军又有了增援，若拿出我们全部力量，永安不是不可夺回的。”江忠源听了赛尚阿这番话，心想：永安城定是能夺回，但反贼也肯定会逃脱的。

太平军将士留了全发，但这在清朝方面看，就是长发。所以清军逐渐就用“长发贼”这称呼来代替一般的匪贼称呼，简称为“发贼”。情报立即传到了太平军大营，平民百姓都成了太平军的耳目。就连那些在清营高级将领会议上端茶倒水的仆役，往往也把他们偶然听到的发言内容通报给了太平军。

太平军开始讨论撤退计划。

此时已是二月，阳历三月中旬到四月，这个季节，广西多雨。太平军决定乘雨季脱逃，时间选在二月中旬雨最大的日子，全军从东路前进，由昭平、平乐北进，奔赴桂林。通过侦察，太平军得知，清军东路最为薄弱。清军自以为布了天罗地网，其实关于清军的实况，太平军比清军自己还清楚。永安城东有条小溪名古苏冲。驻守在那儿的清军是安徽省寿春镇的部队，战斗力不强。寿春兵是辎重兵，专门转运粮食、弹药，并非战斗部队。但清军为凑人数，一向把寿春兵也算作战斗力。

二月十五日，清明节，天王发布诏令，全军冒雨脱逃。

先锋部队由罗大纲率领。

古苏冲的清军惊慌失措。他们本就是不准备打仗的军队，一发现雨中出现大批敌军，立即四散逃命。太平军一举打垮清军后，穿过清军阵地，奔向龙寮岭。但这一带山路极其狭窄，必须一列前进，很费时间。这也是太平军创立以来初次遭受最大损失的原因。南路的乌兰泰获悉太平军从东路脱逃，急忙率军奔赴古苏冲。古苏冲山路哪怕再宽一倍，太平军就不可能被追上。可是，只能一列纵队通过，加上下雨路滑，走路要倍加小心，所以速度更加减慢。当乌兰泰军急行赶到时，太平军后尾部队还堵在这里。男女老幼两千人在这里被残忍杀害，其中包含北王韦昌辉的叔父韦源洸。

“杀！杀！”前线清军将官声嘶力竭地叫喊着。

“笨蛋！”乌兰泰大声怒吼，“大人物不能杀！要捉活的！”

敌我双方，浑身尽皆泥泞。

“抓住了大头目啦！”

“是谁？洪秀全吗？”乌兰泰非常兴奋地问幕僚。

“啊呀，不清楚。”

“快去问清楚！”设在古苏冲的临时司令部里，有江忠源，也有张敬修、冯景尼等寿春军中幸存的军官。惨败之后获得大胜，司令部里沸腾了起来。

“好像是杨秀清。当地人说是杨秀清。”幕僚回来报告道。

“快快带来！洪秀全也好，杨秀清也好，肯定是个大家伙。”乌兰泰十分急躁。不一会儿，一个汉子双手绑在背后，被押了进来。大约三十五岁左右，脖子上套着铁链子，当然，是长发。一对大眼冒油似的闪闪发亮，鼻子下蓄着黑森森的胡子。一见这汉子，江忠源心里猛地一惊。这人正是焦亮，是他委托去搞破坏搅乱工作的焦亮。江忠源数年前曾见过焦亮，焦亮当然也认识江忠源——他一向是新宁的名士。押着焦亮的士兵，粗暴地推搡着他，恰好在乌兰泰面前，焦亮一屁股坐在了地上。

“喂，你是杨秀清吗？”乌兰泰问道。

“哈哈哈！”焦亮大笑，“谁是杨秀清！你可不要看错了，杨秀清是我部下。”

“那你是什么人？”

“我？哈哈哈！我叫洪大全。”

“什么洪大全，洪秀全倒听说过，谁是洪大全？”

“那也难怪嘛。我还有另外的名字，进上帝会后才丢了以前的名字。我跟洪秀全结成把兄弟，名字也就改为了洪大全。”

“把兄弟，谁是哥哥？”

“他年岁比我大，我是弟弟。”

“你们兄弟像吗？”乌兰泰问道。

“我爱喝酒，他爱女人，怎么能像！”焦亮一边用眼角不时瞅着江忠源，一边答道。

“为什么脖子上套着链子呀？”

“兄弟吵架呗。我说他玩女人玩得太过了，洪秀全这小子就让他部下杨秀清把我绑了起来，套上链子。”焦亮抖了下肩膀，铁链子哗啦哗啦地响起来。

在古苏冲战斗后，清军军官把一百多名俘虏集中到一起，问他们当中有没有头目，谁也不说话。于是审问的军官就注意观察每个俘虏的态度和眼神，断定这个脖子上套铁链子的家伙很可疑。

“你是个相当大的头目吧！”审问官跟他搭话。

“没办法啊，锋芒毕露啊，你说的完全对。事到如今，我也不隐瞒了。我是头目，是头目的头目——总头目！”这汉子毫不胆怯，不仅不胆怯，简直在自吹自擂。他说是总头目，传到司令部里就成了杨秀清。最近清军也了解了一些敌情，知道长发贼总头目虽是洪秀全，但副头目杨秀清的地位几乎已提高到与洪秀全相等的程度，而且在掌握实权方面，杨秀清已超过了洪秀全。

为什么要说这些话呀？是要弄清军吗？江忠源深思。也许他认为自己没有生命危险，证人迟早会证明他线人的身份，所以才满不在乎地要弄清军吧。

其实是没有证人的。谢六已回湖南，委托的话那只是谢六跟焦亮说的，只要江忠源否认，便无可对证。破坏工作没什么成效，钱倒是花了不少，江忠源早就对焦亮不满。他甚至感到后悔，并为自己看中这样的人而感到羞愧。他决定不予承认，并准备好了说辞：我不记得托这家伙干过些什么事，我的眼睛还不至于瞎到这种地步。

焦亮脖子上的锁链引起了江忠源的注意。

一定是太平军方面识破了这家伙的阴谋，因此把他抓了起来，给他套上锁链。江忠源推测，在太平军脱逃时，不是打开牢门释放了犯人，便是犯人冲破牢门跑了出来。至于什么同洪秀全之间兄弟吵架，完全是焦亮故弄玄虚。江忠源对此感到憎恶，这种人已没有搭救的价值。

“把我押送北京吧，这是我的要求。”焦亮还不知道自己的命运，这位喜剧囚犯在乌兰泰面前大摆架子。

“放肆！不在这儿砍头，就在北京砍头，下场反正都一样！”乌兰泰从椅子上站起来，扬腿朝焦亮脸上踢了一脚。对方的态度给了他很坏的印象。

“哼！等着瞧吧！”焦亮被踢翻在地，轻蔑地笑了一笑。

乌兰泰在古苏冲杀害了两千太平军将士，并把“洪大全”及大批俘虏送往后方后，立即准备追击。江忠源也建议追击。损失两千人，对太平军来说当然是痛心的。但从全军来看，这只不过是极少一部分，两千人估计不到太平军的十分之一，他们的主力健在。江忠源认为这一来反而更糟。他主张此次作战重点是歼灭太平军，而非夺城。所以如不急追，迅速把太平军主力打垮，拿下永安也是失败。可是，恢复提督原职的向荣却率大军跑到这里来了。江忠源怀疑自己是否看错了。按原计划，向荣应从富玉冲山路出昭平，在那儿堵住太平军的进路，前有向荣，后有乌兰泰，太平军插翅难逃。

“富玉冲山路不通，有情报说道路被雨冲垮了，所以绕到这儿来。”向荣道。

其实，富玉冲山路根本就没垮，也没有这情报，是向荣随意地改变了行军方向。他深知敌人军纪的严厉和将士的勇猛，也亲身领教过太平军的可怕。富玉冲山路是近道，从这里去昭平要快得多。太平军之所以没走富玉冲，只是因为那里清军多。向荣若绕到前面去等太平军，就一定要同太平军中十分勇猛的先锋队交战。太平军现在是受了伤的猛兽，一定会拼死决斗。他绝不会去阻挡这般勇猛突击的敌人，因此捏造个理由，把部队开到了古苏冲。从背后追击逃跑的敌人自然既轻松又安全。

“既是道路不通，那也没办法，就从这古苏冲尽快追吧。”乌兰泰道。

“追是当然的，不过，先派出侦察队，侦察了敌情后再追，不是更好吗！”向荣又拿出他那套慎重的主张。

“什么！”乌兰泰连脸色都变了，大声说道，“敌情？敌情再清楚不过了！刚才全歼了敌人的后尾部队，残匪正拼命逃跑。还有什么敌情？只有追！一刻也不能犹豫！”

乌兰泰根本不容许讨论，他跳上马背，胸脯还在剧烈起伏。

我知道了！我知道了！向荣这小子嫉妒我的战功！古苏冲大捷是我乌兰泰一人的功劳。他向荣道路不通，绕了道，来晚了，未能参加战斗。若在追击战中再让我乌兰泰立功，他便颜面扫地了。方才听他口气，似在极力贬低古苏冲大捷，竟说什么要侦察敌情，这不过是不相信敌人已被我追击得快要覆灭了。若敌人还保持着战斗力，侦察后再战倒还有些道理。此时敌人已乱了套，根本是在逃窜嘛！

乌兰泰越想越气愤。“前进！前进！”他在马上挥舞着鞭子，大声叫喊着。

江忠源虽感到这样很危险，但他已无法阻止乌兰泰，大军早被他拉跑了。长瑞、长寿、董光甲、邵鹤龄四支部队跟在乌兰泰军后面，向荣也只好带部队前进。

太平军强行军到达了仙遛岭，全军停在那里。他们早就预计到清军会追击，他们决定打，而不是逃。杨秀清向李以文打听了这山中地形，在大洞山埋下了大批伏兵。

“必须打！”

杨秀清只说了这么一句话，并没说理由。不过，连理文完全理解。太平军以信仰为核心，是依靠士气的军团。败逃的兵，士气低落，本身就有崩溃的危险。因此无论如何都要在这里打一个胜仗，谁都会把目前的状况看作是败逃，但是，若能在此地打一个胜仗，那“败逃”就会变为“转移”。况且清军一心以为敌人是在溃逃，根本未预想到会正面迎战。出其不意，正是时机。

太平军在古苏冲穿过寿春兵阵地时，缴获了大批大炮和弹药，太平军中有的是善用弹药的矿工。

上有排炮，下有伏兵。太平军静静地等待着清军。

一阵惊天动地的炮声，清军已然屁滚尿流，伏兵齐声呐喊，清军不战已败。

这一战，清军死了四千人，损失了四镇总兵官。他们是：

天津总兵　长　瑞
凉州总兵　长　寿
河北总兵　董光甲
郧阳总兵　邵鹤龄

战死的重要军官还有副将成林和田学韬、游击王瑞及知州林光谦。向荣在队伍最后，逃脱了性命。乌兰泰则从山崖上掉了下来，还好落到了溪水里，这才保住了性命。他好不容易爬到岸上，这才发现河边草丛里有一个汉子漠然地坐在那儿。

“江忠源！”乌兰泰用嘶哑的嗓子喊着他的名字。

江忠源脸皮颤动了一下，也许他自以为是笑了一笑，接着还抖动了一下嘴唇。这里激流湍急，声响很大，乌兰泰并未听清江忠源究竟说了什么。

江忠源说的是：“放虎归山，后患无穷！”

桂林攻防战

向荣极为恼火，眼见四个总兵阵亡，他暗暗叫喊："为什么不冲开一条血路活下来呀！"他并不是惋惜他们，他恼火的是自己无法向北京掩盖这次败仗了。若死的是小卒，怎么着都能在人数上做点手脚，可死的是总兵，就不好办了。在一场战斗中死了四个正二品高级将军，无论如何也无法瞒天过海了。如实汇报，就等于承认自己吃了败仗，打假报告又行不通，实在恼火！

清军溃败后，大部分残兵暂时撤退到永安城中。永安城已经夺回来了。若当初不追击，便不会遭到伏击，那便可以向北京报告说，"永安已夺回，匪徒正北窜。"

向荣的怒火也是针对乌兰泰的。清军分直属中央八旗营和汉族绿旗营，二者军官职称不同。乌兰泰是副都统，相当于绿旗营的总兵。向荣是提督，地位在他之上，但在当时的形势下，他却未能阻止乌兰泰冒进。

"这一点必须要写在奏折中，钦差大臣也是知道的……"向荣自言自语。他心里又是窝火，又是不放心，多次提笔，却又因手指发颤写不下去，只好从椅子上站起来，在屋里来回踱步，平复平复情绪。

幕僚们都看着他，不禁心生同情。

突然轰隆一声巨响，屋子微微震动了一下。

"又来！"提督吐了一口唾沫。

太平军在城里埋了多处地雷，刚才的巨响，说明又有人触雷了。

江忠源已称病回乡。他不是正规军，行动较自由。临走时他说了句话："这样的军队不能打仗！"听他的口气，是打算在湖南招募能打仗的军队。

都统巴清德也称病没有露面，他倒确实患了疟疾，且病势汹涌，不久便死了。城池已夺回，这本应兴高采烈，清军却意气消沉。不时有联络员走进来，报告在大洞山遭受的损失，向荣当然更加不高兴。

“什么？五百多战死的士兵被剥了衣服？这些强盗！”向荣骂道。而当听到下一个报告时，他已经忍无可忍，竟将手里的茶杯摔在地上：“可恶！”

联络员报告说：遗弃在战场上的旗帜全不见了，肯定是太平军捡走的。

向荣尽管怒气冲天，但毕竟是职业军人，自然看出了太平军的意图——他们是想化装成清军。五百多套衣服，加上战旗，足够模仿一支清军部队。任何一座政府城池，都会开城迎接这支有着五百多高高打着清军旗帜、穿着清军士兵服的军队。他们不知道，跟在这五百多士兵后面的，将是数万太平军。

“桂林城！”向荣狠劲儿地踢了一脚地板上的茶杯碎片，大声喊道。桂林巡抚（省长）邹鸣鹤还没有接到大洞山战败的消息——向荣想把战败的事捂住，因而暂时封锁了一切消息。

“叫樵夫来！叫樵夫！要熟悉山路的人！熟悉去桂林的近道的人！”向荣命令幕僚。

桂林城墙高池坚，整个市区，包括其中的独秀峰，都为城墙所保护。但敌人若装成自己人而未被识破，这铜墙铁壁又有何用！桂林若被敌人不费吹灰之力就夺去，向荣作为广西提督、本地军事最高负责人，恐怕就难逃一死。这可是性命攸关的大事。向荣立即从自己的部队中挑出二十多名健壮敏捷的勇士，命令他们日夜兼程，务必赶在太平军之前到达桂林城，告诉守城将士太平军的阴谋。

大洞山惨败后，乌兰泰仍以悲壮的决心要去追赶太平军。他割开手腕，把血滴在酒缸里，把酒杯放在军队面前说：“喝的人就与我同生共死，他就是比我亲兄弟还亲的爱国志士。谁喝？”在这个屈辱战败的战场上，充满着悲壮气氛。战友的死使士兵们的心大为震动，这些幸存的人也是从鬼门关钻过来的。既已过了一次鬼门关，再过一次，也无所谓了。

“我喝！”

“我也喝！”

“让我喝三杯！”

“我一个人把它喝光！”

七百多部下争先恐后地喝着缸里的酒。这些从广州带来的直属部队，长期在乌兰泰指挥之下，亦染上了他的习性，大多蛮干而勇猛。由于在大洞山受到了教训，这次他们态度变得谨慎起来，先派出侦察队。

与乌兰泰相反，向荣这次仅带了二十人，轻装快马，抄近道北上。果如他所料，太平军企图扮作清军去夺桂林。

太平军避开了可能与清军接触的行军路线。广西境内的清军几乎都去同太平军作战了。各要路虽也留了守军，但人很少，以往数百士兵的基地，现在只几十人。士兵一少，防守范围就要缩小。只要太平军能通过侦察了解清军的分布情况，就可以避开清军绕道而行。从永安至桂林约一百五十公里，其间荔浦、平乐、阳朔等县，都有守军。若乘大洞山胜利之劲头前进，这等小县城皆不足惧，但太平军选择绕道而行，是以北上路线曲曲折折，他们共走了十三天。太平军绕过马岭，来到阳朔县高田时，连理文被首脑们叫去。

“连先生，您打算继续跟我们一起行动吗？”洪秀全问道。

洪秀全自称天王以来，声音更加庄重，说话也变慢了。他说话本就慢，如今更慢了，有时简直叫人有点发急。

“当然。”连理文答道。

“其实，我们是想请您到香港或上海去一趟。”杨秀清在一旁道。他当东王以来，倒跟以前没什么变化。

“香港？上海？”

“我们在想什么、在争取什么，可以通过行动告诉我们的百姓，但洋人却不知道。”杨秀清的话连珠炮似的朝连理文打来。

“洋人？”理文插嘴问道。

“对。我们已建立了太平天国。前途如何姑且不说，现在它也是万国之一了，应当得到万国的理解。我们不能直接让他们看行动，所以就必须要向他们说明。早在永安城时，我们就讨论过这个问题。”

“您的意思是，要我向洋人说明？”

“不错。”杨秀清点了点头。

连理文沉默了一会儿，摇了摇头道：“要向洋人说明，就必须十分了解要说明的内容。我现在还不太了解，没有把握能说清楚。”

“竟至如此吗？”冯云山说罢，叹了一口气。理文在太平军中待了这么长时间，一向接近中枢，竟还说不了解情况，冯云山有点失望。

“我的意思是，我虽知道大体轮廓，但要向洋人说清楚，恐怕尚有难度。”

“那就没办法了。”杨秀清的语气干脆果断，他本就不那么积极。

冯云山似乎还有点不死心，大概最希望把对外宣传工作交给连理文的是冯云山吧。

“而况，我并不想离开。希望你们理解，我不能离开。”连理文总觉得现在的自己是在为某个事物的诞生做见证。究竟有诞生要什么，他还说不清楚，反正是一种新的社会、新的制度。他处在诞生这个事物的力量当中，他不想也不能离开。除了面前的最高领导人之外，一起同甘共苦的李新妹、苏三娘，还有罗大纲等人，也都为这股力量所俘获，相互结合在一起。

“就这样吧，”洪秀全用极缓慢的语调下结论似的说道，“就让仁玕一个人去想办法吧。”

洪秀全的族弟洪仁玕就这样被派去了香港。大概是对仁玕一个人去不放心，才想让连理文陪着。理文虽不想去，但对此却很是担心。洪仁玕当初并未随全家一同到金田，他在军中生活时间也不长，即便向洋人宣传太平天国，恐怕也会流于表面。

太平军前锋部队于二月二十八日近黄昏时到达桂林。兵力七万。在从永安到桂林这一百五十公里的路途中，太平军又增加了兵力。太平军每移动一次，人数都大大增加。一股强大的吸引力在起着作用。当然也有少数人脱离队伍。

向荣一行已在晌午到达了桂林，这半天之差起着决定性的作用。

“太好了！发贼们还未到，到底赶上了！”

向荣进城后，高高端起两个臂膀，然后猛地往下一放。样子好像故意做作，但他那安心的心情是丝毫没有夸张的。这一来，桂林便不易被敌人夺走了。即使最后失陷，责任也不会由他一人来负了。不过进城后，他感到失望。城内根本未做任何防御部署。桂林曾向朝廷报告说有团练民兵五万，显然是虚报的。“好吧，我来总指挥！”桂林城关系着他的生死。

太平军不知向荣已到城中。一切都在按预定计划进行。

夜晚，桂林城西南，文昌门外。清军旗帜摆了一大排。

一个身着华丽高级军官制服的彪形大汉，走到队列前面。

大汉高声喊道：“向大人回城！喂！给提督大人开门！有急事！赶快开门！”城里寂静无声。由于那大汉喊声太大，喊声停下后的沉默反令人觉得可怕。装作清军的太平军将士感到不安，均觉提督回城，城上应立马开门才是。

突然，枪声响起，箭如雨下。

“退！”一直在后方观察情况的杨秀清意识到计谋已被识破。

他早已准备好赚城失败后的对策——打包围战。太平天国有七万大军，而清军主力都在永安，又吃败仗，城内战斗人员自然不会太多。杨秀清认为，此时包围桂林，有胜利的把握。一阵枪声箭雨结束，只听城楼上有人大声喊道：“鼠辈们听着，你们不是说向荣大人吗？向荣大人早就在城中等着你们啦！你们那点伎俩，在穷乡僻壤可以骗人，在省城可行不通！”

太平军退了下来，在象鼻山和牯牛山构筑了阵地。这两座小山可以俯瞰桂林城内。应该说，向荣早来的这半天，对战局产生了巨大影响。半天时间，他已将城外破烂的民房烧得一干二净，城外粮仓里的粮食也早被三千团练全部搬进城中。

当太平军到达时，城外一无所有。

“闻到煳焦味时就应当发觉了！”杨秀清在象鼻山阵地上反省道。

城外民房并不密集，点火烧着后也不会延烧成一片，是以太平军赶到时，火已灭了。也许是天色昏暗，军中并无人发现异常。现在回想起来，很多人确实闻到了些煳焦味。太平军死了八人，伤了五十多人，这些伤亡本来是完全可以避免的。

据说桂林在太古时是海底，这里有很多石灰岩奇峰。象鼻山就是奇峰之一。山边有个大洞，名水月洞。跨越山洞的那部分山，好似大象鼻子，故名象鼻山。佛教中，普贤菩萨是骑白象的，此处既名象鼻山，山顶自然要供奉普贤菩萨。明代时，这里建造了一座宝瓶形塔，人称普贤塔。普贤塔一、二层呈八角，上面是圆瓶形，顶上是圆形伞盖，镶有两个圆的九轮。在二层北面墙壁的青石上，则刻有南无普贤菩萨的线刻像。象鼻山并不大，但山上有唐宋时代石刻六十余处，是关心书法的文人常要到访的地方。普贤塔高十三米有余。太平军在离塔不远处安上了大炮，从这里可以炮击城内。

从象鼻山可以看到文昌桥边的牯牛山，那里也筑了炮台。漓江从山前流过——这是桂林城的护城河。当时，城墙一般是用砖砌成。桂林盛产石灰石，城墙也由石灰石砌成，坚固得很。

“好喝！”

连理文打起水月洞下象鼻潭里的水，此潭以水质好而闻名。当地盛产一种“三花酒”，若酿此酒，非要用这象鼻潭里的水不可。包围战要打多久，谁也不知道，所以太平军对粮食和弹药都节约着使用，唯独对水没有限制。尽管到处都有水，但士兵们仍天天在象鼻潭边排着长长的队伍。

这里有着生活的气息。在作战时也有浓厚的生活气息，可说是太平军的特点。

“理文，这可不行呀，好喝的水叫男兵们独占了。”李新妹站在理文身后说道。

“是呀。”理文回头看了看她。军中有妇女，生活气息更浓。但自创立女营以来，男女严格有别，虽丈夫、兄弟，也不准接近。男兵们在潭前排队，女兵便不能插进去。

“应当分上、下午轮流打水。”新妹道。

“应该这样。我们去提个建议吧。”

“这虽是生活琐事，但我觉得很重要。”

“是这样。我也同意你的看法。”

“能把这座城拿下来就好啦！”李新妹凝神望着潭水对面的城墙说道。

太平军想以永安为据点，汇集响应造反的势力。但那山间小城，如何能引天下人注目，桂林乃是省会，素以美景闻名天下，太平军若拿下此城，情况便大不相同。

“新的世界就要诞生啦！”李新妹眼里闪耀着光辉。她虽在“土匪窝”中长大，却难得是个真正的理想主义者，之前的失败并没有挫伤她的理想。

举兵起义已一年有余，太平军每日里风餐露宿，沙场鏖兵，一个个灰头土脸。可不知什么原因，在理文眼里，新妹越来越显得漂亮。

远处传来炮弹的爆炸声，牯牛山附近扬起了一股尘烟。桂林城已在太平军大炮射程之内，当然，太平军炮台此时也在清军大炮射程之内。不过，两军彼此储存的炮弹都不多，谁也不想在决战时断了弹药，是以双方炮击并不怎么活跃。

“我不太喜欢包围战，太沉闷了。”理文道。

“是呀。”李新妹点了点头，

“跟不露面的敌人打仗，确实没什么意思。看不到鼻子、眼睛，真有点儿……”

两人正在交谈时，远处传来了马蹄声，风中还夹杂着“敌人来啦！”的喊声。

“敌人？”李新妹踮起脚，朝城门看了看。桂林城门紧闭，并无动静。

“从永安追来的敌人！是敌方大将乌兰泰！”这喊声逐渐远了。

“乌兰泰追来了。”

“有勇无谋的家伙！”

“不过，跟他打仗倒不那么沉闷。刀对刀，枪对枪，很是痛快！”

到处都喧腾起来，远处近处都传来号令声。奇怪的是，在这紧迫状况下，理文突然瞌睡起来，尽管说战斗中也有生活，但是看来战斗已成为生活了。

理文打了个大哈欠。

“啊哟，打哈欠！嘻嘻嘻。”李新妹笑了起来。

在极其平凡的大头山与有着很多洞窟的山群白龙洞之间，架着一座将军桥，名字虽响亮，却只是座普通的桥。白龙洞是总称，在大大小小各个洞窟中，最大的洞窟是白龙洞，那里有白龙庙，洞下有一眼清泉，名白龙井，它的水质也极佳。除白龙洞外，此处还有玄岩洞、马皇洞和龙背洞等。太平军就驻在这些洞窟里，城外民房都烧光了，洞窟就成了最好的营房。白龙洞内有历代名士书法的石刻，明代的最多，但也有唐代李勃的诗碑。来自农村的太平军战士当然不会欣赏这些，但石刻的事还是在军中传开了。对石刻感兴趣的人虽少，也包括了翼王石达开。他在看过象鼻山石刻后，又绕到白龙洞里来了。

“嗯，有些字相当不错，跟如今的笔法很不一样。”石达开坦率地说出了他的感想。对于这位青年将军的文雅爱好，军中评价并不一致。有人认为他：“自以为有点学问，装腔作势！”也有人赞扬他：“翼王到底不是一般的军人，文武双全。”直属于他的将士当然大多无条件地崇拜他，他具有一种独特的、超凡的性格。正当石达开欣赏石刻时，有人报告，乌兰泰来袭。乌兰泰在桂林南门附近，他跑在先锋队前头。不冲锋，他不甘心。

石达开立即由文人变为武士。

“不准走出洞外！不能让敌人发现我们！”他一边下令，脑子里却突然想起了历史上的往事。他喜欢历史，他恐怕是太平天国中最熟悉历史的人。

他从当地老人那儿听说了白龙洞前将军桥的由来。当然，各人说法不一。有人说五代时后梁将军彭彦辉在此驻过兵，也有老人说北宋名将狄青在此驻过兵。彭彦辉这位五代将军在历史上几乎没什么名，狄青却是光耀史册的名将。

石达开主观地认定这桥与狄青将军有关系。北宋皇祐五年（1053年），蛮贼侬智高陷广南二郡，朝廷授狄青二十万大军前往征讨。狄青平定蛮贼，行至桂林，于龙隐洞立“平蛮三将碑”，作为纪念。狄青将军行伍出身，常和部下同饥寒共劳苦，以信赏必罚、稳重勇猛闻名。石达开尊敬狄将军的为人。

“假定是狄将军，他将在这里怎样作战呢？”石达开从白龙洞向四周看了看。狄将军在此凯旋，不是在这儿作战，但石达开想借狄青将军的眼光来决定作战办法。首先要把士兵藏在洞窟里，不让敌人知道自己的力量，这是理所当然要采取的措施。

乌兰泰大军已从大头山直冲过来。

白龙洞在桂林南门外不到两公里的地方，形成一个地形复杂的山谷，当地人把这里笼统称为南溪。乌兰泰朝这里冲过来，大概是了解到这里太平军的力量最弱。太平军主力在以象鼻山和牯牛山的炮台为中心的地带，南溪恰好位于象鼻山与牯牛山之间，乌兰泰也许是想把两处炮台分割开。

“桥！”石达开在白龙洞中小声说道。“清军要进南溪，一定要过将军桥。”

若把桥破坏，清军便不可能进入南溪。要进的话，就必须下到山谷，这样就会遭到上面各个洞窟里的太平军的阻击。石达开正要下令破坏将军桥时，侦察兵又进来报告道：“妖军前头是乌兰泰！”石达开决定改变命令。

既然乌兰泰在最前面，那便应当在乌兰泰上桥时将桥破坏。

“炮！把炮拖出来！”在大洞山缴获的战利品中，有几门乌兰泰自广州运来的小型炮。体形小，移动轻便。两门小型炮迅速被搬到有利地点。

乌兰泰冲在先锋队前，大喊道："要报大洞山之仇！洗雪我们的耻辱！"

"杀——！"咆哮般的狂吼声响应着，可是跑在最前面的只有三十来人。乌兰泰早就急不可待，手中的鞭子不觉使劲儿地挥打起来，战马飞快奔驰，步兵自然跟不上，便是骑兵，大多也被他甩在后面。

石达开把一根缠着红旗的竹竿伸出洞外，作为开炮信号。

"乌兰泰向将军桥跑过来啦！"石达开双手紧握着竹竿。乌兰泰眨眼间便会冲到将军桥，但石达开却已觉得等待时间太过漫长。"在狄将军的时代，还没有这样的炮呀！……"石达开心想，"若有的话，狄青一定也会这么作战的。"二十多年前，在新疆喀什追击回族叛徒张格尔时，乌兰泰就冲在队伍最前头。那时，他是个士兵。在征讨张格尔以后，乌兰泰再也没有什么实际作战的经验，他是个蠢家伙。他曾和部下共饮滴进自己鲜血的酒，这酒醉至此尚未醒。也许他是为自己这种洗雪耻辱的出战而自我陶醉了。

"等一等！等一等！太快了。等到后续部队跟上来！"他的侍从李登朝声嘶力竭地叫喊着，但乌兰泰似乎根本未听进耳里。李登朝虽是侍从，其实也是个六品千总，有着基本的军事常识。最高指挥官跑在最前头，少数先头部队与后续部队间又有很大距离，任谁也会懂得，这样的队形是多么的危险。

这时的乌兰泰，说好点是陶醉其中，说得坏一点，只怕早已精神错乱了。

李登朝大声阻止，乌兰泰反而加快了速度。

将军的马终于踏上了这将军桥。

"一……二……三！"石达开缓慢地数到三，猛地摇动了手中紧握的竹竿。

红旗呼呼地发出破风声响。两门炮几乎同时拉开了炮门。一发炮弹打偏了，炸裂了水边的岩石。另一发炮弹，掠过栏杆，击中了桥上的人马。乌兰泰的坐骑高高扬起前蹄，放声哀嘶，接着一下子横倒在桥板上。李登朝迅速跑过去，抱起乌兰泰，放在自己马上，掉转马头一溜烟逃走了，那三十来人的先头部队当然也紧跟在后面。那两门小型炮是日式的，从装弹到发射要很长时间。不然，这支先头部队必定插翅难逃。

将军桥桥板上，一摊鲜血。炮击大桥，是一瞬的事，但桥上的血相当多，太平军无法确定乌兰泰是否已死，不过，即便不死，也定是重伤。乌兰泰的确重伤，他被人抬到桂林城南三十多公里处的六塘。六塘乡镇太小，医疗条件差，很快，他就被转移到阳朔县城。

“我不后悔，我已尽力而为了。”在治疗期间，乌兰泰反复说着这两句话。

他早已决心以死来抵偿大洞山的惨败。朝廷决定给他处分，但他在得知这个消息前已经死掉了，炮弹粉碎了他的膝骨。北京在阴历三月初十才接到太平军永安脱逃，重创清军并包围桂林的消息。

三月十三日，朝廷命前湖南提督万余清出征广西。

三月十八日，两广总督徐广缙奉命率军赴桂林。

三月十九日，追究钦差大臣赛尚阿的责任，官降四级，并将乌兰泰和向荣“革职留任”，剥去官位官职，但命他二人继续指挥军队。这个决定是在乌兰泰死前一天做出的。二十天后，乌兰泰阵亡的消息传到北京，朝廷又决定“一切处分悉予开复”，恢复他生前名誉，赠遗族千两白银并赐“武壮”谥号，另外还给予世袭侍卫职的特别恩典。若不给战死者荣誉，不给遗族特别恩典，就会影响出征将士的士气。乌兰泰本就无嗣，朝廷只好从他宗族中选出一名嗣子，担任三等侍卫之职。乌兰泰的部队由贵州总兵秦定三接管。秦定三指挥的北路军早被太平军击溃，他并非是个有才能的将军。《清史稿》上把乌兰泰的忠勇列为诸将之冠，只因他与向荣不合，才未能成功。但一般人却都评价他为“愚忠愚勇之人”。他在广西战场上出现得比秦定三还要晚，对太平军的情况也不太了解。

桂林攻防战十分激烈。城内炮台虽在太平军射程之内，但那只不过是部分地区。从象鼻山可以炮击巡抚公署，但清军已把那儿搬空，撤退到后方，设了临时公署，炮击空房子，徒劳无功。

“要能打得更远一点就好了！”太平军将士们十分哀叹。

好不容易建立的炮台，很快也就几乎变成无用的废物。太平军曾寄希望于城里的内应，行永安城故事，但清军已吸取了教训。为防内应，桂林清军实行了恐怖政策。太平军确实事先派间谍潜入了桂林，但只不过邓小仔等十数人。清军贴出布告说，抓住贼间谍一人者，赏银一百两。此令一出，不知多少无辜的人因此遭杀害，平时对官府稍有违抗或被视为有嫌疑的人，都被抓去砍了头。

清军此时宁可错杀一百，也不放过一名间谍。有趣的是，桂林城中，向荣主张坚守，文官邹鸣鹤反而主张出战。巡抚虽是文官，但拥有称作“抚标”的直辖部队，他能对抚标下命令，包围战初期，邹鸣鹤曾命抚标出击，结果大败，三百江西兵阵亡。清军从此再也没有出击过。“粮食还很充足，只要坚守就没问题，长期战对发贼显然不利。”邹鸣鹤也不得不同意向荣的主张。他早已发出向湖南、广东求援的命令，援军很快就会到桂林。桂林附近的粮食基本上已吃光了，太平军根据以往经验，知道只要移动，兵员就会增加，若原地不动，就不会有发展。而且太平军的头目们都知道长期战对自己不利，从城里情况来看，里应外合已无可能。由于矿工出身的战士多，太平军也曾研究过挖坑道、爆破城墙、冲城等办法，但桂林城四周环河，这么做极其困难。

在乌兰泰阵亡那天——三月二十日，杨秀清向干部们传达了最高方针：“十天内如攻不下桂林，大军便朝东北的兴安、全州转移。”有关军事的问题，大权早已掌握在杨秀清手中，洪秀全在作战方面已不作任何发言了。太平军先是用云梯攻城，但城上准备了沸油，云梯刚一接近，便遭沸油泼溅，失了效果。接着，太平军制造了比云梯更为稳定的“吕公车”。这是一种用竹子搭成的高高的望楼，其高度和城墙一样，下面安上车轮，数十名敢死队员站在这种吕公车上，由大批士兵把它推到城墙边。这种作战办法是从吕公车上跨到城墙上去。但是，这也失败了。城内守军向吕公车上浇油，放火把它烧毁了。吕公车是竹子做的，经不起火烧。另外，城内清军士气也有所提高，在城内昭忠祠的院子里，他们挖出了二十余门明代的大炮。昭忠祠是祭祀历代各战役中战死者的祠庙。二百年前埋下的三百年前的大炮，这时仍可使用，不得不说是件奇事。

“为国捐躯的将士们，死后仍要保卫国家！”向荣在昭忠祠里举行了庄严的仪式。各地清军正向桂林逼近。一度回到湖南的江忠源，也募集了湖南精兵，重回广西战场。吸收了乌兰泰部下的秦定三，一面同江忠源保持联系，一面开始对太平军侧翼施加压力。

阴历四月初一（阳历五月十九日），杨秀清下令全军转移。说是全军，其实最初只是通知了头目，因为清军如果知道太平军要撤围转移，一定会立即追击。要想拉开同追击军的距离，撤退得越秘密越好。数天前，太平军就已收集了大小船只，编好筏子。漓江两岸生长着许多凤尾竹，这种竹子长着成串的叶子，好像凤尾一样，覆盖着水面，恰好掩盖了船只和筏子。象鼻山与牯牛山炮台里的炮也被撤走了，两边只各留下一门炮和十名士兵。他们的任务，就是不时地对城里开炮，目的是装作太平军还在那儿进攻。太平军几天前也已扎好了许多稻草人，将它们放置在各个地方，迷惑守军。七万太平军于这天夜里分水陆两路离开了桂林。象鼻山前的漓江是条平静的河，静到简直叫人分不清它是否还在流动。

没有月色的夜晚。水路军溯漓江而上，陆路军从西面迂回而去。两军约在桂林东北六十公里的兴安县会聚。

“下面轮到长沙了。”杨秀清小声说道。

“说的话慢慢听不懂了。要是以为一切仍和以前一样，也许会失望的。”冯云山道。在广西作战期间，当地人都使用同种方言，那感觉就像亲人一样，你不求他，他也会把敌人情报给你送来。可是，今后就不可能是这样了。从兴安一过全州，就进入湖南境内。湖南人排外是有名的，恐怕不会像过去那样把太平军当亲人看待了。

“不，在受妖人政府欺侮这一点上，广西也好，湖南也罢，并没什么两样。关键是人心，要抓住人心！话语固然重要，但不是一切。”杨秀清充满了信心。

“焦亮不知怎么样了？”萧朝贵好像想起了什么事情。自退出永安以来，谁也没提到过这个以诸葛孔明第二自居的焦亮。他自称是湖南天地会里的大人物。因而太平军中，很多人曾期待着他在湖南能起一番作用，但后来大家逐渐明白，他虽是天地会会员，却并非是什么大人物。

“这家伙拿了妖军的钱，企图搅乱我们，大概是被妖军救了吧。”冯云山道。

“不，听说他被妖军抓了，押送北京去了。”杨秀清获得的情报比谁都多，而且准确。

“妖军是能用时用，不能用时就扔，他也是够悲惨的啊！”冯云山摇了摇头。

离桂林城已相当远了。水上船队仍静静地前进着，不过，在船中谈话已没必要压低声音了。

“那人也没什么大用，一个无聊的家伙！”杨秀清道。

屠城与重创

李新妹回过头来，眼睛微红，有些湿润。她用目光向理文发问。理文默默地摇了摇头。

“到底还是发生了，凡事都不可能尽善尽美啊！”李新妹自言自语，把脸转向了墙壁。“无论如何也阻止不了了吗？”她心情郁闷，声音也软弱无力。理文勉强才能听见。“杨秀清不知道跑到哪儿去了，洪秀全不愿意下命令，求也求不动。”理文道。

全州城内，门窗紧闭，空气中流动着血腥的味道。

屠城。

这是杨秀清发出的命令：全州城中，不问男女老幼，一律杀无赦。

太平军不是正义之师吗？不是以“斩妖”为目标吗？自洪秀全病中升天以来，就常说要斩妖前进。站在清王朝政府一边、阻碍太平天国理想的人才是妖。但是，全州城的百姓也都是妖吗？

当然不是。

既然不是，现在所做的事不是违背了天父耶和华“不准乱杀兄弟姐妹”的教导吗？太平军当是正义之师，现在却干这非正义之事，李新妹很苦恼。连理文想说服领导们收回“屠城令”，可他找不到杨秀清。洪秀全也不愿改变杨秀清的命令，杨秀清以“天父下凡”为武器，他也不能不害怕。

“不跟着走了！……我想离开！”

“离开这里，去哪儿呢？虽自称太平天国，但毕竟还是凡界，而非天国呀。天国不过是最后争取的目标罢了。”理文想劝新妹，但他的话并没有力量。

他自己就为全州的屠城而受到极大的震动。当他在街上看到老弱妇孺倒在血泊中的惨状，他也想仰天高呼。

新妹背冲着理文，右肩高高扬起，又摔落下来，突然扭转身子，正面对着理文。“坦白跟你说吧。”她的动作和语气都令人感到她已挣脱了某种东西。“我是因为你才待在太平军里。不过，看到现在这状况，有你我也不想留在这儿了。不行了，即使有你……”

连理文的胸中涌起一股激情。新妹现在是在坦白对自己的爱慕之情。理文也曾产生过接受这爱情的冲动。但当这两种感情刚要合到一起时，分别的时刻就到来了。也许正因为分别，两人的心反而能紧紧结合在一起吧。

新妹的脸扭歪了，马上就要哭出声来似的。

理文向前走了两步，把手放在新妹的双肩上。她扑进理文的怀中。

“我不希望看到你哭，你不应该是这样的。”说罢，理文把她紧紧搂在怀里。他感觉到自己的肩头湿了，新妹的身子在微微地颤抖着。

“我要离开太平军了。不过，不会走得太远。我总是在太平军附近的，而且要看着它。仔仔细细地看它究竟会变成什么样子。”新妹一边抽泣，一边说着。

“要挺住！”理文摇动着新妹的身子。同样是参加太平天国的天地会女头目，苏三娘是由普通家庭主妇走上这条道路的。相比之下，李新妹生来就是这个行当里的人，她的母亲就是匪贼的首领。除了这个行当外，她没有在其他的环境中生活过，而她却是个真正的理想主义者。她曾想按太平军的方式来改组自己的匪贼组织，但遭到了失败。对全州屠城感到最痛心的是李新妹。在匪贼的世界，她应当对这种情景最为司空见惯了，可是她却是这样。

“谢谢你！”新妹感谢理文的鼓励。

“如果在附近，还会见上吧？”

“这就要看太平军会变成什么样子了。不过，我对参加太平军一点也不后悔，而是十分高兴。起码是有着你，能让你这么搂着我。”她的身子又在理文的怀中摇动起来。

全州位于桂林东北约一百三十公里处。兴安县城恰好位于这两座城市之间。太平军放弃对桂林的进攻之后，分为水陆两路北上，曾在兴安集合。但并没有发生战斗。兴安知县商昌弃城逃走了。数万大军朝这乡村潮水般涌来，小小县城自然不堪一击，抵抗也是白费。所以，商昌是聪明的。太平军在兴安只待了一天，他们要急忙赶路。只是按规矩，放火烧了妖人的知县衙门。

桂林方面知道太平军撤围朝东北转移后很是高兴，不过并没有立即追击。巡抚邹鸣鹤首先向北京派出急使，报告“已击退贼军”。一听说巡抚要派人去北京，许多人都争先恐后往他家里跑。贿赂已非什么秘密，战功最上等为殊功，其次分甲乙丙丁四种，例如丁需一百两银子。巡抚家一时门庭若市。来人基本都希望能在奏折中为自己记一笔功劳，巡抚自然一一满足，在给北京的奏折中附了长长的名单。

顺便谈一点后话。

后来北京的朝廷命钦差大臣重新调查了巡抚撑地的战功者名单。尽管赛尚阿是在桂林解围七天后进的桂林，并不了解战争实情，但他可以从各方获得消息。巡抚在报告中捏造的战功过于浮夸，所以要弄清真相并不困难。

赛尚阿据实向上做了报告，邹鸣鹤因此被革职。朝廷的大官儿们一般都是互相包庇的。为何这次钦差大臣调查得如此严呢？或者说，为何这次要据实相报呢？那是因为赛尚阿与邹鸣鹤不和。赛尚阿身为钦差大臣，彻底歼灭太平军是他的任务；而邹鸣鹤是广西巡抚，任务仅限于保卫广西，钦差大臣要求出兵追击，巡抚却一再推诿。

广西除了太平军，各地还有许多杂牌匪军，巡抚的理由是：“精兵猛将应留在省内自卫。”太平军已朝东北方向走了，大概要从广西去湖南。他们一进湖南，便同广西毫无关系了。若特意去追，省外作战，损兵折将，简直愚蠢透顶。邹鸣鹤站在巡抚立场上自然会这么考虑。赛尚阿对邹鸣鹤这种不合作态度十分恼火，这才在调查中“一丝不苟”。乌兰泰已经战死，提督向荣则称病不露面，追击工作一再拖延。

当万余清、刘长清等将领率七千士兵出桂林追赶时，已是数天之后。太平军不了解这些内幕。他们虽放出了密探，但接近不了清军上层，送回的消息大多是关于一般民众的情绪和动向。因而太平军根据常理推断，一心以为清军会立即从桂林赶来追击。他们在兴安只待了一天，就是担心敌人的追击。全州城若不抵抗，太平军本也不打算进攻，他们要行军赶路。全州虽比县城大些，有数万人口，但要据此城固守是极其困难的。

太平军首脑们脑子里尽想着长沙，觉得只要到了长沙就会有什么办法，所以途中尽量避免打仗，他们没那么多时间把沿途每一座城池都攻下来。若兴安知县闭城不出，太平军定会绕城而过的。不过，全州知州曹燮培却颇有气节，他没有像兴安知县那样弃城逃走，而是急忙召集了壮丁。恰在此时，都司（校级官）武昌显率援兵四百人从湖南南下，进入全州。武昌显同意了知州要他协助守城的请求，把兵带到城内。加上援军，城中正规军尚不满千，不过，他们的斗志十分高昂。太平军原本就没打算要打这小小的全州城，他们在城外西北郊柳山脚下从容行军，先头部队甚至都没正眼看过全州城。

全州城墙上安放了几门大炮，知州等官员及武昌显登上城墙，紧张地望着太平军。

“大概是绕城而过了。”

“咱们想决一胜负，这太遗憾了。”

“看来是害怕我们已做好了准备。”

他们交谈着，内心里大大地松了一口气。太平军人数多，队伍络绎不绝。不过只有极少数人骑在马上，绝大部分的人步行，不时还有轿子穿插而过。

“坐轿子的是匪贼重要的头目吧！”

“要是大将的话，咱们用枪炮把他干掉！”

“还不知道哩。从刚才的情况看，轿子相当多，上帝会里有老人、妇女、小孩，也许坐轿子的是这些人。”

突然，城上的谈话停住了。

一乘轿子正从城下通过。这轿子和前面的大不一样，是涂成黄色的大轿。轿前轿后有士兵列队步行，那显然是这乘轿子的警卫。

“这一定是个大头目！”不知是谁打破了沉默。

“咱们怎么办？”

曹燮培闭上了眼睛。他感到自己看到了不该看的东西。他虽很有骨气，但作为一州长官，还是应当考虑全州居民的安全。若敌人来攻，他自会坚决抵抗，并做好等待桂林援兵的思想准备。不过此刻，他内心里还是祈求敌人绕城而过的。

“看他那威风劲头，说不定是洪秀全哩！”

“不是洪秀全就是杨秀清，据说这两人是贼军的首领。”

“杀了首领，那可是立了殊功啊！不，比殊功还大。”

知州现在真想把耳朵捂起来。他能眼看着敌人首领从眼前通过自己却无所作为吗？若能把敌人首领搞掉，太平军也许会就此溃散，这样，天下就会太平，但稍有差错，全州城想必就要生灵涂炭。作为一州之长，他到底该如何决断？

“咱们怎么办？”有人大声催促道。

知州知道太平军历次战斗的情况，这个集团有着旺盛的斗志，各地土匪根本无法与之相比。知州不懂得基督教，但他深知信仰的力量是可怕的，恐怕打死他们的首领，他们也不会溃散，没准反而会激怒他们大开杀戒。愤怒的军队是可怕的。若他们要猛袭全州城，那自己定然抵挡不住。知州脑子里浮现出一片血海尸山的惨状。

“应当让他们过去，他们可不是一般的军队。”知州心里已做出了决定，他站起身来，要幕僚传达他的决定：“暂不开炮。只要他们不进攻，我们绝不开炮！”

可是，话音被一声轰隆巨响掩盖。城上三门大炮，中间的那门不等命令就开了炮。柳山脚下的大路上，掀起了一股巨大尘烟。

“打中啦！”炮手喊叫。只见黑色的尘烟中有个黄色的东西。那是轿子的一部分。若命中了的话，轿子会被打成粉碎，现在轿子的一部分飞到了半空，说明这一炮只命中了一半。

太平军的行动从城墙上可以看得很清楚，人们都急急忙忙向这里跑来。

“打中了！可能是死了。放在门板上抬着走嘎……没死也必然重伤。不知道是洪秀全还是杨秀清？真想知道是什么人！”武昌显道。

“蠢材！”知州骂道。但他的骂声被叫喊声掩盖，没有人听见。

“慌成一团啦！”武昌显高兴地说道，“军队失了统帅，定会四散逃窜的。”

武昌显错了。太平军不仅没有四散逃窜，部队很快又返回来了。他们的行动看起来很慌乱，但那并不是逃跑，而是在做进攻全州城的准备。知州感觉到了太平军的愤怒。

“激怒敌人，他们已经发狂了！”知州意识到一切都完了。

轿子里的人是太平天国的副军师、后军主将、南王冯云山，拜上帝会的实际组织者，为人敦厚稳重，在太平军中很有声望。

那一炮，冯云山负了致命的重伤。

杨秀清命全军为南王报仇，他盯视着全州城，眼里充满着憎恨。太平军开始进攻全州。这次作战跟以往不同，这是报仇雪恨的一仗。清军拼命地防守，既然打死了敌人首领，就一定会受到严厉的报复。他们早已做好了这样的思想准备。知州寄希望于桂林派来援军。只有坚持到援军到来，全州才能免遭敌人蹂躏。万余清、刘长清的七千人部队已经来了，但不是来援救全州的。他们虽在追击太平军，却一直跟太平军保持着适当间隔，若追得快，两军相遇，便要开战。

“快从广西滚出去吧！”刘长清只想将太平军赶出广西，之后的事，他便不想管了。当听到炮击冯云山的报告时，刘长清不觉大骂：“他妈的，疯啦！”

万余清此时打的，却是另外的算盘。“干得好！”听到报告，他便没头没脑地说了这么一句。万余清是湖南提督，太平军走出了刘长清的势力范围，却进入了万余清的领地。万余清统率湖南军务，他知道目前的湖南军备要迎战太平军还很不够。所以他希望能给湖南争取到有利的准备时间，太平军在全州城下待得越久，对他越有利。

全州攻防战打了十天。

“一定要在南王活着时把全州城拿下来！”杨秀清下了严厉的军令。

重伤的冯云山则躺在离中军大帐不远的一处民宅中。

“全州就放弃吧！快到湖南去！不用管我。要把太平天国的旗帜……早一天……在湖南……”冯云山反复说着这几句话。

“你现在的身体不比往常，什么也不要想，好好疗养！仗由我们来打，一切都由我们来办，你安心静养便是。”洪秀全对他的老盟友说道。洪秀全也知道进攻全州不过是白耽搁时间。但是，不惩罚那些使自己的盟友遭受苦难的人，他觉是于心不安。

杨秀清也不时来看望，说一些安慰的话。但他并不认为攻打全州是白白耽搁时间。他已决定屠城。太平军今后要走的路还很长，现在搞一次惨血腥的屠城，以警示沿途小城莫要再来捣蛋。因此，表面上看是耽搁，其实是加快了行军速度。杨秀清不是浪漫主义者，不会单纯为了复仇而干多余的傻事，他的每个决定背后必然都有着详细的打算。

七千清军在万余清和刘长清已来到离全州城二十公里的地方，但他们不再前进。全州城西北的飞鸾桥已经被太平军破坏了，搭座临时的桥当然是没问题的，但没有两位将军的命令，谁也不敢动。全州城里不断有人来到位于鲁班桥的清军大帐求援，但万、刘二将不予理睬。

“全州多坚持一天，湖南就多一天准备，你们一定要坚持。”万余清道。

太平军怀着仇恨在攻城，守城的清军也感到愤恨。曹知州已想象到城池失陷后的惨状。城外的清军却按兵不动，知州因此失去了所有的希望。他打开尚未被包围的北门，任凭百姓逃走。

“想逃就逃吧！我将与城共存亡，但我不希望你们白白丧命。我们打死了敌人的首领，激怒了他们，不知会做出什么暴行，大家赶快逃难去吧。”数万居民从北门逃到城外，但也有不少人志愿与知州一起留在城内。一千名正规军当然不准逃跑。无处可逃者，老弱病残者，也留在了城内。

太平军在城外江西会馆建立了基地。这是江西同乡会的会馆，中国人乡土观念强，在一些稍大的城市都有这类会馆。会馆都附设有“义庄”。中国人希望死后能葬在故乡的墓地里，即使死在他乡，也要把遗骸送还故乡。义庄就是存放棺柩的地方。太平军在江西会馆地下挖了坑道。坑道是在建筑物里面挖的，城墙上根本不会注意到。挖坑道挖出的大量泥土，则被用来筑土台，在土台上搭起木架，当高台高过城墙时，就可俯瞰城内。坑道一直挖到了城墙下面，矿工们沿着坑道边再把坑道扩大，然后装进炸药。义庄里存放着一些尚未使用的棺材。矿工们把炸药装在棺材里，推进坑道，放在城墙脚下。

阳历四月十六日，攻城的第十天，坑道全部挖成，火药也已装好。高七米的一段城墙“轰”的一声，一下子被掀到了半空。冲锋队越过瓦砾堆，冲进城内，出其不意地袭击了守城门的清军，打开城门。随后，太平军浪涛般杀了进来。

大屠杀开始。

太平军本是个有信仰的集团，这时将士们却变得像猛兽一般。

“为南王报仇！”

杨秀清到城内各个地方去号召彻底报复。

洪秀全则带着失神的表情坐在司令部里。

连理文跑进司令部，要求撤回屠城令。

“这是已决定了的事，我也无法阻止。”天王的眼睛茫然若失。

“您是没看到城里的情况，才说这样的话的。恳求您到外面看看。”理文迫逼着洪秀全。

“我必须要留在这儿，我若再离开，有紧急情报送来，便没人处理了……而且……”洪秀全说到这里，便不说了。不过连理文似乎已知道了天王那些没说出口的话。

“而且……我也不想看外面的惨状！”天王肯定是要说这句话。理文只好回到新妹身边，他第一次跟新妹拥抱在一起。战争时期，不可能一切都那么完美纯洁。新妹一向生活在匪贼世界里，早已习惯了血腥场面，但她一直深信太平天国不会干出这等事情。她的理想幻灭了，这才萌生去意。连理文没有劝阻她，他知道，她不会听的。

屠城持续了三日。

全州城里火烟冲天，二十公里外的清军却按兵不动，破损的桥也仍未修复。曹燮培、全州参将杨映河以及偶经此地的都司武昌显都战死了。千名守军中只一百余人逃了出去，那个擅自开炮的炮手也在其中。清方文献说这次死了四千余人，有人说广西当局向上报告的死亡人数比实际少。假报告要夸大敌人的损失，缩小自己的伤亡。据当地传说，这次屠城丧生的人数过万。

四月十八日，太平军撤出全州城。城内一片废墟，余烬仍冒着轻烟，尸臭刺鼻。太平军虽获得了胜利，将士们的表情却暗淡无光。

“明白了吗！今后一个老百姓也不能杀，不仅不能杀，伤也不行，否则立即斩首！”杨秀清向将士们反复地说着这些话。他把一个宗教集团变成了野兽群，现在则又想使它恢复成一个听话的宗教集团。他并不重视信仰。但他知道，一支坚强的军队必然要有信仰。他需要坚强的军队。

冯云山目睹了全州城的陷落，但他没看到屠城的情景，杨秀清也不敢让他看到。从全州顺湘江舟行约五十公里，即进入湖南省。一路上，太平军获得了二百多艘船。太平军将士大多生于贫困的广西。他们对富饶的湖南一向怀有种羡慕、向往的心情。他们心中充满着期待。若可能，他们真想让这湘江水将屠城的回忆带到东洋大海去。

湘江从全州北流，进入湖南后改向东流。东流的湘江在永州附近与潇水汇合，又开始向北流。永州就是现在的零陵。太平军首先奔赴永州。全州、永州间，有一个渡口，名蓑衣渡。从它名称便可了解，这是个多雨的地带。

不过，太平军从这里通过时已是阳历六月，春天的雨季早已过去。太平军从全州退出时，鲁班桥的清军目送着他们退走，清军根本就没想追击。

“他们不想打仗！”

“对，他们害怕，贪生怕死。”

“全州军比他们还勇敢点。”

“那些提督、总兵呀，官儿越大越怕死。”

“窝囊废！什么用也没有！”太平军咒骂着敌人。

鲁班桥的清军确实是窝囊废。

“呸！窝囊废！”

不能害怕敌人，但也不能过于轻视敌人。产生轻敌情绪，往往就会放松对敌人的警惕。在蓑衣渡，太平军知道了轻敌的后果，

这一次，他们付出了巨大的代价。

太平军派出了专门的侦察队。十来只战船沿湘江而下，他们是冲锋队，同时，兼负着侦察任务。可是，这一点，他们却忘记了。兼负侦察与先锋这两项任务，本身就应当说是矛盾的。侦察员一接触到敌人，就应立即通知后面的部队，而对先锋队的要求则是能奋勇战斗。在蓑衣渡等着的不是别人，正是江忠源和他精锐的湖南志愿兵。蓑衣渡滩浅水急。江忠源收集了木材，在江上设下障碍物，大军埋伏在西岸。江忠源早就给桂林的和春送去了火急书信。信中说：“拟在蓑衣渡袭击太平军，但湘勇人数不多，西岸由我负责，望你们能派兵到东岸，这是夹击敌人的大好时机。”钦差大臣手下直辖的翼长，绥靖镇总兵和春，此时是对太平天国作战的实际策划和指挥者。

先锋队发现了堵塞江流的障碍物。

“敌人！肯定有敌人！”先锋队长大声喊道。既然江中有障碍物，附近必有伏兵。先锋队长已经意识到了，但他脑子里只想到自己是先锋队长，应当勇猛奋战，却忘了要通知后面的大军小心注意。这位队长把这些全都忘记了，不，不是忘记，他压根儿就没考虑过这个问题。

时间还很充裕。在先锋队无法前进之后，有一段令人可怕的沉寂时间。湘勇虽早已在各处安好了炮，伏兵也做好了冲出的准备，江忠源却还想尽量拖延下时间，希望能把后面的太平军主力尽量引近一点，主力一旦听到炮声，说不定就会登岸，改变预定路线。先锋队已无法前进，而因大河湾阻挡，主

力部队也看不到先锋队的情况。

“主力已过了观音杉！”侦察兵报告道。太平军一到观音杉，就再也退不回去了。不过，江忠源还慎重地等待了一会儿，见先锋队依然没什么动作，这才咳嗽了一声，站起身来，舞动手中的红旗。

一声巨响，第一炮正中先锋队长的船。人倒，帆折，船沉。第二炮、第三炮，江中掀起了水柱，水已泛红。太平军毫无办法，陷入了绝境。

“弃船登岸！”杨秀清冷静地下了命令。人们从船上跳进水中，朝岸边游去，但在那里遭到了步枪狙击，很多将士命丧当场。敌人依然没有露面。连理文和冯云山同在一只船上，重伤的人无法游水。

“干脆坐在船上冲到岸边去吧！”理文提议道。

“只有这么干了。”同船军官同意了理文的意见。

当南王轿子在岸上落地时，前方树林中突然发出一片呐喊声。

敌人露面了。

“不行！”连理文向周围看了看，船已搁浅了，往回走是不可能的。

“上东岸！上东岸！”远处的喊声传进了理文的耳朵里。是杨秀清。理文终于发现了战场上的不协调，杨秀清的喊声给了他启发。四散逃奔的太平军，有的游向东岸，有的登上西岸。但却只有西岸有炮声、枪声和呐喊声，东岸寂静异常，也许只有西岸有伏兵。

“是湘勇！人不多！”杨秀清不停地叫喊着，沉着，冷静。

“那支军队确实很强，不过人数不会太多。”理文明白了。

湘勇在永安损失很大，短短时间内，江忠源不可能招募很多的人。

“不要害怕！”理文向周围的将士们大声喊道，“敌人不多，东岸都没有人。炮弹大概也只是最初准备的那么几发，不会再开炮了！我们要沉着！”

敌人好像对落进圈套的猎物有点不知所措。

理文正在考虑自己该怎么办，突然，南王的轿子横倒在他面前。他揭开轿帘喊了一声：“南王！”轿里没有应声，但传出了呻吟。

“还活着！”将士们也清醒过来，帮助理文把轿子放正。

“抱出来！”理文用命令的语气道。

“该怎么办呀？”

“把冲到岸上来的那块大木板给我找来！把南王放到木板上，一定要到东岸去。我们保护着南王游过去！”

东岸太平军此时终于镇静下来，开始对西岸的湘勇还击。

“对手和自己一样艰辛。”这是常识，也是真理。

江忠源向和春送去了“飞函”（火急公文），要求他向蓑衣渡东岸出兵。

可是，和春并没有派兵。

“指挥作战的不是别人，是我！”面对飞函，和春一边用鞭子敲桌子，一边大声喊道。向哪儿出兵，出不出兵，一切都要依他的意见来决定，他不能受别人指使。在和春看来，江忠源这个非正式军官，正在多管闲事。

“我们的兵力有限，怎么能把重兵调到那种地方去！”和春把鞭子扔到了墙脚。把兵力调到蓑衣渡东岸，若因此给予了太平军沉重打击，那功劳归谁呢？作战计划的制订者是谁？北京将怎样判断呢？和春在脑子里飞快地衡量了这些利害关系，到底没有派兵。

江忠源在蓑衣渡等了又等，仍不见桂林兵的影子。他的兵力很少，正考虑勉强分一些兵力到东岸去，太平军已经出现了。杨秀清是天才的军事家，一看伏兵进攻的情况，就明白了敌人的内情，所以他始终沉着冷静，一登上东岸，立即指挥对西岸敌人的进攻。不过，太平军在蓑衣渡的损失是很大的，可能是举兵以来所遭受的最大损失。

连理文拼命地划着水。四周不断掀起一股股大大小小的水柱，看来敌人的射击目标逐渐集中了，一股小水柱带着尖利的响声，在他的身边腾起来。

“再鼓一把劲儿！”江岸就在眼前了。他抬起头。飘扬的天王旗进入了他的眼帘，看来洪秀全也平安上岸了。他朝木板瞅了瞅，但他那个角度只看得到南王的脚。

晃动得太厉害，会不会影响南王的身体呀？理文担心起来。

他的记忆到这里就中断了，他只记得右肩上一阵剧痛。

之后，就是梦，奇怪的梦。

他在空中飞。人怎么能在空中飞呢？一定是什么地方弄错了。

对！不是在空中飞，是在江里游水。可空中和江中大不一样呀！

星星闪烁。哪里会有这样怪的事呢？不是星星！那么是什么呢？是什么？

对！是水柱，是“噼啪噼啪”的水柱！

身子在空中飞，到处都是星星。江到哪儿去了呢？水柱呢？

这到底是什么地方！他想喊，但出不了声音。他拼命想喊出声音。星空的一角好像慢慢地亮起来——但还是出不来声音。不过，慢慢亮起来，这可是好兆头。江水、水柱很快就会出现的吧！

对，再鼓一把劲儿，一定会出声音的。

“不要紧吧！”——这是女人的声音，熟悉的声音。

“果然是……”他苏醒了过来。

那是新妹的声音，理文慢慢睁开了眼睛。

这地方其实并不那么明亮，但却叫理文感到刺眼。

“啊呀！醒了吗？”一个女人在瞅着自己，他清楚地闻出了女人的气味。

“新妹！……”他说出了声音。

“啊呀！认出来了？认出我啦！……真的！在叫我哩！”新妹的声音颤抖着。另一个女人走了过来，但理文不知道她是谁。许许多多的回忆潮水般涌进他的脑子。“南王怎么样了？太平军？这儿是……？”他的声音微乎其微。

新妹把脸凑了过来。

“太平军三天前到南边去了。天王、东王、西王……还有北王都……”

理文体力恢复后，新妹才告诉他，南王在渡江时中弹死了。

“还跟着太平军去吗？”在理文醒过来两天后，新妹抚摸着他的额头。

“去！还跟着去！”

押解“洪大全”

丁守存用手指弹着自己的长下巴，那样子就像是在为自己的长下巴感到吃惊。其实不然。他奉命押送要犯，可这要犯看起来并不是什么大人物，他是为此而感到吃惊。他要押送的是一个在永安俘虏的自称洪大全的人。出了桂林还未到长沙，他已经看透了这个人的老底。

“也很有趣嘛！”

丁守存这个人就喜欢到处寻找有趣的事，碰上这件事，尽管感到吃惊，心里还是很高兴的。他是山东省日照县人，道光十五年（1835 年）进士，曾经当过军机章京（军机大臣的助手）。赛尚阿作为钦差大臣被派往广西时，他是钦差大臣的随员之一。从北京出发时，他对亲友说：“都说桂林山水甲天下，我也去领略领略。”不过，朝廷是希望丁守存能制造出消灭“匪贼”的新武器。当时，他正和郎中文康、徐有壬在天津试制地雷火机，但他没有常性，已经感到厌倦了。

丁守存在物理、化学方面造诣很深，这在进士出身的官僚中是很少见的。《清史稿》把他的传记归入艺术传。他担任的最高官职是按察使，不可能作为官僚、政治家留在历史上。“艺术”包涵儒学以外的学术。《清史稿》关于他的记载说他“通天文、历算、风角、壬遁之术，善制器”。天文、历算容易懂，风角、壬遁之术就听说得少了。风角是古代观察四方的风向来占卜凶吉的占卜术，壬遁可能是一种隐身术。总之，他利用科学做一些令人觉得不可思议的事情，让人大吃一惊。同时，他也希望能有一些事能让自己也大吃一惊，所以到处打听：“有什么有趣的事没？”看看桂林的山水算是有趣的事吧，而且他对广西的“发贼”也感兴趣——究竟是什么驱使他们起来造反？不过，他还没到广西，这个谜就已经解开了。过后想想，这也算不上是什么谜，而是普通常识。他只是置身于钦差大臣阔绰的随员行列中观察了一下，就了解了百姓的痛苦：银价上涨，而这等于大幅度增税。他深深地觉得：这样还不起来造反，那就太老实了。

丁守存是统治阶层的人，但他是站在旁观者的立场上的。他对清朝的忠心并没有那么坚定。要做“有趣的事”就需要钱，为了筹措实验经费，他在担任军机章京时，曾把他所知道的宫廷消息卖给商人。收买消息的人是吴钟世。丁守存知道吴钟世同连维材有关系。他凭自己敏锐的观察力，早已觉察到连维材拥有多大的实力。

尽情欣赏了桂林的山水之后，丁守存又感到无聊了，他怀念起留在北京家中的各种实验仪器。他想回去，于是给吴钟世写信说：“希能代为活动，以便回京……”向宫廷进行有关人事的活动，是需要花钱的。不过，由于过去的老关系，丁守存相信吴钟世、连维材方面是会给予协助的。果然如他所期望的那样，北京决定把在收复永安时俘获的“匪贼大首领”洪大全带往京师，并任命两名文武高级官员负责押送。武官任命步军统领衙门郎中联芳，文官选中了丁守存。

“务必谨慎，把洪大全送到京师。他是大头目。是大头目！跟洪秀全是结拜兄弟，是匪贼的首领。此事就有劳了！”丁守存临出发的时候，赛尚阿跟他这么说。

赛尚阿的话中说了一连串的“大头目”。丁守存感到有些蹊跷，但他很快就明白了钦差大臣的本意。四总兵战死的惨败，必须想办法冲淡一下。若“匪贼”也遭受了重大损失，魁首被俘，钦差大臣的责任就会减轻些。

后来经过调查，已弄清洪大全实际上就是焦亮。但从钦差大臣来说，头目愈大对他愈有利。幸好这家伙本人一直吹嘘自己是个大头目。

“给我一万兵力，我马上就能把太平军消灭。我太了解太平军了。”洪大全这么大吹大擂。

钦差大臣对他说：“消灭匪贼是目前朝廷最大的麻烦。为了解决这个麻烦，破格任用了解匪贼内情的降将也是可以的。我会向上面提出我的看法，不过能否被采纳，关键要看你究竟有多大能耐。”事实上，他的看法和他所说的恰好相反，他向朝廷提出的建议是尽快把这个危险的人物斩首。如果洪大全因为怕死就坦白说出自己不过是一个食客，钦差大臣的面子就丢大了。要让他自称大头目，就得说些奉承话，使他不至于失去最后的希望。洪大全大概认为，名号越大，被朝廷任用的可能性就越大，故而一直在吹牛。

丁守存在桂林整天游山玩水，不太过问军事，不太了解洪大全的情况，但在押送洪大全的途中，也逐渐明白了钦差大臣的阴谋。“是个可怜的小丑！”丁守存摇了摇头，自言自语。

阴历四月中旬，丁守存到达北京。

太平军在全州屠城后，在四月二十三日遭到江忠源军的伏击，在蓑衣渡蒙受了巨大损失。太平军预计长驱直入湖南，攻打省会长沙。但蓑衣渡一役迫使他们不得不改变计划。据说长沙城比桂林还要坚固，如不补充人员和物资，根本无法攻打长沙。太平军没有北上攻打长沙，而是从永州（零陵）南下，奔赴道州，道州是四面环山的要地，仅有一条险阻的小路可通。太平军利用这个要地，休整军队，补充物资，并进一步扩充了兵力。这就是“湘南扩军”。

天地会在湖南南部势力本就强大。通过罗大纲等人的号召，约有五万人参加了太平军。太平天国向各地散发了《奉天诛妖救世安民谕》和《奉天讨胡檄布四方谕》檄文，这些檄文迅速传播到各地，最远传到了武昌。人们把这些檄文悄悄贴在墙上。其实，这一代的天地会曾多次造反，是老资格的造反派。但他们毕竟组织薄弱，军纪松懈，是以并没有多大成果，造反大多夭折。看到太平军军纪严正，他们深深感到：这样的组织，一定会成功的！

清军对太平军束手无策。太平军一逼近，道州提督万余清就和知州王揆一起弃城逃往衡州。一个月后，万余清因失守罪被革职查办。赛尚阿拖了好久才从桂林动身，六月初一进入湖南，到达永州。太平军补充了人员和物资，进行了充分休整，于六月二十五日放弃道州，开始东进。据记载，太平军经宁远、嘉禾、蓝山、桂阳州等地，于七月初三占领郴州。郴州是秦亡后，由项羽拥立的傀儡楚义帝的都城，这一带有很多天地会会党，其中两三万人参加了太平军。另外，这一带煤矿中的千余名矿工也揭竿响应。占领郴州后，太平军才正式建立了工兵队——土营师。清军也并非没有抵抗。在桂阳，知县李启诏殉职。总兵和春、常禄率领的正规军只是慢吞吞地在太平军后面追赶，江忠源的湘勇反而一直在勇敢地进攻。

给北京的报告都在一定程度上做了粉饰，但真相终究还是传了出去。“湘勇比正规军顽强”的说法已传到了北京。蓑衣渡大捷使北京当局深思。尽管夺回了永安，俘获了洪大全，但再怎么偏袒也很难说这是胜仗。桂林方面说击退了敌人，其实是被包围了一个月，敌人不过是撤围继续前进。若敌人是败逃，那就应当朝老巢金田村南下，而不是北上。

真相大白。

蓑衣渡大捷算得上是一次真正的胜仗，但此战却并没有正规军参加。

北京的大官儿们都在这么纷纷议论：

“江忠源要求向东岸派兵，总兵和春就是不出兵。”

“当时和春如能出兵夹击，就可以全歼太平军。”

“江忠源不停地送去飞函，和春不予理睬。据说江忠源哭了。”

“在蓑衣渡打死了发贼的巨魁冯云山。”

“要能再加一把劲儿，也可以把洪秀全、杨秀清置于死地。”

“外面传说，钦差大臣在永安俘获的洪大全，并不是什么大头目。”

“是呀。以前送上来的报告中，从来就没有提到这个人的名字。”

洪大全还未过安徽，给事中（侍从官）陈坛就上奏道：“关于俘获匪贼伪军师洪大全，槛送来京事。据说洪大全只不过供贼驱策，而非头目。查询以前上奏的逆首姓名，也无此人的名字。看来是在贼众窜出永安、无可奈何之际，稍事夸张，以壮其威，最后达到掩盖自己失败之目的。掩京师之耳目易，欺天下之耳目难。应特降谕旨，表明洪大全不值得押往京师，令沿途之总督、巡抚将此犯就地正法。”他大概是担心抓住一个小喽啰而闹得满城风雨，以后会变成笑柄。不过，北京并没有发出把洪大全就地正法的命令。北京有一种侥幸心理，说不定洪大全真是个大头目。另外，有人强烈主张：“在北京审问，会很好地了解敌人的内情。”

“你这人真有趣！”丁守存瞅着洪大全，多次说着同样的话。

洪大全自己却一点也不感到有趣。一路上，从天下大势到战略战术，他无一不谈。不过他所依据的，大多是《孙子兵法》或韩非的理论。若夸奖他学识丰富，见识卓绝，他说不定会很高兴，说他有趣，他当然不满足。

“跟你说，你也不会明白的。”洪大全道。

“是吗？你对我不满意呀。哈哈哈！”丁守存愉快地笑起来。

“京师会有更有眼光的人，有识人的眼光。”

“我的眼光不行吗？”

“枢府（军机处）大臣，六部尚书这些大人物，才有识人的眼光。”

“你评价过高了。恰恰是这些人没有眼光，最识人的是这一带农村里的老大娘。”

“你总说笑话，吊儿郎当样儿。”

“我这是很认真的，我说的也是实话。”

“行啦行啦，我不跟你白费唇舌。现在我要好好地考虑一下到京师后跟枢府的要人说什么，你不要打扰我。”

“啊呀呀！倒变成打扰你了！”丁守存缩了一缩脖子。他对洪大全早已失望了。丁守存原本打算，若洪大全满腹经纶，很有抱负，那便仔细听听他的谈话，把内容记录下来。到北京后，想来绝不会再有人愿听这“匪首”的话，那些学问和抱负恐怕会就此湮没，实在可惜。不如把这些记录下来，留传后世。可是，眼前这家伙有的只是十分强烈的野心，言语空洞而无物。

“不成！应当有点内容，这太空洞了。胆量还可以，可是……”丁守存想出了另一种方法。他一向以冷静的第三者眼光看待事物，他并非不担心国家前途，但他认为“国家”与“王朝”是两码事，国家是长期存在的，王朝只不过是短时期内贴在国家上的一个标签。王朝不行了，可以换一个，所以他可以对清朝并不怎么忠诚。但国家如今已经到了危急存亡之秋，他也不能不认真地考虑了。太平天国的那些人一定是认真地考虑了国家，所以才起来造反。造反是万不得已的事。丁守存想把他们的言论、思想记录下来。正是出于这种想法，他才要记录洪大全的话。可是，洪大全的话空洞无物，使他大失所望。不过，丁守存想到了其他的办法，他要在自己头脑中编造“太平天国的声音”并把它记载下来。这是一种创作。他想借洪大全的名字，把它留传于后世。

这工作并不难，他早有满肚子要说的话。若把想说的话毫无顾忌地写成文章，定会引来种种麻烦，说不定还会被搞成叛逆罪。若这些话是洪大全说的，自己就不会有危险。可以预料，洪大全到北京后，很快就会死。死人是不会做证的。丁守存已开始这件工作，他要把平时郁积在心中的话吐出来。他接连不断地往外吐，拼命地写。他有点后悔自己为什么没有更早一点想起这件工作哪！

一到北京，洪大全就进了刑部。不要说会见枢府要员、谈论国家大事，就连一句多余的话也不准他说，只是由专门的检察官严厉地进行审讯，不过这种审讯是例行公事，只是了解一下与在广西的供述是否符合。

"你和洪秀全是结拜兄弟吗？"

"你是直接称呼冯云山的名字吗？"

审讯是为了录取口供，完全是形式。做出的判决是"凌迟处死，枭首示众"。这个判决是早就决定了的。洪大全在太平天国中的地位问题不了了之，总算保住了赛尚阿的面子，不是白也不是黑，一切都被涂上了灰蒙蒙的颜色。

六月十二日（阳历七月二十八日），礼部侍郎曾国藩奉命担任江西省乡试正考官，出差去江西省南昌。这是一次短期的出差，不过曾国藩获得了途中顺便回乡的许可。他离开故乡湘乡近十三年，还没有回过一次家。他四十岁就爬上了高位，也希望能借此机会衣锦还乡。父亲曾麟书十年前曾来过北京，在那以后，父子未见过面。本来出差只有两个月，现在又获准回乡三月，起码得有半年左右的时间不在北京。

朋友们决定为他举行一场饯别宴。但曾国藩本人觉得这样太郑重其事，坚决不同意。最后大家决定，由尚在北京的连维材筹办一场时局座谈会。

"应当请心斋先生来谈一谈。"曾国藩建议

心斋是丁守存的字。心斋先生去过广西，押送过叛军"魁首"，大家自然都想听听他的见闻。然而丁守存却突然消失了，他大概是不愿向人们谈起广西的事吧。

曾国藩与丁守存一向不太和睦。从进士及第的年份来说，丁守存是早两期的前辈；从往上爬的速度来说，曾国藩爬得快——曾国藩用了十四年就当上了礼部侍郎，丁守存却走上了制造地雷火机这样的旁门邪道，尽管路是他自己选的。曾国藩严谨踏实，每天记日记自省。丁守存则一味地寻找乐趣。这样两个极端的人物，当然气味不相投。但曾国藩是个政治家，担忧国事，他虽严谨，但对自己所置身的高级官僚界的内情还是了解的，他早就觉察到丁守存在接受连维材的经济援助。连维材肯定知道丁守存在什么地方，说不定他的藏身之地还是连维材提供的呢。

“只要连维材请求，心斋先生肯定会来。”

曾国藩猜中了。丁守存参加了座谈会。地点定在市内的饭庄。当时，高级官僚常去的饭庄有两家——隆福堂和聚宝堂。会场按连维材的口味，选定了聚宝堂。不少名厨师都很自负，认为除了自己的菜，其他人的都算不上是菜。而聚宝堂厨师长和店老板却认为，自家的店虽有独特的风味，但别人的店也各有千秋。所以在聚宝堂吃饭，可以叫其他饭馆把好吃的菜送来。这天点的菜，除聚宝堂的名菜，还有福兴居的葱烧海参、致美斋的红烧鱼和便宜坊的烤鸭。便宜坊以鸡鸭菜闻名，后来在咸丰五年（1855年），发明了有名的老北京烤鸭。来聚会的有近二十人。一听说丁守存也要来，一些平常不太露面的人也来了。

“大家要我谈谈实际情况，其实只有一句话，现在的官军打不赢发贼。”丁守存一开口，满座无声。

“我知道我这么一说，大家不是窃窃私语就是鸦雀无声。若是前者，说明大家对我的话感到意外；若是后者，说明大家跟我的想法一样。看来大家都了然于胸，我也不必多说了。官军的情况，大家都了解，今天大家来是想听我说说发贼的情况吧？”

大家始终一声不吭。旁观者清，丁守存的判断丝毫不带主观推测。他虽没到过一线，但他在钦差大臣身边，常听到敌人的情况。他听到的战况要比经过粉饰后送到北京的报告生动得多。从太平军经过的地方，可以听到种种情报。跟太平军接触过的人，尽管对政府有所顾忌，但还是称赞太平军纪律严明。商人们都说，跟太平军交易，价格公平，分文不欠。丁守存还直接听到过许多同太平军交过手的官军的谈话。用他的话来说，这些谈话都很有趣。官军一致惊叹世上竟有此等军队。这种惊叹也叫丁守存感到有趣，他谈到太平军时的语气，既不偏向于官军，也不偏向于太平军。既无多余的感叹，也不做过多的考虑，平平淡淡，反叫人生惧。丁守存在谈话时尽量压抑着自己的感情。他另有充分表达感情和思想的地方。

沮丧、泄气的气氛充斥着会场。

“要赶快改变这种气氛。”丁守存心想。

“大家都知道，我之所以回京，是因为要押送一个自称洪大全的发贼巨魁。刑部例行公事做了审讯。他当然什么也没说。我连哄带骗地劝他，保证不把他的话说出去，才让他跟我说了些真话。这洪大全说他确实非常想倾诉点什么。我问他想说什么，他说要跟皇帝陛下说。我就跟他说，这也可以啊！你就用以上奏的形式，把心中的话吐出来吧。他一路上拼命地写，文章当然很拙劣，还夹杂着方言土语，很不通顺，我给他稍微加了点工。不过，内容都是他心里的话，也可以说是发贼们的心里话。虽说我曾向他保证不外传，但如今他已死，不会对他有所损害了。今天我把它带来了，希望在座诸公看一看。原件存在我那儿，这是抄本。”

曾国藩离开北京是阴历六月二十四日——阳历八月九日，炎天热暑。

第二天，太平军放弃道州东进。曾国藩当然不知道这一消息。曾国藩在离开北京前读到的洪大全的奏文，给他带来了极大的震动。他感觉到太平军是个不简单的敌人。但也许是出于他作为政府高级官员的思考问题的方法吧，他并未预料到太平军会那么轻易地打进湖南。当他听到太平军从永州南下的消息时，他跟其他的同僚们一样，都预计太平军会返回广西。实际上，在太平军中也有人主张回到故乡广西去。太平军的实际指挥人杨秀清排除了这些主张，按照原来的计划，推进北进的方针。曾国藩从徐州到达安徽省的宿州，于七月十三日会见了被解除了广西巡抚职务的老头子周天爵。

“不行呀！只要有向荣，就不可能把发贼镇压下去。他搞的那一套太不像话了。”周天爵早在桂林的时候就曾经弹劾过广西提督向荣。可是，向荣却仍留任广西，周天爵反而因年迈而被解除了职务。八十高龄的周天爵谈起话来仍然口若悬河，可是他谈话的内容只是攻击提督等人，根本不谈作战的对手是什么样的敌人。

“这样的老朽是不行的！……”曾国藩心想。怨恨始终在支配周天爵的情绪。对他来说，同他争功的同僚才是敌人。太平军，他不关心。对于曾国藩的问题，他的回答一点不着边际，甚至连拜上帝会和天地会的区别也说不清。他身为广西巡抚，又兼钦差大臣，却从来未认真地研究过敌情。

广西的事一谈完，老人就没完没了地谈起了往事。

“三十多年前，老夫曾经在这宿州当过知州。这地方真叫人怀念啊！”

曾国藩适当地应付了几句周天爵的往事谈，就跟他告别了。因为这次是出差去江西，所以需要从安徽省的西南部过长江，进入九江，然后南下到南昌。

如果不南下，直接向西，就进入湖北省，湖北的南边就是曾国藩的家乡湖南省。对他来说，到江西出差也就是向家乡走近。在安庆的西面约八十公里处，有一个叫太湖的县。曾国藩在宿州同周天爵分别十二天后，到达了太湖前一站的一个名叫小池的小镇。

太湖的知县亲自到小池来迎接。礼部侍郎也算是中央的高级官员，对于地方的知县可以说是一个高不可攀的大人物。曾国藩在旅途中受到各地的隆重接待，许多知县都到城外去欢迎，但还没有一个知县特意跑到需要走一天路程的地方来迎接他。

这是为什么？曾国藩心中不安。这种出迎没有前例，而且太湖知县面带沉痛的表情。出迎的地方官一般都是面带微笑的。

太湖知县低着头走到他的身边，向他深深地行了一个礼，说道："一个不好的消息……令堂大人已经去世。昨天消息传到太湖，要我转告曾公……"曾国藩嗓子眼里一再强咽着呜咽的声音。

"多谢远路来告知……"曾国藩与知县一起来到太湖，在这里给北京打了报告，他必须要辞去江西的正考官。官吏死去父母，一定要立即回乡守丧。曾国藩必须要改变身份，"丁母忧回籍"，原则上在二十七个月内不能担任任何官职。曾母江氏六月十二日去世，恰好他在这一天被任命为江西正考官。曾国藩从太湖来到九江。到此为止一直按照原来的路线，在应当从九江南下处，于长江登船向西，溯长江而上，于黄州登岸，奔赴武昌。位于长江南岸的武昌，与北岸的汉口、汉阳合称为武汉三镇，现在称为武汉市。湖北巡抚常大淳在巡抚衙门接见了曾国藩。

常大淳在表示吊慰之情后说道："您想早日叩拜令堂大人的灵柩，这种心情我完全理解。不过，我还不得不要求您在本地暂待一些时候。"

"那为什么？"

"长沙已被发贼包围了。"

"啊！……"曾国藩大吃一惊。他离开北京前，曾有情报说太平军已窜入湖南边境，另外也有消息说江忠源在蓑衣渡大破发贼。江忠源是曾国藩推荐的人，曾国藩当然拍手称快。尽管带有主观推测的成分，清朝政府认为，太平军在蓑衣渡损失了冯云山后，可能不会再有以前那种势头，任何造反都有高潮低潮，他们认为围困桂林时是发贼的最盛时期，以后便开始走下坡路。

在聚宝堂聚会时，丁守存强调了“发贼”的强大。包括曾国藩在内，在场京官们都受到了很大的震动，但了解丁守存的人都知道此人喜欢耸人听闻。曾国藩是八月十三日（阳历九月二十六日）到达武昌的，这是他离开北京的第四十八天。其间，太平军进行了“湘南扩军”，具备了大举北上的实力。

“发贼逼近长沙的南门是七月二十八日，是十五天前，他们是从东南醴陵方面一直打过来的，没有绕道。”常大淳道。

曾国藩的故乡是长沙西南的湘乡，太平军没从那里经过。

“您的家乡没有被贼占领。”常大淳以为这么一说就会使曾国藩放心了。

“那么，我还是继续上路吧。”

“水路已被发贼控制，很危险啊！”

“绕一点路，从岳州走陆路吧。回到湘乡以后再考虑其他的问题。”

“我理解您的心情。既然您这么说，我也就不挽留了。给您配备两个卫兵吧，希望您小心在意。”

“谢谢！请常公也保重身体，为了国家也希望您能这样做。”

常大淳是湖南衡州人，道光三年进士，是比曾国藩早十五年中进士的同乡前辈。他是由浙江巡抚调任湖北巡抚，不久前又接到调任山西巡抚的命令。不过，现在太平军围困了湖南的长沙，紧邻湖北的巡抚已无法交接工作。常大淳是以“已调任山西巡抚的湖北巡抚”这一奇妙的身份留在武昌的。

曾国藩带着两名护卫，避开水路，从山路绕道向家乡湘乡而去。常大淳把他送到武昌城门口。送行的人和被送的人做梦也未想到，此地一别，竟是永别。四个月后，太平军进攻武昌，常大淳殉职。

曾国藩花了约十天的时间回到湘乡。

父亲老了许多，家乡笼罩着沉闷的气氛。

长沙激战

太平军受了重创，为了补给人员和物资，不得不改变从永州经衡州攻打长沙的预定计划，暂时放弃北上，转而从永州向道州南下。

连理文也在蓑衣渡受了伤，虽不太重，但还是多休养为妥，因此，他决定在长沙疗伤。他知道，等他身体康复，太平军会卷土重来。李新妹和他在一起。李新妹虽已脱离兵团，但全州屠杀的一幕仍印在她心上，对她的内心造成了创伤。

蓑衣渡之战发生在阳历六月十日，之后两人沿湘江而下，来到了长沙，其时已是盛夏，天很热，只有江上才略微凉爽。他们常在江中泛舟，躺在船上读书，或垂竿钓鱼。湘江中有两个岛，水陆洲和傅家洲。

“把船从傅家洲西面开过去。”

每当在湘江中乘船时，理文总这样叮嘱船老大。

“理文，你很喜欢这个地方呀！上次你也是说要从傅家洲西面开过去。”

“是啊，很喜欢。那地方最好了，可以看到银盆岭。”

“可是，总不能老去一个地方呀。理文，你这人一旦喜欢上什么，就总也不变。对太平军就是这样，即使发生了全州那样的事，你的心也不变。”

“是有这个毛病吧。”

“有，你太讲情义了，就连已不在世的人，你对她仍讲情义。”

“哈哈哈！”理文打着哈哈把话题岔开。

他们已经可以推心置腹了，但凭女人的直觉，新妹仍感到理文心中还有一扇小门没有向她打开，门里是他那已故的妻子。

“其实呀，”理文敲着船帮，“林宫保从云南回福建的途中，曾在那儿停过船，我听父亲说的，所以想看看。父亲说左公很有才华，只是在人格上远远不及林公，可惜啊。恐怕他是改不了。”

“我常听你说起林宫保……对了，林宫保不是早就死了吗！”

“是的，前年死的，在当钦差大臣到广西上任途中死的。他的后任是李星沅，接着是赛尚阿，都是我们的对手。”

“咱们险些也要同林公打仗啦！”

“是呀。虽说他死了是件遗憾的事，不过，说实在的，我觉得有一点点庆幸。”

“到湘江尽想死人的事……”新妹对死人是忌讳的。

她的忌讳是有道理的。理文崇拜林则徐，而林则徐守护亡妻棺柩的这份情义更使他敬慕。尽管新妹就在他身边，但亡妻的影子始终在脑海中徘徊。新妹当然了解，毕竟相识不久，自己是不可能把理文的心完全拴住的。

“我也常想起活着的人呀。我现在就想起了一个人，他就是在这湘江的船上第一次见的林公。”

“谁？”

“这人为了给林公留下深刻的第一印象，你猜他干了什么？”

“想让对方永远记住吗？那一定是做了很不寻常的事吧？”

“他故意踩空了跳板，掉到河里去了。”

“很好……那肯定叫人永远忘不了。哈哈……”新妹笑了起来。

“他就是这附近的人，很有名，也许很快就会见到。”

“当官的？”

“不是。是个举人，没当官，是个有名的学者，叫左宗棠。”

左宗棠是舆地兵法的最高权威，却没捞到一官半职。在旁人眼里，他每日倒也悠闲。当时的政界极重视资历，未中进士而想飞黄腾达是极其困难的。不过那是在太平之时。如今是乱世，资历不是唯一的筹码，举人也有出头之日。普通老百姓也就罢了，左宗棠可谓气盖天下，成就一番大事也未可知。

林则徐就曾重用过一个未中进士的人——张亮基和。他是江苏铜山人，仅有举人资格，但很有才华。林则徐把他由知府提拔为按察使，最后升为云南布政使。后来因解决汉回矛盾很有功绩，张亮基被升为云南巡抚。诚然，机会是林则徐给的，但他也确实是依靠实力才取得成就的。

太平军从广西进入湖南、占领道州时，北京把被赛尚阿弹劾的湖南巡抚骆秉章召回。湖南即将成为战场，那里的行政长官不能是无能之辈。不论有多么光荣的资历，没有能力也是无用，名次成绩已不重要，现在要的是能解决问题的人。

“将湖南巡抚骆秉章召回北京，任命云南巡抚张亮基为湖南巡抚，由甘肃布政使黄宗汉充任云南巡抚。”这一人事任免是五月初四（阳历六月二十日）发出的，距蓑衣渡之战只有十一天。在这次人事变动中，取消了立即召回骆秉章的决定，改为让骆秉章在新任巡抚到任前，留在当地加强防御。云南到湖南路途遥远，张亮基到任还需一些时间，增强防御是刻不容缓的工作，让骆秉章暂留湖南理所当然。

骆秉章不仅熟悉湖南，而且熟悉敌情。他和洪秀全是同乡。对立的两人是同乡，社会上自然流传出许多故事。比如，他们俩小时在花县同一个私塾里念书，一次互相谈起彼此抱负时，洪秀全道：“我要当皇帝！”骆秉章就顶撞他道：“我要征伐那些想当皇帝的家伙！”洪秀全在太平军进入湖南时，实岁三十八，而骆秉章再过一年便是花甲。两人年龄相差二十一岁，同乡属实，但不可能是同窗。

命运让骆秉章与太平天国周旋纠葛了十多年。在太平天国的历史上，他是个重要人物。石达开进入四川时，骆秉章被任命为四川总督，带军歼灭了石达开。不过骆秉章被召回是由于遭到了赛尚阿的弹劾，表面上看，是追究他放任太平军进入湖南之责，按《清史》的说法：道州失守是由于疏忽防守。事实上，召回他的命令是在道州失守后第九天发出的，而那个时候道州战败的消息还没有传到北京，但弹劾他的“湖南吏治废弛”的报告早就送到了北京。

前面说过，赛尚阿带着遏必隆宝刀赴广西时，对外宣称“奉命出巡湖南”——要是为了区区土农民暴动就派出钦差大臣，实在有损朝廷的面子，所以赛尚阿也向朝廷送去了有关湖南的视察报告，弹劾湖南行政废弛，要问责巡抚。不过他的弹劾夹杂着个人情绪。从北京到广西的途中，进入湖南后赛尚阿很不愉快，因为接待的官员态度不好。他们早就知道钦差大臣要从此地经过，却什么准备也没有，无论是伙食，还是住宿，都没有任何改善。

“我们没有接到有关接待钦差大臣的特别命令。”当地官员如此回答。

赛尚阿拍桌子怒声道：“什么没接到特别命令！你们把钦差大臣看成什么了！”就是这种坏印象留下了祸根。

北京接到塞尚阿的奏折，对湖南紧张的形势大为震惊，慌忙研究对策，决定更换招致本省行政废弛的负责人，后来只在召回时间上重新做了考虑。骆秉章在当云南第二号人物布政使时，张亮基是云南第三号人物按察使，骆秉章荣升为湖南巡抚时，张亮基升为布政使。稍微一调查，就可以了解他们俩在云南配合得很不错。

张亮基在赴任时，请求北京把胡林翼调到湖南。胡林翼是湖南益阳人，对湖南当然十分熟悉。不过，胡林翼时任贵州黎平府知府，贵州巡抚不愿意放他走。因此，胡林翼的调动计划过了一年多才得以实现。胡林翼未能同张亮基一起来湖南，但他建议在湖南定要起用左宗棠，说他是很有用的人才。

北京决定把另一个巡抚级官员派往湖南，此人叫罗绕典，他三年前由贵州布政使调任湖北巡抚，后因父亲去世，辞职守丧，现在丧期已满，应恢复官职。他是湖南安化人，当然也熟悉湖南情况，林则徐当云贵总督时，他任贵州布政使，同处理回族纠纷也有关系。北京方面考虑，没道理让这样的人在家赋闲。赛尚阿仍待在桂林不想动窝。北京命令赛尚阿速赴湖南，并命罗绕典赴湖南辅佐。

当时人们都说“湖南有三个巡抚”。

笔者之所以不厌其烦地叙述清朝方面的人事任免，是因为这在太平天国的历史上是极其重要的事件。包括回乡守丧的曾国藩在内，清政府征讨太平天国的重要人物在这一阶段基本都已出现。

湖南、湖北的总督称作湖广总督，虽带“广”字，但与广东、广西并无关系。太平军从桂林撤走时，北京命令两广总督徐广缙赴广西协助钦差大臣。

徐广缙也在六年前担任过几个月的云南巡抚。他在广东省境内镇压拜上帝会凌十八派有相当大功劳，大概是因为这一点受到了赏识。另外，他作为兼职贸易大臣，在同英国谈判中也取得了一定成果。

北京希望找一些能干事的人，要求罢免赛尚阿的呼声愈来愈高。果然，不久，赛尚阿被革职，徐广缙取而代之。清政府混乱的状况也传到郴州太平军中。有情报说，湖南大部分军队已调往广西，尚未回来，这一情报基本属实。

太平军通过实际战斗感到“官军不足惧”，江忠源虽然棘手，但毕竟人数有限。

“这样的军队要是增多可就麻烦了。”杨秀清道。洪秀全不是读书就是写文章，军务几乎全部都交给杨秀清。杨秀清通过他拿手的情报收集工作，了解到清方有增强志愿军的动向，这可是件麻烦事。

“该怎么办？”萧朝贵问。他十分焦急。他的妻子洪宣娇是洪秀全的亲妹妹，东王权力日益增大，他必须要站在洪秀全这边，以取得权力平衡。可是，洪秀全根本不想管军务。权力产生于军队。萧朝贵觉得自己应当在军中更多地增强实力，掌握实权。他必须要立军功。为了解现状，他只好去问杨秀清。

“可以突然袭击。”杨秀清带着沉重的表情说道，“像江忠源那样的军队一旦增多，就不好办了，而且有情报说，河南、湖北、陕西已派来援兵，还是早下手好。”

“这么说，越快越好吧？”萧朝贵抱着胳膊。

“据说长沙那边尽在打嘴仗。”

“打嘴仗？”

“他们什么也不干，听说从早到晚只是开会。”

“当官的在开会吗？”不言而喻，这些会议都是为自己辩解和开脱责任。

杨秀清谈了长沙的真实情况。罗绕典进入长沙后，每天只把一些年轻人邀在一起，举行辩论之类的会议。他本人就喜欢讲演，一到长沙，那里就出现了一个整天喋喋不休的集团。他大概也十分高兴充当这集团的首领。

长沙没有军队，只有能言善辩之徒，这不正是突然袭击的好机会吗！

“干它一下吧！”萧朝贵兴奋道。

七月十二日（阳历八月二十六日），西王萧朝贵从郴州出发，突袭长沙。这是占领郴州后的第九天，可见行军之迅速。当地造反军在前领路，太平军首先奔赴永兴，杀了知县温德宣。因为是突袭，没有动员大批军队。总制（太平军官职名称）李开芳和侍卫林凤祥两名军官跟随西王，兵力只有两千。

若从永兴沿来水向北就是衡州。太平军方面了解到，衡州驻有总督和清军主力，因此避开这条路线，向东北方前进，占领安仁县，控制茶陵州。这一带是天地会势力强大的地方，有数千会党参加了太平军。太平军在行军过程中不断增加兵力。他们继续北上，占领醴陵。醴陵当时已是产陶瓷的著名城市。他们的目的是奔赴长沙，占领土地只是取得进军的踏脚板。第二天，太平军毫不吝惜地离开醴陵。这是从郴州出发以来的第十三天。同日，曾国藩在安徽小池得知母亲去世的消息。太平军一到这里，对长沙的情况就了解得很清楚了。长沙城外，南郊的民房还在。为防备敌军进攻，拆除城外民房，不给敌军留下进攻据点，这是常识。可是，长沙没有这么做。

罗绕典举行了一整天的讨论会，大家议论纷纷企业得不出结论。在是否拆除城外民房问题上，居民肯定是反对的。既然有人反对，民房就不能拆。真正的巡抚还没到任，骆秉章被革职留任，和罗绕典是同级，自然不能随意对其所作所为发表意见。有时，领导多了，反而误事。

就增补和加固城墙的事宜，这和拆除民房不同，没有人因此受损失，所以无人反对。长沙城已损坏得相当厉害，有些地方根本不能应付实际战争。骆秉章认真地增补和加固了城墙。

有一天，衡州程总督送来一封信。信中说：

听说在增补和加固城墙，对此我并不反对。不过，听说给参加工程的夫役增发两成的工钱，不知这是否属实？现在非常时期，夫役可以征用。对于用增发工钱来募集夫役，本官概不负责。这一点希能了解……

“又来那一套！”骆秉章苦笑。他对衡州总督程矞采的做法了如指掌。

总督最担心的是朝廷的会计检查。如果财会工作找不出漏洞，控制了支出，长官就不会出问题。他对公款确实是廉洁、严格的。他的紧缩财政过去曾获得朝廷好评，当时虚报支出已成为家常便饭，而他并没有这样做。总督之所以反对用增发工钱来募集夫役，是因为害怕将来检查会计时，被人怀疑虚报支出，他不过是为了保全自己。

长沙是不可能强制征用民夫的。城内已有不少人准备做太平军的内应，他们正等待着居民发出不满的呼声。强制征用民夫等于是给他们一个好机会。总督对这一点也是了解的。但他还送来了那封信，其目的不过是为了保留将来检查会计时的资料。

他身为湖广总督，若长沙失守，他应负严重责任。长沙必须要让部下坚守，他不但不反对增补和加固城墙，而且大大赞成。不增发工钱就募集不起来夫役，这一点他也了解。他并不反对长沙当地负责人的这一做法，他甚至想："要募集更多夫役！"但是，将来会进行会计检查，一旦增发工钱成了问题，他必须要辩解："下官曾反对过这种做法。紧急时期，这也是迫不得已！"他给骆秉章写那封信，就是为了给他的"反对"造个证据。

永兴、茶陵等湖南东部城市失陷的消息，很快传到衡州。

"啊，原来是从东边绕过去攻打长沙！"程矞采松了口气。当然，他在部下面前并没有露出这种表情。

从郴州北上进攻长沙，最短路程是经与涞水水路相连的衡州。如获悉太平军北上的消息，总督就准备借口："我必须去长沙保卫省会！"先逃进长沙，然后在那里借口："必须要看到湖广大局！"然后跑到武昌去避难。湖广总督常驻城市规定是武昌，他这么说让人听起来也不会认为太牵强附会。如太平军攻打到武昌，那就只好装病了。为了留下一个伏笔，他现在不时做出捂胸、按胃、歪脑袋等样子给大家看。

太平军虽北上，但已看出它是从东边迂回。攻打长沙，但不经衡州。

"发贼打算从东边攻打长沙，大人不去保卫省会吗？"幕僚问道。

"蠢材！"总督不觉大骂起来。

衡州好不容易叫敌人给撇下了，谁会蠢到从这样一个安全的地方跑到马上就要打仗的长沙去呀！当然，总督没有说真心话。

"你忘了朝廷的命令吗？本官必须要迎接钦差大臣。"

朝廷确实要他会同钦差大臣消灭"发贼"。虽未提及见面地点，但赛尚阿已从桂林起驾，尚未进入湖南，说是等着迎接钦差大臣，确是个好借口。

"哦，是这样呀！"幕僚歪着脑袋走出了屋子。不久前，"发贼"刚一露出北上的动向，总督不是口口声声地说要赶快到长沙去保卫省会吗？"原来……"这幕僚虽是新手，但也看出了总督的心思。"唉，到底上了年岁啦！"幕僚对总督也表示了同情。

程矞采是江西人，嘉庆十六年（1811 年）进士，跟林则徐同期，已当了四十多年官，同期的周天爵已因为年迈而被解除广西巡抚的职务了。

"咱们总督还是早点辞官为妙！"幕僚自言自语。

该是辞官的时候了，但程矞采不能辞。他认为由于自己担当了要职而养活了许多人，他尽量不想考虑自己引退的问题。

“希望你在我面前别再提太平天国的事了，无论是好事还是坏事。”新妹道。

理文理解她的心情。曾经的她，比谁都狂热于太平天国的理想。在太平天国中，一定也有不少人感到了希望的幻灭。越是理想主义者，幻灭感就越强烈。但那些远离故乡的人是不可能离开太平军的。有人以为那只是东王的命令，天王事先并不知道，从而对很少在人前露面的洪秀全还寄予希望。而新妹接近领导集团，她对洪秀全也逐渐失去了信任。她来自天地会，从父母那一代起就是大集团的首领，非常自负。她跟湖南天地会也有关系，她有信心独立干下去。自从跟连理文重逢后，她已不是独身，这段时间，也许是她一生中最好的日子。理文仍对天国寄予希望，新妹不愿听，他也就没法向她谈自己之所以寄予希望的原因。但她似乎察觉到这点，尽管理文仍要跟太平天国走，她也从不说责备的话。

“再这样下去，国家就完了！”

理文一直这样觉得，或许是从父亲那儿继承来的吧。而能改变国家现状的，目前只有太平天国。尽管反对朝廷的势力不少，但大多是强盗土匪；天地会在王志举领导时也有伟大的理想，但王志举没有把力量组织起来，如今的天地会已经把理想丢在一边了，甚至把理想成了包袱。

天地会堕落了，与其重新改造它，不如扶植一个新的组织。父亲连维材交给理文的任务是在财政上对太平天国进行援助，但更重要的，是在太平天国内部开辟一个对外的“窗口”。目前在太平天国中，去过广州、对外国有些了解的人不多，包括杨秀清在内的绝大多数人都只了解山村。理文因而意识到这件工作的重要性，他不能离开。

太平天国的联络员是矮子谭七。理文二人借住在一家糕点作坊的楼上，作坊的老板从他父辈起就是天地会会员。

“嘘！”糕点仓库前的捆包房里传来了口哨声。

“老七来了！”新妹道。

谭七是太平军的人，他来到这里，她却从未流露出任何不快的表情和不高兴的神色。理文感到她很能体谅自己。谭七肩上挑着一根扁担，前后挂着一大堆糕点盒子。他个子矮，看起来就好像身子悬吊在一大堆货物上。不过，他是有意这么做的，他有着惊人的力气。理文跟谭七并排地走在街上，令人感到他们俩好像是糕点铺老板的挑夫。

“人数太少了。听说路上收罗了些天地会的人，但还是太少了。三千人不可能进入长沙。”理文边走边想。

西王进军醴陵，三千兵力太少。

“据我看，这次似乎有点太轻敌了！”谭七道，“起码是个省会呀，长沙比桂林还大，桂林都没拿下来，三千兵力想攻下长沙……”

确实有点轻率。

“明知道有点勉强，不过，这次好像是西王硬要出战的。”

“是西王要求的吗？”

“据说东王不太赞成，他说突袭是好，但又说江忠源就在眼前，不可能抽出很多兵力。”

“他不赞成，但也没有反对吧？”

“是这样。”

“内应怎么样？”

“也不顺利，上次永安是个小城，长沙比永安大一二十倍啊！”

“有后续部队吗？”

“这就不知道了，大概要看江忠源如何行动吧。”

“是吗！这可就麻烦了！东王没有反对吗？”

杨秀清越来越独裁，只要他反对，不管西王怎么要求出战，他都可大喝一声：“不行！”表面情况姑且不说，实际上，是不是东王在挑逗西王干这种蠢事呢？冯云山在蓑衣渡死后，东王权力更大了，现在西王的实力若再削弱，太平天国不就为杨秀清所独占了吗？西王是洪秀全的妹夫，他为人忠厚，但不是个足智多谋的人。“天兄下凡”已成为他沉重的包袱，他是不是想抑制东王，因此觉得自己应当成为一个胜利的将军，而要求攻打长沙的呢？若把这些想法告诉新妹，她一定会尴尬地说道：“可不是嘛，所以我讨厌那个伪善的集团！”

“立即派人去醴陵，长沙的城墙正在迅速加固，让他们绝不能掉以轻心。另外，要他们一定要派后续援军来。上次联络时说，西王以为长沙没有大炮，其实这儿有五千斤炮呢，要他们务必小心！清军援军就要到来，陕西兵明天就可到达长沙，司令官是西安镇总兵福诚。”其实，从清军在石马铺紧急设立营寨的情况来看，在太平军到达前，陕西军很可能已到长沙，驻扎在城外。这推测有七八成把握。

由于提前接到消息，萧朝贵做好了同城外主力敌军作战的准备，远道而来的陕西军则士气低落。

陕西和湖南的风土完全不同，陕西是黄土地带，惯吃面食；而湖南是水乡，是吃大米为主的。陕西兵从没吃过米饭，自然觉得难以下咽。现在的中国，北方米食也多了，起码没有人没吃过米饭。但在当时，陕西兵确实因为饮食的问题而备受挫折。湖北也是吃米饭的，陕西兵从那经过时，就已经几天没吃过一顿像样的饭了。因此，他们到达长沙的时间比预定的要晚。

陕西军进入事先准备好的石马铺驻地不久，太平军就到了。这些来自广西的将士都为湖南的富饶激动不已，个个精力充沛。

七月二十八日（阳历九月十一日），太平军在可望见城内的妙高峰布下阵地。石马铺清军与妙高峰太平军必有一战。太平军做好了准备，但陕西军士却希望好好休息一下，饱饱地吃顿面条或馒头，谁也没有通知他们一到长沙就要打仗。在这种情况下，兵力多少就不是主要问题了。长沙城内有江西、四川三千官兵及三千练勇。当地湖南兵已分散到广西等地，长沙没有湖南兵。城内的六千兵认为，城外野战是陕西军的任务，所以根本没打算出城支援。

陕西军事实上成了孤军作战。副将朱瀚驻扎在银盆岭，他们确实支援了陕西军，不过只是礼节性的，他熟悉地形，同太平军稍一接触即败北，顺势逃进城去了。

陕西军惨败。总兵福诚、副将尹培立、参将萨保和都司塔勒等主要高级军官全部战死。朱瀚军由于熟悉地理，大多进了城，而陕西军人生地不熟的，都不知道该往哪儿逃。太平军就这样控制了长沙南郊。

“乘胜攻城！”萧朝贵向全军下令。太平天国已经接到消息，各地的敌军援兵正在赶来，迟一天，对自己就不利一些。

妙高峰有座城南书院，太平军以此为主阵地，安放大炮，把碧湘街一家当铺的大仓库改成炮台。清军则在城内魁星楼安放小型铜炮还击。

第一天，双方彻夜炮战。太平军大炮射程有限。连理文焦躁不安地直嘀咕：

“错了！错了！打错了！”他想跟城外联系，但没有办法，因为谭七已经走了。太平军炮火集中在魁星楼。清军小铜炮威力不大，用那么多炮弹使它沉默是一种浪费。太平军大概是把魁星楼错看成城楼了。长沙七座城门紧闭，安然无恙。理文画过长沙略图，但并未标明城门位置。这低级错误本不该犯，可是当时他脑子里根本就未曾想到标示城门位置的必要性。

理文叹了口气，闭上了眼睛。

“你在这儿操心有什么用呢？又不是你打仗，还是早点休息吧！”新妹道。

第二天，炮战继续。

骆秉章的城墙工程应当说取得了很大效果。若当初吝惜金钱，长沙也许早就失陷了。开炮还击和部署军队的事均由骆秉章负责，罗绕典此刻仍在召集官吏们在安全地带“开会”。城中军事最高负责人是湖南提督鲍起豹，这个有着威武名字的军人当然坐镇在敌军正面进攻的南门城楼上。此外，他还把城隍庙里抬出来的神像放在了自己的屋子。

“以神威镇压贼军！”鲍起豹大声祈祷。他点燃线香——最上等的线香。

“说是有神威哩！”

“不是祈求神威镇压贼军，是保佑他自己吧？”

“肯定是这么一回事。”

“咱们的头头真糟糕！”卫兵们窃窃私语。

果如卫兵猜测，这位提督认为，只要同神像形影不离，敌人的炮弹就不会落到自己身上。第一天夜里，太平军把魁星楼错当作城门楼不停炮击，提督深信这是神威起了作用。

南门外，萧朝贵一直在第一线指挥。

林凤祥多次劝谏：“这儿交给我们吧，您退到炮弹打不到的地方去。”

萧朝贵不听。“当前最重要的是士气，再鼓把劲儿。在这关键时刻，我不能后退，把王旗给我！”萧朝贵亲自举起西王旗。他本就穿着与众不同，手里又拿着通红的王旗，目标当然很明显。越来越多的炮弹在他身旁落下。

林凤祥大声喊道：“后退！后退！快！”

西王却回头笑道：“你要命令我吗？”

就在那个瞬间，西王脚下掀起一阵红色的尘烟，映着鲜红的王旗。西王旗在烟尘中飞至半空。待尘烟散了，西王也不见了。地上躺着一个人，不住呻吟。

“西王！”林凤祥满身尘土地跑来。

“不要紧！”西王还活着。但他的左肩已露出染着鲜血的白骨，骨头都碎了。

又有一颗炮弹落在一米外，扬起纷纷红土。

“我早就说啦！……早就说啦！”林凤祥抱着西王向后退，并咆哮着命令手下，“把王旗捡起来！”

萧朝贵负了重伤。李开芳、林凤祥立即派急使去郴州报告。

“还继续进攻吗？”参谋问。

“进攻吗？”林凤祥瞪着长沙城。

“暂且休息！”李开芳大声喊道，好似有意要盖过林凤祥的声音。

水乡的夏天就要结束，一队骑兵在田间奔驰，那是往郴州的急使。

骑兵虽在飞驰，但缺乏一种力量。

风雨夜撤离

听到萧朝贵负伤的消息，洪秀全霎时面色苍白。杨秀清紧咬嘴唇，紧攥拳头，低头不语。

韦昌辉皱着眉头朝东王瞅了一眼，心中涌起一团疑云："他如此悲痛，是出自本心吗？西王一死，最高兴的恐怕就是他吧？不就是他建议西王攻打长沙的吗？"韦昌辉把萧朝贵的事当作教训：一定要小心，不能做西王第二！

郴州城一片暗淡。

"全军开往长沙！"洪秀全下令。这是十分罕见的，因为很早开始，太平军基本就是杨秀清在指挥了。

"沿着西王所走的路线！"杨秀清补充道。

洪秀下完命令就离开了，之后的事都交给杨秀清。他认为自己没有军事上的才华，他要钻研的只有教义。

洪秀全脚步沉重。妹妹的房门开着。

宣娇先开口道："我听说了。"她抬起头，脸上并没有泪痕。

"消息说是负了重伤……"

"恐怕性命难保。我已经做好思想准备了。"

"情况还不太清楚……"

"做好思想准备总是没有错的。"

"那倒也是。不过……"洪秀全声音发颤，而妹妹跟平常却没什么不同。这丫头从小就要强。

"我这就准备出发。"宣娇露出洁白的牙齿笑了笑。她的牙齿特别好看，她对自己的美貌很有自信，从不涂脂抹粉。

看到妹妹洁白的牙齿和微笑，洪秀全越发感到妹妹可怜。他的地位日益受到杨秀清的威胁，宣娇成为萧朝贵的妻子，等于为他添了一个强大的后盾。失去萧朝贵，太平天国内部的力量对比便会有微妙的变化。太平军中的人也感觉到了这点。

郴州的太平军一下子沸腾起来，三百多公里的长征马上要开始。

阴历八月十二日，太平军大举进发。

江忠源已到长沙，驻扎在小吴门外。长沙城外的太平军士气低落。中秋，江忠源转守为攻，太平军大败。几天后，张亮基到达长沙城外，左宗棠和他同行。太平军并没有彻底包围长沙，因为萧朝贵的带兵太少，仅能封锁南门，其他各门仍可自由出入，既可开进军队，也可运进粮草。

决心雪耻的太平军主力已到达醴陵一带。

“要挖！要挖！……”萧朝贵反复说着谵语。

“明白。已经命令他们去挖。现在正在准备。”李开芳和林凤祥在萧朝贵床边，但他意志模糊，无法听到部下的声音了。他的意思是要挖坑道，破城墙。萧朝贵带来了三百矿工，早已定好挖坑道、装炸药，突然袭击，一举攻下长沙的上策。萧朝贵今年三十刚出头，李开芳和林凤祥都只是二十几岁的青年。然而矿工们着手的第一件工作，不是挖坑道、装炸药，而是为萧朝贵挖坟墓。

西王葬在老龙潭。

军中无法举行盛大隆重的葬礼，统帅死亡的消息不能让敌人知道。老龙潭地形好，不在城上视野之内。

“等旗开得胜，定要举行正式葬礼。”李开芳和林凤祥在西王墓前发誓。

“云山先生在金田村所说的，就是指这种情况吧？有困难的人要互相帮助，要让穷人吃得上饭，不就是这样吗？”新妹道。她以前称冯云山为南王，现在为划清界限，她称天王为秀全兄，南王为云山先生，西王为朝贵兄，不过总算还加个敬称，对东王和北王，她便直呼其姓名。

新妹从街上走了一圈回来，心情似乎还有点激动。她心中始终铭刻着一个“侠”字。这个“侠”字使她总不能平静。要有一个穷人、弱者不受侮辱，不挨饥受冻的世道——冯云山曾如此宣传。要起来为创造这样的世道而奋斗——冯云山的号召曾震撼了她的侠义之心。可是，在被拥有这种理想的太平军包围之下的长沙城内，竟出现了近似天国愿景的理想世道。大批物资运进长沙，贫民无偿地获得了粮食。官吏和军队在商店里买东西都付现款。城里一片繁荣，治安良好。每晚夜市大开，戏院满座，盛况空前。人们生活得很愉快。冯云山所描绘的天国，在这里不是已经部分实现了吗？

“尽管是暂时的，大家都很高兴啊！”新妹闭上眼睛，脑中回想着刚才在街上所看到的景象。过了一会儿，她睁开眼睛，追问理文：“是这样吧？”

“云山先生传教时所讲的最主要的一点，在这里漏掉了。”

“最主要的一点？”

“太平军要建立的是既无财主也无穷人的世道，这还没有实现吧？”

“是呀……”

冯云山提倡的平等，确实深深打动人心。

远处，传来口哨声。来人正是久未露面的谭七。

“到处都是军队！”谭七摇头。他负责向太平军报告长沙城内的状况。长沙七座城门，太平军仅封锁了南门，其余六门仍和平时一样敞开。城门处熙熙攘攘，比平时更加热闹。

各地援军已经进城。

“估计有五万人吧？”理文道。

“也许更多。我想调查一下，可这一次不能派很多人。”谭七又摇了摇头。

“太平军到什么地方了？”

“先头部队已到醴陵，杀气腾腾。”

“全州事件可不能再次重演啊！”

谭七搞谍报工作，他说不能用很多人，是说很难找到人协助。用钱雇来的人靠不住。以前协助太平军的人，大多对当政者怀有敌意，或对现状不满，起码认为现状应当改变。长沙一带天地会势力相当强大，他们反对现有制度，但现在协助的人却很少，谭七感到苦恼。长沙大部分居民都觉得现在的状况不错，要改变，他们不会赞成。谁想破坏目前的好光景，谁就会把百姓推到敌人那一边去。

“这样不行啊！”理文挨近谭七身边，小声说道，“一定要把长沙的情况原原本本地转告给天王或东王。百姓对官府现在的做法很满意，很难找到内应。我个人意见，不要打长沙，赶快向前进军。不管能不能接受，我这个意见望一定转达。”

“一定转达。”谭七点了点头。

“对手是左宗棠啊！”理文想把这话说出来，但又打消了这想法。

太平军中不会有人知道左宗棠的名字。长沙城治安好，不是因为那五万军队，而是因为强化了军纪。左宗棠不过是区区幕客，但他凭借幕僚之便，可以对张亮基施加很大的影响。加强军纪、发放库钱、收购物资、救济贫民，都是左宗棠的建议。

在当时“不求有功，但求无过”的高级官僚中，布政使潘铎算是个敢作敢为的有才之人。因为库钱属布政使管辖范围，中国的官僚制度培养了极其强烈的山头主义思想，即使巡抚听取了幕客意见，想用省里的钱库，若布政使不同意，那他也毫无办法。

长沙城的状况出现了很大的好转，治安好了，妇女和孩子可以放心外出，街上自然热闹了。军队的待遇好了，伙食改善了，还有酒喝，士兵自然也不会到街上逞凶。

尽管这些变化是暂时的，但在长沙的百姓看来非常可喜。这是由于政府中出了张亮基、潘铎、左宗棠这些有能力的人。《湘军志》记载，当时人们“忘其为围城焉”。

城内巡逻的士兵也都穿上了制服。当时一提到当兵的，百姓就唾弃。为了扭转这个印象，首先要改善装束，尤其是百姓经常看到的巡逻队，更要穿着漂亮。这也是左宗棠的意见。他这个人有着连他自己都未意识到的特殊本领，那就是自己的意见，即便不是真知灼见，也总能顺利地为上司所采纳。

当然，左宗棠可不是见什么人说什么话的性子。他一面整顿巡逻队的“面子工程”，一面在幕后大量使用下流的角色，从而使自己的建议被接受。在做绿色圆圈里绣着大红“勇”字的制服这件事上，左宗棠是这么说的：“湖南会党众多，必须严加禁止。发现会党头目，应当立即拘捕，因此大可起用各类密探。若不把违抗政府之人揭发出来，他们就有可能变为敌人的内应。”所谓“各类密探”其实就是指把那些犯有前科、地地道道的人渣暗地放出去。这样肮脏的工作，上层人士是不愿做的，只能交由下级去处理，事后听听汇报了事。

当然，偶尔也有些重要问题会直接传到领导人耳朵里。例如："发现了大家伙的藏身之地，正在暗地监视着，逃了可了不得，请求军队支援。"

"所谓大家伙，是什么样的人物？"左宗棠问传话的幕僚。

从身份上来说，左宗棠也是巡抚幕僚，和其他幕僚本是同僚关系。但他一向被人们特殊看待，他本人也毫不客气地把自己当作特殊人物，对一般幕僚说话很不客气，有时甚至用命令的语气。

"据说是个女的。"

"女的？哦……是天地会的头目吗？"

"是。是天地会的，不过，据说也参加了长毛贼。"

"看来不是苏三娘就是李新妹喽！"

左宗棠的情报网撒得很大，网眼细，情报准。

"啊，是李新妹。"幕僚吃惊地瞪大眼睛。

"李新妹是在长沙呀！长毛贼包围桂林时，李新妹确实在长毛贼中。什么时候离开的呀？"左宗棠用手指抚弄着桌上茶碗，眼睛望着天花板。

"她是大家伙吗？"幕僚反问左宗棠。

"她不知什么原因丢下部下，参加了发贼。她孤身出来，这里面有文章。"

"如果潜入长沙，会有特别任务吧？"

"那还用说！不是搞内应还能干什么！"左宗棠语气略带斥责。

"有道理。长毛贼的大军眼看着就要兵临城下了。"

"一定要迅速处理！"

"是，明白。"

"抓到后，我要亲自审理。"左宗棠道。

太平军主力军在洪秀全和杨秀清的率领下，从郴州出发，沿着和肖朝贵军大致相同的路线北上。他们占领鄷凌城不过两天，在此之前传来了肖朝贵死去的消息。军中笼罩着一股异常的气氛。

洪秀全到达长沙南边是阴历九月初一。萧朝贵麾下太平军不足五千，失去了主将，仍同官军苦战了一个多月。期间，向荣终于进了长沙。徐广缙向北京弹劾向荣在桂林"推诿不前"，所以北京决定给向荣"流放新疆"

的严厉处分。向荣进长沙时，知道了北京的决定，他不得不在这里拼死力奋战，开始精励军务，跟从前判若两人。以前长沙借口没有炮台，所以没有使用三千斤炮和五千斤炮，现在向荣把大炮抬到天心阁上，朝太平军猛烈轰击。太平军不得不把战线后撤。

李新妹飞快地趸进左手一条巷子，但在巷子前方的拐角上，走出来三条汉子，他们好像一早就等着似的。李新妹回头，看到身后还有三个汉子，估计是盯梢的。

新妹发觉有人跟踪时已经晚了。“你们找我有什么事？”她侧着半边身子。毕竟是当过那些粗野男人集团的头儿，她一直很沉着。

汉子们没答话，向她走来。

“出了奸细。”新妹暗暗道。左右是墙壁，前后有汉子，她无处可逃。既然挣扎没用，还是考虑下一步该怎么办吧。她不止一次经历过杀人的场面，她可不想自己在这儿就被杀。这里距离糕点坊不远，只要一吹口哨，说不定理文就会跑过来，但她不想把理文卷进来，只是想告诉理文自己被人抓走了。然而，她实在想不出什么好办法。“事已至此，我自己承担吧。”

汉子们从前后向李新妹逼近，给她绑上绳子，她丝毫没有抵抗。

“嗨，原来只是嘴上说说的呀！”一个汉子道。他们本以为会遭到激烈的反抗。

新妹的胳膊被绑在背后，脊背被汉子们推搡着，走到巷子尽头。从巷子里看不见，但是从巷子尽头一转弯，迎面放着一顶轿子。

新妹自己走进了轿子。她不知经过了哪些地方。长沙街道她不熟，但外面的气氛她能感觉得到。叫卖的声音越来越远，生活的气氛逐渐消失，轿子是在僻静的地方通过的。“是去衙门？”她心里在琢磨着，但又不像是监狱那种肮脏杂乱的地方。

不一会儿，一股幽香飘来。轿子被抬进了一座建筑，走了好一段路后，轿子停放在地上。

外面有谈话声：

“还绑着吗？”

“那样不好吧。”

“跑了怎么办？”

“在这儿能跑得了吗？房子上了锁，还有好几个岗哨。”

“那就解开绳子吧。”

“还是松绑好了。”

“不会咬季高先生吧。”

“瞎说，左举人用左手就能把她摁倒。”

“哈哈哈！左先生的左手。”

新妹虽没受过正规教育，但脑子灵光，她想，莫非就是理文以前常提到的那个左宗棠？她回想起和理文在湘江泛舟的愉快时光。理文一向崇拜林则徐，常谈起林则徐周围的人，其中有关于左宗棠的一段好笑插曲，她隐约记得左宗棠的字是季高。

新妹从轿子里被拉出来，有人给她解开身上绳索。

“绳子的绑法不像样子，不再练习练习，一点也不顶用。”新妹道。

“别嘴硬了！”在巷子里说过话的汉子答道。

这里是院子边的走廊，朝前面房屋一看，像是庙宇，但没有寺院那种独特气氛。

“是书院吧。”新妹觉察出来了。

当时，很多人把学校称作书院。书院一定有祭祀孔子的地方。太平军在进军途中，不仅破坏庙宇，而且要进书院捣毁孔子的牌位雕像。书院往往也是高级官僚用来办公的地方。林则徐在鸦片战争前夕进入广州时，也把越华书院当作宿舍兼办公的地方。

拐过走廊，那里有扇绿漆门，半开着。

“进这里面去！”有人冲新妹背后吼了一声。

新妹回头瞪了他一眼，进了屋子。屋里摆了张朱红桌子，四把椅子，其他什么也没有。

背后传来关门和上锁声，接着传来一句：“贼婆！”

新妹坐到椅子上。她以前是盗匪头目，一旦被官府发现，就会被抓起来砍头，所以警惕性很高，不论见到什么人，都要提醒自己，小心对方是官吏或官吏的走狗。如今，这种警惕性完全丧失了。或许是参加太平天国后，不再认为自己是盗匪了吧；也或许是因为长沙离她以前进行盗匪活动的地区很远，她不再担心有人会认出她；又或许，她早就认为自己不是一个被通缉的人了。

“不知不觉竟变成真正的人了！”想到这里，她苦笑起来。就这样作为“真正的人”被砍了脑袋，也没什么可后悔的了。

太平军主力先头部队到达长沙城外的第二天，就和劲敌江忠源及贵州总兵秦定三交战了。实际上十天前，双方已发生过激战，当时政府军战败，江忠源负了轻伤，参将任大贵阵亡。因此，这算是江忠源和秦定三的雪耻之战。

激战在浏阳门外展开。长沙城外的浏阳水从城东绕过城北，注入湘江。面对这条河的城门，叫浏阳门。以前太平军人少，不能分散兵力。他们曾想攻打长沙东侧，但必须抽调南门兵力，如此，若南门封锁被破，则本利全失。现在，太平军得到主力增援，于是准备攻打东侧的浏阳门。马王堆就在那附近，一百二十多年后，由于发现了汉墓和栩栩如生的女尸，马王堆就此闻名天下。

激战的结果是太平军大败。江忠源一直很有信心，十天前吃了败仗，这一次斗志更高。太平军用新编制打全面战争，这还是头一次。太平军把湖南会党大批吸收进来，这些新兵不习惯太平军战法。而且，他们都是湖南南部的人，对长沙地理并不熟悉。

太平军阵亡五百人。大军决定放弃东线，在西部建立据点。他们渡到湘江西岸建立基地。湘江西岸耸立着岳麓山，西部基地虽和长沙城相隔一道湘江，但它给长沙城带来了巨大压力。

九月初九，赛尚阿进入长沙，虽未接到通知，但实际上，他已不是钦差大臣了。七天前的九月初二，朝廷已决定解除塞尚阿的职务，召他回京。湖广总督程矞采也被革职了，不过并未被召回，而是奉命留在当地担当军队后勤工作。徐广缙接任钦差大臣，也接任了程矞采的职务，长沙一切文武要员，均在他的监督之下，不过他还没到长沙。

以前主战场在城南，如今转移到了城西，但战局依然不明朗。

太平军为缺盐缺油而苦恼。这些物资本由后方补充，但现在后方是政府军。徐广缙拥兵万余，从衡州前进到湘潭，借口“断贼退路”，待在原地不动。太平军原本就不准备后退，但盐油供给却被清军“意外”阻断了。

根据西王的遗嘱，太平军继续挖坑道，随着主力军的来到，新的矿工也参加进来，工程逐渐有了进展。同时，战斗主要是在城西，这也有利于从城南挖坑道。

曾国藩因服丧而踏上返乡之路，在武昌得知长沙遭到包围。他没有走水路，而是爬山越岭到了湘阴。这时已是八月二十三，故乡也动荡起来了。湘阴离长沙只有六十公里。

理文这一天一直在外面。

长沙开来了很多军队，加上不少外地人听说长沙繁荣也跑来了，因此，即便是陌生人在长沙城内游逛，也不会引起特别的注意。理文在街上认真地查看了一番，得出结论：松弛现象显著。虽说军纪严厉，但那只是表面现象，士兵们懂得取巧，违纪的事干得巧妙。理文和送糕点的人一起去兵营看过，那里简直是个大赌场。天气好时，兵营院子里都到处开着赌局。送糕点的送完点心，就挤进认识的士兵群中赌上两把。仔细看，很多人并不是士兵。

把这个情况报告上去，会不会给天王和东王增加信心呢？理文心里惦记着这事。先前他让谭七转达自己的意见：不必非攻打长沙不可，可以奔袭岳州。但此时如果又说长沙军纪松弛，岂不是搬起石头砸自己的脚？他还是觉得长沙可以不打。

在回糕点坊的途中，理文听到有人小声叫他。不知何时，谭七来了。

“理文，你不能回那儿去！”谭七个子矮，理文觉得他就像在自己的肩膀下说话。

“为什么？”理文低声地问道。

“大姐被捕了！”

“什么！新妹？”

“是，大概是巡抚衙门干的。”

“一定要想办法营救，对了，巡抚和左公都……”张亮基和左宗棠，都和林则徐有关系。从他们那里可以得到高级情报，所以理文一直想尽快去拜望他们。他们俩都认识父亲，只要一提父亲名字，肯定会接见的。

“应当想办法，不过，你可不能去。”谭七道，“他们已知道你跟大姐住在一起。再说，你也是有来头的人。即使他们不知道你在太平军里待过，你是连维材之子，谁都知道。”

“那该怎么办呀？”

“先到我那窝里避避。大姐自有办法，他们不会马上杀她的。我跟在衙门里的人交上了朋友，他会打听出一点消息来。”

“回到那儿会被捕吗？”

“肯定会被抓走！”

“余先生呢？”理文担心会牵累关照他们的糕点坊老板余光添。

“余先生不要紧，他家五代在长沙做糕点，谁也不会怀疑他。再说，那楼上就是为了出租的，他在衙门里也有脸面，不用担心，你要赶快躲起来……跟我来！”

谭七踅进右手的一条小巷，理文和他拉开一点距离，跟在他后面。

“我那个窝很窄，你将就点。那儿还有个客人。”谭七用闲谈的语气跟理文搭话。

“客人？”

“嗯，是个孩子！就是那个陈丕成。”

“是那个孩子！”理文一直担心着新妹的事，这时他的表情才不觉和缓下来。陈丕成今年十五岁，杨秀清说他是有希望的少年，曾把他寄放在理文身边，理文离开太平军后，还一直挂念着他，只是谭七说他很健壮。大概是谭七看出了理文的心情，把他从太平军中带了出来。

“有那个孩子太好了！”理文道。

“带着孩子就不会受到人们的怀疑，所以我把他要来了。”谭七笑道。

这天晚上，在巡抚临时公署的一个屋子里，左宗棠跟李新妹面对面坐着。一个七十出头的老书记员坐在屋角一张小桌前，看起来就像相扑裁判。此外别无他人。

“用的什么花招，把连维材的儿子骗到手的？”左宗棠一进屋子就问道。

“什么？让我在这儿等了大半天，就要问我这事吗？”新妹反驳。

“重要的事当然不会最先问，这是常识。”左宗棠早就接到部下的报告，说她是个厉害的女人，但见她竟敢抗上，还是有点儿吃惊。他极力控制着，不流露形色。这关系到威严。

“要问什么呢？是太平天国的事吗？”新妹好似在催促。

“今天只是见个面，哄骗男人的手腕，我们大体也了解了。”

“那个男人从未受哄骗。”

“什么？”

“明白地说，他不是那种喜欢哄骗的男人。”

“你这是夸奖他吧？”

“嗯，算是吧。至于手腕，上林公的船，故意掉在湘江里的那一手，确实高妙。”

“什么！”左宗棠脸色变了。

“这是在长沙无人不知、无人不晓的事呀！”新妹故意挑衅。她已脱离了太平天国，但她讨厌官府的习性依旧。

这时，进来了一个下级幕僚。“连理文还没有回来。”这家伙报告。

左宗棠朝新妹看了一眼。

“大概有人告诉他，女人已被抓起来了。”

“我也是这么认为。”幕僚直立不动。

“我这可安心了！”新妹故意大声说道。

“马上给我找到！”左宗棠站起来，“把她关在魁星楼，我要慢慢审问。”

太平军主力虽已到来，但要全面包围长沙，力量还不够。钦差大臣徐广缙好不容易从衡州来到湘潭，到此不再前进。从湘潭到长沙仅有三十几公里，他那一万清军驻扎在长沙南边，给太平军造成巨大的压力。不过后来，徐广缙因这事遭到朝廷的谴责。

太平军所选择的重点作战区是在长沙城西。城东和城西都试验过，东边吃了江忠源军一次大败仗，因此自然把兵力投放到西边。长沙城西边有湘江流过，湘江中有傅家洲、水陆洲，两军在两岸进行争夺。

向荣在过去的作战中已暴露出本性。这人很难和别人合作，且常在战场上泄私愤。他跟总兵王锦绣不和，利用统帅权把王锦绣派到最危险的水陆洲。结果，王总兵率领的千名河南兵全军覆没，而他则只身逃进了长沙。

太平军渡过湘江，控制了西岸。向荣想夺回控制权，亲自带三千士兵强行渡江，发起猛攻，但完全中了圈套，最后惨败。

这次战斗从长沙城头上可以看到，城墙上简直就像观览台，士兵们一群一群地挤在一起，大声地呐喊助威。江岸边约有三百名太平军构筑了简单的堡垒防守。登岸的三千清军向太平军发起了冲锋。单从人数上来看，太平军就不可能守住，他们开始撤退。

“不行！不行呀！”张亮基在城墙上大声喊。

“什么不行？”幕僚露出惊讶神情问道。

“伏兵！定有伏兵！背后不是有一片树林吗？”

“怎么知道有伏兵呢？”

“堡垒附近是原野，不是道路，长毛贼却朝着同一个方向逃跑。军队在这样的地方溃败，一定是四散逃跑的，他们没有分散，而是结成堆逃跑，这是诱敌之计！”张亮基虽是文官，但喜欢读书，从高处往下一看，局面十分清楚。

左宗棠也扯着嗓门儿，大声喊道：“回来！回来！有伏兵！”

树林那边黝黑一片，看不清是否有伏兵，但看太平军逃跑的情况，两人不约而同地做出了同一判断。然而，在现场打仗的人是不会明白的，他们只知道，敌人跑了那就要追。

向荣情绪激动，这是决定自己会不会流放新疆的关键时刻，尽管他知道这是蛮干，但不冒险就不能立大功。“追！一个也不放过！”他大声喊着。

在逼近树林子时，太平军大军杀了出来，从城墙上看，那情景可谓壮观。转瞬间，淡红色的土地变成了漆黑色，刚才还在追赶太平军的清军，立马转过身子朝江岸边逃来。

向荣一直在马上。在甘肃固原时，他的马术就已然十分了得。在清军高级将领中，他是屈指可数的马术专家。他扬起鞭子，拼命飞奔。“乌兰泰也是在马上死的！”他想起了跟他关系恶劣的同僚。他并没有亲眼看到乌兰泰的死，但听说了当时的情景，于是脑海中就浮现出了当时的画面。

不愧是骑马的名家，向荣成功渡过了湘江。

“拉缰绳的动作真是漂亮！”左宗棠鄙弃道。

这次战斗清军惨败，大多数是淹死的，参将肖逢春、都司姬圣脉战死。长沙攻防战在这之后又继续了一个月。

太平军挖了坑道，装进炸药，可是好不容易炸毁了一截城墙，清军很快又把它修补上了，大军根本冲不进城去。

“把瞎子都召来！”左宗棠下了一道奇怪的命令。

瞎子丧失了视觉，但据说听觉要比常人敏锐得多。左宗棠命瞎子把耳朵贴在地上，要他们搜索挖坑道的声音。坑道爆破共进行了五次，但每次破坏力都不大。

“早就听人说过，果然是天下名城啊！……”刚强的杨秀清也仰望着眼面前的长沙城墙，叹了一口气。

进行第五次坑道爆破时，杨秀清说道：“全军悄悄准备行动！或是冲进长沙城，或是撤围北上，总之我军要行动起来！”

谭七获取消息的能力可谓十分高超，很快，他就得知新妹被关在魁星楼一个拐角里。

“我们要想办法把她救出来！”理文焦急得坐卧不宁，他现在才知道新妹是多么的宝贵。

根据谭七刺的情报，目前还没要杀新妹的征兆。据说左宗棠很欣赏她的性格，给她的待遇也不差。不过，要是太平军冲进城来，她的性命就很难保全了。每当发生混乱，一般都要杀死悬案未决的重要犯人。理文不希望太平军冲入长沙。

“我拟定了一个小小的作战方案。”谭七在“窝”里小声地跟理文说。

“作战方案？”

“对。我收买当兵的，偷偷地弄来了炸药。我想利用炸药。”

“用炸药炸开魁星楼那间房子的门吗？”

“对，只有这个办法。”

“卫兵很多，收买？不可能全部收买吧？”

“那是不行的，一两个还好说，那儿有近二十个人啊！”

“那怎么办呢？”

“让这二十人一下子都从那里退走。”

谭七笑嘻嘻地谈起他的作战方案——在挨近魁星楼的地方点燃炸药，一阵混乱就可以把卫兵从魁星楼全部引出去。其中可能有一些值得钦佩的士兵守着岗位。这时，理文就要在那里大声喊道，上级的命令，赶快去帮忙救火。利用这个空隙，用炸药炸毁魁星楼禁闭室的门锁。只是炸锁，需要的量不会很多。为了能接近魁星楼，谭七早已准备好了清军的制服。

“谢谢你了！”理文行了一个礼，连自己也感到自己的眼角发热了。

“在这样的时刻，为了一个女人……”

“十八日进行！就这么决定啦！”

十月已过去一半，到了月底，距萧朝贵到达长沙城外就三个月了。这真是漫长的攻防战。

不知为什么，谭七说话时总面带笑容，理文从他表情中得到了安慰。

风已带凉意，且比平常刮得大，天空阴沉。

理文身着清军制服，跟谭七一块儿朝魁星楼走去。谭七拉着辆载米袋的车子。他个子矮，清军中又有许多熟人，所以他不能化装成清兵。陈丕成从后面推着车子，带着小孩子一起走，降低敌人的警惕。

“挺好吧？天气真糟糕，明天一定会下雨。”谭七不时地跟熟识的士兵打招呼。

魁星楼旁边有一排柳树。

“在这儿休息吧，等时间到了。”谭七道。

三人都跟着谭七坐在柳树根下。

“炸药什么时候装？”谭七太过于悠闲自在，理文有点不放心，小声问道。

“已经装上了。”

“啊？”

“现在只等着爆炸。”谭七笑了笑，拍了拍理文肩头。

谭七同城外的太平军常取得联系，他早知太平军第五次坑道爆破的作战计划。这次作战是要炸毁魁星楼附近的城墙。时间事先早已决定了。城外的太平军早已做了冲锋的准备。谭七画了个草图，做了一些解释，不一会儿，突然躺了下来。

“卧倒！”

预定的时刻快到了。三人装作俯卧的样子，俯伏在地上。他们感觉时间过得太慢了，但其实还不到五分钟。轰隆隆接连发出巨响，地面摇晃起来。

“走！”三人朝着魁星楼跑去。

理文已不需要向魁星楼上的卫兵发号召，真正的军官早已声嘶力竭地在喊叫：“快去！把准备好的土袋堆到炸毁的城墙上去！别磨磨蹭蹭！现在需要人！”清军早预料到会有地雷战。到处都堆放着土袋，以便及时采用。他们知道用作填补缺口最方便的是棺材，所以也准备了大批的棺材。棺材里填上土，就成为最好的堵塞物。

“哈哈哈！”谭七站在牢房门前笑了起来。

“连火药也不需要啦！”

卫兵刚刚大概是正在开门，钥匙还插在锁上。谭七慢慢转动钥匙，把两扇沉重的牢门向左右推开。

第五次爆破炸塌了二十米长的一段城墙。清军总动员起来把缺口堵住了，填满泥土的棺材起了很大的作用。太平军对这里进行了炮击，但始终未能冲进来。参将张协中被太平军炮弹打死，但太平军也退了下去。

第二天夜晚，根据既定方针，太平军决定撤围退走。这是一个雨大风强的夜晚，太平军在湘江上搭起浮桥。东岸部队已渡过湘江。猛烈的风雨声掩盖了太平军的行动。翼王的部队驻扎在西岸。东岸友军的先头部队一到达，翼王军的先头部队就静静地向北开始行军。长沙城内外的清军一点儿也未发觉数万太平军的移动。

“喂——！没有啦！喂——！敌人没啦！”

城上的哨兵喊叫时，已是第二天清晨。

城内传来了鸡鸣声。

太平军水师

趁着风雨，太平军撤了对长沙的包围，前往西北方的宁乡。长沙的官员们不知道太平军的去向，大为惊恐。以前桂林的官员们见太平军撤退，无不额手称庆，继而争夺功劳。但北京的朝廷非但没有给予奖赏，反而认定其“放贼他所”，严厉处分了钦差大臣、总督、提督等人。因此，绝不能放任贼军去别处，否则会受朝廷的追责。

塞尚阿已经被革职，新的钦差大臣徐广缙在南边的湘潭。长沙是省城，湘潭不过是个县城，地方小，容易遭到包围。

“跑到哪儿去了呀？”

“逃回去了吧！”

“是想袭击钦差大臣吧！”

“赶快出兵吧！”

长沙的官员们不得不立刻派兵。要是按兵不动，他们谁都坐立不安。十月二十一日，和春、秦定三、李瑞、经文岱、王锦绣、常禄六个总兵离开长沙，向湘潭进军。但太平军毫无踪迹，他们白白折腾了一天。

“可能是西北方向！”——长沙方面终于意识到了这一点。

左宗棠在审问太平军俘虏中一个像是头目的人时，有这样一段对话：

“你们胆敢反抗天朝，干出这样大逆不道的事，为了什么？”

“我们都快饿死了，与其饿死，不如造反！”

“胡说！看你们的文件，是打算打天下的。白纸黑字，清清楚楚。”

“是，那只是为了鼓鼓劲儿。这样无法无天的事，确实没想过。”

“那么，你们是怎么打算的？不是夺取南京、进兵北京吗？”

“哪有这样的事！我们没这么大力量，这一点你应该清楚。”

“那么，原来是打算夺取长沙当作根据地吧？”

“不错，湖南土地肥沃，打算在这里占点土地，过一过舒服日子。”

“混账！小看湖南！看！长沙拿下来了没有？长沙不会轻易丢掉的！”

“是，我们的头头大概也感觉到了，他们说过，要攻打其他容易的地方作为据点。”

“什么地方？”

“我听到一个地名，叫常德……”

“什么？常德！”

常德在洞庭湖西，面临沅江，在长沙西北约一百八十公里处，是个相当大的城市。

“是西北，他们打算通过宁乡、益阳奔常德。”左宗棠相信俘虏的话。若他是太平军的军师，也会攻打常德。那一带清军防御相当薄弱。太平军现有的兵力很难攻克长沙，湘潭虽小，但钦差大臣在那儿，兵力充足，而且长沙援军近在咫尺，要打湘潭，等于自杀。常德和湘潭相当，离清军任何一个军事基地都很远，是最佳目标。

“贼军中也有相当有见识的人物啊！”左宗棠立即把情况报给张亮基。

“是吗？到南边去的部队白费劲了。”张亮基一阵惋惜，他正想聚集更多的力量。

“这样就可以松心了，至少可以辩解说，我们并非什么也没干。”左宗棠挖苦道。

“可以松心，可以辩解，但现在已损失了这么多兵力。”

“兵力可以创造。”

“哦……不过，兵力是有限的。”

“同样的兵力，让他们振奋起来，力量就可以增大两三倍。”

“这个我明白。不过，光讲道理不行呀，要振奋，要有方法。”

“我有一计。”

“你说吧！”张亮基催促。

“从俘虏口中打听出了贼魁埋葬的地方。”

“啊！此计甚妙！”张亮基拍了下大腿。

萧朝贵在长沙南门外战死的消息，清军早已知道了。阴历七八月，湖南天气相当热，遗体放在棺材里保存不住，定是暂时埋葬在土里。太平军撤退时，肯定没有时间把棺柩从土里挖出来抬走。

长沙的官员们对阵亡的将士进行了祭祀。张亮基朗读了祭文。原稿是左宗棠写的。祭坛前立着两根柱子，柱上挂着挽联，那也是左宗棠写的：

山颓木坏

风惨云凄

挽联虽短，足以使人肃然起敬。祭坛后面也挂着各界要人为仪式所写的挽联。大概是这些倒下的将士令人想起五丈原死去的诸葛孔明吧，是以挽联上大多是“出师未捷身先死”之类的句子。祭坛上供着牛、猪、鸡。供物中特别惹人注意的是一口沾满泥土的棺材。棺材旁放着一个故意抹上泥巴、三十公分见方的小木匣。棺材和木匣都揭去了盖子。那是萧朝贵的遗体。遗体从老龙潭边临时的坟里被挖出来，扔在地上，用刀砍下首级。四方匣子里装的是萧朝贵的头颅，遗骸则扔在棺材里。给阵亡将士最高的供物是“贼魁”的遗骸，这虽是慰灵仪式，但情景极其离奇。因为离奇，所以震动人心。

清军举行祭祀仪式的同时，太平军通过宁乡，架起浮桥，渡过资水，占领了益阳。这一带驻守的将官是参将纪冠军。清军抵抗十分激烈，纪冠军战死，清军死亡七八百人。

“这是天父所赐！”杨秀清喊道。

益阳城的官员早已逃散，资水上漂了千百只民船。这倒是意想不到的战利品。

出长江，取南京，窥视江北，长驱攻占北京——早就有人提过这样气魄宏伟的计划。但反对“长驱派”的人则认为：有志打天下，这是一样的，但一定要考虑到自己的实力，在夺取天下之前，应当建立根据地，把富饶的湖南一带当作自己的家。主张后者的人数居多，他们认为可以把常德作为根据地。

但是现在，利用这些船只，不就可以直下长江了吗？进攻南京并非没有可能。而且，当地的居民说：“这么几只船不值得大惊小怪，在岳州那里，像这样的船，不知道有多少呢。经洞庭湖去长沙的船，全叫岳州当官的给扣下了。啊，他们说，现在长沙在打仗，船让敌人抓住，可能会被敌人利用。啊呀，那儿到处是船。”仅靠眼前这千百只船，就可以直下长江，何况岳州还扣留了好几倍的船！

太平军召开了核心领导人会议。对于长驱派和盘踞派的分歧，洪秀全和杨秀清都没有明确表态。

长驱派认为，太平军是边打仗边增强兵力，以兵力不足为借口，不考虑远大计划，这是没有道理的。

“作为最终的目标来说，”盘踞派的罗大纲表达了自己的想法，“我们当然要在整个国土上实现天国的理想。但是，目前未能攻下桂林和长沙，最多只有五万、十万的兵力，能打下县城州城，却还没有力量拿下省城。我们目前只能在常德建立据点，然后放手大干。”

盘踞派总是强调“目前”，他们认为要等条件发生变化。但在长驱派看来，益阳的民船不正表明，条件已经发生变化了吗？

“这是不够的。”罗大纲道。他当过艇匪，曾率领船队到处冲闯过，他说的话，其他领导人还是听的。但他又道：“岳州若有三千多民船，也可以夺取武昌，在长江里作战也不是不可能。”

第一次会议得出的结论是：首先要立即查明岳州船只的情况是否属实。

根据结论开始工作，这是太平军的传统。

益阳通过资水及洞庭湖与岳州相连。益阳有不少去过岳州的人。太平军了解到，有个木材商人昨天刚从岳州来。此人名叫唐正财，他带了一百多只船来岳州，叫政府给扣住了，唐正财每年都到岳州去做买卖，这次船被扣了，他到这边来看看情况，如果这边没有“贼军”，也许能解除禁航令。可是偏偏，他碰上了“贼军”。

“把人带来，问问情况。”杨秀清道。

“啊，不是老唐吗！这……”看到唐正财，罗大纲瞪大了眼睛。

“啊！老罗！……”唐正财也有点吃惊。

“你们是朋友呀！这就好谈了，说说岳州的情况吧！”杨秀清从旁插话。

“你也参加了长发一伙儿啦！真没有想到！”

“是呀。”罗大纲接着向太平军干部们介绍唐正财道，“他是个头脑非常聪敏的商人，胆子大，过去我们掠夺来的东西很多都卖给他，他自己也常带船队协助我们活动。”

“是这样啊！”杨秀清面颊上挂着微笑，但很快，就恢复了原来的表情。

唐正财半盗半商，相貌也不寻常。

“这家伙看上去可以用！”杨秀清心想。他一直在旁边观察。

“岳州有多少民船？我们想知道个情况。”罗大纲道。

“五千三百只，还有许多筏子。我要是有军队，一定攻打岳州。有的是办法。”唐正财直截了当地说。

“哦，攻打岳州……对手是什么样的人？”罗大纲盯视着唐正财的眼睛。

“竟把那么多窝囊废聚在一起，真叫人吃惊。岳州当官的，个个都是窝囊废。”唐正财根本不介意罗大纲的盯视，顾自说道。

“岳州有个提督吧？”

“叫博勤恭武，地地道道的窝囊废。”

“听说过这个名字。”罗大纲道。

十年前鸦片战争时，此人任湖北宜昌总兵，曾奉命率队增援广州，并没有打过什么大仗。大概把军队带到战场上也算是一种功劳，不久就当上了甘肃提督。

“提督麾下只有八百兵。”唐正财道。

博勤恭武本是湖北提督，由于太平军进入湖南，他奉命由湖北进驻湖南岳州。“一次小小的出差，”博勤恭武本人和士兵们都这么认为，“收拾长毛贼是广西和湖南的事，我不过在湖南北边露一下面，示一示威。”他根本没有打仗的想法。

“不会有错？”杨秀清插嘴道。

“我在岳州待了三个月，一般情况还是了解的。道员王东槐有点骨气，但最近他父亲去世，回乡奔丧去了。参将阿尔东阿还像个军人，但部下很弱，没什么训练，半数是烟鬼。”

“文官们呢？”

“那儿有知府知县，都是草包。若我是宰相，我就把最有能耐的将军、最强大的军队放在岳州。岳州虽不是省城，但失了它，朝廷就危险了。”唐正财滔滔不绝。

“岳州这么重要吗？它好像是湖南湖北的中枢要地吧？”

“要叫我说，桂林、长沙、武昌，占了也顶不了大用。可是，打下岳州，他们就完啦！”

“就因为有五千只船吗？”

“不光这些，平西王的大炮弹药全部都留在岳州呀！”

“平西王？”一直默不作声的石达开探起身子。

“是呀。岳州曾是平西王作为金城汤池之地所建的一个大基地。”

洪秀全这时也稍微挺了挺身子。杨秀清看到两人的样子，露出不快的表情，接着闭上眼睛，连连地点头。他没受过正规教育，第一次听到这名号，当然不知平西王是何人。

“平西王死的时候，岳州还没有被清军夺去。平西王死后，部将们想回云南，失了斗志。当时清军只到达岳州对面的君山。平西王的……”韦昌辉道。

杨秀清没学问，但脑子转得快，在他闭眼时，已觉察出别人所说的平西王，应该就是清初所谓“三藩之乱”的主角吴三桂。

准备造反时，杨秀清曾下功夫研究过过去的叛乱，他不识字，专靠耳朵求学问。向洪秀全、冯云山这些知识分子求教有碍面子，所以他常去央求金田村私塾里的老先生给他讲过去的战争故事。

吴三桂原是明朝将军，在他驻守山海关，防御满族入侵时，北京被李自成占领，那是一六四四年的事。明朝受满族和李自成军东西夹攻，李自成先攻陷了北京，他是驿卒出身，是所谓的“流寇”，但同是汉族这一点却改变不了。李自成也想建立汉族王朝，是以要防御满族。吴三桂起初也这么想，但他获悉自己留在北京的爱妾陈圆圆为李自成手下刘宗敏所夺，火冒三丈，遂同满族联手，借其力量攻进北京，击杀李自成。

清王朝进入北京后，定北京为国都，很快控制了中国全境，吴三桂因此成了清朝“开国元勋”，被封云南王。

村塾老先生讲故事十分动听，尤其是讲到陈圆圆与吴三桂的关系，简直可以说说声色并茂、栩栩如生。杨秀清之所以不知道平西王，是因为老先生讲故事时，用的是封地的名字，把吴三桂称作云南王。

杨秀清又央求老先生讲吴三桂叛乱的事。

“云南王毕竟老了，可惜呀，岁月不饶人啊。”老先生不禁感叹。

清入关三十多年后，吴三桂起兵叛乱，当年的少壮将军已经老迈。叛乱持续了八年，最后吴三桂死在军中。他死前不久，曾在湖南衡州即位称皇帝，前线的大基地就是岳州。

杨秀清大字不识几个，记忆力却十分了得，他把老先生讲的故事连细枝末节都回忆起来了。

“平西王丢下的武器是可以要的，但绝不能蹈那个老头的覆辙。他想依靠达赖喇嘛，要求分国土，这想法实在可笑。既然举事，就要战斗到底！”杨秀清严肃道。

吴三桂一面对清发起叛乱，一面又依赖达赖喇嘛，要求“裂土罢兵”，说什么只要中央承认他领有西南的部分土地就停战，这个要求当然被康熙皇帝驳回了。

在场的人都互相瞅了一眼，心里不禁诧异：学问没多少，知道的事却不少啊！

三藩之乱已过去一百七十年了，按照常理思考，那样陈旧的大炮和弹药早就没法使用了。不过，这一百七十年里，战争的技术和工具其实并没有多大的发展。唐正财习惯举出明确的数字，例如他说船有五千三百只，提督手下的兵有八百，但唯独对大炮和弹药的数量，用了“多得数不清”这样的泛泛之词。

“不会有错！”——杨秀清这样判断。他认为吴三桂失败的原因，就在于消极地想盘踞在湖南以西。

洪秀全和石达开眼神也有了光彩。由于从唐正财处得到的情报，太平军确定采取了“长驱”计划，放弃常德，由益阳向东进攻。有了千只民船，所以这一次，大军水陆并进，船队由来历不明的唐正财指挥。

太平军占领益阳，是十月二十二日。

水陆两军到达湘阴县临资口，是十月二十六日。

清朝也知道岳州是要地。湖北巡抚常大淳亲自来到洞庭湖畔，征集五百民船，装上石头、土块，沉于湖底，堵塞去岳州的水路。他以为把水路堵住就万事大吉，因而并未增强湖口守军。他没有掌握太平军的进军路线，当然乐观地认为他们不会朝这边来。其实，五百只沉船多是小船，沉大船太浪费。

而说是沉，其实也只是尽量沉在水浅的地方。沉船，本可以将船帆取下，但常大淳却让人挂上帆，甚至在没有帆的船上还特意装上帆，他要让太平军一目了然，死心断念。

“清除沉船！”

杨秀清一到达洞庭湖口，并未深加思索，便发出这样的命令。太平军从附近村镇征调了几万人来清除沉船。这些人中，有不少之前刚刚接到巡抚的命令，干过沉船的工作。仅一天的工夫，沉船就已经被清除了。

湘江和资水汇合注入洞庭湖的地方，叫作临资口。北面三十多公里处，有一条小得多的江，也注入洞庭湖，名曰汨罗江。江边有个汨罗县城，位于长沙和岳州的中间，离岳州略微近一点。

太平军到达临资口时，连理文与李新妹正在汨罗县城内。他们从长沙下湘江，在湘阴附近与谭七、陈丕成分手。谭七和陈丕成回到了太平军里。

“战国末期，有个名叫屈原的人。”理文跟新妹说道。

“又要讲什么难懂的大道理了吧？我能听懂吗？”

“普通的事，你脑子都能顺顺当当地装进去啊！”

“好吧，那你就讲吧。”

“他自己的国家，叫楚国，那里的政治不好，屈原想改革，但遭坏人们的阻挠。”

“什么样的坏人？”

“那些家伙充当秦国的走狗。屈原被逐出都城，来到了这一带。”

“太惨了！”

“据说屈原披头散发，在这一带徘徊。理想无法实现，想为国家效力，却得不到国王承认。他在这一带徘徊时，碰到了一个老渔翁。”

“理想无法实现，这跟我很像呀。”

“老渔翁跟屈原说，世人都是浑浊的，为什么你不能和他们同流合污，也变得浑浊呢？你想独自清白，所以才苦恼。”

“啊呀，这话简直像是对我说的，同流合污，变得浑浊……那个屈原后来怎么样了？”

“屈原怎么也不想变浑浊，那就只有死了，他就是投汨罗江死的。”

“我才不死！”新妹突然站了起来，眨了眨眼睛。她又笑起来朗声道，“我说，你是在为我担心吧？”

“不是，你不用别人为你担心，你是独自一人可以顽强活下去的人。”

“我不是一个人！”新妹说罢，好似想起了什么，又坐到椅子上，然后把椅子挪到理文身边。“那个人是自杀的？真讨厌……这种地方……咱们赶快走吧。”新妹抓着理文的胳膊摇晃着。

第二天早晨，两人出了汨罗城，来到汨罗江边。他们已做好行路的准备。

“快走吧。要不又要碰上打仗了。”新妹一心希望能快点进入长江。顺长江而下，在理文告诉她的那个叫上海的新的土地上开始新的生活。

理文也产生了一个新想法，觉得还是从离太平天国稍远的地方来观看他们的新试验最好。至于太平天国的后勤和经济管理工作，没有他这个顾问，他们也能自己找人来做。

雇的船按约定时间来了。

“好啦好啦，总算溜出来了，差一点儿就叫洞庭那边给拉去了。那样一来就要叫你们白等了。”船夫一边撑篙，一边喊道。

“洞庭那边怎么啦？”理文问。

“来了什么长毛军，要把以前上头沉下的船拖上来，正在收罗人哩。”

“看来还是赶快走好。比预想的还快啊！”理文对新妹道。

“一旦得势，会快得连自己都会感到吃惊。不说这个了。我说，你昨天给我唱的那支歌，再唱一遍给我听听吧！就是那个歌，那个老渔翁唱的歌。”

风很大，小船摇晃得很厉害，就连曾经以江河为天地的新妹，也紧紧抓住理文的袖子，缩着脖子。

“那个歌呀……”

屈原曾慨叹世人皆浊而自己独清，世人皆醉而自己独醒。老渔翁临别时，给屈原唱了一支歌：

沧浪之水清兮，
可以濯吾缨；
沧浪之水浊兮，
可以濯吾足。

昨晚理文喝着酒唱了这支歌。

在广西百姓眼里，湖南很富饶，其实，湖南人的生活并不轻松。很多人缴不起佃租和税款，于是选择逃亡。官府要通缉，抓住了要惩罚，因此逃亡者们希望能够聚集在一起，建立组织以自卫。当时各地出没的盗贼，大多是这样的集团。在湖南南部，有数万这样的逃亡者参加了太平军，这就是“湘南扩军”，基本上也是盗贼集团的性质，只不过规模更大而已。

理文的船夫说：“我总算是溜出来了，其实别人还乐意去呢，因为每天都开工钱。听说长毛军是土匪，可是还给人发钱……真叫人纳闷儿。以前上头命令沉船的时候，不要说不开工钱，连饭也不给吃呀。”只要每天给一点工钱，这一带的人就会一拥而来。他们那么穷，愿意干活儿，可平常很难找到个像样的工作。

当理文和新妹渡过汨罗江，到达桃林寺村时，太平军已清除了洞庭湖水路上的障碍物。

盗匪多的地方，团练也很活跃。地主们拥有许多财产，需要保护，他们训练壮丁，组建私人军队。官府当然也承认。地主发津贴，所以能募集到人。太平军进军途中有一个地方叫土星港，那儿由当地士绅吴士迈募集的两千团练把守，这些人大多是洞庭湖沿岸的渔夫子弟。清政府把这两千渔民也当作防御力量。

太平军一到，这些团练没有打就溃逃了。

“什么！全逃了？一枪也没放？”博勤恭武在岳州听到这个消息，不觉从椅子上站起来。不久前他曾亲自到土星港检阅团练。当时他很感动，心想：嗯，这些人比官兵可靠得多！

团练壮丁们平时撑船打鱼，看起来很壮实，跟那些半数都抽大烟的官兵比较，这些浑身隆起古铜色肌肉的壮丁们当然令人感到可靠。

现在看来，这些人也不顶用！

“他们都逃了，咱们那些兵更不成了！”博勤恭武想到这里，脊骨像被人泼了瓢凉水。以前情报说太平军要打常德，现在路线又向东。

岳州开始惊慌。

“我在军队的光荣历史这就完了！”提督自言自语。

其实，他所谓的光荣历史，也是幸运历史。他是满洲正白旗人，初属鸟枪护军。嘉庆十八年（1813 年）被派往河南，授骁骑校，这是他首次当军官。从那至今已四十年。十年前，鸦片战争，他以总兵身份参加，但未亲临战场。是以看似身经百战，其实他毫无经验。其后，甘肃回民叛乱，但他赴任时，叛乱已平定，他坐享其成。但是，幸运不会永远持续下去。湖北是他首次当总兵的地方，这次，他当上提督，可谓衣锦还乡，但看来好景不长了。

"老头儿！"半夜里他叫来陆老头儿。

陆老头儿三十年前担当他的勤务兵，至今一直未离开他身边。

"出大事啦？"陆老头儿边说边走过来，他好像已知道叫他来的原因。

"给我出点主意吧！"

"这是从未碰到过的事啊！"陆老头儿很受主人信赖，他为主人处理过种种杂务，无论金钱，还是女人。他头脑灵活、办事精干，处理幕后的事更为拿手。他早已觉察到主人要跟他商量的可能是逃跑的事。

"府城看来保不住了，两千渔户没交手就溃逃了。长沙有六万军队，也未能狠狠打击长毛贼……毛贼未损失一根毫毛，现在朝我们这边打来了。"提督皱着眉头道。

"不能白白送死呀！"

"就是嘛！长沙不应该把长毛贼白白地放跑了。"

"咱们扣留了船只，现在看起来也是失策。"

"为什么？"

"长毛贼是听说岳州有五千民船，才朝我们这边开过来的……不过，这也只是谣传。"

"是呀！"提督紧咬嘴唇。自己干的事反叫自己遭了殃，他心里很不是滋味。

"过去的事无法挽回，想想今后该怎么办吧！"

"对。不能白白送死，可是，要逃，又会落个余步云的下场！"

鸦片战争中，浙江提督余步云丢弃宁波逃跑，被处斩刑。以前也有过其他败阵逃跑的提督或总兵，但处死的只有一个余步云。

"余提督被砍头，因他是汉族。若满族提督，干了同样事，恐怕脑袋是不会掉的。"街头巷尾，军队大营中常常窃窃私语，大家脸上心里，都是不满。

“军队赏罚应仿效圣祖平定三藩之乱时的做法！”

最近朝廷里出现了这样的意见。这一消息传到了博勤恭武的耳朵里。在平定吴三桂叛乱时，清朝建国仅三十年，而满族高级官僚却彻底贵族化。满族军队根本不起作用，镇压成功完全是依靠绿营，即汉族部队。圣祖康熙帝论功行赏，赏则汉人先赏，罚则满人先罚，尤其皇族亲属。大将军勒尔锦郡王和简亲王喇布等人被剥夺爵位、没收家产，还受了监禁处分。清军因此士气大振。三藩之乱后两年，台湾郑氏也终于投降清朝。清军这一黄金时代，是以严厉的态度对待满族军官而建立起来的。现在朝廷开始反省，认为应当吸取这一历史经验教训。军界已做了这样的预想：这次若发生战争，满族将军定会受到严惩。

这也是博勤恭武担心的事。“不战而逃是不行的，一定要做个样子让人看看。要打！可能的话，还要负点伤，让人觉得是不得已才后退的。”

提督想说未说出口的话，陆老头儿早已明白。提督的意思是要陆老头儿给他导演一下，不仅是角色，连观众也要为他备好。

“这是个关键，花多少钱，我不在乎。”提督道。

曾国藩十三年未回故乡。他是个易动感情的人，在母亲灵前放声痛哭。

“行了，不要哭了。”弟弟曾国荃拉着哥哥的袖子劝道。

“我已灰心透了！”

在结束了作为儿子应行的仪式后，他走到院子里，抬头仰望苍穹，这时他才感到一点秋天的凉意。曾国藩真的灰心泄气了。他那垂头丧气的样子，旁人看来也觉得有点儿太过分了。他那仰望秋空的目光，好半天才定下焦点。

“不能总这么哀痛啊！现在正是国家多难之时！”曾国荃好似已忘了母丧，只担心战事。

“多难，确实是多难！”曾国藩的话里没有一点力量，这使弟弟无法忍受。

“哥哥不也是侍郎吗？处此地位，恐怕对国难比谁都更应关心吧！”

“我是关心的。”

“看不出来是这样。母亲去世是哀痛的，可是……”曾国荃肩膀上憋足了劲儿，弄得他连话也说不下去了。

“光是捶胸顿足，非忧国之士！”曾国藩劝诫弟弟道。

“那倒也是。可是……”

“要带兵去长沙吗？”

“如果可能，我是愿去的。”

“如果不可能，那就只好忍耐吧？”

“那……”

“你是说，也要让我跟你们一起捶胸顿足吗？这么做又有什么用呢！”

“是的。所以……因为没有军队，所以要搞军队，搞团练。在这方面还要哥哥帮忙。”

“朱孙诒已经开始搞了。”湘乡县知县朱孙诒早已在加紧训练壮丁。

“不过，还得要哥哥……”

知县正七品，不算是什么大官，在中进士的人当中，成绩较差，名次较后的人，一般最初都是当知县。像曾国藩这样在中进士时名次较前的人，一开始当的官儿就比知县大得多。侍郎是正二品，巡抚是从二品，所以侍郎的地位比巡抚还要高。曾国荃话中意思是，知县虽拼命搞团练，但若当大官的曾国藩能够出马，团练会更有力量。

“只要哥哥跟乡绅们打声招呼，分量可不同啊！”搞团练也要经费，光是让年轻人吃饱肚子就不是件容易的事，侍郎出来说句话就可能筹措到很多钱，比知县说话的效果要大得多。曾国荃这么认为。

“会是这样的吗？”曾国藩仍仰首望天。

“不光靠地方士绅捐款呀。若哥哥能出来主持湘乡团练，北京总不会一点不照顾吧。”

“天真！”曾国藩这时才把目光转到弟弟身上。

“为什么？”弟弟不理解遭到哥哥斥责的原因。

“你打算向北京要钱吗？”

“给一点预算就……”

“我明白地给你说吧，现在国库里只有五六万两银子。自长毛贼造反以来，用于镇压的费用已超过一千万两，在一小撮人造反初期就花了那么多钱。现在他们自称有五万、十万人，北京只那么点儿库存，你明白这意味着什么吗？”

曾国荃答不上话。

“不要指望北京会给一个铜板。要搞团练，必先筹钱，捶胸顿足，一个子儿也不顶！”

“我明白了。”曾国荃低下脑袋。

“不管怎样，战争情况要随时告诉我。”

“是！”曾国荃眼睛一亮，他从哥哥的话中已了解到哥哥还是在为国事担忧的。

“听说瀚章已从永定驰赴长沙，带去了一些兵。”

“哦，瀚章……”

李瀚章是曾国藩的门生，李鸿章的弟弟。

此时，李鸿章算是个中级官吏，弟弟则不过是小小的代理知县。

“瀚章调任益阳知县，在赴任途中，他没有去任所，却先进了长沙城。”

“这样也许更好。”曾国藩低声道。

益阳县在被太平军占领时，刚刚更换知县，知县的位子实际上是空的。太平军每占一个城一镇，先杀地方长官。益阳县由于人事变动，没有知县可杀。本来李瀚章已被任命为益阳知县，但这位血气方刚的年轻知县，在途中却跑进长沙城里去指挥军队了。

岳州城里，感到恐慌的不只是提督博勤恭武一人，文官们也心惊胆战，大家都知道，太平军要杀官吏。岳州城是岳州府所在地，同时也是岳州府所管辖的一个县——巴陵县，那里既有知府，也有知县。知府从四品，是相当高级的官吏，当时岳州知府叫廉昌，巴陵县知县叫胡方谷，正如唐正财所说那样，这些官儿都没什么才干。

十一月一日，向荣才率兵从长沙到达湘阴。“掌握不住长毛贼的路线”——这是他迟迟不离开长沙的借口。其实他早已了解了太平军的行踪。若迅速行动，必然要和太平军交手，他害怕。到达湘阴时，太平军离开长沙已十二天。也就是这一天，徐广缙来到长沙。向荣在湘阴给岳州写信说：“死守岳州一两日，定奔赴救援。”十一月二日，这封信送到岳州城。但是，岳州城里已无收信的人。廉昌和博勤恭武早已出东门逃跑了。

“因急事外出！”知府秘书解释道。

“卧病在床！”提督的老幕僚回道。不用说，老幕僚就是陆老头。

十一月三日早晨，胡方谷弃城逃走。当天下午，太平军逼近岳州城。

城内发生了暴动，有人与太平军暗通消息，也有流氓地痞乘机放火抢劫。

岳州城四门大开。太平军分成三队，陆续进入岳州。虽不时有枪声，好像有抵抗，但极其微弱。大军兵不血刃，进入岳州。

城中，一处太平军未到的地方，上演了一幕丑剧。

不知何处，传来枪声，一声，两声，枪声很节制。四周居民紧闭门户，不过，也有人从门缝或窗口看热闹、在暗中嘲笑。

“湖北提督博勤恭武在此！奉命严惩贼军！退走！鼠辈！”

第三枪响起。

“哎、哎、哎哟！”呻吟声音也很大。

“提督阁下，您怎么样？伤势很重啊！请大人暂时离开这里……请……”

“不！我……我尽忠报国之地就在这里了！我……”

“大人不必这样！东山再起，才是尽忠报国！”

从窗口往外瞅的人们，看到一个人躺在门板上，被两个汉子从现场抬走。

“那不是赵永赐吗！”

看热闹、暗中嘲笑的人们当中，有人识破了玄机。

赵永赐是湖南走江湖的艺人，几年前已洗手不干了，刚才说的话，虽有点咬文嚼字，但那声音跟当年的赵永赐一点不差。

百姓不是傻瓜，很快就明白了，这不过是提督安排的制造伪证的丑剧而已。满族提督和老百姓出身、却已长期脱离老百姓的陆老头，都小看了老百姓的眼力。丑剧导演，不用说，自然是陆老头。

当然，城中并不都是无能懦夫。参将阿尔东阿誓与岳州城共存亡。

太平军撤走后，岳州城回到清军手中。太平军进入南京之前，即使占领了城市，一般也不留守军，全军撤走。当清军再次进入岳州后，没有发现阿尔东阿的遗体。可怜，他也和提督、知府、知县等人同样被北京看作是弃城逃跑的死刑犯。不过很快，他的遗体被找到了。他是殉难的，于是朝廷恢复了他的名誉，对遗族赐以恩典。

博勤恭武挖空心思演了场戏，可是逃到武昌时被人发现了。他在谷城化了装，逃回北京，改名换姓，藏在黄村。从清朝来看，他是犯了十恶不赦大罪的。余步云只是弃了宁波逃跑，还没有像博勤恭武那样逃跑后又藏起来的。

博勤恭武被处以极刑——处斩弃市。

根据大清刑律，犯这种罪是不连坐的。但由于其性质极其恶劣，连他的儿子、已被提升为刑部员外郎（从五品官）的贵山，也受到了革职处分。知府廉昌和知县胡方谷也被砍了脑袋。清廷认为，若对这些人不处以极刑，以后文武官员就不可能振奋精神去同太平军作战。他们希望官员们懂得“逃跑就要砍头”的惩罚规矩，这样，即使为了自己的遗族，也会拼死战斗。

太平军由于占领了岳州而有了一支庞大的水军。

他们设了水军总司令的职称——典水匠。唐正财被任命担当这一职务。

火烧黄鹤楼

武昌城外的军队之多，让城外的百姓大为吃惊。他们从未想到武昌会有这么多的军队，一定是全武昌的军队都开到城外来了。他们是官军，当然是遵照指挥官的命令在行动。

“出来！出来！”官兵们一边四处奔跑，一边喊叫着。

“要拆毁房子啦！要点火啦！快快出来！”

“中午之前要清除完毕！”

“只准拿贵重物品！”

武昌城外一片恐慌。当连理文和李新妹快到武昌城时，城外已混乱。

岳州失陷的消息已传到武昌。清军在长沙拥有大军，作战却十分艰苦。清军方面认为，其原因之一是没有在太平军到来之前清除城外民房。太平军确实是以长沙城外的民房为据点，向城内发起进攻的。

湖北巡抚常大淳人品不错，但遇事欠果断。由于没有军事负责人，他向朝廷请求：“将江南提督双福留在湖北协助防御。”

从双福来看，他是来湖北出差，在那里受委托管军事。他这人跟常大淳恰好相反，遇事很果断，但人品不怎么样。而他的果断，实际上是独断专行。

“长毛贼已逼近武昌，请务必留在本地指挥。”常大淳提出了要求。不，这已不是要求，是恳求。

“我了解，现在是国家非常时期，我愿为武昌尽力。不过，我希望能绝对听从我的指挥，有关军事的一切事情，必须将全权交给我。”双福提出条件，常大淳同意。

“为了不致成为敌人的据点，城外民房要统统拆除烧毁。”

“我们自己凑钱，筑土墙。召集壮丁，协助防御。”——居民哀求停止破坏住房。他们准备用土墙把城外民房集中的地区围起来，阻止敌人靠近。

“已经来不及了，没时间了！”双福摇了摇头，拒绝了居民的要求。

这是岳州失陷前的事。一获悉岳州失守的消息，他决定城内全军出动，清除城外民房。

“限本日下午放火烧毁！”——这是毫不留情的命令。

一场大混乱。孩子们哭叫，大人们心急火燎。那些准备反抗军队和官吏的人也完全绝望了。

“这些人就要失去家了！今天晚上他们将住在何处？有的人家还有病人，有的人家恐怕还有临产的女人吧！”新妹紧攥着拳头。

“我们又有什么办法呢！”理文道。

“太平军不打过来，就不会发生这样的事呀。”

“不过，新妹，我想你也会明白，现状无论如何也是维持不下去的。”

到处尘烟滚滚，成群结队的士兵跑来跑去，他们手里拿着大槌、麻绳之类破坏民房的工具。现在已没闲工夫来慢慢拆毁民房了，他们计划在放火烧毁后就铲平一切。一阵尘烟消失后，新妹看到了一个熟识的面孔。

“那不是亚仙吗？”新妹打招呼道。

“啊，新妹，你也来啦！咱们努力干吧！……你也是进城的那一组吧？”亚仙还不知道新妹已脱离了太平军，她还以为新妹也和自己一样，是带着特殊任务潜入城里去的。

“不！”新妹摇了摇头。

“是吗……我是城内组的……以后再谈吧。要不快进城，城门就要封闭了。”亚仙是个三十来岁的妇女，长得胖墩墩的，皮肤黑一点，但五官端正。

“注意你的口音啊！”新妹道。

亚仙广西口音很重，新妹担心她进武昌城会出问题。亚仙似乎很焦急，连旁边的理文也未认出来。

“往前赶路吗？”理文问道。太平天国所许诺的“新世界”，新妹已不再相信了。她从理文那儿听到了上海正在产生一个与过去不同的世界，她希望能尽快看到。

“不必那么急嘛，汉阳还有熟人哩。”新妹答道。她希望快点看到上海，但她已觉察到理文的心情。

理文相信太平天国即将打开通往新世界的大门，他觉得“武昌是决定胜负的关键所在”。太平军未能攻克省城桂林、长沙，在武昌将受到真正考验。武昌同桂林、长沙有所不同，若攻不下武昌，那便无法前进了。要想如怒涛般进攻南京，就必须要利用长江，但拿不下武昌，就不可能利用长江。

理文大概想亲眼看看这个历史大转折——新妹这样想，因此她说暂时在这里待些时候也可以。

武汉三镇夹着长江，东岸有省城武昌，西岸有汉阳和汉口。汉阳与汉口又被汉水分隔在南北。这三座城市虽被江水隔开，但仍形成紧紧挨靠的形势。

太平军在岳州获得了吴三桂在一百七十年前储藏的大炮和弹药，把这些武器装到船上。那五千多只船则正好用来运载武器。

太平军分两路从岳州出发。右路军走陆路，一口气占领了沿途的蒲圻县，之后继续前进。蒲圻县知县周和祥以身殉职。右路军只有四千人，但都是选拔出来的强兵，带了大量马匹。左路军走水路，一直到汉阳未遇抵抗。主要干部都在左路军中。

武昌城里，清军兵力不过三千，还有民团千余。双福一味主张“坚守”。他解释自己的作战总方针说：“等待敌人疲劳，然后发起总攻。”军队一撤回城内，他就把武昌九座城门紧紧关闭。汉阳是府城，守军却只有三百。湖北按察使瑞元极力主张调一部分武昌守军去守汉阳。

“省城要布下坚守的阵地，没有一名多余的士兵可供他调。”双福掌握统帅权，在军事上绝不容他人插嘴。当时太平军的兵力，像滚雪球似的每时每刻都在增长，连他们的干部也无法掌握准确的人数，有人说五万，有人说八万，也有人说十万。其中包含许多妇女、儿童乃至老人，不少人是全家参加进来的。右路军只有四千，而左路军有数万，汉阳当然抵挡不住。

十一月十三日（阳历十二月二十三日），汉阳失陷。直到最后一刻，汉阳仍指望着对岸的援救，但终于未得到一兵一卒。汉阳知府董振铎、副将朱翰和参将长庆战死。

当时，太平军中将官级的官职是检点、指挥、将军和总制。进攻汉阳的是检点黄玉崑、指挥李开芳和林凤祥以及总制罗大纲。

太平军的原则是：官吏、官兵一个不留，百姓一个也不伤害。

在汉阳城北面的龟山上，典水匠唐正财对罗大纲等人说道："大家运气好。武昌城像今年这样容易攻打，是少有的情况。"太平军已陆续在西岸登陆，准备马上攻打东岸武昌。这一年雨水少，长江里的水也少，到处可以看到江中旱洲。

"把船只排列起来当作浮桥，咱们马上动手干，水很少，很容易干。以对面黄鹤楼为目标，从龟山脚下把船只往前排。按长江水流来看，这个位置最恰当。"唐正财熟悉水情，搭浮桥的地点也是他指定的。

六天后，汉口失守。

武昌方面仍未派一兵一卒。

其实在汉阳失守前夕，清军总兵王锦绣和常禄所率领的第一路援军已到达武昌城外。这支援军出发时有三千多人，到达武昌时只剩一半。双福把这支部队也调入城内。他要打彻底的"坚守"战。按察使瑞元主张把友军留在城外，与城内呼应作战，但未被双福采纳。

太平军右路军从陆路抵达武昌城下时，左路军已轻易地攻克了汉阳。右路军在途中攻打蒲圻城耽搁了时间。清军第一路援军走的是近道，因而到得早，但被调进了城里。这样，晚一天到达的右路军就没有遇到交战对手，于是在洪山、纱帽山等要害地带布下阵势。

双福把城外民房夷为平地，但山头是无法夷平的。

太平军后路军到达武昌城外时，出现一种异常情况——附近好几万居民拥了过来。

"让我们参加太平军吧！"

不仅是年轻的小伙，连妇女也跑来了。

"听说太平军里有女营，女人可以当兵，我们干过庄稼活儿，体力壮，让我们进女营！"

他们现在无家可归，对官吏官兵越发憎恨。

"我们要报仇！"有人振臂高呼。

太平军兵力猛增。清军烧毁了民房，却并未给太平军带来什么困难。太平军中有的是能工巧匠，很快就建起了堡垒，搭起了望楼。他们在城内枪炮射程达不到的地方建立了据点，准备同很快就要到来的清军援军作战。

向荣的援军比太平军右路军晚一天半到达武昌城外。汉阳已落入太平军手中，清军已无法进入长江西岸。联结长江两岸的浮桥，一个晚上就搭起来了。那是把岳州开来的五六千只船连接起来搭成的。长江上排满了船只，船只用铁索连接在一起，船上铺着木板，上面像平坦的大路一样，西岸的太平军可以自由地到东岸去。

在汉阳城西郊，有座以五百罗汉像闻名的寺院，名归元寺。太平军的老人对湖北不熟悉，但在湖南、湖北参加进来的人是知道归元寺的。

“归元寺是偶像的大本营，那儿有五百罗汉。”罗大纲带领部下来到归元寺。“啊，连先生！”他在归元寺门前看到了连理文。

“老罗，久违了！”连理文笑嘻嘻地打招呼。

此时，距蓑衣渡战役已过去半年多时间了。

“您的身体怎么样？”

“承蒙寺院盛意，让我在此慢慢疗养。”

“啊，是吗？”罗大纲流露出为难的神情。他准备马上就捣毁偶像，而战友——在太平天国中互称兄弟——却说这个寺院照顾了自己。

“您是来捣毁佛像的吧？”连理文问道。

“当地人告诉我，这寺院有五百罗汉。”

“外面有流言，说太平军要杀和尚，寺里的人都逃光了。我也劝过他们，说不会发生这种事的。可他们还是把看寺的任务交给我了。”

“我明白了。这一带还会有别的寺庙。我们先到别的地方去。”

同样是太平天国的兄弟，罗大纲是天地会出身，不像其他人那样对偶像怀有敌意。

“喝杯茶再走吧！”理文道。

“好呀，真的好久不见了。”罗大纲转身对领路来的湖北新兄弟道，“这位是金田村时期的老兄弟，战场上负了伤，现在在休养。我们好久未见了，想谈谈别后的情况。”

归元寺是名刹古寺，寺内却空无一人，连火工都逃跑了。

“您认为逃跑的人都是胆小鬼吗？”理文在院子里边走边问。

“也不能这么说。我要是他们的话，尽管知道那是谣言，也会逃难的，我不愿毫无意义地去送死。”

“这些人当中可能会有人要报仇的。”

“有可能。要是我的话，恐怕首先就会这么想。哈哈哈……”

两人走进大雄宝殿旁的一间小屋子。

“不要毁坏这五百罗汉。提起武汉三镇，谁都会联想起武昌黄鹤楼和归元寺这五百罗汉。要尊重天兄耶稣的教义，我是理解的，违背教义要受严厉惩罚，也是理所当然。不过，罗汉并非神像。”理文请罗大纲坐下。

“关于教义的事，不是我一人能决定的，天王还好说，东王怎么想就很难捉摸了……连先生，干脆您去说吧！”

“我感到暂时脱离太平军，反而会看得更清楚些，好的地方和不好的地方……上次全州屠城实在是一大憾事！”

“全州的事就不用再提了。”

“太平军今后一定要补偿在全州的过失。从这个意义上来说，也不要毁坏那五百尊罗汉像。另外，这座寺院也不能烧毁。”

“这座寺院照顾了连先生，我不想烧毁它。妖军在武昌城外放的火太多了，我们不能再放火了。再说，军队可住的地方也太少了。”

“我们依靠的是人心啊！失去了人心就失去了一切。”

“我说连先生，您的身体痊愈了吗？什么时候回太平军呀？”

“我想暂时在外面看一看。”

“要当监视人吗？”

“那倒没有这样的想法。”

“在外面看一看的事，希望您跟天王或东王说一说。”

“要说的事太多了，不等这次仗打完，天王、东王恐怕是不会听的。”

“就是说，一定要打胜喽，哈哈哈！我明白了，如果在这里打了败仗，谈论天下的问题也没有任何意义。天王和东王很快就要进入汉口，我这就要去汉口为他们准备府第。”

“我要去露一露面吧！……府第准备放在什么地方？”

“已经决定天王住关帝庙，东王住万寿宫。”

“到底还是分别建立府第呀！”连理文流露出失望的神情。

在夺取天下之前，太平天国磐石般的团结已在逐渐崩溃。

“军队已近十万，如不分开，很难控制。”罗大纲带着解释的口吻。他说归元寺里有老兄弟，答应对部下下令暂时不要毁坏归元寺。

“在这儿堆放弹药吧！”临回去时，罗大纲朝院子里四处瞅了瞅。

这里如能成为重要的场所，就会得到保护。罗大纲把归元寺当作弹药库，是想制造一个保护的借口。没有借口，他没有擅自做决定的权限。在以前历次战斗中，罗大纲可以说都是充当先锋，他是敢死队长，战功显赫。可是，直到攻克汉阳时，他才由总制提升为正将军，地位仍在检点、指挥之下。

太平军进入湖南和湖北以后，也有天地会系统的帮派头目参加，但在太平天国一直被看作是支系旁流。黄玉崑、李开芳、林凤祥等人，都是最早的拜上帝会会员，而且是广西人。洪秀全虽是花县人，但太平天国运动基本上是在广西进行的，主力当然是广西人。所以从出身地区来说，广西是主流，广东成了旁流。

罗大纲是广东揭阳人，从出身来说，他也不是主流。在上帝的下面，所有的人都是平等的兄弟姐妹。尽管这是上帝会的理想，但在内部，早就开始出现了等级差别。

“也够他为难的啊！”理文望着罗大纲的背影小声说道。

就知名度来说，归元寺不及黄鹤楼。

归元寺这个寺名就给人不太好的印象。所谓“归元”，即脱离生灭的世界、返归到真寂的本元，也就是“死”的意思。或许是这个原因，诗文中很少出现归元寺。

相比之下，黄鹤楼则多次在诗中被吟诵，最有名的，恐怕要推李白的《黄鹤楼送孟浩然之广陵》吧：

故人西辞黄鹤楼，
烟花三月下扬州。
孤帆远影碧空尽，
唯见长江天际流。

这首诗被收入《唐诗选》，自古以来被读书人所爱。

关于黄鹤楼的由来，据说是曾有仙人乘黄鹤在此游玩，而在民间，则长期流传着这样一个有趣的传说：

很久以前，这里有一家酒店，一个老头常不花钱跑来喝酒。这老头离开时，在酒店墙上画了只黄鹤，以表示对老板的感谢。只要人们一拍手，黄鹤就翩翩起舞，所以深受人们欢迎。这事太稀罕了，大批客人蜂拥而来。顾客源源不断，生意兴隆，酒店老板变成了大财主。十年后，那个老头又来到这里。他乘坐那只黄鹤而去。于是酒店老板在这里建造了一座楼，起名“黄鹤楼”。

这座可俯瞰长江的黄鹤楼，曾多次被烧毁。这时的黄鹤楼，是乾隆元年（1736 年）湖广总督史贻直建造的。据文献记载，黄鹤楼呈圆形，共三层，高十八丈，约五十八米。重建之后仅一百多年，据说已做了多次整修。

城内有个不太高的山丘，名蛇山，黄鹤楼就建造在蛇山尽头面临长江的地方。看来这座建筑物并不是为了纪念飞往仙界的黄鹤，也不是为了给长江中乘船而去的行人送别，而是为了军事目的，当作瞭望台而建造的。双福就常登楼观察情况，汉阳汉口失守，尽在他眼中。

这时，双福已正式当上湖北提督，江南提督的职务已被解除。

“向荣的军队已来到城外，如打开城门，派兵出击，就可以夹击。”总兵常禄提议。

但双福闭着眼睛，摇了摇头，只回了一句：“不行！”

太平军把船只排列起来搭成浮桥，这从黄鹤楼上也看得很清楚。

按察使瑞元建议：“浮桥一旦搭成，将对我们十分不利，应趁他们尚未搭成时发起进攻。”

但双福也只是一句：“不行！”他已经不想再解释原因了。

天下雨，或起雾，对清军有利，将领们认为这是好机会，要求出击，双福仍不准许。

“不行！”双福语气变得愈来愈粗暴了。

城外太平军士气高涨，数万居民把要害地区告诉了他们，他们在长虹桥、李家桥等处建造炮台，这些地点都是当地人帮他们选择的。不仅城外的地理，就是城里的情况，太平军也十分清楚；守军驻地，军粮所在，地形以及清军弱点等，太平军了如指掌。

向荣的军队已在武昌城外的东郊出现，在长虹桥一带布下阵地，十一月十七日，向荣本人也到达白木岭，但离武昌城还很远。向荣一心要打仗。立下战功，就可免于惩罚。他在人事关系上搞不好，各方都不如意。在援救武昌中，他是最高指挥官，跟辅佐都司（军队的官职、校官级）张国梁关系还不错。武昌城东有个很大的湖，名东湖，湖边有座洪山，太平军和向荣之间的战斗主要就是在这里进行的。向荣一边战斗，一边等待着后续援军到来。

“这小子到底在想什么！他不懂打仗吗！”向荣跟城内联系不上，气得多次咒骂双福。

“不懂打仗的鞑虏！”这本是太平军的语气，向荣竟也拿来用。当然，这话不能骂出口。双福是满族，参加过新疆远征军，担任河北和古州（贵州）总兵只有一年多，就被提升为提督。而向荣，当了五年总兵才升为提督，他对此一向是不满，怨恨。

十一月二十八日，围绕着洪山，双方展开了最大规模的战斗。从湖南来的援军已基本到齐。太平军右路军把沿途桥梁全部破坏，是以援军这才赶到。据清军密探报告说，武昌城下的太平军，大多是刚参加的未经训练的新兵。

向荣把全军分为十队，对洪山太平军阵地发起进攻。

武昌城九座城门紧闭，但说不定他们什么时候会打开城门出击——太平军在同向荣军作战时，总是有着这样的担心。而且新兵多也是事实，在岳州参加的战士只走了从岳州到武汉这一段路程，在武昌郊外参加的人连行军也没有经历过。

太平军不得不放弃了在洪山建立的十五个据点。面对清军进攻，那些未经训练的新兵一开始就乱了阵脚。太平军后退，清军跟在后面追。

“用那一手吧！”罗大纲命令幕僚。罗大纲在天地会时，多次同官军交手，早就掌握了对付清军的办法。当会匪逃跑时，经常用一种方法来避免清军的追击。那幕僚从罗大纲会匪时代就是他的部下，所以他只说了一声“那一手”，幕僚就明白了。

“前几天就准备好了，有三大车。”幕僚笑嘻嘻地答道。

“好呀。一车分三次使用吧。”

清军没有来攻罗大纲的堡垒。在暂时对峙期间，清军已摸清了太平军阵地哪里强、哪里弱。向荣当然是进攻太平军的薄弱阵地。罗大纲的部队里有不少人是干这一手的行家，不需指挥官下命令，他们早就做好了这种作战的准备。这种作战只是把绸缎、铜钱、少量的洋银，主要是墨西哥银圆、镀金的器具、华丽的衣服等东西撒在战场上。清军士兵争夺战利品当然比追击敌人更为热心。会匪常利用这一手而逃脱追击。东西如何撒，是有窍门儿的。不少人懂得这个窍门儿，有经验的人干起来很麻利。十来个人一组，把装载着这些“财宝”的车子推到准备撒的地方。各色绸缎要剪成适当的长短。撒在什么地方也是个窍门儿，必须要引人注目，所以常使用唱戏的服装。在舞台上看起来十分华丽的东西，放在地上也显得鲜艳夺目。

引诱敌人来拾也有窍门，迅速把东西撒完之后，就大声喊：“喂——！这里遍地是财宝呀！是长毛慌忙逃跑，丢在这儿的！喂——！快就是胜利！快就能成为财主！”清军果然停止了追击，争先恐后地来捡战利品。

最先捡财宝的是后尾部队，先头部队在追击。不过，有人只要跟先头部队一说：“后面的那些家伙吃了甜头啦！你们傻瓜！要是不信，回去看看。那些穷得像叫花子的家伙，一下子成了大财主啦！”他们定会乱成一团，掉转头就往回跑。群众的心理是可怕的。在这样的时候，即使军官挥舞着大刀喊道：“逃者斩首！”也不会起作用。弄不好，连军官也会被乱兵打死。别人在发财，自己留下来，才是傻瓜哩！

“完啦！”向荣懊恼得咬牙切齿。他知道这是诡计。毕竟是身经百战的将军，懂得在这样的时刻该采取什么措施。

向荣放弃追击。除了撤退，没有别的办法。

“回来！返回来！回营！”向荣大声喊叫。

向荣回到司令部，亲自提笔写了给北京的报告：“攻夺洪山长毛贼营垒十五座。”四天后，向荣重整军容，命张国梁进攻东湖。

太平军同这支清军接战后，向左右闪开，避开战斗。清军已前进到离武昌城只有一公里半的地方，但这时下起了瓢泼大雨，淋湿了火药，无法进行有效的攻击，浑身湿透的士兵也疲惫不堪。

“唉！太遗憾了！”向荣把手放在额上，望着前方大雨中的城墙。若城内能出击，这可是重创敌军的好机会啊！

罗大纲在每次战斗中都要露面，这次却没有见到他。他已在承担另外任务了。攻打武昌已快二十天了。从太平军方面来说，必须要在这里取得决定性战果，一定要尽一切办法打进武昌城内。

挖坑道、装炸药的办法在长沙虽未成功，但仍被看作是唯一可行的措施。武昌城墙看来不如长沙城墙结实，当地人早就指出了武昌城的这个弱点。

“目标是文昌门！”文昌门是武昌城西南门。

罗大纲早已指挥煤矿工人出身的士兵，朝文昌门挖坑道。清军也早已研究了太平军的作战方法。他们也知道在湖南南部有许多煤矿工人参加了太平军。武昌城内早已考虑好了对抗坑道作战的办法。清军把武昌城内全部盲人都集中起来，命他们专听地下有无声音。他们的做法是，先在地上挖个深坑，然后把空坛子放进坑里，人们把耳朵紧贴在空洞状的物体上，声音听起来就特别清楚。盲人失了视觉，听觉反而更加发达。不过，武昌城内的这种做法早已被太平军觉察到了。罗大纲朝着文昌门的方向挖了三条坑道。正中间的一条是为了装炸药用的所谓主坑道。主坑道的两边间隔十多米的地方各挖一条坑道。其宽度比主坑道还要宽。挖主坑道的人要挑选技术高超、小心仔细的矿工，另外要让挖两侧坑道的人故意发出很大的声音。如果有人在监听地下的声音，他们听到的将是两侧中的某一边的声音。十二月二日晚上，一个盲人在文昌门的北边大声地喊道：“是这里！是这里！这下面有声音，没错！就在这下面！”

他用食指戳着地面，一连声地喊着：“就在这下面！就在这下面！……”

“从这儿挖！赶快！一直挖到城墙脚下。”常大淳征集了四百名民夫。要他们从那里往下挖，然后又引壕沟里的水往里灌。这样，即使装上了炸药，炸药也会被水浸湿，失去效用。盐道林恩熙特别积极，他自己解囊，招募了八百名志愿军。“既然已知道长毛贼在挖坑道，何不打开文昌门出击呢！我请求让我出战。”林恩熙向提督提出了这样的要求。

“门不能开！”双福仍不准开城门。

主张出击的不仅是林恩熙和瑞元。巡抚的二儿子常予正回家探亲，他也要求带兵出城作战。双福还是不准，他的态度已顽固到不近人情的程度。副将春荣在黄鹤楼上喝得酩酊大醉，故意大声地嚷嚷道：“你们知道不知道？提督害怕的是什么？他以为一打开城门，咱们就会逃跑。哈哈哈！咱们都好像是懦夫、胆小鬼啦！咱们都在瞅着机会逃跑啊！你们说对不对？提督一定是在怀疑咱们。要不，为什么不出一兵一卒？呸！什么等待敌人疲劳！是咱们自己先精疲力竭啦！哈哈哈！上头给我们派来了这么个好提督，算是咱们晦气！”听到春荣嚷嚷的人，都半信半疑，心里想：说不定真是这样。

罗大纲的作战计划果然达到了目的。一条作为诱饵用的坑道已被发觉，并被灌进了水。但是主坑道平安无恙，已经掘进到紧挨着文昌门的城墙脚下。

具有强大爆炸力的炸药上已经安上了长长的导火线。不光是主坑道，另一条未被发觉的诱饵坑道也装上了炸药。

在给导火线点火前，士兵认真地检查了冲锋准备。第一队是五十名童子军，挑选的都是十四五岁的动作敏捷的少年。他们的任务是跳进突破口，爬上城墙，在那里挂起太平军的军旗。军旗是预先缠在少年们的肚子上的。跟在童子军后面的是由石达开指挥的冲锋队。第一队是五百人，从文昌门一直北上，分为两个小队，第一小队放火点燃黄鹤楼，第二小队打开平湖门。汉阳的太平军已待命准备渡过浮桥。黄鹤楼的火苗是向汉阳发出的信号。渡过浮桥的太平军将从已打开的平湖门冲入城内。

十二月四日，黎明，大雾弥漫。

太平军安装的地雷，发出惊天动地的巨响，无数黑色的砖片飞向天空。

“看！一下子就炸开啦！”石达开跳了起来，大声喊着。

在攻打长沙时，城墙结实得叫太平军不止一次摇头叹气。他们预想，这次即使能炸开一个突破口，也不会太大，因此才计划首先派出身子矮小的童子军，可未曾想到这次城墙却这么不结实。由于在两处地方安装了地雷，所以一下子就把城墙崩开了八十来米宽的大豁口。

还有其他未想到的事情。城内的清军几乎没有抵抗。大雾帮助了清军的逃跑，他们急忙脱掉制服，混到老百姓当中。

“杀妖！”

太平军一边呐喊着，一边在武昌城内到处奔跑。城头上飘扬着太平军军旗。黄鹤楼上开始喷出火苗，其速度之快简直叫人难以相信。太平军大军发出震天动地的喊声，从对岸汉阳蜂拥着渡过浮桥，向武昌城内杀来。

“下面该同城外的向荣打仗啦！”杨秀清仰首望着烈焰腾腾的黄鹤楼，开心地说道。

常大淳自缢而死，他一家二十余人为他殉死，据说留下四个孩子。双福在文昌门边战死。他的妻子带着三个幼儿投水而死，另一个幼女在途中失散，幸免于死。布政使梁星源卧病在床，听到太平军打进城内的消息，起来穿好衣帽，写下遗书。这时太平军士兵跑了进来。

“遗书已写完，杀吧。”梁星源从容死去。

按察使瑞元亲自杀死了幼儿，命家里人自杀，最后自刎而死。

学政冯培元投井而死。

道员王寿同和太平军巷战，被砍死。

道员王东槐自缢。

武昌知府明善自缢，他一家被太平军杀绝。

总兵王锦绣在城头自刎。

总兵常禄在马上自刎。

副将春荣在交战中被砍死。

参将杨光普仅剩一骑，拼死奋战，力尽自刎。据说他的首级落地后，嘴里仍发出喊声。

“好样的！”太平军中发出赞叹之声。

道员林恩熙被太平军所缚，劝其投降，不从，被杀。他是广东海丰人，太平军中有不少同乡，大家十分惋惜。

理文和新妹把身子紧挨在一起，在归元寺内，久久地望着这场大火。高大的黄鹤楼看起来就好像披着件火焰衣裳，一道道细细的蓝色火焰在赤红的火焰上到处飞蹿，接近顶上的火焰不时变成黄色。

“佛门所说的劫火就是这样吧！”理文低声说道。

“劫火是什么？”

“据说在世界的末日，会发生大火，把一切都烧尽。把一切……”

“把所有的……”

“据说能烧掉三千大世界。”

“真的发生劫火，我也不害怕。我已不是一个人啦！”新妹眨了眨眼睛。

尽管离得很远，武昌的浓烟也似飘到了归元寺。理文感到嗓子有点发痛，他闭上眼睛，眼里浮现出武昌城中厮杀的惨景。

“据说过去仙人就是从那里乘黄鹤升天的。”

“啊，是吗？怪不得那楼顶上的火不时地变成黄颜色。”

理文不觉低声吟诵起唐朝诗人崔颢的《黄鹤楼》：

昔人已乘黄鹤去，此地空余黄鹤楼；
黄鹤一去不复返，白云千载空悠悠。
晴川历历汉阳树，芳草萋萋鹦鹉洲；
日暮乡关何处是？烟波江上使人愁。

空余的黄鹤楼消失了。它连烧了好几天，最后烧成一片瓦砾。[1]

[1] 黄鹤楼于1984年重建。

武力压制下的武昌

连理文虽然身在归元寺，但对岸武昌城内发生的事都已大体了解，因为谭七经常来归元寺。

太平军紧闭城门，确保浮桥，控制了武昌和汉阳。清军在武昌城外洪山一带扎下营寨，伺机反攻。清军兵力主要集中在武昌东郊，西岸的汉阳，气氛还不是那么紧张。

“还是汉阳好哇！可以悠闲自在地喝酒。”归元寺里，谭七喝着酒笑道。

“武昌没有酒吗？”

“有，有的是。”谭七噘嘴，“可是，在那儿心烦意乱。”

“因为洪山还有清军。”

“是啊！不过，一个劲儿地说教，没法心不烦，意不乱，酒喝起来也不香。”

“原来是这样。”理文苦笑。

“每天都讲道理，喘个气儿都不敢大声。真是……”谭七说罢又喝起酒来。

太平天国建国原理是基督教，向武昌群众宣讲教义称作“讲道理”，即说教。在到处都在说教的城市里喝酒，当然喝不出什么味儿来。

“到底死了多少人呀？”理文问道。这是他最想知道的事。

打仗总要死人，武昌是大城，社会上就有了不少传言，最初说是十几万，后来不知怎的，又变成几十万了。

“谁也没数过，罗大纲说一万多，翼王说有两万。”谭七呷了一口酒。

“这么多！”也许是汉阳流血太少的缘故，一听这数字，理文心里刀绞般难受。

“大多数是自己寻死的。”谭七道。

“这我也听说了。”

太平军打进来，武昌城内一片恐慌。尽管在太平军中三令五申“杀尽官吏，不伤百姓”的原则，但老百姓并不知道。被包围期间，清军官员将士一直说：“长毛没长人心，他们信奉夷狄之教，活吃小孩的心肝。他们要是打来，你们统统都得死。”他们是为了威胁老百姓协助自己打防守战。这种威胁性的宣传很厉害。

太平军一进武昌，就释放了监狱里的所有囚犯。囚犯中有的是因政府无理迫害而坐牢的，但也有不少是真正凶恶之人。他们熟悉当地情况，太平军挨户搜查时，用他们当向导。百姓一看到这些被放出牢笼的“黑手党”，胆战心惊。这些人原来只是当向导，可是慢慢地很多人开始肆意搜查，甚至抢夺财物。不少百姓竟因此更加相信官府的宣传，认为这世道人已活不下去了。《湘军志》上记载说：“绅民妇女悬梁投水者数十万……”官方记录主要也是说自杀的人很多，很少说太平军暴虐行为。

占领武昌两天后，杨秀清发出了“不准杀人”的命令，意思是即使是官吏、官兵，也不能随便杀。这表明，太平军已经做出了某些改变。当天，杨秀清还发出另一道命令：城内百姓统统要拜上帝！道教中常使用“上帝”这个词，但此上帝非彼上帝，大部分百姓只是通过政府的宣传知道长毛贼信奉外国的神，但根本不知道上帝为何物。

“他比天还要大，是我们的父亲，名叫耶和华。”

传教者不得不从头讲起，即所谓的“讲道理”。这种说教在武昌的各个角落进行着。“讲道理”的中心在武昌长街的阅马厂。那里搭起了一座高高的讲台，台上常有三四个宣讲人在向居民宣传天父、天兄教义。宣讲人当中一定要有一个妇女。他们轮流宣讲解释天道，有时还在台上互相进行问答。听众是受强制才来的，他们与宣讲人总是不合拍。

街上还飘荡着尸臭味，杨秀清开始做居民登记的工作。

最初是十人编为一馆，后来二十五人一馆。“馆”是种民兵组织单位，油、盐、柴、米都通过馆来配给。按照太平军的方式，妇女单独编馆。

听“讲道理”是以馆为单位的，所以不去参加是不行的。尽管宣讲人不遗余力，但毕竟不是专门的传教士，无法讲得很到位。有时他们的热情也会引起人们的共鸣，但更多的时候，是反感，只是听众不敢把流露出来罢了。

文献记载，十二月十一日，太平军占领武昌的第八天，在强制到阅马厂听讲道理的人群中，有人大声喊道：“诸位，听我说！他们说的天父上帝是夷狄妖神！什么天兄耶稣，不过是夷狄的骗子！不要听他们这一套胡言乱语！”说到这里，那人被太平军的士兵堵住了嘴巴。

后来据了解，那人姓马，是汉阳一个生员。所谓生员，是科举童试及格的人。当了生员之后才有资格参加乡试，乡试及格就成为举人，取得会试资格。生员级别最低，人数很多，洪秀全连生员资格也未取得，所以还只是个书生，不过书生在社会上也还是颇受尊重的。

那人被带走后，一个汉子登上讲台。此人不是别人，正是东王杨秀清。讲台上原有的三个男女宣讲人，跟东王说了几句话，慌忙下台去了。

“侮辱天父、天兄的人，要让大家看看会有什么下场！”杨秀清道。

当场举行了处刑。

“听说他姓马，就让马来收拾他吧！”

在场的人很快领悟了杨秀清话中含义。

当时军队装备主要是马，阅马场除了马厩外，还附带一个相当大的广场。阅马是检阅马，若有士兵骑在马上，就是阅兵。湖北提督阅兵，场地就是这里。

空地上牵来了五匹马。马的尾巴在一起，脑袋朝不同方向，组成一个圆阵。那个生员的脖子、手腕、脚脖子上，都缚着绳索，绳子另一端，系在五匹马的鞍子上。“五马分尸”这个词儿在群众中有人听说过，但没人实际见过。

“谁把脸背过去了！”士兵大声怒吼着。

不看还不成，背过脸去的人说不定什么时候也会被拖向刑场。鞭声响后，绝大多数人条件反射似的闭上眼睛，只有少数胆大的人看到了那血腥的一幕。当人们胆战心惊地睁开眼睛时，只见向南奔去的那匹马，拖着一个人的脑袋。有人止不住呕吐起来。

“侮辱天父、天兄的人，下场就是这样！”杨秀清大声喊道。

不到半天，武昌城中所有人都知道了这件事，而理文和新妹是第二天从亚仙口中得知的。亚仙当时并没有在现场，她也是听别人说的。

“今后大家会老老实实地听从太平军的命令了吧！”亚仙道。

“老实听从，也不一定好呀！”新妹听到这事，受到很大震动。她想：

即便当初一时忍耐留在太平军，恐怕也会因这次五马分尸的事而离开。

上帝会的理想不该依靠恐怖强制的行为来实现。

“不过，武昌官吏以前说了太平天国许多坏话，散布了许多谣言。人们对这些话至今仍半信半疑，要不给点厉害让他们看看，他们会小看了咱们的。”亚仙对五马分尸并不抱否定态度。凡涉及上帝信仰的事，亚仙是女营中最积极的一个。她甚至认为，为了保护信仰，可以不择手段，妖人政府对天国兄弟们施加的酷刑，可不比五马分尸轻！

“怎么会这样呢？”新妹用稍带怀疑的口吻说道。

亚仙立即激动地说道：“这可是你死我活的关键一仗啊！我们不打垮对方，对方就要把我们打垮！”

“这个我明白……”新妹本想说的话，一看亚仙那燃烧似的眼，终于没有说出口。

归元寺北面有个名叫古琴台的小山冈，山冈上的楼阁正对着西月湖。古琴台别名伯牙台。伯牙是春秋时代操琴的名家。他有个朋友叫钟子期。钟子期常来听伯牙弹琴。钟子期死后，伯牙便再不弹琴，因为真正能懂自己的，只有钟子期一人。是以后人在哀叹知己死去之时，都会用到“伯牙绝弦”这个成语。相传这古琴台，就是当年伯牙弹琴、钟子期恭听的地方。

新妹把亚仙领到这座山冈上，在西月湖上泛舟。亚仙带来的消息，给新妹心中罩上一片阴云，而亚仙却认为这样做是理所当然的。

“这是打仗！本就是你死我活的事！为了胜利，什么都可以干！”亚仙反复重复这句话。

没错，亚仙是在打仗，但新妹已经置身战场之外了。新妹想，自己对太平天国抱着批判的态度，会不会和远离战斗行业有关呢？“以后问问理文吧……”她现在凡事都有个人可以商量，这是一种幸福。

在要求居民进行登记的同时，杨秀清又创办了“进贡公所”，接纳武昌居民捐献的财物，有金、银、铜钱，以及粮食、鸡、鸭等食品，还有茶叶。据说人们都争着去进贡公所。

“是自愿的吗？”新妹问道。

“不都说了是争着去捐献的吗？”亚仙答道。

“不是自愿去的吧？”

“那肯定啊，武昌人还没有信奉上帝嘛。光凭几次讲道理，那是办不到的。给进贡公所送去东西，就发给纸条。只是想得到这张纸条吧。”

“纸条？收据吗？”

“就是那个。”

这种纸条称作“执照”。有了“执照”，就可证明对太平天国是采取合作态度的。这些捐献物品当然全部都归入圣库。太平天国不准私有财物。捐献物品数量相当多，武昌政府遗留下来的物品也不少，其金库和仓库几乎原封不动地落入太平军手中。

在长沙，湖南巡抚张亮基和布政使潘铎毫不吝惜地给将士大发奖励，包括粮食和钱财。

待在衡州的湖广总督程矞采对此很不满。程矞采长期担任地方官，最小心谨慎的就是处理公款，他一向尽量减少公款开支，起码在职期间会平安无事。从地方官失败的事例来看，要么就是中饱私囊，要么就是利用职权挥霍公款。公款使用的审查是最容易的，而业绩如何，评价起来往往极其困难查。

他曾在给张亮基和潘铎的信中提出：“花钱不可太滥！”潘铎在回信中说：“长沙若落于贼手，官库钱粮将统统为贼所有。由此看来，我现在不过是用贼之钱来增强长沙的防御。”程矞采认为这是“歪理”，因而大为不满。但官库属布政使管辖，他无法做更多干涉。他身为总督，统管湖北、湖南，担心湖南这种坏风气会传染湖北，于是给湖北的常大淳写信。常大淳和他性格相似，在太平军围攻武昌时，他没有任何增饷、发津贴之类的措施。不仅公款，就是粮食、武器、弹药以及铜、铁等，也是节约再节约。当然，这些认真节余下来的东西最后全都落入太平军手中。

太平军的领导人决心继续前进。在武昌获得的大量军需物资，足以维持远征。

虽然长驱论已无争议，但朝哪个方向前进，又出现两种意见，北进论和东进论。北进论主张继续北上，席卷中原，一口气打入妖人政府心脏北京，致敌死命。赞成这一主张的人想乘势速战速决。另一方主张东进的人认为，以十万带有老弱的军队，向风土人情不同的北方进攻，十分危险。他们主张下长江，取南京，养精蓄锐，再出兵北伐。亚仙来找理文，就是想就这个问题征求他的意见，同时也具体地向他问问上海洋人方面的反应。

“我个人认为应当北进。不过，看来东进已大体上决定了吧？”

通过居民登记，包括编“馆”的人数，太平军已有五十万。攻打武昌时是十万人，增长了四倍。若说太平天国生于金田村，在永安形成骨架，那么可以说，在武昌是长了肉，当然，其中有不少是赘疣。太平军基本的战斗力量来自广西兵。他们长在南方，难以适应寒冷气候。太平军的特点是轻装，对于在武昌临时征集起来的“馆”军，连发制服的余力也没有，他们仍穿着原来的便服，但不准穿长衣服，据说很多人是用剪子把长衣服剪去一半穿在身上的，南方出身的轻装军队怎么能抵御北方的寒冷呢？

另外，语言也是问题。若北进，就要进入北方方言地区。生活习惯不同，这在长沙已有实例，当时从北方来增援的官军，由于饮食习惯不同，到长沙时已疲惫不堪。太平军在北进时也会发生同样的状况。太平军以前，一边进攻，一边补充物资和人员。现在若从湖北北进，进入河南、河北，那些地方不太富裕，很可能得不到充分补给。相比之下，江南富裕，“两江熟，天下足”，那里是中国的谷仓。跟北方相比，它更接近于广西的风土人情，对于在湖南、湖北参加的人来说，更不会感到不习惯。

“是要我来听取意见的呀。”亚仙道。

“目前河南防守部队很少，他们已慌忙发出命令，从各地调集军队，但军队还在调动中。若现在北进，我认为基本上不会碰到抵抗……要进攻，就得立即行动。”理文道。当然，他早已感到自己的意见不会被采纳。他身在归元寺，但已意识到太平军中的气氛。那里基本上是清一色的东进论，北进论只是少数派。早在广西时，一谈起“打江山”的事，大家就主张“打到南京去！”在岳州和武昌获得了一万多只船，若北进，这些船等于是没有用了。

“不管怎样，我一定转达连先生的意见……好久没跟李大姐这么痛快地玩过了。这古琴台和西月湖太美了！……我又要到那刀光剑影的战场上去啦！”亚仙只待了一天，立即渡浮桥，回了武昌。

就上海洋人的反应，理文忠告太平天国领导人“不要寄予过大希望”。

外国把基督教当作国家的指导思想，洋人应当对太平天国有好感。太平天国中有着这样乐观的认识，但理文对此提出了警告，他让亚仙转述自己的观点。

理文认为，上海的外国商人是基督教徒，但首先是商人，且大多数都和鸦片贸易有关，这一点是不能忘记的。太平天国主张消灭鸦片，态度严厉，不仅吸食鸦片者，就连贩卖鸦片，以及制造、贩卖鸦片烟具者也要处以死刑。若太平天国掌握了中国政权，一定会运用强大的力量来实现这一“国策”。一旦鸦片不能进行买卖了，上海外国商馆的贸易额就会减少一半。这对洋人而言是大问题，即便他们打着基督教的幌子，也不会支持太平天国。洋人在上海居留地拥有治外法权，拥有武装自卫组织。对他们来说，中国政权软弱一些好，但也不能过于软弱到无法维持秩序，因为那样买卖也就做不成了。但是，由一个强有力的政权来严禁鸦片，那就是大大的不利了。北京政府目前软弱之程度正好，是洋人最恰当的合作伙伴。清朝和太平天国的战争若把整个中国卷进战火，上海的洋人恐怕还是会倒向清朝一边的。理文把自己的意见深入浅出地说给亚仙听，但他还不放心，决定写成文字，交给她带走。

“可是，他们不是也拜天父、天兄吗？”亚仙怎么也无法理解。在太平天国中，有不少人像她那样怀有纯洁的宗教信仰，而且根据信仰来行动。

“亚仙真叫人羡慕！对什么都深信不疑。”新妹说罢，叹了一口气。

“太平军肯定是去南京，我们跟在他们后面去上海吧。”理文道。

“太平军已决定东进了吗？”

“没错，九成是这样。”

“现在要往北走，确实很困难。天气还很寒冷……”

果如连理文所料。武昌城内，领导部门在这个问题上早已取得一致意见。

撤出武昌的准备工作已开始进行。为了不致在居民中造成恐慌，准备工作秘密进行。太平军出击了靠近武昌城的黄州、蔡店，黄州知府和副将都跑了，基本上没有发生战斗。这次作战的目的是在于征集财物和船只，也就是为撤走计划做准备。

太平天国在武昌城内设立了“能人馆”，用于收容病人，其实就是医院。当时，广东、广西把病人称作“能人”，因为“病”这个字不吉利。能人馆是太平天国花了很大气力来办的福利设施。太平天国一方面开办能人馆这样的福利事业，同时又搞五马分尸那样残忍的处刑。对基督教的理解，自然也是因人而异。除了能人馆，还设有相当于敬老院的了老人馆和类似文人沙龙的文学馆。另外，文献还有关于设立童子馆的记载。这是太平天国首次在占领的大城市中进行的尝试。

“希望能繁荣兴盛起来！”

天王和东王在领导人会议上说。洪秀全在政治上一向很少发言，偶尔说几句，大家反而很重视。像能人馆、老人馆、文学馆、童子馆等福利事业，都是根据洪秀全的设想而办的。杨秀清更为现实一些，他一方面让武昌城内繁荣兴盛，同时又在底下进行撤走的准备工作。

新年要到了。太平天国制定了一种特殊历法，这一年的新年相当于阳历二月三日、阴历十二月二十六日。一八五三年，即咸丰三年，太平天国称之为癸好三年。这一年干支是癸丑，丑在广东语中读音与“醜”相同。为避讳，所以用了它的反义词“好”字，称为癸好年。太平天国一方面高举拜上帝会的旗帜，排斥淫祠邪教，一方面又盛行这种讲究吉凶征兆的迷信。高层中，有不少像杨秀清那样目不识丁的人，因为不识字，就只好凭字音，如果某个字音给人的印象不好，就改为另外较好的字。拿十二地支来说，“卯”字在广东语中是“无”的意思，于是改为“荣”；“亥”与“害”同音，改为“开”。

快到癸好三年的新年了，武昌的百姓却暗暗担心害怕——天王要“选妃”。洪秀全跟历代帝王一样，要建后官，要选美女。

“令在湖南湘乡原籍丁忧之礼部侍郎曾国藩，团练乡民，帮同办理搜查土匪事务。”

十二月十三日（阳历一月二十一日），北京上谕，到达了长沙，由巡抚张亮基遣使送到湘乡曾国藩手中。这时，武昌已失守。曾国藩在回乡奔丧途中，湖北巡抚常大淳殉职。曾国藩虽接到上谕，但他并没有马上接受的意思。回到家乡只有三个多月，规定的服丧时间是二十七个月，若是过了一年半载，也许他还可以考虑接受。曾国藩起草了一篇奏文，要“全孝道”。早在接到上谕之前，弟弟曾国荃等人就曾劝说他出山，均遭拒绝。听到常大淳殉职消息，他心里动了一动，到门生郭崇焘到来时，他才最后下了决心。郭崇焘也因服丧待在故乡湖南湘阴。太平军从长沙撤围，经过益阳，曾路过湘阴奔岳州。在湘阴没有发生战斗，但郭崇焘亲眼看到太平军的行军队伍，十分愤慨，暗暗骂道：“呸！土匪竟敢用泥巴脚践踏我故乡！”

“你得出来！你说不熟悉军事，可那长毛贼中没一人读过兵书，他们不学无术，却把武昌给攻陷了。以明公之才，相信很快就会精通军事。你说全孝道，可自古以来，在国家非常时期，服丧期间也当从军。你是受了上谕的，有谁会来指责明公！这是本朝开基以来的大乱，要是退回上谕，反会玷污明公声名。还请明公三思！”郭崇焘眼里泛着泪花，敦促老师出山。

“请你们稍等一会儿。”曾国藩说罢，离席而去。

在场除郭崇焘外，还有曾国藩的弟弟国荃。他们都以为曾国藩是进里屋独自思考去了。曾国藩喜欢沉思默想，甚至可以说是有一种“反省癖”，想来这次是要思考更长时间了。但是出乎二人的意料，曾国藩很快就回来了。

“烧掉了。”曾国藩坐在椅子上。

“烧掉了！什么烧掉了？”郭崇焘问道。

“奏稿。”

“啊！”郭崇焘眼里闪出亮光。

曾国藩刚才说过，他已写好了拒绝圣命的奏稿。烧了奏稿，说明他已决心遵圣命。

“可不是容易的事啊！”曾国藩没头没脑地冒出这么一句话。

上谕中有“帮同办理”四字，这并不是辅佐巡抚或总督的意思，而是说具有和他们同等资格来办理事务的意思，曾国藩得到了特殊的上谕，不必说，肯定会拥有比地方官更大的权限。这确实不是件容易的事。

自始至终，曾国藩都面色苍白。

“处理好丧事后，就立即动身去长沙吧。”

接到上谕第四天，曾国藩离开了湘乡。又过了四天，他进入了长沙。

太平军离开后，湖南仍动荡不定。看到官军软弱无力，各地造反组织开始活跃。百姓战战兢兢，他们害怕的并非太平军，而是官军。

百姓十分痛恨官军，太平军士兵在湖南可以单独行动，而官军士兵就不能，因为说不定就会被人从背后一锄头敲碎脑壳。官军肆意奸淫掠夺，其中最恶劣的是“潮勇”，这是一支广东潮州的军队。他们是在广东征集起来的，送往广西的流氓地痞部队，没受过什么训练。太平军不拿居民任何东西，有时还帮居民割草，当然受人们欢迎。

曾国藩看来也像是政府大官，百姓没对他说出心里话，但曾国藩早已大体觉察出百姓的心情。

“带来了潮州军队，是大失败！”曾国藩会见巡抚时道。

“不是我们带来的，有人随便拉来的。你这人什么也不了解。”巡抚身旁一个幕僚答道。

“啊！”曾国藩看了看这人。这人亦伸出下巴，瞪着曾国藩。

“你的脸上露出一副死相啊！”那人道。

“哦，这家伙就是人们常议论的左宗棠吧！”曾国藩突然产生了这想法。他在湘乡就常听说郭崇焘湘阴同乡中有个名叫左宗棠的怪人，他一下子就明白了，准是这怪家伙。

在曾国藩到长沙那天，武昌城内发生了一件事。

几个太平军士兵闯进女馆，妇女们大声叫喊起来。男人不能进女馆，哪怕自己的妻子在里面也不准进去。大概是在湖南吸收的天地会的人，接受的教育还不够的缘故吧。随后赶来的太平军军官，当场将这几个士兵砍死，把首级悬在汉阳门上示众。太平军纪律一向十分严厉。

同一时刻，武昌郊外的清军，也严厉处决了一批士兵。由于违反军纪行为太多，如不严加处分，军队本身有崩溃的危险。潮勇品质最为恶劣。向荣决心要将这三百潮勇全部杀绝。实际上，这是一次屠杀。

《武昌纪事》中记载，潮勇沿途干尽坏事，他们掠夺财物，剥取行人衣服，奸淫妇女，闯进村庄，烧毁住房。寒冬季节，他们随意砍伐附近树木，“为害与贼相等”。这里所说的“贼”自然是指太平军，但事实上，太平军根本没有这等野蛮行为。潮勇品质本来就很坏。有了他们，很多情况下反而妨碍了官军作战。他们乱了军纪，得不到居民协助支持，反而遭到居民们的威胁，弄得清军不仅要打敌人，还要警惕居民。

“潮勇到姚氏祠堂集合！”向荣发出命令。

三百潮勇以为是换防，齐集在姚氏祠堂里。中国到处都有同姓人为共同祖先所造的祠堂。拥有祠堂的宗族并不限于名门望族，洪秀全的故乡花县就有洪氏祠堂，现在它已成为“洪秀全纪念馆”。洪氏家族并不很有势力，祠堂却相当大。大概是因为在祖先忌日，很多同族人要在一起聚会，所以要把地方弄得大一点吧。

三百潮勇一进入姚氏祠堂，等在那儿的射击队就从四面开了枪。

一场大混乱。一百多潮勇被打死，其余二百来人好不容易逃脱性命，投降了太平军。这事发生在阴历十二月二十四日，再过两天，就是太平天国的新年。杨秀清要特别隆重地庆祝第一次在大城市里过的新年，年关的景象充满生气。在这种情况下，潮勇的投降当然不会引起人们多大注意。杨秀清让这二百名潮勇担任搬运工作——把粮食搬运到船上。太平军一方面准备隆重迎接新年，同时并未疏忽撤走的准备工作。

第二天是除夕。

选妃的工作就在这一天进行。

“十三岁至十六岁的女子全部去听除夕的讲道理，不准缺席，违者与其父母一起处斩。”

“祸事终于来临了！”

那些有着适龄姑娘的人家，就好像家里死了人，彻夜守灵似的。

地点又是在阅马厂。十三岁至十六岁的姑娘究竟有多少，无法得知。有人说一万。

“据说要选一百人呀！”

“不，听说是五十人。”

早在几天前，就有着各种流言，看来是在一二百人中选一人。

“这么说，我家姑娘还不要紧。”有的父母感到放心。

“我家姑娘万一被选中，怎么办呀！”有的父母胆战心惊。

姑娘们在脸上抹上锅烟灰，故意弄得蓬散头发，所有人家都想尽办法不让自己女儿当选。太平军一占领武昌，杨秀清就搞了详细的居民登记，根本没有办法逃脱蜘蛛网般的馆组织，一个人也逃不掉。加上斩刑威吓，谁也不敢缺席。阅马厂入口处，摆满了盛着清水的脸盆，连饮马用的水桶也动员来了。杨秀清早就预计到姑娘们会耍花招，所以要她们洗脸，抹了锅烟灰在这里也洗掉了。

就这样，选了六十名美女。据说杨秀清把她们献给了洪秀全。

新年元旦，整个武昌城爆竹声如雷鸣，终日不绝。

“真正的元旦在五天之后啊！”居民们心想，但他们不能不遵从太平天国历。太平军用武力压制着武昌，为表服从，人们放的爆竹比往年要多得多。

在归元寺里，新妹心情很不痛快。

汉阳街上的爆竹声确实吵人，不过，新妹不痛快的原因是“选妃”。

“这事亚仙怎么想？上帝会倡导男女平等，现在把好几万满心不愿的姑娘硬是集中在一起，看面孔挑选。杨秀清自己就亲口说过，上帝中意的是心灵美的人。这话我可是亲耳听他说过的！”过于愤慨的她，对理文也乱发起脾气来。理文对这样的新妹感到可爱，这正是新妹的优点。对于选妃的事，理文也非常不满。

“干出这样的事，前途真令人担心！”

“不是什么担心，已经等于没前途了！”新妹言辞十分激烈。

“这跟过去皇帝没什么两样。据说秦始皇后宫三千，隋炀帝妃子两万。嗯，跟他们相比，六十还不算多。不过……”

“不是人数多少的问题，问题是选妃这想法。就拿天王来说，他不是有夫人吗！听说杨秀清在除夕那天选妃，把最漂亮的留给自己，二等的献给天王……哼！太肮脏了！”

“去见见他们吧！”理文道。他一直待在归元寺里，除罗大纲，没见到其他领导人，他还有话要说。

“见也没用。那些家伙很快就要受报应完蛋的。现在已到了顶点啦！可怜的是太平天国中那些拼命奋斗、心地纯良的人。啊！亚仙这样的人一定会很可怜的。以前她是那样地拼命苦干，今后那些脸蛋儿好看、在阅马厂被选中的年轻王妃们将要随意地来摆布天王、东王了。那些美女们也并不是乐意要当王妃的啊，她们要发泄不满，就会干她们想干的事。她们有权势，要用权势来摆弄人，不，摆弄国家，一定会出现这样的人！她们这样干，并不就是说她们本就是坏人，像亚仙那些人，即使有什么意见或看法，谁也不会去听她们的了。一个三十多岁胖女人的话，肯定不会有人听的。可怜的亚仙啊，她呀，你好好地看看，长得很好看呀，真的是这样！”新妹十分激动，最后连她自己也不明白自己在说什么。

“新妹！冷静一下！”理文把手轻轻放在新妹肩上安抚她。

不必等到选中的王妃们拥有权势，不幸很快就降临到亚仙头上了。

太平天国历正月初二（阳历二月四日），庆祝新年的活动结束，太平军把官库里的银子运到船上。布政使官库里的银子加上直辖官库及盐道和府、县等官库的银子，共一百六十万两。长沙布政使潘铎说他是“用贼之钱来增强防御”，并非歪理，这些银子现在全部落入太平军手中，成了进攻南京的军费。第二天，大炮、弹药也装载上船。粮食从年底已由潮勇往船上搬运。杨秀清准备了一个月军粮，武昌城也储存了大量粮食。太平军离开武昌时，还丢下三百石稻米。船上装载了大量锄头、铁锹，这是准备攻打南京时挖坑道用的。

太平军的计划是：正月初六上船，初七撤离武昌。

武昌郊外，清军仍向太平军发动进攻。要撤离武昌，必须牵制清军，起码要减少清军对撤退计划的阻碍。五十万大军登船而退，难免发生混乱。若这时再遭追击，太平军定会蒙受巨大损失。因此，在撤退的同时，太平军也打开了东边各城门，向东郊清军发起进攻。这支出击部队肩上承担着天国的命运，是以均由身体健壮、信仰虔诚的精锐士兵组成，其中也有女营，亚仙是指挥官。出击前，士兵们向上帝祈祷。

亚仙眼里浮着泪水。“太高兴了！”这是她发自内心的声音。太平天国历正月初六，恰好阴历正月元旦。除武汉外，中国各地均鸣放爆竹。太平军开始登船，这一天上船的，主要是妇孺老弱。

“战斗到明天黄昏，然后在青山渡口登船。”这是早已发出的命令。

然而，亚仙从未想过自己是否能活到那个时候。五十万大军下长江，这是历史性的壮观场面。由于其光芒太强烈，东郊出击队的奋战反而容易被人遗忘。出击的士兵们心中念着上帝，拼死一搏，很多人丢了性命。

清军由向荣任总指挥，下有总兵和春、秦定三及都司张国梁等身经百战的军官。五天前，北京追究武昌失守之责，徐广缙被革职拿问，向荣成为钦差大臣，张亮基升为湖广总督。向荣当然还不知道自己当上了钦差大臣，他只觉得，通过近一段时间的努力，自己被流放新疆的罪大概可以取消了。现在他情绪空前高涨，觉得必须要加一把劲儿。

无须多说，战斗十分激烈。在清军主阵地洪山之北，东湖岸上，有座小山冈。第二天下午，亚仙和八名部下，来到这无名山冈。亚仙爬上山冈，用手搭着凉棚，眺望远方。远处，长江上，帆樯林立，大军正缓缓向东北方移动。

任务完成了，而这九名女营勇士也早已精疲力竭。

“我们祈祷吧！”亚仙道。她看到清军步枪队正在包抄山冈。

祈祷尚未完毕，一阵枪声响起。她们嘹亮的祈祷声响彻周围。没有人亲眼看到她们战死，但躲在附近民房中的居民，通过枪声和祈祷声的中断，知道她们已经死了。战斗结束后，清军开始收容敌人的遗体，这是他们战功的证物。但在东湖岸的山冈边，他们并没有找到那九名女兵的遗体。原来，在清军收尸前，那些深受感动的居民，已将她们的遗体郑重埋葬了——虽然只是在她们身上盖上一抔黄土。当地人把这里称作“九女墩”，焚香供奉。人们心里明白，但谁也没对外说过这是天国女兵的坟墓。

东湖原是片荒凉地。一九五三年，这里建了公园，名东湖公园。在离开娱乐区稍僻静的地方，立起了九女纪念碑。现在那块碑矗立在那儿，碑正面有张难先书写的董必武的《九女墩记》，左右和背面题有歌颂九女壮烈殉难的诗。迎面右侧，雕着孙文夫人宋庆龄题的无名烈士赞诗，字是廖仲恺夫人何香凝所写。

诗曰：

鄂中巾帼九英堆。
壮烈牺牲后世风。
辛亥太平前后起，
推翻帝制古今崇。

兵临南京城下

金顺记有个叫于益生的人。他原本到湖南去收购茶叶，但在武汉附近观察了下形势后决定返回上海。太平天国大军正从武汉东下长江，他就好像被太平军追赶着向东后退似的。在京口（镇江），他将自己亲身见闻给连维材写了个报告。老板这时还在北京，于益生便将信送到上海金顺记分店，请他们转送北京。不过，上海分店接到信后并没有转送，连维材已从北京来了通知，说他最近要去上海，于益生的信到达上海，再过五天，连维材就会到来。

基本上，于益生是和望风而逃的官军共同后退，所以他可以从内部充分观察到官军的混乱，他的信可以说，准确描绘了从政府方面所看到的太平军杀到南京前的情况。

“国朝官员之威信荡然无存。”信的一开头是这么写的。在这封信中，可以看出一个普通商人的愤慨。看来他曾多次停笔，压抑着自己要喷射而出的悲愤。下面引用的，就是信的部分内容：

仔细想想，也许所谓的威信从来就不存在。我深深感到，受这些人统治是百姓最大的不幸。原来打算从九江经黄州去汉口，但武汉三镇已落入太平军手中，只好回到九江。我跟汉口来往商行无法取得联系。我设法想了解理文兄的消息，但汉口已是这样的状况，只能干着急。不过，我想理文兄肯定已到了那里。九江耀记茶行说汉口宜和号来信中说：“传闻金顺记连理文先生在汉阳。”

太平军严禁其军兵对一般居民施加任何暴行，这条纪律也得到严格遵守，理文先生不会有危险。

据说，太平军正月初三分水陆两路从武汉出发。陆路由胡以晃、李开芳、林凤祥等率领，胡以晃是先锋。水路是东王杨秀清、北王韦昌辉、翼王石达开及秦日纲、罗大纲等人指挥。显然，水路是主力。

天王洪秀全乘的是龙船，和水路军一起。不过，人们现在都不太提到他，令人觉得好像东王杨秀清才是首领。天王似乎过于伟大，已被当作神供奉起来。有人说这是自然而然的结果，有人说这是因为东王实力超过了天王，也有人说是分工不同，天王领导宗教，东王指挥军事。不管以怎样偏袒的眼光来看，天王已丧失了军权，东王是掌握实权的人物。只是，天王的军权似乎不是被夺走的，而是不知什么原因自己放弃的，也可能是东王有意弄成这种状况。

关于太平军的干部，一般人了解得很多，真有点出人意料。对官府来说，他们是贼军头目，官府的消息都带有片面性，极力宣传他们残暴无道。可是，百姓并未受蒙骗。关于太平军的事实真相，已从广西传到湖南，又从湖南传到湖北。因为这关系到自己的生命财产，一般居民都想尽可能了解准确的情况。

沿途居民对官军的情况反而不了解，也许他们本不想了解吧。

“谁来当官都是一个样！”他们有这么一种灰心情绪，对更换地方长官或司令官之类的事不关心的程度，令人吃惊，甚至连这些人的名字都不知道。而天王或东王的名字尽人皆知，甚至大家知道洪秀全是个爱思考的宗教家，杨秀清是个重行动的军人。

我想您已知道，北京已命两江总督陆建瀛和河南巡抚琦善扫荡贼军。据说给他二人都赐予钦差大臣关防，授“先斩后奏”权限，在调兵遣将上可以不必一一请示北京批准。可是，琦善走到河南信阳，就不再向前进军。说是防备太平军北上，其实谁都认为这不过是不想打仗的借口。进攻是最有效的防御，河南军队应迅速南下，外行人都明白这道理。

两江总督的幕僚黄喜明是我表兄，我从他那里听到许多事情，他也给了我不少方便。河南巡抚来到信阳就按兵不动，而两江总督却亲自率领军队，从江宁（南京）往东进军，先锋恩长率领三千江宁驻军已进入湖北武穴镇。恩长是寿春总兵，但他这三千部下似乎是临时拼凑起来、未经训练的队伍。这些江宁驻军驻扎在武穴镇老鼠峡，防备太平军东下。据武穴来的商人们说，当军官把士兵们集中起来开始训练时，附近的人跑去围观，有的人不觉失声笑了起来，看来这些士兵们素质都很差。

当时，向荣已收复武昌，他的急使给两江总督送去一封密信，陆建瀛已来到九江。其实两江总督也不了解敌人详情。向荣密信中写着太平军已夺取数千船只，正分水陆两路东下，兵力极多等等。连那样宽阔的长江也为这只大船队遮成一片鸦黑，江上帆樯如林。在向荣密信中，向荣作为自己个人的意见，最后建议道："敌人兵力过多，我方与其在上游防守，不如在可以集中一定兵力的地点对付敌人。"两江总督接到密信后，急忙想把武穴的三千兵叫回九江。要说可以集中兵力的地点，九江最适当不过。

九江是湖北、江西、安徽三省交界，如走长江水路，离江苏不远，要集中兵力，确是很方便之处。九江守军原只有六百福建兵和二百浙江兵，不足千人。不过，它周围有各省军队，两江总督麾下二千几百名军队也在九江附近。这些军队原本是准备派往武穴的，接到向荣密信后，停止了进军，武穴的三千军队也准备退到九江。但这命令为时已晚。太平军先锋到达老鼠峡的时间，是从武昌出发时算起的第六天夜间，清军将士正在熟睡中。这些未经训练的军队遭此突然袭击，顿时乱成一团，毫无秩序。这次昏天黑地的混乱中，大部分官兵被杀，总兵恩长跳长江自杀。

老鼠峡战斗也证明，太平军是彻底实行了"不杀百姓，只杀官军"这个口号的。

太平军说过的话必定实行，官军恐慌万状。不久，长江里就漂来了大批官兵尸体，对于下游官军来说，传闻这下有了充分的根据。据说士兵们指着从眼前漂流过去的尸体，互相议论道："咱们可不能变成这个样子！"这话意思是说，太平军一来，应不顾一切地逃跑。

太平军从武穴进九江，未遇任何抵抗。在九江驻防的福建兵和浙江兵，一得到太平军即将到来的消息，丢下武器就逃跑了，可以说，太平军连敌人的背影都未曾看见。逃跑的不只是九江驻军，附近军队也都慌忙拔腿逃开了。九江属江西省，江西巡抚张芾已进军瑞昌，他获悉太平军水路军已接近九江，就制造一个借口，说"长毛贼陆路军已进入江西省，要保卫江西"，屁股冲着九江，撤退到省城南昌。隔着鄱阳湖，与九江相对的湖口也驻有清军，听说九江危急，不仅不去援救，反而可耻地逃跑了。他们大概认为活命要紧吧，湖口军队分为两路，分别逃到南昌和饶州。

南昌那里，还算是江西巡抚嚷嚷着“敌人陆军要来”的地方，但饶州在九江东边，离九江很远，不在长江沿岸，只不过有个陶瓷中心景德镇，并无其他要地。谁也不会认为那里会是太平军进军的目标。饶州绝对安全，他们有意逃到那里。太平军即将进攻九江时，城里早已空空如也。军队带头逃跑，居民也暂时避难去了。太平军首先让童子军进了城。太平军拿下武穴，第三天兵不血刃占领九江。跟以往一样，太平军烧毁了衙门和寺庙，获得了军饷和军需物资，在城内待了两天。

江西和安徽是茶叶产地。我想，既然由于战乱，在湖南无法收购茶叶，何不在这一带补购一些，于是就在湖口逗留下来。庐山靠近山顶一带，云雾弥漫，盛产有名的“云雾茶”。这高级茶产量少，旧茶已售完，于是我订购了新茶。但产地货主道：“不打仗还可以，如若卷进战乱，这订货合同能不能实现还是问题。”

总之，湖口军队一下子不见了，我决定渡长江去安庆。安庆是安徽省会。我心里想，尽管官军惯于逃跑，像省会这样的地方总会尽力防守吧。可是，仍和以前情况一样。

在九江和安庆间，有个要地叫小孤山，一向被认为是安庆门户。安徽巡抚蒋文庆把按察使张熙宇派到这里，令他守卫小孤山。张熙宇坐船来到江上，刚一见到太平军船只的影子，只放了一炮，然后头也不回地朝北岸逃跑了。只放一炮，大概是为了逃脱不战而逃的污名而耍的花招吧。但这品质太卑劣，反遭人鄙视。张熙宇曾逃往徽州、休宁，但哪个城都拒绝他进城。这倒不是大家对这个临阵脱逃的司令官感到愤慨，而是担心被上头认为是窝藏这等人物的同犯，以后会受处罚。世道不是已经无可救药了吗？

丢了小孤山，安庆城等于赤裸裸地暴露在敌人面前。旅店老板劝我赶快逃难。

“你是行路人，没有累赘，赶快逃难吧。我们本地人，要逃也得把各种东西收拾收拾。很快就要关闭城门，那时就什么办法也没有了。”

据说安庆有一万军队，可是居民们没人信赖这些守城兵。同样是省城，跟长沙或武昌比起来，安庆城小，城墙低，一看就知道守不住。在九江失守前，陆建瀛曾带几百军队，从安庆城外向东撤退。总督坐在肩舆上，安庆城墙高不到二丈。巡抚蒋文庆登上安庆城墙，哀求从城下经过的总督道："请您把这些军队留在安庆，跟我们一起守城吧！为了国家，我恳求您啦！"而总督却向他扬了扬手："贼军人数太多啦！这儿根本守不住，我必须要防守芜湖和江宁。这是上头的命令。"说完就从城下走过，在安庆附近坐船向东而去。

在太平军东征沿途所碰到的清廷大官儿当中，表现出有点斗志的，恐怕只有安徽巡抚蒋文庆一人。他督励文武官员，准备死守安庆。尽管像总督所说那样，这里不可守，但他已决心竭尽全力，勇敢牺牲。对安庆官员们来说，巡抚的斗志可能是最大的麻烦，变成斗志昂扬的巡抚的伴死鬼，太不合适。他们早就考虑好了逃脱的办法。率领安庆一万驻军的头头是狼山镇总兵王鹏飞，他已决心把碍手碍脚的部下全部扔下，独自逃跑。若带着部下跑，即使化了装，也有被认出的危险，性命难保。太平军早已宣布，官兵、官吏必杀，尤其是大官更不会得到赦免。

蒋文庆立志决一死战，但他并不认为安庆能守得住。他唯一担心的是，安庆存有近四十万两现银和大批武器、粮食，他认为，仅为了这些东西不致落于长毛贼之手，也必须要坚决防守。他下令把银钱物资搬到城外，看来他是打算运往庐州。之后，他命令布政使李本仁留在城中死守。

在巡抚东奔西走期间，李本仁却道："官库和储存的粮食属于我布政使管辖范围，这次转移我有监督之责，我必须监督这次搬运。"说罢，出城而去。

我听从了旅店老板劝告，出了安庆城，船到牛头山，决定从那儿经池州去芜湖、南京。布政使李本仁跟我方向相反，他向北走，准备从桐城再去舒城。我们几乎同时离开安庆，但我过后不久就听说了他们的命运。这时，消息的传递是惊人地迅速，而且相当准确。

太平军攻陷小孤山后，命陆路军向北大迂回，包围安庆。听说，李本仁声称要加以监督的搬运物资部队同太平军陆路军不期而遇，李本仁和官兵扔下物资，拼命北逃，其速度之快，难以置信。他们知道，一旦被抓，统统要死，当然不能磨磨蹭蹭。

杀尽官吏的策略是杨秀清倡导的，洪秀全倒认为对英勇善战的敌人应当宽容，但他在作战方面已无决定权。杨秀清的策略恐怕还是取得了一定的效果，在发起进攻前敌人就已逃跑，不必流血就可占领城池，这都是由于官兵和官吏有一种恐怖心理。

据说，李本仁跑到舒城就被拘留了。

我走后不几天，太平军攻打了安庆。蒋文庆决心抵抗，也发起过一些小的战斗，但实际上，可以说，太平军兵不血刃就占领了安庆。

太平军攻打安庆是正月十七日（阳历二月二十四日）。这一天一清早，刮起南风，卷起尘沙，天日为之昏暗。这对那些早就伺机逃跑的家伙确是极大的便利，太平军放的第一炮，成了他们逃跑的信号，无可挽救了，北门已被人打开，大军蜂拥逃跑。因为拥挤得厉害，城门难以通过，但安庆城墙低，据说年轻士兵从城墙上跳下去逃跑的，不在少数。

太平军进入安庆城是在夜幕降临以后。唯有巡抚身边的军队进行了猛烈抵抗。蒋文庆最初指挥这场防御战，但士兵们不断逃跑，连总司令王鹏飞也不见了踪影，于是他感叹："到此为止吧！"说罢，回到官衙。他准备详细写下这次安庆防御战的情况，向皇帝报告。奏稿写完，太平军已进入城内，他把奏稿托付给家人，带了几十个亲兵，出官衙，同太平军白刃战，壮烈战死。

跟巡抚一起战死的，据说只有十四人，实在太凄凉。

安徽省城就这样失陷。这是继武昌后，太平军攻下的第二座省城。

怕死逃跑还情有可原。他们家中也有老小，且士兵们也没蒙受过政府什么恩典。可是，逃跑时还沿途掠夺民家，这就不可原谅了。军队里根本没建立纪律，恐怕应该说总的责任是在以前的高级将领和当政者身上吧。

王鹏飞在桐城为清军所逮捕。

太平军烧毁了安庆城内的寺庙衙门，待了四天，开始东进。太平军总是这么快。进攻安庆的太平军又乘船朝下一个目标前进。据说最后的部队离开安庆登船是正月二十二日，但石达开的先锋部队在这一天已攻陷了东北二百里，长江岸边的铜陵。这时我已在芜湖，第二天得到这个消息，立即动身去了南京。我单身轻装，而太平军却好像紧紧在尾追着我似的。

这支军队真厉害！

太平军离去的第二天——正月二十三日，总兵吉顺率领的三千清军收复了安庆。这真是巧妙的交替啊！据说是因为长途行军在那一天才到达的。不过，那些爱说闲话的人们却在一起议论：“他们是在行军速度上耍了花招，一定是故意等太平军全部开走后才到达的。否则哪有这样巧的事呀！”

安庆是收复了，但官库里的三十万两银子和一百门大炮已被太平军拿走了。布政使李本仁监督搬走的不过是其中极少的一部分，他一心想快点离城外逃，急急忙忙地装运了一点物资，做个样子。反正迟早要落入太平军手中，怎么都是一样。在离安庆约一百里的池州府城，太平军主力甚至没有离船上岸，府城里的军队和官吏便都逃走了，太平军只派了一支小部队上岸，装载着战利品回来。据说，铜陵县也是如此。芜湖城失陷是正月二十五日，长江沿岸各个城池，就像熟透了的柿子坠地似的，不用太平军全力进攻，就纷纷失陷。

当然，也有江上的战斗。福山镇总兵陈胜元有勇将盛名。他在芜湖下游东梁附近，摆开麾下兵船，准备迎击太平军。江上战斗在芜湖失陷后第二天进行。打仗这种事是不是不分专家和外行呢？拿总兵来说，他应当在军中研究过二三十年的战争，是经过训练的人吧。相比之下，太平军举兵不过三年，听说在举兵前悄悄进行过军事训练，但那也不会时间太久吧。可是，在这次江上战斗中，军事专家却简单地中了外行农民的计，一败涂地。

太平军早已侦察获悉清军兵船弹药不足。于是太平军把装满泥土的船一只接一只地开到清军船队面前，清军兵团拼命开枪开炮，很快弹药打光了，清军兵船失去了战斗力。这时拥有大量弹药的太平军才露面，一下子就把清军船队消灭。

陈胜元中炮，掉在长江中死了。

两天后，太平军先锋迫近太平府城。太平军过去的做法是占领主要城市，或派兵进去，运出战利品，放火烧毁寺庙和衙门。但他们这次没派兵进太平府城。传说是因为这个城名与太平天国同名。

南京危急。我离开了南京，来到京口，现在在等待南京失陷的消息。不知需等待多少时日，但南京失陷，肯定无疑。

若没有蒋文庆和陈胜元两个人，我简直感到这国家已腐败透顶了。

通过于益生的信，大体上可以了解太平军进攻南京前的概况。他的任务是收购茶叶，同时和连理文取得联系。

其实连理文一直离他不远。理文走陆路，从江北往东走，在湖口渡过长江，进入了江南地区。他进入江南后仍往东走。李新妹和他同行，她的脚步绝不比男人慢。

于益生比清军提前一步往东。连理文好像是追逐着清军往前走，他等于是走在清军与太平军中间。在湖口，理文又和谭七会合了。到达芜湖的时候，一天早晨，谭七突然变了模样。

“你这是怎么啦？”理文吃惊地指着谭七的脑袋。

“这到底是怎么一回事呀？要装扮什么吗？”新妹也诧异地望着谭七。

谭七是谍报人员，没有像太平军战友们那样剪掉辫子。而这次，他不但剪了辫子，连后脑勺上的头发也全部剃光，露出青色的头皮。谭七被理文一问，只是笑嘻嘻地不吭声。

“完全像个和尚了。”理文道。

“是呀，我要入佛门啦。”谭七半开玩笑。

“真的？”

太平天国信奉基督教，对佛教态度十分严厉，占领了城市首先要放火烧寺庙，把佛教看作邪教，从未宽恕。谭七是信奉上帝天父和天兄的教徒，怎能会当和尚呢！

“你会那样认为吗？”谭七反问道。

“什么？”

“先生，你不是问我是不是真心吗？谁也不会相信拜上帝会信徒会变成这种模样吧！”

“那当然喽。”

“所以嘛，我变成这种模样，妖人们不就不怀疑了吗！”

“那倒是。那么，有什么……”理文已经意识到了，谭七大概是又承担了什么危险任务，一定是潜入敌人的地区。

“到什么地方去？”

“南京呗。我说理文先生，你也去吗？”

理文叫谭七这么一问，条件反射似的回头看了看新妹。新妹一直想去上海，因为据说那里出现了新世界。不论是对太平天国还是妖人政府，她都感到厌倦了。

“去金陵嘛，你已经问了好多好多次了。好不容易已经来到了这里，可以顺便路过一下嘛。”新妹道。

“是打仗喽！”理文瞅着新妹的脸。

“没关系嘛。这个仗跟我没关系。要是自己打仗，要豁出性命。现在可以比较轻松地看看热闹嘛。”

于是，三个人向南京走去。

“剃光了头发的人怎么这么多呀？”理文问。头脑无比冷静、灵活的杨秀清是这种谍报工作的负责人。他信仰具体的实力更胜于天上的上帝。要在南京城内搞破坏或内应工作，当然要派去足够的人数。

“相当多呀。”谭七答。

大批僧侣拥入南京，当局不仅没有感到奇怪，甚至认为这是理所当然的。

太平军烧毁佛寺，把佛寺看作好像是自己不共戴天的敌人。到处都有被大火赶出来的僧人。

晚唐诗人杜牧曾作《江南春》一诗，这样描绘南京：

千里莺啼绿映红，水村山郭酒旗风；
南朝四百八十寺，多少楼台烟雨中。

诗中说的是千年前的事。一提到南京，人们就会想起这首诗，就会觉得那里有很多寺院。那些被烧掉了寺院的佛僧们，当然会奔着传说有很多佛寺的南京而来。

若混杂在这些佛僧当中，就不会被人怀疑，这是杨秀清的想法。佛教僧侣是太平军的牺牲者。在这一点上，人们对他们抱有一种同情。杨秀清利用这同情，派出谍报部队，不能不叫人佩服。

在被太平军攻陷之前，不，在被太平军包围之前，南京城内就出现了种种怪现象，弄得人心动荡不安。而这些怪现象几乎全都是这些剃去头发、扮成僧侣的太平军谍报人员制造的。

有这么一桩怪事——很多寺庙的佛像和神像被人挖了眼珠。

任何时代都有一些怪人，要说一座寺庙的塑像全都叫人挖去了眼珠，那是可能发生的。而现在是两座、三座、四座寺庙，一夜之间发生了同样的事，而且寺庙间又相隔很远，这显然不是个人所为。

同时，还发生了民家门上画圆圈的事。有的人家门上画的是红圈，有的人家门上门上画的是白圈，白圈中有时写一个“天”字，有时写个“大”字。外面纷传：“长毛一进城，画红圈的人家平安无事，画白圈的人家统统杀绝。”“天字还可以，大字可不好啊！”

流言蜚语是动荡时代的产物。两江总督陆建瀛本人满脑子迷信。上头有了这样的人物，那就无法追查流言。如要追查，恐怕首先就得逮捕总督。人们称呼陆建瀛是“巧官”。意思是说，他这人出人头地不是靠实力，而是巧于政界处世之术。其实，陆建瀛出人头地，秘密也并不完全靠处世术，他还使人对他感到放心。一个有才能的人，往往使别人对他产生警惕。一个人很能干，但若不是非常能干，使别人担心他将来会成为自己竞争的对手，那还算不上是出类拔萃的人物。一提到陆建瀛，谁都这么想：“是那个家伙呀，没什么。”对他感到很放心。他非常迷信神佛灵验，一心想把迷信和现实结合起来，别人觉得他愚蠢，对他产生一种优越感，这恐怕是他出人头地的真相所在。传说他带兵去湖北时，说什么“霜神助我军”之类的胡话，至于霜神究竟是什么神，谁也不知道。他还说：“你们怎么看不见呀？看呀！在我军前头站着一个全身一丝不挂的女神，她在引导督励我们！”部下们虽想看看全身一丝不挂的女神，但这只不过是陆建瀛一人能看到的幻影，而且他把神佛混淆在一起。

“观音菩萨保护我们城池！”他声称接到了这样的神谕，命令南京家家户户要烧香叩拜。当时举行葬礼时有种习俗，要做些面目狰狞的偶人，在墓地四角执戈守护。这种偶人称作“方相”，据说最初是由人扮成神来驱邪，后来改用偶人代替。陆建瀛命令把“方相”抬了出来让敌人看，想用“方相”吓唬敌人。太平军将士早就被灌输了否定偶像的思想，据说看到“方相”都哈哈大笑。虔诚是可以的，可迷信到这种地步只能被人当作笑料了。不是巧官就不能出人头地，这里表现了清朝政界所用的无能之人。在天下太平时期，什么事不干的官吏，也许对老百姓还有点好处。可是在非常时期，老百姓头上有这么个统治者，那就正如于益生所说，不能不说是最大的不幸了。

搞迷信，也许就是脑袋有点不正常。一些按常识无法想象的言行，在陆建瀛身上表现得很突出。尤其是在去湖北，他麾下江宁防军全军覆灭后，他的精神状态确实有点异常。一个总督亲自出征湖北，这事本身就很难说是正常。在前一年，黄河决堤，修堤工程迟迟不予解决。中国黄河沿岸是文明发源地，人们都强烈地认为治水工程是政治根本。“巧官”陆建瀛根本不懂治水。不懂可以委托专家去办，而他却想出一些奇怪迷信的办法，让下面去实行，结果弄得河流决口越来越大。

总督虽是地方最高长官，但还有像监察御史那样调查官吏政绩的官员。若监察御史来查访察看，一定要追究总督责任，给予严重处分，因此这位“巧官”志愿去出征。若能把太平军镇压下去，他的功劳就会弥补治水的失败。他一向以为太平军不过是土农暴动，认为自己是总督，对手是农民，等级不一样，因此绝不会失败。他相信神明会保护他。

他把两江行政事务和军事防御工作分别委交给江苏巡抚杨文定和江苏布政使祁宿藻，自己踊跃地去西征。可是，在武穴镇老鼠峡，他丢了自己所仰仗的三千兵，慌慌张张逃了回来。他甩下在安庆城头上流着泪向他苦苦哀求的蒋文庆，匆匆忙忙回南京。他的自尊心受到了损伤，在家闭门不出，谁也不见，公文也不看，一切政务都不管。南京地方政府官员要求总督再次出马，到上游去抵御太平军，陆建瀛却不动身，连将军、提督们也不见。这简直荒谬绝伦。当时当地军事首脑是江宁京口将军祥厚、江宁京口副都统霍隆武和江南松江提督福珠洪阿等人。祥厚和祁宿藻联名向北京弹劾总督。

陆建瀛正月十八日逃回南京，南京首脑们立即把弹劾奏文送到北京。

“解除本职及一切兼职，并逮捕问罪。钦差大臣和总督由将军祥厚兼任。”——北京于正月二十七日做出这个决定。但决定并未传到南京。太平军陆路先锋已于正月二十九日抵达南京城下。在这前一天，南京当局出了一张公告，伪称“长毛贼退却八百里”。这时，连理文、新妹和僧侣打扮的谭七已在南京城外南边的雨花台报恩寺里。

“这太不像样了！”理文不觉大声地叫了起来。

他们到附近转了一圈，新妹和谭七都明白是什么太不像样了。

“征集来的全是渣滓。”谭七道。

“不，只能征集到渣滓了。”新妹皱着眉头。

他们议论的是提督福珠洪阿指挥下的城外军队。世上恐怕再没有比这更低劣的军队了，那完全是一群人渣。不管多么粗暴，要是有力气的话，打起仗来可能还顶点用。而这些军队，个个骨瘦如柴，面色青黄，两眼无神。他们像事先商量好了似的，统统都是烟鬼。

确如新妹所说，这些军队是获得太平军逼近的消息急忙募集来的。正经的人都不来，有职业的年轻人不来，即使失业但还有劳动能力的人，偶尔可以打个日工，也不愿来。所以，来应征的都是完全不能干活的人。据说有些家庭里，有这种游手好闲、无法对付的大烟鬼，他们甚至把征募新兵当作是“让政府来养活”的好机会，带着这些大烟鬼去应征。当时有的书上说这些烟鬼兵“怯弱如妇女”。其实他们连妇女都不如。

“南京就要完啦！”新妹道。

刚才理文说话的声音大得吓人，不过，谁听了恐怕都会有同感。雨花台是城外南郊要地，太平军陆路军正从南边向这里挺进，本来应当在这里配置最精锐的部队，而现在却横七竖八地躺着这些烟鬼兵，不打败仗那才叫怪。政府从附近民船征集来了船篷，搭成临时营房，士兵们躺在里面专门等吃饭。在湖北吃了败仗的江宁防军，据说在进行军事训练时曾叫附近居民哑然失笑。雨花台这五百清兵连训练也没搞过，不，他们是根本无法训练的军队。

连提督福珠洪阿来雨花台视察时也直摇脑袋。

“把火药、武器等收藏好，不要被人偷盗了。”提督下了这样的命令。提督带来正规部队，把堆积在雨花台像山一样的弹药箱，连同大炮全都收藏进寺庙的仓库里，外面加上了锁。

“这些军队究竟在这里干什么呀？”理文也迷惑不解。

“先生，这个你不懂吗？这里必须要放五百军队，所以带了五百人来。要凑数，就是这么回事。”谭七直截了当地解答。

报恩寺的住持带着悲愁神情问道：“客人，你们是从西面来的吗？”

“是的。”新妹道。

“烧了许多寺庙，你们看到了吗？”

“是烧了许多……”

“果然是……”住持慢慢地环视着寺庙，好像是跟它做最后的告别。

阳历已是三月，江南早已有春色。太平军的陆路先锋队由李开芳、林凤祥等将领率领，已抵达南京城西南善桥，迅速地构筑了二十四个阵地。雨花台清军只是呆傻地望着太平军阵地，大炮和弹药都锁在寺院仓房里，即使不上锁，恐怕这里的守军也不会把它们搬出来打仗的。

“大炮在那里面。”住持领着理文他们来到仓房的前面。

“要打仗了，为什么不搬出去呀？”理文问道。

“您问得有道理。可是……”住持脸上露出为难的神情“您认为躺在那儿的士兵能打得了一发炮弹吗？”

太平军已构筑了阵地，看来是准备慢慢地进攻。这一带居民了解这一情况，他们尽可能远离清军的驻地。早就传来了消息，说太平军不伤害一般老百姓，只要不卷进战火，就不会有危险，所以驻有清军的雨花台是不能靠近的。

“我也要离开寺院了，在不在这儿都是一样。”住持道。他已打消了看守寺院的念头，当然也未想过请军队来保护。最聪明的办法是早点把寺院里的东西搬走，免得被人偷去。

“请你们帮我搬一搬佛像吧。”住持恳求。理文他们帮着把佛像、佛具装到车子上。他们认为清兵不会偷盗这些值不了多少钱的佛像，而住持却道：“夜里还很冷呀！”士兵们说不定会把佛像打碎当烤火的柴火，太平军来占领了也要烧毁偶像，住持决心带佛像暂时去避难。

“一块儿走吧！”住持的声音很微弱。

“不行，您就要寄人篱下，我们本来是寄在您的篱下，跟着您去，那太不像话了。请不要管我们，我们自己想办法。”理文代表他们一行人回道。

“你们住到什么地方去？”

“想暂时借住宝寺。”谭七指着报恩寺的伽蓝道。

“危险啊！离兵营太近了。”

“没什么，到紧急时候，我们会逃跑的。”

“那好吧，还是要尽快走啊！一旦耽搁了，后悔就来不及了。”

“是的，我知道了，不会耽搁的。以前我们四处逃难，已经习惯了。”

“可不能照老皇历办事啊！请多多保重吧！”为人忠厚的住持带着僧侣向东而去。

“没问题！这儿不会成为战场的，打仗没有对手是打不起来的。”谭七笑道。他早已把雨花台的情况报告了太平军。报告中说：“太平军来进攻，雨花台不会有清军一兵一卒。这里的部队丝毫没有要打仗的意思。不过，不要为了威吓他们而开炮。寺庙里收藏了大炮和大量的弹药。太平军可以利用这些武器弹药，不能让它中了炮火。我们将保护它，不让清军烧毁。”

谭七带来七名部下，三人做和尚打扮，其余四人扮作庙里的火工。他们的任务是“保护清军的武器弹药”。要接收就应当全部完好地接下来。陆路先锋到达善桥的第二天，水路主力从大胜关开到草鞋峡，已逼近南京城下。

“那些烟鬼兵，还得要告诉他们一下，对手已经来了呀！”谭七苦笑道。

这些军队一看到敌人影子，准会四散逃跑，可他们太无能了，连敌人也发现不了。

“喂——！敌人到了那边啦！”谭七部下在附近到处大声喊叫。这支部队虽是窝囊废，但逃跑速度之快简直惊人。一眨眼工夫就逃之夭夭了。

“把弹药处理掉！”毕竟是领队军官，他并没有忘记奉命要干的事。但谭七一名部下早已严密地监视着这个军官。

“火！火！……”那个军官跑进大雄宝殿去找火。部下全都跑光了，他大概是想亲自去点火。但谭七部下紧跟在他的后面。

“那儿有火石！”谭七部下喊道。军官朝着他手指的方向看去，谭七的部下挥起藏在身后的利斧。长江里的江水平常都是米黄色，但今天南京城下的长江里，看起来好似流着蓝色的江水。水路先锋、翼王石达开令他指挥下的部队全部使用青旗。翼王船队一律打着青旗，遮盖长江。翼王军先头部队指挥官叫张子朋，据说他仰视着眼前南京城，大声说道：“我原以为金陵是一个多大的城呢，心想一定不好打。原来是这样呀！打这个城，算不了什么！”

他说这些话，当然是为了给部下打气的。不管怎么说，南京是天下副都，以前攻打过的桂林、长沙、武昌等城市简直无法跟它相比。不能让将士们对这个巨大城池产生恐惧心理，张子朋采取了用豪言壮语鼓舞士气的策略。

在南北朝时期，占据南方的六个王朝全都以南京为都。最初定都南京的王朝是吴，据《三国志》上说，劝说吴国孙权在此定都的是作为使节出访吴国的诸葛孔明。长江与紫金山形成天险，易守难攻，固若金汤。然而，以这里为都的六个王朝为什么都短命夭折了呢？历史学家的解释是：由于南京过于险要，占据此地的政权过分依赖天险。太平天国也在南京坐江山，这也许也是它以短命政权而告终的原因之一。当然，这是后话。

布政使祁宿藻在南京城内口吐鲜血而死，据说，是由于过度忧愤。

总督陆建瀛自武穴惨败、逃回南京后，一切工作放弃不管，一切政务也不过问。应代行政务的江苏巡抚驻在苏州，所以仅次于总督的内政负责人、在南京的最高官僚就是布政使祁宿藻。由于总督放弃职守，一切工作都落到他的肩上。由于非常激愤，他与江宁将军祥厚联名写了弹劾奏文，送到北京朝廷。他在写奏稿时，因为激动，吐了很多血。

太平军水路先锋军在南京城下展现出一片青色旗海时，陆路先锋军已不费吹灰之力地占领了雨花台。太平军在进攻前，已知道了这种情况。从太平军来说，用敌人大炮和炮弹从雨花台向南京城内进行炮击，是他们预定的行动。雨花台是小小的山冈，可以说没有比这里更适合向城内进行炮击的地点了。

在占领雨花台前不久，一支数千人的清军运输队朝着相当于南京南门的聚宝门前走过来。这支队伍是由运送军粮的车马和护卫士兵组成的。他们来时还不知南京已发生这么大的战争。他们和雨花台烟鬼兵可不一样，他们都是经过挑选的精锐士兵，斗志极其旺盛。

这支运输队接近南京时，才知道要发生大战。

“那儿有太平军！”他们发觉了正准备攻打雨花台的太平军，想同太平军打一仗，但他们的任务是护送军粮，携带的武器只能击退地方上的土匪，太平军虽然也是“匪”，但要同那样大规模的军队作战，弹药不够。

“对了，进城去领弹药、步枪！”运输队长做了这决定。他们来到聚宝门前，向守门负责人提出了这个要求。

“敌人只注意着雨花台，没有发觉我们。给我们补充一些弹药，我们给他们来个突然袭击。雨花台要是给敌人拿去了，那可就完啦！”运输队长是个很勇敢的军人。

“你们等一等，我去请示一下总督。”守门军官飞马奔往总督府。

两江总督早已不理政务，布政使祁宿藻在那里主持工作。

“这样的人是真正的好男儿！”祁宿藻准备立即派人往聚宝门搬运弹药、步枪。陆建瀛回南京后一直关在房间里不露面，这时却气势汹汹地推开门扇走了出来。他虽完全放弃了政务，但总督府的官吏仍跟往常一样，书面或口头向他报告重要的事，只是总督不表任何态度。唯独这一次，他却做出了反应。

“你们都是睁眼瞎吗？来到聚宝门的是敌人！那是圈套，绝不能上当！向他们开炮！”在官僚制度下面，总督的这道命令是要绝对服从的。

“向聚宝门守门部队传达我的命令！”总督又叮嘱了一句。

“可悲呀！”祁宿藻发出哀叹。那声音就好像从肺腑里挤压出来的，接着他感到血从喉管里要往外倒流。命令不能不传达。如不传达，对有关的人就要按违抗命令罪惩罚。传达下去的命令就必须要执行，不执行命令的人要受到严惩。清朝体制在某些方面已支离破碎，但另一方面，它还严整地存在着这种慑服于严惩法制官僚主义的秩序。聚宝门的守将明知是自己人也不能不开炮。运粮队长和守门军官是多年老友，明知不是敌人，但命令必须执行。

“向远处开炮！只打三发！不准打中运输队！”这样的命令就是守门军官最大的抵抗。

运输队的勇士们也为这出乎意料的炮声而四散逃跑。城内这三发炮弹声刚一停息，太平军就开始从雨花台向城里开炮了。当然不只是三发，炮声隆隆不绝。

炮声在祁宿藻的意识中越来越远，越来越弱，他终于气死了。据说，他紧攥拳头敲打着桌子，四周溅满了鲜血。

金陵血战

南京是古都，但这地名却很新。

春秋时，这里属于吴国，战国时则属于楚国。

公元前四世纪，楚威王在此设金陵邑。当时还只是座小城。从风水上看，这里有王气，因此有了“龙湾埋金”的故事。所谓王气，就是说有可能会出现帝王。楚王在湖北王城郢，说东边有王气，就是说那里可能会出现另外的王——即造反的人。于是楚王根据术士建议，用古法埋金，稳住王气，以免它出来捣乱。埋有金子的陵，就是“金陵”。

秦始皇统一天下后，憎恶这块有王气的土地，担心只埋下金子作用不大，据说，他凿山引水，开辟了一条溪流，等于把金陵切为两半，于是地名就改为秣陵。到三国时代，吴王孙权在此定都，改名建业。他很有点气概，要在此建统一天下之大业。

其后晋将建业改为建康。唐以后称江宁。明太祖定都此地，称“应天府”。明成祖永乐帝十九年（1421 年），迁都北京，应天府改为南京。清也以北京为都，满人和南京没有“亲缘”关系，因此此地又恢复了唐以后的名称——江宁。但人们已叫惯了南京，这名字便作为通称仍沿用了下来。

鸦片战争时签订的和约一般被称作“南京条约”，但在清朝的文献中，则写作“江宁条约”。六朝时代的南京，据说周围围绕着十公里长的城墙。秦始皇开山时引进的水，则被称作秦淮河，原在城外，现已在城内。夹河两岸，青楼林立，秦淮已成花街柳巷的代称。明洪武帝把这里当国都来营造，此地遂成为一座巨大的城市，仅内城城墙就约有五十公里长，外城城墙绵延达九十多公里，山河尽在城内，城墙高度因地而异，最高处有二十米，十分威严。

南京城山河交错，与在平地上造起的北京、长安不同，城内十分不规则。传统看法，一般将南面中央的门当作正门，也即聚宝门。但是，明代宫殿和政府机关所在地不是在城正北，而是大大地偏向城东，其出入口叫正阳门，顾名思义，正阳门成了南京城的正门。不过，清代南京已不是国都，聚宝门也可看作正门。雨花台正对着聚宝门。清朝被推翻后，聚宝门改名“中华门”，正阳门改称“光华门”。

太平军将大炮抬到报恩寺塔上，向城里开炮，清军也用炮回击。太阳落山后太平军撤退。太平军意在消耗清军炮弹，在江上作战，利用装泥土的船，在雨花台则用佛像。

聚宝门外可说是寺院区，除报恩寺外，还有碧峰寺、能仁寺、天界寺、西天寺、智德寺等许多寺院。有的寺院也像报恩寺那样，和尚带着主要佛像逃难走了，有的寺院佛像全部保留，尤其西天寺，那里以五百罗汉像闻名，这些罗汉像全部被留了下来。

和佛像不同，罗汉像有各种各样的姿势，很像真人，而且有五百个，是最好不过的可利用工具。夜间，太平军把它们间隔着摆在山坡上，用青草和稻草遮住一半身子，还准备了旗子等小道具，一切就绪后，稀稀落落地点起几只灯笼，灯笼过多，会显得不自然，而且也有被清军看破的危险。在适当微暗中，安排出一种令人感到是士兵散开埋伏着的情景。要诱使清军开炮，仅仅这样还不够，懦弱的军队在胆怯时才会开炮。要让清军感到这五百罗汉就要攻打过来，因此在雨花台山中，还有几十名士兵高声喊叫。

一听到呐喊声，城上清军就害怕地拉开了炮门。隆隆炮声响到黎明。到了早晨，用望远镜一看，城上才发觉是受了骗。太平军在等待全军到达，等待期间，敌人已消耗了不少弹药。水路先锋队打着青旗来到南京城下，全军到达、登岸、攻城，大约用了三天时间。太平军主力已在下关七里洲登陆。下关是南京港口，长江中船只在下关开船靠岸。在下关登岸，东边就可看到南京西城墙。

在南京西城门中，最北的是仪凤门。仪凤门依卢龙山而建，城内比城外地势要高得多。城内可以清楚地看到城外，对进攻一方十分不利。

阴历二月初三（阳历三月十二日），太平军全军到达。同一天，部分太平军进攻长江对岸的浦口，徐州游击冯景尼败逃，这一来，太平军进攻南京时，后侧不会遭到袭击。

太平军开始了他们所擅长的坑道战。

南京是天险，但有一个附加条件，即守城军要保住城外东郊的紫金山。紫金山当时称作钟山，从钟山可俯瞰南京城。紫金山脚下有明孝陵，是明太祖洪武皇帝的墓。清军并没有守紫金山之意。和雨花台不同，这是座大山，守卫这里需要相当多的兵力。清军兵力守城已然不足，若有守卫这样大山的兵力，恐怕早就调去守城了。

南京驻有满族江宁将军。因为被人们称作副都，所以满族军人和官吏比其他省城要多得多，他们和家属加在一起，据说有四万人。满族人从属八旗，所以也称旗人，他们几乎全都住在内城。内城旗人多，所以称“满城”。清代采取隔离的民族政策，差别化对待，因此各民族间难以和睦相处。

南京被认为是天险，然而只十三天就沦陷了，这固然有许多原因，而后世史学家一般都会举出一条，那就是“汉满不和”。

紫金山平静地躺卧在南京东边。理文独自在紫金山顶眺望了一阵儿南京城后，怀着沉重的心情，有气无力地下到山脚。新妹不愿见太平军里的人，待在孝陵附近一个老百姓家里。

谭七则已潜入城内，指挥谍报工作。

天空阴沉，暗云低垂，马上就要下雨似的。

新妹所待的民房窗户很小，光线暗淡。

“下雨了吗？”她问理文。

“还没有。不过看样子好像马上就要下了。”

“你还打算在这里待到南京陷落吗？”

“对，我想看到南京的最后结局……我还没有跟太平天国诀别嘛！”

“这是明摆着的结局，我真不理解你为何还要亲自证实一下。”

“我想好好整理下思绪。”

“可以不看讨厌的事，不看不是更好吗！”

“所以你可以不看嘛。在这儿等着吧。你先去上海也可以，我可以给你找个向导。”

“为什么非要看地狱呢？”

“我觉得我必须要看。”

“你热爱太平天国，最好还是就这么离开。不要再看到令人厌恶的现象，玷污你对天国的回忆。我不忍眼看着你纯洁的心灵受到创伤。”

“新妹，我希望你理解，如果我不在这里看看地狱，那可能将使我一辈子为此苦恼，由于我没有这种勇气。我一定要看一看。”

“你既然这么说，我也就……好像下雨了！”新妹把脸转向窗口，眼睛润湿。

“先去上海吗？”理文问。

“不，在这里等着。”

“是吗，等着吗？我想时间不会很长。”

“我闭上眼睛，一动不动地等着。”新妹闭上眼睛。

他们所说的“地狱”，是指太平军即将进行的残酷屠杀。

太平天国是宗教运动，同时也有着民族运动的一面。这一面色彩，在湖南至湖北很多天地会会党参加进来后，变得更加浓厚。天地会各团体毫无例外，都要“反清复明”。太平天国从没有考虑过要复兴明王朝，这王朝已在二百年前灭亡，它也不懂得要礼拜上帝。不过，太平天国确实强烈地要求改造社会。要改造社会，只有推翻现在体制才有可能，要打倒的对象就是清王朝。拜上帝会只在“灭满”上同天地会有着共同点。

两个性质不同的组织在共同推进一个事业时，当然要特别强调其共同点。太平天国常所说的“妖”，从广义来说，是指不拜上帝的人。但是，对于根本不知有上帝存在的人，是不能因为他们不拜上帝而加以惩罚的。一般所说的“妖”，是指对拜上帝的人加以敌视和镇压的人，即现在的统治政权——清朝政府。清政府的人，都是妖。

从最狭义来说，妖就是满人。太平天国的出发点就包含着“讨妖”，即“打倒满族”这种民族主义思想，在吸收天地会的过程中，这种思想变得更加激烈。官兵和官吏是妖方的人，必须要杀掉。

那么，满族非战斗人员，妇女、儿童、老人，该怎么对待呢？他们也统统是妖，是该杀的对象。起码，现在太平军中，气氛如此。

南京城中的三四万非战斗人员，都将被太平军杀掉。新妹和理文把这种屠杀情景称为“地狱”。新妹的心早已离开太平天国。理文热爱太平天国，自以为能理解它，但他不赞成战斗外的屠杀。他曾和新妹仔细谈论过，要改造社会，无可否认，各方势力中，太平天国是最大的一支。但是，太平天国现在所走的路并非改造社会的唯一途径。

“咱们去寻找吧！”新妹道。上海已有些现代社会萌芽，在那里，也许能找到条新出路。

“是上海啊！”理文低声道。

“对，咱们去上海吧！”两人在这点上，意见一致。只是理文想看到地狱后才走，而新妹认为已没有看的必要。对她来说，她不忍看到她所热爱的理文将因地狱而在心灵上受创伤，但她无法改变。理文现在所想的问题，新妹感到自己似乎是完全理解的，她甚至觉得自己必须要理解。

坑道战从下关静海寺开始。静海寺是仪凤门外一个大寺庙，坑道已从这寺庙地下在向前掘进。从城墙上看不到这种作业，问题是挖出来的泥土如何处理。静海寺大雄宝殿虽大，但很快被泥土塞满了。若城外突然出现一座土山，定会令人生疑。是以坑道战中最艰苦的工作，反而是处理泥土。

清军方面，根据以往经验，早已料到太平军会挖坑道。他们确信一定会挖，只是尚不清楚对方在哪儿里挖。若知道挖掘起点，警戒范围自然就会缩小。

太平军要尽量掩盖坑道。从静海寺掘进的坑道共有三条。若只爆破一个地方，突破口会太狭小。在主力军到达的第二天，太平军进攻了水西门和旱西门。其主要的目的是转移敌人对静海寺的注意。在南京城内，陆建瀛总算露了面，进入聚宝门的阵地。江宁将军祥厚在仪凤门军营中亲自指挥。清军很快就觉察到静海寺有可疑，尽管太平军夜间运土，且种种伪装，但人员进出频繁，还是引起了城中注目。

“他们定然在静海寺挖坑道！”祥厚判断。

一旦了解掘进方向，城里就可以往地下挖洞、灌水，以防地雷爆炸。清军的对策也像武昌等城市所做过的那样，叫盲人把耳朵贴在地上听动静。但对清军不利的是下雨了，而且下得很大，雨声妨碍了盲人敏锐的听觉。

谭七等人在城里的破坏活动越来越激烈。

而城外，太平军做了几百个真人般大小的纸人，让它们骑在马上，夜间朝南门奔驰。从聚宝门外到雨花台一带，驻有太平军大部队。现在还往那里增调大批兵力——城内看到城外的动向，做了如此推测。

“他们把重点放在南边，应当防备聚宝门、雨花台方面的敌人。”清军大体做了这判断，但没有最终定论，静海寺的动向令他们十分担心。祥厚和陆建瀛一向不睦。前面说过，祥厚曾和布政使祁宿藻联名向北京递送弹劾陆建瀛的奏文，所以二人是冤家对头，沟通起来当然不顺畅。

大概是上了纸人马队的当，西城清军已向南移动。西城有狮子山、卢龙山、清凉山等许多丘陵，对城外情况可以看得很远、很清楚。狮子山虽有炮台，但大概由于先前用了过多的炮弹，现在倒是非常节省。笨拙的清军无法在夜间移动，但又觉得必须要移动，犹豫不决，欲动又止。纸人马队起码乱了城内守军的情绪。三条坑道已挖到城墙脚下，预定二月十日早晨爆破。

二月十日清早，陆建瀛来到仪凤门会见祥厚，他主动来，这倒是难得。

“看情况贼已转到南边。我想昨夜情况你也看到了。大批马队已转移到我防守的聚宝门，还请增调兵力去聚宝门。”陆建瀛来访就是为了这事。

“我确实看到了。不过，静海寺也令人可疑，这边警备不能疏忽。究竟能调去多少援军，等我和幕僚们商量后再决定。”

“希望能尽可能多调一些人。”说罢，陆建瀛坐上四人轿，准备回去。那是乘绿呢大轿，总督的数十名卫队紧跟在轿子后面。

这一行人刚离开不久，地雷就爆炸了。城墙砖一下子飞上天空，又像雨水般落了下来。“砖雨”就是冲锋信号。

“前进！”太平军开始冲锋。

“不行！只听到两次爆炸声！等一等！”——当司令部发出这一指示，为时已晚。先头部队已爬上崩毁的城墙，向前冲锋了。

为尽量扩大突破口，坑道在半中间分成三条。在三条坑道里都放上地雷，使它们同时爆炸，起码能炸开一个十多米宽的突破口。耳朵尖的人听到两次爆炸声，其间隔极短，一般人则只听到一声。贵县出身的炸药专家鲁国进感到怀疑。突破口太窄，宽度只有两丈。换言之，有一颗地雷会延迟爆炸。

仪凤门外的太平军司令官是林凤祥。他急得坐也不是站也不是。“但愿是颗臭地雷！”他心里祈祷。

鲁国进和了解土营（工兵部队）情况的人也在祈祷。传令兵从静海寺跑到仪凤门的速度是有限的。如果导火线中途灭了，或是地雷本身有问题，那真是万幸。若只是推迟爆炸，那将造成一场大悲剧。

然而最终，发生了最坏的情况。第三颗地雷推迟爆炸，而当时太平军正向仪凤门蜂拥前进。

悲剧性的爆炸声惊天动地，把士兵们连同砖块一齐掀到半空。据清朝文献记载，因这次爆炸而死的太平军有五六百人或千余人。尽管他们常夸大敌人的损失，但这次太平军牺牲的人确实不少。

而清军慌忙后退，损失反而不大。用地雷爆破城墙，是太平军常用的作战方法，所以清军营房设在离城墙稍远的地方。这里的清军司令是总兵程三光。一度后退的清军这时又转身向前猛进。他们的目的是去割牺牲的太平军士兵的耳朵。根据敌人首级数来决定军功大小，这个老掉牙的古代论功行赏的办法，在这个时代仍然有效，只是首级太沉，带回来有困难，因此以耳朵代替。因为是被炸死的，很少有完整的尸体。清军只得到处寻找带有耳朵的尸体，他们那变了眼神、手握短刀、在尸体周围跑来跑去的样子，简直像地狱里的恶鬼。

意想不到的爆炸，竟让太平军也有点畏缩了。准备冲锋的部队，担心下面还有爆炸，也停在那儿待命。清兵就在这个时间来割耳朵。

“三颗地雷全部爆炸了。”鲁国进和技术负责人张贤仪做了保证。

太平军再次冲锋。因突破口已扩大一倍，割耳朵的清军也预计到太平军很快会再次进攻，他们在割耳朵时也手忙脚乱，慌慌张张。

“前进！冲锋！”

当太平军一发出喊声，割耳朵的清兵们就大声嚷嚷着：“到筹防局去！”四散逃跑。

筹防局就是“发赏机关”。拿耳朵去，就会发赏钱。赶快把割下的耳朵换成钱，他们一溜烟跑了。这不是逃跑，是到筹防局办事，要马上赶去，不信，可以看这耳朵！——这就是他们的理由。

当然是歪理。但那些家伙就这么公然逃跑了。

“不准逃！不准离开岗位！敌人人数很少！”程三光喊哑了嗓子。

冲进来的太平军确实不多。虽说已爆破，仪凤门附近的城墙已成为一片瓦砾堆，突破口已扩大到十来米宽，但必须要爬上去。冲进去需要时间，乘着人数少时把敌人打回去并不难。问题是愿不愿意打。

南京是大城，进了仪凤门，除军营外，并没有多少民房。这城门不过是外城。太平军要打下金川门和神策门，才能迎进城外的大军。

鼓楼东边有处地方叫十庙。陆建瀛一动不动地傻站在那儿。四个轿夫早就扔下轿子逃走了，毕竟活命最要紧！轿夫还好说，然而连总督卫队也逃光了！陆建瀛是带着公务来正式拜访江宁将军的，他身穿总督官服，作为正二品文官，官服胸前绣锦鸡。对于这种一眼就可以看出是大人物，太平军肯定会大举扑来。待在这种人物身边最危险。卫队也爱惜性命。

最后在陆建瀛身边的，只有两名武巡捕，其中一人和陆建瀛一块儿被杀死了。总督两眼失神，呆看着前方。一个好似太平军军官的汉子指着总督道："是锦鸡！布政使已死，这家伙是总督！"

"是大妖！杀！"那军官拔出刀。

总督望着那亮光闪闪的利刃，也许是太恐怖了，他已丧失意识。北京已任命祥厚为钦差大臣，兼任商江总督。祥厚毕竟是武官，没有坐轿，而是骑马退避到后方去了。在这种情况下，他当然要同各部队取得联系，并直接向他们下命令。由于他，满族所谓的旗兵从内城出动了。上元县县令刘同缨所招募五百志愿兵也拿起武器来迎战太平军。这些志愿兵反比正规官兵要顽强。

太平军为爬越那些小山般的瓦砾堆而感到苦恼，他们无法把大部队一下子投进去，弄不好，突击部队有孤立的危险。旗兵不断从内城来增援。在这状况下，要攻破金川门或神策门是不可能的。

"暂且退出城外！"据判断，林凤祥下了命令。

突击部队也认为这是上策。他们有条不紊地退了出去。这次突击部队人数不详，估计不过数千人，一旦孤立，会全军覆没。主动退走表明还可以随时冲进来，产生一种给城内清军威压的作用。突击部队退走后，堵塞突破口的工程主要由刘同缨招募的志愿兵来进行。

"我们把桂林围了一个月，长沙包围战也打得很长，南京才十来天，要看今后嘛。弹药、兵力跟以前相比，那是多得多了，不用担心！"杨秀清把领导人召集在一起，鼓舞士气。

"听说杀了钦差，这是一大战果。"东王做了这样的评价。

“太匆忙了，未能把尸体搬出来，这点有些遗憾。”突击部队军官道。他低垂脑袋，好似在表示歉意。

“胡说什么呀！不管时间多么充裕，也不要把钦差尸体搬出来。城里有一具主将尸体，妖军们情绪只会更低落。”东王道。

其实，清军情绪比东王所预想的，还要低落。

钦差大臣、总督死了！这确实给清军及居民带来极大震动。若太平军把尸体拖走，城内即使有一部分人知道总督死了，也会假说“行踪不明”，把真相掩盖起来。因为留下了陆建瀛的尸体，很多人亲眼看到了，所以到处都传开了尸体入殓的情况。

尤其是总督那些卫队们，他们一边逃，一边大声喊着：“总督叫贼杀死啦！”简直就像被太平军雇用的搅乱人心的宣传队。

谭七等所谓的“和尚间谍”也添油加醋地到处张扬：“南无阿弥陀佛！南无阿弥陀佛！……待在这种地方会被杀死的啊！不能杀生！不能杀生！逃吧！逃吧！守城门的施主会首先被杀死的！施主们，要爱惜宝贵的生命啊！……”和尚间谍还到处放火。守城门的军队逃跑的事，也是这些和尚间谍报告给城外太平军的。

自古以来，山东省的男子汉就以体格魁梧壮实而闻名，人们称他们为山东大汉。这些人最适合当兵。古代中国分九州，称作“禹贡九州”。其中山东半岛称作青州，青州兵和甘肃凉州兵，在中国是数一数二的强大军队。太平军攻打南京时，城里也驻扎着青州兵，守城主要靠着他们。能打仗的兵，性子也暴躁。青州兵同满人的旗兵打起了群架。

南京遭数十万太平军强敌包围，而城内五千旗兵和人数更少的青州兵却拿起武器互相争斗起来。双方都觉得每天都要碰面的对手比互不相识的太平军更为可恨，而原因不过是什么态度傲慢，或是互相争夺酒馆里的女人。这种琐碎小事上的对立竟酿成了流血争斗。

由此看来，南京城不陷落，反而是怪事。

西门已无人防守，并不是士兵怕死逃走，而是守卫那里的青州兵去支援同旗兵争斗的同伴，擅自脱离了岗位。和尚间谍探知西门已无守军，立刻向城外发出信号。没有了守军，太平军的几个轻装士兵轻易地用绳梯翻越城墙，从里面打开了城门，太平军一窝蜂冲了进来。三座城门打开后，太平军主力于二月十一日进城。北面和东面各个城门上的守军仍在防御城外的太平军，他们做梦也不会想到太平军会从自己背后打进城来。

“太平军进来啦！”

听到这一声喊，北面和东面的守门部队全都逃进了满城。应当说这是自然的，他们的任务是防御敌人进攻，他们正在尽自己的职责。可是，别的地方发生溃决现象，他们若坚持在城楼上不动，就会被太平军这股洪流所冲走。北面和东面城门上也无人，太平军用同样办法打开了城门。外城已是太平军的天下，败残的清军全部逃进了满城。内城大多是旗人。太平军攻打内城时，呈现出一片民族复仇战争的景象。这情况大大背离了太平天国的理想，但是，谁也无法阻止这种现象的发生。

理性的呼吁恐怕不可能扑灭民族意识的烈火。

“鞑虏，报应到啦！二百年前的仇恨，马上要洗雪啦！”

“鞑虏从中原滚出去！”

“对，把鞑虏赶出去！”

“回到草原上去放羊吧，他们只配干这种活儿。”

“赶出去？没出息！不是赶出去，应该统统杀掉！”

“对，不给鞑虏留一个种，斩草除根，统统杀光！”外城的太平军将士们互相议论着。

南京城及周边属于江宁府，外城中的南边是江宁县，北边是上元县。

上元县令刘同缨亲自率军作战，二月十一日黎明，太平军大部队从三座城门源源不断地进入了外城。刘同缨知道这一情况后，在县衙门上用朱笔写了这样的话：“示贼：毋害我百姓，愿以身代。”

县衙前面有座升平桥，再往南就是灯红酒绿的秦淮妓女区。自南京被太平军包围后，管弦之音已从这一带消失，不再飘溢着脂粉香。

这花街柳巷的旁边，就是府学和贡院。想一想也真令人好笑。府学是府最高等的学校，贡院是文官考试的考场。省一级科举考试就是在这里进行的。书生们在县级初级考试中及格后，称作“秀才”；到这里来参加下一阶段考试，及格就称为“举人”，取得北京会试资格；会试及格，经殿试，才成为“进士”，这样就获得了特权阶层的身份，远大前程得到保证。省城都有贡院，一旦发生战争，一般都转用作兵营。这种建筑物一年中只使用几天，当然要转作他用。

从三座城门进来的太平军，从城内攻打其他各座城门。说是攻打，其实基本上没有战斗，守门的清军大多不战而逃了。聚宝门一被打开，在雨花台伺机行动的太平军径直通过大桥，进入城内。这桥叫聚宝桥，又名长干桥。从城门向北伸延的一条笔直的大街，通往上元县衙，路右边是贡院，左边是江宁县衙。外城的这条大马路，起名大功坊。

衙门里空无一人。江宁县令张行澍来到上元县衙。

“我来向你告别。”张行澍道。

“该来的日子已经到来了。”刘同缨答道。

“你已预料到了吗？”

“看看周围，恐怕不能不这样想吧。”

“你在县衙大门上用朱笔写了那几行字，你觉得那会有什么用吗？”

“我没有考虑什么效果，我是把自己的心情坦率地写下来。说不定会发生什么无法言说的情况啊！人在将死时，还是想把自己的心情表达出来的。”

“那么，我也回县衙门上写几个字吧。”张县令起身告别。

“已经没法坐轿子了，把敝县的马借给您吧，马可以不必还了。”

这时，县书办慌慌张张地跑了进来。“贼军来到那边了……卢妃巷对面、武学那儿，贼军的旗子……”大概是嘴里发干吧，书办没有把最后一句话说完。武学是在上元县衙西边，离县衙很近。

“南边呢？”江宁县令问道。江宁县衙是在南边。

“听说聚宝门已被攻破了。”书办咽了一口唾沫，露出痛苦的表情。

“我要赶快走了。还请借匹马吧。”张行澍跨上衙门杂役备好的马，扬起鞭子，喊了声“再见！”

刘同缨也回喊了声：“再见！”

这两位县令，谁都明白不会再次见面了。张行澍没有回到县衙，刚刚跨上四象桥，就被从聚宝门涌过来的太平军包围了。

“啊！”张行澍大喊一声，身子从马上悬空跳进河中。他就这样殉难了。

这时，在上元县衙大门前，翼王石达开正在默读那几行朱字。他英俊的眉毛微微颤动。

“愿以身代，说得好！妖人中也有个别好官。这县令是好官，不准杀他！”

“那就把他带来吧。”翼王部下搜查了县衙，刘同缨待在最后面的房间里。

“请你跟我走一趟。”

“上哪儿去？”

“翼王就在这附近，他要召见上元县令，要我们好好地把你带去。”

“什么！翼王？翼王是什么人？未听说本朝有翼王，那个翼王是假的！”

“太不像话了！翼王石达开是太平天国的顶梁柱。”

“什么！贼子的顶梁柱？这根顶梁柱还是给我断了吧！”

“住口！走！”士兵从两边抓住刘同缨手腕，准备带他往外走。翼王交代他们要客气对待，所以抓得不太紧。刘同缨试了试对方落在两只手腕子上的力量，突然扭转身子，挣脱双手，迈步跑了。

“站住！”士兵在后面追。

刘同缨已转过衙门房屋拐角。这里是他熟悉的地方。县后有个龙王庙，龙王是水神，祭祀龙王的地方往往要凿一个水池。上元县衙后面庙里，也有一个以水深而闻名的池子。刘同缨就是朝那池子跑去的。

两个县令投水自尽。很多人亲眼看到他们的死。跟他们相比，江宁府知府魏亨达的死就不太清楚。他健康状况不佳，事实真相可能是在城破时被太平军俘获，七天后死去。但很少人看见过，直到很久后还传说他投降了，悄悄地逃回了故乡。

传说的事也因人而有幸与不幸。亲眼看到邹鸣鹤之死的人大概很多，他被太平军抓获，拖到大功坊街头，在众人环视之下斩首。回想最初，广西巡抚一职本来已任命兼任钦差大臣的林则徐担任。林则徐在上任的途中病死，于是北京任命年迈的周天爵接任。这个老头儿在广西跟谁都搞不好关系，给人们增添了麻烦，北京让邹鸣鹤来替换了他。

命运就是这么微妙。

武官方面，提督福珠洪阿从仪凤门赶往通济门支援，在那里同太平军遭遇，战死。总兵程三光和副将佛尔国春、沈鼎等人，在太平军第一次冲入城内时，在仪凤门战死。

在水西门外莫愁湖上，理文和新妹面对面坐在船上。他们准备明天离开南京。

“我不想看却偏让我看到了。鞑婆被赶到城外，活活地烧死了啊！有好几百人呀！不，还要多！”新妹看到了她不想看的地狱，心情好像反而平静了下来。

太平军对满族毫不留情。鞑婆是指满族妇女。就当时来说，在那个男尊女卑的时代，太平天国各种制度中都贯彻了男女平等的原则。可是，这个宗教团体，自称信奉基督教的太平天国，也无法抑制对异族的反感，这可能是想利用一般民众的反满情绪，来作为建立自己的政权的动力吧。

对满族的屠杀，惨不忍睹。

据曾国藩向北京的报告，在南京满城被杀的满族驻军及家属达三万余人。

“总有一天会受到报复的。天父、天兄的教导不会是这样的，是吧？”

“确实太过分了。满城里的人大概也知道打败了会统统被杀掉，所以妇女、儿童、老人都拼命奋战。太平军牺牲也不小。他们是踏着战友尸体打进去的。”

“这样会没完没了啊！”

“很多是自杀的。恐怕还没有过这么多人自杀的战争吧！鸦片战争时也没有这么多呀。”

“这也是必然吧。因为肯定要被杀死，所以才自杀嘛；反正要被杀死，还不如自己死掉好。我要是清朝官吏，我也会自杀。”

“像粥翁那样的人，本来可以不死的。可是……”

粥翁即汤贻汾，字雨生，有琴隐道人、山外山人等雅号。和方薰、奚冈、戴熙被誉为清代画坛四大家。

“年岁相当大了吧？”

“我记得是七十六岁。”

“不管怎么说，这么一个闲居的老头子总不该死吧。”

“不过，粥翁虽然已经退伍了，以前可是个有来头的将军啊！”

“谁也不会把他看作是军人。据说听到他的名字，谁都会想到墨梅。”

“是呀，提到粥翁，就想到墨梅，还有松柏……”

汤贻汾因祖先功绩，被录用为武官，在各地军队中当过高级军官，最后任浙江温州副将，所以是从二品武官。他曾用过“武功将军”落款，可能本人有着浓厚的军人意识。不过，一般人只把他看作是画家。淡雅——这是世人对他画的墨梅的评语。他武人出身，但山水画总叫人有不够有力的感觉，令人喜爱的还是他的梅和松柏。

“听说祥厚去跟他商量过事情，粥翁也谈了意见。”理文怎么也无法理解汤贻汾的死。

江宁将军去听取隐退军界老前辈的意见，这种心情完全可以理解。可是，汤贻汾为什么非要为这种事而感到应负责任呢？虽说是要把官兵、官吏杀尽，也不能想象太平军会杀一个七十六岁的著名画家。人们只会痛心地认为：“不该死的人死了……”

祥厚也在满城血战中战死。据说是混战，无法辨认他的尸体。传说萧朝贵的儿子肖有和刺死了祥厚。这作为复仇故事也许会激动人心，但肖有和当时幼小，这说法根本不可信。

汤贻汾在城破那天换上了正式官服。二品武官大礼服胸前带着刺绣的狮子。七十六岁的老画家是作为军人而殉难的。据说还是让一个女儿陪他一块儿死的。从他年岁看，这女儿恐怕也是半老妇人了。这个女儿即使活下来，境遇也将十分可怜。他们是投身深池自尽的。

汤贻汾的儿子汤禄名也是有名的画家，当时也在南京，但没有死。汤禄名号乐民，当时五十一岁，据说是七十一岁时去世的。

汤贻汾不仅是画家，诗文也博得人们很高评价。他自杀前写过一首绝命诗。死后没几天，他的绝命诗已被人悄悄传抄，为人们所诵。

连理文敲着船帮。莫愁湖已洋溢着浓郁的春天气息。据说六朝时代，这湖边住着个名叫卢莫愁的美女，此湖因她得名。莫愁湖景色优美，难以想象，在这景色中却出现如此令人厌恶的流血惨状。然而这是事实。

“上海会发生什么事吧？”新妹点了点头，好像是说给自己听的。

理文正面凝视着新妹的脸，敲着船帮，低声吟诵着粥翁汤贻汾的绝命诗：

死生终一瞬，忠义贯千秋。
骨肉非甘弃，儿孙好自谋。
故乡魂可到，绝笔泪难收。
藁葬无遗憾，平生积罪尤。

大江东去

二月二十，天王洪秀全进入南京。

经过近十天的准备，曾经弥漫全城的血腥味终于稀薄了些。每家大门上都贴着写有“顺”字的纸，表示这家里的人是天国的顺民。

城内到处张贴着黄纸和红纸。

黄纸带有龙凤图边，是天国的正式文告。这是以杨秀清名义出的，告谕士民要安于生业。其中有这样的句子：“天既生真主以域民，则民自宜倾心而向化。”“胡奴扰乱中国以来，暴虐我黎庶，残害我生灵。”“圣兵秋毫无犯，群黎毋庸震慑。”这文告用词庄重严肃，有浓厚的民族主义倾向。

相比之下，红纸上写的简短明了，像是口号，令人感到带有强烈的宗教宣传色彩，例如：“天王承天父、天兄之命，乃理世人，人人要识天父，归顺天王，同打江山，共享天福！”

翼王石达开是攻城的总指挥，最先进入南京。北王韦昌辉二月十七日才从仪凤门进城。石达开刚完成城内的扫荡，立即被叫回长江天王船上参加重要会议。天王乘坐巨型龙船，船首刻有龙头装饰，贴金箔，涂绚丽色彩，两舷各放十多门炮，威风凛凛，俨然帝王的御船。

如何处理南京，是会议的主要议题。

太平天国已经诞生，它的体制在永安大体制定，这以前，太平天国是个到处流动的王朝。定南京为都是杨秀清的意见。洪秀全自己愿作为太平天国的象征，不管实际统治工作，会议虽在他面前举行，但他不想发表意见。东王的意见可以说就是天国的意见。召开会议的目的是贯彻东王的意见，所以，根本没有征求其他人意见的气氛。会上除东王外，虽也有人积极发言，但一般都是附和东王。

龙船会议上，滔滔不绝地发表意见的，是典水匠唐正财。

唐正财虽是新手，要说对水军和江南的了解程度，却也无人能及。太平军若无水军，打南京是不可想象的，唐正财指挥了水军，所以他在军中地位立时变得极其显要，他的发言权当然也随之增强。

“应北伐，取河南，过黄河，陷北京……”也有人发表这样的意见，石达开就是其一。

自蓑衣渡大败，谁也没有预想到，仅仅十月之后，天国竟能以百万大军反克南京，石达开亲身体会到这种乘势前进的惊人力量。现在太平军正处势头之上，若乘势北伐，把整个中国收入手中，恐怕也并不困难。

“既然打起太平天国的旗帜，就应当推翻满洲妖人政府，这是我们的任务。”石达开在会上陈述了自己的意见。

唐正财反驳道：“北伐？您知道河南是个什么样的地方吗？那里人称中原，是中州，可那是个穷地方！我了解那里，若没有十分特殊的原因，谁也不愿到河南去做买卖。一个穷得叮当响的地方。我们太平军之所以能够夺取金陵，您知道是什么原因吗？因为沿途经过的都是富饶的地方嘛，不用担心粮食，没有彻骨的寒冷……若要北伐，那就会碰到我们从未遇到的各种艰难困苦。与其这样，还不如巩固住这个富饶的江南地区。”

石达开明白，这也是杨秀清的意见，唐正财那充满自信的口气背后，定有强大的支持。唐正财眼睛不时地朝东王那边瞅着，他定是受了东王授意。石达开放弃北伐的念头。只要杨秀清有那种想法，怎么主张北伐，也通不过。

不一会儿，杨秀清下结论：“我们力量有限。皈依天父、天兄，确实给我们带来了很大力量，但我们必须要很好地考虑根本的力量。过黄河，粉碎北京妖人政府，在中华全土建立真正的天国，这无疑是我们的任务。正因如此，我觉得我们应当具有更大的力量。不是乘着势头的力量，而是自己要有能造势的力量。我希望从现在起就创造这种力量。因此就需要有据点。现在我们已获得了这个据点。”

这个结论也照顾了石达开等北伐派的面子。结论中提到了据点，在会议进展的过程中也改说成了“国都”。

“国都的名称带一个‘南’字，这不有点奇怪吗？”洪秀全在会上只提了这么一条像是意见的意见。

南京因此而改名为“天京”。这名字确实和太平天国的国都相称。

在洪秀全进城的前一天，杨秀清进入了南京。“为迎接天王做准备。”他这么说，别人也认为应该这么做。不过，杨秀清这人的性格是不会为这种形式付出全部力量的。他进入南京后，会见了韦昌辉和石达开，匆匆忙忙地商谈了第二天天王进城的事。说是商谈，其实只是说：“这事委托给你们，希望你们很好地安排。”全都委托两王去办，一杯茶的工夫就解决了。

杨秀清有更重要的事。他召集李开芳、林凤祥、罗大纲、吴如孝、曾立昌这些野战军司令，举行作战会议。不是北伐，是要巩固南京，要占领周围的重要城市。

首先是镇江。这个城市相当于南京的出入口，所以别名京口。还必须要控制隔长江与镇江相对的扬州。占领镇江和扬州，才能钳制长江，使南京万无一失。杨秀清在攻克南京前就已考虑了下一步这样作战，并向李开芳等将领传达了意图。这些将军在攻克南京时就开始做下一步的作战准备。

从这次作战方向来说，可以称为“东征”。

“新兵素质怎么样？”杨秀清问道。

“不像想象的那么糟，很有一些精神的小伙子。”李开芳答道。他有着一个威严的官职名——地官正丞相。

“为什么他们征募的那些兵都像是病人呀？”

“他们”指南京的清政府。守卫雨花台的清军都是半病之人。

“不是只征募那种人，而是只有那种人来应募。”

“是吗？”

“问题是征募的方式。”

太平军一占领南京，就关闭了所有城门，然后调查户口，把男女分开，每二十五人编为一牌。男的称新兄弟，女的称新姐妹。不愿编入兵营的准许回家，但这只是原则上的规定，病人和老人可以离开兵营，对健康的年轻人虽不强制，但事实上要离开兵营很困难。进了兵营，首先不必再为吃饭而操心。不过，太平天国虽男女平等，但在粮食配给上却有相当大差别。男子一天配给米一升，而女子只有三合。

南京已经失陷了！总督和将军很轻易就被杀掉了！清军一开始就不是对手！太平军军纪严明！南京的百姓为眼前所看到的事实激动不已。从太平军对待敌人毫不留情的态度中，他们感到必须要二者择其一，要么成为太平军的敌人，要么就跟着走。事实上，除了在自家大门上贴上写着“顺”字的纸外，并没有其他选择，而年轻人只能进兵营。清军录用的那些半病人，在太平军中只能做杂役。参军的都是身体健壮的人，懒散的人会受军纪处分，所以入伍的人精神紧绷，认真地接受训练，各个成了优秀的士兵。

杨秀清的计划是，用以新军为中心的部队去打镇江和扬州。

“准备得怎么样？”杨秀清道。

“随时可以出发。”李开芳立即回答。

“那么，今天就动身。”

“明白。”

因此，东征军在天王进城前一天就已经出发。

二月二十日，阳历三月二十九。杨秀清率北王韦昌辉和翼王石达开及其他主要干部，来长江龙船前迎接天王洪秀全。迎接人员中没有李开芳等人。

杨秀清身披大红袍，头戴豹皮帽，帽子上还插着漂亮的孔雀羽毛，极其华丽。洪秀全在龙船上看到杨秀清这副样子，觉得有点刺目。

“啊！还有这样一面呀！”洪秀全心想，突然感到有点可怕。洪秀全自认具有识人慧眼，唯独杨秀清身上总有些东西叫他捉摸不透。

“起驾！”杨秀清道。

这完全是农村小戏里的台词。他只在农村小戏台上见过宫廷的场面。

“哦……”洪秀全苦笑。他发觉杨秀清的动作是在模仿他们曾一起看过的戏。洪秀全穿着一色黄衣服。他跟杨秀清不同，读书人通过书本了解宫廷，知道黄色是天子象征。他穿着黄色刺绣龙袍，脚下黄靴子，轿子也是黄的，轿顶上还带有仙鹤朝天装饰。一个目睹天王进京情况的文人写道，天王的帽子很像《长生殿》戏里唐玄宗戴的帽子。太平军在武昌弄到许多戏装，天王穿的正是这戏装，当然很像。

连理文离开南京，决定去上海前，路过扬州。新妹仅熟悉广东、广西，理文想让她看看长江流域一些著名的地方。金顺记大掌柜温翰，曾多次跟理文说起十几年前在扬州平山堂会见林则徐的事。不知为什么，扬州这城市总是吸引着理文的心。以前，他多次来过扬州，倒也没什么重要的事，只是好像被一条看不见的线拉着一样。

“那么好的地方吗？”新妹不了解其中原委，而理文总劝说她去。

“是个很安静的城市。芍花开得漂亮，只是现在还早一点。”

不过，扬州并不平静，听到太平军占领南京的消息，扬州的头脑早已溜之大吉。东征军分南北两路，从长江南岸直接东进的是南路军，亦称江南军，由罗大纲、吴如孝指挥，共四百只兵船；北路军即江北军，渡长江北岸，从陆路奔向扬州。

江南军的目标是镇江。

鸦片战争时，镇江曾被英军占领，英军实施了烧杀淫虐的暴行。镇江可以说是座活地狱。这种惨事不能再来第二次了。因而听说太平军逼近了，百分之八九十的镇江居民都逃出城去避难了，连官吏和军队也全部跑了。江南军兵不血刃占领了镇江。

对岸的扬州和镇江不同，鸦片战争时，扬州的富豪们募集巨款，献给英军，从而免遭进攻。人称这是“赎城金”。担任谈判的是个叫江寿民的书画古董商人。英军翻译莫利逊开口要价六十万，江寿民杀价，最后以半价成交。就这样，江寿民被当作扬州的恩人。但事实上，英国军队压根儿就没有进攻扬州的计划，英国人白白拿了三十万。听到太平军来了，人们的眼睛又转向江寿民，他能再救一次扬州吗？

关注江寿民的不只是扬州居民。谭七带了两名江南人突然出现在他的书画店里。谭七是广西人，江南话勉强能说，为慎重起见，他带了会广西话的江南人。

“哦……太平天国里也有通情达理的人呀。是吗？早就听过我的名字？”

江寿民情绪有些激动。他最重视名声。他建庙、修桥，捐款慈善，不过想博名。保护扬州居民免遭英军蹂躏，是他最大的名声。这次，从太平军刀下保住扬州，是他博名的机会。以前他跑去跟英军交涉，这次是太平军跑来找他，看来名声已越过山河，传到太平军耳中。

“要穿城而过。”江寿民作为出钱的条件，向太平军提出了这个要求。扬州不做任何抵抗，官吏、军队全都退出扬州，太平军可以不流血进城，但不能在城里停留，要全军继续前进。太平军走后，官军和官吏们再进来，向北京报告他们死守了城池。

这真是个绝妙的主意！

“绝对不能发生杀人、掠夺！”江寿民叮嘱了一句。

“太平军从未干过这类事，我们军纪严明，我想您也听说过。”谭七保证。

江寿民向清朝官员和太平军双方都赠送了巨款。钱当然不是他的，是从扬州富豪、巨商那儿募集来的。一方面，太平军要和和平平地进城，和和平平地退走。另一方面，退到城外的清军不得增援，不得进攻。江寿民在双方间奔走，达成这样的协议。他组织了一次假交战。

“有什么东西可以保证我们进城后，清军不包围进攻吗？”谭七问道。

“相信我。道光二十二年英国人打来时，靠的就是我的话。”江寿民滔滔不绝，谈起十一年前的往事。

“你的话怎么保证？又不能做人质。”

“那我就当人质吧，我江寿民来当人质……扬州没有人不知道我江寿民的名字，让我留在太平军里当人质吧！”江寿民挺着胸脯，猛地拍了下自己的小肚子。

“哦……你？清军如果发动进攻，我们可是会毫不犹豫地杀掉人质的。坚决遵守协议，但对违反协议的行为，也要严厉惩处，这是我们的原则。这样也行？”

“行！”江寿民斩钉截铁。

扬州居民，尤其是富裕阶层的人，几乎全都逃到城外去了。扬州人也听闻太平军纪律严明，但也传来其对敌人毫不留情的消息。有人还亲眼看到太平军把南京内城的满人——不问男女老幼，全当作妖人——斩尽杀绝。

不知“敌人”的范围究竟划到哪儿。若被错当作敌人，那就没命了。命只有一条！要保命，还是暂时躲避一下为好。许多人都跑到扬州城外，清军和官吏也同时撤到城外。拥挤的人群混乱不堪，他们的撤退并不太引人注目，当局也尽量不引起人们的注目，以后还要向上报告他们死守了扬州，公开逃跑可不行。

“理文先生，你打算怎么办？”谭七早已把情况了解得很清楚。

“出城去。”

“那就请便吧。”

“也许要关城门。我们是去上海的，只不过是从这里路过。”想快点去上海确是事实，不过，新妹不愿碰上以前太平军中的伙伴，这也是要离开扬州的原因之一。

“那么，你们先走吧。”

“先走？”理文反问了一句。从谭七的语气看，好像他随后也要去似的。

“是的。最迟不过几天，在那儿再见吧。”

理文和新妹离开了扬州，之后情况如何，他们没有亲眼看到。谭七在二月二十三日看到太平军和平进入扬州后，立即离开了扬州。

扬州自古是盐业中心，历代王朝都把盐当作专卖品，作为财政基础。所以在扬州的政府高级官员中，职位最高的，是从三品的两淮盐运司。这时恰好碰上盐运司更换，扬州有新旧两个盐运司，新盐运司刘良驹，旧盐运司但明伦。仅次于盐运司的大官儿是从四品的扬州府知府张廷瑞。

扬州管区相当大，包括扬州城。扬州城是它管辖的一个县，称江都县，知县陆武曾。这些官儿们都听了江寿民的话，老老实实地退出了扬州城。不仅如此，漕运总督杨殿邦接到太平军进军扬州报告后，率援军来到扬州城外，不过，他也决定默认由江寿民导演的假交战。本来这次假交战如不把这支援军牵连在内也就不会成立。杨殿邦是正二品官，比新旧盐运司的地位还要高，在形式上他成了这次假交战清军方面的负责人。

“怎么光进去不出来呀？这跟协议不一样呀！”杨殿邦以为上了当，命后方清军前进。

“跟协议不一样，这不是围城的架势吗！”李开芳也生气了。

“这不是空城计吗！”林凤祥表情严厉。

“你是怎么搞的？”

江寿民被拉了出来，挨了鞭子，还被带到城头上。不过，对清军来说，江寿民是无所谓的人物。太平军把他当作人质，应当说是个错误。怎么痛打他，清军也不会撤退一兵一卒。江寿民被监禁在贞善堂。江寿民这次没有当成扬州城的恩人，他绝望了，最后在贞善堂自缢而死。

太平军定都南京，这并不意味放弃北伐。像过去那样，作为一个流动王朝，全军向北京进军的计划，已被否决。不过，一部分兵力还是担负了北伐的任务。

占领扬州的江北军，实际上就是北伐军。太平军后续部队源源不断进入扬州，当然使城外清军焦急不安。占领镇江的江南军情况如何呢？这支江南军除了确保天京无碍，还要东进夺苏州、上海，控制浙江。不过，这时江南军没有从镇江往前走。钦差大臣向荣率万余名清军已绕到南京城东面，清军在这里构筑了进攻南京的基地。基地在明孝陵一带，后来被称为江南大营。

太平军城外的基地在紫金山。杨秀清看到这一情况，向镇江派出急使，要求回兵援救天京。江南军不仅不能东进，反而要向西回兵。罗大纲部分军队援救天京，自己带三千兵坚守镇江。另外，扬州和南京都有少数天主教徒，主要是法国神父在那一带传教。在太平军入城后，传说天主教徒遭到迫害，死了几十人。法国公使布尔布隆后来亲赴天京，做了详细调查，得出的结论是没有受迫害的事实。不过，受迫害的谣传也是有根据的。对江南的中国天主教徒来说，大概觉得太平天国的信仰有许多地方可疑。太平天国的人，对中国天主教徒摆出一副老大哥似的面孔，在信仰和礼拜上说三道四，当然不会引起好感。

“是法国人的信仰错了，应当改正的是他们。”太平天国的人们如此反驳。

“我们的宗教本该否定偶像，而教堂里却摆着什么圣像，荒谬！”

各地发生了破坏天主教堂、捣坏圣像的事件。尽管解释说是错当作佛像、神像而捣坏的，可是，拜上帝会的人怎么会把背负十字架的圣像错看成是佛像呢！看来太平天国对法国人传布的天主教强烈反感。

布尔布隆的报告也指出，太平天国是一种新宗派，若这股势力统治了中国，它将不会允许天主教在这个国家存在。于是法国便采取了反太平天国的立场，极力拉拢其他各国，英国曾倾向于承认太平天国，也由于法国施加了压力而中止行动。

“简直像暴风骤雨一般！他们和疾风一起到北边去了。”

曾国藩已在长沙。

“暴风骤雨”并不是指太平军，而是左宗棠、江忠源等人。他们去援救武昌，当然是带军队去的，长沙的防守力量自然薄弱。太平军走了，但湖南可以说是天地会的巢穴，残留的串子会、红黑会、忠义堂、征义堂这些组织四下叛乱。湖南巡抚张亮基为补充兵力，决定把湘乡县团练召到长沙。

“我们是应召而来的。可是一旦离开湘乡，那笔费用就有点不好办了。”罗泽南在长沙会见了曾国藩。

罗泽南以前在湘乡办私塾，比曾国藩大三岁，像个夫子，很淳朴。他接到知县要求，立即以自己的弟子为核心组织了团练。长沙当局召来湘乡团练，但不愿出钱，理由是团练过去就没有官府补助。湘乡团练没有官府补助而能办起来，是因为有人援助，且团练里的都是当地人，衣食住可靠自家供给。现在离开家乡来到省城，当然和过去不一样了。

“能再想想办法吗？”曾国藩虽比罗泽南年轻，但他是同乡高官，罗泽南也要跑来跟他商量。

“让我考虑考虑。”曾国藩答道。

其实他已考虑过了。为什么会产生太平天国，而且各地都有集团响应叛乱呢？曾国藩也知道，根本原因是政治太糟，但还有另外问题。他认为是“法没有得到严守”。打起仗来逃跑了，反而说是打胜，逃跑了也不给予处罚，或处罚很轻，这样，坚持战斗的人就被人看作是傻瓜。太平军攻陷南京后，曾国藩曾给北京寄去一篇奏文，内容是“请行严刑峻法”，意思是说像过去那样运用温和法律不可能打开目前困难的局面，必须严刑峻法。

为了具体执行这篇奏文的精神，曾国藩早就有了要设立“审案局”的想法。最近他日夜都在考虑实行这一计划的具体办法。设立机构当然很重要，但更重要的还是实行的人。它是一个衙门，但曾国藩自己就置身官场。衙门里的官，靠不住。审案局是为施行“严刑峻法”而新设的机关。

“一定要是崭新的机关，绝不能受污染。”曾国藩常自言自语，一想到审案局的事，这些话就自然脱口而出。

“对！他们有学问！”

“他们”是指罗泽南团练里的人。

提起团练，大多是农村中那些自居有几分力气、讲义气的人，实际上跟流氓地痞差不多。罗泽南的团练却不是这样，他是把私塾直接变成为团练，私塾里有代替山长（校长）讲课的人，由这些人来担任军官。军官与士兵间是教与学的关系，这些军官都是罗泽南的弟子，绝对服从老师的命令。

“它若能成为真正的军队，那可说是崭新的军队。”曾国藩视察罗泽南的团练时，产生了这样的感想。实际上，这就是曾国藩所创“湘军”的原型。

不过，对曾国藩来说，还有比创建军队更重要的工作，这工作也可说是创建新军的前提——那就是设立“审案局”。

“好，就这么办！”曾国藩下了决断。他立即去找罗泽南。

“我有一个设立审案局的设想，正在寻觅人才，因此想借用你团练里的骨干。”

“能得到你的赏识，我非常荣幸。不过，要是抽走了骨干，团练就不好办了。”罗泽南为这突如其来的事感到有点为难。曾国藩似乎是为调人而来，但罗泽南深知弟子们的性格，他们是由于师生结合而参加团练的，若非罗泽南来领导，他们恐怕不会听从别人指挥。

“不，还算是团练里的人，请他们到审案局里来工作，当然给饷钱，这么办是可以的。”

“那太好了，太感谢了。”这样一来，起码他们的生活可以得到保障。

“那么，你同意了吧？”

“如果可能，我有一点要求。”

从曾国藩来说，罗泽南是年长的同乡；而从罗泽南来说，曾国藩是同乡中出人头地的人物，从职位上来看，他简直是天上之人。所以两人都比较客气。

“想请你当团练的首领。”

“啊！我？”

“是的，如不这样，也许会发生麻烦的事情。”

“是吗？”曾国藩已了解对方的心情。

罗泽南团练的特点是指挥系统清楚，责任明确，这些正是清朝官军最欠缺的地方。但是，对于从不同指挥系统下来的指示或命令，就有不予理睬的危险。现在罗泽南是这支团练的头头。曾国藩是不属于这个系统的人，很有可能调动不了团练里的人。若把曾国藩摆在罗泽南上面，指挥系统就不会发生混乱了。

“审案局是干什么的呢？”罗泽南问道。

“杀人局。”

“啊？”

“是杀人的机构。干这种工作确实不太愉快，不过，若不下决心把坏家伙杀掉，国朝不能复兴。这是麻烦的工作，所以我希望由能够理解这一工作的意义、有知识的年轻人担任。”

“我明白了。”罗泽南表情严肃，深深地点了点头。

审判一般都是在府、县进行，重罪犯要转到省，而死刑的最后裁决，原则上要得到北京批准才能执行。曾国藩的“审案局”处人死刑，既不跟府、县、省商量，也不需得到北京的批准。曾国藩放出大批密探，奖励人们告密，想尽一切办法搜集情报。这一来就好像摘掉了遮眼布，以前不明白的事现在逐渐看得很清楚了。

广东、福建、台湾有很多秘密结社，组织很大。湖南结社虽多，但除天地会外，都是小帮小派。小帮派组织弱，往往成为秘密侦察和告密的牺牲品。

曾国藩亲自到审案局去审讯犯人。

“能从鱼塘口活着出来，比从地狱里爬出来还要难。”人们常常这么说。鱼塘口就是审案局的所在地。酷刑拷打在这里已成家常便饭，不到半年期间，不包括处死，仅死在狱中的，就有三十多人。据说被斩首和打死的人约为这个人数的五倍。

“为什么要留下来呀？”曾国藩很难得地亲自来审问一个名叫高永木的人。据说这个人是天地会的匪贼。天地会会员几乎全都参加了太平天国，现在应当是在南京城里。现在审案局逮捕和审问的都是串子会等小组织的成员。

高永木是天地会的贼，而且似乎一度去过南京，以后又悄悄地回到湖南。曾国藩对此很感兴趣。

“反正要命一条，悉听尊便！不过，你们的天下也快要完蛋了！”高永木正颜厉色。他已无任何活命希望。

“住口！”在一旁的审案局年轻官吏大喝一声。他是罗泽南的弟子之一。

“哦，叫我住口我就住口？你们问话，我能不答吗！”高永木回敬了几句。

“不行呀！”曾国藩看看高永木的脸，又看看年轻官吏的脸。

“不错，这家伙的嘴巴太……”年轻官吏缩着身子，表示歉意。他从旁大声插嘴，等于是把犯人的口给封住了。

“只要有这个芝麻大的官儿在这儿，我死也不会开口的。”——高永木好似要表达这样的意思，把嘴巴撇成“八”字形。他的脸上被拷打得满是血迹，双手缚在背后，上衣已被扒掉，浑身是瘀血青斑。审讯的官吏早已向曾国藩报告，说高永木是个无比顽强的家伙，关键事一句也不说。

这家伙是不会开口的，采取别的办法吧。曾国藩心想。“你退出去。”他厉声命令年轻的官吏，“我在审讯，不准插嘴！这么点事都不懂吗！出去反省反省！”

“是！”年轻的官吏吓得面色苍白。

“看你这个狼狈相！活该！”高永木骂了起来。

审案局最里面的这间屋子里，已经没有其他人了。高永木被迫坐着。曾国藩从椅子上站起来，在高永木身边踱来踱去。

“我已没有什么要问你的了，你要说的事，我已知道，一切都预计到了，你可以不说了。”这是曾国藩的策略。一个人如果别人跟他说，你不用说了，反正我全知道了，他肯定会反驳的。曾国藩完全看透了高永木这个人的性格。

“你知道什么？装样子！我们宏大的计划，你怎会知道！否则你还能在这个地方悠闲自在吗！”高永木说罢，恰好曾国藩踱到他面前，他“呸”的一声朝曾国藩吐了口唾沫。

“我们的计划呀，可不像你们那样尽吓唬人。我们要和伙伴们携起手来，给你们来个天翻地覆！你不相信吗？我们的伙伴到处都有，什么地方都有！上海也有，厦门也有，还有……”高永木又吐了一口唾沫。

“那些到处乱窜的家伙，我们早已掌握，而且已采取了措施。”曾国藩考虑了如何才能激怒对手，选择了这样的话。

“不用吓唬人了！”

“可不是吓唬你！窜到上海的家伙，我们已知道。”

“什么？”高永木的脸色有点不一样，他大声地喊道，“骗人！那你说一说是谁！”

“是老虎、地老鼠，还是那个山猫阿银？啊，对了，是矮七。”曾国藩仅知道太平军中负责谍报工作人员的名字。他一个一个说出来，观察高永木的反应。说到矮七时，高永木流露出明显的反应。

“骗人！骗人！完全是骗人！”高永木大声乱嚷乱叫。他的声音很大，但话语已失去了控制，曾国藩已经听出了他的声音是在掩饰他内心的虚弱。

“让你的脑袋冷静冷静吧！”曾国藩拿起旁边洗脸盆里的手巾，硬是在高永木的脸上擦了一把，擦掉了沾在脸上的血。

“矮七到上海去联系小刀会，这件事我们早已知道。”曾国藩眨巴着眼睛，观察着高永木的脸色。

高永木嘴唇微微颤动，脸色“刷”地一下变得惨白。

洞庭湖与长江相连。长江水向东北流向武昌。离武昌约八十公里处有一个县，名嘉鱼县。嘉鱼县属湖北省，《三国演义》中著名的古战场赤壁，就在这个县内。有一个名叫熊开宇的匪贼，在那里叛乱，烧毁了县衙。

在湖北，身经百战的江忠源已被提拔为按察使。他也和曾国藩一样，一贯采取恐怖政策。他刚刚抓获了一个名叫刘立简的秘密结社的首领。

曾国藩派出急使，给江忠源送去了一封密信，要江忠源“注意上海会党动向，乞火急与现地当局联系”。

审案局可以把湖南、湖北的火扑灭。但是，若其他地方喷出火，蔓延开来就不可收拾了。通过对高永木的审讯，曾国藩了解到天地会正企图发动全国规模暴动。高永木则是受南京的派遣，准备在湖南发动叛乱，以响应各地暴动。据曾国藩的情报系统掌握的消息，在上海天地会系统的组织中最有实力的是“小刀会”。自上海开辟为商埠后，小刀会在上海势力日益扩大。

“火要是在上海烧起来，那可就危险了！”曾国藩感到焦急。

上海是开放港口，有英法租界。美国在上海拥有租界，数年后它与英国租界合并，成为公共租界。那儿已形成一个复杂的社会。中国的对外贸易过去是在南方进行，上海一旦成为新的对外贸易中心后，熟悉贸易业务的南方人就络绎不绝地集中到上海。秘密结社也随着这些人一起进入上海并扎了根。那里有各种帮派，但它们潜藏在地下，什么时候成立的，首领是谁，大多不太清楚。小刀会只是最近才在帮伙组织中逐渐稍微有名起来。曾国藩一向对搜集情报的工作异常努力，所以知道这个组织。

谭七已到上海，但他也没有明确线索。他奉东王密令而来，但他心情沉重。在他出发前，天王曾把他叫去。那时南京已经打下来了，但洪秀全还在龙船上。在金田村时，洪秀全常直接把他叫去，但在攻打永安后，不知为什么，他们逐渐疏远了。不是由于谭七对天王敬而远之，而是因为洪秀全虽是首领，但他逐渐脱离了实际领导工作。谭七负责谍报，可以说他是从事最具体的实际工作，跟洪秀全的关系变得淡薄恐怕也是自然的。谭七听说天王叫他，一时还感到紧张，不知发生了什么事。

“听说你要去上海，是吗？”洪秀全也知道这事。

“是，在扬州办件事，然后就前往上海。”

“天地会在太平天国里干得很不错，纪律也好了，这是靠跟广西老兄弟在一起，受到了感化啊。看来今后是打算和上海的天地会联系了……他们对太平天国不了解，我对此感到担心。”洪秀全的话绕了一个大弯子。

联不联系最后不是应当由洪秀全决定的吗？虽然这个计划是杨秀清制订的，但这样重大的事，总不会不向天王报告吧？莫非天王脱离实际领导工作太久，对东王的决策感到无可奈何了？

“听说那些人大部分来自广东、福建、浙江，当地人好像很少。”谭七道。

“那是自然的，因为不久之前，那儿还是个小乡镇。这些姑且不说。他们不了解太平天国，不懂得拜上帝，恐怕连天父、天兄也没听说过。”

“不错。”

“以前很多人是被吸收到我军当中，受到感化后最终产生了信仰。而这次情况不同，他们在上海起义，会觉得我们只是在支援他们。我担心的是，他们不会和我们保持一致行动。我希望调查一下他们的真实情况。听说上海的会党中大多数人都抽鸦片。”

“哦？是这样吗？”谭七故意装作不知道，其实他也听说过直这件事。

“抽鸦片还算是好的，据说会党的头目还贩卖鸦片。这是不允许的。跟这样的人合作，我们就有受腐蚀的危险。我们很多人的信仰还很浅啊！”

“是的。”

“也可能是整个会党都在做邪恶的鸦片买卖。当然，这只是传说。不过假定真是如此，甘冒受腐蚀的危险而去同他们合作，那是不行的……我希望你好好给我查一查。”

“遵命。”谭七深感问题之严重。他接受了双重密令。在来上海前，他已了解到最大的小刀会同鸦片买卖有着密切关系，小刀会的头目是一个姓刘的人。问题是同他们的联系方式。

“应当同湖南天地会所介绍的人会面，还是去见连理文，征求他父亲的意见呢？”谭七来到上海县城，不觉叹了一口气。

吴淞江从他的脚下流过，这条河同黄浦江合流，注入长江。

天国“外交”与上海局势

上海小东门内，有家叫“斯文堂”的老书店。店主魏启刚年近八十，已经不怎么露面了。店堂后面的账房里，常有个高雅的中年妇女在桌前工作。

斯文堂的隔壁，就是金顺记。金顺记总店在厦门。鸦片战争前，它在上海设了分店。不过，当时店址在便于帆船装卸货物的河岸边。战后上海开放为对外贸易商埠，英国设了租界，上海金顺记也被划入租界内。

连维材把店面让给了英国人哈利·维多。维多毕业于马六甲英华学堂，会说中国话，曾在英国墨慈商会工作。连维材自己又在斯文堂隔壁开了金顺记新店。

斯文堂与金顺记表面各自营业，其实低下是一体的。斯文堂的出资人是连维材，魏启刚把店铺委托给了连维材。除经售中国古典书籍外，魏启刚还希望这书店今后能售卖外国的政治经济和科学技术类书籍，他二人很有共鸣。

上海金顺记负责人是温章。连维材从北京到上海，他打开刚刚由福州琉球馆转送来的三儿子哲文的信。

“我现在并不是在琉球写这封信。”

不是在琉球，那就说明在鹿儿岛。哲文毕竟是艺术家，在报告商业上的事情后，突然变了话题。

“日本很快也会闹腾起来了。”

哲文报告中提到，美国舰队司令佩里作为遣日使，携菲尔摩亚总统国书，率四艘军舰正开往日本。连维材早已知道了这一情况。对于在上海与对外贸易有关系的人来说，这已不是新闻。不仅如此，俄国远东舰队司令普察金也将同样率军舰去日本。

“外国对日本的活动，看来我们在上海的人比在日本的哲文还要清楚啊。”温章坐在连维材面前，他刚从维多商会回来。

二十多年前，温章被金顺记派往马六甲时认识了维多。当时维多还是学生。他们一起在阿美士德号船上待过，两人不只是商业买卖上的关系。维多把自己知道的事都告诉了温章。其实，长崎荷兰商馆在前年就已把佩里舰队要来日本的消息告诉了江户幕府，但幕府对外保密，显然，哲文也不知道这一内幕。所以在他和民众看来，美军是突然开来的。这次并不像以前那样只要求补给食品和水，而是携带总统国书，来迫使清朝开放门户的。

“是呀，不管怎么说，我们开放了门户，接收消息自然要快些。”温章有点偏袒哲文。

“要是换作理文，想来什么秘密的事都能探听出来。”

“哲文是画画的嘛。这种工作他不在行，但其他方面能发挥才华。”

“是呀，量才而用。还是把理文派到日本去吧。让哲文回上海，把斯文堂交给他，这可能是个好办法。”

“理文先生在拜上帝会里好不容易干到现在这程度，若不让他继续工作，恐怕有些事不好办。你怎么认为？”温章很少反对连维材，所以他偶尔反对一次，连维材也要很好重新地考虑考虑。

“这可是个难题啊！”

“根据理文先生讲的情况，南京那些人的前途只能说是成败参半。”

“也许四六开。”连维材伏在桌子上，两手合掌，仰视着天花板，小声道。

所谓南京那些人，是指太平天国；所谓前途，不外乎是说他们能不能拿下天下，对此，温章认为可能性是对半开，连维材则苛刻地认为是四六开。

屋子里，连、温二人正在商谈。而在楼上，理文也在听谭七报告。

谭七奉杨秀清命令，同上海会党联系。而洪秀全却命他调查上海会党里的鸦片交易。天王认为，小刀会若同鸦片交易有关系，那是绝对不能与之合作的。当然，杨秀清则主张无条件地联络。

“你是夹在夹板里啊。”理文道。

“我不好办呀！”谭七摇了摇头。

小刀会参与鸦片交易，是上海人的常识。

“天王和东王的心情，都是可以理解的。”理文不知道现在应该给谭七提什么样的建议。若是重视太平天国的理想，当然会认为同与鸦片交易有关系的团体合作会受到污染，甚至要加以拒绝。但是，若重视夺取天下这一现实的力量对比关系，当然应该尽可能同可以利用的武装集团保持密切联系。

“很难吧？”谭七搔着脑袋，“我实在想不出好办法，才跑来跟你商量。”

“先把你调查的情况同我了解的情况对照下，然后再考虑怎么办。”

“好。现在还只是调查了一些粗略的情况。”

“关于鸦片的问题，可以说，能让天王完全满意的人恐怕是不会有的。”

“湖南天地会人数虽多，派系也多，这对天国反而有利。”

“大量吸收小组织，可以进行教育，但在上海行不通，小刀会一开始就是个大组织。”

“确实不好对付，不过，就因为跟鸦片有关，就完全不予理睬吗？”

“这是一股无法忽视的强大力量。我觉得不拿下上海，太平天国是不行的。”理文来到上海后，逐渐感到上海关系到太平天国的未来前途。太平天国是从穷乡僻壤的广西内地起家，它必须有一个对外的大窗口。若不很好地通通风，就容易腐烂枯萎，清新之风会给国家带来养分。不管从哪方面说，上海就是这通风的窗口。

“我也这么认为。”谭七第一次来上海，“若不拿下上海，前途就堪忧。但要想拿下上海，又不能不同小刀会发生关系。”

“小刀会是个兼容并包的大组织，里面并非没有派系。”

“是的，有不少像青巾会、百龙党之类的可怕组织。不过，不知什么原因，大家都团结在刘丽川下面。”

“那家伙其貌不扬，不知哪里来的魅力。听说他是个矮个子，三十多岁了，却长着一张孩子般的脸。”

“见见面还是必要的，东王要联系的事，可以暂时不提。”

“嗯，我觉得可以。”

用现在的话来说，刘丽川身上具有天生的领袖资质。他不是个威风凛凛的伟岸丈夫，可人们都推戴他当领袖。据谭七调查，刘丽川是广东香山人，在香港参加过三合会。三合会与其说是天地会一派，不如说更接近于它的别名。它是秘密组织，名称也带匿名性。据说，“三合会”这名称起源于天时、地利、人和三者结合之意。

“反清复明”运动由郑成功所开创，根据地在台湾，组织采明太祖洪武皇帝帝号，称“洪门”。洪门逐渐受到当局注目，因而就避开这个名称，改为“三点会”。三点是三点水偏旁之意，暗示“洪”字。三合会也是洪门匿名组织之一，另外还有“哥老会”等。在清代，白莲教常在华北发起反政府运动，每次都遭镇压。但白莲教残党，除其宗教色彩外，在政治上还吸收了洪门观点，秘密结党，这就是“大刀会”。大刀会扩大到华中一带，称为“小刀会”。文献虽无详细记载，但据说它极富有战斗性。台湾、福建、广东等地的三合会众，来到上海后，自称小刀会，它和上面所说的小刀会不是同一组织。以前小刀会的勇敢斗争事迹到处流传，所以各地纷纷仿效，皆自称小刀会。据说福建、新加坡，都有这种组织。

上海辟为商港后，仅十年工夫，查顿—马地臣、颠地商会等外国大公司纷纷在上海建立商号，而其中的中国职工一般也都从香港随之来到上海。上海的当地人当时反而不熟悉对外贸易业务。不仅是为外国商馆所雇用的人，就连在香港、广州与外国商馆有过买卖关系的中国人，也大多迁居到上海。当时上海人口，一般认为，约有二三十万，据说其中广东人有八万，福建人有五万，两省人占了上海人口一半以上。

上海小刀会主要是广东、福建的三合会会员，人数当不在少数。

面色不太好——这是连理文见到刘丽川的第一个印象。他的样貌确实可以说像儿童，但令人担心的是，他面色发暗。看到这种面色，时人立马就会想到——啊，抽鸦片的！

“听人说不准要神像。”刘丽川说话的声音令人感到意外地亲切，他好像对太平天国很感兴趣。

“是的，这方面的纪律非常严。”

“耶稣教我从洋人那里听说过，并不是什么新东西，只是它能号召起这么多人，倒令人有点不解。”刘丽川在香港长期待过，对宗教问题很容易理解。他在香港跟外国商人做过砂糖交易，还可以说几句蹩脚的英文。

“我也有感到不解的事。”理文道，“像您这样温和厚道的人为何受那么多人的推戴呢？”

刘丽川少女似的抿嘴笑了笑："我想是因为我帮助了别人。"

刘丽川初来上海，临时学了点医道，当了医生。据说，他开的方子很灵，病人蜂拥而来。他是到上海经商的，根本没想到要当医生，他给人家诊脉开方，一个钱也不收。免费诊疗、出钱不医，是他的招牌。

"是因为治好了许多人的病，而且还不收钱吗？"

"我若是医生，当然要收钱。但我不过是在香港租了医生家的房子住，耳濡目染，学了点医术，给人家看病。从情理上说，不应收钱。"

"原来如此。"

在这少有人懂情理的世上，他通情达理，自然受人爱戴。不过，他却是奇特的人，他的本行是经商，据说干得也不错。若说他一开始就瞅准了行医有效果，那应该说，他很懂策略。

"但是，在买卖上，一厘钱的利益我也是要争的。我跟温章先生就激烈地竞争过，您大概也听说了吧？"刘丽川说着，又腼腆地笑了笑。

这种笑也许也是他吸引人的魅力之一吧！理文心想。将来自广东、福建及当地的各色人等团结在一起，可不是简单的事。首先，不能让任何人产生恐惧心理，否则就不可能承担这样的工作。若是同乡，事还好办，要是对其他地方的人进行强制性领导，不仅会使对方心生恐惧，不信任，还会遭到抵制，保不住领导地位。

"您跟金顺记也有交易吗？"理文问。

"最近才开始。那是我的大主顾啊！"

事实上，刘丽川同意见理文，还是因为温章的介绍。他对太平天国的反应比对做买卖本身更为强烈。

谭七以随从名义跟来，他装出一副傻傻的样子，坐在一旁，仔细观察。

二人从刘丽川那儿回来后，在金顺记二楼房间里商谈了给南京的报告。李新妹也在场，但她对两个男人谈的事毫无兴趣。她到上海后，见了理文的父亲，她感觉太好了。尽管她跟理文有最亲密的关系，但她甚至感到待在连维材身边，心情更愉快些。

"这个人年轻时候是什么样子呀？理文跟他究竟有多少相似呢？"新妹在想这些事情，听不进理文与谭七的对话。

"刘丽川很有想与太平天国呼应的意思。"

“对于基督教的教义具有初步的认识。”

“抽鸦片，做鸦片买卖，这是肯定的。他本人认为，为了大批手下人能吃上饭，做鸦片买卖是没办法的事。与其饿死，干坏事也要活下去，这是他的人生观。”

“合作的事，应由小刀会方面提出来。”

“小刀会中有一部分人相当腐败，跟太平天国合作时，应把这部分人排除。这样做恐怕需要时间。在目前情况下，天国方面不要急于活动。”

“太平天国最近应当在上海与各外国代表接触。”连理文会英语，跟洋人接触的工作，他准备为太平天国助一臂之力。但新妹在这里，他便没跟谭七说。

“南京方面应当更好地了解上海，现在是了解外国的好机会。外国方面也在拼命探听太平天国的情况，希望你特别着重把这一点向南京传达。”理文向最近即将回南京的谭七表达了这样的希望。

英国正要上海领事馆的托马斯·泰勒·麦都思尽量向南京靠近，搜集太平天国的情报。麦都思的使命之一是，要证实太平天国所标榜的信仰是否真是基督教。理文已了解了这些情况，温章从维多那儿听来的消息及时而准确。

谭七去了南京。

洋人对太平天国的关心极其复杂。太平天国能打倒清朝政府并取而代之吗？若能，洋人因各种条约而获得的各种权益能够维持吗？最大宗的鸦片交易能继续进行吗？太平天国所信奉的、自称为基督教的宗教真实情况又如何？他们最想知道的是太平天国与清朝政权斗争的归趋，一切问题都由此派生。若清政权安然无恙，那么，根据条约所获得的权益及鸦片贸易等统统都不必担心。麦都思从上海经苏州、常州来到丹阳，又返回上海。他好像当了不足一周时间的侦察兵。他回到上海是阳历四月中旬，南京落入太平军的手中还不到一个月。

“太平天国所信奉的确实是基督教。”

“清军软弱，各地清军基地的兵员也极少。”麦都思做了这样的报告。他不过是领事馆所属的翻译，只报告了自己的所见所闻。搜集和分析情报并下判断，是在上海的英国公使文翰的事。

在麦都思的报告中令人感兴趣的是，清军贴出的布告中有这样的话：

“英国人保证用军舰帮助进攻太平军。”

英国从未向清政府做过这样的保证。贴这种编造的布告，看来是为了稳定人心。但是，这一方面可以认为是利用长江沿岸居民觉得英国，尤其是英国军舰强大的思想，而另一方面也说明清朝失去了信心。清政府那样的军队不可能战胜太平军，这已成为一般的常识。正因为如此，清朝官吏在写布告时不得不使用这样的诡计。

“我去一趟，布告也有问题，应当消除误解。我代表大英帝国，我去最简便不过了。再说，太平天国确实是重大的问题，我要亲眼去看看。”文翰说罢，决定乘亥尔梅斯号军舰去南京。

舰长是菲休邦大校。麦都思作为翻译同行。文翰的南京之行，应该说并没有取得什么成果。太平天国处在建国热潮中，堂堂一个国家，有着从满族政权手中夺回国家的骄傲，也继承了历代中华思想传统，而且这个国家对西方外交惯例一无所知。文翰是代表大英帝国的公使，职业外交官，熟悉国际惯例，当然期待也能受太平天国按惯例给予的对待。

亥尔梅斯号四月二十七日到南京，菲休邦给太平天国呈上文书，表明他们不是来打仗，而是来商谈的。麦都思上了岸，从水西门入城，会见北王韦昌辉和翼王石达开。

“英国是中立的！”由于清方贴出了卑劣布告，这一点必须澄清。

声明中立之后，提出了两个问题：

“太平天国的外交政策是什么？”

“是否打算向上海进军？”

太平天国还没有明确的外交政策，甚至什么是外交还不太清楚。北王和翼王只能就进攻上海的问题做了回答：“上海是中国土地，太平天国终究要成为那里的主人，当然要为此而努力。”

“英国公使文翰阁下是大英帝国的代表，希望能会见太平天国的最高首脑，请予以关照。”麦都思道。

“您说的最高首脑是？”北王问。

“当然是天王。”

“这……”北王含糊其辞，瞅了瞅翼王。翼王石达开歪了歪脑袋。

“不行吗？”麦都思说着熟练的中国语。他通晓中国的习惯，太平天国虽不过是地方政权，但它已宣称是国家，自称国家元首的洪秀全当然具有种种权威。

“我们明天用书面答复。”北王道。

“这个人可以负责外交，也许他适合干这种工作。”麦都思心想。他觉得北王和蔼可亲，而且话很多。翼王虽在座，但说话的主要是北王。也可能是有意避开现实问题，翼王选择的话题主要是宗教，尽管谈得还不怎么深，但已表现出他具有相当的知识。麦都思认为为人不圆滑就不适宜当外交官。

第二天，太平天国书面答复送到了亥尔梅斯号上。答复中说：“天王是各国真主，凡来朝见拜谒者，须遵照规定手续和礼节。”文翰拒绝接受这个书面答复。英国还没有承认太平天国，目前还承认清政府是中国的正统政府。在中国部分地区建立新政权，这个新政权的真实情况还不太清楚，他只不过是来视察一下而已。要会见洪秀全，也不过是出于一种想面试一下的心情。可是，对方的答复竟用命令口气要遵照规定的手续和礼节。文翰很不高兴，他拒绝接受书面答复，当太平天国使者沮丧地正要回去时，麦都思递给他一个用中文写的文件道：“请你们仔细读读这个文件，考虑一下我们英国在你们国家处于什么样的地位。”递交的文件是南京条约的中文抄本。

第二天，四月二十九日，太平天国的将领赖汉英来到亥尔梅斯号军舰上。

“看来昨天有些误会，十分遗憾。你们说英国不会偏袒任何一方，是否确实？”

“尽管昨天发生了些误会，但英国的政策不会因此改变，中立是英国不变的政策。”麦都思答道。

“用不着公使阁下予以确认吗？”

“没这个必要。”麦都思非常坚决。他做了这样的推测：

看来现在太平天国的方针往往会因将领的性格、情绪而变化。

“见天王的事暂且不谈，要是见东王还是可以的。”赖汉英道。

“啊，那太好了，就请您赶快安排吧。”

“明天上午十一点左右我来迎接。”

“我们恭候。”

“不需要征求一下公使阁下的意见吗？”

“公使阁下就是为此而来的。他整天待在军舰上，随时都可以去。”

“那么明天见吧。”赖汉英说完就回去了。舰长菲休邦大校送了他一本英文圣经。

东王杨秀清和文翰公使预定在四月三十日会见，但是终于未能实现。

杨秀清是个现实主义者，无论是小刀还是英国佬，只要能成为太平天国力量，他都会利用。英国方面也知道洪秀全在太平天国中逐渐变成傀儡，因此见东王比见天王更能了解太平天国的情况。

双方都想见面却未能实现，问题在于仪式。当时建都天京不久，就实权来说，杨秀清已凌驾于天王之上，但名义上，他还在天王之下。他想利用同英国公使的会见来宣扬一下自己的威严。他提出的会见仪式就像是帝王在接见属国的使节。文翰一听仪式程序极不愉快。尽管太平天国自称是个国家，但英国并未承认，何况见的还不是这个组织的最高领导者，让公使下跪，当然无法接受。

“他们不懂道理，你看该怎么办？”文翰问麦都思。

“按他们的要求当然不成。要么说服他们改为对等会见，要么就回上海吧。”麦都思答道。

“看样子他们是不可能改的，还是不见了。你看怎么回应？”

“要么当面指出他们的错误，谴责他们无礼，然后直接回去，要么婉言拒绝，借口有些不便，无法会见。阁下怎么看？”

“后一种方式吧。”文翰到底是外交官，他考虑到了后果。

太平天国这个政权也许会统一中国。文翰对获得情报及自己的见闻还没有进行分析研究，仅凭感觉认为这种可能性有百分之五十。他印象最深的主要还不是太平军的强大，而是清军太弱。太平天国将来可能是必须要与之谈判各种国家问题的对手，现在粗声粗气吵闹起来，也许一时会痛快，但可能会给以后谈判带来不利。

“不过，我们应再次强调英国将严守中立的态度。”

“不错，要采取更有效的措施。真是遗憾啊。不过这次溯航长江来南京，还是有价值的。”

“是吗？我觉得是够惨的，军舰在江阴还搁浅了……”

“不，在我们的亥尔梅斯号停泊在下关期间，不知道有多少清朝人看到了它。在太平天国首领中，我们也领着赖汉英等许多人看了舰内，大英帝国军舰的威容一定会深深地刻印在他们的脑子里，这在将来会起很大的作用啊！”麦都思安慰公使。

“麦都思说的有道理。”菲休邦大校也在一旁插嘴，“那些家伙参观了舰内，眼睛里流露出畏惧的神色。不管他们嘴里怎么说，他们内心里是惧怕大英帝国的。使他们感到害怕，这次航行绝不是没有意义的。”

“但愿如此吧！”文翰露出了笑容。

第二天——五月一日，为了能让更多人看到英国军舰的威容，亥尔梅斯号又从南京向西溯航。天黑之后，亥尔梅斯号才改变航向回南京下关。在南京再没有其他的事了，第二天——五月二日，亥尔梅斯号向上海返航。

这天早晨，亥尔梅斯号已做好了返航准备，杨秀清却派人送来一封公函，他是想表明：会见因故流产了，哪怕是通过函件，也要听我说几句话。

公函中写道：

尔远人愿为藩属，天王欢乐，天父、天兄亦欢乐。既忠心归顺，是以降旨：尔头人（头目，即文翰公使）及众弟兄，可随意来天京，或效力，或通商，出入城门均不禁阻，以顺天意。另给圣书数种，欲求真道，可以诵习之。

通过麦都思的翻译，文翰一听这些话，不觉火上心头。他原打算通过委婉的外交手段，可看来还有必要用强烈言辞来应酬。文翰立即写了一封给东王及太平天国领导人的信，麦都思把它译成中文。信的大致意为：英国不是中国属国，如触犯其在中国所拥有的条约上的权利，英国臣民及财产受到侵犯，将立即采取十年前（指鸦片战争）那样的报复行动。他还进一步对报复行动做了具体说明，其中包括要占领南京和镇江等。

亥尔梅斯号在当天下午四时离开了南京。

太平天国接到文翰公使这封措辞严厉的复函后，派北王韦昌辉去安抚。韦昌辉承担这样的任务确实最合适，但当他到下关时，亥尔梅斯号已没了踪影。

第二天，亥尔梅斯号抵达镇江，麦都思登岸，会见了太平军镇江司令官罗大纲。亥尔梅斯号从上海开往南京时，曾在镇江引起过纠纷。上海道员兼江海关监督吴健章购买了美国、英国和葡萄牙船艇，令这些船艇跟在亥尔梅斯号后面，溯长江而上，其目的是攻击长江沿岸的太平军阵地，但采取的形式好像把亥尔梅斯号看成盾牌。罗大纲指挥下的镇江太平军当然炮击了这些清朝水军，在形式上看起来好像是炮击了亥尔梅斯号。亥尔梅斯号方面也知道其中原委，在返航途中，麦都思登岸，平静地与罗大纲进行谈判。

罗大纲对英国提出希望，要他们不要援助清军，停止鸦片贸易。英国方面要求保证今后不再炮击英国船只，罗大纲答应了这一要求。

五月五日，亥尔梅斯号结束了十三天航行，回到上海。

“这次航行谈不上满意，但并非徒劳。”文翰反复这么说，好像是在自己说服自己。

亥尔梅斯号回到上海时，约五百只兵船从南京缓缓顺长江东下。占领扬州的太平军开始北伐了，扬州与镇江间的江面上也停泊了许多太平军兵船，但数量还不够。

太平天国给北伐将领封了侯。李开芳为定胡侯，林凤祥为靖胡侯，吉文元为平胡侯。

从南京东去的兵船加上在扬州当地待命的兵船，约达千只，满载着北伐军将士。而这些兵船又向西朝南京方向开去。有些兵船从水路进入六合，有些部队在南京对面浦口登陆，朝西北方向前进。这样去打北京是绕道了，最短路线是从扬州直接北进。为什么不走这条路线呢？原因是有情报说，清朝大军正从那条路上南下。其实这个情报是在江浦监督黄河堤防工程的江苏按察使查文经故意散布的。

太平军方面有着杰出的军事侦探，不断刺探北方形势，可这次却完全上了查文经的当，不得不迂回北上。查文经并不是大嚷大叫地来散布所谓的北京大军南下的情报，而是不断强调这事是机密，人们在下面窃窃私语，偶然听到的太平军探子，自然信以为真。而且清军还下了密令，要池州、徐州方面的农家悄悄准备军粮。事情越是悄悄进行，越带有真实性。

为避开这支根本没有影子的大军，太平军才迂回朝西北方向进军。这样，不仅增加了将士们的疲劳，军需消耗也相当严重。北伐军最后惨败，从清朝方面来说，阻止太平天国北伐，功劳最大的人，恐怕就是查文经了。

北伐军不过是太平军一个分支，这和以前的太平军惊涛骇浪般全军进击的方式大不一样。这是它失败的最大原因。太平军打出广西后，完全是一个“流动王朝”，一切都是全军行动，攻陷武昌后，也没有在那里留下守军，而是全军杀奔南京。用一部分军队远征，这是第一次。王朝已定都天京，没必要再流动。太平军的军事行动在性质上已发生了变化。

阳历五月二十八日，北伐军攻陷滁州，杀了州知事，同时打下安徽凤阳府。这一天，上海道员再次雇用外国船只，攻打镇江，但战败了。

北伐军途经安徽、河南，各地大为震动，通过长江而与太平天国首都相连的下游各城市，尤其是上海，更是胆战心惊。

居留在上海的洋人也惊慌起来，他们急忙在租界里垒起沙袋，构筑防御工事。清政府在上海的最高官吏是道台吴健章。这里虽属江苏，但它是最近十年才发展起来的城市，省长官——巡抚常驻在苏州。上海不过是小县城，县知事地位比道员低得多，这里的一切工作都由吴健章负责。

“紧急筹备防御！”北京下达了严厉命令。

吴健章功名心切，积极行动起来。他一方面是政府的大官儿，同时也插手对外贸易。他把全家人都派往香港，从事各种买卖。小刀会的刘丽川也曾在香港帮他做过买卖。刘丽川擅长做砂糖买卖，常跟人道：“我让吴健章发了大财，他的砂糖买卖都是我经手帮办的。”作为大官来收罗钱财，也是吴健章的拿手好戏。他本人当过商人，深知商人弱点。

“长毛贼已夺取了南京，南京现在变成了什么样子，我想你们也听说了，商人们每天都被驱赶着去干力气活儿啊！那些家伙原来是广西的贫农和烧炭夫，所以憎恨商人。他们把额头上不流汗而能挣钱的人看成好像是罪犯。上海如果变成第二个南京，你们打算怎么办？”

叫吴健章这么一说，上海的富商们只好拿出钱来，他兼任江海关监督，是所谓经济官僚，在搜刮钱财上有着特殊才能。他把外国船连同船员一起租借过来，还购买了一部分船，船上装上炮，多次计划袭击太平天国占领的地区。前面已经说过，他让这些船跟在亥尔梅斯号的后面，攻击镇江，被打退了回来。雇用的兵船从镇江一回来，吴健章就把同乡李少卿叫了来。

李少卿是广东会馆董事长，一般称粤董。会馆是同乡们联谊的组织，但它甚至开办学校，经营墓地，所以并不是一般的同乡会。中国乡党意识强烈，这种组织具有很大的势力。尽管吴健章是上海地方长官，他把李少卿叫来也必须要以礼相待。

“北京已提到要我们办团练。政府雇外国船花了大量钱，我希望会馆能承担一部分团练任务。从目前情况看，人数还是可以凑齐的吧。”吴健章道。

所谓目前情况，是指上海正陷于经济萧条状态。由于太平军控制了南京，利用长江这条大河流的物资交易已完全断绝，溯长江而上准备运往内地的物资，积压在上海不能运出，而顺长江而下该运到上海的物资也无法运来。因此首先失业的是水手。会集在上海的大批水手，不是福建人就是广东人。

一般的买卖也停滞了，各行各业一片萧条，不断地解雇人员。萧条还波及农村，尤其悲惨的是栽种棉花的农民，他们只落得个债台高筑。因该运往内地的棉布在上海仓库里已堆积得顶住天花板，市价猛跌，纺织工厂停工，家庭副业的手工织布机也不再发出声音，棉花卖不出去。可是，田租和捐税仍无情地压在他们身上。从停工的织布厂里涌出来的只是失业者。

在那种情况下，只要说一声“给饭吃”，人们就会蜂拥向团练里奔来。

“明白了，马上去招人。”李少卿答道。

“这事就交给你了。要挑年轻力壮的。另外，跟小刀会有关的人不能要。”吴健章补充道。

“要征集大批年轻人，还得跟会党没有关系，这也太强人所难了！道台也明知这办不到……”李仙云到了连维材那儿，嘟囔地发起了牢骚。

他是福建兴安泉漳会馆董事长（闽董），在福建同乡中地位相当于李少卿。吴健章先叫了容易商谈的李少卿，后叫了这位福建代表。李仙云当然不能拒绝。在上海，说到年轻力壮的人，首先就会想到正在失业中的大批水手，可他们一般都以某种形式同会党保持着联系。船上工作是集体的，而且带有危险性，水手们当然拥有自己的组织，以寻求强有力的保护。他们最上头的组织就是三合会，在上海叫小刀会。

“那您打算怎么办呢？”连维材问他的这位同乡好友。

“跟小刀会完全没有关系的水中，是找不到的。只要不是地位很突出就可以吧，而且实际招募时，小刀会的头目也不会来的。”李仙云道。

“主要还不是上头，而是道员吴健章。”

“是呀，难就难在这儿呀。”

“他们俩是同村的，可……”

“他们俩”说的是吴健章和刘丽川。

“维材兄，您能不能去劝劝，让他们都各退一步。您的话，我想他们还是会听的。”

“不成。”连维材露出和蔼的笑容道，“这事比想象的要困难得多。不错，我去找他们，他们自然都会见的。可问题是，他们已经不是代表个人了。”

“不是代表个人？”

“他们各自下属一大帮人，凡事已无法自主行动了。若硬是要按个人意志行事，他们的地位就会保不住。因此，要推动吴健章，就必须推动整个官府，要推动刘丽川，就只能同整个小刀会打交道。”

吴健章和刘丽川是同乡，一起做过买卖，但两人的关系很糟。刘丽川之所以跑到上海来，是因为在香港做砂糖买卖失败，只好携款潜逃，因而被控告了。他想起了吴健章。可以说，吴健章发家，刘丽川功劳不小。因此，他才来上海投靠当官的同乡。

然而，吴健章却给刘丽川吃了个闭门羹。刘丽川到上海后，在同乡中到处散布，说吴健章之所以有今天的地位，都是沾他的光，是他帮吴健章发了财，这才有钱去运作官府，从而出人头地。吴健章听到这种话，不禁火冒三丈。在香港一起做生意时，两人都是事先约定分成的。在香港当砂糖掮客的人比比皆是，吴健章之所以雇刘丽川，是看在同乡的情谊上。因此，要说感谢，也应该是刘丽川感谢吴健章。

“砂糖买卖对我来说，不过是个很小的项目。何况，我要是交给别人，也许能干得更好。这家伙是昏头了吧？近日他肯定会来找我。他要是来了，就把他赶回去，不需要客气！”吴健章吩咐衙门里的门房。

时势是可怕的。吴健章若看在往日的情谊上，当时给刘丽川谋个差事，刘丽川也许就不会当小刀会的头目了。

吃了闭门羹的刘丽川勃然大怒，最后投靠了会党的伙伴，干起了行医看病之类的事，逐渐博得人们的好感。尽管他有点爱说大话，但总能叫人感到安心。当时上海需要一个能把各地会党团结到一起的人物，虽然野心勃勃的会党干部不乏其人，但他们总是有人反对。刘丽川之所以被推戴为上海小刀会领袖，只因为没有人反对而已。他免费给人看病，积累了些名望，人品也不错，就这样当上了小刀会领袖。

吴健章得知这一情况后很不痛快。之前，刘丽川在上海不过是个无名小卒，也就在僻静的小巷里嚷嚷："我是吴健章的恩人！"现在，他可以在大街上到处宣传说什么自己是吴健章的恩人之类的话了。因此，吴健章开始把小刀会看成眼中钉。

官府本来就对会党没有什么好感，但会党是渗透到社会深层的组织，要是与其为敌，那就没完没了。聪明的官员都和会党头目搞好关系，暗中协作。吴健章也不例外。他和分散的小帮派头目都尽量保持良好的关系。但现在对方联合起来，刘丽川坐上了最高头目的交椅，他无论如何也不想再跟对方暗中合作了。

刘丽川和吴健章个人感情上的不和，已经发展到政府与小刀会之间政治上的对立。在这种情况下，即使能让两个当事人和解，下面的人也不会听从。

连维材指的正是这种情况。

"这事真不好办呀！"李仙云摇着脑袋，告辞回去了。

这时，小刀会头目正在刘丽川家中聚会。最近一段时期，政府对小刀会管制得特别严格，小刀会一些挣钱的场所，常遭到干涉，搞点小小的赌博，官吏也恶狠狠地跑来抓，头目们不得不考虑对付的办法。

"都是因为我跟那个忘恩负义的吴健章不和，给大家伙儿带来了麻烦。"刘丽川低头向头目们表示歉意。他赢得众望的秘密也许就在这种地方吧。

"说什么呀！咱们哥们儿同生共死。他们要动手，咱们也动手。今天就是来商量的，谁也没有怪你的意思。"年轻的头目潘可祥这么说。

"对！对！"大家都表示赞成。

他们商定了一个计划，即让与小刀会有关系的人打进团练。自然，那些过去同官府发生过摩擦的人，或者比较有名的人肯定是不行的。今天的聚会就是为了列出这个名单。

"这件事由我负责吧！"潘可祥道。

在小刀会的这次聚会上，充满着强烈的反政府的情绪。

红色的上海城

新妹来到上海后，换了一个人似的，每天匆匆忙忙地跑到外面去，有时随意逛逛，有时去见些人。她说是去工作，但从不说工作的内容。理文不去打听，心里明白。上海有许多同乡，这使她壮了胆。对广东同乡，尤其是三合会会员，即所谓“洪门”中人，她天然怀有种亲切之情。过去匪贼时代的伙伴，大多是洪门中人。

“上海的气氛我很容易习惯。”她这样说。不过，在她内心深处，仍有一种担心。当年，她热衷上帝会，改造自己的集团，她是那么热情洋溢，而现在，那热情早已消退得一干二净。新妹担心，现在从事这些活动的热情，会不会在哪一天又再次消退？为打消这担心，她尽最大力量来活动，忙起来就没时间思考过多的事了。

洪门中人此刻正在考虑夺取上海，同天京取得联系，进而推翻满人政府，创造一个官吏不敢作威作福、穷人能活下去的社会。太平天国现在这种状态继续下去是不行的，但是稍加修正，也可能会好起来。如果上海洪门同太平天国接触，太平天国会不会发生一些变化呢？

新妹期待着。在期待与担心中，她整日奔忙。

在英国公使文翰访问天京期间，上海附近的青浦爆发了农民暴动。暴动属于当时常发生的“抗粮”运动。收成不好，农民不能像往年那样缴纳钱粮。这本就是生死攸关的事，再加上又出现一个名叫周立春的优秀领导人，于是，这场抗粮运动的烈火就熊熊燃烧起来。官府派军队镇压，农民在周立春指挥下，用锄头、铁锹武装起来抵抗。官军败退。青浦抗粮事件僵持不下，官军虽败退，但并不意味着接受了农民的要求。周立春仍被看成是造反的人，不知什么时候还会再遭征讨。太平军攻陷南京，在这时期，上海必须要做各种防御准备。准备告一段落，还是会派军队来镇压的。

农民们担心。为防官军再次征讨，周立春考虑了种种办法，加强防御。一旦迈出反政府的第一步，再也无法回头。事已如此，那就不只是青浦一个地方的问题，要进一步扩大反政府运动的范围，从何处寻活路，是周立春考虑的事。上海有大批失业者，他们是周立春扩大势力的对象。周立春当然要与小刀会保持密切联系。

新妹在周立春与小刀会之间起着桥梁作用。

“忙啊！忙啊！”这好像是新妹的口头禅。

在小南门附近一家茶馆里，她会见了周立春派来的一位年轻人。茶馆是平民的社交场。买一包茶叶，放进茶碗里，开水不要钱，可以给你冲泡多次。上海人口剧增，住房紧张，只有那些相当富裕的人家，才能在自己家中招待客人。普通人家有事，都在茶馆里解决。他们预先说好，周立春派来村塾里年轻的先生，新妹是斯文堂店员，她到这里来是让先生看村塾学生用的教科书样本。失业人一多，茶馆生意就兴隆。趁着人声嘈杂，进行秘密联络，确是个好主意，但绝不能放松警惕，闲杂人多，易隔墙有耳。

“大嫂什么时候生孩子呀？”新妹问。

“她倒是希望能快点，但她抱怨没有给她准备好，娘家要不给她做好完全的准备，她觉得有难处。”青年哭丧着脸。

“生孩子”意思是举兵起义。青浦农民们正处在悬空状态，他们希望上海小刀会能尽早举兵。

“不会太晚的。”新妹笑了。

“可周围的人都很着急啊！”

“这事暂且不说吧。我们这次印了一本精致的书，希望私塾能用它，你看行不行？”新妹从包袱里取出一本书，斯文堂刊印的《论语注解》。她翻开书页，印刷确实不错。

“这个不是我一个人能决定的，可不可以让我带回去跟大家商量一下？”

“可以。”

《论语注解》中，夹着一封联络信。

这时，茶馆的角落里发生了争吵。

“你这坏毛病，怎么就改不了呢！这样下去，官府非来抓你不可！”

“官府？开什么玩笑！现在官府能干什么？它都要倒了！南京没了，上海也撑不了多久啦。”

“这种话也敢瞎说！”

“有什么不敢的？官府都忙着跑路了，哪有闲工夫来管别人的坏毛病！”

“叫当官的给听到了，可别赖我啊！”

“瞧你那胆儿小的样！现在也就你还怕官府，连话都不敢说！”

“你这家伙！”

“怕什么！再大声我也敢！官府已经完蛋了！谁不知道，小刀会今年秋天就要起来推翻官府？听说青浦的周立春也会一块儿干呢。”

“嘘！你这家伙瞎说什么！”

“你去向官府告发我啊！……”

新妹和青年互看了一眼。青年把《论语注解》放进自己的包袱里。他们就是这样地秘密进行联络。

可是，小刀会和青浦的农民组织之间进行的联络，好像大家都知道了。

“是有人透露了出去吗？”走出茶馆时，新妹小声说道。

“我们之间要进行联络，人们会认为是必然的。”

“我们是在干着必然的事情吗？”

“是的。”青年把包袱重新抱紧。

上海的街头巷尾流言纷飞。

“是秋天！”

“秋天小刀会就起来打天下啦！”

“据说是中秋节那天！”

有钱人都纷纷去避难了。有的人雇了保镖，但是到了紧急关头，这些保镖的也说不定会变成强盗。到了夏末，连开小铺子的小商人也几乎都跑出上海了。

“我们要是不走，恐怕会遭人们的怀疑吧！”连维材苦笑。

像他这样的大商人留在上海，是相当引人注目的。人们会怀疑，他之所以这么沉着，肯定是通贼了。

“还是走吧！”于是，连家也逃出了上海城。

阴历七月已是秋天。连维材虽出了上海县城，其实不过是回到了原来的老巢，即位于租界的河岸边的维多商会，也就是金顺记原址。商会门前挂着汉字写的招牌“威德公司”。当时外国公司一般都有中文名，从事鸦片贸易的头号大公司查顿—马地臣商会称作“怡和”，颠地商会称作“德记”，香港上海银行称作“汇丰”。同中国人接触时，用汉字名称比较方便。

“您打算待多久呀？”维多笑嘻嘻地问。

“我也不知道。”

“哈哈哈！要问密斯特刘才能知道吧。”密斯特刘当然指小刀会首领刘丽川。

“问刘丽川，他恐怕也不知道吧。”

“那么，问密斯特吴吗？把他二人的话对照一下，也许会有答案吧。”维多道。密斯特吴指上海道员吴健章。

“问三官，他的回答恐怕也叫你摸不着头脑。”连维材笑道。

三官是吴健章的别号，当时洋人所写的文章中，常写为“sam-qua”，大概他在兄弟中排行第三吧。

“看来还需要去问问北京皇帝和南京的天王，哈哈哈！”维多愉快地捻着鼻子下面的小胡子。

维多商会自独立拥有店铺后，营业顺利发展，早已超过维多原来所在的晨慈商会。就营业额来说，它虽不及查顿—马地臣或颠地商会，但在上海已成为谁也不能等闲视之的公司。维多背后有金顺记的支持，这也是众所周知的事。

“我也不好意思打扰你太久。希望他们能尽快解决。确实是这样！”

“不，我非常欢迎您的光临，对我而言，你待在我家的时间越长越好。”维多绝不只是口头说说，他比谁都清楚，自己之所以有今天，全靠连维材。

“洋人方面是怎么说？”连维材问。

“他们希望纠纷能尽快解决。都希望能早日做大买卖。”

“洋人有可能为此使用武力吗？”

“我们英国是绝对中立的，哪边也不向。不久前，公使去了趟南京，正为此事。”

“英国立场很清楚，因为哪方将是下一时代的政权还很难预料嘛。其他国家呢？”

“美国恐怕比英国还要中立，这是听欧立·福特先生说的，不会有错。”

欧立福特商会从在广州时起就是美国实力雄厚的大公司，他们绝不插手鸦片贸易，所以一向深受中方信任。有关中国的问题，美国外交官都要听取欧立·福特的意见。可以说，欧立·福特的意见就是美利坚合众国的意见。

“问题是法国！”

“密斯特连，您什么都清楚，没有什么需要向我打听的，我倒是准备向您多多请教。我个人倒是希望这纠纷拖得久一点。哈哈哈！”

不从维多那里打听，连维材凭借自己所掌握的情况，也足以做出判断。在对清贸易方面，法国是后进国，它一直想赶上英国。法租界紧挨着上海县城的北面，是沿黄浦江设立的，比英租界要小得多，法国一直希望能把租界扩大。现在差距已然很大，要想一下子缩小，就必须要采取相当果断的措施。英国标榜中立，法国便日益明确地偏袒清政府。这是一种赌博，向清政府买好，是想获得重大报酬。但是，清政府若垮了台，法国就会遭到新政权的排斥。法国认为，既是赌博，冒险是必然的。

“拖久了不利于贸易，你经得住吗？”作为同行前辈，连维材问。

“即便什么都不做，也能支撑个两年吧。”

“那很好。不过，交战双方也都要过生活，不会不重视产业的，一定有买卖可做。”

“只是困难一点。”

“嗯，确实会困难一些。不过，越是如此，越是发挥实力的机会。”

“看来我们要经受考验了。”

“我倒觉得维多先生可以利用这个机会，将目光转向日本，佩里正在叩打日本门户，那是一种信号。”

“日本……”维多猛地挺起胸口，抱着胳膊。

小刀会预定中秋起义，实际上略微提前了。小刀会并非“闪电式”的起义，他们老早就在到处嚷嚷了，是以人们不在意它反不反，而在意它什么时候反。

这期间官府采取了什么措施呢？小刀会一旦起义，必将如暴风骤雨，官府对此是一清二楚的。道员吴健章和上海知县袁祖德等人在街上张贴告示，说什么“速散会解党，改恶从善”。当然，这不过是一纸空文。袁知县最后忍无可忍，指挥数百官兵逮捕了十七名行为过火的小刀会成员。接着，闽董李仙云立即到了县衙门口。

“你们做出这样的事，叫我实在为难，我已无法尽到闽董的责任，我决定辞职。这事后果如何，我就不管了。”李仙云带着半威胁的口吻说道。

“我也不想抓人。”知县道，“但他们太过分了，你身为闽董，若不采取更有效的措施制止，我不好办啊！”

“我已做了最大努力，情况仍是如此，我一旦辞职，将来情况如何，您等着瞧吧。”

“不，您不要急嘛！”袁知县惊慌。政府与民间，一向有着闽董、粤董这些人起着桥梁作用。没有这些人，官府只能与民间直接接触，那便必然会引起混乱。民间势力难把控，县政府根本没能力同他们周旋，这情况，知县自然十分了解。

“急也好，不急也好，要是不放那十七个人，我只好辞职了，不知继任者如何应付，但愿能有人来承担。”

知县无可奈何，即日释放了那十七名小刀会成员。

“警察局”的长官毛捕头是个顽固派，他一听说自己费了九牛二虎之力抓来的人这么快就放了，当然心头火起。他给自己辖下各部门分发了会党花名册，通知他们一旦逮捕到名册中的人，立即处死。小刀会基本都是公开活动，要想抓捕干部并非难事。但只要照章办事的官兵抓住了一个头目，立即便会接到一封匿名信，信上写：若不放人，要你性命。这些官兵捕快自然吓得脸色大变，赶忙放了人。后来，人们在垃圾堆里发现了浑身是血的毛捕头。毛捕头好不容易保住了一条命，回乡疗养，从此没再露过面。上海也再没有哪个大胆的官吏敢逮捕小刀会的人了。

“目前骚动的根本原因不外乎失业问题，若能给他们提供工作，骚动自会平息。给他们粮饷，把他们编入团练，正是一举两得之法。资金我们想办法筹措。”闽董李仙云和粤董李少卿向吴健章提议。

“可以。要采取一切可行措施。”吴健章表示同意。绅商们决定每年筹措三万两白银的经费。虽说此计确实是良方，但小刀会人数比预想的要多得多，三万两白银可以说是杯水车薪，真正分摊到每人手中的微不足道。所以现状基本上没变。

八月三日，周立春起义，占领了嘉定，贴出了“安民告示”，告示结尾提出了八条规则：

一、漏泄军机者斩
二、行伍不整者斩
三、奸淫妇女者斩
四、妖言惑众者斩
五、阻隔运粮者斩
六、探听军机者斩
七、私藏逃匿者斩
八、畏葸不前者斩

嘉定县衙被起义军捣毁，知县冯翰出逃。

该来的终于来了。

“要红布，把大红布全部拿出来。”新妹在布店里买布。

“红布？办喜事吗？”掌柜反问。

“别多问，给我红布就行。”新妹又说了一遍。

“需要多少？”

“我不是说了吗，全部！”

“要全部，可是……”掌柜不安地朝后面看了一眼。

这店铺也和其他店铺一样，老板全家早已跑到城外避难去了，留下这掌柜的看守店面。当时，除金顺记那样的贸易商行，其他上海商店，不分行业，店里从不存放货物，这家店里的高级商品也大多被疏散到别处去了。

“那么，你有多少？”

“红布十八匹。”

“全给我吧。”新妹也不问价钱，回头看了看，店铺前停着一辆车，车旁一个汉子大摇大摆走了进来。

“付完款，把它搬走。”新妹对那汉子道。

这汉子胖墩墩，三十岁上下，目光炯炯，下巴上有颗大黑痣。他高声问：“多少钱？”

“是……”掌柜一下子畏缩起来。

“你说多少就多少，不过若不实在，后果可是很严重的……”那汉子伸出下巴。

“是，按进价赏个本儿吧，这是小店的进货账。”掌柜取出一本厚厚的进货账簿，在那汉子面前打开。掌柜已意识到买主定是小刀会。上海城迟早要落入小刀会手中。掌柜从乡下来上海已快六年，自然知道上海官府不可能镇压小刀会，待其夺取上海后，凡阻碍、欺骗过他们的人定会受到严厉报复，是以这掌柜直接拿出进货账簿，以证明自己绝不会从中取利。

“这样不就不赚钱了吗？”新妹在旁道。

“只要不亏本，就可以了。能帮助你们，我很高兴。”掌柜的鼻尖上冒着汗珠。

“买卖归买卖，按进价付款，再给他添十块洋银。”新妹对大汉道。

“好，就这么办。”那汉子应道。

新妹跑遍了上海所有布店，城内的红布叫她买光了。布店都知道这是小刀会要买的，但他们想不出这么多红布究竟有什么用处。直到阴历八月初五小刀会起义之时，他们才明白是怎么一回事。

八月初四，新妹买好了红布，嘉定周立春预定在第二天举兵。同一天，一个汉子来到维多商会拜访连理文。恰好维多也在，他亲自到后面去找理文。

“理文先生，来了个了不起的人物，他说要见你。”维多双眼睁得大大的。

“究竟是谁呀？”

“小刀会的首领。”

“刘丽川吗？”

“不错，这个轰动一时的头号人物正在办事处会客室等着你呢，要去见见吗？”

“当然。”理文立即奔向会客室。

刘丽川的脸色比上次见面时好多了。

“新妹给了我们许多帮助。”

“是吗？”

“帮了很大的忙，到底是洪门之女啊！明天你进城吗？跟新妹好久没见面了，见见面也好啊！我跟你一块儿去。”

“你？”理文凝视着对方的脸。

刘丽川是官方通缉的头号人物，道、县衙门没有动手捉拿是因为害怕，但刘丽川却也不敢在上海公开露面。

“嗯，我准备明天去。”

理文于是明白了，起义就在明日。

“很早的，拂晓就进城。”

“从哪儿进？”

“北门。我在北门等你，你拿这个裹着头，这是标记。”刘丽川把一块红布递给理文。

八月初五拂晓，上海县城北门外聚集了六百来名头裹红布的汉子。他们手执刀枪，但并不准备攻城厮杀。城内的广东兵会从里面打开北门，城门一开，他们可直接蜂拥而入。守卫城北的七百广东兵已决定全体投靠小刀会。不过，说是全体，也还是有个别例外。有三名士兵受到怀疑。广东兵的领导人们密议时，决定不把开北门、做内应的事告诉他们。

厚实的北门“咯吱咯吱”地开了，起义军接连不断潜入城内。

“什么人在开城门？不准动！”传来意外的喊叫声。

天还未亮，什么也看不清。若知道前方有几百人，恐怕喊话的人就不会跑过来了。喊话的正是那三名被怀疑的士兵中的一个，他拿着刀朝城门跑来，没人告诉他做内应的事。在当时的清军中，他算是难得的有责任感的人。他一喊，自然就暴露自己所在的方位。

“听说有三条狗，这是其中一条吧，叫他尝尝厉害！”

跑来的士兵被潘可祥一刀斩杀了。

“找知县！把知县干掉！”潘可祥身上溅着鲜血，大声吼叫。

潘可祥是江苏省人，这在小刀会中很罕见。他身材矮小，但剽悍无比，爱打架斗殴，到处动刀寻衅，但他打架从未输过。潘可祥原是上海绅商徐紫珊的私人保镖，在城内同官兵斗殴时被捕。当时，袁祖德要将他严惩，“这家伙面貌凶恶，必是亡命之徒，要狠狠惩罚，绝不留情！”在“笞三千、鞭背二千”后，潘可祥被“枷锁示众”。从此，他便强烈地憎恨袁祖德，好像只有报仇雪恨才是活下去的意义。

八月初五要祭祀孔子，据惯例，典礼在清晨举行。

这一天，天还没亮，有关人士陆续齐集到文庙来准备典礼，预定以道员为首，知县以下的地方主要官员都要参加。

主祭人是主考官，教育方面的人士和学生是这一天的主角。典礼准备完毕，专等道员和知县莅临，这时，小刀会进城的消息传到了文庙。

“北门已破，贼人数不详，但军势浩大。”

“士兵毫无战意！”

“广东兵已当了内应！”

士兵和官吏们气急败坏，络绎不绝地跑来报告。不到一刻钟，文庙里已没有一个人影，主考官带头，大家都争先恐后逃之夭夭了。普通人早已把家属送到安全的地方去了，但高级官员不能这么做。小刀会军从北门入城后，由城内内应者带路直奔县衙。上海县衙在城中心。知县袁祖德因要参加祀孔大典，已穿好礼服，正准备出发。

“袁祖德，把大印交出来！”刘丽川正声道。

“不行！大印蒙当今皇上授予，怎能交给你们这些流寇！大印就在这儿！”

知县拍着胸口，现场鸦雀无声，知县接着说道：“想夺大印，先杀了我！”

话音刚落，只见一人手持利刃跳出来，大声道：“呸！我就要杀你！”正是潘可祥。

“你是什么人？”

“是我！你忘了吗？我可忘不了你！死也忘不了！你要我杀你，我就杀你！哼！正好打扮得漂漂亮亮的，你不知道这是你的葬服吧！”潘可祥一边说一边向知县走来。

知县眼里露出恐怖神色：“你是那、那个……流氓……”他终于想起来了。

潘可祥本就容易动火，“流氓”这词更如火上加油。

“到阴曹地府去胡说八道去吧！”他举起刀，身子一缩，刀顺势挥下。

潘可祥并不想把知县杀死，只想把他砍伤，让他痛痛快快地死掉那可不行。用一瞬间的死来报“鞭笞数千”、“枷锁示众”之仇，太可惜了。

第一刀，知县右肩被砍裂。暑热尚未消退，知县礼服下仅穿了件无袖内衣。右肩裂处露出白色肌肤，上有血痕。

“你那臭肉还挺白的哩，看我的肉！”潘可祥袒露出一只臂膀，那浅黑肌肤上，残留着几道鞭笞伤痕。

知县的脸毫无表情，冻僵了一般。

潘可祥“嗨”的一声，刀砍下去，又“呀”的一声，刀举起来。

知县身子贴在墙上，一动不动，任凭对方砍剁。

“可祥！住手！留活的！他让你枷锁示众，这次把他拉出去示众。要捉活的！”刘丽川在潘可祥身后喊道，但这话并未传到疯狂的潘可祥耳中。

知县已变成一个血人，蹭着墙溜下来，瘫倒在地。

潘可祥还在挥刀乱砍。“痛快！”他提着带血的刀，胸口一起一伏，喘着粗气，脸上溅满鲜血。他双脚踩在知县身上，血红的脸扭歪了，露出雪白的牙齿，不知是在笑，还是在叱骂。

“知县已经完了，道员可要捉活的！明白了吗？”刘丽川挨到潘可祥身边，大声喊说。

潘可祥伸出下巴，点了点头，刀从他手中掉下来，在石板地上发出凄凉的声音。吴健章没有像知县那样故作镇定，虚张声势。他高举大印，微微晃着脑袋，一副软弱无力的样子。

“把他关到后面屋子里去！”刘丽川带着厌烦的语气，命令道。

小刀会头目都知道首领与道员的关系。

“这家伙绝不能宽恕！”刘丽川情绪激动。

道员衙门没有流血，刘丽川的部下都觉得，首领没有像潘可祥那样发狂，是因为他在抑制自己的愤怒。不过，潘可祥对知县的憎恨和刘丽川对道员的憎恨是有本质区别的。潘可祥与知县非亲非故，他承受了数千笞鞭，这痛苦一辈子也不会忘。而刘丽川与道员在相当长的时间里保持着友好关系，他的憎恨也正是由此而生。

“这家伙可以利用。”刘丽川如是评价。

吴健章既是官府大员，也熟悉实业，跟洋人交情也不浅。他担任江海关监督，跟上海所有的洋人都有一定的关系，洋人对他的评价也不错。刘丽川不能不考虑小刀会未来的前途，因而私人感情必须要抑制。要以上海作为根据地，就必须要处理好对外关系，这工作要放在首要地位。吴健章或许会对此有用，且不论可能性有多大，总之只要有，就不能白白放过。

吴健章面色苍白，他现在更加后悔以前让刘丽川吃了闭门羹。他已经听说了小刀会杀了知县的事。他本想逃走，但他也穿了祀孔大典的礼服，不方便逃跑。等他换好平时穿的衣服时，道员衙门已被包围了。据说知县就是因为拒交官印被杀的。活着也好，死了也好，官印反正是要被夺走的，他干脆自己献出了官印。他的打算是："尽一切努力活下去！最后还是被杀的话，就只好认命了。"

道员衙门的大客厅立即成了小刀会头目的会场。说不清究竟谁有参会的资格，大头目当中也有的正率领部下，在指挥城内的扫荡战，不能参会。理文跟小刀会并无关系，但他一直跟在刘丽川身边，自然参加了这次会。

在理文旁边的新妹，应该说是小刀会的优秀头目。

刘丽川跳上桌子，张开双臂说道："现在商量一下如何处理道员。"

"没必要商量了，咱们就是为了反抗官吏压迫才起来斗争的。咱们活不下去，要把那些家伙打倒！咱们是向大家这么呼吁、号召而举兵起义的。吴健章是全上海官吏的总头目，知县比道员地位低多了，杀了知县而留下道员，不合情理。"说这话的是大头目之一的陈阿林。

陈阿林和林阿福都是小刀会中福建帮的重要人物。刘丽川凌驾于广东、福建两大集团之上。他是广东人，所以对福建帮的大头目不能不格外重视。

"阿林啊，你的心情我完全理解。最想杀道员的是我。不过，我希望大家明白一个道理。阿林在斯金纳商会工作过，你很明白，要想在上海举兵起义，必须同洋人搞好关系。鞑虏很快就会攻打过来，这上海城即使遭到包围，我们也可以从外国商人那儿购买到物资。他们的力量，你不会不知道的。这个问题我们在决定起义时就反复考虑过。吴健章因在海关工作，同外国有着密切的关系。我们要借助外国力量，他肯定会有用，所以不能杀，要让他活着，为我们所用。"刘丽川热情地说了一通道理。

陈阿林在英国斯金纳商会里当过马车夫，亲眼看到过外国的实力，军舰、商船、财力。小刀会起义一直指望能获得太平天国的援助，但首要条件是，洋人要确认严守中立，起码要认定有进行贸易的可能。小刀会首要的大原则是不能把洋人推到敌人一边去，因此就不能杀吴健章。

"对，一旦杀了吴健章，斯金纳他们会不高兴的。"陈阿林逐渐明白了，"那就暂且把吴健章当作俘虏吧，能不能用还不清楚，先不杀了吧。"

陈阿林表示同意，福建帮不会再有不同的意见。不过，刘丽川实际上早就在考虑释放吴健章。"我在困苦时候，为吴健章所瞧不起，那时他若能帮我一把，我会为他干任何事情。"刘丽川想，"吴健章现正处在生死关头，给他一个大恩惠，不仅要饶他一命，还要让他逃到上海城外去，从外面来做利于小刀会的工作。"

道员衙门成了小刀会总部，各种报告不断传来：

"道库里储有大量银钱，尚未清点，据说有三四十万元。"

"城内根本没有任何抵抗。"

"清军守备李大钧自杀了。"

有的在报告同时，还提出问题请示：

"城内有几个洋人，应如何处理？"

"可以把他们领到这儿来，听明白了没有？一定要以礼相待！"刘丽川命令道。

上海城已经变成了红色的海洋。街上巷内，撒满了新妹采购的红布。人们都争着拣起红布缠在头上。有些人觉得，若不这么做，会被错当作敌人，把红布裹在头上，起码表明自己不想与小刀会为敌。

小刀会很快控制了上海。

人们头上缠着的红布，好像是庆贺上海新主人公的诞生。这在人们心理上所产生的效果之大，远远超过原来的预想。在小刀会占领上海的当天下午，美国公使马歇尔来访问。小刀会入城时，城里的洋人是为了参观祀孔大典而特意住进来的。这些洋人受到礼遇，并有人护送他们到城外。在出城前，刘丽川请他们传话，表示愿意接待马歇尔。

刘丽川对马歇尔有所了解。刘丽川会说英语，以前因商业关系，同洋人有过接触，也有几个相熟朋友，但他特意选中马歇尔，不仅因为马歇尔拥有美国公使身份，他和吴健章关系也特别亲密。吴健章保住一条命，但还未被释放。不管刘丽川怎样努力，要释放吴健章肯定会碰到强烈反对。若硬要这么干，他的领导威信就有下降的危险。

“理文先生，我想请你陪同美国公使。公使回去时，想请你送到城外。”刘丽川对连理文提出了这样的要求。

“看来这是一个很重要的任务吧。”理文从对方的态度中感觉到这是件不寻常的事。

“送回公使时，可能要多增添一人。希望你能了解，这人虽改变了模样，但你还是认得的。我需要你掩护这个人。你明白吗？”

“我明白了。”理文明白刘丽川的打算。从昨天的情况，他已看出刘丽川想释放道员，他认定刘丽川是想利用美国公使来释放吴健章。

“不过，人一到城外，就不一定按你预想的那样去做了。你的期待也许会落空。”

吴健章是政府高官，尽管可以说他是拼着性命从贼营中逃出去的，但一段时间内还会遭到朝廷怀疑。为消除通敌嫌疑，他绝不能做任何对贼有利的事，反而要尽量严厉对待小刀会。

“我是用长远的眼光来看问题。你的担心是对的，但我有我的想法。我了解这个人，他不会忘恩负义。再说，他很聪明，会看时势。”刘丽川很有信心。

“你都把话说到这份儿上，那我就做吧。”连理文知道选中自己承担这任务的原因——不仅是自己会英语，而且因为吴健章脱逃的问题即使暴露，若了解到该问题涉及连维材的儿子连理文，福建帮的态度也会软化。对于福建人来说，连维材拥有绝对权威。

马歇尔一行回去时，天已相当黑。

他访问了小刀会总部，说了番客套话后，刘丽川对他说道：“我们请连理文先生送你们到城外。另外，赠送你们一辆马车作为纪念。马车上有车夫，请笑纳。”

根据刘丽川策划，吴健章藏身在作为礼品赠送的马车里，平安无事地逃到城外。因为今后要和外国公使搞好关系，守城门的小刀会士兵对马歇尔一行非常客气，连马车也没有检查。数天后，大家才知道吴健章已脱逃。在公使来访两天后，有两名美国人来访问小刀会，也受到热情欢迎，被护送回去。

“不是美国公使就是后来的两个美国人帮助吴健章逃跑的。”人们都这么认为，福建帮的人尤其感到气愤。

“是不是首领因同乡之谊而放跑了这个重要的俘虏？”有人提出怀疑。

陈阿林代表福建帮，跑来质问刘丽川。

“我恨不得把吴健章活活打死，怎么可能放他逃跑呢？”

“那就是美国人干的！闽帮里有人要求攻打租界，你看这事儿怎么办？”陈阿林紧逼不放。

“真这么干小刀会就毁了。这种蠢事不能做，要着眼于大局！小不忍则乱大谋！”

“我能理解，但闽帮的年轻人究竟能不能理解，还是个问题。我回去试试，看能不能说服他们吧。”

“一定要说服，这关系到小刀会的命运。”

“我尽量吧。据说库里公款的数额已经弄清了，是吗？”

“近四十万元。”

“我们闽帮中有人主张把这笔款与粤帮均分，分开使用，你看怎么样？”

“那样做小刀会就一分为二了，不行，小刀会是统一的。”刘丽川用舌头舔了舔嘴唇。

“不过实际上，粤帮在守北门，闽帮在守东门，我们本来就是分开部署的，军费分开，也许反而方便。”

“这事以后再商量吧。”刘丽川逐渐感到疲劳。

小刀会在占领上海后不久，本来结成牢固同盟的广东、福建两个集团很快露出了分裂的苗头。两个集团中都产生了不信任的情绪。

广东集团中有流言：“闽帮那些家伙准备了船只，想把道库银子全部运走，送到台湾去。”

不过，不信任的根源，还是在于刘丽川释放了吴健章。

青浦的周立春占领了嘉定，本来是预定进入上海的。在这之前，他派人去上海，这人回到嘉定报告道：“上海城内两帮对立十分严重，这样下去，小刀会可能不会持久。”

“是广东和福建吗？……”周立春沉思。

在两派明争暗斗时，地方势力周立春若插进去，将会出现什么情况呢？

“也许会成为三足鼎立之势！”周立春心想。若他是个野心家，可作为第三势力插入，搞得好也许还可以掌握小刀会的主导权。但他是农民运动领袖，没有这样的想法。

“还是不去吧，卷进矛盾旋涡，说不定连我们也给弄垮了。我觉得我们对小刀会有点看错了。”周立春决定不进上海城。

小刀会政权刚一成立就出现矛盾。不过，表面上还是充满朝气。

一面写着“顺天行道”四个大字的绿色大旗，在城头上高高飘扬。国号定为“大明”，看来他们要复兴明王朝。刘丽川的官职名称是“统理政教天下招讨大元帅”。他的下面，分别封李成池、陈阿林、林阿福三个福建人为“平胡大都督”、“左元帅”、“右元帅”，取得两派平衡，潘可祥成了“飞虎将军”。

这个政权一开始就不稳定，但小刀会占领上海的时间还是坚持了近一年半之久。

天京的东西之争

“后来呢？后来怎样了？”新妹一再催促谭七说下去。

谭七对新妹的反应之强烈感到不解。小刀会占领上海整整半年了，在这期间，谭七三次来往于南京与上海之间。他每到上海，都要把南京的情况告诉理文和新妹。新妹曾说过，凡太平天国的事，她一句也不愿听，但有些话题却仍使她入迷。现在南京的话题是女人之间的争斗。

为了打江山，自起义以来，太平军一直严格划分男营、女营。即使是夫妇，也须分居两营，凡有违者，不论地位多高，都要受严厉惩罚。占领南京后，男女仍分居，尽管上面一再跟大家说：“在夺取天下前要忍耐……”但有家属的人日益感到不满，领导人也不得不赶快采取了一些缓和措施。

女营的最高负责人是洪秀全的妹妹洪宣娇，她文武全才，有杰出的领导才能，始终稳固地占据着太平天国第一号妇女领袖的交椅。

但在夺取南京后，出现了一个名叫傅善祥的才女。只要给她一个题目，她即席便能写出一首长诗，且完全合乎韵、联、平、仄等诗文规则。太平天国少有文人墨客，在诗文方面，只有石达开勉强能与她匹敌。

傅善祥是南京名儒傅启征的女儿，父亲已去世，她身上继承了父亲的文人血统。她是通过太平天国第一次科举考试而登上历史舞台的。太平天国极力要打破各种旧制度，但定都南京后，天国也需要官吏，想来想去，选拔官吏也仍只想到科举。以前，科举只准男子参加考试，太平天国不同之处，也只是给女子参加考试的资格。

科考第一名称状元。天历十二月九日（阳历一月十三日），即洪秀全生日那天，天京科考出了两名状元，按照太平天国的规定，男女是分别考试的。傅善祥便是女状元，因此出了名，且她长得十分漂亮。傅善祥最初是洪宣娇的助手，任女营文书。后来杨秀清看上了她，也许因为杨秀清是文盲，他对女文人特别崇拜，选了傅善祥任东王府女侍史，从事秘书工作。天国实权已逐渐转移到东王手中，是以外边流传，坐女官头把交椅的可能已不是洪宣娇而是傅善祥了。

“大家都同情宣娇，她统率女营，经历广西到天京的长征，立下不朽功勋。傅善祥不就是脸蛋儿长得漂亮吗？”谭七道。

“她会写诗呀。把心里想到的事，写成通顺流畅的文章，这可了不起啊！”新妹跟诗文没有缘分，所以她对傅善祥有一种向往的心情。

“诗是能写，可这个一点也不会呀！宣娇本来不必要那么谦虚嘛！”谭七把手举到头上，做了个舞剑的姿态。要说舞剑，新妹也很有信心，但她还是觉得，要是会作诗，那该多么高兴啊！她在斯文堂里闻到书的气味，特别有这种感觉。

“长得漂亮的人占便宜呀！”新妹道。

谭七也竖起眉毛，噘着嘴巴：“漂亮是漂亮，光漂亮顶什么用！我还听说，傅善祥这女人偷偷抽这个哩！”谭七把右手拇指和小指伸直，其他三指屈起，这手势意味着抽鸦片。

“这可了不得！尽管有杨秀清，这件事也……”太平天国规定吸鸦片者要判处死刑。不管东王杨秀清怎样迷恋着傅善祥，恐怕也很难庇护一个明显触犯天国法律的人。

“东王是有点不讲理的，特别是最近好像越来越严重，说不定他会蛮干的。”谭七微微摇了摇头。

“这可麻烦了！”理文一直默默地听着。

理文跟新妹有所不同，他对太平天国寄予着希望，一般问题他都尽量往好的方面去想，但夺取南京后，不管怎样偏袒，他仍觉得有许多事情难以理解。例如，谭七的任务发生了变化，当然不是他自己变的，他是忠实的战士，遵照命令行动。理文最初以为谭七是来与占领上海的小刀会取得联系的，其实并非如此，谭七说让小刀会知道太平天国的人来到上海反而不妙。

小刀会一直想同太平天国取得联系，他们虽占领了上海城，其实兵力还不足五千，只能维持现状，因此很想投靠太平天国。但是，太平天国也很为难，因为精锐力量已经被调进北伐军中，没有余力向上海派遣援军，原本打算让镇江的罗大纲去援救上海，但向荣已逼近南京，镇江军必须要用于保卫国都。

尽管在反政府这一点上，二者是相通的，但小刀会占领上海后，在城内寺庙里烧香点烛，没有要捣毁偶像的意思，因此太平天国难以将小刀会看作拜上帝会的伙伴。总之，二者在其他方面差异太大。

那么，谭七究竟来上海干什么呢？他是来做买卖的。

南京刚落入太平天国手中时，商品流通突然中止，导致经济萧条，而这也是小刀会起义的原因之一。但不久后，某些商品活动又变得活跃起来，主要是生丝和绸缎，棉布虽然同属纤维制品，仍一蹶不振。

“这可是不好的兆头啊！”听到市场行情报告时，连维材道。

“为什么？”理文问父亲。

“只有奢侈品在活跃，这还不令人担忧吗！”

“确实。”

理文领会了父亲的担忧。奢侈商品在活跃，这说明有人在过着奢侈的生活，一般商品滞销，则意味着普通百姓的生活质量在下降。南京是丝绸产地，却出现了丝绸不足的现象，且并不是由于停产或减产。显而易见，太平天国上层在夺取南京后变得奢侈起来了，他们正逐渐脱离普通群众。

太平天国很快在南京设置了织营，继续从事丝绸织物的生产。南京有个绸缎商人，名叫吴蔚堂，这是他建议的，他也因此当上了织营长官，官名是织营总制。

天王、东王、北王竞相奢侈起来。天王最初把两江总督府当作天王府。总督府被烧后，又造起宏伟的宫殿。这宫殿是城中城，四周围以长达数公里的城墙，洪秀全居住的地方称金龙殿，所有门上都裱有黄色丝绸，可想而知，单这一项需要多少丝绸。杨秀清在这些方面绝不次于天王，他把织营置于自己管辖之下，但生产的丝绸仍满足不了需要。

谭七就是被派来采购丝绸的。

天王府的办事机构在府内东西两端，是庞大的三层建筑物，门外挂着红色、黄色丝绸，用于遮蔽阳光。风吹雨打，丝绸一个月就要更换新的。不用说，他们身上穿的当然也是绫罗绸缎，连其家属、亲戚也是。过去的南京总督生活也比他们俭朴得多。而天王和东王身边的人却说：“那些家伙是鞑虏奴隶，不过是一般官吏，我们是王，等级不同。”

南京居民们私下皱着眉头，窃窃议论：

“到底是山里出来的乡巴佬，奢靡起来没有底啦！”

“他们从没这么阔气过，衣服穿在他们身上别扭着呢，就像穿着乡村戏班里的戏服。”

乡村戏班里的衣裳！这话说得很妙。在太平天国领导人中，没有人了解宫廷。他们的宫廷知识都是从戏——乡村小戏里得来的。模仿戏装做衣裳，当然会遭到南京佬的嘲笑。奢侈无度是事实，但太平天国上层认为，奢侈是威严的资本，必须要向南京民众示威，不能露着一副穷相。他们自知自己出身低微，所以热心于装饰外表。

“这可糟了！”听了谭七的话，理文叹了一口气。

“记得曾听你谈过吴越故事，你说共患难易，同享乐难。听你谈时，我觉得这不可能，现在我才算明白，确实是这样啊！”谭七道。

越王勾践在名臣范蠡辅佐下，打败宿敌吴王夫差，越国成为南方霸者，迎来黄金时代，但范蠡不知为何却离开越国逃走了，这是公元前四七二年的事。范蠡当时的想法是：可以同忧患，难以共安乐。理文很久以前曾给谭七讲过这故事，谭七也从戏剧和说书中了解了吴越争霸，但他怎么也不理解范蠡离开越国而去的心理，艰苦时期已经过去，就要到享乐的时候了，为什么要逃走呢？现在，谭七才慢慢懂得其中的道理。

“东王和北王关系不太好吧？”理文问。

东王和北王本来性格就不合，在远征艰苦时期，彼此还能协力合作，但夺取南京、可以享乐后，二人间肯定会猜疑、嫉妒、闹纠纷。理文虽离开了南京，但他完全可以想象。

“不会好的。”谭七眨了眨眼，“他俩一向合不来，这次又纠缠进来一个莫名其妙的女人。”

“女人？”

“这事也有我的伙伴侯谦芳一份，说起来真叫人害臊，我真不愿谈这事。”

“哦，侯谦芳怎么啦？”

侯谦芳是杨秀清的密探，跟谭七等人合作，潜入南京，同天地会取得联系，调查清军的兵员配备及武器、粮食储存地点，做了许多工作，应该说，他在幕后为占领南京立下了功劳。

“这家伙跟我们不一样，他很有钱，因为要同天地会的人交往，他整天泡在秦淮。”

秦淮两岸妓楼林立。据谭七说，侯谦芳在那里跟一个名叫红鸾的妓女相好，红鸾在秦淮是数一数二的名妓。侯谦芳有足够的活动经费，可以嫖名妓女。

“真是令人羡慕的工作啊！”

“是呀，谁都羡慕。可是，这种工作东王只叫他去做，别人不行呀！因为他们有特殊的关系。他的妹妹是个美人儿，做了东王的妾，叫侯姬，相当有名啊！人们纷纷议论，说侯谦芳是沾了妹妹的光，才分得了好工作。”

“以后呢？”新妹插嘴道，她的语气好像很愤慨。她想起武昌九女。

“一拿下南京，北王就下令要秦淮第一名妓，于是下面就将红鸾给送上去了。侯谦芳懊恼极了，这家伙决定借助东王的力量，他跑去调唆说，有个美人叫红鸾，给要到北王府去了，这女人值得一看。”谭七已感觉到新妹在生气，说话时特别注意用词。

杨秀清在侯谦芳调唆下，派人到韦昌辉那儿道：“希望借一下名妓红鸾。”

韦昌辉顶了一句：“那把侯姬也借给我们用一用吧！”

这话激怒了东王。韦昌辉明白，杨秀清一旦发怒将会多么可怕，东王府里，士兵动员，并放出话来要袭击北王府。韦昌辉心里清楚，这绝不是一般的恫吓。

“那家伙会发疯的，太危险了！”韦昌辉咬牙强忍着。

北王府派出急使，送上红鸾，东王府这才解除紧急状态。

“红鸾去了东王府，再也没有回到北王府。”谭七道。

“事情肯定还不会完！”新妹道。她在听谭七谈话时，不觉攥紧了拳头。

理文只想叹气，但他拼命忍住了。他心想：金田举兵时的激情哪儿去了？忘了根本，天国只是幻梦一场啊！

争夺女人，争夺物品，丝绸供不应求。

“主要是人手不够，昼夜开工，还是赶不上，需要更多的人。”

吴蔚堂对所有来定货的人都是这么说的。天王府、东王府、北王府和翼王府的定货，吴蔚堂都只能给一半或七成。

“可以大批增加人手。”东王这么一说，吴蔚堂立即给织营增加了大批人员。

“城卫对采购盘查太严！”

吴蔚堂向东王这么一诉苦，杨秀清立即通知城卫：“凡持盖有织营总制公章文书者，可自由出入城门。”

吴蔚堂原是清朝官商。官商的工作可以说就是笼络人。他可以随意摆布那些老奸巨猾的官吏，毫无免疫力和经验的太平天国领导人更是由他任意操纵。吴蔚堂虽是一介商人，却是个大大的野心家。若在平时，他的野心是当个大富豪，执企业界之牛耳，但现在机会来了，他的野心远不止于此。拥护清朝制度的人感到太平军占领南京是一种灾难，吴蔚堂想把灾难变为福祉。他认为这些家伙不会长久的。过去人们认为，凡军队都要杀人放火、奸淫掠夺，而太平天国的军队却丝毫没有这些恶习，在一般老百姓之间，早就流传着他们是个近于奇迹的圣人君子集团，所以悄悄地对他们寄予着希望。但是，吴蔚堂当上织营总制后，看到了太平天国背后的阴暗面，或者说，他只看阴暗面。

最高领导人们竞尚奢侈，像细菌般逐渐腐蚀了下级，王府里负责筹办物资的人，为从织营获得更多绸缎，甚至向织营总制吴蔚堂行贿。物资筹办工作做得好，相当于是负责人立了功，就可以得到提拔。工作好不好，跟其他王府一比较就可以明白，所以不仅是上层，连下级之间的竞争也十分激烈。这是一种充满物质欲望的竞争，掺杂着阴谋诡计。这一切，吴蔚堂一清二楚。太平天国自身腐败，且为清军所包围，所以吴蔚堂认为，这个政权寿命不会长久。

当一个政权即将崩溃，若有人能加速它的崩溃，那就立了大功。吴蔚堂暗怀野心，想在打倒太平天国上立下功勋。他从杨秀清那儿获得了可以自由用人的权限。只要他在文书上盖上总制大印，其他机关就再也不能插手干涉。

太平天国的原则是男女平等，这看似对妇女有利，但有时其实对妇女反而更苛刻，例如，女人必须和男人一起劳动。贵族妇女不习惯劳动，从事体力活儿简直要她们的命。

“让你们家的女子到织营劳动吧，这样就可以不必挑土、挖沟了。”吴蔚堂去了南京第一流的名门家中这样劝说，对那些家族而言，这当然是求之不得的事。

“要想让织营的人员录用放宽一些，得向东王府意思意思啊。”吴蔚堂点到为止。而事实上，大批金钱就这么落入了吴蔚堂的私囊。

“我这完全是助人啊。这是在走独木桥，我们彼此都要暂时忍耐。”吴蔚堂放低嗓门儿、意味深长地闭着一只眼睛道。等到太平天国垮台，他就可以说，他是冒着生命危险庇护了清廷的人。通过他的关系而被录用为织营职员、免除强制劳动的人，都跟清政府关系匪浅。

“你发了大财啦，也分点给我们穷光蛋吧。”

一天，有个人来找吴蔚堂，突然这么跟他说。

“啊，张先生！”吴蔚堂吃惊地睁大双眼。

这人名叫张继赓。他为抵抗太平军，曾指挥过团练。太平军占领南京后，他偷偷逃离了南京，现在又偷偷溜了回来。像他这样的人，一旦被太平天国发现，定会被处死。他是南京头面人物，吴蔚堂当然熟悉。他出身书香门第，好虚荣，爱修饰，喜欢与江湖人士交往。现在却是织营工人打扮，穿一身邋遢的衣服。这当然是有意为之。

“怎么样？你要告密吗？”张继赓道。

“说哪里话！我可是在等着张先生回来。”

“真的？”

“当然是真的。现在最需要像张先生这样的人了。”

“嗯，我打算做些事，只要有经费，可以干大事。”

“大事……我愿尽力协助。”

“怎么尽力？”

“不会比过去绸业公会给团练出的钱少。我愿协助。”

“是吗……”张继赓笑了起来。

在交谈过程中，他俩都感觉到彼此有着共同的思想。推翻太平天国可是大功一件，朝廷将会给多少奖赏啊！这是他们一致的看法。从此，吴蔚堂和张继赓之间的联系日益紧密。

“天王和东王在南京发生冲突，天王在暴乱中死了……”

上海一度流传着这样的谣言。尽管很快就被证实是谣言，但无风不起浪，这绝不是空穴来风。

风从何起？理文从谭七那儿听到了一些情况，心情很暗淡。

杨秀清从金田村时就有着要凌驾于洪秀全之上的野心。理文早就看得一清二楚。但是，在当时的情况下，从宗教创始人的神圣性来说，洪秀全占优势，杨秀清是想利用洪秀全的影响，扩大自己的势力，瞅准时机再来夺取领导权。占领南京时，实权基本上已落入杨秀清手中，剩下的只是最高职位的问题。实质上，杨秀清已具有这样的地位，但还不能公开登上宝座。

具有“天父下凡”、向人们传达耶和华旨意资格的，只有杨秀清。以前，太平天国用“天父下凡”来加强太平军团结，占领南京后，杨秀清想用这个武器来对付洪秀全。

事情开始时，似乎和女人问题纠缠在一起。洪秀全对待天王府中的女官态度大概有些问题，在男女平等原则上出现了矛盾。洪秀全把杨秀清父亲的妹妹杨长妹及石达开同族的石汀兰等上了年纪的妇女当用人使唤。但在这些妇女看来，洪秀全跟自己的侄儿同辈，这么可以把自己当用人使唤呢？

“我年纪大了，想歇歇了，可天王不许。他这人太顽固，我们一有什么想不到的地方，就会遭到训斥。”

杨秀清听了姑母的诉苦，心生一计，要整治一下天王。他的办法自然就是“天父下凡”。

历癸好三年（1853 年）十一月二十日，阳历十二月二十四日，即圣诞节的前一天。洪秀全跪在地上。

天父耶和华斥责他道：“对女官要宽大！”“要注意对幼主的教育！”

天父命令：“对其过错，罚杖四十！”

北王韦昌辉走上前去说道：“我愿代天王受杖！”

“不行！”——天父耶和华的话自杨秀清口中传出。

杨秀清觉察到现场的气氛，知道自己操之过急了。除了韦昌辉，想必还有许多人都愿意代天王受罚。他闹这一出“天父下凡”，本是为了降低天王的威信，但这样一来，说不定反而会加强人们对天王的皈依，且有损东王的权威。在场的几十名领导人无不为天王受难而难过，不消多时，他们就会流泪哭泣，若不能适可而止，必定会提高天王的威信。

因此，杨秀清不得不说：“今天格外开恩，日后务必谨慎。”

人们都为耶和华的宽恕而松了口气。杨秀清清晰地听到了气息声。这次事件的结果，杨秀清知道了洪秀全的威力，洪秀全也觉察到了杨秀清的攻击。

洪秀全下令让功臣家族的妇女休息，表面上事情告一段落，但领导人各个心知肚明，事情不会这样结束。

在这次事件后，杨秀清的弟弟杨辅清突然要求去安庆。西征军已从南京溯江而上，抵达安庆，指挥西征军的是翼王石达开。

好友问杨辅清：“你去安庆做什么吗？”

杨辅清朝四周瞅了瞅，回答道：“大难就要临头了！”他已痛切地感到哥哥的蛮横招致了强烈的反感。他担心受牵累，因而想离开南京。他选择投靠石达开，一是远离政治斗争的中心，二是他觉得石达开可以信赖。

“在天京简直叫人窒息，就让我待在这儿吧。”杨辅清在石达开面前深深低下了头。

“真的这么糟吗？”石达开在仔细琢磨着他跑来避难意味着什么。他极力抑制着，仍不禁流露出叹息之声。

连理文从谭七那儿听到南京的情况，向父亲报告后，问道：“我们能做些什么？”

“很难啊！依靠翼王的力量，也许还有办法能防止悲惨结局。不过，这个人进了南京之后，好像也变了。”连维材抱着胳膊答道。

“要船！没有船，什么也干不了。要打仗，首先得有船。”曾国藩在湘潭和衡州设立造船厂，昼夜不停地造船。

湖北、湖南的船全都被太平军拿走了。可以说，由于这支船队，太平军才打下南京。北京派来的急使所带的命令，只是一味督促他赶快上阵。太平天国的北伐军已到达天津，李开芳、林凤祥等人所率领的太平军破了代替讷尔经额任钦差大臣的胜保的清军，杀了天津知县谢子澄，北京受到震撼，富豪们纷纷开始逃难。

西征军从安庆又往西进军，在田家镇、半壁山打败了江忠源，占领了汉口和汉阳，知府俞舜卿和知县刘鸿庚等战死。

在长江对岸的武昌城内，湖广总督吴文熔和湖北巡抚崇纶，在强敌兵临城下的情况下仍争吵不休。崇纶建议在城外建立基地，防御敌人。所谓到城外去，就是要弃城。过去有无数的清朝大官儿，就是借此机会逃跑的。总督早就看穿了巡抚的用心。

“我们要与城共存亡！”吴文熔将一把利刃扎在桌子上，厉声道，“城亡我们亡，城在我们在！我已做出决定，再有人说要出城，先让他尝尝这利刃！”崇纶一再抵制吴文熔的主张，认为只是闭城不出算不上是作战，现在他被吴文熔的强硬态度压了下去，但内心非常不满。吴文熔确有自以为是的一面，尽管说现在是战争时期，但拿着利刃，强制通过自己的意见，这态度恐怕还是不正确的。不过，若不这么做，武昌城只怕会轻易落入太平军手中。

不知什么原因，太平军解除了对武昌的包围，退出了已占领的汉口和汉阳，退到黄州。据说这是“为了等待援军”。若在武汉三镇等待援军，大概要为伸展得过长的补给线担心吧。不过，武昌清军首脑若弃城逃跑，太平军就会增添信心，也许会继续驻扎在那里。

“我们坚守了武昌，贼军害怕，所以后退了。”吴文熔这么认为。

而崇纶却态度强硬：“因为我们缩在城内不出来，失去了歼敌的机会。贼势已衰，到城外迎击，就可以把贼军击溃，可是我们没有这么做。”他本想逃跑，因为太平军撤退了，所以才说这样的大话。他不光是这么说，还写了奏文，说什么“一味坐守，失去歼敌良机”呈报到北京朝廷。吴文熔由云贵总督调任到此。他曾慨叹国军士气不振，多次弹劾满族武官无能。崇纶这次弹劾他，完全是一种报复。

北京命令他们立即追击。北京不了解战局，北伐军怒涛似的逼近北京，朝廷早已惊慌失措，他们首先考虑的是想利用南方战局来牵制北伐军。说得极端点，他们希望南方仗打得激烈些，不管输赢。

“我们正在全力建造兵船，很快就会组成水军。在水军建成前作战，显然不利。不能只看当前战局，要有长远眼光。”

曾国藩向北京送去报告，但北京只考虑当前的战局。江忠源因此丧命。

江忠源率楚勇（湖南志愿军）向东而来。太平军退出汉口、汉阳是咸丰三年（1853 年）十月六日（阳历十一月六日），这之后不久，江忠源就进入武汉三镇，这就构成了“援救来迟”的罪名。

满族大官儿对汉族实权人物十分嫉妒。江忠源不过一介书生，一年内竟由知县升为巡抚。这种提升在清朝历史上恐怕没有先例。江忠源在朝中没有实力靠山，是蓑衣渡大捷，给江忠源带来史无前例的提升。可是，奇怪的是，按当时常识看，依靠关系的提升可以不遭异议，依靠实力提升反会被人猜忌。

江忠源刚刚作为李嘉端的后任，被任命为安徽巡抚，但他因对武汉援救迟缓而受到“降级留任”的处分。当江忠源率领两千士兵，正要从汉口出发时，崇纶却跑来向他提要求：“武昌兵少，把你的兵留一半在这儿吧。”

“您说一半，是一千吗？”

“楚勇只有两千人吗？”

“是的，这两千人还是我苦心征集来的。”

“那就只好请你借给我一千兵了。”崇纶蛮不讲理。

江忠源仰首望着天空，心想：不管怎么说，都是为了打发贼！于是他点了点头。他希望尽快打仗，若在此拒绝崇纶的要求，就要拖延几天再出发。他的打算是，把一千兵留在武汉，再派弟弟江忠义去湖南，继续募兵来补充。

江忠源从汉口出发，到六安州时生病了，因此做了短暂的停留。进入临时省会庐州，是在十一月十日（阳历十二月十日）以后。安徽省的省会本来是在安庆，但那里被石达开的太平军占领了。

南京的天父下凡事件，是在江忠源进入庐州后发生的。这时，太平军已从扬州撤出，清朝钦差大臣琦善进入空城扬州。湖广总督吴文熔已进军黄州，崇纶向朝廷弹劾了他，他不得不出击。

“起码要等到水军组成。”曾国藩给吴文熔捎话。

但是，情势已不允许推延出击。吴文熔进军黄州是咸丰三年十二月九日，三天后，江忠源带病进入庐州。他们都意识到结果只有一死，因此这么做无异于自杀。

江忠源把一半兵力留在六安，也许是因为六安是要地，也许他是有意要保存楚勇。进入庐州府后，他绝望了，那里对太平军毫无防备。庐州知府胡元炜身材肥胖，似乎连走路都困难。江忠源因病而变得脾气暴躁，连胡元炜的肥胖也使得他很不高兴。

“无兵又无粮，这个城这么瘦，知府却这么胖，你是怎么长的这一身肥肉啊？”江忠源平常很幽默，但他对胡元炜说的这些话显然不是幽默。他的眼里流露出怒气。身体健康时，也许他还能努力忍住。此刻，他却已没气力来掩饰自己内心的感情了。

江忠源尖刻的话深深刺进了胡元炜的心里。刚当上巡抚，就这般盛气凌人！胡元炜心里恼火，暗暗咒骂，表面上却不动声色。他当知府有几年了，而在一年前，江忠源还是个无官职的书生，两人等级差得远呢。

“不过是个靠战争发迹的家伙！”要是过去，胡元炜根本不把江忠源放在眼里，但现在却被人家劈头盖脸地训斥，心里自然懊恼气愤。

江忠源又突然检查了乡勇。一个姓刘的家伙说是指挥五百兵，账簿上也分明写着支给他五百人的粮饷，可是一点人数，却只有一百五十人。

“斩！这种违法行为必须处死！”江忠源病后，嗓门儿变得特别尖。

布政使刘裕珍大吃一惊，他赶忙劝解：“斩刑暂时推迟吧，贼军快要打来了！”

“正因贼军马上就要来，必须要严厉惩罚。”

“把他处死，乡勇就不会听从命令，仗就无法打了。”刘裕珍拼命地哀求。

“仗无法打！”江忠源还想说，“仗早就无法打！”但他把下面的话咽进了肚子。温厚的刘裕珍也是怠慢战备的负责人之一。江忠源看了看他的脸，放弃了处死刘姓乡勇的念头。

事态已无法收拾，江忠源到达的第二天，庐州就进入战争状态，但不是跟太平军打。江忠源带来的湖南兵遭到当地乡勇的袭击，湖南兵又对乡勇进行了反击。城内居民于是家家关门闭户。

进攻庐州的太平军由护天侯胡以晃、曾天养、曾锦谦这些将军指挥，据清文献记载，其兵力为十万，这个数字可能有点夸大，实际上是三五万人。江忠源过度劳累，一直发着高烧，任何药都吃不下去。除了肉体上的疾病，精神上，他已处于躁郁状态。他挖苦讽刺胡元炜，大骂乡勇负责人，在别人看来，都是病态的发作。他取消了刘某死刑，改为监禁，但这事仍旧触怒了安徽乡勇，他们袭击了楚勇。

胡元炜遭到辱骂，心中也暗暗有了打算。满人入关已两百多年，该到改朝换代的时候了。中国的下一个主人若是太平天国，那恐怕还是早点跳槽为好，这样还可立下一功。于是，他决定献城投降。没有比这更大的礼了。他盘算着，最好是在打得不可开交的时候开城迎接，若等到被打败后再投降，就算不得什么功劳了。

挨骂那天夜里，胡元炜派心腹去城外同太平军接触，表示愿做内应。有内应在城内迎接敌人，城内又发生了激烈内讧，政府军失败是必然的。

即使没有内应或内讧，庐州迟早也会失陷。而江忠源的狂躁加快了庐州的失陷。

太平军中的土营主要是矿工组成的，他们用地雷破坏了城门。十二月十六日，庐州城西门城墙崩开一个大豁口，太平军蜂拥而入。有胡元炜做内应，太平军知道哪里会继续抵抗，哪里会投降，战事很顺利。

当然，庐州并非孤立无援的，陕甘总督舒兴阿率兵一万五千，驻扎在庐州城外冈子集。江南提督和春也从徐州赶来援救。另外，在北京担任给事中的袁甲三，当时在安徽北部视察和监督团练，他也奉命援救庐州。袁甲三无子，过继同族袁保庆为养子，袁保庆亦无子，把侄儿袁世凯作为养子，袁甲三是袁世凯的祖父。

清援军都到了，但太平军兵力超过了援军。庐州失陷了。那一天雾很浓。

江忠源意识到末日来临，想用事先准备好的短刀自刎，但因病力衰，没有死成。

“这是干什么呀！我们还要准备东山再起啊！”一个楚勇从江忠源手中夺下短刀，背起浑身是血的江忠源拔腿就跑。这个楚勇年轻力壮，头也不回地往前奔跑。

“逃不掉了！”江忠源在年轻人背上大声喊叫，但年轻人好像根本就没有听到。他知道他们是在朝金斗门跑。他在想如何从年轻人背上挣脱下来。他想起了前面有个池塘，好像叫关潭。靠近池塘时，他猛地在年轻人的脖梗子上咬了一口。

“啊哟！”

年轻人惊呼了一声，手臂一松，江忠源趁势跳了下来，使出最后的力气跑向关潭。这个池塘以水深而闻名。江忠源跃身跳入池塘，享年四十二岁。

布政使刘裕珍、仍留在安徽的前任布政使李本仁，以及候补知府陈源兖都死了，知县邹汉勋、胡子雝及副将松安、戴文兰等庐州首脑也全部战死，但殉职者名单中没有知府胡元炜。

庐州虽是府城，但实质上是省城。

从太平天国方面来说，已获悉北伐军战斗十分艰苦，需要建立一个支援北伐军的基地。太平军攻打庐州的将军是秋官又正丞相曾天养。他在攻占庐州后，返回黄州。当人们以为他仍留在某地时，他已出现在很远的地方了，因此，人们给曾天养起了“飞将军”的别名。他在出现于庐州之前，人们都知道他在江西攻下了景德镇。一说飞将军，人们会联想，他应是个英姿飒爽的年轻武将。其实曾天养在金田起义时已五十多岁，他在太平军中可称得上是老将。

黄州太平军总指挥是从武汉撤下来的石贞祥。他有一个威武庄严的头衔，叫“国宗提督军务”。他下面有韦俊、韦以德、石凤魁、石镇仑、黄再兴、林绍璋等干将，另外再加上飞将军曾天养，军队总数号称四万。

吴文熔因受崇纶弹劾，无法待在武昌，于阳历元旦进入堵城。堵城离黄州十公里，因地方狭小，无法容纳七千兵，吴文熔的军队不得不大部分野营。

曾国藩曾多次上书朝廷，建议在水军组成前，应延缓发起军事行动，在积蓄力量后，再给予一击，当然会很有力量。但朝廷根本没人能理解。

六十二岁的吴文熔只好冒严寒出阵。堵城十三座兵营看起来好像埋在雪里，有人就这样被冻死了。吴文熔意识到自己是难逃一死了。过去各种场面一幕一幕出现在他脑子里。他抬头仰望布满飞雪的天空，回顾了自己的一生。他回想起嘉庆二十四年（1819 年）中进士时那光荣的日子，道光十八年（1838 年）担任会试副考官考选天下英才的日子，曾国藩就是这一年中的进士。

“我来这世上走一遭，可为他人做过好事？难道过的只是空虚的官僚生活吗？”“对，我还是为琉球出过力的。”他当闽浙总督时，琉球中山尚育要求把以前每四年朝贡一次改为隔年朝贡，其理由之一是琉球缺乏药品，依靠朝贡获得清朝廷的赏赐，四年才补充一次药品不够用。事关人命，吴文熔热心地向朝廷做工作，隔年朝贡终于获得批准。另外，选拔四名琉球英才到北京国子监留学，这也是在他当闽浙总督时实现的。

“贼人不知何时包围了堵城，看来是从远处围上的，正在缩小包围圈。”幕僚把吴文熔从回忆中拉回到现实。

幕僚惊慌失措，吴文熔却从容不迫。他意识到死亡终于来了，只是不知道会怎样死去呢。

“下着雪，营外池塘还没有结冰吧？”吴文熔道，弄得幕僚一脸茫然。

四万太平军包围了七千清兵。吴文熔在乱军中投身营外水池自杀了。这是好几个人亲眼看到的，并且这样报告到了武昌，而武昌的崇纶却向北京朝廷报告道："堵城国军中贼计溃灭，总督吴文熔下落不明。"石贞祥和曾天养等人所率领的太平军，在堵城消灭清军后，又占领了汉口和汉阳。

曾国藩终于行动了。水军已经组成，由于太匆忙，勉强只形成一个骨架，曾国藩对这支水军还很不满意。大致规模如下：

快蟹（快船）四十只

长龙船（大船）五十只

舢板船一百五十只

改造船（由民船改造成的兵船）一百二十只

辎重船（雇用的民船）一百余只

募集水勇五千余人，分为十营

陆军五千余人

湘军就这样诞生了，近代中国军阀也是从这个时候开始形成的。

据说，汉口、汉阳第三次失陷后的第九天，曾国藩曾下令湘军出动，由此拉开了太平军与湘军的决斗的序幕。

汉口和汉阳失陷后，武昌困守了半年，最后也失陷了。失陷的前一天，崇纶为了逃跑，声称自己"已被解职，召回北京"，事实上北京并没有发出这样的命令。

后来曾国藩给北京朝廷呈递了一份严厉的奏文，斥责崇纶"污人大节，始终妒害，诚不知其是何肚肠"、"不唯生前排挤，更复死后中伤"。

崇纶跑到陕西后生病了。在病床上，他听说了吴文熔"临阵捐躯，不亏大节"，入祀于京师的昭忠祠，也知道朝廷要抓自己。看来自己是难逃一死了。不过在押送北京之前，他病死在了陕西。

北伐的胜利与困境

长毛贼已靠近天津，北京自然惶惶不安。

太平天国北伐军势如破竹，从扬州出发，一个多月就抵达黄河岸边了。不过到达黄河后，北伐军浪费了不少宝贵的时间。清朝急忙撤走了黄河中的船只，北伐军无法渡河。当时的黄河河道和现在不一样，黄河是从商丘旁流过的，北伐军最初打算将这里作为渡河地点，但因为没有船，只好不断向西移动寻找渡口。途中，北伐军攻打了开封城。

开封曾是北宋国都，属于要害之地，但北伐军攻打这里，实在多此一举。河南布政使沈兆法和按察使林扬祖等人死守开封，北伐军攻打不下，只好撤围西进，过了郑州，在洛阳巩县附近才找到船只成功渡河。由于船少，两万大军光渡河就花了一个星期。

北伐军首脑定胡侯李开芳、靖胡候林凤祥、平胡侯吉文元及检点朱锡琨等人渡河后，包围了怀庆府（即今沁阳）六十天，但未能攻陷，白白耽搁时间。不过，北伐军起初并没有想到，两个月未能攻陷这座小城。怀庆府是清朝军需工业中心，负责制造火药、火枪，北伐军要打是情理之中的，清军死守也是必然的。

北伐军本当以疾风迅雷之势长驱直进北京，途中花的时间越多，给清军准备的时间就越多。阴历八月过后，北伐军放弃了怀庆，进入山西，小刀会恰在这时占领了上海。

北伐军很快从山西进入直隶，来到皇城跟前。这时已是深秋。北伐军连克柏乡、赵州、栾城、槁城、晋州、深州。深州距北京不过二百二十公里。

直隶总督讷尔经额被革职查办，由桂良接任。自鸦片战争时总督琦善调任广东后，讷尔经额接任此职位已有十四年。他被判死刑，后以其平时尚属勤奋，特免死刑，令其服军役，两年后释放。

直隶总督是最重要的官职，不仅管辖直隶，还管辖邻近的山东、山西和河南。曾国藩、李鸿章等都担任过直隶总督，他们实质上都是宰相。

九月九日，清朝终于任命皇族惠亲王绵愉（咸丰帝叔父）为大将军，同时任命蒙古王族僧格林沁为参赞大臣，加上已被任为钦差大臣的胜保。此三人成为抵抗太平军的最高负责人。

恭亲王奕䜣被派去监督防御工作。恭亲王是咸丰帝之弟。咸丰帝在八个兄弟中排行第四，但三个哥哥已去世，四个弟弟与他从小一起生活，其中跟他最亲近的，便是六弟恭亲王。

皇帝的左膀右臂亲自御敌，可见形势之严峻。听到恭亲王出马的消息，北京的百姓更加惶恐不安。

当时，直隶总督驻地在省会保定，胜宝是九月十一日进入保定的，参赞大臣僧格林沁则进军北京与保定正中间的涿州。

太平天国北伐军一部已进驻保定南三十公里的张登。

僧格林沁在涿州设下大营，涿州是北京的屏障，他不能让贼军从这里向北跨进一步。四千御林军是涿州大营的骨干力量。北京毕竟是国都，健锐营、火器营、左右两翼前锋营及巡捕营等所谓的御林军乃是清军中最精锐的部队。另外，蒙古东三盟派出的骑兵正在陆续南下，另有两千蒙古骑兵已经入营。僧格林沁是蒙古王族，是以蒙军士气极高。加上营中原有的一万部队，现在涿州大营已有一万六千兵马。这跟太平军过去所接触的清军不同。广西、湖南、湖北等地离北京远，吃了败仗还可以打个假报告蒙混一下，比如将“败退”说成“转移”。在直隶作战，可不能有半点蒙混的念头。

僧格林沁被任命为参赞大臣时，咸丰帝赐了他一把宝刀——纳库尼素光刀。皇帝要他用这把宝刀杀贼，事后再归还朝廷，所以严格地说，这不是赏，而是借。

“这就是吗？”连承文目不转睛，望着桌上的宝刀。

“是真的吗？”承文的妻子彩兰也在一旁瞅着。

“是真的。那蒙古将军得要造一把假的了……”西玲笑道。

连维材去了上海，但西玲一直在北京。连维材的二儿子连承文夫妇也来了北京。西玲借口等承文夫妇回南方时，跟他们一块儿走，硬是留了下来。不过她对承文却说：“在北京能跟桂平那些人再次见面，那该多好啊！”

西玲了解太平天国初期的情况，跟他们也熟识。这些人现已北上，正朝北京打来，西玲想象着在北京跟他们见面的场面，心里十分激动。她希望太平天国北伐成功，但自己能为北伐军做的事似乎不多。

“尽量把北京的情况准确迅速地报告给北伐军吧。”

“不行！这太危险了！”承文极力劝阻。他知道西玲对父亲的重要性，清政府现在已下了决一死战的决心，凡涉及太平天国的事，必然毫不留情。

“我知道。”西玲并不害怕。对她而言，默默无闻还不如一死。

“太平军会自己收集情报，你这么做，无异于多此一举，不要做了。”

“我要做的是太平军做不了的事。”西玲道。

她所说的事，就是从参赞大臣那里盗出了御赐宝刀。承文不知道她是如何做到的，虽然他有些猜测，但他不想打听。反正，盗刀是豁出性命的事。

刀的护手是黄金打造的，刀柄是白玉的，镶着红宝石，柄头上则有一圈蓝宝石，刀鞘黑漆，上嵌玳瑁和子安贝，组成阿拉伯文字。

“刀柄上刻有‘乾隆年制’字样，其实是西域回回的贡刀。”西玲解释道。

西域各国朝贡时，常以宝刀为贡品，乾隆时特别多，尤其尼泊尔国，每次进贡，必献宝刀。故当时宝刀上要刻“乾隆年制”文样。

“看来很锋利啊！”西玲漫不经心地拿起宝刀，手放在柄上，拔出刀身。

“啊！”承文惊叹。

刀身刻的花纹精致漂亮，纹路里填充着黄金。

“承文，你可知道我为何要盗这刀吗？”西玲问。

“想过。”承文老实回答。

西玲从小看着他长大，对他来说，西玲有种奇异的威严。

“拿来开开心，就这样。”西玲道。

盗刀肯定要花很多钱，这是要命的活儿。

“参赞大臣一定很恐慌吧？”

丢失了御赐宝刀，要用性命偿还，僧格林沁也许会因此更加拼命作战，这反而对太平天国不利。想到这些，承文不免担心起来。但西玲是不会顾忌自己的行为会产生什么后果的。

“是呀，真痛快！他在马上耀武扬威，心里其实担心得不得来呢！……”

“西玲，这下你舒心了，跟我们一起回南方吧？上海也是个有趣的地方呢……”承文劝道。

“是呀……”西玲看了一会儿宝刀，“北京已经让我觉得无聊了。”

听到太平军北上的消息，官吏、财主纷纷外逃。“长毛见官就杀”的流言在北京城传遍了，说太平军不分官职，当官的都杀，于是连衙门里看门的也都去逃难了。大官们自己不能逃，就先把家属安置在城外，太平军一来，自己随时可以逃走。北京有三万户人家迁到了城外，就说北城，原来有一万八千户人家，太平军入直隶后，一万户迁出去了。

北京城瞬间就萧条起来了。跟西玲往来的人逐渐减少，她确实觉得无聊了。

刀进鞘，她微微叹了口气。“这刀的名字嘛……”她把刀放回到桌上，然后道，“是西域话，据说纳库是‘好’的意思，尼素是‘征兆’的意思，就是说，这是‘吉兆之刀’。只是不知道对谁是吉兆呢！”

太平军围攻怀庆，一方面为清政府争取了准备时间，一方面为自己招来了“冬将军”。太平军是进入直隶后才注意到这个问题的，因此，他们不再重视占领土地，能攻就攻，抵抗激烈的就绕城而过。但“冬将军”已迅速朝直隶平原奔来。北伐军多是广西、湖南、湖北等地的人，少数是江苏人和安徽人，无法适应严寒，也不懂得御寒的方法。北伐的命令是阴历三月初发出的，领导们听说直隶冬天酷寒，因此训令：“在冬天到来前完成作战！”但还是晚了。

清军以涿州为中心，构筑了坚固的大营。北伐军很清楚，要突破这座大营，极其困难。背靠永定河，在涿县至固安县这条战线上，清军兵力不断在增强。清军也不只是坚守，胜保和将军绵洵、桂龄、善禄及都统西凌阿等人，分四路进攻深县的太平军，清军进攻之猛烈，太平军前所未见。

“用老皇历看日子，可要吃大亏啊！”李开芳在领导人会议上多次叮嘱北伐军军官。

“这感觉跟以前完全不同。”军官们已感觉到对手的强大。

“从正面进攻，看来有些困难。”林凤祥也觉得要强行突破永定河防线是不可能的。

“咱们转到东边去吧。”吉文元道。

“打天津？要在冬天来之前攻下北京很困难，若是打天津也许……”李开芳有点胆怯。北伐军转向东边，形式上好像是被赶出了深县。他们随后占领了献县和交河县。

“咱们吃了苦头，也得叫他们吃点苦头！”

李开芳占领交河县，当场杀了知县孔庆锺。两天后，攻陷沧州，杀了知州沈如潮。九月二十七日，北伐军从沧州北上，抵达静海县。天津已在眼前，但时间已是阳历十月二十九日。李开芳继续北上，进军到独流和杨柳青。杨柳青镇小，以复制版画和字画而闻名。北伐军想在冬天到来前占领天津。

清军死守天津，不断向独流发起进攻，十一月十二日，清军占优势，但在二十三日，太平军大胜。蒙古副都统佟鉴和天津知县谢子澄被杀。正当在天津附近展开这场血战时，天京发生了“天父下凡”事件，也即内讧的萌芽。

咸丰四年（1854 年）新年伊始，清军向天津附近的太平军不断发起进攻。

“有一个比蒙古骑兵还不好对付的敌人，跟他较量，任何猛将勇兵都如婴儿一般。”李开芳咬牙切齿。那不好对付的敌人，当然指严寒。若打进天津，还可以给将士们带来一些温暖。可是，清朝最强大的军队就在前面，他们来自蒙古，年轻力壮，惯于寒冷。

寒冷使士气低落，林凤祥束手无策。冻死的人一天天增多。将领们焦躁不安。若没有这寒冷，便可进入天津，还可乘势攻下北京。

“问题在那场大水。若没有那场大水……真倒霉！”吉文元很少发牢骚，此时竟也感到懊恼。从沧州北上，本是一口气突破天津的好机会，但当时天津河流泛滥。

“不要说这些了！”李开芳皱着眉头斥责吉文元，“这对眼前问题的解决毫无作用。”

向南撤退？为摆脱严寒，只能这么做。

“可是，长此下去会全军覆没的啊！”李开芳最后决定放弃阵地南下。

一月八日（阳历二月五日），北伐军开始从静海县向西南方移动。

直隶平原的雪愈来愈大。

“多少士兵倒在路旁，埋在雪地里！”离开静海县时，李开芳双手抱着脑袋，低声自言自语。

在北伐军开始南撤的前两天，天京派援军北上。黄生才、陈世保、许宗扬、黄益芸、曾立昌等人被任命为北上援军指挥官。北伐军南下，清军在后面追击，太平军冻死的人比战死的要多得多。二月十一日，李开芳等人进入直隶南部与山东交界的阜城，在这里一面反击，一面等待援军，条件非常艰苦。

“信上说，承文夫妇要带西玲一块儿来上海。”连维材叠好看完的信。

“走什么路？”理文问。

“说是坐船来。”

“那就可以放心了。”

“说是白河里的冰一化就上船。”

“西玲喜欢看热闹，陆路没什么可看的，这才觉得走水路的吧？”

“是承文夫妇苦口劝说的结果吧。”

“三哥还没有详细的报告来吧？”

“嗯，我正等着呢。现在他不在琉球，应该在鹿儿岛。弄到江户的消息有那么难吗？”

“岛津在濑户内海各地都备了快船，已经采取措施，以尽快获得江户的消息了。”

“想来是哲文不擅长吧？”

“我给他介绍了琉球馆一个青年，叫大久保，此人消息很灵通的，到底是怎么回事呢？”

“大概是只顾着画画了吧。”连维材苦笑。

哲文先前来信报告说，去年六月，佩里率美国舰队停泊在浦贺，呈递了菲尔摩亚总统的国书，同意日本一年后再做答复。之后，佩里经琉球去了香港。今年正月，佩里再次去了日本，目的自然是要日本的答复。连维材十分关注日本会怎样来解决这个问题。拖延是行不通的。连维材推测，日本不得不签订亲善条约，不过他想知道的是条约的内容。

“据说正月十六日已到达神奈川海面，该是签订条约的时候了，可是……”连维材道。

“大概是幕府不打算公布吧。”

“可岛津是重臣，他应当知道条约的内容呀。”

“也许三哥已经知道了，也写了信，但是信还没到。”

“今天已是三月七号了。”

连维材说这话有两个意思：一是佩里到达神奈川海面已有五十来天了；二是英国领事俄尔科克要求清军撤掉紧挨着租界的基地，最后通牒上的时间就是这天下午四点。

这天是阳历四月四日。明天是清明节，漫长的冬天过去了，好不容易到了春意盎然的季节。清明要扫墓，长期闭门不出的人，在这春光明媚的日子可以稍微出出远门了。这是个令人放松的日子，但今年由于战乱，人们感觉不到放松。即使想到郊外去，但驻扎在郊外的两万清军还在攻打上海。这些清军常跑进租界，以致英国领事俄尔科克提出了强烈的抗议。

清军进入租界，自然有其理由。他们认为：“这里是大清帝国的领土，军队进入自己国家的领土有什么不对？”上海城现在已被小刀会占领，清军必须夺回来，磨磨蹭蹭不采取行动，朝廷就会给他们定“死罪”。这可不是一般的吓唬。清军军官焦躁不安。

没有合适的买卖可做，租界里的人就靠给困守城中的小刀会提供物资来维持生活。因此，造反组织得到了源源不断的物资补给。英国商人甚至把武器和弹药卖给小刀会，他们表面“严守中立”，但买卖是另一回事。

上海城原本有三十万居民，被小刀会占领后，居民不断外逃，目前只剩几万人了。小刀会兵力不足，于是征用居民，这又迫使更多的人外逃。据说，城里的小刀会只有数千人，而清军有两万，之所以夺不回上海，清军的首脑认为，就是因为租界的存在。

“武器、弹药为什么只卖给叛徒（小刀会），不卖给官军？这算哪门子中立！”法国向英美两国提出抗议。

“物资买卖不过是纯粹的商业行为。”这是对批评的回答。

清军也通过官商来购买军需品，但在价格上谈不拢。官商往往借着官府的威风狠狠杀价，但这一套在洋人中行不通，因而买卖常常做不成。据说，清军曾经想通过官商购买租界里库存的大炮，但是没谈成，于是官商借用了清军士兵，想趁黑夜强行把大炮运出来，结果被租界里的志愿兵打退了。那次事件后，清军就常从紧挨着租界的基地闯进租界去。对洋人来说，这实在很讨厌。

由于清军基地与租界的赛马场挨着，清军进行射击训练时，故意对着赛马场。于是又发生了一件事：一对英国夫妇坐着轿子从赛马场附近经过时，遭到了清兵的袭击，清兵拿扎枪捅向轿子，妻子跑了，丈夫受伤了。俄尔科克领事终于忍无可忍，发出了最后通牒。

“基地会转移到别处去吗？”连维材一大早就在观察，但清军基地没有任何动静。“今天没事不要外出，中流弹可就不值了。”他又说。

这时，维多商会的一个中国仆役走进来：“谭七先生来了。”

谭七曾回到天京，不久又再次潜入了上海。

“张继赓抓住了，吴蔚堂逃跑了，破坏咱们大业的家伙没有好下场。听说采购丝绸的工作以后由工人来做。”谭七带来了天京的消息。

太平天国占领南京后，对居民实行严格的控制，不问男女都被强制要求劳动，这种做法确实不得人心。最不满的当然是那些素来不劳动的阶层。

由于杨秀清的特别指示，吴蔚堂获得了特权，只要持有盖着织造总制公章的文书，就自由进出南京城门，而且在织营里挂个名，就可以帮助别人免去强制劳动。当然，吴蔚堂要收取相当可观的手续费。

不少在清朝统治时期过惯了优越生活的人，自然都把吴蔚堂当作靠山。他们常朝四周一瞅，然后骂上一句“广西的乡巴佬”，尽说太平天国的坏话。他们似乎以为，所有的南京人都憎恨这个造出地狱般惨状的太平天国。但事实上，占南京居民绝大多数的、难以糊口的贫民，在太平天国到来后有工作，生活也得到了保证，境遇比以前好多了。但在吴蔚堂等人眼中，这些人不能算是人。

吴蔚堂和张继赓行动非常大胆，也不够谨慎周密。

“利用总制大印出去的人好像不少啊！”

城卫把这个问题报告给了卫天侯黄玉。黄玉暗地里进行了调查。

张继赓的工作是向城里派送谍报人员，为清军做内应，但他太没有警惕性，很快就被太平天国当局跟踪，并被一网打尽。而吴蔚堂根据自己敏锐的商人嗅觉，迅速逃之夭夭了。

“已处决了吧？”连维材问道。

“我离开天京时还没有。不过现在也许杀了，肚子里的东西全吐出来后，留下来也没什么用了。”

“你这次来不是为了采购丝绸吧？”

“您什么都看得这么清楚……嗯，是这样的，吴蔚堂好像到了上海。”

“找到他就杀掉吗？”

“不，先观察他的行动。让他自由活动，借以了解反对势力的动向。”

“哦……这么说，已经找到了？”

“您老简直是千里眼呀！找到了，在清军大营里。最近偷盗大炮这件事上，他可是相当活跃。”

“哦，是吗……参加了那一伙儿呀。叫他们这么一弄，今天可能要出大乱子！”连维材道。

“另外，好像还在对清军进行种种煽动。”

“吉尔杭阿领导能力不足，情况愈来愈不妙了。”连维材摇了摇头。

吉尔杭阿是江苏按察使，上海道员吴健章的上司，拥有对军队的指挥权。和租界赛马场挨着的清军基地也叫北营，司令官是总兵虎嵩林，他对自己品质恶劣的部下也无可奈何。之前要搬走英商的大炮，是报复商业谈判的破裂，最终目的还是为了增强清军的实例。而有些清兵居然想从英国人波曼建造住宅的现场拿走木材来卖，这纯粹是偷盗行为！两名清兵被波曼开枪打伤了，还有几名清兵则被租界里的外国志愿兵抓住了。

外国志愿兵是一年前的四月十二日（阳历）组织的，参加志愿兵的是英、美、法三个条约国。不过，法国人没有参加为反对清军北营而组织起来的志愿队。法国有自己的租界，但这租界太小，他们一直希望能扩大，要谈判自然还是得找清政府。

“现在要讨好一下清朝！”法国这样想。

小刀会在上海与清军作战时，法国也明显偏袒清军。小刀会说自己与太平天国是一道的，而法国一开始就对太平天国没有好感。太平军不仅破坏佛教寺院、道观和孔子庙里的偶像，也破坏天主教堂里的基督像、玛利亚像。法国是天主教国家，自然对太平军怀有敌意。

“太平天国若成为中国的主人，天主教在中国便不会有前途。”因此，法国希望太平天国失败，而组织志愿队打击清军，对小刀会有利，也就是对小刀会背后的太平天国有利，所以法国没有参与。并且，它开始考虑如何援助清军。

“吴蔚堂从天京逃出后，现待在上海法国租界里，经常出入于清军阵地。”谭七道。

“怪不得清军这么胆大妄为！”

根据连维材的判断，吴蔚堂一定会向清军首脑们报告说，洋人方面并不是一致来对付清军的，起码法国是反对这样做的。清军首脑们则会认为，既然如此，那就不必强行制止清兵侵入租界了。要是能在租界建立基地，就能把上海夺回来了。

“就让生米煮成熟饭，不必顾虑太多。”吴蔚堂极力想在上海挽回他在南京的失败。

“这样行吗？”吉尔杭阿虽有些犹豫，但也没有采取强有力的措施来制止部下侵入租界。他是想借着这些小规模的侵入，观察对方的反应。

结果，英国领事提出了抗议，并且下了最后通牒。

“外国志愿兵只有几百人，我们有上万人，有什么可怕的呀！”吴蔚堂不断地劝说。

“而且，法国并没有参加！”吉尔杭阿仍抱着胳膊，扔有点犹豫。

“北营在租界外，移不移动，那是我们的事。洋人一威胁，我们就收起营盘逃跑，这恐怕会遭到朝廷的责难。”

“确实如此……说是今天下午四点……罢了，不理它。”

清军的北营始终没有动静。

上海城中的小刀会对城外的情况也一清二楚。骨干们不仅派人去收集消息，自己也常出去亲自视察，就连刘丽川这样的高级领导，也不止一次地乔装打扮出城去。租界里英美两国同清军的争执，还有最后通牒等事，城里都知道。

“这不单纯是威胁，红毛们可是说干就干的。拿买卖来说，他们也有严格的章程。一旦订了合同，就一定要履行。肯定要发生冲突，满军大概错看了对手，不会撤退的。”刘丽川曾和英国人做过生意，他预言外国志愿队同清军一定会发生冲突。潜伏在清军中的谍报人员也送来消息，说清军不理洋人的要求，没有移动军营。

“他们若发生冲突，我们该怎么办？”小刀会内部就这个问题展开了讨论，结论当然是“出击打清军”。这本是没必要讨论的问题，会议之所以变得拖沓冗长，是因为在由谁指挥的问题上发生了分歧。

前面已说过，从占领上海城开始，小刀会内部的广东派和福建派的对立就表面化了，一旦分裂，两败俱伤。

“大家看谁合适？”刘丽川左右为难。

从人数上说，广东派居多，但他自己也是广东派，为了避嫌反而不好开口。但若是让福建派指挥，广东派又会对他施加压力。

会上，周立春的女儿周秀英不时发言，但最初并未引起重视。刘丽川却说了一句话：“我们确实还欠着一个人情。”

周立春领导了上海近郊青浦地方的抗粮运动。他占领了嘉定县，与小刀会起义相呼应，但小刀会由于准备不足，晚了两天才起义。这导致周立春的农民军在这两天里吃了大亏，刘丽川所说的“欠人情”就是指这件事。

周立春因闽粤之争没有进城，就派了女儿秀英来当观察员。秀英胆子大，也很能干。周立春偶尔到上海城里露个面，大概是来给女儿出主意的。

“闽粤两派互不相让，不如由第三者来担任司令官。本地代表是周立春……这样，也许能圆满地解决。”刘丽川心想，于是提议道，“让在青浦为我们苦战的周立春立一功吧，大家看怎么样？”

乱嚷嚷的会场顿时鸦雀无声。没有人明确表示反对。过了一会儿，有人说道：“立春兄是可以，但他最近好像不大露面呀！”

“有我呀！”那人话音刚落，周秀英猛地站起来道，“父亲在外面给我召集兵马，我带少数人出城就行。时间都定了，这仗太容易打了！”

人们看着年轻的周秀英，想起了起义初期周立春的英武雄姿。小刀会为了对周立春的功绩表示敬意，赠给他的女儿“女将军”的称号。单凭这称号，周秀英也有指挥部队的资格。

“那么，这事就拜托青浦的诸位了。”刘丽川未提人名，只说了地名。

会议总算结束了。

外国志愿队与清军的冲突，就在下午四时，时间和地点都早就明了，这次作战非常简单。只待两军开打，小刀会就对清军发起进攻。

英美两国在黄浦江上摆开三只军舰——英国军舰古列希安号、遭遇号和美国军舰普利玛斯号。海军陆战队登岸后加入了志愿队。外国志愿队的指挥官是海军预备役少校兼英国副领事维多，美国部队则由美国普利玛斯号舰长凯利指挥。不过，英美两国军队只有三百八十人。英国有野炮一门，美国有大炮一门和短炮两门。英美两军的军官都觉得，看到这阵容，清军肯定会夹着尾巴逃跑。英美两军敲着战鼓，从花园街（南京路）进军。

而清军方面，则被吴蔚堂洗了脑：“法国不参加，英美两军加起来也只有三百来人，什么也干不了。他们害怕我们人多，不会打过来的。”清军北营里有两千兵，有大炮，究竟多少门不详，清军有个毛病，常拿一些不能用的炮来吓唬人。

“对方马上就会逃走。”

“对方马上就会撤退。”

交战双方都这么想，这实在是一次奇妙的战斗。

下午三时，英美两军与海军陆战队开始集合。最后通牒是下午四时，英美两军决定在这之前到达清军北营前面。

战鼓震天，军旗迎风。外国志愿队在赛马场东端分为两路，美国部队沿赛马场路线向左拐，那里是北营的正面。按部署，美国部队进行正面进攻，英国部队袭击侧面。直到这时，副领事维多少校、凯利舰长及在后方的俄尔科克领事，仍期待着清军会弃营退走。

清军也一心想着对方会向后转。但这是毫无根据的主观臆测罢了。

“装弹！”凯利舰长下令了。如果到了四时，对方态度仍没有变化，还是要开炮的。

参加这次战斗的美国人维特摩尔曾坦言，进军开始时情绪很高，之后逐渐感到不安，来到敌人前面时，意气已经消沉了。美军的位置是在洋泾浜旁边的墓地里，那里有许多土坟，海军陆战队的队员们尽量选择高的土坟，卧倒在它背后。

“放！”下午四时，凯利舰长发出号令。

英国部队方面，维多预备役少校也同时发出了开炮的号令。清军北营里不断地发出爆炸声。接着是枪声。维特摩尔把步枪顶在肩膀前面，凝视着前方，正准备射击。但他发现了异常，眨了眨眼睛：怎么回事？

这次战斗史称“泥城之战”。“泥城”的英文是“MuddyFlat”，意思说这块土地一下雨就变成一片泥泞。不过，这次战斗进行时，天空是晴朗的，大地是干燥的，这里是一片不生草木的黄色土地。

维特摩尔之所以忘记开枪，是因为在一片黄色中，突然露出了红点。

大地的颜色在变，正由黄色变成红色。维特摩尔等人很快就明白怎么回事了。许多头裹红布的汉子，不知从什么地方出现在战场上。

“小刀会！”

清军北营因为刚才的炮击已经混乱一片，又看到头裹红布的汉子，斗志完全丧失了斗志。他们只注意眼前的外国军队，且始终抱着侥幸心理，根本没有料到小刀会会突袭。两万清军正包围着上海城，城里的小刀会要出来，势必就要打开城门，但清军并没有接到相关报告。

这就不得不说周立春父女了。周立春带着部下一直隐藏在城外，周秀英从城里带了少数人出来，召集了父亲的部下，向清军阵地发起了进攻。

用红布裹头，已成为起义后小刀会会员的标志。把黄色的大地染上红点的正是他们。前面说“头裹红布的汉子”，事实上其中夹杂着一个女的，她就是指挥官周秀英。

“烧掉！追击！”周秀英用清脆的嗓音下达命令。

洋人方面死了两人，负伤十五人。清军伤亡三百人，营房被烧毁，丢下大炮十门，维特摩尔说外国志愿兵队的伤亡大多是他们自己造成的，并不是由于清军的进攻。

“很快就结束了。我还想去看热闹，可是很遗憾。”谭七对这次战斗如此简单快速地结束感到惋惜。

“吴蔚堂会怎么样？”理文似在自言自语。

“清军肯定觉得自己受骗了。不过，那家伙鬼得很。”谭七答道。

“法国谴责了英美两国，起码这是事实。”连维材说。

哈利·维多因指挥志愿队显得很忙，但他不一会儿就跑回来了。他说自己待在俄尔科克的后方总部，亲临前线指挥的是跟他同姓的副领事

“连先生，领事很想知道会出现什么结果。”维多道。

“在什么地方会发生什么事，谁也不知道。就今天来说，谁都没想到会出现小刀会的大军。”连维材道。

“小刀会会不会是得到太平天国的援助了？”

“俄尔科克先生应当早有预见。”

“官军太弱了，他无法预见，正在伤脑筋！”

“哈利，你希望看到什么状况？”

“哪边赢都无所谓，只要不打仗，能够做生意就行。不过，对那些做鸦片交易的家伙来说，恐怕不希望太平军获胜。今天志愿队出动时，就有家伙嘟囔着说进攻清军就等于援助太平军，说这是一次大损失，还说太蠢了。”哈利·维多不做鸦片贸易，他所希望的只是和平。

“但现在清军一会儿闯进租界，一会儿射来子弹，总得把他们赶走吧？”理文道。

“吉尔杭阿已经去道歉了，他保证今后不再侵犯租界，也不会重建北营。他说愿意搞好关系，特别强调对英国、美国来说，同官军搞好关系是有利的。我是直接听按察使自己说的，没有借助翻译。我总觉得他的那些话是谁教的，他只是鹦鹉学舌地重复了一遍。”维多说。这时，仆役进来叫维多，大概今天还有些善后的事要处理。

夜深人静了。谭七打了个哈欠说：“教话的家伙肯定是吴蔚堂。要快点把他找到，把他盯紧了。”

“你刚从南京来，一定很累了，今天早点休息吧！”连维材道。

虽是战争时期，觉还是要睡的。

“不拿下上海是不行的。”连维材又自言自语道。

“父亲，您对此有什么建议给天京吗？”

连维材摇了摇头。根据目前听说的状况，他不愿提建议。

“现在是两面作战，西面有曾国藩的湘军。西面是上游，太平军不顶住是不行的。北伐军由于寒冷，不要说北京，连天津也没拿下。现在北上援军已经出发了……西面和北面已经使尽最大力气了，恐怕抽不出手来顾上海。不过依我看，还是东面最重要。你明白这个道理吗？”

“不错，东面的上海是通向世界的。”

“他们如果真的具有世界眼光……那将会变得多么强大！但是，这个问题一定要他们自己意识到。别人去说是不行的。”

“是的……”

“新妹怎么样？”

“到朋友那儿去了。”

连维材没有再问下去。

新妹在什么地方，理文当然是知道的——昨天她潜入上海城里去了。她临走时说：“据说秀英要出差，要我一定去帮帮忙……”

理文已拜托一个人，若发生什么事务必来来告诉自己。但天已这么晚，没有任何报告传来，看来新妹平安无事。

天王的密使

两年后的清明节，是阳历四月四日。

上海早已恢复了过去的繁荣。

小刀会覆灭已经一年多了，但人们都还清晰地记得当时的情况。那天是大年初一，枪声夹着爆竹声，分不清哪个是枪声，哪个是爆竹声。法国军参加了这次进攻，法国一面指责为小刀会提供物资补给的英、美不严守中立，一面又帮着清军封锁小刀会。这次战斗中，法国阵亡九人，负伤三十六人。之后，清军在城内进行了掠夺和屠杀。

“可怜呀！秀英……”每当回忆起那天的情景，新妹眼睛里总含着泪水。

小刀会的头领全都惨遭杀害，包括周立春的女儿秀英。小刀会在遭到封锁、极其困苦的时刻，仍对太平军的援救寄予希望。但是，太平天国已经顾不上小刀会了。太平天国的北伐军和北上援军面临困境，西面又同曾国藩的湘军打得异常激烈——太平军再次占领武昌，但不到四个月，又被清军夺回去；为了再夺武昌，太平军把全部力量都投入到西部战线。就在这段时间，小刀会覆灭了。

“都是因为闽粤之争，内部矛盾。若能齐心协力，小刀会还是可以维持下去的。”连理文道。

“现在说什么也没用了。他们盼了又盼，太平军就是不来。”

“真快啊，已经一年多了，上海这么快就繁荣起来，真叫人难以相信，不知道该不该高兴。”理文望着窗外。

黄浦江上停着十几只帆船，全上海的人都知道，那是装鸦片的船。一般的商业活动都萎靡不振，唯有鸦片交易十分活跃。据哈利·维多调查，小刀会覆灭后的一年间，在上海卸货的鸦片超过三万箱。一箱重一担（六十公斤），共一千八百多吨。这是在上海交易的数量，广州也是鸦片交易中心，数量并不亚于上海。

哈利·维多发誓绝不插手鸦片贸易。

“所以我们在尽力帮他嘛。”新妹不觉看向了窗外。

外国商品除鸦片外，运到中国来也不大有人买。所谓外国对华贸易，基本方式就是出售鸦片，然后购买茶叶和生丝等。维多商会不插手鸦片，买卖茶叶和生丝。茶叶原是通过长江运进上海的，而现在长江变成了太平天国与清朝作战的战场。商人们害怕危险，停止了水路运输。上海的茶叶都是通过陆路运来的，量很少，很难弄到手，价格当然就贵了。但只要有货，价再高也会被一抢而空。连维材动员了“金顺记”的全部力量，控制陆路运输的茶叶，把它提供给维多商会。当然，陆路也不安全，曾国藩已进入南昌，湖南、江西的各个产茶地区都在打仗。

在这个时期，就连查顿一马地臣或颠地那样已变成大财阀的大商行，也弄不到一点茶叶。

“茶叶怎么都往维多那儿跑？”大商行的职员们又在维多仓库前守候了一天，记录进货的情况。

上海被清军夺回后第十九天，直隶东光连镇遭清军进攻，林凤祥被俘。

东光连镇靠着大运河，属直隶省，但挨近山东。林凤祥在镇里挖了个很深的洞藏起来。太平军喜欢儿童，给那些还不懂世道黑暗的儿童灌输天国的理想，会使他们变成坚定不移的太平军战士，所以不论暂时驻扎在什么地方，都要把儿童们集中起来进行训练。

僧格林沁把太平军训练的儿童团员捆绑起来，兼施拷打与甜言。

“靖胡侯负了重伤，待在洞里。”一个儿童招供了。

“什么靖胡侯，不准胡说！”审讯官大喝一声，但面露喜色。

据说，林凤祥身上一直备着毒药，他被俘获时，立即吞毒药自杀了。也有人说他被押送北京，处了磔刑。

“这是假的，北京谁也没有见到。”理文不相信。

处死造反的人是要示众的，要公开执行，而北京来的情报中没有一件提到林凤祥。僧格林沁的奏报中说，林凤祥被带到他面前受审时已奄奄一息，因此赶忙在当地把他处死了。大官儿的报告不足信，因为他们必然要挖空心思使报告对自己有利。活捉了敌人比敌人已死功劳要大，活捉后又让敌人服毒自杀了，有可能要被追究监视不力之罪。因此，理文反而认为，服毒自杀的可能性很大。

自金田起义以来，常站在全军前头，与林凤祥同有猛将称号的李开芳，也于阳历五月三十一日，在冯家屯被俘。冯家屯是北伐军最后一个据点。李开芳确实被押送到北京，并在那里被处死，不少人亲眼看到过。这么一来，好像太平天国的形势日益恶化了。其实也并非完全如此。太平天国的重点在西征军身上，正当北伐军覆灭之时，秦日纲、韦志俊、陈玉成等将领又攻打武昌，第三次占领了它。

“是丕成呀！”新妹非常高兴。

陈玉成现在只有十七八岁，称他少年将军最恰当。陈玉成进一步占领了德安、云梦等湖北各县。到第二年三月，石达开已接连占领了江西瑞州府、临江府和吉安府。虽有损失与挫败，总的来说，西征军还处于优势。各路西征军以湘军为对手，不断取得辉煌的战果，这被看成是对北伐军失败的安慰。

向荣在南京郊外建立了一个军事基地，也就是江南大营。钦差大臣琦善在扬州郊外也建了军事基地，即江北大营。

江南、江北两个大营并没有积极向太平军发起进攻，只是让敌人感到压力。那里有许多士兵，储存了大量武器和粮食。这样的军事基地就在国都面前，太平军当然要设法把它们清除掉，但两座大营防守极其牢固。

太平军正在攻打江北大营，谭七将消息带到上海。

“丕成在镇江，一定参加了这次作战！”新妹道。

她心情复杂，聪明英俊的丕成在战争中立功，她当然高兴，但她又担心丕成会不会到太危险的地方去而送了命。

“江北大营将被摧毁，这是肯定的。不过……”谭七含糊其辞。

实际上，清明前一天，江北大营里的钦差大臣、江宁将军托明阿及前任直隶提督陈金绶等人经不起太平军的猛攻，已放弃基地，逃到了三汊河。指挥这次进攻江北大营的是秦日纲，他下面有陈玉成、李秀成等太平天国新将领。

谭七之所以含糊其辞，是因为辉煌战果的背后，天京内讧却愈演愈烈。

“糟糕的是天王总不露面，怎么劝都不听。”谭七摇了摇头，闭上眼睛。

“外面流传关于女人的许多事情，说是已经腐化了。也有人说，东王收罗美女献给天王，是东王的深谋远虑。”新妹道。

自杨秀清搞了“天父下凡”后，洪秀全就深居宫中，不出来露面。老百姓在底下悄悄议论，尤其那些从广西就一起共同战斗的拜上帝会老会员，更担心得不得了。清军猜测，天王可能已经死了，而上帝会会员则普遍猜测，天王是因为有太多的女人，只顾着享乐了。

“说不定还是真的呢……”新妹提出了自己作为女人的判断。

“这个嘛，确实是……”谭七脑中闪现出偶尔在天王府看到的那一个个美女的面孔。

“刚才说的谣言，也许不是从清军而是从东王那儿放出来的。”理文道。

“两方都有可能。”谭七比一般人看得深。

“若只是互相散布些流言，那倒也没有什么。只怕……”理文担心派系斗争。

外面流传着种种谣言，最主要的一点似乎是天王正在拉拢北王和翼王。

“都因为天王不露面，招来了这许多无谓的流言。”理文心里焦急。天王只要稍微到外面露露面，情况会好很多。

“可不是这么简单啊！”谭七胳膊肘撑在桌上，双手抱着脑袋，“最近天王向前线派去了许多密使。”

“派去前线？”

这确实不是简单的事。

天王的密使要到韦昌辉和石达开那儿去。流言并不是完全没有根据的。

“是的。这件事该不该跟东王说，我正拿不定主意！”

“东王还没有发觉吧？”

“我觉得还没有。若流言是东王放出来的，问题可就更严重了……”

“如果你去报告，将会产生什么结果，你想过吗？”理文问道。

“东王会马上去进攻天王府，或者又使用‘天父下凡’那一招。”

“你们不要说啦！”新妹高声叫起来。

“我不想报告东王，一点也不想。”谭七挺了挺胸。报告东王不是解决问题的办法。

“小刀会有许多事叫人没法说啊！”理文道。

小刀会失败的最主要原因，就是帮派之争，而不是没有外援。

“东王的性格又是那个样子……”谭七说罢叹了口气。

理文一直在观察太平天国，他明白谭七叹气说的这句话有多大分量。洪秀全离开紫荆山，去广州释放冯云山，这就是失败的开端。拜上帝会失去教主及主要助手，权力从此为杨秀清所垄断。拜上帝会若是政治团体，杨秀清恐怕早已把它全部据为己有了。但它是个宗教团体，杨秀清在宗教问题上缺乏信心，或许正因如此，他才欢迎洪秀全和冯云山回来，而努力将自己插在他二人中间。洪秀全、杨秀清、冯云山这样名位顺序的排列，以及冯云山阵亡这一出乎意外的事实，都曾大大震撼了太平天国。

不甘居他人之下——恐怕谁都如此，但杨秀清这种情绪更为强烈。杨秀清可以说已达到了骄横的顶点。天王根本不外出露面，东王也很少走出东王府，他们大概认为，权威人物就不应当让民众多看到自己的庐山真面。东王偶尔外出，就要带上上千名衣着华美的随行人员，比之诸侯，还要隆重，小题大做。

在金田村时，拜上帝会的领导人们寝食与共，彼此间有着超过骨肉的感情，遇事就聚到屋子里，各抒已见，共同协商。占领南京后，却变得四分五裂。天王府、东王府、北王府都有自己的办事机构，这样若不产生帮派，反而是奇迹呢。各帮派的核心都是该帮派主要人物的骨肉亲人，这些人来自广西偏僻山村，缺乏教养，狐假虎威，嚣张跋扈。

“我从这儿过，你竟敢坐着不动，你应站起来向我施礼！”杨秀清的老同叔（父亲的堂弟）冲秦日纲的马夫大声怒吼，那马夫立时被“鞭打二百”，并被押送到黄玉崑那里。

黄玉崑是桂平人，在衙门里走动过，为别人代写过诉讼状，所以有点法律知识，在老人中算有学问的。当年营救冯云山，他有一份功劳。另外，他的女儿是石达开的妻子。如今他官拜夏官正丞相，兼管天国司法。

“哦，已打了二百鞭子，这就行啦，不必再给什么惩罚了。”黄玉崑如此裁决。

老同叔大怒，跑到杨秀清面前道："我把那马夫送到黄玉崑那儿，是要他再受惩罚，让他知道东王的威严。可是，黄玉崑不听，这不是瞧不起你吗！这事若放置不管，将关系到你的权威。要严惩不贷，这也是为你本人着想啊！"

"明白了。"杨秀清答道。

在杨秀清看来，只有当所有人都跪伏在自己脚下时，天下才会属于自己。半年前，他利用天父下凡，企图杖打天王，但看到大家求情，他觉得夺权为时尚早。他早就考虑过利用传统"禅让"的方式，从洪秀全手中夺取天国元首的地位。但他并不打算慢慢等，他用了最大努力来提高自己的权威。杨秀清是实力的信奉者，认为一切都靠实力。拜上帝会也不过是一种实力，所以他才参加了。后来，被清军俘获的李秀成曾供述，杨秀清从不相信基督上帝。杨秀清一切的努力都用在了显示自己的实力上。现在有人要宽大处理对自己的老同叔无礼的人，对这种人，必须狠狠给他一槌，"东王可怕"的声音将会因此遍及太平天国，这样谁都要跪伏在自己面前。老同叔狂怒不已，但杨秀清的措施却绝非感情用事，他自有打算。

杨秀清命石达开逮捕黄玉崑——自己的岳父，他想考验一下诸王中据说最有人望的石达开。可是，黄玉崑愤慨地上书辞职，燕王秦日纲及实际处理行政事务的陈承熔，也都辞职表示抗议。东王已无后退的余地。

"干一下过火的事，然后再观察一下反应。"——杨秀清这样打算。

黄玉崑杖刑三百
秦日纲杖刑三百
陈承熔杖刑二百
马夫车裂

秦日纲是战功赫赫的元勋，刚刚被封为燕王。黄玉崑是卫天侯，陈承熔是兴国侯。连王侯也因对东王亲戚失礼而受严酷的惩罚，这确实是一个大震动。

整个天京，谁都不敢出一声大气。

杨秀清感到满足。没有抗议的声音，这对杨秀清来说，等于人们已跪伏在他的脚下。至于人们心中结上了什么疙瘩，他不管。跪下就是承认实力。

能做到这样就很不错了，杨秀清从来就没对人心抱过指望。

黄玉崑被剥夺卫天侯的爵位，降为普通兵卒。过了一段时间，石达开提出要求："想将黄玉崑录用为翼王府文书，望能得到同意。"

"行吧，想必已经知道我的厉害了。再说，年岁也大了。"

不久，黄玉崑恢复爵位，依旧掌管天国刑狱。

杨秀清让大家看到了自己的实力和威望，事情就此告一段落。不过，黄玉崑在复职的一段经过，杨秀清不知道。黄玉崑降为兵卒后，为地官又正丞相罗苾芬收留。两人交往甚密，罗苾芬一直担心好友会想不开。果然，羞怒的黄玉崑夜间逃跑了，差点投水自尽，幸好罗苾芬发现得早，才把他从水中救起来。罗苾芬隐瞒了这件事。据基督教教义，太平天国把自杀看作是大罪，若发现自杀未遂，就要处斩刑。

杨秀清这样的人是无法理解黄玉崑的"羞怒"的。杨秀清在广西时也受过辱，但他认为那是自己实力不济，被羞辱也怨不得别人。实力至上的人，怎么能理解常人被羞辱后的心理呢？

"两年过去了，那么聪明的东王，对这问题却一直没有意识到……"谭七道。

对茶叶进行挑选和分级，称为"选茶"。工作虽然单调，但是不能分心。据说能一边思考问题一边选茶的人，才算是老手。眼睛熟悉茶叶的形状，手条件反射似的把茶叶向左右两边拨开，只需眼、手动作，头脑自然没有加进来的必要。每当想休息下头脑，或想归纳下思想，得出某种结论时，连维材总是在自己面前放上一堆茶叶，然后开始选茶。

"在上海的时间越来越多啦！"连维材自言自语。

金顺记总店在福建厦门，但买卖的中心似乎已转移到了上海。他想尽可能让年轻人去挑重担子，自己退居二线。他今年六十八岁，快近古稀之年。在金顺记是否要改组的问题上，他感到犹豫。他虽尽力从一线上退下，但他仍是金顺记的核心，这个核心太强大了，尽管各地分店众多，只要他在，就可以统率这些分店，顺利运转。

"可我要是不在了呢……"他考虑起这个问题。

金顺记是按现行组织继续下去，还是让各个分店独立经营，他下不了决心。儿子们当中若有特别杰出、有领导力的人，维持现状未尝不可。可是，四个儿子性格各异，没有一个出类拔萃。若由长子继承，统文也许有统率能力，却粗枝大叶，连维材不放心。

“只有改组！”连维材停下选茶的手，自言自语。

可供参考的是外国的组织。中国不论多么大的商业组织，都不可能完全脱离所谓的家。拿广州十三行贸易家来说，最大的怡和行就属于伍姓家族，脱离伍家，就没有怡和行。但是，英国东印度公司就与特别家族没有关系。东印度公司曾是英国入侵东方的尖兵。现在在上海的英商，不论维多商会，还是查顿—马地臣、颠地或巴塔菲尔等更大的商行，虽都冠以个人名字，但并不像中国商行那样与家有着紧密联系。连维材长期与英国人做交易，知道他们商业组织中有一个重要因素——share（股份）。连维材在考虑这个问题时，中国还没有公认的译语。连维材会英语，他用原文来考虑“股份”的问题。每次谈判困难，英商便要提出：“一定要跟shareholder（股东）们商量……”

连维材找人请教过这个问题，自认为掌握了这方面的知识。

“这种组织很有意思！”他平常一直这么认为。金顺记不论是原封不动，还是分开，这种组织都应当研究，然后吸取其中积极的因素。在做决定前，必须要认真研究。

“就要到孙子的一代啦！”他的手指又开始动了起来，干透了的茶叶被揉成粉末，从他指缝落下。最大的孙子已经十五岁，是长子统文的儿子。

“比我小时候爱学习，成绩也很不错……”连维材想起统文来信中的这两句话。在念这封信时，连维材的妻子阿婉笑道：“要是不如统文成绩好可就糟了。很少有像他那样不爱学习的孩子。”

“让统文的孩子到英国去学习怎么样？”

“好主意！”连维材想到这里，站了起来。他这人一旦打定什么主意，马上就要付诸实行。他马上就给统文写信。至于留学地点，可以跟哈利·维多商量。

“对，如星也去……”

如星是西玲的女儿，和统文的儿子同年。也许如星也呼吸点外国空气为好，但关于如星的事，必须要说服西玲。西玲从北京回到上海后，去了趟香港，又回到上海。如星一直住在上海。

连维材走进西玲的房间。

“要不要让如星到外国去学习学习呀？我打算把统文的孩子送到英国去。”他单刀直入。

“是突然灵机一动想出来的吧？”事情太突然，连西玲也皱了眉。

“是的。”

“考虑到孩子的幸福吗？”

“那还用说吗！”

“那孩子的幸福凭灵机一动就能决定吗？”

“也有所谓的灵感嘛！”连维材应答沉着，看来不像临时想到而马上说出来的。

“明白了。您说的话不会有错。不过，我不愿她去英国！”

连维材默默地点头。

“如星去的地方，我也要去。”

“我早就想到你会这么说。”连维材苦笑。

“那么，可以吗？”

“当然可以。”

“不过，不会马上就走吧？”

“那当然，决定了留学的地方，还要进行各种联系。”

“那么，我在这期间要去干一件事。”

“一件事？在什么地方？”

“天京。”

“非去不可吗？”

“嗯，一定要去。天王密使已来到此处。”

“天王密使？”连维材一时说不出话来。

不论什么事，只要关系到西玲，都会叫人大为吃惊。而且，她一旦打定主意，想叫她打消，几乎是不可能的。连维材毫无办法，只好笨拙地干笑几声。在杨秀清上面，只有一个深居天王府，不知在干什么的洪秀全，下面是北王韦昌辉。他必须要爬上去，同时踢开下面的人。杨秀清对洪秀全毫无警惕，他根本不承认洪秀全有什么实力。杨秀清自认对洪秀全很了解。能读会写，有基督教知识——杨秀清只在这两点上承认洪秀全比自己强。

“天王在编书，非常忙。”对于希望拜见天王的人，天王府女官们都以这样的借口拒绝。

天王确实每天都在执笔写东西。人们说他热衷于宗教著述，他本人也确实很认真。他真心相信，这样的著述问世，可以拯救很多人的灵魂。

“我喜欢天王的著作，希望能早日读到它。”杨秀清表面这么说，内心却非常瞧不起，他根本不认为宗教著作会有什么力量。杨秀清是文盲，他只喜欢叫别人念书给他听。历史书有时有点意思，其他书他没有兴趣。听枯燥无味的大文章，简直是种痛苦，写这种文章不是更加难受吗？聪明人绝不干这种傻事。

值得警惕的是他下面的人。除了韦昌辉，还有石达开和秦日纲。若他们当中有人聚集起巨大的势力来犯上，那将是很可怕的。杨秀清极力阻挠这些人积蓄力量。杨秀清最不信任的是韦昌辉。他跟韦昌辉从金田村时期以来就一直打交道，他深知这人跟自己在各方面都有很大差异。占领南京后，杨秀清掌握人事大权，任命韦昌辉担任首都军队司令官。把这危险人物派出去，说不定会在什么地方搞割据，或带军队打回来，要把他放在自己眼睛看得到的地方。石达开和秦日纲常率西征军在外，杨秀清已采取措施，不让他们的力量过于强大。

例如，石达开驻在安庆，逐渐受到当地人的敬仰，杨秀清感到这很危险，于是把秦日纲派去接替他，石达开被叫回天京，将韦昌辉的一部分权力委交给他。令人感到有讽刺意味的是，杨秀清越是想扩张自己的威力，韦昌辉势力反而越强大。杨秀清为增加自己的威严，决定不直接受理从前线送来的大小报告。杨秀清很快要当上太平天国名副其实的帝王了，不能事无巨细，一一亲自处理，他决定仅受理下一级机关的重要报告。下一级机关就是北王府。规定，北王府先把前线报告加以研究，分清轻重等级，然后再送往东王府。

这确实可以表明东王府高居北王府之上，谁都看得很清楚。但是，北王府因此而掌握了所有实际事务。究竟什么样的报告要送到东王府去，完全由北王府决定。于是，谁都想巴结北王府，人们都向那里聚集，韦昌辉的势力增强了。把石达开叫回天京，让他承担韦昌辉在天京垄断的一半实际事务，其目的主要是抑制过于强大的北王府。西部战线出现了严重局面，若让北王韦昌辉继续待在天京不动窝，杨秀清感到有点说不过去。东王一度曾宣布让韦昌辉去湖北督战，但又以“未能获天王准许”为由，取消了这个决定。秦日纲在安庆扩军两千人，杨秀清对此很不满，决定让罗大纲去接替秦日纲，把秦日纲扩大的一部分军队编入东王府。

不久，杨秀清决定派韦昌辉去江西。

派出去征集军队不好，留在天京积蓄实力对杨秀清也是麻烦事，杨秀清按他自己的方式权衡利弊，结果还是决定将韦昌辉派出去。韦昌辉若待在天京，北王府有可能变成反杨秀清的大本营。前线上都要派人到天京来联系，杨秀清不愿让韦昌辉掌握这样要害的工作。不能把韦昌辉长期放在同前线将领经常保持联系的岗位上，派出去也许会扩大军队，但必须要同敌人作战。

曾国藩已在南昌建立了司令部。

杨秀清一向轻视洪秀全，认为他“干不出什么大事”。

“天王派出了密使！”在听到负责情报工作的部下这么报告时，他流露出不相信的神情。

“派到哪儿？是湖北还是江西？”湖北有石达开，江西有韦昌辉。

“不是，是上海。”

“什么？上海！”

“您还记得曾在桂平洗石庵里待过的那个名叫西玲的女人吗？”

“啊，她跟金顺记关系密切，是个混血儿，很漂亮。不过，她比我们要大得多呀！”

“可能是要她到天京来管理天王府后宫。”

“哈哈哈！”杨秀清大笑起来。由于两年前的“天父下凡”，杨长妹、石汀兰、朱九妹等年长妇女都已离开了天王府。天王府后宫美女成群，大概是女人间的矛盾激化，洪秀全有点对付不了了。

“如果是那个西玲，论年岁也不小，又是旧相识，而且从她性格来看，也可以胜任管理女人的工作，解决她们间的矛盾。天王也真想出了这个好主意。哈哈哈……”

杨秀清一笑置之。

这时，在上海维多商会的一间屋子里，连维材抱着胳膊说道：“天王派密使的事，看来已经泄露了……”

“您是指向西玲派密使的事吗？那看起来好像是有意泄露出去的。”连理文道。

“这是苦肉计呀！为的是掩盖向江西和湖北派出密使……天京危险啦！”

连维材面前的桌子上放着一封没写完的信，那是准备寄给台湾统文的信。清军江南大营溃灭的消息传到上海，是那年（1856年）阳历六月末。向荣负伤，逃到句容，接着退到丹阳。江南大营溃灭五十天后，阳历八月九日，向荣死在丹阳。

天京解围。严格地说，这不能称之为包围，太平天国的军队和人员一直可以自由出入天京，只能说，在天京紧旁边存在着清军强大的军事基地。江南大营防守极其坚固，这个基地与其说为了进攻，不如说是为了防守。江南大营的意义就在于它的存在，当然要把重点放在防守上。

“江南大营就设在南京城边，长毛贼因此而不能向各地派遣大军。”向荣向朝廷解释。

江南大营最终还是被太平军攻破了。太平天国举国参战。东王命令麾下军队从通济门出击，翼王石达开的军队分两路进击，夹击江南大营。燕王秦日纲进攻天京东边紫金山的清军阵地，李秀成和陈玉成也在其中。

有一个人因监督经陆路运送的茶叶，曾从南京附近经过。他把当时的情况告诉连维材：“那士气完全不一样。这一战，太平天国齐心协力，势要摧毁江南大营，那可一点不含糊啊！清军吊儿郎当，以为以前太平军不来进攻，是他们没能力进攻。”

“是呀，齐心协力很重要……”这人离开后，理文走了进来，“江南大营战斗开始前，她已进了天王府，样子很精神。”

“据说江南大营一战打得很漂亮。”

“是的，整个天京节日似的热闹非凡。据说清军大营里丢下无数大炮、火枪、弹药和粮食，人们都争着去看这些物资。”理文有他自己的情报来源。

“胜利会使人兴奋。天京现在大概是笼罩在这种兴奋的情绪之中吧。”

“简直有点得意扬扬啦！”

“在这之后，将会是松懈。”

“目前还没出现这样的状况，石达开立即奔赴武昌，韦昌辉在江西顶着，弄得南昌的曾国藩动弹不得。”

“不，一定会松懈的。情绪松懈是人之常情，否则那才是怪物哩。南京肯定有些人不在兴奋者的行列之内。”

“那一定是无法兴奋起来的人。”

“对……该做的事太多了。像江南大营之类的胜利无法使人兴奋起来。不知道天王和东王哪一方先下手？换一种有趣的说法，不知道哪一方轻率？”

“哪一方先下手好呢？”

“从我来说，还是希望天王先下手。不过，最好对哪一方也不偏袒。起码目前要这样。”

连维材眼睛注视着他面前的儿子的脸孔与耳朵之间的地方。在那后面的墙上，张贴着一张地图，是世界地图。他从椅子上站起来，慢慢朝墙壁挪动脚步。

“这里是法国巴黎！”连维材把手指放在地图上。

“啊？”突然转变话题，连理文莫名其妙。

“去年在这儿举行了万国博览会。”

“这件事听说过。”

“哲文在来信中说，日本也参加了这次博览会，但不是以日本名义，而是江户幕府与萨摩岛津分别派代表参加的，据说谁都以为有两个日本。”

“那确实是……”理文难以推测父亲究竟想说什么。

“有两个日本，表明有内讧。这问题终究是要解决的，我们不应偏袒哪一方。”

“那当然。”

“对日本是这样，对天京的斗争也是如此。”

“日本在大海对面，天京在我国正中，可以说就在身边，这……”

“我的意思是说，若发生了不可避免的事，又跟我们没有特别的关系，应当静观为好。若有关系，那是另外的事。”

“是这样。”理文大概已明白了父亲的话。不是东王起来造反，迫使天王让位，就是天王先发制人，彻底消灭东王势力——上海对双方的动向是了解的。连维材把手指移到日本。

“日本正在发生巨大变化，而我们只能静观。”

他已了解前年在日本缔结的《日美和平亲善条约》的内容。哲文那封带插图的信，还告诉他，日本有个名叫吉田松阴的青年，企图偷渡美国，被幕府抓获。

“日本去年在长崎建立海军传习所，据说全国英才都聚集到这学堂里。”

“在长崎呀……”长崎是理文怀念的地方。他也走到墙壁前，跟父亲并肩站在那儿，凝神瞅着地图，那是一张英国绘制的地图。

“我国还没有这样的学堂。不仅没有学堂，像吉田那样，甘犯国禁也要到外国去的人又有几人呢！”连维材自言自语，并不期待回答。

“不是没有，而是不明白。首先必须要让人明白，我们必须要做的第一件事……是让大家明白……”理文兴奋地说道，他意识到需要控制一下自己的感情。

从湖口大捷到天京内讧

曾国藩组织了湘军，临出发时发布了《讨粤匪檄》。檄文中根本没有提到忠君爱国。曾国藩强调的是太平军的残忍，说他们丢弃了千年礼教，所以必须要讨伐他们。

为何不提忠君爱国？怕惹起不必要的麻烦。君是谁？是从东北入关的满族皇帝。哪个国？自然是以满族为中心的政权。但是，君和国都一直在统治和压迫着占中国人口绝大多数的汉族。一般汉人都对满族及其政权抱有反感，太平军的造反对一般老百姓反而是件快事。曾国藩害怕太平天国的行动会引起一般汉族的共鸣，所以特别指出他们不尊重和破坏汉族传统文化，信奉外来基督教，违背人伦。这样的檄文对保守的、具有强烈排外思想的士大夫阶层当然会起一定的作用。

从发布檄文、离开衡州以来，已经过去两年半了，期间发生了许多令人懊恼的事，比如靖港的耻辱。靖港位于长沙与洞庭湖间，是湘江岸边一座城市，当时已为太平军所占领。长沙因上游湘潭和下游靖港均为太平军所控制，孤立无援。

“要先夺回湘潭！”礼聘来的幕僚彭玉麟提出这主张。

武昌是天下肚脐，应当尽可能一步步向它逼近，因此，曾国藩希望继续北上。向南夺湘潭，在形式上等于后退。

“要夺回城池，最好还是以北面靖港为目标。”曾国藩道。

“若攻打下游的靖港，则长毛贼上游的援军便会立即南下回援，目前应当南下，由我来率领先头部队”彭玉麟建议。

彭玉麟与褚汝航、夏銮、杨载福等水师军官，由原路南下。陆路由塔齐布指挥。时间是阴历四月一日（阳历四月二十七日），即“泥城之战”之后二十天。

原先的打算是，第二天曾国藩率将士南下，但曾国藩改变了主意。不过事实上，他本来就想北上的。他认为，不攻打靖港是考虑到敌人的援军会很快从湘潭跑来，但如今彭玉麟等人已南下，湘潭的敌人不可能来援救靖港，靖港得不到援军，自然唾手可得。因此，他违反了作战计划，这是一种企图抢攻的行为。但曾国藩这次抢攻靖港以失败告终。

曾国藩生长在水乡，却不知水的可怕。这一年罗霄山脉、雪峰山及南岭群山上的积雪融化的比往年早，湘江水位猛涨，水流湍急，而且从表面上还看不出水力的强大。曾国藩准备用四十只兵船组成的船队攻打靖港。靖港太平军由石贞祥指挥。湘军船队直奔靖港陡岸，准备登陆，但水流过急，船只无法控制，没有靠岸，而是直接被水冲走，过了靖港。

靖港太平军早已准备小船，等待着在岸边迎击湘军，但湘军兵船误测水流，从他们面前越了过去。太平军小船一齐划动，跟在后面追击。战争一开始就变成了太平军在“追击败敌”。上游追击的一方当然占绝对优势，太平军准备做防御用的火箭等物，成了进攻的武器。湘军兵船中了火箭，立即为大火包围，将士们急忙弃船登岸，争先恐后，四散逃跑。湘军因此溃散。

“不准逃！敌人人数不多，他们没有援军。打！逃跑者斩！越过这根旗杆的斩！”曾国藩把旗杆插在地上，声嘶力竭地喊道。

但是，溃兵作鸟兽散，无法制止。

“我半年心血、一生名望，尽毁于此！”

绝望的曾国藩在铜官渚（靖港对岸）投身湘江，被属员章寿麟赶忙救起，才保住一命。曾国藩大败未死，在长沙南门外高峰寺休养，但街谈巷议仍传到他耳里：“在铜官渚哪是投水自杀？那是曾国藩在演戏！……”

曾国藩原本在高峰寺写了遗书，但最后他没有自杀，因为湘潭传来了捷报。湘潭太平军由林绍璋指挥，但看来他未得人和，广西的老兵和湖南新招募的士兵间发生了内讧，死了数百人。湘军折损了守备张万邦，但夺回了湘潭。由此，曾国藩知道，太平军并不像以前传说的那么团结。看到前途有希望，他这才打消自杀的念头，忍受人们的指责，等待机会的出现。

半年后，湘军从太平军手中夺回了武昌。

北京正为雪片般传来的战败报告意气消沉，接到收复武昌的快报，咸丰帝和大臣们不禁面露喜色。朝廷决定任命曾国藩为湖北巡抚，但被曾国藩辞退了。按照惯例，朝廷将再次下旨，要求他就任，但这次不是，而是下了另一道旨：赏兵部侍郎衔。

曾国藩服丧辞职前就已是礼部侍郎，所以这绝不能说是提升。不仅如此，所谓“衔”，意味着“待遇”。

“早知这样，还不如接受湖北巡抚的职务。”幕僚中有人说。

巡抚是一省长官，在军政上具有决定权，并拥有直属军队，实际上在省内代行皇帝大权。

“这不是很好吗！我还在服丧期间，再说，当上湖北巡抚，对东征很不方便，皇上大概是考虑了这个问题。”曾国藩用这些话来安慰身边的人。要去南京，必须经过江西、安徽和江苏，仅有一个湖北省长头衔，确实不便。“还是这样好！”他也这么劝慰自己。

湘军不是国军，曾国藩作为民间军队首领，希望自己的立场能够自由些。可是，后来的种种流言使他很不高兴。谣传军机大臣祁寯藻上奏：“匹夫居闾里，一呼崛起，从之者万余人，恐非国家之福。”或许皇帝取消湖北巡抚的任命，并不是为了方便东征，而是听信了这种论调。这是宫廷内部机密，是否属实，曾国藩不知道，但至少这是有可能的。收复武昌是值得庆贺的，但这并非依靠国家的力量，皇帝派出众多巡抚、总督以及提督等代理人，却唯独这个“匹夫”的军队立此大功，对朝廷而言，确实是个问题。

“立功就会有嫉妒，接着是中伤。任何时代都是如此。要征服嫉妒和中伤，最好的办法是立更大的功。”曾国藩道。

湘军东征斗志更加旺盛。

太平军在田家镇建立了强大的军事基地。田家镇靠近湖北与江西的交界处，位于长江北岸，而南岸是半壁山。太平军在田家镇和半壁山间系了一条粗铁链，链上系竹筏，期望锁住湘军。但湘军敢死队成功砍断了铁链，打开了突破口。秦日纲于是放火烧毁基地，退到九江，由于遭到湘军的猛攻，连烧毁兵船的间隙都没有。

但是，彭玉麟却烧毁了太平军留下的五百只兵船。为什么不缴获这些兵船为湘军所用呢？

彭玉麟自己的解释是：“湘军必须是真正的仁义之师。若发生腐蚀军心之类的事，这支军队就再也打不了仗了。”不烧毁这兵船，湘军定会开始掠夺，一旦尝到了掠夺的甜头，军心就会受腐蚀。彭玉麟又补充道：“军心比这五百只船要重要得多。”

湘军乘势沿江而下，进军九江。太平军坚守九江，湘军无法攻破，曾国藩决定丢下九江，东进湖口。

湖口位于长江通鄱阳湖的出入口。石达开、罗大纲等太平军猛将都齐集在这里。当时，水军由大小兵船组成，大船载军粮、武器和士兵。战斗主要由行动迅速的小船进行。

两军在此展开了激烈的水战。

咸丰四年十二月十二日（阳历为1855年1月29日），两军在湖口梅家州水战。湘军用一百二十余只快速小船猛攻太平军。形势对太平军略微不利，太平军兵船经不住湘军猛攻，掉转船头。

“贼要逃跑啦！”

“不要让贼逃掉！追！”

湘军乘势追击太平军的船队。这就中了太平军的诱敌之计。湘军的小船被诱进了鄱阳湖，太平军早就等着了，在湖与江之间拉起栅栏，开出装有大炮的筏子。湘军小船的后路被切断，与长江上的大船无法呼应。

大船本身不能作战，要依靠小船的战斗力，小船则要依靠大船补充军粮和弹药，因此，只有大小船只互相配合，水军才能发挥作用。此时，曾国藩在大船上。太平军的小船队进行了夜袭，石达开亲自带头冲入敌阵。江上的湘军船队没有小船支持，不堪一击。燃烧的船、捕获的船、逃跑的船，比比皆是。长江上火光熊熊，一片通明。曾国藩慌忙改乘小艇，逃进岸上的湘军阵地。而岸上的湘军也做好了逃跑的准备。最后，所有的湘军都向西逃跑了。

“就算死，我也要杀入敌阵，以示我湘军精神！”曾国藩要单枪匹马杀入敌阵，被罗泽南死活拉住。

湘军被分割开，向后退却。太平军从容地在后面追击。

咸丰五年二月十七日（阳历1955年4月3日），太平军第三次占领武昌。

湖北巡抚陶恩培在这次战斗中战死。是暂时返回湖南，伺机重整旗鼓，还是在太平军附近构筑阵地，咬住不放？深思熟虑后，曾国藩选择了后者。南昌作为湘军进攻九江、湖口，进逼南京的基地，他在这里待了一年多。期间，他每天苦闷懊恼，唯有太平天国北伐军遭挫折的消息使他稍感宽慰。

咸丰六年（1956年）七月即将结束。韦昌辉早已在南昌前方构筑了阵地。太平军的基地在南昌西南面塘头堎、万寿宫一带。翼王石达开在武昌。江南大营已经溃灭。

“钦差大臣向荣死在丹阳”的准确情报刚刚传到南昌。

曾国藩的脸上好久没有出现过笑容了。“不要闷闷不乐嘛，心胸开阔是非常重要的。要忍耐，等待时机也是一种战斗。不要忘记，湘潭的胜利并不是由于我的力量而取得的。”彭玉麟给曾国藩鼓劲儿。在湘潭取得出乎意料的大胜，是由于太平军中发生了新旧两派的内讧。敌人内部出现弱点，只要耐心等待，敌人这种弱点总会以某种形式暴露出来，不能一味悲观失望，要心胸开阔，等待时机。

“谢谢您的忠告，其实我也常这么劝解自己，机会一定会到来的。”

为抒发心中郁闷，曾国藩朝空中挥笔写起字来。机会出乎意料地很快就到来了。彭玉麟正要离开时，进来了一个军官。湘军军官令人感到像是书生，而不是军人。

“塘头堎贼营情况异常。也许是玩弄什么诡计。”书生军官报告，语气很没有自信。

“异常？”

“没有一个人影。已经侦察好几次。据附近农民说，贼兵是昨夜突然移动的。”

“什么？你是说韦昌辉撤出了阵地？”彭玉麟瞅着曾国藩的眼睛。

“是的。也可能是诡计。”军官态度极其慎重。

“一定出了什么事。仔细调查调查。”曾国藩站起来，用手指弹了弹下巴。

曾国藩并不是在睡大觉等着敌人阵营发生混乱。他虽身在南昌，却不断派人侦察南京的内幕。根据报告，曾国藩早已知道太平天国首脑中已产生不和，而且裂痕愈来愈深。人们在判断敌情时，往往掺进自己主观的推测。曾国藩对情报的分析尽可能避免主观。真正要发生内讧时，韦昌辉一定会有某种行动表现出来——曾国藩是这么预想的。

韦昌辉从南昌城外率兵退走，这只能是内讧的前奏，而不会是其他。

“有报告说，几天前有一个模样儿长得很古怪的女人进入了北贼阵地，北贼退走和这件事也许有某种关系。”彭玉麟道。彭玉麟整四十岁，比曾国藩小五岁，湖南衡阳人，没有当过官，李沅发在湖南造反时，他志愿承担平乱任务。太平军从广西进入湖南时，他又拿出自己的财产，招募志愿军，他的经历跟江忠源很相似。曾国藩创办湘军时，彭玉麟要求出马。他这个人私欲不多，不想飞黄腾达，曾国藩对他的这一点很欣赏。

“我明白，水师特别重要，我将尽力去做。不过，我有一个条件。”彭玉麟在参加创建湘军时，提出了条件。

“什么样的条件？我能办到的，一定照办。”

“很简单，将来不要我当官，如此而已。”对彭玉麟的这个要求，曾国藩默默点了点头。

“清朝是满族王朝，我不屑于在这政权下当官。但是，出于士大夫的责任感，对于乡土发生战乱不能置之不管，所以我只是协助您个人……”曾国藩从彭玉麟的话中领会到这言外之意。他们彼此身份相差悬殊，但曾国藩不能把这样的人当成自己的部下。湘潭胜利，在田家镇砍断江上铁链、冲破缺口，都是彭玉麟指挥的，但他并不为此而夸耀自己的功劳。

“湘潭的胜利是由于敌人的内讧。”

最强调敌人内讧的是彭玉麟，这使曾国藩焦急烦躁，他心想：难道敌人阵营里不发生内讧，我们就不能取胜吗！可是，太平天国拿下了武昌，击破江南大营，把曾国藩困在南昌，其势确实锐不可当，若不发生内讧，恐怕是不会崩溃的。

“有关系吗？”按曾国藩的想法，女人是不可能和天下动向发生关系的。

“粤匪中女人是经常活动的。”彭玉麟道。

“他们没有男女之分，失了人伦！”

“常听到洪贼憎恨杨贼的传说，憎恨怕是事实，因为目前现状，杨贼势力强大，洪贼处境困难。若要下手，为了让杨贼丧失警惕，利用女人也是可能的。”

“这不是不可考虑的，总之，要注意今后南京的形势。最近跟南京的人们联系不顺利……”曾国藩所谓的南京的人们是指他派去的情报人员。

“警戒愈来愈严了，尤其在江南大营溃灭后，变得更严了。不仅是南京，途中也是如此。”

“联系如果能够更顺利一点，会了解到更多情况的。”曾国藩对韦昌辉退走的真相做了种种推测。同一时间，上海的连维材做出了更为准确的判断。

“警戒情况有点异常，看来这是针对天王，而不是对清军。”在维多商会楼上，连维材对理文发表了自己的看法。

“我也是这么想的。”理文点了点头。

“江南大营已溃灭，看来东王判断时机已到。过去没有迈出这一步，因为有江南大营的存在，现在没有江南大营了，再也不需犹豫了。”

“万岁事件恐怕就是前兆。”理文道。

“那是很幼稚的做法。不过，从东王来看，恐怕是一个措施。”

所谓万岁事件，是指东王杨秀清又利用“天父下凡”这一最厉害的武器，来提高自己的公开地位。天父耶和华附体在杨秀清身上，向天王洪秀全问：“你和杨秀清都是我儿，都有功劳，可是，为何你是万岁，杨是九千岁呢？”根据太平天国规定，仅称天王为“万岁”，其他东王、南王、西王、北王、翼王等递减一千岁来称呼，所以杨秀清是“九千岁”，他的儿子称“千岁”。

碰到“天父下凡”，洪秀全只好跪伏在地上道：“是，东王打江山有功，应称万岁。”

“那么，我问你，东王世子为何只称千岁呢？”天父借杨秀清的口，继续问道。

“东王已称万岁，他的世子也是万岁，子子孙孙都是万岁。”

“是吗？好！好！我很满意，我这就回到天上去。”

通过这次“天父下凡”，天王与东王在太平天国内的称呼变成对等的了。曹操和他儿子曹丕从汉献帝手中篡位，晋朝司马昭强制魏帝让位，他们在篡位前都极力提高自己的待遇，经历了诸如剑履上殿、赞拜不名、入朝不趋、加九锡之类的阶段。

“这一次加了九锡啦。”理文道。

“不，杨秀清不学无术，做法更加露骨，比加九锡还厉害。”连维材皱着眉头。加九锡是准许臣子拥有不准有的物品，但比天子还要低一等。杨秀清和天王一样称“万岁”，应该说这种篡位准备活动比加九锡还要露骨。

“是要搞禅让吧。”

“杨秀清大概是这么打算的，但天王会不会愿意呢？”连维材表示怀疑。

“不愿意也要被迫这么做的，没办法呀。”

“从天王过去的行动来看，他确实有点优柔寡断。不过，到了要保护自己地位、自己性命的时候，恐怕不会像过去那样迟疑不决了。他这次并不那么迟钝。”

“要采取行动的。西玲已去了南昌。”

“要赶在东王生日之前，东王一定会选择这一天作为禅让的日子。天王当然会意识到这一点，要动手必须在这之前。”

洪秀全就是在他生日那天即位当天王的，东王也会模仿着这么干的。

八月十七日，东王的生日。万岁事件发生在七月二十二日，还有时间，但必须赶快采取措施。洪秀全之所以轻易地允许杨秀清称“万岁”，是为了让他觉得天王是个窝囊废，是个不足惧的人物，所以洪秀全故意做出一副高兴的表情。其实，洪秀全当时几乎把肺都要气炸了。

连维材身在上海，都已经相当准确地掌握了天王的意图和行动的日期，杨秀清反而没有觉察。这就是所谓的“当局者迷”吧。东王太小看天王，被天王的表演弄糊涂了。天王豁出性命，努力演了一场戏。

“东王忘恩负义，如不肃清他的势力，太平天国的理想将不可能实现。北王（翼王）啊，你掉转军队来对东王及其亲信实行天诛吧！……”带着西玲同行的天王密使，向韦昌辉和石达开传达了同样内容的话。

咸丰六年（1856年）八月三日，阳历九月一日，太平天国丙辰六年七月二十六日。

“今天深夜……”西玲提前一步从南昌回到天京，进入天王府，向洪秀全汇报。

“天王叫美女弄得神魂颠倒啦！”人们心中都在这么想。事实上，确有这种倾向，但也是洪秀全故意表演。这样做出来让人们看，可以使杨秀清感到放心。同样，出入于天王府，若是女人，就不会太引起人们的注意。西玲进入天王府，人们会这么认为天王在女人上出了问题，一定是委托这个老练的混血女人来解决女人的矛盾。西玲也有意向人们透露出这种意思，她说道：“这话可只是在这儿讲啊，天王身边的那些女人争风吃醋，彼此不和，已经闹得不可开交了。现在把这麻烦差事交给我。不要跟任何人说啊！”叫人不说，在很多情况下，等于是要人把它传扬出去。尤其是天王府的后宫，那里是谁都无法窥视的秘密场所，那儿发生的事最能引起人们的好奇心。

对天王府好奇的目光，过于倾向于这个方面，就不再顾及其他了。

洪秀全伪装成功。

“是今天夜里呀……”洪秀全低声道，他的脸上毫无表情。不将真情流露在脸上，几乎已成了他的习惯。

“您的决心没有改变吧？”西玲叮问了一句。

“箭在弦上，不得不发。”都说洪秀全欠果断，但他要消灭杨秀清的决心，坚定不移。

当然，这件事在东王府里也是保密的，东王杨秀清只是跟他身边的几个亲信商量过。其中有一个人叫胡以晃，把此事报告了天王。在金田起义前，洪秀全和冯云山隐藏在平南山中时，胡以晃曾窝藏过他们，并穿过清军包围去同金田村联系过，才使杨秀清把他二人从危险中救了出来。此后，胡以晃就成了太平天国最高层领导人之一，后来逐渐接近杨秀清，被人们看成是东王亲信。胡以晃的妻子担任东王府女丞相，掌管东王家务，由此也可以看出他全家深受东王信任。

胡以晃跑到天王府报告道：“快采取措施吧！否则不仅万岁（洪秀全）的地位，连性命也危险啊！为保护万岁，我胡以晃万死不辞。现在可比当年的平南山还要危险得多啊！”

“谢谢您，衷心感谢！”洪秀全对杨秀清的篡位计划深信不疑。

他为什么要来报告东王的秘密呢？

洪秀全没有问，但他已推断出，也许是胡以晃想起了平南山以来跟自己的关系。不过，洪秀全曾在平南山中见过胡以晃的妻子，他脑子里一直深深刻印着胡以晃妻子俊俏的形象，而胡以晃的妻子现在正在杨秀清的身边，这一点说明了一切问题。

“就要开始啦！”听了西玲的汇报，洪秀全毫无表情。

东王府丝毫没有警惕。自从击溃江南大营，东王府甚至有一种急躁的情绪。

“大喜的日子就要到来了。我觉得有点太晚了。”胡以晃道。现在，他的任务就是奉承杨秀清。叫人一奉承，杨秀清更加忘乎所以。只有心腹亲信在场时，杨秀清从不掩饰自己的喜怒哀乐，反应极其单纯。

“是呀，太晚了。因为北方出了问题，又有江南大营。不过，来日方长嘛。”所谓“北方出了问题”，是指北伐失败。北伐军中的干部大多是杨秀清的人。自己一派的将士虽在北伐中遭到损失，但最近在天京得到了补充，毕竟“大树底下好乘凉”。

就太平天国的军事势力来说，当时分三派。南王和西王已死，天王深居简出，不想过问政治和军事，所以拥有军队的只有东王、北王、翼王三人。东王亲自坐镇天京，把北王和翼王派到外地，希望在作战中削弱这两派的军事力量。但是，当时广东天地会相继造反，而小刀会已经灭亡，所以广东天地会的兵力都流进了江西石达开军。杨秀清把石达开军调到武昌，让石达开与韦昌辉交替，其原因之一就在这里。

杨秀清害怕很有威望的石达开。在夺取天王地位的问题上，杨秀清最注意石达开的动向，东王手下的优秀情报人员大多派到了武昌，监视石达开的言行。杨秀清瞧不起韦昌辉。韦昌辉常对杨秀清阿谀奉承，在太平天国内部的评价一向不佳。

韦昌辉带领三千士兵，分乘二百余只船，已抵达天京。东王没有接到任何报告，这行动隐秘而迅速。二百余只船，分散在南京城下各处靠了岸。在临战状态下的南京，有几十只船靠岸，并非什么稀罕事，南京常要补充粮食和弹药。北王的军队在深夜分散从各个城门进入南京。胡以晃已通知各城门守军：“有些小部队士兵换防回京，请放行。”

军队分散进城后悄悄集合。政变的领导人们集中在天王府附近一家民房里。燕王秦日纲是反杨秀清的急先锋，他主张立即袭击东王府。胡以晃早已及时拟订了突然袭击的计划。行动的时间越往后拖，被发觉的可能性当然越大。可是，韦昌辉把嘴撇成“八”字形，眯缝着眼睛说道：“要见到万岁（洪秀全）后才行动！”

“时间最为宝贵，不允许迟延！”胡以晃道。

“我从使者口中听到天王要诛杀东王的命令。使者带来了一些凭证，我才相信而回到天京。不过，为慎重起见，我希望会见天王得到确认。”韦昌辉坚持自己的意见。没有他的同意，是调不动军队的。

胡以晃耸了耸肩膀，叹了口气。

“行呀，我和您一块儿去。不过，要带一个天朝掌医去，韦将军装作是掌医的跟随，这样可以吗？”西玲道。戒备也许不太严，但必须要考虑到东王的谍报人员在监视着出入天王府的人。所谓天朝掌医，就是太平天国政府的外科医生。在数名掌医中，有一人跟西玲关系亲密。由于工作关系，打着“天朝掌医”的牌子，就可以自由出入天王府——西玲想出了这个办法。从韦昌辉来说，既是天王的命令，他可以豁出性命来消灭东王，但事后如果发现天王并不知情，他就成了随意杀害东王的叛徒。韦昌辉十分谨慎，当然要证实一下天王的意思。

洪秀全的眼神带有一点怯意。

“东王想把太平天国变为一己私物，而且他对天父耶和华、天兄基督并无敬意。只是表面上装作尊敬的样子。这些我完全清楚。若把我从天王位子上赶下去，天国就不只被杨秀清篡夺的问题，天国本身就不复存在了，太平天国会变成毫不相干的杨氏王朝。诛杀杨秀清和他的三个兄弟！其他人不要枉杀。”——这是天王洪秀全说的话。

“是，我明白了。”韦昌辉退了出来。天王的意思已得到证实。

“只杀东王和他的三个兄弟！这怎么成呢！这是战斗啊！”韦昌辉心想。

袭击东王府，东王府的军队肯定要应战，一旦发生战斗，只死几个人是办不到的。

“不要枉杀？”韦昌辉口中不觉冒出这句话。

“只杀东王和他的三个兄弟，当然是指可能的话。天王的意思是希望尽可能不要多杀人。”西玲道。

“这个我明白。”韦昌辉在黑暗中，露出冷笑。其实他心中早已决定要尽可能多杀人。东王府的将士统统都是敌人，让他们活着，就会起来为杨秀清报仇。多杀东王府里的人，是为了保证韦昌辉的生命安全。

西王下令：“这是你死我活的战斗！不必有任何顾虑，毫不留情！有些人过去是同一个部队的，并肩战斗过，绝不能感情用事！听明白了吗？要杀！杀！杀！斩尽杀绝！全体人员左臂上缠着白布作为标志，左臂上没有白布的统统杀！不分男女老幼！”

天王说过只杀杨秀清及其兄弟、不得枉杀他人，本来他还想提一个要求，因韦昌辉抢先说了句“必须立即行动”，所以他的要求未能说出口。洪秀全虽决心要消灭东王，但他希望韦昌辉和石达开两人来完成这一任务。

洪秀全不愿把诛杀杨秀清的理由只说成是他想夺取天王的位子。

东王不信教，却多次“天父下凡”。洪秀全早就考虑应当把这个信仰问题公开提出，太平天国是一个名义上以信仰基督教为基础的政权，洪秀全一贯主张要把这一原则坚决当成国家基本，而在宗教信仰方面，杨秀清从金田村时期起就是个问题甚多的人物。杨秀清扮演“天父下凡”，但有关宗教信仰问题的讨论，他常避不参加。

“那家伙没有宗教信仰，也不想在这方面进行学习，宗教信仰对他来说不过是谋求世俗权势的手段，怎么能容许这样的人来篡夺我们的太平天国呢！为了宗教信仰，为了保卫真正的太平天国，我必须要消灭叛教的杨秀清。”洪秀全之所以不像平常那样优柔寡断，决心消灭杨秀清，是他这么反复多次考虑的结果。

从太平天国各方面来考虑，都不允许有杨秀清的存在。要采取这样的措施，起码要由北王韦昌辉和翼王石达开两个大将共同来执行诛杀东王的任务。

“延期到翼王从武昌回来之后行动。”洪秀全本想提出这个要求。但韦昌辉已抢先说道：“今天夜里要行动，拖延到明天，就会被杨秀清发觉，那样，不要说我，就是天王的性命也不能保，只有现在立即动手。”

应该说，这个意见是正确的。

北王的军队已经做好政变的准备，天一亮谁都会发觉的。要等翼王，根本办不到。天王若真说出这种话，那将会遭到韦昌辉轻蔑的。事后天王也觉得还是幸好没有说。遗憾的是没有考虑到地区的远近。没有先向较远地方的石达开派出密使。从南京来看，石达开所在的武昌要比韦昌辉所在的南昌远。不仅如此，武昌正在进行激烈的战斗，而南昌只是在封锁曾国藩。韦昌辉要离开战地比较容易，石达开则相当困难。

没有考虑这些差异，只能说是洪秀全缺乏军事知识。

“您是很重要的人，请您留在这儿。”韦昌辉离开天王府时，对西玲道。

“我说……有我能做的事吗？”西玲的好奇心非常强，若可能，她真想亲眼看到东王被诛。她的空想常飞跃，脑子里甚至描绘着这样的场面：“我是女人，而且从我们在广西桂平洗石庵时就认识，杨秀清对我不会警惕，我要接近他的身边并不困难，我可以用隐藏的匕首刺进他的胸口。”

可是，韦昌辉一再摇头：“危险！……而且您是非常重要的人。”

韦昌辉离开后，西玲反复琢磨了他所说的话，不由得内心里打了一个寒战。韦昌辉说危险，他一定是考虑到不会像洪秀全所说那样，只杀几个人，而是要进行更大规模的屠杀。

他说重要的人是什么意思呢？能够证明韦昌辉是直接受天王命令的人，除天王身边的人外，只有一个西玲。若事后天王道：“我不记得发出过这样的命令。”天王身边的人自然也会矢口否认。到那时，西玲会用自己的亲身见闻，毫不掩饰地来证实这一切。凡是从桂平时期就认识她的人，都知道她有一个天不怕地不怕的性格。

“我作为证人是一个重要的人，一定是这个意思！……”西玲心想。

可不能让重要的证人死了！——韦昌辉看来已经意识到这场屠杀将是十分残酷的。

“我要出去！请让我出去。”西玲恳求天王府里的管事人。

“不行！万岁命令，打现在起，今天夜里谁也不准出去。”

“那么，请让我见一见万岁。”

“已经入后宫了，万岁一旦进了后宫，谁也不见的。”

“有紧急的事！”

“不行！”

管事人的答复很冷淡，但情绪异常紧张。

天王已命北王诛杀东王，但他却极力装作像是局外人。

“是我，不，是我们错看了洪秀全这个人吗？”西玲心想。

南京的东王府里，展开了一场举世震惊的大屠杀。人们都说杨秀清像狐狸般狡猾。狐狸以小心谨慎而闻名，河里即使结了冰，若还能听到冰下流水声，狐狸也不会渡河。杨秀清被人比喻成这种小心谨慎的动物，可这时却丧失了警惕性。杨秀清自信，自信他已经掌握了太平天国。自信有时会变成过于相信自己，过于相信自己就是骄傲自满，骄傲自满会放松警惕。

韦昌辉的部署包围了东王府。东王府卫兵没有发觉，东王的部下也麻痹大意了。不仅是东王府，北王还在城内各重要地方部署了自己的部下。北王变得十分谨慎，他心想：今夜若让杨秀清跑了，那一切都完了……

首先冲进东王府的是燕王秦日纲的部队。“头阵一定让我来打，理由您是知道的。”秦日纲道。前面已经说过，两年前，因马夫失礼，他被杖刑三百，他不能忘记这次屈辱。“我一定要亲手杀死杨秀清和那个老浑蛋。谁发现了他们，不要杀掉，带来见我。”在冲进东王府之前，秦日纲叮嘱部下。

“狐假虎威的老浑蛋！”秦日纲向手心里吐了一口唾沫，狠狠骂道。

麻痹大意的东王府卫兵们，刹那间都被砍倒在地。秦日纲知道东王寝室所在，手持明晃晃的利刃，直奔那里。

“敌人打进来啦！”

“是江南大营的鬼魂出现了吗？”

“不，说是天王派来的军队！”

“赶快集合士兵！”

“鸣钟！”

东王府里乱成一片，秦日纲已冲进了东王卧室。杨秀清光裸着身子。一个女人蒙着红绸子，蜷缩在杨秀清身边。杨秀清扯着红绸子，想往自己身上裹。

“不准动！你这个光屁股的坏蛋！”秦日纲手中利刃闪闪发亮，用刀背狠狠砍了一下杨秀清的手腕。

“啊哟！”

杨秀清两眼瞪着秦日纲，接着飞快地向左右瞥了一眼。东王卧室里灯烛辉煌。

“我的马夫小梁受车裂之刑，四肢分了家，我也叫你遭一遭这个罪！”秦日纲慢慢朝杨秀清身边走去。杨秀清直到最后都在考虑如何逃跑，他突然想到首先应该吹灭蜡烛，但屋子里有五处地方摆着烛台。

“等等！”杨秀清也终于发出了哀呼声。

“我早就等待着你的哀号！”秦日纲抡起利刃，当他挥下时，发了狂。

“让你尝尝厉害！让你尝尝厉害！”秦日纲每次抡起、挥下利刃，皆大声叫喊。反溅的鲜血把他浑身染红，烛光照着他的身子，着了火似的。

“把老浑蛋带来了，是这个老浑蛋吧？”秦日纲部下带来一个老头儿，把他推倒在血泊中。

“没错，就是他。小梁被你大卸八块，我要为小梁报仇！”秦日纲眼里有种疯狂。

老头儿眼里的畏怯已经消失，不知什么时候变得和秦日纲一样疯狂。老人嘴唇微微颤动，带着一种可怕的笑。接着，一阵鲜血迸溅。

“完了吗？”韦昌辉跑了进来，连刀也没有带。

“完了。”秦日纲用嘶哑的嗓门儿答道。

“袭击已经成功，我们胜利地执行了天王的命令，现在正在扫荡残敌，很快就会收拾干净。”韦昌辉用冷淡的目光看着身旁的尸体。

“现在该怎么办？”秦日纲忍不住提问。

“到天王府去认罪。”

“认什么罪？”

“万岁说不准杀人，我们杀了几千人。”

“那是因为遭到了抵抗，已经发生了战斗，我们不杀人，就会被人杀掉。”

“万岁不明白这些。这是我的问题，我甘愿受应得的惩罚，我将主动提出请求。”

“这样的事……”

“都由我来办。要在城内四处宣传，说我们奉天王命令，已经杀了逆贼杨秀清。”

“是，我们分头去做。”

枪声一直响到天亮，东王府早已停止了抵抗。但韦昌辉仍命令继续放枪。枪朝天空放，在枪声间隙中，到处可以听到“杀九千岁啦”的喊声，和呼应这种喊声的欢呼声。不知这欢呼声是来自政变部队，还是来自一般老百姓。

发狂的韦昌辉

韦昌辉向天王提出请求："我们遭到激烈抵抗，尽管不愿意这么做，还是杀了很多人。我甘愿受惩罚，请施加鞭刑。"

西玲感到奇怪，以她对韦昌辉的了解，他并不是会说这种话的人。洪秀全应该比她更了解韦昌辉，但却没有对韦昌辉的请求提出疑问。西玲因此更觉得奇怪了。后来发生的悲剧本可以避免，但却发生了，西玲感到很痛心。

"这次北王来提出的请求，您不觉得怪吗？"

"怪？哪里怪？"天王好像不理解她的意思，至少表情上看如此。

"主动要求惩罚，和平常的韦昌辉太不一样了……"

"西玲，你离开桂平后，北王常阅读《圣经》，学习很努力，跟过去大不一样了。"

"是吗？"西玲觉得难以理解。

根据太平天国的习惯，一旦发生重大事件，首先在天王府前宣读"女宣诏书"，然后在天京城内规定的场所张贴诏书。

"北王韦昌辉因滥杀无辜，处鞭刑四百。"

女宣诏书宣读布告后不到一个时辰，天京城内所有人都知道了这件事。人们的反应各不相同。

"不愧是万岁爷，裁定公正！"

"东王专横不可宽恕，但北王做得太过火了。"

"不错，做得过头了，应当受惩罚。"

"不知北王会不会服从裁判，令人担心哪。"

“既是天国臣民，就应该服从诏书。”

“天京还有许多东王的部下，主子叫人杀了，天王这么做，大概是为了抚慰他们吧。”

“但愿就此平息就好了。”

“不会就这么平息的。哎呀呀！今后不知道还会发生什么事！”

“我们相信万岁爷！只相信万岁爷一个人！”

天王下诏，向人们宣布：“上天泄露了东王的逆谋，其余党一律赦宥（宽恕），不问罪。”

天京很久没下过雨，空气干燥，人们担心旱灾会带来歉收。可是，在北王杀了东王那天夜里，下起倾盆大雨。

“流的血就这样冲洗干净了，我接受鞭刑，事情就这么结束。这完全是上天的意旨。”北王对身边人道。这些话，很快传遍了天京城。

东王府里的军队基本上被杀光了。但东王麾下的军队分散驻扎在城内其他地区，天王对他们发出了赦免令。韦昌辉和秦日纲在受鞭刑，东王旧部奉命前去观看。

“大概是要让人们泄泄愤吧！”

“就是把北王脊背打破了，我们的战友也不会死而复生。”

东王旧部虽这么说，还是朝鞭打北王的地方走去。他们共约五千人，聚集在两座朝房里。所谓朝房，是指在广场上举行重要典礼仪式时专为那些没资格参加仪典、而又要让他们观看的人建造的建筑，是一种带屋顶的野外观览台，可容纳多人，能清楚地看到广场。

鞭刑已经开始，这绝不是事先合谋好来骗人的，执行者使劲儿挥动着鞭子，韦昌辉和秦日纲伸开手脚，俯伏在地，每当鞭子挥下，他们都发出痛苦的呻吟。背上的皮肉破了，渗出鲜血，血痕不断扩延，脊背很快被鲜血染成一片通红。鞭打二百下后，执鞭的人也显得有点疲累了。

悲剧在这之后发生。

北王的兵团悄悄包围了两座朝房。在执行鞭刑时，监刑人大声地数着数。事先已规定好，以三百五十为信号，数字一到，就开始第二次斩尽杀绝的战斗。

“若没有这条规定，我会朝北王脑袋放它一枪的。”在存放武器时，有个士兵道。他旁边的伙伴笑道：“因为有你这样的家伙，才有了这样的规矩。”

五千将士赤手空拳。进朝房时不得携带武器，以防混进暴徒。

“三百五十！”监刑人尖利的嗓门儿这时已变得有点嘶哑，当他那故意拖长的尾音刚一消失，只听到处传来一片呐喊声。

“杀！杀！”

北王的将士胳膊上缠着白布作为标记，发出连他们自己也不明白是什么意思的喊声，冲进朝房。他们虽是照命令来杀人，但他们也明白这样杀人毫无道理。他们喊叫，是为了把自己的良心暂时驱出自己的躯壳。

“听起来就像在哭。”有人后来回忆道。

“杀了我吧！”那些身负重伤的人疼痛难忍，甚至向屠杀者哀求。

此时，广场上的四百鞭刑已经结束。

天王府的一个女官劝西玲去看鞭刑。

西玲道：“我可没有这样低级的嗜好！”她一直忐忑不安，心惊肉跳，“总感觉要发生什么不好的事。”

“不好的事？什么事？”天王府的女官吃惊地问道。

“我也不知道。不过，发生什么样的事，我也不会吃惊的。因为有好多次，我都看见了地狱。”在西玲脑海里，闪过鸦片战争时广州郊外的情景。时间已过了十五年，过去的那一幕惨景已很少浮上她的心头。但这并不说明过去的事已经消失，只不过是她不愿回忆罢了。

“我也看见过地狱啊！”那个女官道。

她是武昌人。太平军占领武昌时，曾把城里的妙龄姑娘集中起来，从中挑选美女。姑娘们给自己脸上抹上锅烟灰，但入口处放着脸盆。她当时看到这情况，感到“一切都完了”。她对自己的美貌很有自信，也以此为傲，但当她站在洗脸盆前时，她开始诅咒自己的美貌。她被迫离开父母，从武昌被带到南京。她所谓的地狱，就是当年面对洗脸盆时的情景。

“你多大了？”西玲问这可爱的女官。她曾听说过女官的身世，但不知道她的年龄。

“当时十六岁。”女官道。自在武昌被选中后，她感到自己已不再属于自己了，所以也就把自己的年龄永远停留在当时的年岁上。

“如果没有那样的事，今天翼王也就不至于这么辛苦了。”西玲道。

现在翼王石达开正为武昌的防守而艰苦战斗。

清军纪律松弛，在附近烧杀掠夺，失了民心。但太平军也并非完全获得了武昌的民心，他们没有烧杀掠夺，但选美女、拉壮丁已在武昌百姓心中结了疙瘩。尤其是选美女，百姓无论如何也无法理解，素来提倡军纪严明、宗教信仰和无私奉公的太平军，怎么会做出把女孩从父兄身边夺走这种事？若能完全赢得民心，武昌的战斗或许会打得轻松些。

西玲凝视着眼前的女官。

“你叫什么名字？”西玲问。

“余彩容。”

“你看到的地狱，跟我看到的低于，简直无法比。我们这些见过地狱的女人，想要活下去，唯一的方法，就是遇到任何事都要打起精神。”

“也许吧。”

交谈期间时，一位军官慌慌张张地跑进来。

“我有紧急事情要报告，请看这个。”军官一边大口喘气，一边将一张准许直接谒见天王的符拿给传达官看。

“你可以进去。”传达官准许。

那军官小跑着进了里面。

“他很慌张，到底发生了什么事？”传达官问站在一旁的传令官的随从。

“去看北王受鞭刑的东王军队，在朝房里统统被杀了。太残忍了！”随从皱眉道。

“统统被杀？”

“嗯，现在还在杀！”

“进朝房的人都不能带武器吧？”

“不错，都手无寸铁。是一开始就策划好了的。我一直觉得奇怪，北王竟愿受惩罚，这太不可想象了。”

西玲待在只隔着一张帘子的休息室里，随从的话清楚地传进她耳朵。

她感到一阵窒息般的难受，余彩容面色苍白，红唇更显得鲜艳。

“果然如此！”西玲自言自语，她感到一阵晕眩。也许是上了年纪，猛地起身时就容易头晕眼花，但现在的晕眩，不知是由于身体不适，还是由于听了随从的话。

“您怎么了？”余彩容担心地问西玲。

“没什么，有点儿不舒服。女人到了这年纪，经常这样。休息一会儿就好了。”西玲坐到带靠背的椅上。她的内心无法平静，休息了一刻钟，她又起身走动。

“不要紧吗？”余彩容冲着西玲背后问道。

“谢谢你的关心。没什么。”西玲答话时，一个传令军官在走廊上跟她擦身而过。

她走到院子里。一阵凉风吹来。西玲深深吸了一口气。不一会儿，身着黄袍的天王出现在对面走廊上。相距不远，天王的表情都看得十分清楚。

西玲把吸进的一口气暂时憋住，没有吐出来。

天王在笑！

天王确实在笑，笑得十分开心。

难道是天王和北王合谋搞了这次斩尽杀绝的阴谋，以消灭东王的军队？西玲心头涌起一团疑云。西玲极力警告自己不能产生这样的怀疑。可是，天王刚刚在笑，即使他没有同北王合谋，肯定也为这结果感到高兴。当北王要求惩罚时，天王很可能已觉察到北王是什么意图！

天王拐过走廊，消失了。一个男人跟在天王后面道：“是呀，除了亲人，谁也不可信啊！不管怎么说，总还是亲人嘛。你总算是明白了……”这些话清晰地传进了西玲的耳朵。

石达开接到天王的密诏，急忙从鲁家港登了船。东王专横跋扈，翼王当然很不高兴，但要是率军队去天京不太妥当。翼王二十六岁，遇事沉着冷静，但毕竟是个理想主义者，对于很多事都抱着几分幻想。

“毕竟是同甘共苦的伙伴，好好谈谈，应当能理解。”石达开这么想，所以他只带了少数部下。这样做，一方面是想尽量避免同室操戈互相残杀，另一方面是武昌前线正在打仗，要是抽出大量部队东去，这种异常的行动一旦被发觉，是相当危险的。

石达开在顺长江而下的船中，反复告诉自己，绝不能和自己人打仗，去天京只是为了商谈。

先行出发的幕僚张遂谋传来消息：

“东王已经被杀，东王府死了很多人。”

“东王旧部五千人遭暗算，全部被杀。”

“北王发疯似的，正在搜查东王残党，挨门挨户，弄得人心惶惶。”

“跟东王稍有关系的人都胆战心惊，四处躲藏，窝藏他们的人一旦被发觉，立即处死。”

“已经不是正常人所干出的事！”

大多是极坏的消息，张遂谋劝翼王：“再看看情况，暂时别进天京。”

另一个任丞相之职的幕僚曾锦谦也劝道：“北王之危险，已远超我们的想象，一个正常人怎么也不会干出这种事！”

“朝房的事可能不确实。”石达开还抱着幻想，觉得流传言总喜欢把事实夸大一些，也许事实并没有像张遂谋听到的那么严重。

“不，这是确切消息。”

“也许确有此事，但我认为在人数上可能有夸张。”

“无论是五千人，还是十个人，哪怕一个人，做这种事都是无法容忍的。”

“若情况属实，那我更应当去。你们为我担心，我很感谢，但我跟东王一向关系不好，这一点北王也是知道的。你们不必为我的安全担心。”

石达开进入天京城，先奔天王府。

“北王之残忍，比东王更甚！”洪秀全道。

“这么说，果然像传言那样……”石达开是打着翼王的大旗，从码头进入城门，直接来到天王府的，他坐在轿子里，看不清街上的情况。

“我不知道你听到了什么，不过，确实没有比这更残酷的事了。只要跟东王稍有点关系的人，不分男女老幼，统统不放过。”

“还在进行吗？”

“还在进行……唉，你来晚了。”

“您不是太平天国的最高领导吗！为什么不动用您的力量阻止这场残酷的杀戮？”石达开想这么说，但他忍住了，低下头说道，“我马上就去北王那里，跟他好好谈谈。”

“他要是谈谈就能明白就好了。你务必小心！”洪秀全轻轻摇了摇头，他的眼圈有一道黑影。

“我会拿出诚心说服他。”

“可是，我说达开呀……”洪秀全用了金田村时期的称呼，这让石达开感到温暖。

“您有什么要交代的吗？”

“还是要有学问啊！跟没学问的人相处太难了……我最初以为宗教信仰和学问没有关系，现在才深深感到要建立信仰，必须要有学问。东王连字也不识，北王虽识字，但学问浅薄……不是浅薄，是什么学问也没有。在太平天国中，有很深学问的，只有你啊！我能依靠的也只有你啊！”

“惭愧！”石达开出了天王房间，带着张遂谋，准备离开天王府。

“达开先生！”

石达开听到一个女人叫自己，回头一看，西玲从长廊柱子后面走出来。两人在桂平洗石庵时就认识了。

“你什么时候到的？”石达开问。

“我想死你了啊！”

“为什么没头没脑说这样的话？”

“是我受秀全先生的委托，去南昌叫回了昌辉啊！昌辉却肆无忌惮地乱杀人！”

“太残忍了。”

“秀全先生呼来了昌辉也不对，而我并不知道会有这样的结果，去当了他的使者，我也太愚蠢了。”

“使者没有责任。”

“我并不是天王臣子，本可拒绝这使命的。而我却按照天王的意思去了，结果弄成这样……我比您白长了二十多岁啊！”

“要设法说服北王冷静，我马上就去北王府。”

“还是不要去吧。即使没有天王的命令，昌辉也可能要杀死秀清的。昌辉是不能容忍有人在他之上的，你也很危险啊！”

“我在北王之下呀！”

“但是，就在太平天国中的威望来说，您比他要高得多，所以很危险。现在北王认为挡他前进道路的人，主要是您，而不是秀全。”

“不管怎样，不能就这样下去。我去和北王谈谈。”石达开紧咬嘴唇，快步走出天王府。

“您一旦觉察到危险，就立即逃出来！”西玲冲着石达开喊道。

“你是要跟我说教吗！”韦昌辉脸涨得通红。

“是想跟您谈谈，这一连串的事件，也该告一段落了。”石达开道。他并没有避开对方的眼睛。四目相对，韦昌辉的眼中露出凶光。

石达开心想，这样的目光，是不是意味着发狂？对方若真是个疯子，根本无可商谈！

“一连串的事件？”韦昌辉吐着唾沫星子，“是因为有罪才诛杀他们，是处刑！”

“东王——不，杨秀清确实有罪，诛杀罪人是应当的。不过，他的部下有什么罪呢？出桂入湘，最后进鄂，他们并非自己要求编入谁的部队，几千人只是偶然分配到杨秀清下面，进而驻扎在东王府里。他们究竟有什么罪！”石达开激动起来。

“住口！你这个狂妄的家伙！”韦昌辉大声吼道。

石达开意识到，对方已把假面具彻底抛掉了。

韦昌辉平常对人态度和蔼，从不开口骂人，但他笑脸下隐藏着阴险与狠毒。现在他杀了杨秀清，消灭了杨氏一派，假面具已经没有必要了。

“再说下去，也没有意义……好吧，如你所愿，我不说了。我这就回去。不过我还会再来的，我希望慢慢地……平静地跟您谈一谈。”石达开从椅子上站起，行了个礼，再次说道，“以后再来拜访。”

“还能来的话，那就来吧！”韦昌辉回道，语气有些狠。

石达开一边往外走，一边想起了往事。韦昌辉爱记仇，坚守“以牙还牙”的原则。杨秀清对下面的人一向专横跋扈，韦昌辉也曾受他的欺侮，虽然他一向俯首帖耳，极力忍受，但他从未忘记仇恨。他是“仇恨的怪物”。如今，韦昌辉露出了真面目，变成了一个可怕的家伙。

石达开出了北王府，走到轿子边，只听有人小声道：“上轿子，转过那边拐角时立即下轿。那里有一棵同样的槐树，向槐树旁的小巷里逃！有危险！我是谭七。”话声从一棵槐树后面传出。谭七的话，不会有错。

“老张，你也这么办。轿夫们该怎么办，我刚才已经教给他们了。”话声一消失，槐树后面迅速闪动了一个人影。拐角上果然有一棵大槐树。跟随轿边步行的张遂谋弓着身子，小声说道："就在这儿！"然后跑进小巷。石达开从轿里跳下来，紧跟着张遂谋。

"从这门进来！"那是一家民房的后门，谭七仅从门里露出一张脸。

两人进了后门。五分钟后，谭七、石达开、张遂谋三人已来到一家民房楼上。楼前有个小凉台，凉台上放着一口大咸菜缸，他们藏在咸菜缸后面，俯视着下面。轿夫们已被北王府的军队包围。

"五千岁（指翼王）说他想起一件事要办，要和张大人从巷子里抄近道去。是……是在那里下的轿。这轿子是空的。"轿夫战战兢兢地说。这些话都是谭七教的。

"什么！空的？"一个队长般的汉子用脚踢着轿子。

轿子翻倒了，轿帘掀开，里面果然是空的。

"哪条巷子？"队长用手中棒子杵着地。

"是……从这里看不到，是……有棵槐树的地方。"轿夫一屁股跌倒在地，缩着身子。

"追！"北王府的军队有二十来人，跟在队长后面，朝相反方向跑去。

"好险呀！"石达开闭上眼睛。

"是呀。我本想半路上阻止您进北王府，没来得及。"谭七道。

"谢谢你。不过，完全想不到啊！"

"现在天京不正常了。"

"该怎么办呀？"

"回翼王府等于送死。"

"我还有家人呀！"

"只好听天由命了。现在只能考虑如何逃出天京，北王会全城戒严的。"

"密布罗网吧！"

"朝小南门去吧，那儿基本上没有北王的部下。他很快就会配备人去的，要逃就马上走。"谭七催促石达开。

韦昌辉发狂了，原因在于争权。或许也只能这么解释。无论是事儿，都要听自己的话，都要向自己低头。伙伴们回想起过去的韦昌辉——和蔼可亲，谦虚谨慎，不善耍弄权威——如今夺取权力的宝座，也变得极其残酷无情。

得知翼王逃走，韦昌辉当晚就包围了翼王府。石达开的主要部下在武昌前线，但还有一部分人留在翼王府里，韦昌辉杀了石达开的娇妻和幼子，还有留守翼王府的这些人。

石达开经芜湖去了宁国府，那里驻有他麾下的部队。他听到了全家被杀的消息，不由得感慨悲叹："如果罗大纲还活着就好了！"

太平天国的权力结构建立在微妙的势力均衡基础之上。石达开跟罗大纲一向性情相投。罗大纲身经百战，石达开在南昌得以吸收大批从广东北上的天地会会众，扩大兵力，靠的是罗大纲。石达开曾与罗大纲联手，在九江大败曾国藩。只要这二人能紧密携手，韦昌辉肯定无隙可乘。可惜罗大纲去年战死了。现在想这些已经没用了。

石达开从宁国府来到安庆，这里集结着他麾下的大军。他向各地太平军发出檄文，要求"回师清君侧"。杨秀清的部下当然无条件地响应石达开的号召。尽管东王与翼王关系一向不亲密，甚至曾经暗暗对立，但现在情况彻底变了，他们都把北王当作不共戴天的仇敌。

罗大纲的军队也同一向友好的石达开军联合。桐城忠王李秀成的军队，大部分参加了石达开军，但李秀成暂时中立，杨秀清对他有知遇之恩，所以他的军队也被看作是准东王派。

石达开纠集了十万大军。

韦昌辉获悉石达开逃出天京后，决定让燕王秦日纲率一万五千军队追击，计划在石达开纠集各地军队前就把他打垮。秦日纲离开天京后，在芜湖前西梁山打败翼王的小股部队，但没有继续推进。北王人品太坏，东王人品确实不佳，人们对他专横跋扈亦大皱眉头，但现在，韦昌辉的恶人形象更为突出。何况追击石达开并非天王之意，人们对翼王的评价本就很好，现在他又成了天京的悲剧人物，声望甚高，秦日纲不得不深思。

"我若进攻石达开，一定会被人看作和韦昌辉是一丘之貉，遭到彻底的孤立。得啦，进攻清军吧！"秦口纲改变了目标。不管天国内部怎样混乱，清军仍是首要敌人。秦日纲进攻清军，自然不会引起石达开的反感。

李鸿章此时回到故乡安徽，率志愿兵收复了巢县东关，立了军功。进攻各地清军的秦日纲，等于为石达开向天京进军扫清了道路。

韦昌辉如坐针毡，焦躁不安。

石达开的密使已进入天京，要洪秀全处死韦昌辉和秦日纲，还附带一个条件，若要求不能实现，则率兵进攻天京，以自己的力量来惩处他们。

“这样下去，天国会亡的！”在天王府院子里，西玲不住地摇头。

“也许我还能回到武昌，虽然我已完全绝望。”余彩容道。

天京南边聚宝门外的大报恩寺宝塔，人称“天下第一塔”。

有文献记载，塔高三十二丈九尺，若果真这样，意味着高度超过百米。《大英百科全书》中记载，实际测量为二百六十英尺，也就是约八十米。总之，这座塔要比西安大雁塔和钱塘六和塔高得多。它不仅是江南名胜，亦被视为中国的象征。《南京条约》的草案就是在这大报恩寺塔下制订的。当时来中国的洋人都要参观这座塔。

天下第一塔眼下正遭到破坏。命令是北王韦昌辉下的。由于被炸药炸了好几次，天下第一塔的内部已被破坏，但外形仍完好如旧。

“爬到塔上去，从上面把塔一层层削掉！”韦昌辉下令。

石达开大军已经逼近，为了不让石达开利用城南这座巨塔作为攻城基地，他想事先把塔毁掉。以前太平军进攻南京时，清军也曾想过毁掉这座塔。太平天国毁坏佛寺宝塔当然不会招致反感，但这塔是当时中国的一个象征，是艺术品。南京的老百姓看到宝塔被毁，都在暗暗叹息。这倒不是出自宗教信仰，天下第一塔是他们的骄傲。

这座塔是明成祖永乐帝敕令建造的，永乐十年（1412 年）动工，宣德六年（1431 年）才建成。宝塔共九层，八角形。永乐帝建大报恩寺是为了供奉他的生身母亲。按史料记载，他的母亲是明太祖洪武皇帝的正妻马皇后。但实际上，他的生母可能是后宫里的一个高丽妃子。据说当时后宫里有个高丽妃子身怀龙种，孩子一出生，马皇后立即将婴儿夺去收养，并令妃子自尽，这孩子就是后来的永乐帝。永乐帝长大当了燕王后，终于知道了真相。传说真伪难以确定，也许是因为大报恩寺宝塔太雄伟、漂亮，因而人们编造了这样一个可以与它相媲美的故事。

天下第一塔的表面是用白琉璃砖砌成的，有着独特的风情。九层塔顶则是五色琉璃瓦，色彩鲜艳，极其华丽。建塔之地，传说正是三国孙权建造阿育王塔的地方。

“佛教虽是印度妖教，但毁掉那座塔也太过分了！”洪秀全道。他的两个哥哥终日跟在他身边，可谓形影不离。

洪秀全本名仁坤，在三兄弟中最小，大哥仁发，二哥仁达。杨秀清极力不让天王兄弟参与政务，也达到了目的。杨秀清掌握着“天父下凡”这绝对的武器，仁发和仁达若过于露面，立即就会受惩罚。因此，这两兄弟整日里胆战心惊，主动置身于太平天国的政治之外。杨秀清一死，“天父下凡”没了，天王的两个哥哥也就没必要害怕谁了。而在天王看来，东王专横，北王跋扈，不知还能信任谁。“不管怎么说，还是自家人好。亲哥哥是可以信赖的！”这两个庸碌的哥哥常在天王耳边这么说。

“不行啊，毁掉那座塔，一定会受到惩罚的。韦昌辉的日子不会长久。”洪仁发道。

“我就要对他施加惩罚，对他施加惩罚的是我！”天王道。

愚蠢的洪仁发听到弟弟说的话高兴得了不得，把这话在天王府里传开了。天王府中的厨师、杂役，混杂着北王的奸细。于是，这两句话当天就传到了韦昌辉耳里。

“是吗？惩罚？”韦昌辉冷笑，“先毁掉那座塔，接下来我还有非干不可的事呢！”他要袭击天王府，杀死天王，做天国的首领。

石达开的密使带来的要求，韦昌辉也知道了。天王的两个哥哥天真地以为天王府就是个密封的世界，什么话都说。洪仁发在厨房高声谈论：“那个在洗石庵里待过的蓝眼睛女人说得没错。万岁慨叹没有直属的军队，那女人就说，全天京的军队本来都应该听天王的命令呀！不错，只要一发命令，谁敢违抗圣旨！”洪仁发就喜欢厨房。

西玲并不是给洪秀全鼓气，她只是如实说而已。

“北王军队不多，秦日纲已带一万五千兵出了天京。”

“尽管北王在不停搜查，东王残党仍潜伏在天京城内，等待时机报仇。”

洪秀全意识到形势对自己极其有利。阳历十月中旬，他向天京附近的部队首长发出密诏。

东王堂弟杨辅清在江西，石达开同族石镇吉在镇江，他们对北王恨之入骨。天京附近的太平军正向天京靠近，韦昌辉当然知道，他已四面楚歌。

秦日纲率大军出了天京，却不攻打石达开，一味地跟清军作战。必须要把秦日纲叫回来。可是，无论派出多少使者，秦日纲就是不愿回天京。秦日纲十分了解天京的形势，现在回天京，下场十分不妙。他打算把战场当成避难所，等待着暴风雨过去。

“这小子根本就不想回来！”韦昌辉说罢，吐了口唾沫。秦日纲指望不上了，只有尽快袭击天王府。“什么时候动手呢？”他抱着胳膊，抬头仰望着已毁坏一半的天下第一塔。

“已经尽量集中爆炸，再有一两次就可以连根干掉！”

听到爆炸负责人的报告，韦昌辉暗中打定了主意：“好！塔倒之日，冲进天王府！”

阳历十一月的第一天。

韦昌辉从早到晚都注视着天下第一塔。塔座部分很棘手，爆破了五次，宝塔才从世上永远消失。

天王府抵抗之猛烈，远超韦昌辉的预想。天王府里有许多女官，这些广西女人没有缠过脚，力气很大，她们都武装起来战斗了，据说她们比江南的汉子还善战。

北王军队的士气之低，也超过了韦昌辉的预想。他稍一不注意，就有大批士兵逃跑。以前袭击东王府时的情况跟现在大不一样，北王部下长期咬牙切齿地忍受着杨秀清的专横，袭击东王府时，士气自然高涨。但现在袭击天王府，他们根本没有这种心情。天王深居天王府，很少露面，一般人都觉得他似乎在受东王压迫，虽身居高位，却十分可怜。进攻一个既不暴戾也不残忍的君主，士兵当然没有热情。而且在袭击东王府以后，士兵们也觉得“搞得太过了”。整整进攻了一天，未能攻进天王府。

韦昌辉决定暂时休战，第二天再发动进攻。就在那时，突然传来一片呐喊声，一支来历不明的军队，从包围天王府的韦昌辉军背后猛扑过来。

“镇江的军队现在不应该到呀！”韦昌辉早就分析研究了城外的情况，附近的部队最快也要明天才能到达。

“是傅学贤！”传令兵跑进来报告。

“这小子果然还在！”韦昌辉紧咬嘴唇。他连日来搜寻东王残党，其中最不好对付的傅学贤一直下落不明。有消息说他已逃出天京，这令韦昌辉一直很担心。

“多少人？”韦昌辉问道。

“不清楚。很多，大约有两千，不，三千吧。”传令兵眨巴着眼睛。

“不准信口胡说！”韦昌辉大吼一声。

传令兵见韦昌辉大发雷霆，以为要杀自己，一溜烟跑掉了。既然被起用为传令兵，当然是得到韦昌辉信任的人，可是，他再也不会回来了。

在破坏天下第一塔期间，傅学贤一直在悄悄召集东王残党，他欢迎无所属的士兵和一般的老百姓。有人注意到傅学贤的活动，但谁也没去向韦昌辉报告。韦昌辉完全失去人心。

天王府大门打开，从里面冲出了御林军。韦昌辉只有两千人，前后受到夹击。没有人愿帮韦昌辉从这里逃出去。他已是孤家寡人，一个人盘腿坐在天王府前广场上，呆若木鸡。他怎么也无法相信眼前所发生的事。

“喂——！北贼在那儿！”

韦昌辉平时动作敏捷，现在连逃跑的气力也没有了。他被俘后，受“肢解”之刑——先砍下脑袋，然后把身体砍成碎块。

“首级送到石达开那儿去！”洪秀全道。

东西南北四王全部死了，现在这个国家只有依靠地位仅低于四王的翼王石达开了。要取得石达开的欢心，再没有什么东西能比韦昌辉的首级更为有效。韦昌辉的身子被割成二寸见方的肉块，悬挂在城内各处。肉块旁立着牌子，上写：“此乃北奸之肉，准看不准取。”

西玲早就想回上海了。“你看到了另一种地狱啊！”她说。

余彩容使劲儿点点头。

“我要把你从这儿带出去。武昌现在正在打仗，先去上海吧！”

“真的？我能从这里出去吗？”

“嗯，已经跟万岁爷说了，他准了。”

“真的？”彩容的眼睛闪闪发亮。

“简直像做梦啊！不过，万岁爷还是准了。”

“我和他是老朋友，特别要求他，他就准许了。”

西玲没有告诉余彩容，她是怎么说服洪秀全的——“我希望天京永远不会告急，但做好准备还是必要的。有一个问题必须考虑，是否把子嗣全都放在天京。已经出生的孩子这么可爱，您恐怕不忍他们离开吧……但至少，今后出生的孩子……我想把余彩容带到上海去，她已怀了您的孩子……”洪秀全听到这里，点了点头。彩容怀孕的事，是西玲编造的，她只想把彩容从这牢狱般的地方带出去。

杀死韦昌辉的一部分军队立即被派出去逮捕秦日纲。秦日纲的一万五千名士兵爽快地交出了他们的总司令。

“天王圣旨的威力就是这么大！有了它，什么都能办到。”洪仁发高兴地叫嚷着。

韦昌辉和秦日纲的首级用盐腌着，送到了石达开那儿，同时还送去了一封诏书，要求石达开“归京辅佐天国”。

石达开从安庆出发回天京。西玲带着余彩容，在南京城下登上了去下游的船。

石达开出走与远征

小刀会消失后，上海局势平稳。理文认为，太平天国因其清高，未对小刀会施以援手，而不可能获得更大的发展。

连维材却说："正因为这种清高，它才能发展到今天这样大的势力，否则它跟过去的土匪并无两样。"他认为太平天国未将目光转向上海，是政策上的不成熟。

太平天国的强敌在西边。从天京来看，西边是长江上游，对付曾国藩是天国至高无上的任务，一定要保住武昌，所以天国最强大的部队都放在西边。

"这关系到生死存亡，目光自然必须要转向西边。"理文道。

"不错，但问题就出在，只注意到了西边。若湘军从上游打过来，说不定还要放弃南京，退到上海。上海可以使太平天国东山再起，可惜啊……"

"确实过于重视南京了，大概是因为建了宫殿，才会死抱着不放。"

"这样一来，上海就为英国所利用了。"

说是英国，其实代表一切外国。一八五四年七月，英、美、法三国领事新定了上海土地章程，获得上海道台承认，接着又建了新的市政厅，基本形成了上海的外国租界。当时上海道台是吴健章。他在小刀会造反时当了俘虏，被美国公使马歇尔救了出来。后来他才了解到，其实刘丽川是有意放他走的。

吴健章立场很微妙。

"为什么不向进入上海的船只征税？"英国领事俄尔科克质问吴健章。

按规定，进入上海港口的船舶和货物都要缴纳关税，但是海关由于小刀会叛乱而遭到破坏，一直没有恢复。英国领事一直指示本国船只要缴纳关税。

但法国领事的态度是，对方不收，所以不缴；美国商人也发出通知说，若其他国家船只不缴税，他们也不缴。俄尔科克的抗议，意思是在说老实人吃亏。

吴健章的命是洋人救的，他在洋人面前当然挺不起腰杆。他曾想在租界内恢复海关，但遭洋人反对，说这样会成为小刀会进攻的目标。

“把这件事交给我们。”

在洋人的逼迫下，吴健章自然只能听命。

新的海关建起来了，英国人当了负责人，清政府无奈，只好任命这英国人为“海关总税务司”。吴健章遭到北京斥责，加上他跟洋人共同贸易的事被发现，朝廷又怀疑他私通太平军，不久，他就被流放新疆。

吴健章虽受了惩罚，但海关征税权已经放手，朝廷再也收不回来了。三个条约国各出一名委员，组成了关税管理委员会。这个委员会确实效能很高，因为他们都是这方面的专家。以前清朝海关官吏根本不学习，连什么是海关都不清楚，不断出问题。

“这样一来，买卖确实好做了，只是……”连维材苦笑。

四年后的《天津条约》中，海关事宜正式得到追认。

“我国也必须培养海关专家，过去的海关太差劲，所以人们才觉得现在的好。”理文道。

“对。要培养各方面的人才，必须尽快把海关拿回来。遗憾的是目前还只能到外国去学习，去留学。”

太平内讧前不久，连维材接到在香港的温章写来的信，内容令人担心。

“英国似乎认为，朝廷因同太平军作战，已无余力，这是争取政府让步的好机会……”所谓争取让步，不过是企图发动战争的同义语。

正当连维材担心时，天京事变发生，接着又传来了广州亚罗号事件的情报。消息是温章送来的，自然是可信的。

一八五六年十月八日，广州天气还很炎热。

“有海盗！是海盗！”一个汉子满头大汗地跑进了水师巡逻哨所。

“一个月前在上川岛……我不会忘记那张脸……他会逃走的。”汉子说得急，哨所水兵根本不知道他在说什么。

“坐下来，慢慢说。”

听水兵这么说，那汉子才用手背擦了擦嘴角，一屁股坐在椅子上。等心跳平静了，那汉子说明了情况。他说，一月前在上川岛遭到海盗袭击，财产都被抢了。财产不多，但对他来说却极其宝贵。听说还有其他的人同时被抢，他们当时一起报了官。

“哦，照你说那个海盗肯定是在那儿吗？”管带梁国定从里面走出来。那汉子说话声音大，屋里也听得到。

“是的，在那里。”

“是在海珠岛吧。”

“是的，船还靠在那里，再不去就跑了，请务必抓住他！”

“知道了，我这就去搜查。”管带道。

海珠岛是珠江中的岛，梁国定十分积极，这在当时的清军水师中可不多见。他亲自登上巡逻船赶赴现场。那汉子所指的船，名叫亚罗号，是一艘洛加船。所谓洛加船，是一种将东西方造船原理结合起来所造的帆船。桅杆和船帆跟中国帆船一样，但船身是按欧洲样式建造的。桅杆和船帆最引人瞩目，远处一看，谁都认为它是中国帆船，但近看，起码熟悉船只的人会发觉这船跟帆船形式不同。

梁国定带领三名县里官吏和六十名水兵，搜查了亚罗号。

“啊，是你们呀！”县里负责治安的官吏认识臭名昭著的海盗。

“是梁明太、梁建富……”官吏连海盗的名字也知道。

亚罗号上有十四名中国水手，船长是爱尔兰人，名叫肯尼迪。搜查时，他正好到附近的船上访友，等他回来，搜查已经结束了，水手们正要被带走。

“把水手都带走，那可不行！”肯尼迪抗议。

“那么，留下两个吧。”这些人中有臭名昭著的海盗，也有大家都熟悉的正经水手，梁国定留下两名肯定没有问题的水手，抓走了十二人。

肯尼迪把这事报给了英国驻广州领事哈利·斯密·巴夏礼。帕克斯后来出任驻日公使，跟日本关系也很密切。他当时二十八岁，急功近利，刚由厦门副领事提升为广州领事。

连维材得到亚罗号事件的消息时，不觉脱口说道：“糟了！有帕克斯可糟了！在糟糕的时候碰上这个年轻人……”

帕克斯是个孤儿，在鸦片战争中极其活跃的传教士欧兹拉夫的夫人是他表姐。帕克斯十四岁来到广州，寄居在欧兹拉夫家里，跟洛巴特·莫利逊二世学中文，成了“中国通”。

可以说，帕克斯是在实践中得到磨炼的。他的前任俄尔科克是军医出身，作为外交官也有点破格，但毕竟受过正规的医学教育，算是名流。从英国式的保守观点来看，帕克斯是旁系的外交官。作为外交官，要想出人头地，就必须建立大功绩。由于欧兹拉夫的关系，连维材也认识这个年轻人，了解他的野心。要在外交问题上为英国立功，就要在外交或通商方面争取清朝让步，因此就必须要诉诸军事行动——制造开战的借口。帕克斯一直在期待合适的借口。肯尼迪向帕克斯报告亚罗号遭搜查时，他心里一定很高兴。帕克斯立即要求管带梁国定把被捕水手引渡给英国领事馆。不是要求释放，而是要求引渡！亚罗号是英国船，清政府的警察权和司法权不能达到那里——这是帕克斯的根据。

梁国定拒绝了。他的理由是，亚罗号在中国制造，为中国所有，船上水手都是中国人。当时，违法运输鸦片或政府专卖食盐的船只，都在香港把船登记为英国船籍。有了英国船籍，政府官吏就不能登船搜查。船籍登记证是公开走私的护身符，所以要获得这样的登记证不太容易。亚罗号的船籍登记证是所有者花一千美元从丹麦领事布洛克手中买的。

这种走私活动横行无阻，鸦片就无法禁止，清方早就对此感到愤慨。梁国定想借此机会剥去走私船的假面，而英方也认为这是一次好机会，尤其负责人是功名心切的帕克斯。

“大事不妙！但愿我的预测不准。”连维材叹了一口气。

石达开听说全家被杀时，写了一首诗：

狐鼠纵横惯噬人，
无端冲破一京春。
夜阑试向城头望，
何处妖星巨若轮。

他在日记中写道：“余大恸几晕。”

安徽太湖城附近有个韩家村，这一带治安混乱，土匪横行，村子也遭到洗劫。后来石达开率太平军开了过来，土匪四散逃跑。

“发现了一个女孩。”卫兵把一个少女带到石达开面前。

“只有一个人吗？”石达开问道。

“是的，只有一个人。”

“是吗……”石达开眼里溢出泪水。

土匪袭击了韩家村，村民全部被杀了，只有这个少女躲在草丛中逃过了一劫。

“你叫什么名字？”石达开问正在抽泣的少女。

“韩宝英。”

“几岁了？”

“十四岁。”

“哦，已经十四岁了！看着很小的样子呢。”石达开凝视着少女的脸。

大概是她个子小，看起来年龄小。在当时，十四岁已经是适婚年龄了。

少女又呜咽起来。

“你跟我一样，家人都被人杀了，只剩下孤身一人。你的心情我理解……不过不能光哭呀，好啦，我替你报仇！”

“报仇？”少女抬起被泪水打湿的面孔，眼睛一动不动，望着石达开。

“对，为你报仇！”石达开命前锋队、中队一千兵马搜山。

太平军以前常遇山贼土匪，但他们的主要敌人是清军，只要土匪不抵抗不阻挠，一般都会放任不管，这次搜山是破例。洗劫韩家村的土匪只有一百几十人，搜山部队很快把他们全部绑了回来。

“宝英，你是在草丛看到的，还记得仇人面孔吧。来，把他们指出来。”

听石达开这么一说，韩宝英一个一个地验看土匪的面孔。

“是他！还有他！”

父母、哥哥、嫂嫂都被杀害，这位十四岁的少女胸中燃烧着愤恨的怒火。当场这十几个被指认的土匪被杀，其他土匪则被命令去挖土建墓。杀人的人来为被杀的村民建墓。把村民尸体埋葬后，石达开才把剩的土匪放走。

“为什么要宽恕这些家伙呀？杀害宝英家人的是那十几个土匪，其他家伙肯定也干过坏事。”张遂谋道。

“不能都杀掉呀！”石达开抬头仰望夜空。

“是呀，我明白……若是北王或东王，肯定会把这些家伙统统杀掉。这就是您和他们的不同之处。正因这种不同，我们才为您效命。”

“叫大家受累了。”

“宝英该怎么办呀？”

“这姑娘已是天涯孤女，不能留在此地。再说，这姑娘会看书写字，我想会有用处。”

“不仅会看书写字，还会写诗作文，真没有想到！”

“做我的养女吧。我已经失去了三个女儿。”

石达开三个女儿中，一个小时病死，两个被韦昌辉杀害。此后，翼王军中都称韩宝英为“四姑娘”。当然，石达开的三个女儿都比宝英小，四姑娘的称呼似乎另有意味。石达开这时才二十六岁，宝英做他妹妹也许更为合适。不过，自从四姑娘在身边，石达开的心情比以前开朗了一些。他们父女相依为命，相互抚慰心头的伤痛。

阴历十一月初，天王送来韦昌辉的首级，石达开率军回到天京。天京的百姓期待新时代的到来。韩家村发生的事，不知不觉已传遍了天京。人们都知道，翼王和东王、北王不一样，百姓由此感到安心。

“还是因为有学问啊！”

“听说翼王尽量不毁坏孔子像和神主。”

“是通情达理的人。”

石达开确实有教养，跟其他太平军将领相比，他保守、稳健。当然，这也只是相对而言，他出身地主，却参加造反，他也并非一味保守、稳健。他参加太平军，因为有理想，他胸中的火焰并不微弱，十分猛烈。

应该说，人们的期待增大了实际形象与虚假形象的差距。石达开杰出的决断力和实践才能，确定无疑。但是，人们期待于他的远远不止于此，人们期待英雄，好像没有石达开，天就不会亮。

洪秀全内心当然对此不满意。

“太平天国是天王的，怎么最近石达开在社会上受到那么大的欢迎呀！这肯定是石达开和他的亲信们有意煽动起来的。”天王身边的人说。

自东王、北王内讧后，天王渐渐失去了对部下的信任。洪仁达和洪仁发抓住天王这种心理，积极进行活动。石达开派和反石达开派由此产生。石达开获得一般老百姓的信任和支持。反石达开集团则以洪仁达和洪仁发为中心。

与此同时，广州断断续续响起了炮声。

鸦片战争后，广州迟迟未能解决洋人的“进城问题”。根据《南京条约》，洋人可以自由进出开放口岸城市，如上海，但广州不行。

洋人有“进城”权，为何不能进入广州？

“广州居民强暴躁急，无法保障洋人的安全。”这是清政府给出的理由。

三大条约国的外交官接受了本国国民被拒绝进城的现状，并认为不久的将来就可以进城了。事实上，不仅是广州城里，就连设在城外的外国商馆区域也不能说是很安全的。但这并不能全怪广东人强暴躁急，因为洋人也相当粗暴。一八四六年曾发生过一件事：洋人嫌卖水果的摊贩叫卖声吵闹，不仅踢翻了水果摊，还把摊贩吊在商馆内，附近居民闻讯赶来，要求烧毁商馆，最后清军出动，骚乱才平息。

因此，虽然进城是受条约承认的权利，但不能行使，洋人自己应负一半责任，所以外国领事们也有所抑制，态度不敢过硬。在鸦片战争前，洋人在中国居留和贸易，是通过清朝政府恩准而获得承认的，所以外国商人态度比较谦虚；然而《南京条约》后，这种权利变为合法，洋人一下子傲慢起来，纠纷不断出现。

一八四九年，当时的英国驻清公使文翰曾在虎门同两广总督徐广缙就进城问题进行过谈判。文翰认为，鉴于目前洋人进城有困难，这个问题决定不涉及，意思是保留这个问题，但并没有打算放弃。清方却把英国公使的发言理解为放弃进城权。担任翻译的是欧兹拉夫，他连中国方言都能运用自如，想来是文翰的发言中确实存在含糊的地方，因此，文翰受到了首相的谴责。

除了进城问题，英美全权公使同两广总督在广州城内会晤谈判的问题，也悬而未决。未解决的难题多，若能统统解决掉，就在外交上立了大功。帕克斯为求功利，在亚罗号事件中大卖力气是必然的。帝国时代的列强外交官，把保护和扩张本国权益看成主要任务，把同对象国的友谊看成是次要的。帕克斯后来由驻日公使晋升为驻清公使，最后死在北京。他可能已达到了自己的愿望，但很难说他获得了日本人和中国人的好感。帕克斯驻日公使时期，一贯严厉推行和反对修改强加给日本的不平等条约。

文翰去任后，驻清公使兼香港总督一职由包令继任。包令当时六十四岁，他四十三岁时当选为下院议员，主编过《威斯敏斯特评论》，是《边沁全集》的编者，因此，虽然他是一名政治家，但文化人的身份反使他更有名。他缺乏外交经验，但主张对清采取强硬政策。从这意义上来说，他跟年轻的帕克斯是一对好搭档。

“不打仗才怪！”连维材一知道亚罗号事件时就这么说。

清方负责人也换为叶名琛。他由广东巡抚升为两广总督，虽是文官，却以铲除地方土匪而闻名。对于帕克斯的要求，叶名琛回答：“带走的水手中已弄清两人是海盗，另一人可疑，除这三人外，其余九人命该官吏送回船。”

帕克斯拒绝了这一答复：“必须全部送回。”他认为亚罗号是英国船，内部的事英国有搜查权和裁判权，即使其中有海盗，也须由英方调查和讯问，因此强硬要求引渡全部人员。

十月十二日上午，帕克斯要求叶名琛公开道歉，保证尊重英国国旗，并限定四十八小时内答复。不用说，这些要求是根据包令的训示而提出的。英方抗议清朝官吏扯下了悬挂在亚罗号上的英国国旗，清方反驳说，亚罗号上压根儿就没有悬挂英国国旗。肯尼迪船长向帕克斯做证：“亚罗号上悬挂了英国国旗。”帕克斯以此为根据，提出了侮辱国旗的问题。但是，被抓走的中国水手们做证说，英国国旗收藏在船内，没有悬挂。叶名琛据此反驳。

在事件发生时，肯尼迪船长正访问距亚罗号仅五十米的短矛号商船，短矛号船长说他亲眼看到一个戴官帽的男人扯下了国旗。葡萄牙第八十三号船也停在亚罗号的近旁。这只船的船员们说亚罗号没有悬挂英国国旗。另外，当地发行的英文报纸刊载了一篇报道，说亚罗号在那里停泊六天，从未挂旗。

史学家们认为这是得不出结果的争论。

对于帕克斯的要求，叶名琛回答：“清国军队今后没有正当理由不得逮捕外国洛加船上的水手，但英方也不要向清国人的船只卖登记证，以免难以区分清国船和外国船。”

清方没有答应英国的要求。英方捉拿了一只中国帆船，作为报复措施。

他们以为这是广东水师的兵船，其实只是民间商船。

包令于十月二十一日发出最后通牒，限定二十四小时内答复。

叶名琛向英方送去了书面答复，不同意最后通牒所提出的要求。

英国东方舰队司令西摩亚于十月二十三日发起军事行动，攻陷广州附近的清军炮台，把武装部队派进外国商馆地区。十月二十七日，英军炮轰总督官署。二十九日，英军侵入官署后又立即退去，这是一次示威行动，表明英军随时可以占领总督官署。

“军民协作，歼灭英国丑夷！”叶名琛出了这样的告示，但不让他指挥下的军队作战。

“让淘气的孩子胡闹一阵，他马上就会平静下来的。”他对幕僚道。

“提不出对付的妙策。”总督询问对策时，温章只好如此回答。

对于目前局势，根本没什么能立即奏效的对策。

“真的没有吗？”总督再次询问。

“勉强要说的话，像我这样的人若能培养出一百个，不，若可能，培养出一千个，对策自然而然就出来了。需要很长时间啊！”

温章在信中把跟总督的谈话告诉了连维材。

“叶名琛真的听懂了温章的话了吗？”连维材让理文看了信，歪着脑袋。

“嗯，不知道怎么样。”

“不过，能征求温章的意见就是进步，一个位极人臣的总督向一个普通商人请教嘛。”

“大概是没有办法吧。”理文道。

温章年轻时在马六甲英华学堂学习过，有丰富的海外生活。他的女儿彩兰是连承文的妻子，从父亲那一代就做连维材的帮手，为金顺记工作。英华学堂是洛巴特·莫利逊创办的，帕克斯跟莫利逊二世学过中文，温章和他分别是莫利逊父子的学生。

叶名琛也许知道这种关系，希望温章向帕克斯做点工作。温章所说的话，意思是，若像自己这样熟悉外国情况的人多了，就会形成一股力量，在对外问题上就会自然想出最好的对策，并把它付诸实施。现在温章也想到了一个可以阻止英国对广州行使武力的最有效方法，若英国国会不同意行使武力，东方舰队就毫无办法，所以应当到伦敦去做国会的工作。

鸦片战争时，在应不应该远征的问题上，国会激烈讨论，最后同意远征的一方仅以九票之差胜出。查顿等鸦片商人从广州回到伦敦，拼命地做国会的工作，目的当然是为了实现远征。若清方当时能在伦敦进行活动，说不定会得出另一种结果。所以办法是有的，但靠温章等两三人去做是办不到的。做这工作需要很多人的力量，在做工作之前必须要培养这样的人才。这要花很长时间。

“培养人才要花费时间。但是，在这之前，必须要让北京朝廷理解培养人才的必要性。这工作恐怕要花费更多的时间，不，也许花多少时间也没用。”在金顺记香港分店的一间屋子里，有个人对温章说道。

此人名叫洪仁玕，三十五岁。洪仁玕是广东花县人，跟洪秀全同族。花县洪氏宗族，每代人名中都有一个字是规定必用的，洪秀全这一代，用“仁”字，洪仁玕是洪秀全的堂弟。

“哦，希望很小吗？”

“不是很小，而是没有。”洪仁玕摇着脑袋。

“是绝望吗？”

“小……只有一个办法可使中国复兴。”

“什么办法？”

“改换政府。清朝是不行的，要寄希望于另外的政府，我堂兄所建的太平天国还是可以的，它比清政府要好。”

“那么，您为什么没有参加太平天国呢？”温章问，他最近才和洪仁玕认识。

洪仁玕来借一本英文版《天文学与农业》，他在香港教一个英国牧师学中文，而这英国人则教他天文学和数学，作为交换。这位牧师告诉他：“要想了解天文学与农业的关系，金顺记温章先生那儿有不少很有价值的书。”亚罗号事件发生前不久，洪仁玕来找温章。温章有收藏英文书籍的爱好，他喜欢文学，但藏书涉及的领域却不止于此。凡是对中国未来会起作用的书，他都收集。

温章觉得洪仁玕对一些奇怪问题感兴趣。他除了知道洪仁玕是洪秀全堂弟外，对他只有这么一点感性认识。

“堂哥开创拜上帝会时，我也帮过一点忙。”

“您去过金田村？”

“没有。是在那以前……在花县研究《圣经》的时候。我跟堂哥性情相投，但举兵前他没有来找我。”

洪秀全在举兵之前，曾把花县家族接到金田村。但他只接了直系亲属，大概他觉得不应该给其他旁系宗族添麻烦。可是，一旦举兵起义，还是连累了旁系宗族。一个宗族出了大逆不道的叛徒，整个宗族都要遭到镇压。据说洪氏宗族感到危险，全都赶忙离开花县去逃难。

洪仁玕想参加太平军，去过广西，但太平军已进入永安，他未能去那里，就经浔州返了回来，但花县已不能回去，所以来到香港。太平军占领南京，洪仁玕曾想经上海去天京，他到了上海，据说前面有清军，想尽一切办法也没去成。

“在上海听到了南京的情况。我改了主意，又回到了香港。”

洪仁玕没有从上海去天京，并不完全是因为途中有清军。他知道当时的杨秀清掌握了实权，天王等于摆设，他是天王的堂弟，若进了天京，恐怕也无法施展才华。

“那是前年的事吧？看来还是回来明智。”温章道。

“我也是这么想的。”

“不过，现在的情况不一样了。”

“嗯，天京情况发生了变化。不过，我觉得未必是向好的方面变化的。”

“您的意思是？”

“比东王、北王更无能的人在主宰天京政治。他们也是我的堂哥，但那家族里除了天王外，没有可用之人了。”

“这么说，您不是更应该去了吗？石达开想必也会去的。”

“还没有消息，也许现在正在回去的路上……但仁发、仁达跟石达开搞不到一起去。我打算在这矛盾未解决之前，暂不去天京。”洪仁玕笑了笑。

咸丰六年十一月二十二日（1856 年 12 月 19 日），清军收复武昌。这本就是时间问题。

在湖北边境的石达开已回到天京，没有强有力的太平军来援救武昌。防守武昌的是拥有国宗爵位的韦俊，韦俊是韦昌辉的弟弟，他当然知道哥哥被杀的事。他担心自己的下场，整日惴惴不安，自然无法专心防守。包围武昌的清军不断增强，总指挥是湖北巡抚胡林翼。清军砍断了太平军施放在长江水上防御用的铁链，烧了太平军的兵船，武昌裸露在清军面前。韦俊等人根本不考虑如何防守，一心只想着逃跑。天王堂兄洪仁政也在武昌。

“把七座城门一起打开！”韦俊下了决心。

要逃跑就必须打开城门，为了迷惑敌人，他把城门都打开了。武昌失陷，太平军损失一万余人，而韦俊、洪仁政等将领却逃了出来。太平军在精神上也渐渐腐败。韦俊没有回天京，而是去了江西。

天京的亲信派却攻击石达开：“武昌失陷，翼王也有责任。他是武昌最高司令官，却擅离职守。”第二年，天王封洪仁发为安王，封洪仁达为福王，显然，他企图搞亲贵政治。

石达开怏怏不乐，他想干一点事，总是受阻挠。韩宝英已经十五岁，她一再劝石达开离开天京。

“义父，再也不能坐等了，洪家人会陷害您的，不，已经在陷害了，为什么要待在这个地方呢？我们都一样，已经没有家人了，您还有什么放心不下的？”

“没有家人了？不，家里有一个新人。对你来说也一样。”

“那就跟这个新人，到山中去平静地生活吧？就我们两个。”

“那样一来，过去的辛劳就化为泡影了。我想要为受苦的人们建立新的王国啊！”

“这愿望不在天京就不能实现吗？天国的中心非在天京不可吗？”

“我们是齐心协力过来的。”

“不，是互相残杀！义父全家不就是叫他们统统杀掉了吗！对这个流过您母亲鲜血的地方，为什么老是恋恋不舍呢？宝英不明白。这里是被诅咒的地方啊！”四姑娘逼石达开离开天京，神情中甚至带有一股邪气。

“诅咒的地方！”石达开两手抱头。

“太平军经过之处都是可诅咒的。他们企图把武昌失陷的责任推到义父身上，这个阴谋您也知道。武昌为什么失陷？真的是义父的责任吗？”

“我确实从湖北回到了天京，但这是天王的要求呀！”

“那么，责任在天王。韦俊没努力防守，那是因他哥哥在天京被杀了。

杀韦俊哥哥的人是天王，所以是天王的责任。”

“人总是有过失的。”

“话虽不错，但天王的过失太多了。若果真建立新王国，他不适合当一国之主。”

“可是，还有其他人吗？”

“有呀！”

“谁？宝英到天京之后，并没有见过什么人呀。”

“是您！是义父！如果是义父，就会建立一个比太平天国更为美好、纯洁的国家。这是义父的使命啊！为什么非待在这个腐败的国家不可呢？”

“腐败了吗？”

“腐败了。安王和福王干了什么样的事，义父您不是不知道。老百姓没有一个人相信太平天国了。”

“这话太过分了，宝英不太知道清朝妖人政府过去干过些什么事。跟过去相比，现在的老百姓还是幸福的。”

“妖人政府的时代已经过去了。我们平民胸中充满了希望啊！现在是这样的时代。正因为对天王失望，所以人们对义父抱有极大的期待，义父应当满足人们的期待。可是，待在天京什么也干不了。义父应当离开这里，去完成上帝交给的使命。”一个十五岁的姑娘滔滔不绝，这些话跟她那可爱的面孔之间并无任何联系，好似巫女在宣告神谕。

石达开静静地听着。他将宝英的话当成是附在她身上的神灵的话。

“我在乡下曾听人说过，有一个从武昌来的商贩说，有个年轻将军在武昌阅马厂给平民宣传上帝教义，宣传新王国，大家都静静地听着。那个商贩也说了另一件事，就是武昌选妃子，说是把全城的年轻姑娘都集中起来，从中挑选美女，弄得人心惶惶、怨声载道。由此，百姓都觉得，在太平天国里，好人与坏人就像水和油一样，是截然分开的。百姓自然对好人寄予希望，也就是那位年轻的将军。那就是义父啊。您肩上寄托着大家的希望，您不想承担这样的使命吗？”

“让我考虑一下。”

“义父如果行动，会有多少人跟着您呢？”

“二十万。”石达开凝神地望着自己的脚下。

于是，一八五七年五月，石达开率二十万大军离开了天京。从他自安庆回到天京，以太平天国宰相身份辅政，仅有半年时间。翼王在各地的直系军队，当然都参加了石达开的“远征军”。石达开还向友军发出号召。

陈玉成和李秀成二人正在安徽北部作战，没有响应石达开的号召。陈玉成纠集安徽饥民，组织了数十万军队，打进湖北东部，破了当地清军，取得很大战果。天京的军队和干部几乎全部都被石达开带走了，但经陈玉成等人支撑，逐渐补充了新的军队。尽管如此，太平天国在石达开脱离后，陷入了艰苦的困境。

这年阳历七月十六日，天京南面据点句容落入清军手中。句容在天京东南，两地相距仅四十公里。攻陷句容的清军提督是张国梁，清军从句容西进，到达淳化。淳化在天京南面数公里处。

江南大营重新建立。

天京告急。

安王和福王利用地位贪污受贿，全天京没有人不知道这两人假公济私。他们过去之所以老老实实，是因为害怕杨秀清。杨秀清死后，他们曾害怕会出现第二个杨秀清，也就是石达开。安王和福王年岁已四十开外，十分狡猾，石达开被排挤出去后，再也没有可怕的人了，所以他们公开贪污受贿。他们肆无忌惮的丑行，使人们大皱眉头，终于传到了天王的耳里。

“应当提醒两个哥哥注意，你看怎么说好呢？”除亲人外，洪秀全最信任蒙得恩。

蒙得恩原名上升，在太平天国中，“上”字犯上帝耶和华的讳，因此避开上字，改名为得恩。他是拜上帝会的老会员，参加过金田村起义，但他体弱多病，专门在天王身边侍候，在天京任“总理女营事务”，是女官的监督。在历代王朝中，这是宦官的职务。太平天国当然没有宦官，但由这个性格和体质跟宦官相似的人来担此任务。

皇帝往往信任宦官，天王也信任蒙得恩。

“表面上要严厉。”蒙得恩道。

“怎么严厉？”

“削去王爵。”

“削去王爵？这……”天王本想说这太严厉了。

“现在不仅是文武大臣，整个天京的人民都怨恨二王，这种怨恨有可能转化为对陛下的怨恨。只要有人一鼓动，愚民们就蠢蠢欲动。要想众怨不致落到陛下身上，目前要下决断。私底下跟他们好好说，让他们略微收敛点，他们会理解的。为了太平天国万世不易，这点疼痛是要忍受的。”

“我明白了。你总是为我着想，为我提出忠告。削去哥哥们的王爵吧。”

不久，安王和福王被削去了王爵，分别降为天安、天福。之后，太平天国由蒙得恩、陈玉成和李秀成三人当政。蒙得恩和陈玉成任正掌卒，李秀成任副掌卒，领头的是蒙得恩。

蒙得恩是带有宦官性质的嬖臣，其背后有表面上被黜退的安、福二王。李秀成曾企图拒绝背后二王的影响，策划石达开归来，洪秀全很不高兴。陈玉成过于年轻，被任命为正掌卒时，刚满二十岁。他就是十四岁时参加太平军、曾待在理文身边的陈丕成。

“人品和才华都很杰出，可惜太年轻了。年轻也无妨，至少像石达开那样的年岁也好啊！”连理文很了解陈丕成，他在上海金顺记店铺中慨叹。

“在最困难的时刻，交给他这样的重任，太可怜了！”新妹脑中出现的是十五岁左右的少年陈丕成。

亚罗号事件发生一年多以后，英国才在广东采取正式的军事行动，远征军终于到达了广州。远征军之所以迟到，是因为提案在国会迟迟通不过。达毕勋爵在上院提出了指责英国官吏在清国行动的动议，但遭到否决。但下院以十六票之差通过了可普顿动议。所谓可普顿动议，是说政府报告书不能证明英国官吏暴力行动的理由，因此要选任调查员。就是说，炮轰总督官署和占领清国炮台等“暴力行为”是否正当，要进行调查。这虽不是直接指责，但等于是否决了立即派遣远征军的提议。巴麦尊首相解散了下院。通过四十天后举行的选举，强硬派占据半数以上，远征军终于出动。

温章一向认真阅读英国报纸，他在给上海连维材的信中说道：“若能事先向英国国会议员进行活动，是可以阻止他们的远征的。可是……”其实阻止英国远征还有另外的办法。温章没有发现。后来，有关的正式文件公开后，他才了解这点。

包令在给巴麦尊首相的报告书中有这么一段话：“船（亚罗号）当时并不在我们的保护之下。但清国不了解这一点。绝对不能让他们知道这件事。”

说亚罗号当时不在英国保护之下，是指该船的船籍证书已经过期。船籍证书有效期限是一年。前面说过，买一张证书要花一千美元，而更新期限花十元手续费就可以简单办妥。因为太简单，反而被忽视了。

亚罗号是一八五五年九月二十七日办的船籍登记，到事件发生的一八五六年十月八日仍未办理更新手续，从法律上来说，亚罗号已不是英国船。除了要做温章所说的外交努力外，还不能疏忽对基本事实进行调查。清政府没有调查亚罗号是否真正具有英国船籍。

额尔金伯爵被任命为英国全权大使。他率领远征军于一八五七年七月到达香港，等待法国全权大使葛罗男爵的到来。前一年的二月，法国神父马赖违反中国法律，进入广西西林县，因煽动教徒谋反罪被判处死刑。法国就这次事件追究清政府的责任，要求赔偿，决定出兵。葛罗迟三个月到达香港。以英军为主力的英法联军于一八五七年十二月进攻广州，兵力五千六百人。

十二月二十九日广州失陷，两广总督叶名琛被俘虏，送到了加尔各答。

英法联军准备进一步北上。清政府对太平天国作战好不容易有了点信心，这时又陷入了迎接英法联军北上的困境。

广州失陷的两天前，钦差大臣和春及湖南提督张国梁率清军攻陷天京东面门户镇江。太平军指挥官吴如孝被李秀成救出后返回了天京。这时，陈玉成在安徽太湖附近大破清军副都统多隆阿和副将鲍超，杀敌三千余人。但在镇江对岸，钦差大臣德兴阿和水师总兵陈国泰进攻太平军，清军夺回了瓜州。总之，双方有胜有败，到处都是混战。

石达开脱离天京后，率军攻打江西的要冲吉水，然而久攻不下。

天京悲歌

石达开率大军离开天京，已有五年。

一八六二年，是同治元年，日本是孝明天皇的文久二年。咸丰帝只活了三十一岁，于前一年的阴历七月十七日在热河避暑山庄驾崩。皇后无嗣，故由懿贵妃叶赫那拉氏所生六岁的载淳继位，即同治皇帝。此后，咸丰帝的皇后称东太后，懿贵妃称西太后。延续至二十世纪初的“西太后时代”就此开始。

同治元年，是以人事变动开始的。新年当日，鉴于两江总督曾国藩为清朝不断立功，被授予协办大学士的称号。

太平天国方面，失去东南西北四王和翼王以后，此时已丢了门户镇江，靠着陈玉成和李秀成二人勉强支撑，才免于崩溃。

期间，由亚罗号事件引起的第二次鸦片战争爆发，清军遭受了巨大的损失。英法联军攻陷大沽，迫使清朝签订《天津条约》，缔结城下之盟。

英法联军逼近北京，清政府心惊胆战，但太平天国并未因此得到喘息的机会——曾国藩的湘军，一开始就没有依靠清政府。

湘军将士听到英法联军迫近京师的消息，反而精神振奋。当大沽被英法联军攻陷时，清军夺取了太平天国控制下的九江，太平天国的守卫官林启容以及一万七千多太平军全部战死。

此后的战斗，多为拼死一搏之战。

不到半年，李秀成三夺扬州，与陈玉成配合，在三河歼灭六千湘军，湘军主将李续宾战败自尽。太平天国西部战线最大的基地安庆解围。

一八五九年四月，洪仁玕来到天京。洪仁发和洪仁达声名狼藉，天王不得不将他们革职。洪秀全知道这位堂弟的才华，对洪仁玕抱了很大的期望。尽管两个哥哥已经失败，天王还是认为唯有亲人可以信赖。洪仁玕被封“干王”，总理天国政务。不久，陈玉成被封英王，李秀成被封忠王，太平天国从内讧的混乱中逐渐恢复过来。

一八六零年，太平军占领杭州和苏州，但没有拿下上海。洋人华尔在上海组建了洋枪队，他们拥有新式洋枪。洋枪队与一八五三年组建的外国志愿队性质不同。外国志愿对为守上海而标榜中立，洋枪队则明确地站在清朝一边，同太平军作战。对洋人来说，软弱的清政府更好对付。他们已通过条约获得了各种特权，为保特权不失，他们希望清朝能存续下去。

一八六零年八月，英法联军为了迫使清朝批准《天津条约》，再次进攻天津，并占领北京，火烧圆明园。清政府再次被迫签订丧权辱国的《北京条约》。

一八六一年二月，南下的英国舰队司令何伯由长江赴南京，同太平天国进行谈判，太平天国保证在年内不进攻上海，不干涉长江商业。但同年九月，太平天国失去安庆，天王追究责任，解除了洪仁玕和陈玉成的职务，再次起用两个亲哥哥，天国又陷入了混乱之中。

一八六二年一月，因保证期限已过，太平军准备进攻上海，但洋枪队阵地坚固，无法攻克。英法远征军这时齐集上海，英国舰队司令何伯、法国舰队司令卜罗德、英国陆军斯泰布利将军及米切尔将军，率第九十九团和炮兵从天津来到上海。

合肥出身的李鸿章仿效曾国藩，组建了淮军。合肥位于淮河之畔，淮军因此得名。

五月初，上海攻守战最为激烈，英国船只运送七千淮军到上海。洋枪队已被清政府承认，它虽由洋人成立，但有失业的中国人参加，并有菲律宾人当助手，进行洋式操练。所以带有半中国人部队的性质。华尔是美国人，曾因教唆英国水兵逃跑罪而被捕，由英方引渡给美国领事。美国领事必须对华尔进行审判，但华尔有一条退路，只要他放弃美国国籍，就可以不受美国领事的审判。华尔于是脱离了美国国籍，自称清国人，并娶了上海金融家杨坊的女儿为妻。他认为，既然在美国无出头之日，不如当清国将军，出人头地。江苏巡抚薛焕给华尔洋枪队送了一个“常胜军”的称号。不久，常胜军变成淮军的试验部队，并被吸收进淮军。

太平军进攻上海时激战不断，二月有高桥之战，四月两次战于七宝，五月战于太仓、嘉定，六月则大战青浦。高桥之战中，太平军大将吉庆元战死。七宝之战中，英舰队司令何伯负伤，法舰队司令卜罗德战死。太仓之战中，清知府李庆琛战死，英法联军防守嘉定，获悉太平军进攻的消息，不战而烧城逃走。青浦之战中，何伯在巴尔干号上亲自指挥，但抵挡不住，太平军夺回青浦，常胜军副队长法尔思德当了俘虏，三个月后，清军用武器弹药换回法尔思德。在上海附近的战斗，太平军打得都很不错。

上海金顺记的新房建成了。西玲四年前阔别上海去了美国，如今回到了上海，如星仍在美国学习。新房子设了宴，庆祝落成典礼和欢迎西玲归国。

连维材已经七十四岁了。连理文四十二岁，他从琉球绕道萨摩，从长崎登上英国船，在横滨英国商馆逗留了一些时候，比西玲晚一个星期回到上海。哲文在香港短期逗留，研究西洋画法，在那里和二哥承文一起来到上海。除在台湾的长子统文外，连家三兄弟齐集上海。

连维材的妻子阿婉数年前就已定居上海。“比起老窝，还是愿意住新窝啊！看来连家子孙和上海缘分深呀！”阿婉道，她对厦门好像没什么留恋，一切都很自然。

大家对西玲在美国的见闻很感兴趣。连家全家都是外国通，但对西玲的话还是很感兴趣，即使有失败的教训，她也依旧很开朗。

“太平天国还在啊……真能坚持啊！”西玲表面冷淡，其实心中对太平天国有着很深的感情。

新妹面色阴沉，她尽量不去关心太平天国的事。李秀成在上海附近英勇战斗的消息，几乎使她的心跃动起来，但她抑制了自己的感情。

丈夫理文非常了解她面色阴沉的原因。就在刚才，他们听到了陈玉成被杀的消息。这一年，陈玉成二十六岁。十二年前，新妹化装成农家妇女进入永安城与内应联络时，就是带着他一起去的。当年陈玉成装着要哭的声音至今还留在新妹的记忆里。

陈玉成由于丢失安庆受到降职处分后，心情焦躁。他在庐州被清军包围，冲出庐州去寿州，在那儿被捕。苗沛霖说寿州有许多粮食和壮丁，他上当了。苗沛霖既是土匪，又是团练头目，时人称为“练匪”。他脚跨两只船。安庆被清军夺回后，他估算了双方的力量，决定依附清朝。他想立一大功作为归顺之礼，这才设计引诱陈玉成。

陈玉成虽是天国首屈一指的猛将，但毕竟年纪轻，看不透苗沛霖。寿州是苗沛霖的地盘。在孤城庐州作战显然不利，陈玉成也急于移动。陈玉成当时可以暂回天京，如此，就不至于中计。

“他是不愿回天京，归根结底是天王不好……天王赏罚不明，任人唯亲，谁都会不高兴。若天京能像自己的家一样，那孩子肯定会回天京的。当初翼王若留在天京，太平天国就可以多调动二十万大军，这样小小的上海早就攻打下来了。”新妹想到这里，不觉紧攥着拳头。理文轻轻抚摸着她的拳头。

英王陈玉成在被捕十九天后，在河南延津被害。陈玉成一路大义凛然，人们称他死得壮烈，不愧是太平天国的首屈一指的英雄。每当听到这些事时，新妹都极其难受。

理文改换话题：“日本局势也很紧张，我回来时，国粹派不满愈来愈大。”

“凡是与外国的交往，他们都有种出自本能的反感吧？”连维材问。

“有很大的心理因素。不过，生活愈来愈苦，社会动荡不定。”

“物价上涨了吗？”

“当然。日本闭关锁国，长时自给自足。生活简朴，人们只生产自己消费的物品，而现在突然出现了大量收购，老的体系当然要混乱。拿茶叶来说，洋人把所有茶叶都买走了，茶叶价格猛涨。”

“这些商品价格涨了，但从整体来看，也只是极小局部的问题呀。”连维材道。

当时，欧美不只从日本购买本国消费的商品，他们还利用自己占优势的商船运输能力，在日本收购清国所需的物产，运到清国出售。俵物也是欧美商人收购的对象。幕府对俵物一贯采取保护政策，禁止国内食用，所以全部从长崎向清国出口。这些本就不是供国内消费的，即使价格猛涨，按理说也不会给百姓生活带来多大影响。

“物价是个完整的体系，某种商品价格上涨，其他商品也会跟着波动。”

“不错，市场被扰乱了啊。茶叶价格一上涨，运输茶叶的运费也会上涨，工钱也必然要提高，各方面都被扰乱了，问题就严重了。”

“日本已经向外国提出要求，希望延迟条约所保证的开放两港两市的日期。两港是指兵库和新潟，两市是指江户和大阪。理由是物价猛涨，人民生活困苦，对贸易不满的情绪高涨。这确实是重要原因，不过更重要的原因还是来自国粹主义，或者说排外的本能。”

“听说还有以新潟的沙洲多，船只抛锚困难为理由的。”

“不错。不过，幕府之所以要推延开放兵库港日期，最大原因还是因为它靠近京都。在京都朝廷周围，国粹主义特别强烈，对此共鸣的人最近突然都集中到了京都。在这问题上也进行了煽动。”

“不管怎么煽动，大势所趋啊。”这话既是针对日本，也是针对中国。

连理文在日本时，就已发生了和宫公主[1]下嫁将军家茂的事件。将军实质上是日本的君主，外国都称将军为“皇帝”或“大君”，但在国粹主义高潮中，名存实亡的天皇被大大突出出来。幕府终于不得不考虑所谓的“公武合体”，即要求天皇和幕府同心协力来处理问题。幕府把和宫迎往江户，而这又刺激了国粹派，排外浪潮进一步高涨。

连维材所说的潮流将要冲垮所有的国粹思想和排外运动。幕府也知道闭关锁国政策难以维持，准许了一向禁止的大船建造和航行，尽管目的是为了推延两港两市的开放日期，还是把竹内保德等人派往伦敦，并刊行了了解国外情况的《官版巴达维亚新闻》，接着又决定把榎本武扬等人派往荷兰留学。闭关锁国政策已一点一滴地逐步放松。

十多天前，日本千岁丸号到达上海。

“日本船此次究竟是什么目的？”承文问。

“说是为了贸易实习，姑且相信吧。”理文答。

尽管正在谈判延期开放港口和城市，但从世界大势看，幕府也知道这不过是权宜之计。他们早已预计到和外国通商很快就会日益盛行，照目前这样，将会永远被动，极其不利。要想积极开展同外国贸易，首先就必须要进行学习。幕府购买了英国帆船阿米斯泰斯号，改名为“千岁丸”。以长崎市政府审判官沼间平六郎为团长，包括幕府检察官垠立助七郎等官员及商人随从共五十一人的贸易实习团，乘千岁丸而来。

[1] 仁孝天皇的第八个女儿、孝明天皇的妹妹，下嫁给将军德川家茂。丈夫死后，她出家为尼。

千岁丸到上海是阴历五月六日，阳历六月二日。这一天，忠王李秀成在松江附近击溃蒙得哥马利上校所率领的英军，缴获步枪四百支、弹药三十六箱。千岁丸上船员所留下的日记中记载，头天晚上西边火焰照红天空，第二天炮声轰隆。千岁丸号在激战期间到达上海，当时上海贸易的热闹情景并未因战火而消失。

长州藩高杉晋作以随从名义随团到了上海，他在《航海日录》中描写上海情况："碇泊欧洲各国商船军舰数千艘，樯花林森，欲埋津口。陆上则各国商馆粉壁千尺，殆如城廓，其广大威严不可以笔纸描写也。"

"街头巷尾有种种议论。"承文道。

"都是胡说八道。"理文笑答。

所谓街巷议论，大多是说什么清政府为镇压太平天国，竟向日本乞援，千岁丸是来打头阵的。

"我去过宏记。"哲文道。

宏记是千岁丸上的人们所住的旅馆，中国人经营，是西式建筑，旅客多欧美人。千岁丸上装载的货物委托荷兰人处理，荷兰领事馆与宏记相邻不远。哲文会日本话，但他故意装作不懂，说是想卖画。"我们笔谈，有的人字写得很不错。听了听日本的情况，有的水分很大。"哲文在日本很久，了解情况。在他看，日本人笔谈祖国，多有夸张。哲文从盒中取出一叠笔谈的纸，道："我想把它订成一册书。他们以为我不懂日语，在我面前毫无顾忌地互相谈了许多事。我回来后，根据回忆，写了下来。这可是很有参考价值啊！"

"喂喂，让我看看。"承文把笔谈纸放在自己面前，一页页翻开。

"这个高杉晋作很有意思。五代才助也很不错。什么？这人是水手？"承文读罢，有点怀疑。

"说是水手，谁会信，是萨摩藩士。他们在谈话中暴露出来的。这些人中，有翻译周恒十郎和蔡善太郎，还有几个长崎商人。我真有点担心，说不定他们有人会认识我。"哲文道。他在长崎待过很长时间，在什么地方跟谁见过面，他忘了，别人却可能记得。正说时，谭七进来。他现在是李秀成的幕僚，继续负责情报，平常住在上海，若无其事，常出入金顺记。

"天国已决定从上海撤兵！"谭七开口。

"撤兵？"理文不觉站了起来。

谭七一动不动，看着理文，使劲儿点了点头。

“一日三诏啊！”谭七说到这里，顿觉万分遗憾，眼里涌出眼泪。

天京已被清军包围。天王向忠王发出命令，要他回军解围。上海差点就要拿下了，可是必须撤退。李秀成拿出全部力量攻打上海，若可能，他当然想拒绝命令。然而天王一天之内下了三道诏书，要他从上海撤兵，可见天王的决心与果断。

“不得不……”李秀成感叹。

幕僚们屏息敛声，静等。是不得不服从，还是不得不抗拒？

“回天京吧！”李秀成说罢快步离开。他当然觉察到了幕僚们的情绪。

“石达开的心情完全可以理解！”理文叹气。

石达开脱离太平天国后，率大军在四川、贵州等地到处流动，被清军追击。石达开大概也想建立根据地，但清军猛攻，他做不到。“脱离就是失败！”石达开本人现在也许这么想。干部们也都这样认为。李秀成不能选择别人已经失败了的道路。天京是国都，即使打下上海，若天京丢掉，天国本身也就灭亡了。天京比上海重要得多。

“确实是这样。不过，天京是历代名城，经得住一两年的包围。清军包围天京才刚刚开始，对比一下，再使一把劲儿，上海也许就到手了。叫李秀成回防是天王的失策。”理文很激动，他说话从未用过这种语气。

“谁都会这么认为的。”哲文一旁附和，他比较冷静。

“天王已经不行了！”承文道。

“是他的两个哥哥把天王弄得不行了。”哲文道，“他们胆小如鼠，清军包围天京，一定吓得魂不附体，吵吵嚷嚷地喊叫要援军、援军！”

“天王不是现在不行，而是从来就不行。他不行，所以才用仁发、仁达。”新妹发表了严厉的意见。

“新妹，这你就说得过分了。”连维材很是平静，“天王若从来就不行，是谁打下了半壁江山呀？”

“大家的力量……”新妹脱口而出，但语气和缓多了。

“是谁把大家的力量聚集到一起来的呢？杨秀清吗？”

新妹摇了摇头。在太平天国中，她最讨厌杨秀清。

"韦昌辉吗？"

新妹也摇了摇头。她也不喜欢北王韦昌辉，那是一种与生俱来的憎恶。

"冯云山和萧朝贵早就死了。聚集大家的力量来攻取天京的，当时并无别人。李秀成当时职位还低，陈玉成还是个孩子。"连维材带着教诲的语气说道，"天王的功绩应当充分肯定，虽然他有缺点。你看问题、说话，不能感情用事。"

"能不能使万岁爷改变主意呢？"谭七望着连维材，那是求援的目光。

"你回去问问忠王攻克上海的日期，尽管短期内就可以攻下，但你问问他能不能向天王保证这一点。"连维材道。

"即使说保证，但是……"谭七没有说下去。从情况来看，太平军将士都有自信再鼓一把劲儿就可以拿下上海。所以很难做出确切保证。

"淮军和常胜军若仍是现在的状况……"谭七改变口气。他熟悉情报，认为敌人的力量不会永远是现状。他提出了连他自己也不相信的假定。

"清军阵营中，李鸿章最有能耐，据我看，他的能力在曾国藩之上。认为淮军没有补充，那不恰当，恐怕谭七先生那儿也不断地收到有关淮军训练的情报吧。"连维材一字一句，说的缓慢，谭七无力地点着头。

"常胜军的华尔是美国流氓。不过，可不能小看这个家伙，华尔是专门挣赏金的，上海商人团体为夺回淞江悬赏三万两，所以他很拼命。他是工匠，他为自己工作。为了成功，他想雇用英国水兵，这才因教唆逃跑罪而被逮捕，这你们都知道。他热衷工作，所以可怕……不过，他们还起了个奇怪的名字，叫常胜军。据说这名字最初是薛焕起的，不知他是有意还是无意。"

连维材曾给家人说明过"常胜军"这个名称。

七百多年前曾有过这个名称，契丹辽王朝统治北京时，一个名叫郭药师的渤海人组织了一个军团，名叫"常胜军"。这军团守卫燕京，宋军来攻时降了宋，女真来攻时又降了金，还做了先锋队，进攻宋都开封。他竟给这支洋人部队起了个反复无常的名字。华尔在做交易，他自告奋勇，打胜仗可以得更多的钱，他既然承包了这项工作，当然积极热心。对手是淮军和洋枪队，李秀成当然不会保证。

"如果是连老先生，您看该怎么办？"谭七问。

"若是我，会命令全军撤出天京，反扑上海。这样定能攻陷上海。若以上海为新都，在沿海建立统治圈，就可通商立国。不过，天王不这么想，这只不过是我的想象罢了。”连维材答道，他心里很清楚，太平天国快近尾声了。

“若我年轻二十岁……”二十年前，正是鸦片战争期间，连维材四十五岁，精力充沛，曾参与过不少活动。

“再有十个林公就好了！”

若能出现十个像林则徐那样，具有杰出的政治军事才能，且人品廉洁的高级官吏，中国还是有救的。现在连维材之所以没有积极活动，一方面固然是自己年事已高，另一方面他觉得，太平天国只不过是一个政权，不能代表中国，这个政权比清朝政府要好，但还不足以担负其整个国家。

太平天国销毁孔子的牌位和神像，杀死清朝官吏，看似否定封建制和封建身份，却又册封诸王、规定世袭，看似提倡男女平等，却又在武昌选妃——凡此种种，自相矛盾，连维材感到失望。

若太平天国会灭亡，其最大祸根恐怕源于天京内讧。太平天国一方面杀特权地主官僚，一方面在自己内部又产生新的特权阶级，根据等级冠以不同称呼，有些甚至比清政府还要烦琐。比如要避讳的字——清政府只避讳皇帝的名字，而太平天国要多得多。官员妻子的名称更是细致到令人记不住。拘泥于枝叶末节，非贤明政治家所为。

连维材只能袖手旁观，别无他法，尽管他觉得这么做有点无情。

一八六二年六月十九日，根据李秀成的命令，上海附近的太平军开始撤退。千岁丸当然还停在上海。高须藩士日比野辉宽在他的著作《赘胧录》中写道：“闻金陵危急，即将陷落。”太平军有进攻的力量，却不战而退。但这在人们眼中看来，好像是疲劳困惫，弹尽粮绝，不得不退。军心上，对清方极为有利。不仅李秀成被召回，在浙江指挥的侍王李世贤也接到了同样的命令，一齐退兵。李秀成在苏州召开了作战会议。会后，他频繁往来于天京苏州。他在苏州办公之处正是出名的“拙政园”。

上海和浙江两条战线上都留下了游击部队。从千岁丸上的记录中可以看出，在李秀成撤退后，双方仍有战斗。另外，华尔在浙江慈溪同太平军作战，身负重伤不治而亡。华尔被清政府授副将官衔，仅次于总兵，是从二品官，他留下遗产六万英镑，这在当时是一笔巨款。这个享年三十七岁、水手出身的华尔，一生冒险，成了大财主。他的一生可以说充满了戏剧性。华尔死后，常胜军进行改组，削减了人员，英国正规军人戈登继任队长。洋枪队变成了正规军，成为淮军楷模。

各路太平军对天京外的清军进行了反包围。

李秀成号称调集了十三王的军队，说是有六十万大军，实际上最多不过十万人。雨花台的清军由曾国藩的弟弟曾国荃统领。曾国荃已担任江苏省布政使，江苏巡抚已换为李鸿章。

在雨花台激战中，清军副将朱桂林战死，曾国荃负伤。湘军作战十分顽强。时人评价这次激战是“二李二曾，互不相让。”二李指忠王李秀成和侍王李世贤，二曾指曾国荃和他弟弟曾贞干。

激战四十六天，太平军粮尽，衣服补给困难。阳历十一月末，天气渐冷，李秀成终于失去了信心，解除了对雨花台的包围，回到天京。天王革去了李秀成的爵位，命他渡江北进。天王的做法可谓薄情寡义，军心逐渐涣散了。

李秀成渡江后，天京没有给他们提供充分的补给，却冷酷地下了一道命令：“军粮在当地筹措！”当地连年战乱，农民都成了流民，不但筹不到军粮，甚至微少的军粮还要拿去救济饥饿的百姓。

一八六三年六月，李秀成被叫回天京。天王实在无法忍受两个哥哥的无能了。

一八六三年十二月，李秀成的基地苏州被清军夺走。

一八六四年三月，太平军失去了杭州。同年五月，常州也失陷了。

在苏中之战中，清军可谓不费吹灰之力。苏州被称为水都，水道四通八达，对外联络也全靠水路。清军的主力军是戈登的常胜军，淮军也参加了。戈登制订作战计划时，全力截断了水路。他首先集中进攻太平军炮台，接着打心理战。太平军将士早已失去斗志，心理战加速了他们的动摇。

程学启原是安徽农民，曾参加过太平军，后来在安庆降清。他熟悉安庆太平军内部的情况，因而受到李鸿章的重用，在攻陷安庆时立了大功，已被提升为参将。苏州太平军中，当然有他的同僚。他悄悄会见了康王汪安钧。

“现在太平天国里，不姓洪的人都出不了头。你大概也知道，李秀成要打仗，还得向洪秀全借十万军饷。本来是为太平天国而战，现在是为天王而战了。就算是这样，李秀成还得用自己的钱打仗，没钱就只好向天王借，还立了借据，到期不还就要处刑。天王这样的人，值得为他而死吗？不如像我这样选择投降，还可以升为正式官员。我归顺不到三年，你看，已是正三品参将了。”程学启说的基本是事实，因而很有说服力，“你就一点都没考虑过？”

“不是没考虑过……只是慕王谭绍光掌握了苏州的指挥权。那家伙很是顽固。”

“其他人呢？”

“其他人比较通情达理。平常大家转弯抹角地也谈……昨天伍贵文就说，这世上也不只有太平天国……”

“伍贵文！他不是比王吗！哼，什么王！简直可笑！郜永宽也有这个意思吧？他是什么王来着？”

“纳王。”

“简直叫人笑掉大牙！”

太平天国原来只有五王，现在却王位泛滥，起端是洪仁玕被封干王。洪仁玕没有参加起义，也没有立过军功，把这样的人封为王，有军功的人当然不满，于是又急忙把陈玉成封为英王，把李秀成封为忠王。从此，“王”如雨后春笋，如今已经数不清了。称王也没有多大实际利益，确如程学启所说，简直可笑，清朝正三品的官倒比什么比王、纳王更实在，更有分量。

“不可以把慕王干掉吗？”

“可以的。比王、纳王都会同意，宁王大概也不会有问题。”

“宁王是谁？”

“周文佳。”

“什么！他也当了王！”

“谈谈条件吧……”

策反正在进行。最后决定，汪安钧先干掉谭绍光，然后打开城门。清军方面也接受他们的归顺，会给他们和程学启投降时同样的待遇。

谭绍光在会议席上被汪安钧和天将汪有为二人刺死，另有比王伍贵文、宁王周文佳、纳王郜永宽、天将范起发、张大洲、汪怀武，共八人投降。苏州就这样轻易地落入清军手中。

“大人，那八人如何处置？”程学启问李鸿章。

“按老办法。那里面有对我们有用的人吗？”李鸿章显然不高兴。

“明白。”程学启露出有苦难言的表情。

这八个可怜的投降派就这样被杀了。

戈登的常胜军在苏州遭受的损失最大，戈登积极搞策反工作。他主张必须要遵守协议，因此对杀死降将的做法极其愤慨，同李鸿章发生了激烈的冲突。戈登与华尔不同，他出身苏格兰名门贵族，是陆军士官学校毕业的军人，他认为违背协议是可耻的行为。两月前，苏州太平军曾同意戈登在亲笔信中提出的要求，释放了美国人巴鸠文（华尔死后，一度指挥过常胜军）及其被拘留在苏州负伤的部下，戈登评价这是绅士风度。对方有绅士风度，而李鸿章口头答应宽赦，却把人杀了。

“无耻！”

戈登对李鸿章的卑劣行为无法忍受。他连见李鸿章一面也感到厌恶，因此给李鸿章写了一封措辞激烈的信。信上说——

苏州受太平军统治三年，由于八名降将归顺，方才攻陷。任何人都应该遵守归顺协议，你却违背协议。你应退出苏州，辞去江苏巡抚职务，巡抚职务印章由我代为保管，等候北京朝廷对你的处置。否则，我将把常胜军所占领的城市全部还给太平军。……

戈登还把常胜军军官召集到一起，在他们面前发表谈话：“朝廷如不惩罚李鸿章，我常胜军准备脱离其指挥，接受英国提督统管。”

李鸿章没想到戈登会震怒。

“对方是大逆不道的叛乱分子，朝廷交与我全权，我自可以决定他们的死活！”李鸿章想，“枉我推举戈登当总兵……”总兵是将官，华尔曾受副将待遇，而总兵在副将之上。戈登才三十岁，比华尔年轻得多，他在英国军籍中只是少校。一个少校被推举为将官级总兵，不知感谢也就罢了，竟然还让我这江苏巡抚滚蛋！李鸿章简直无法理解。

常胜军先后攻陷福山、太仓、昆山。清军所控制的常熟，若无常胜军援救，恐怕早已为太平军攻陷。戈登已撤回昆山司令部，从他异常愤怒的情况来看，说不定真会把这些城市交给太平军，李鸿章不得不拼命安抚他。此后两个月，戈登在昆山按兵不动。李鸿章央求总税务司赫德，请他说服戈登。

“现在正同太平军作战，要惩办东部战线的最高司令官，从朝廷来说是办不到的。”

“民间正在流传常胜军要倒向太平天国的谣言。”

“李鸿章可能要改组常胜军。这样一来，我大英帝国将要大大丧失对清国的影响。”

赫德用这些话说服了戈登。赫德比戈登还年轻两岁，他后来担任清朝外交顾问，在外交谈判中发挥了不小的本事。他在人品上也确有吸引人的地方，加上他又说出“我大英帝国”之类的话，戈登不得不心回意转。

一八六四年二月二日，戈登会见李鸿章，提出同太平军作战的策略，建议从无锡进攻宜兴，以切断敌人的补给线，断绝浙江太平军同江苏太平军的联系。

一八六四年七月十九日，太平天国的天京失陷了。

这一天是同治三年阴历六月十六日，按太平天国历法，是甲子十四年六月六日。这一天，连理文待在长江中的英国商船上，谭七在他身边，把望远镜对准天京。

“不能让谭七也遭遇不测！”

谭七早就想回天京，但连维材出主意将他留在上海。

谭七最后来上海联系，是为了通知天王去世的消息。五十二岁的洪秀全已卧病在床二十天。天王府深宫后院，谭七进不去，他早听说天王得病，天王临死时的情况，他只是从医生那儿听到的——

“把那个东西拿来！”洪秀全对医生道。

他身体已极其衰弱，奇怪的是，声音和平常没什么两样。

“那个东西！”他催促，声音很清晰。

“那个东西”是指可使人没有痛苦地死去的毒药，医生因此犹豫不决。

“在那架子最上面的抽屉里，用红纸包着，上有金泥写的‘寿’字。给我拿来！”这回是对女官下令。

女官不知道“那个东西”是什么，只知道命令不能违抗。她毕恭毕敬地把“那个东西”盛在盘子里，放在病床旁一张小桌上。洪秀全先喝了一口水，对记录官道："记下我的话，当作诏书告诉全天京的人。天国子民可以放心，朕马上要登上天堂，请求天父兄派遣天兵，卫我天京。"说罢，他喝下了红纸包里的药。

这是阳历六月一日的事。已经过去四十八天了。

"天兵最终没有下凡……"连理文抬头仰望天空，轰隆轰隆的爆炸声震耳欲聋。

"坑道已挖到太平门……"谭七眼睛已离开了望远镜。

太平门城墙被掀到半空中，他闭上了眼睛。

进攻天京的总司令官是曾国藩的弟弟、浙江巡抚曾国荃。他比哥哥性情暴烈，在攻打天京时一味蛮干，一天内折了陈万胜、王绍义、郭鹏程三个总兵，以及副将熊祖锡、两名参将、两名游击。高级军官尚且如此，更不用说战死的大批兵卒。

李鸿章借口部下极度疲劳，需要休养，没有参加天京作战。曾国藩多次寄函，催促李鸿章进攻。

"长兴和湖州尚未夺回，两地作战结束后，需整编军队，之后立即转向南京。"李鸿章为自己找借口。他并不害怕作战，但他了解曾国荃想要独占攻陷天京的功劳。南京已经打了两年，现在已经到了最后阶段，如果李鸿章加入，曾国荃必然耿耿于怀，他可是恨不得伸开两臂把南京拢在自己怀里。李鸿章知道，自己若这个时候进兵，必然遭到痛恨。

曾国藩也没有动，他担心自己过于突出，会遭朝廷猜疑。

彭玉麟曾写过一封匿名信，说："东南半壁无主，老师岂有意乎？"尽管没有署名，但从笔迹看，信是彭玉麟写的，他是在问曾国藩想不想独立称帝。彭玉麟参加湘军时，曾提出不在清廷出仕的条件。

外面已有流言，说攻陷南京后，曾国藩会率湘军北上，进京灭清，自己称帝。曾国藩也听说了这个流言。他知道功绩越大就越危险，所以把任务交给弟弟。但弟弟与自己同宗，功绩过大也不好，因此要求李鸿章攻打南京。李鸿章当然有自己的想法。不过，左宗棠在浙江，基本上扫清了太平军，他说不定会跑来攻打南京。

曾国荃心情焦急，不断猛攻。地下坑道好不容易挖到城墙脚下，装进了强力炸药，终于爆破成功了。城墙已被毁坏了五六十米，湘军将士朝破口猛冲。

“总算结束了！”谭七低声道。

“城内只有一万人吗？”

据说城内只有一万太平军，主力部队已开到城外同湘军作战，名为解围，实际上彼此已断了联络。

“真正能作战的只有半数。”谭七道。精锐部队早已外派。

“若忠王的建议被采纳，将会是怎样的局面？”

“我们很艰苦，对方也会不好受吧。”

李秀成曾建议全体人员撤离天京，同城外太平军取得联系，或寻找新都，或像金田村时期那样，做一个流动国家。忠王认为二者必择其一，但天王拒绝。太平天国已定都十一年，天王不愿放弃。

“那就要互相比韧劲、耐心。”

“也许我们能获胜。”

“人心向背，决定胜负。”

“那也会是我们获胜。”谭七立即道。

可天京已开始起火。天王府及其他主要建筑早已堆满柴火，准备烧毁。

“烧起来了！”理文手搭凉棚。他要向父亲报告天国灭亡的情况，几天后他必须要进天京——不，南京。

天京失陷后，据说太平军将士无一人投降，数千宫女全部自杀。

幼主洪天贵在忠王保护下连夜逃出天京。但李秀成被俘遇害，幼主在南昌也被杀死，终年十六岁。

洪仁玕、洪仁发、洪仁达，洪氏家族满门被杀。

侍王李世贤从福建逃往广东，在南方进行抵抗。直到一八六六年二月偕王谭体元被俘，南方的抵抗才结束。

江北太平军在遵王赖文光率领下，作为“捻军”继续进行反政府活动。最后的太平军是梁王张宗禹率领的西捻军，这支部队在黄河边上遭清军包围而溃灭，张宗禹下落不明。

那是一八六八年八月中旬的事。这一年，日本进行了王政复古，都城自京都迁至江户，改年号为“明治”。